Knaur

Von Jackie Collins sind außerdem erschienen:

Lady Boss (Band 60831)
Lucky Boss (Band 60845)
Lady Panther (Band 60846)
Die Stute (Band 60847)
Seitensprünge (Band 60848)
Affären (Band 60849)
Die Sünderinnen (Band 61022)

Über die Autorin:

Jackie Collins zählt zu den erfolgreichsten Autorinnen der Welt. Ihre Romane sind allesamt Bestseller und haben sich bisher weltweit fast zweihundertmillionenmal verkauft. Jackie Collins lebt und arbeitet in Los Angeles.

Jackie Collins

DIE FRAUEN VON HOLLYWOOD

Roman

Aus dem Amerikanischen von
Helga Künzel

Knaur

Die Originalausgabe erschien unter dem Titel »Hollywood Wives«
bei William Collins & Co. Ltd.

Besuchen Sie uns im Internet:
www.droemer-knaur.de

Vollständige Taschenbuchausgabe Dezember 1998
Droemersche Verlagsanstalt Th. Knaur Nachf., München

Umschlaggestaltung: Agentur Zero, München
Satz: Ventura Publisher im Verlag
Druck und Bindung: Ebner Ulm
Printed in Germany
ISBN 3-426-61026-4

2 4 5 3 1

Für Tracy, Tiffany und Rory
in Liebe

»Um das Beverly Hills Hotel
darf es in einem Bannkreis von zwei Meilen
keinen Versager geben.«

Gore Vidal

PROLOG

Er stand im Wohnzimmer des kleinen Hauses in Philadelphia. Stand stumm da und starrte die drei an. Drei Schweine. Drei lachende Gesichter. Zähne, Augen, Haare. Drei Schweine.
Er kochte vor Wut. Es war eine Wut, die von innen an seine Schädeldecke hämmerte.
Der Fernseher lief. Über den Bildschirm geisterte Archie Bunker. Er erzählte schmutzige Witze. Studiogelächter aus Tonkonserven belohnte ihn dafür.
Auch hier, bei *ihm* im Zimmer, wieherndes Gelächter. Genauso albernes Gelächter. Alle drei lachten.
Seine Mutter. Dünnes, strähniges mausfarbenes Haar. Ein schlaffer Körper und ein schlaffer Geist.
Sein Vater. Beginnende Glatze. Hager. Ein falsches Gebiß, das er nach Belieben mit der Zunge herausschieben und wieder hineindrücken konnte.
Joey. Er hatte geglaubt, sie sei anders.
Drei Schweine.
Er ging zum Fernseher und drehte den Ton lauter. Die drei achteten nicht auf ihn. Sie hatten zuviel mit ihrem Lachen zu tun. Sie lachten über ihn. Ja. Hemmungslos.
In seinem Kopf brodelte die Wut, nach außen hin war er jedoch ganz ruhig. Er wußte, wie er die drei zum Verstummen bringen konnte. Wußte es genau.
Schnell und schmerzlos würde es gehen. Während sie lachten, noch bevor sie begriffen, was ihnen geschah.
Schnell und schmerzlos. Er schwang die Machete, und sie beschrieb einen tödlichen Halbkreis …
Schnell und schmerzlos ging es. Blut schoß aus klaffenden Wun-

den, spritzte hoch auf. Mit den beiden ersten vernichtenden Streichen fällte er Vater und Mutter.
Joey. Flinker, wendiger, jünger. Die Augen traten ihr vor Entsetzen aus den Höhlen, als sie, den verletzten Arm umklammernd, zur Tür taumelte.
Jetzt ist dir das Lachen vergangen, Joey! Jetzt lachst du nicht mehr.
Noch einmal schwang er die Machete und erschlug Joey, bevor sie den nächsten Schritt machen konnte.
Keiner von den dreien hatte geschrien. Keiner.
Er hatte sie überrumpelt – wie die Soldaten es lernten. Aber er war kein Soldat. Oder doch? Nein, er war keiner.
Schluchzen schüttelte ihn, ein seltsames, lautloses Schluchzen. Er wand sich in krampfartigen Zuckungen. Wie ein Rasender schwang er die Machete. Alle drei machte er fertig, keiner kam zu kurz. Er schwelgte in einem Todesrausch.
Die Geräusche aus dem Fernseher verschluckten die des Gemetzels. Archie Bunker. Tonkonservengelächter.
Und die Machete hieb und metzelte weiter, als werde sie von einer teuflischen Macht geführt.

ERSTES BUCH

1

Elaine Conti erwachte im Luxusbett ihrer Luxusvilla in Beverly Hills, drückte auf einen Knopf, um die elektrisch zu betätigenden Vorhänge zu öffnen, und erblickte einen jungen Mann in weißem T-Shirt und schmutzigen Jeans, der einen perfekten Bogen in ihren mit Mosaiksteinen gefliesten Swimmingpool pinkelte.
Empört setzte sie sich auf, klingelte nach ihrem mexikanischen Dienstmädchen Lina, warf einen mit Marabufedern besetzten seidenen Morgenrock über und zwängte gleichzeitig die Füße in mattrosa Pantoffeln.
Der junge Mann beendete sein Geschäft, zog den Reißverschluß seiner Jeans hoch und schlenderte lässig davon.
»Lina!« rief Elaine. »Wo bleiben Sie denn?«
Das Mädchen erschien, ruhig, unergründlich, nicht im geringsten beeindruckt vom Geschrei ihrer Herrin.
»Am Becken draußen ist ein Einbrecher!« stieß Elaine erregt hervor. »Holen Sie Miguel! Rufen Sie die Polizei! Und sehen Sie nach, ob alle Türen abgeschlossen sind.«
Gemächlich begann Lina den Abfall auf Elaines Nachtkästchen einzusammeln. Schmutzige Kleenextücher, ein halbleeres Weinglas, eine leere Pralinenschachtel.
»Lina!« schrie Elaine schrill.
»Nix aufregen, Señora«, sagte das Mädchen mit stoischer Ruhe. »Nix Einbrecher. Nur Boy, den Miguel schicken, zum Saubermachen von Schwimmbecken. Miguel krank. Nix kommen diese Woche.«
Zornesröte stieg Elaine ins Gesicht. »Warum haben Sie das nicht früher gesagt?« Sie stürmte ins Badezimmer und warf die Tür so heftig zu, daß ein gerahmter Druck zu Boden fiel und das Glas zersplitterte. Idiotisches Frauenzimmer! Es war heutzutage un-

möglich, gutes Personal zu bekommen. Die Leute kamen und gingen. Es kümmerte sie keinen Pfifferling, wenn man in seinem eigenen Haus vergewaltigt und ausgeplündert wurde.
So etwas passierte natürlich nur, wenn Ross zu Außenaufnahmen weg war. Miguel hätte nie gewagt, krank zu spielen, wäre Ross in der Stadt gewesen.
Elaine warf den Morgenrock ab, schlüpfte aus dem Nachthemd und trat unter die belebend scharfen, eiskalten Strahlen der Dusche. Sie biß die Zähne zusammen. Kaltes Wasser war das beste für die Haut, straffte alles. Und weiß Gott, trotz der Gymnastik, dem Yoga und dem Kurs für modernen Tanz hatte ihr Körper Straffung nötig.
Sie war nicht dick. Durchaus nicht. Kein Gramm Fett hatte sie zuviel am Leib. Nicht schlecht für neununddreißig.
Mit dreizehn war ich das dickste Mädchen in der Schule. Etta der Elefant nannten sie mich. Und ich habe diesen Spitznamen verdient. Aber wie hätte ein dreizehnjähriges Kind etwas von Ernährung, Diät, Gymnastik und dem anderen Kram wissen sollen? Was konnte ein dreizehnjähriges Kind machen, wenn Großmama Steinberg es mit Kuchen, Keksen, Krapfen, Strudel, Räucherlachs und Hühnerklößchen vollstopfte?
Elaine lächelte grimmig. Etta der Elefant, einst in der Bronx beheimatet, hatte es allen gezeigt. Etta der Elefant, einst Sekretärin in New York City, war jetzt schlank und biegsam. Sie hieß Elaine Conti und lebte in einem Beverly-Hills-Palast mit sechs Schlaf- und sieben Badezimmern. Selbstredend auf dem flachen Land, nicht irgendwo in den Hügeln oder gar drüben in Brentwood. Auf einem Grundstück erster Qualität.
Etta der Elefant hatte nicht mehr die scharfe Nase, das mausgraue Haar, die auseinanderstehenden Zähne, die Nickelbrille und die flachen Brüste von einst.
Im Lauf der Jahre hatte sie sich beträchtlich verändert. Ihre Nase war jetzt leicht aufgebogen, eine niedliche Stupsnase; das mausgraue Haar leuchtend braun mit goldenen Strähnchen und kurz

geschnitten; die Haut alabasterweiß und dank regelmäßiger Gesichtsmassagen vollkommen glatt; die Zähne überkront, weiß und regelmäßig. Die unkleidsame Brille war längst durch weiche blaue Kontaktlinsen ersetzt worden. Ohne Linsen hatte sie schiefergraue Augen und mußte sie beim Lesen zusammenkneifen. Allerdings las Elaine nicht viel. Illustrierte natürlich. *Vogue, People, Us.* Sie blätterte die Filmzeitschriften oberflächlich durch, *Variety* und *The Hollywood People,* konzentrierte sich auf Army Archerd und Hank Grant. Gierig verschlang sie das Modejournal *Women's Wear Daily* und *Beverly Hills People.* Mit Dingen jedoch, die sie als schwere Nachrichtenkost bezeichnete, befaßte sie sich kaum. An dem Tag, an dem Ronald Reagan zum Präsidenten gewählt wurde, widmete sie der Politik zum erstenmal seit langem einen flüchtigen Gedanken: Wenn Ronald Reagan das schaffte, wie stand es dann mit Ross?

Ihr Busen kam vom Umfang her zwar nicht an den einer Raquel Welch heran, erreichte aber die ansehnliche Größe 90 B. Dazu hatte ihr erster Mann, Dr. John Saltwood, ihr verholfen. Die Brüste standen herausfordernd vor, keine Schwerkraft würde ihnen je etwas anhaben. Und wenn, dann zurück zum guten alten Johnny. Sie hatte ihn in New York aufgegabelt, wo er seine Zeit damit verschwendete, in einem städtischen Krankenhaus als plastischer Chirurg zu arbeiten. Auf einer Party war sie ihm begegnet und hatte in ihm einen ihr nicht unähnlichen, einsamen und unscheinbaren Menschen erkannt. Einen Monat später hatten sie geheiratet, und er hatte ihr im ersten Jahr Nase und Busen operiert. Dann hatte sie ihn überredet, nach Beverly Hills zu gehen und eine Privatpraxis zu eröffnen.

Drei Jahre später war er der ›Busenmann‹ gewesen, und sie hatte sich von ihm scheiden lassen, um Mrs. Ross Conti zu werden. Seltsam, wie die Dinge manchmal liefen.

Ross Conti. Ehemann. Filmstar. Mistkerl erster Güte.

Sie mußte es wissen, schließlich war sie seit zehn langen Jahren mit ihm verheiratet. Es war nie leicht gewesen, und es wurde nicht leichter. Elaine wußte Dinge über Ross Conti, die ihn bei den kleinen alten Damen, von denen er noch geliebt wurde, ein für allemal erledigt hätten. Er ging ja auf die Fünfzig zu, und seine Fans waren nicht gerade Teenager. Mit jedem Jahr, das sich davonstahl, wurde alles komplizierter, und finanziell standen sie auch nicht mehr so gut wie früher. Jeder Film konnte sein letzter sein, und …

»Señora!« Lina trommelte an die Badtür. »Der Boy, er jetzt gehen. Er wollen Geld haben.«

Elaine trat aus der Dusche. Sie war empört. Er wollte Geld haben – wofür? Dafür, daß er in ihren Swimmingpool gepißt hatte? Sie wickelte sich in einen flauschigen Frotteemantel und öffnete die Badtür. »Bestellen Sie ihm«, sagte sie hochmütig, »daß er sich verpissen soll.«

Lina sah sie ausdruckslos an. »Zwanzig Dollar, Missus Conti. Er machen es wieder in drei Tagen.«

Ross Conti fluchte lautlos. Himmelherrgott! Was war bloß mit ihm los? Er konnte sich seinen beschissenen Text nicht merken. Acht Aufnahmen, und er hatte jede vermasselt.

»Immer mit der Ruhe, ganz locker, Ross«, sagte der Regisseur und legte ihm tröstend die Hand auf die Schulter.

Ein beschissener Regisseur. Dreiundzwanzig, wenn's hoch kommt. Die Haare hängen ihm über den Rücken wie einer Hexe vor Allerheiligen. Seine Jeans sind so eng, daß sein Döddel sich abzeichnet wie ein Signal.

Ross schüttelte die beleidigende Hand ab. »Ich bin locker. Die Leute sind's – sie machen mich rasend.«

»Klar«, sagte Chip beschwichtigend und gab seinem Assistenten ein Zeichen. »Bring sie zur Ruhe, um Himmels willen! Sie sind nur Geräuschkulisse – und probieren nicht etwa für *Chorus Line*.«

Der Assistent nickte und sagte dann etwas durch den Lautsprecher.

»Bereit für einen neuen Versuch?« fragte Chip. Ross nickte. Der

Regisseur wandte sich an eine sonnengebräunte Blondine: »Noch einmal, Sharon. Tut mir leid, Kleines.«
Ross kochte. Tut mir leid, Kleines. Aber eigentlich meint der Mistkerl: Tut mir leid, Kleines, wir müssen uns diesem alten Furzer anpassen, weil er in Hollywood mal der Größte war.
Sharon lächelte. »Schon gut, Chip.«
Klar. Schon gut, Chip. Passen wir uns dem alten Trottel an. Meine Mutter mochte ihn sehr. Sie hat jeden Film mit ihm gesehen, und jedesmal war ihr Schlüpfer feucht.
»Make-up«, verlangte Ross und fügte in sarkastischem Ton hinzu: »Wenn niemand was dagegen hat.«
»Natürlich nicht. Sie kriegen alles, was Sie wollen.«
Ja. Alles, was ich will. Weil der sogenannte Superregisseur Ross Conti in seinem Film braucht. Ross Conti ist ein Kassenmagnet. Wer würde denn vor den Kinos Schlange stehen, um Sharon Richman zu sehen? Wer hat überhaupt schon von ihr gehört? Höchstens ein paar Millionen Fernsehfreaks, die sich eine dieser miesen Seifenopern über Wasserskilehrerinnen anschauen. Eine aufpolierte Null, Sharon Richman – Haarmähne und ein Mund voller Zähne. Ich würde sie nicht mal bumsen, wenn sie auf Händen und Knien in meinen Wohnwagen gekrochen käme und mich darum bäte. Hm, wenn sie darum bäte, vielleicht doch.
Die Maskenbildnerin nahm sich seiner an. Sie wenigstens war in Ordnung. Sie wußte, wer in diesem Film der Star war. Geschäftig machte sie sich an ihm zu schaffen, deckte den Schweißglanz um seine Nase mit einer Puderwolke aus einer riesigen Quaste ab, brachte mit einem kleinen Kamm seine Augenbrauen in Form.
Er kniff sie leicht in den Hintern. Sie lächelte geschmeichelt. Komm später in meinen Wohnwagen, Baby, dann werde ich dir zeigen, wie man's einem Star macht.
»Schön«, sagte Chip der Miesling, »sind wir fertig, Ross?«
Wir sind fertig, Arschloch. Ross nickte.
»Okay. Machen wir weiter.«
Die Szene lief gut an. Eigentlich eine einfache Sache. Ross hatte,

nachdem Sharon ihren Text aufgesagt hatte, drei Sätze zu sprechen und mußte dann lässig aus dem Bild schlendern. Das Problem war Sharon. Sie starrte ihn ausdruckslos an und erreichte damit, daß er im zweiten Satz jedesmal einen Versprecher hatte. Dieses Luder. Sie tat es absichtlich. Versucht, mich schlecht aussehen zu lassen.

»Himmelherrgott noch mal!« brüllte Chip, dem der Geduldsfaden gerissen war. »Das ist doch nicht der Monolog aus *Hamlet*!«

Schön. Schluß, aus. Mit mir redet man nicht wie mit einem Statisten. Ross machte auf dem Absatz kehrt und marschierte aus der Szene, ohne sich einmal umzusehen.

Chip schnitt Sharon eine Grimasse. »So geht's, wenn man mit talentlosen Leuten arbeiten muß.«

»Meine Mama mochte ihn sehr«, entgegnete sie mit einfältigem Lächeln.

»Dann ist deine Mama eine noch größere Idiotin als ihre Tochter.«

Sie kicherte. Chips Beleidigungen ließen sie kalt. Im Bett hatte sie die Herrschaft über ihn, und nur darauf kam es an.

Elaine Conti fuhr mit ihrem hellblauen Mercedes langsam über den La Cienaga Boulevard. Sie fuhr so langsam, um ihre Fingernägel nicht zu ruinieren, die eben in einer sensationellen neuen Nagelklinik manikürt worden waren. Wunderbarer Laden, hieß ›Nail Kiss of Life‹. Sie hatten ihr den abgebrochenen Daumennagel so gut repariert, daß nicht einmal sie es sah. Elaine legte eine Streisand-Kassette ein und fragte sich, wie schon oft, warum die liebe Barbra ihre Nase nicht richten ließ. In einer Stadt, in der man so viel auf ein vollkommenes Gesicht gab. Doch Barbras Karriere hatte die große Nase nicht geschadet – und ihrem Liebesleben auch nicht.

Bei dem Gedanken an ihr eigenes Liebesleben runzelte Elaine die Stirn. Ross rührte sie seit Monaten nicht an. Der Schuft. Einfach weil er nicht in Stimmung war.

Elaine hatte während ihrer Ehe zwei Affären gehabt. Ziemlich unbefriedigende. Sie haßte Affären. Haßte den Zeitaufwand, die Höhen und Tiefen, das Auf und Ab. Lohnte sich das alles? Nein, hatte sie sich gesagt, aber jetzt kamen ihr allmählich Zweifel.
Ihre letzte Affäre lag mehr als zwei Jahre zurück. Elaine errötete bei dem Gedanken daran. Welche absurden Risiken sie eingegangen war. Und noch dazu für einen Mann, von dem sie keinerlei Vorteil hatte. Er hätte bestenfalls ihre Zähne richten können, aber die waren schon perfekt. Milton Langley, ihr Zahnarzt – und vermutlich der aller Leute mit Geld in Beverly Hills. Wie indiskret von ihr, ausgerechnet ihn auszusuchen. Eigentlich hatte nicht sie ihn, sondern er sie ausgesucht. Er hatte eines Tages seine Helferin mit einem Auftrag weggeschickt, sich zu Elaine auf den Stuhl geschwungen und sie wie wild gebumst. Sie erinnerte sich genau an den Tag, weil Milton ihren neuen Sonia-Rykiel-Rock bespritzt hatte.
Sie kicherte bei dem Gedanken, doch damals hatte sie nicht gekichert. Milton hatte Mundwasser über das verdorbene Kleidungsstück geschüttet und von seiner Helferin nach ihrer Rückkehr bei ›Saks‹ Ersatz besorgen lassen. Danach hatten sie sich zwei leidenschaftliche Monate lang zweimal wöchentlich in einem schrecklichen Motel am Santa Monica Freeway getroffen. Eines Tages hatte Elaine beschlossen, nicht mehr hinzufahren. Ende dieser kleinen Affäre.
Die andere war es gar nicht wert, daß man darüber nachdachte. Ein Schauspieler aus einem von Ross' Filmen. Sie hatte zweimal mit ihm geschlafen und es beide Male bereut.
Wenn sie mit Ross über den Mangel an Sex zwischen ihnen zu sprechen versuchte, bekam er regelmäßig einen Wutanfall. »Verdammt, was bin ich denn, deiner Meinung nach? Eine Maschine? Ich krieg ihn steif, wenn ich will – und nicht, weil du in irgendeinem idiotischen Sexmagazin gelesen hast, daß du zehn Orgasmen am Tag haben müßtest.«
Ha! Sie konnte von Glück sagen, wenn es zehn im Jahr wurden!

Hätte sie nicht ihren zuverlässigen Vibrator gehabt, wäre sie vermutlich die Wände hochgegangen.
Vielleicht würde Ross sexuell wieder aktiv, wenn der Film, den er gerade drehte, ein Erfolg wurde.
Ja. Das war es, was Ross brauchte – eine gehörige Erfolgsspritze. Täte ihnen beiden gut. Erfolg war das beste Mittel gegen Impotenz.
Vorsichtig bog sie an der Melrose nach links ab. Lunch im ›Ma Maison‹ war an jedem Freitag ein Muß. Wer in der Stadt jemand war, ließ sich dort sehen. Elaine hatte einen festen Tisch.
Patrick Terrail, der Besitzer des ›Ma Maison‹, begrüßte sie am Eingang des kleinen Gartenrestaurants. Sie ließ sich von ihm auf beide Wangen küssen und folgte einem Kellner zu ihrem Tisch, wobei sie mit Adleraugen nach Leuten ausschaute, die sie nicht übersehen durfte.
Maralee Gray, eine ihrer engsten Freundinnen, erwartete sie bereits. Mit verdrießlicher Miene saß sie vor einem Gespritzten. Trotz ihrer siebenunddreißig Jahre hatte sich Maralee viel von ihrer einstigen Hübschheit bewahrt. 1960 war sie zum beliebtesten Mädchen ihrer High-School und zur ›Miss Sportwagen‹ gewählt worden. Später hatte sie den Filmregisseur Neil Gray kennengelernt und geheiratet, war jetzt aber wieder geschieden. Ihrem Vater, der sich inzwischen aus dem Berufsleben zurückgezogen hatte, gehörten die ›Sanderson Studios‹. Mit Geld hatte Maralee nie Probleme. Nur mit Männern.
»Meine Liebe, ich komme doch nicht zu spät?« fragte Elaine besorgt und legte die Wange kurz an die der Freundin.
»Keine Spur. Ich glaube, ich war zu früh da.«
Sie sagten einander das übliche Du-siehst-großartig-aus, bewunderten gegenseitig ihre Aufmachung und ließen die Blicke durch das Restaurant schweifen.
»Wie geht's Ross bei den Außenaufnahmen?« fragte Maralee und entnahm einem Etui aus oblatendünnem Gold ein langes schwarzes Zigarillo.

»Du kennst doch Ross – er ist immer obenauf.«
Beide lachten. Scherze über Ross als Schürzenjäger gehörten in Hollywood zum guten Ton.
»Tatsächlich hat er alles satt bis zum Hals«, vertraute Elaine der Freundin an. »Das Drehbuch, den Regisseur, das Team, das Essen, das Klima – den ganzen lausigen Laden, wie er es charmant ausdrückt. Aber, Maralee, glaub mir«, sie beugte sich mit Verschwörermiene zu ihrer Freundin vor, »in diesem Film wird er Dynamit sein, der alte Ross Conti!«
»Das glaub' ich dir«, sagte Maralee. »Ich habe ihn nie abgeschrieben, das weißt du.«
Elaine nickte. Maralee war eine echte Freundin, und davon gab es nicht viele. In Hollywood galt man nur etwas, solange man Erfolg hatte – und Ross' letzter Erfolg lag eine ganze Weile zurück.
»Ich lasse meine Augenlider straffen«, verkündete Maralee dramatisch. »Ich verrate es nur dir, und du darfst es keinem weitersagen.«
»Ich klatsche doch nicht«, erwiderte Elaine gekränkt. »Wer macht es?«
»Ein Bekannter in Palm Springs. Ich fahre für ein paar Wochen hin – schließlich hab' ich dort das Haus. Und dann komme ich wieder, und niemand wird was merken. Alle werden glauben, ich hätte Urlaub gemacht.«
»Großartige Idee«, sagte Elaine. War Maralee noch ganz bei Trost? Niemand macht in Palm Springs Urlaub, auch dann nicht, wenn er dort ein Haus besitzt. Entweder man fuhr übers Wochenende hin, oder man benutzte es als Altersruhesitz. »Wann?« fragte sie und ließ den Blick rastlos durch das Restaurant schweifen.
»So bald wie möglich. Nächste Woche, wenn er mich drannehmen kann.«
Sie unterbrachen ihr Gespräch, um den Auftritt von Sylvester Stallone zu beobachten. Elaine winkte ihm lässig zu, doch er schien sie nicht zu bemerken. »Vermutlich braucht er eine Bril-

le«, meinte sie verschnupft. »Ich bin ihm erst letzte Woche auf einer Party begegnet.«
Maralee nahm eine kleine goldene Puderdose aus der Tasche und inspizierte ihr Gesicht. »Er wird sich nicht lang halten«, erklärte sie wegwerfend und entfernte Lippenstiftflecke von ihren Zähnen. »Seien wir doch ehrlich, ein Clark Gable ist er nicht.«

»O ja, so ist's gut – hör nicht auf – nicht aufhören. O ja, ja – weiter, Süße, mach weiter.«
Ross Conti lauschte seiner Stimme nach und fragte sich, wie oft er diese Worte schon gesagt hatte. Sehr oft, das stand fest.
Stella, die Maskenbildnerin, kniete vor ihm und bemühte sich eifrig um sein halbsteifes Glied. Sie saugte es, als sei es eine Wasserpumpe. Ihre Technik ließ einiges zu wünschen übrig. Ross mußte es wissen, schließlich hatte er einige der besten kleinen Schwanzsaugerinnen aus der Branche gehabt. Starlets, deren Lebensunterhalt davon abhing, daß sie gute Arbeit leisteten. Flittchen, die sich darauf spezialisiert hatten. Gelangweilte Hausfrauen aus Beverly Hills, die das Schwanzsaugen zur Kunst erhoben hatten.
Er spürte, daß sein Glied zu erschlaffen begann, und grub die Finger in die Kopfhaut des Mädchens. Sie stöhnte vor Schmerz und ließ von ihm ab. Er bedauerte es nicht. Blitzschnell schob er sein Glied in die Hose und zog den Reißverschluß hoch. »Das war wunderbar!«
Sie sah ihn verdutzt an. »Aber Sie sind ja gar nicht gekommen.«
Er konnte schwerlich lügen. »Manchmal ist es besser so«, erklärte er geheimnisvoll und griff nach einer Flasche Tequila, die in seinem Hotelzimmer auf einem Beistelltischchen stand.
»Wirklich?« Sie sah ihn immer noch starr an.
»Klar. Da bleiben meine Säfte in mir. Hält mich in Schwung. So mag ich es während der Dreharbeiten.« Wenn sie ihm das abnahm, würde sie ihm alles abnehmen.

»Ich glaube, ich weiß, was Sie meinen«, erwiderte sie begeistert. »Das ist wie bei einem Boxer vor dem Kampf, der seine kostbaren Kräfte nicht vergeuden darf. Sie müssen die Kräfte für sich arbeiten lassen.«

»Stimmt. Genauso ist es.« Er lächelte, nahm einen Schluck Tequila aus der Flasche und wünschte, sie würde gehen.

»Möchten Sie, daß ich – irgendwas tue?« fragte sie erwartungsvoll.

»Es gibt tausend Dinge, die du tun könntest – für mich«, antwortete er. »Aber der Star muß ein bißchen schlafen. Das verstehst du doch, nicht wahr?«

»Natürlich, Mr. Con… Ross.«

Er hatte ihr nicht erlaubt, ihn beim Vornamen zu nennen. Sie sollte ruhig bei Mr. Conti bleiben. Frauen. Wenn man ihnen den kleinen Finger reichte, schnappten sie gleich nach der ganzen Hand.

»Gute Nacht, Sheila.«

»Ich heiße Stella.«

»Richtig.«

Sie ging endlich, und er schaltete den Fernseher ein, gerade rechtzeitig für die Abendshow. Er hätte Elaine in Los Angeles anrufen sollen, aber er hatte keine Lust. Sie wurde bestimmt wütend, wenn sie hörte, daß er ein ums andere Mal hängengeblieben und dann beleidigt abmarschiert war. Elaine meinte, er sei auf dem absteigenden Ast. Sie nörgelte ständig, weil er sich angeblich nicht auf den Publikumsgeschmack einstellte. Seinen letzten Film hatte er gegen ihren Rat gemacht, und der war eine Riesenpleite geworden. Himmel, hatte ihn das gewurmt! Eine schöne Liebesgeschichte mit einem guten alten Regisseur und einer New Yorker Bühnenschauspielerin als Partnerin. »Altmodischer Quatsch«, hatte Elaine kühl behauptet. »Sex, Gewalt und Komödie, damit macht man heutzutage Kassenschlager. Da mußt du einsteigen, Ross, bevor es zu spät ist.«

Sie hatte natürlich recht. Er mußte es wirklich tun, denn er war nicht mehr der ganz große Kassenmagnet, rangierte nicht mal

mehr unter den ersten zehn. Mit ihm ging es tatsächlich bergab, und in Hollywood witterte man so etwas.
Auf dem Bildschirm unterhielt sich Johnny Carson jetzt mit Angie Dickinson. Sie flirtete, schlug die langen Beine übereinander und sah sehr verführerisch aus.
Ross griff nach dem Telefonhörer. »Den Portier, bitte«, sagte er barsch.
Nachdem er sich verdrückt hatte, war Chip zu ihm in den Wohnwagen gekommen. »Das läßt sich alles regeln, Ross. Wenn Sie heute aufhören wollen, können wir die Szene gleich für morgen früh als erstes einplanen.«
Er hatte eingewilligt. Wenigstens wußten die jetzt, daß sie es mit einem Star zu tun hatten und nicht mit einem abgetakelten Schauspieler von gestern.
»Ja, Mr. Conti? Hier ist der Portier. Womit kann ich Ihnen dienen?«
Ross streckte die freie Hand nach der Tequilaflasche aus. »Sind Sie verschwiegen?«
»Natürlich, Sir. Das gehört zu meinem Beruf.«
»Ich möchte ein Mädchen haben.«
»Gewiß, Mr. Conti. Blond? Braun? Rothaarig?«
»Meinetwegen vielfarbig. Aber sorgen Sie dafür, daß sie große Titten hat – ich meine, wirklich große.«
»Jawohl, Sir.«
»Oh, und setzen Sie die Kosten auf meine Rechnung. Als Zimmerservice.« Warum sollte er zahlen? Dafür sollte ruhig die Filmgesellschaft aufkommen. Er legte den Hörer auf und ging zum Spiegel. Fünfzig. Er wurde bald fünfzig. Das tat weh. Sehr weh.

Ross Conti lebte seit dreißig Jahren in Hollywood. Und seit fünfundzwanzig Jahren war er ein Star. Nach seiner Ankunft im Jahr 1953 schleppte er zunächst in einem Lebensmittelgroßmarkt am Sunset Boulevard Kisten und Kartons, wurde aber bald von der jungen Frau eines alternden Agenten entdeckt. Sie war von seiner Blondheit und seinem guten Aussehen hingerissen und ging daran, ihren Mann zu überreden, Ross unter seine Fittiche zu nehmen. Inzwischen kümmerte sie sich selbst um ihn – zweimal täglich – und genoß jeden Augenblick.

Ihr Mann kam genau an dem Tag hinter die Affäre, an dem die Filmgesellschaft Universal eingewilligt hatte, seinen jungen Klienten unter Vertrag zu nehmen. In seinem gerechten Zorn handelte der alte Agent die schlechtesten Bedingungen für Ross aus, wartete ab, bis er unterschrieben hatte, ließ ihn dann fallen und prangerte ihn in der ganzen Stadt als untalentierten, sexbesessenen Angeber an.

Ross scherte sich nicht darum. Er war in der Bronx aufgewachsen, hatte sich drei Jahre in New York herumgetrieben und gelegentlich kleine Nebenrollen gespielt. Ein Hollywood-Vertrag war für ihn das Ziel aller Wünsche – unter jeder Bedingung.

Die Frauen vergötterten ihn. In zwei Jahren arbeitete er sich durch die gesamte Weiblichkeit des Studios und machte sich dann an die hübsche Geliebte eines Studiobosses heran, der prompt dafür sorgte, daß Ross Contis Vertrag gekündigt wurde. Zwei Jahre – und er hatte nur ein paar kleinere Rollen in einer Reihe von Filmen gespielt, in denen es hauptsächlich um Strandpartys ging. Plötzlich kein Vertrag, keine Zukunftsaussichten, kein Geld mehr.

Als er eines Tages auf dem Strip vor Schwab's Drugstore herumlungerte, kam er mit einem Mädchen namens Sadie La Salle ins Gespräch, einer vielbeschäftigten Sekretärin mit dem größten Vorbau, den er je gesehen hatte. Sie war nicht hübsch: dicklich, dunkler Flaum über der Oberlippe, kurzbeinig. Aber herrje, diese phantastischen Titten! Zu seiner eigenen Überraschung bat er sie, mit ihm auszugehen, und sie willigte sofort ein. Er führte sie ins ›Aware Inn‹, sie aßen Gesundheits-Sandwichs und redeten über ihn. Er genoß jede Minute des Abends. Wie viele Mädchen waren schon bereit, fünf volle Stunden ausschließlich über ihn zu reden?

Sadie war klug, eine Eigenschaft, die Ross noch bei keiner Frau gefunden hatte. Sie weigerte sich, nach dieser ersten Verabredung mit ihm ins Bett zu gehen, schlug seine Hände weg, als er nach den magischen Brüsten greifen wollte, gab ihm vernünftige Ratschläge im Hinblick auf seine Karriere und setzte ihm beim zweiten Rendezvous die beste Mahlzeit seines Lebens vor.

Sechs Monate lang blieb ihre Beziehung platonisch. Sie trafen sich ein paarmal in der Woche und telefonierten täglich miteinander. Ross liebte die Gespräche mit Sadie. Sie wußte eine Lösung für jedes Problem, und Junge, er hatte wahrhaftig Probleme! Er erzählte ihr von den Mädchen, mit denen er schlief, von den Schwierigkeiten, Arbeit zu finden. Es war deprimierend, zu einem Vorstellungsgespräch nach dem anderen zu gehen und nichts zu kriegen. Deprimierend und schrecklich für sein Selbstwertgefühl. Sadie war eine ausgezeichnete Zuhörerin, außerdem kochte sie zweimal in der Woche für ihn und wusch ihm die Wäsche.

Eines Nachts kam er bei einem Abenteuer mit knapper Not davon. Er besuchte eine sehr entgegenkommende Freundin, und ihr Mann, der verreist gewesen war, kam früher als erwartet zurück. Ross mußte aus dem Schlafzimmerfenster springen, wobei er seine Hose verzweifelt an sich preßte. Er beschloß, Sadie mit einem späten Besuch zu überraschen und ihr die amüsante Geschichte zu erzählen.

Als er in ihrer kleinen Wohnung am Olive Drive anlangte, stellte er bestürzt fest, daß ein Mann bei ihr war. Die beiden saßen sich bei Kerzenlicht, einem köstlich duftenden Schmorbraten und Wein am Eßtisch gegenüber. Sadie trug ein tief ausgeschnittenes Kleid und schien verärgert, als Ross plötzlich auftauchte.

Er hatte nicht im Traum daran gedacht, daß sie Freunde haben könnte, und es wurmte ihn ungeheuer.

»Darf ich dich mit Bernard Leftcovitz bekannt machen«, sagte sie steif, während sie angewidert Ross' zerdrückte Kleidung und sein zerzaustes Haar musterte.

Er ließ sich ungezwungen in einen Sessel fallen und nickte Bernard Leftcovitz kurz zu. »Bring mir was zu trinken, Schatz«, sagte er, streckte die Hand aus und gab Sadie einen Klaps auf den Hintern. »Scotch mit viel Eis.«

Sie funkelte ihn böse an, holte ihm jedoch das Verlangte. Dann blieb er stur sitzen, bis Mr. Leftcovitz nach einer Stunde aufgab und ging.

Als sich die Tür hinter ihm geschlossen hatte, explodierte Sadie: »Vielen herzlichen Dank!«

Ross grinste. »Was ist denn los?«

»Das weißt du ganz genau. Kommst hier herein, als gehöre dir die Wohnung, und behandelst mich wie eins deiner – deiner verdammten Frauenzimmer!« Sie kochte vor Wut. »Ich hasse dich. Ich hasse dich wirklich! Du hältst dich für einen tollen Burschen, aber laß dir sagen, daß ...«

Er packte sie schnell, ging aufs Ganze. Es mußte überwältigend werden – er würde nur noch Schenkel, Hitze und diese erstaunlichen Berge von Brüsten fühlen und darin versinken.

Sie stieß ihn weg. »Ross –«, protestierte sie.

Er war nicht bereit, sich anzuhören, warum sie es nicht tun sollten. Sadie La Salle würde ihm gehören, und die Bernard Leftcovitze sollte alle der Teufel holen.

Sie war Jungfrau. Vierundzwanzig Jahre alt, in Hollywood zu Hause und Jungfrau! Ross konnte es nicht fassen. Er war entzückt. Seit zehn Jahren ein großer Verführer, und Sadie war seine erste Jungfrau.

Am nächsten Tag packte er seine Sachen und zog zu ihr. Er war ohnehin zwei Monate mit der Miete im Rückstand, und das Geld wurde allmählich zu einem großen Problem. Sadie nahm ihn mit Freuden bei sich auf. Sie sagte Bernard Lebwohl, ohne lange zu überlegen, und widmete sich ganz Ross. »Wir müssen einen Agenten für dich finden«, erklärte sie besorgt, denn sie wußte, daß seine vergeblichen Versuche, eine Filmrolle zu ergattern, ihn viel mehr beunruhigten, als er zugab. Unglücklicherweise

schienen alle Agenten, die er aufsuchte, Bescheid zu wissen – Ross Conti hatte einen schlechten Ruf.
Eines Tages faßte Sadie einen großen Entschluß. »Ich werde dich managen«, eröffnete sie ihm ernst.
»Was wirst du?« rief er.
»Ich gründe eine Agentur und werde dich managen. Es ist eine gute Idee. Du wirst schon sehen.«
In der folgenden Woche gab sie ihre Stellung auf, hob ihre Ersparnisse ab und fand bald darauf auf dem Hollywood Boulevard in einem heruntergekommenen Gebäude ein kleines Zimmer. Sie heftete ein Schild an die Tür: »Sadie La Salle, Star-Agentur«. Dann ließ sie sich ein Telefon einrichten und war im Geschäft.
Ross fand die ganze Sache urkomisch. Was verstand Sadie schon vom Agentengeschäft?
Sie hatte sechs Jahre in einem großen Anwaltsbüro gearbeitet, das aufs Showbusineß spezialisiert war, und kannte alle juristischen Finten und Kniffe. Der Rest war nicht allzu schwer. Was ihr fehlte, lernte sie schnell. Sie hatte eine »Ware« – Ross Conti. Und wenn die Frauen Amerikas ihn erst einmal richtig zu sehen bekamen, wollten sie bestimmt kaufen.
»Ich habe eine großartige Idee«, verkündete sie eines Tages, »und ich will deine Meinung dazu gar nicht hören, denn die Sache wird klappen. Ich weiß, daß sie einschlagen wird.«
Ross war von der Idee begeistert, obwohl sie ein bißchen verrückt und sehr kostspielig war. Sadie lieh sich das nötige Geld von ihrem früheren Arbeitgeber, einem verklemmten Kerl namens Jeremy Mead, der – wie Ross vermutete – gern mit ihr ins Bett gegangen wäre. Dann ließ sie Ross bei ›Pacific Ocean‹ fotografieren: in abgeschnittenen, verschossenen Jeans und mit strahlendem Lächeln. Von dieser Aufnahme ließ Sadie Poster drucken, die bald an allen Litfaßsäulen und Plakatwänden in ganz Amerika hingen. Der Text bestand nur aus der Frage: WER IST ROSS CONTI?
Es war eine Zeit der Wunder. Nach wenigen Wochen fragte je-

dermann: »Wer ist Ross Conti?« Johnny Carson begann in seiner Show witzige Bemerkungen darüber zu machen. Ganze Säcke voller Briefe trafen ein, adressiert an Ross Conti, Hollywood. (Sadie hatte vorsichtshalber das Postamt informiert, wohin die Briefe gebracht werden sollten.) Ross wurde auf der Straße angesprochen, Verehrerinnen umringten ihn, er wurde überall erkannt. Die Sache lief genauso, wie Sadie vorausgesagt hatte.
Auf dem Höhepunkt der Kampagne flog Sadie mit ihrem nun berühmten Klienten nach New York. Man hatte ihn eingeladen, als Gast in der ›Tonight Show‹ aufzutreten. Sie waren beide überglücklich. In New York bekam Ross einen Vorgeschmack davon, was es bedeutete, ein Star zu sein. Sadie war außer sich vor Freude, weil sie es gewesen war, die das für ihn erreicht hatte.
Er war großartig in der Show, witzig, sexy, unwiderstehlich und attraktiv. Als er und Sadie nach Hollywood zurückkehrten, lagen bereits zahlreiche Angebote vor. Sadie sichtete sie und handelte schließlich mit Paramount einen erstklassigen Vertrag über drei Filme für ihn aus. Ross ging unbekümmert an die Arbeit und hatte als Filmstar sofort Erfolg.
Sechs Monate später ließ er Sadie fallen, wechselte zu einer großen Agentur und heiratete Wendy Warren, einen aussichtsreichen jungen Filmstar mit der beeindruckenden Oberweite von neunundneunzig Zentimetern. Die beiden wohnten in vielfotografiertem Luxus auf dem Mulholland Drive, fünf Minuten von Marlon Brandos Domizil entfernt. Die Ehe hielt nur zwei Jahre und war kinderlos. Danach wurde Ross *der* Junggeselle Hollywoods. Wilde Geschichten, wilde Kapriolen, wilde Partys. Alle waren entzückt, als er 1964 wieder heiratete, diesmal ein siebzehnjähriges schwedisches Starlet – natürlich mit wunderbarem Busen. Die Ehe war sehr stürmisch und hielt nur ein halbes Jahr. Die Schwedin ließ sich wegen seelischer Grausamkeit von ihm scheiden und verlangte die Hälfte seines Geldes. Ross tat die ganze Sache mit einem Achselzucken ab.
Um diese Zeit stand sein Stern im Zenit. Jeder Film, in dem er

mitwirkte, wurde ein sagenhafter Erfolg. Bis 1969, als er hintereinander zwei katastrophale Streifen drehte.
Nicht alle Leute betrauerten seinen jähen Sturz aus den allerhöchsten Höhen. Zu ihnen gehörte Sadie La Salle. Nachdem Ross sich von ihrer liebevollen Fürsorge losgesagt hatte, war sie für eine Zeitlang in der Versenkung verschwunden, dann jedoch wieder aufgetaucht und hatte sich langsam, aber sicher ein Imperium aufgebaut.
Elaine lernte Ross kennen, als er ihren Mann konsultierte. Ross war neununddreißig und meinte, eine kleine Gesichtskorrektur könne nicht schaden. Ein verjüngtes Gesicht bekam er zwar nicht, dafür aber bekam er Elaine. Ohne zu zögern ging sie auf ihn los, und sie war genau das, was er zu diesem Zeitpunkt seines Lebens brauchte. Er hielt sie für verständnisvoll und hilfsbereit, außerdem konnte sie sehr gut zuhören. Ihre Brüste fand er nicht aufregend, doch im Bett war sie anpassungsfähig und sinnlich, was ihn nach der Aggressivität der Hollywoodstarlets angenehm berührte. Elaine mußte seine Frau werden, er brauchte sie. Es kostete ihn keine sonderliche Mühe, sie zur Scheidung zu überreden. Eine Woche nach dem Termin heirateten sie in Mexiko, und Ross Contis Karriere führte wieder steil nach oben. Fünf Jahre gehörte er zu den ganz Großen, dann begann er langsam, allmählich abzurutschen. Und auch mit seiner Ehe ging es bergab.

Neunundvierzig. Er näherte sich mit rasender Geschwindigkeit dem Fünfziger. Aber er wirkte nicht einen Tag älter als zweiundvierzig. Seiner blonden Jungenhaftigkeit stand sogar das Älterwerden gut. Die grauen Haare allerdings, die sorgfältig gefärbt werden mußten, und die Tränensäcke unter den durchdringend blauen Augen hätte er entbehren können.
Trotzdem, er war großartig in Form, sein Körper fest und straff. Er betrachtete sich im Spiegel und nahm das leise Klopfen an der Tür zunächst gar nicht richtig wahr.
»Ja?« rief er, als es zum zweitenmal klopfte.

»Zimmerservice«, antwortete eine weiche Frauenstimme.
Der Zimmerservice war zweiundzwanzig und hatte einen prächtigen Busen. Ross beschloß, dem Portier ein fürstliches Trinkgeld zu geben.

2

»Er war nie ein normaler Junge, dieser Deke Andrews, wahrhaftig nich. War schon immer sonderbar.«
»Ach? Wieso denn das?«
»Er hat sich nie nich fürs Fernsehen, fürs Kino oder für Mädchen interessiert. War nie so wie die anderen Jungs in unserer Straße. Auch nich als Halbwüchsiger.«
»Wofür interessierte er sich dann?«
»Für Autos. Kaum hat er den ersten Job gehabt, is er losgezogen und hat einen alten Mustang angezahlt. Ganz vernarrt war er in den Wagen. Hat ihn poliert, frisiert, stundenlang an der alten Karre herumgebastelt.«
»Was wurde draus?«
»Er hat ihn verkauft. Warum, weiß ich nich. Und er hat nie wieder ein Auto gehabt.«
»Wissen Sie das sicher?«
»Was?«
»Daß er nie ein anderes Auto hatte.«
»Klar weiß ich das sicher. Ich weiß alles, was in der Friendship Street vorgeht. Ich sitze seit dreißig Jahren an diesem Fenster und schaue hinaus. Hab' ich Ihnen von mei'm Unfall erzählt? Eine schwere Maschine is mir auf die Beine gefallen. Kann seither keinen Schritt mehr gehen. Entschädigung? Sie glauben, ich hätte Geld gekriegt? Nichts habe ich gekriegt, trotz der beschissen langen Zeit, die ich in der miesen Firma gearbeitet hab'. Könn' Sie sich das vorstellen ...« Der alte Mann wurde feuerrot, und seine Stimme bebte vor Zorn.

Detective Leon Rosemont rieb sich den Rücken seiner großen Nase und betrachtete den billigen gerahmten Druck an der Wand. Wer konnte die Menschen je verstehen? Der Alte hier interessierte sich nur für das, was er vor dreißig Jahren erlebt hatte, nicht aber für das Verbrechen, das erst vor ein paar Stunden in dem Haus auf der anderen Straßenseite geschehen war. Als Zeuge war er wertlos. Er wußte nichts, hatte nichts gehört und nichts gesehen.

Bald würden die Zeitungen mit riesigen Schlagzeilen verkünden: BESTIALISCHER DREIFACHMORD. ENTSETZLICHER MORD IN VORORT. BLUTIGES MASSAKER. Die Presse liebte Massenmorde. Drei Menschen in einem kleinen Haus in einem angesehenen Vorort von Philadelphia brutal niedergemetzelt. Rosemont wünschte, er könne den Anblick des Blutbades aus seinem Gedächtnis löschen. Galle kam ihm hoch. Er schluckte rasch, schluckte sie entschlossen hinunter.

Detective First Grade Leon Rosemont. Ein wuchtiger Mann von Anfang Fünfzig, breitschultrig, kräftig gebaut, mit dichtem grauem Haar, buschigen Augenbrauen und scharfen, aber freundlichen braunen Augen. Er sah wie ein ehemaliger Footballstar aus, und ein Footballstar war er im College auch gewesen. Seit neunundzwanzig Jahren gehörte er der Kriminalpolizei an. Neunundzwanzig Jahre, in denen er mit Verstümmelungen, Sexualmorden und gemeinem Totschlag zu tun gehabt hatte. Er haßte all den Schmutz, mit dem er sich befassen mußte.

Die saftigsten Fälle gab man ihm, doch dieses hier war der saftigste seit langem. Drei Menschen aus keinem ersichtlichen Grund in Stücke gehackt. Kein Sexualverbrechen. Kein Raub. Nichts. Und überhaupt nichts, wo man einhaken konnte. Außer vielleicht bei Deke Andrews, dem Sohn der Familie, der nicht aufzufinden war.

War es vielleicht nur ein netter altmodischer Familienmord?

Deke Andrews konnte man dazu nicht befragen, denn er war verschwunden. Möglicherweise verreist, besuchte Freunde oder hauste bei einem Mädchen. Es war ja erst Samstag nachmittag, und die Gerichtsmediziner hatten erklärt, die Tatzeit liege irgendwann zwischen Freitag dreiundzwanzig Uhr und Samstag vier Uhr morgens.

Deke Andrews, sechsundzwanzig. Ein Einzelgänger.

Wie viele Leute hatte man eigentlich schon seinetwegen befragt? Vier? Fünf? Die Ermittlungen hatten noch gar nicht richtig begonnen. Man stand erst am Anfang.

»Diese Nigger!« stieß der alte Mann erbittert hervor. »Sie machen überall Schwierigkeiten.«

»Was?«

»Ich meine die Nigger, die neuerdings in unserer Straße wohnen. Würde mich nich wundern, wenn sie's gewesen wären. Ich sperr meine Tür jetz immer zu, es is nich mehr so wie früher. Ich kann mich noch an die Zeit erinnern, in der man nich mal Schlösser an den Türen haben mußte.«

Detective Rosemont nickte kurz. Er hatte einen schlechten Geschmack im Mund, und der gräßliche Anblick den ihm die frühen Morgenstunden beschert hatten, tanzte ihm vor den Augen herum. Der Kopf schmerzte ihn, seine Lippen waren strohtrocken, seine Augen brannten und schienen tief in ihre Höhlen zurückgesunken. Er wünschte sich sehnlich, zu Hause im Bett zu liegen, bei seiner Frau, der süßen schwarzen Millie ...

»Sollen in der South Street bleiben, wo sie hingehören«, nuschelte der Alte bösartig. »Einfach in eine Gegend ziehen, wo anständige Leute wohnen. Das gehört sich nich. Es sollte ein Gesetz dagegen geben.«

Detective Rosemont erhob sich schwerfällig aus dem gepolsterten Sessel und ging auf die Tür zu. Nichts wie weg! Er hatte das Gefühl zu ersticken.

»Vielen Dank, Mr. Bullen«, sagte er gepreßt. »Wir brauchen natürlich eine formelle Aussage. Einer meiner Leute kommt später vorbei.«

»Nigger!« kreischte der Alte hysterisch. »Man hätt sie in Afrika

lassen und weiter nackt herumlaufen lassen sollen. Das is meine Meinung. Das is die Meinung aller anständigen Leute.«
Zornerfüllt verließ Leon Rosemont das kleine Haus. Es regnete. Die Fernsehwagen blockierten das Ende der Straße, und eine Gruppe lüsterner Schaulustiger drängte sich hinter der polizeilichen Absperrung. Was wollten die Leute hier? Was war denn so aufregend an der Fassade eines Hauses, in dem gemordet worden war? Was zum Teufel erwarteten sie zu sehen?
Er schüttelte den Kopf. Menschen. Er würde sie nie verstehen. Grimmig schlug er den Kragen seines alten englischen Regenmantels hoch und ging rasch die Straße hinunter.
In den Jahren seines zermürbend schweren Dienstes hatte er noch nie mit einem Mordfall zu tun gehabt, in dem er eines der Opfer kannte. Es war das erste Mal, und es war entsetzlich. Fröstelnd fragte er sich, ob ein Teil der Schuld nicht sogar ihn selbst traf.

3

Amüsiert beobachtete Montana Gray ihren Mann. Neil stand im Ankleidezimmer ihres Hauses im Coldwater Canyon vor dem Spiegel und musterte sich. Wenn er einen Anzug trug, trieb er geradezu einen Kult mit seiner äußeren Erscheinung. Geduldig wartete Montana auf die unvermeidliche Frage.
Neil enttäuschte sie nicht. »Sehe ich gut aus?« fragte er. Zwar hegte er nicht den geringsten Zweifel daran, wartete aber dennoch ungeduldig darauf, daß sie es ihm bestätigte.
Sie lachte. »Wieso bist du eigentlich immer so unsicher, obwohl du genau weißt, daß du großartig aussiehst?«
»Unsicher? Ich? Niemals!« protestierte er in einem Tonfall, der dem von Richard Burton so täuschend ähnlich war, daß die Kopie das Original übertraf. »Ich genieße nur deine Anerkennung.«
Sie liebte seinen englischen Akzent, der sie von Anfang an erregt

hatte. »Hmmm ...« Sie warf ihm einen herausfordernden Blick zu. »Später – im Bett – bekommst du so viel Anerkennung, daß dir die Haare in die Höhe stehen.«
»Nur die Haare?« scherzte er.
»Und alles andere, das dir zufällig einfällt.«
»Oh, ich lasse mir schon etwas einfallen.«
Sie lachte. »Dessen bin ich sicher. Du bist nicht nur der größte Filmregisseur weit und breit, du hast auch eine lebhafte Phantasie.«
Er zog sie an sich und begann sie zu küssen.
Montana war neunundzwanzig, Neil vierundfünfzig. Sie hatten ein Jahr zusammengelebt, aber weder in dieser Zeit noch während ihrer vier Ehejahre war der große Altersunterschied für die beiden problematisch gewesen, obwohl sich viele Leute noch immer darüber aufregten, unter anderem Neils Exfrau Maralee, ein paar Freunde von Neil und deren Ehefrauen.
»He!« Sie stieß ihn sanft von sich. »Auf unsere illustre Anwesenheit wartet im Bistro eine ganze Schar von Gästen. Wir sollten uns lieber auf die Socken machen.«
Er seufzte theatralisch.
»Neil, schieb den heutigen Abend nicht mir in die Schuhe. Diese ganze Fete war deine Idee.«
Er verbeugte sich spöttisch und führte sie zur Tür. »Schön. Madam, in diesem Fall wollen wir uns – wie Sie so prägnant sagten – auf die Socken machen.«

Montana. Einsfünfundsiebzig groß. Hüftlanges schwarzes Haar. Goldgefleckte Tigeraugen. Großzügig geschnittener, sinnlicher Mund. Eine ungewöhnliche, auffallende Schönheit.
Montana. Nach ihrem Geburtsstaat benannt, von Eltern, die – gelinde ausgedrückt – unkonventionell waren. Ihr Vater war Geologe, ihre Mutter Folksängerin. Beide reisten gern, und so kam es, daß Montana mit fünfzehn bereits zweimal um die Welt gefahren war, zwei kurze Affären gehabt hatte, fließend Französisch und

Italienisch sprach, Wasser- und Alpinski fahren und wie ein Cowboy reiten konnte.
Montanas Eltern, beides starke, unabhängige Persönlichkeiten, gaben ihrem einzigen Kind großes Selbstvertrauen und Selbstwertgefühl mit. »Glaub an dich, dann erreichst du alles«, sagte die Mutter oft.
»Fürchte dich nie«, lautete das Motto des Vaters. »Stelle dich allem, was auf dich zukommt, mit Würde und Kraft.«
Die beiden konnten das, denn sie hatten einander. Montana fühlte sich oft als Eindringling, obwohl beide sie sehr liebten. Und als die Eltern beschlossen, sich endgültig auf einer Ranch in Arizona niederzulassen, wußte Montana, daß es an der Zeit war, allein in die Welt zu ziehen. Mit dem Segen der Eltern und einer kleinen Geldsumme, die sie über Wasser halten sollte, brach sie auf. Man schrieb das Jahr 1971. Sie war siebzehn und von der ganzen Energie und Begeisterung sehr junger Menschen erfüllt.
Zunächst wohnte sie bei einem älteren Vetter in San Francisco. Er gab ihr ein paar Tips im Hinblick auf Sex, Drogen und Rock 'n' Roll und überließ sie sich selbst. Sie war wiß- und lernbegierig und probierte die verschiedensten Jobs aus: arbeitete unter anderem als Bedienung und verhökerte selbstgefertigten Silberschmuck auf der Straße.
Dann lernte sie einen Rockmusiker kennen, der ihr Interesse für Indien und die Meditation weckte. Mit ihm landete sie in Poona und saß zu Füßen des gefeierten Guru Baghwan Rajneesh. Sie war dessen früher überdrüssig als ihr Gefährte und reiste daher allein nach London, wo sie bei Freunden in Chelsea wohnte und in einen Kreis von Fotografen, Modellen und Schriftstellern geriet. Sie versuchte sich in allem ein bißchen, zog schließlich mit einem radikalen Journalisten nach New York weiter und begann sich ernsthaft dem zu widmen, was sie nach ihrer Erkenntnis am meisten interessierte: dem Schreiben. Die Arbeiten aus ihrer Feder waren zynisch und dabei stilistisch gekonnt. Bald hatte sie sich einen Namen gemacht und bekam eine regelmäßige Seite in

der avantgardistischen Zeitschrift *Worldly.* Auf einer beruflichen Reise nach Paris lernte sie Neil kennen.
Eine Party am linken Seineufer. Laut. Voll. Montana ging mit einem ehemaligen Freund namens Lenny hin. Neil war schon da, völlig hinüber von einer Mischung aus Jack Daniel's und Acapulco Gold. Ein ausgebrannt aussehender Mann mit ausdrucksvollen Augen, einem verlebten Gesicht und einem dichten Schopf widerspenstigen ergrauenden Haars. Er saß in einer Ecke und hielt im Kreis seiner Bewunderer hof. Jedes Wort von ihm schien ihnen eine Offenbarung.
»Den Typen möchte ich gern kennenlernen«, sagte Lenny. »Er ist besser als Altman.«
»Niemand ist besser als Altman«, entgegnete Montana entschieden und wandte sich einigen Freunden zu.
Erst Stunden später schlenderte sie zu der Gruppe hinüber, die Neil Gray noch immer umringte. Lenny stellte Montana vor.
Neil war inzwischen so betrunken, daß er kaum noch sprechen konnte. Aber er schaffte es zu sagen: »Montana? Was für ein beschissener Name ist denn das?«
Sie ignorierte ihn, lächelte Lenny lieb an und sagte: »Komm, ziehen wir ab.«
Als sie zwei Tage später im American Drugstore auf den Champs-Élysées Zeitschriften durchblätterte, sagte eine Stimme: »Montana? Was für ein beschissener Name ist denn das?«
Sie drehte sich um und wußte im ersten Moment nicht, wer er war. Dann hauchte er ihr seinen Whiskyatem ins Gesicht, und sie erinnerte sich an die Party.
»Möchten Sie was trinken?« fragte er.
»Eigentlich nicht.«
Ihre Blicke trafen sich, und ein Funke sprang über. Für Montana war der Reiz groß genug, daß sie es sich anders überlegte, obwohl sie sich aus älteren Männern bisher nichts gemacht hatte.
Er führte sie in eine Bar, wo er offenbar Stammgast war. Nachdem er sie durch eine intelligente und witzige Konversation be-

eindruckt hatte, begann er sich vollaufen zu lassen. Sie überlegte, warum er wohl das Bedürfnis haben mochte, die Gegenwart auszulöschen. Behutsam versuchte sie, mehr über ihn in Erfahrung zu bringen. Er war ein schwieriger Mensch, der zur Selbstzerstörung neigte. Ein begabter Regisseur, der durch seine Trunksucht und sein unberechenbares Verhalten viele Leute vor den Kopf gestoßen hatte und jetzt gezwungen war, für hohe Gagen Werbespots zu drehen, um den Unterhalt seiner in Beverly Hills auf großem Fuß lebenden Exfrau Maralee bestreiten zu können.
In Paris schien er seine Berühmtheit zu genießen. Er begann jeden Tag nüchtern, war jedoch bereits am frühen Nachmittag hoffnungslos betrunken.
Montana schob ihre Rückkehr nach New York auf und verbrachte immer mehr Zeit mit ihm. Neil Gray bedeutete für sie eine Herausforderung, und das erregte sie. Ihr Vater hätte gesagt, sie sei scharf auf ihn. Die Eltern hatten mit der halbwüchsigen Montana immer sehr offen über Sex gesprochen und ihr nur den einen Rat mitgegeben, einzig das zu tun, was sie wirklich für richtig hielt. Irgend etwas sagte ihr, daß Neil Gray richtig für sie war. Er machte jedoch nicht den geringsten Versuch, sie ins Bett zu bekommen, aber das reizte sie nur noch mehr. Sie ergriff schließlich selbst die Initiative, aber er bekam ihn nicht hoch. In seiner Alkoholseligkeit amüsierte er sich königlich darüber.
Montana fand das gar nicht komisch. Ihrer Meinung nach war es höchste Zeit, daß sich jemand dieses Mannes annahm. Also mietete sie einen Wagen, lieh sich das einsame Landhaus von Freunden und überredete Neil, mit ihr dort das Wochenende zu verbringen. Er willigte ein und erwartete eine zweitägige Schnaps- und Liebesorgie.
Das abgelegene Haus stand leer, und Montana hatte dafür gesorgt, daß keinerlei Alkohol vorrätig war. Sie versteckte die Wagenschlüssel, zog das Telefonkabel heraus und hielt Neil drei phantastische Wochen lang praktisch gefangen. Das heißt, phantastisch wurde es erst nach einigen Tagen, nachdem sie ihn be-

ruhigen konnte, seine Tobsuchtsanfälle aufhörten und sie ihn nüchtern ins Bett bekam. Er war ein hinreißender Liebhaber, wenn der Alkohol ihn nicht abstumpfte. Kein junger Draufgänger, aber ein Mann, bei dem sie sich ausgesprochen wohl fühlte. Als sie nach Paris zurückkehrten, wußten sie, daß sie zusammengehörten. Es dauerte noch ein paar Monate, bis Neil einsah, daß er in Frankreich sein Talent vergeudete. Er erklärte sich bereit, nach Amerika zurückzugehen. Dort sprach es sich schnell herum, daß er trocken war und sich anständig aufführte. Gegen Ende ihres ersten gemeinsamen Jahres war er wieder im Geschäft und drehte in den Straßen New Yorks mit wenig Geld einen Thriller. Der Film wurde ein bescheidener Erfolg, und Hollywood meldete sich wieder bei ihm. Neil und Montana fuhren westwärts. »Du wirst Beverly Hills hassen«, sagte er warnend. »Dort gibt es auf einem Quadratmeter mehr Unrat als auf einer Müllhalde.«
Sie lächelte und beschäftigte sich mit ihren eigenen Plänen. Sie hatte eine Idee für eine Fernsehserie und wollte ein Buch über Hollywood in den dreißiger Jahren schreiben. Neil ermutigte sie auf ganzer Linie. Und er bestand darauf, daß sie heirateten. Ihretwegen hätten die Dinge ruhig so bleiben können, wie sie waren, aber er wollte nicht riskieren, sie zu verlieren. Sie war etwas Besonderes. Sie hatte ihm das Trinken abgewöhnt, dafür gesorgt, daß er wieder arbeitete, und ihm zu einer ganz neuen Lebensauffassung verholfen.
Montana und Neil heirateten in Palm Springs und wohnten von da an abwechselnd in einer Suite des Beverly Wilshire Hotels und einer Wohnung in New York.
Montana schrieb ihre Fernsehserie, die ein schöner Erfolg wurde. Sie arbeitete an einem Buch über Hollywood, fühlte sich jedoch plötzlich zum Film hingezogen und schrieb, produzierte und drehte einen sehr ungewöhnlichen Kurzfilm über Kinder im Industriegebiet von Los Angeles. Er bekam zwei Preise.
Neil war stolz auf ihr Können und bestärkte sie sehr bei ihrem

nächsten Projekt, einem mutigen Drehbuch mit dem Titel *Menschen der Straße,* das sie innerhalb von sechs Wochen schrieb. Als er es las, war er begeistert. Als Regisseur wußte er, daß er hier das Rohmaterial für einen bedeutenden, aufregenden Film in der Hand hatte. Und er wußte auch, daß er diesen Film selbst machen wollte. Die Arbeitslust hatte ihn wieder gepackt. Seine beiden letzten Filme waren erfolgreich gewesen und mehrere Studios daher bereit, jedes Projekt zu finanzieren, was er vorschlug. Aber er wollte die absolute Kontrolle, deshalb ging er, nachdem Montana und er alles abgesprochen hatten, mit dem Drehbuch zu den Oliver Easterne Productions. Oliver war ein falscher Fünfziger, aber Neil wußte, daß er mit ihm genau die Übereinkünfte treffen konnte, um die es Montana und ihm ging. Jetzt war alles geregelt, und am Vormittag hatten sie die Verträge unterzeichnet.

Es war eine ausgezeichnete Vereinbarung, die ihm die uneingeschränkte künstlerische Leitung sicherte. Das bedeutete, daß niemand in Montanas Drehbuch herumpfuschen oder in das hineinreden durfte, was Neil auf die Leinwand zu bringen gedachte. Solange sie das Budget nicht überzogen und die Termine einhielten, drohte ihnen keinerlei Einmischung von außen. Sie waren beide überglücklich.

Uneingeschränkte Kontrolle bis zum letzten Schnitt. Zauberworte. Und jetzt gaben sie ein Festessen, um ihren Freunden von ihrem Projekt zu erzählen.

Als sie drei Stunden später heimfuhren, sah Montana verstimmt aus dem Wagenfenster. Ihrer Meinung nach war der ganze Abend reine Zeitverschwendung gewesen. Freunde! Sie kam sehr gut ohne aus, besten Dank! Solange sie Neil hatte, natürlich, denn er scherte sich keinen Deut um die Leute, und das war in einer Stadt voller Speichellecker an sich schon bewundernswert.

»Zigarette?« Er schüttelte eine aus der Packung, während er sei-

nen silbergrauen Maserati durch Santa Monica und den Beverly Drive hinauf zum Sunset Boulevard steuerte.
Montana nahm wortlos die Zigarette und dachte wieder darüber nach, wie Neils sogenannte Freunde reagiert hatten, als sie ihnen von dem Filmprojekt erzählten.
»Wunderbar! Herzlichen Glückwunsch!« hatten alle gesagt, und dann hatte einer nach dem anderen seine kleinen Stiche angebracht.
Bibi Sutton, die schicke französische Frau von Adam Sutton, einem der größten Stars von Filmlandia und gesellschaftlich tonangebend in Beverly Hills: »Schätzchen? Neil? Er wirklisch macht Film, den Sie geschrieben?«
Chet Barnes, ein begabter Drehbuchautor, wie zwei Oscars bewiesen: »Für den Film zu schreiben ist eine ganz besondere Kunst, Montana. Es ist etwas ganz anderes als die Lohnschreiberei fürs Fernsehen.« Der Teufel hole auch Sie, Mr. Barnes!
Gina Germaine, Sexsymbol jenseits der Dreißig, das ernstgenommen werden wollte und aussah wie eine zu groß geratene Barbiepuppe: »Hatten Sie einen Ghostwriter, Montana? Mir können Sie es ruhig verraten, ich sag's nicht weiter. Ich schreibe nämlich selbst ein bißchen.«
Und so weiter, und so fort. Eine Stichelei nach der anderen. In Wahrheit fraß die Leute schlicht der Neid. Einer schönen Frau waren im Leben bestimmte Rollen zugeteilt, und man erwartete von ihr, daß sie sich daran hielt. Sie konnte Filmschauspielerin sein, Modell, Hausfrau oder Nutte, aber der Himmel mochte sie davor bewahren, sich auf rein männliche Territorien vorzuwagen. Einen bedeutenden Film für einen bedeutenden Regisseur zu schreiben war Männersache. Und das hatte ihr jeder auf seine kleinkarierte Weise begreiflich machen wollen.
»Manchmal hasse ich die Menschen«, erklärte sie wütend.
Neil lachte. »Verschwende deine Energie nicht, Liebling.«
»Aber sie waren alle so ...«
»Neidisch.«

»Hast du es auch bemerkt?«
»Ich konnte gar nicht anders. Karen Lancaster beschwor mich hartnäckig, zuzugeben, daß ich den verdammten Film selbst geschrieben habe.«
»Dieses verwöhnte Miststück!«
»Und dann wies Chet mich nachdrücklich darauf hin, daß ich meine Karriere aufs Spiel setze. Oh, und sogar Adam Sutton wollte wissen, warum ich dir auf diese Weise helfe.«
»Lieber Himmel! Was für Freunde!«
Er nahm die Hand vom Lenkrad und tätschelte ihr Knie. »Ich hab' dir bei unserer ersten Fahrt hierher gesagt, daß du niemanden ernst nehmen darfst. Hollywood ist eine komische Stadt mit komischen Spielregeln. Du verstößt gegen alle.«
»Ich?«
»Aber sicher.«
»Inwiefern?«
»Hm, schauen wir mal. Du kaufst nicht auf dem Rodeo Drive ein. Du gibst keine kostspieligen Partys. Du gehst nicht mit den ›Mädels‹ essen. Du hast kein Dienstmädchen. Du hast keine untadeligen Fingernägel. Du klatschst nicht. Du gibst nicht mein Geld mit Überschallgeschwindigkeit aus. Du bist nicht ...«
Sie hob lachend die Hand. »Das reicht! Komm, fahren wir heim, und dann darfst du mich verführen.«
»Und du läßt dich nicht lange bitten.«
Sie schob die Hand über den Schalthebel und legte sie auf seinen Hosenschlitz. »Du bist wahrhaftig ein Glückspilz!«
Der Maserati brach seitlich aus. »Wer bestreitet das, Liebling?«

Montana schlief fest, als Neil am frühen Morgen leise aus dem Ehebett stieg. Je älter er wurde, um so weniger Schlaf brauchte er. Er duschte, machte ein paar halbherzige Liegestütze, ging auf die Terrasse und bewunderte die Aussicht. Wenn es nicht neblig war, konnte man meilenweit sehen, manchmal sogar bis zum Meer. Das war einer der Hauptgründe dafür, daß sie vor ein paar Monaten das Haus gekauft hatten. Viele Leute machten Los Angeles schlecht, aber Neil liebte die Stadt. Er war in England geboren und hatte dort seine Jugend verbracht, vermißte es jedoch nie. Seit mehr als zwanzig Jahren war Amerika seine Heimat.

Neil Gray kam 1958 zum erstenmal nach Hollywood. Er war ein draufgängerischer junger Regisseur, der glaubte, alles zu wissen und zu können. Das Studio, das ihn nach seinem ersten Filmerfolg aus England herübergeholt hatte, behandelte ihn königlich. Ein Bungalow auf dem Gelände des ›Beverly Hills Hotels‹, eine Parade schöner Starlets und ein unerschöpfliches Spesenkonto standen ihm zur Verfügung.
Der Film, den er für das Studio drehte, fiel beim Publikum durch, und eine Frau hängte ihm eine Vaterschaftsklage an. Er stritt die Vaterschaft hartnäckig ab und floh, gebührend gestraft, nach England zurück.
Doch das Amerikafieber saß ihm im Blut, darum ging er Anfang der sechziger Jahre wieder nach Hollywood – diesmal ohne den Rückhalt einer Filmgesellschaft. Er mietete ein Zimmer im ›Chateau Marmont‹, einem bescheidenen, altmodischen Hotel oberhalb des Sunset Strip. Dann versuchte er, für das Drehbuch, auf das er eine Option hatte, die nötigen Mittel aufzutreiben. Die Sache lief sehr zäh, bis er eines Tages am Swimmingpool mit Maralee Sanderson zusammenstieß – im wahrsten Sinn des Wortes. Sie war ein hübscher, verzogener Teenager, der mit vierzehn die Mutter verloren hatte und von ihrem Vater Tyrone, dem Gründer der Sanderson Studios, erzogen worden war. Im Augenblick hatte sie ein Verhältnis mit einem New Yorker Schauspieler, doch sie flog sofort auf Neil und gab dem Schauspieler den Laufpaß. Neil hatte gegen Maralee keine Chance. Sie bekam immer, was sie wollte. Außerdem fühlte er sich geschmeichelt. Sie war jung, appetitlich und reich. Und Daddy besaß ein Studio. Was konnte sich ein arbeitsloser Filmregisseur Besseres wünschen?

»Daddy wird deinen Film finanzieren«, sagte Maralee eines Tages beiläufig. »Das heißt – wenn ich ihn darum bitte.«
»Worauf wartest du dann noch, zum Teufel?« schrie er.
»Auf etwas ganz Nebensächliches, das Heirat heißt«, antwortete sie unschuldig.
Heirat! Schon das Wort machte ihm angst. Er hatte mit neunzehn die Ehe ausprobiert und als betrüblich mangelhaft empfunden. Aber jetzt, siebzehn Jahre später, viele Frauen später, viele Drinks später …
Heirat. Er dachte eine Woche darüber nach. Dann sagte er sich: Warum nicht? Es war an der Zeit, daß er den großen Schritt wieder wagte, zudem schien es der einzige sichere Weg, seinen Film machen zu können.
Eine innere Stimme quälte ihn ständig: Und was ist mit der Würde? Mit dem Vorsatz, es selbst zu schaffen? Mit der Liebe?
Scheiß drauf, dachte er. Ich will diesen Film machen. Ich brauche in der Stadt hier ein bißchen Schützenhilfe.
»Ja«, sagte er zu Maralee.
»Schön«, antwortete sie. »Daddy möchte dich kennenlernen.«
Tyrone Sanderson war nicht durch Charme dorthin gelangt, wo er jetzt stand. Er war klein und untersetzt, rauchte übergroße Zigarren und bevorzugte Starlets mit übergroßen Weiblichkeitsattributen. Ihm lag sehr viel daran, seine Tochter zu verheiraten. Sie hatte mit halb Hollywood geschlafen, doch Neil Gray war der erste Mann, für den sie beständigeres Interesse zeigte.
»Sie wollen einen Film drehen, also tun Sie's«, brummte Tyrone bei ihrer ersten Begegnung.
»Ich bringe Ihnen das Drehbuch zum Lesen.«
»Wer liest denn so was? Drehen Sie.«
»Interessiert es Sie nicht, wovon der Film handelt?«
»Mich interessiert, daß Sie meine Tochter heiraten. Punkt.«
Zwei Wochen später wurden Maralee und er auf der Terrasse von Tyrones Besitz in Bel Air getraut. Die meisten Berühmtheiten Hollywoods nahmen an der Hochzeit teil. Das junge Paar ver-

brachte die Flitterwochen in Acapulco und zog dann in das Haus am Rodeo Drive – Daddys Hochzeitsgeschenk. Neil ging sofort an die Arbeit. Sein erster Film war ein Erfolg, sowohl künstlerisch als auch finanziell. Man bezeichnete ihn nun nicht mehr als ›den Schwiegersohn‹, er war der neue Wunderknabe der Stadt. Alle Studios wollten ihn haben, und weil ihn Tyrone Sanderson nicht unter Vertrag genommen hatte, konnte er wählen.

»Du mußt bei Daddy bleiben«, erklärte Maralee. »Er hat dir die erste Chance gegeben.«

»Der Teufel hole Daddy«, entgegnete er. »Ich habe die erste Chance beim Schopf gepackt, er hat mir nie was gegeben.«

Neil drehte eine Reihe aufregender Filme, während Maralee eine Reihe aufregender Affären hatte. Neil trank, Maralee gab Geld aus.

Dann kamen die Mißerfolge. Plötzlich geriet Neil in Verruf.

Maralee und er hatten einen heftigen Streit, der damit endete, daß sie ihren Vater zu Hilfe rief. »Wenn du das tust«, drohte Neil, »ist es aus!«

»Dann leb wohl«, fauchte sie. »Du talentloser, widerlicher englischer Versager!«

Neil verschwand nach Europa.

Montana erschien genau im richtigen Moment.

Es war nicht einfach, sich von Maralee scheiden zu lassen. Zwar wollte sie ihn nicht mehr haben, hergeben aber auch nicht.

Die Scheidung war scheußlich und teuer, aber jeden Cent wert.

Neil genoß die herrliche Aussicht und dachte über Montana nach. Was für eine starke, intelligente, sinnliche Frau. Er war ihr länger treu gewesen, als er es je für möglich gehalten hätte. Im letzten Jahr jedoch war er ab und zu mit irgendeinem blonden Dummchen ins Bett gegangen und war hinterher jedesmal von sich selbst angewidert gewesen. Was dachte er sich eigentlich dabei? Wenn Montana je dahinterkam, würde sie gehen, einfach so. Er kannte seine Frau.

Warum also tat er es? Das wußte er beim besten Willen nicht. Vielleicht erregte ihn das Risiko. Oder vielleicht hatte er das Bedürfnis, hin und wieder eine Frau unter sich zu haben, die ihm nicht ebenbürtig war, ein vollbusiges Ding, das nichts anderes war als ein Ding. Keine Unterhaltung. Keine geistig-seelische Übereinstimmung. Einfaches Bumsen.
Natürlich war Montana immer noch die Beste. Sie erregte ihn im Bett genauso wie früher, aber sie war ihm immer ebenbürtig. Manchmal verlangte ihn brennend nach einer Frau, die es nicht war, sehnte er sich nach leidenschaftlichem, unpersönlichem, zu nichts verpflichtendem Sex. Er war vierundfünfzig. Das Leben verging – und man lernte nichts dazu.
Er trat von der Terrasse in die Küche, machte sich eine Tasse Tee und einen Teller mit Getreideflocken zurecht.
Gina Germaine. Leichtfertig. Blond. Dumm. Sehr dumm sogar. Ein Filmstar.
Er hatte zweimal mit ihr geschlafen und würde es wieder tun. Es war Wahnsinn, doch er konnte nicht anders.

4

In New York unterzutauchen war für Deke kein Problem. Er verkroch sich mit seiner Wut in einem kleinen Zimmer im Village. Dachte nach. Grübelte. Plante alles weitere gründlich.
Suchte sich Arbeit. Änderte seinen Namen. War die Ruhe selbst. Veränderte sein Aussehen. Nichts einfacher als das. Er brauchte nur eine Schere zu kaufen und sein schulterlanges Haar abzuschneiden. Ein Friseur vollendete das Werk, schor ihm den Schädel, kürzer als bei einem Bürstenschnitt, fast wie nach einer Entlausung. Die Augen konnte er nicht verändern. Sie brannten schwarz und zornig in dem blassen, unauffälligen Gesicht.
Er war groß und schlank wie die Million anderer junger Männer, die in der Uniform aus Jeans, T-Shirt und Blouson herumliefen.

Er war geradezu besessen reinlich. In seinem Zimmer herrschte peinliche Ordnung. Allerdings konnte er auch nicht viel herumliegen lassen, denn er war nur mit einer kleinen Reisetasche aus Philadelphia abgehauen.
Er arbeitete in einem schäbigen Hotel in Soho. In der Nachmittagsschicht von zwölf bis achtzehn Uhr. Er saß hinter einem Schreibtisch und händigte einem seltsamen Sammelsurium von Gästen die Schlüssel aus: Stadtbesuchern mit wenig Geld, Nutten, Spinnern, Geschäftsleuten, die beim nachmittäglichen Schäferstündchen mit ihren Sekretärinnen nicht gesehen werden wollten ...
Während der ersten sechs Wochen fuhr er regelmäßig zu dem Zeitungsstand auf dem Times Square, wo man die Blätter aus Philadelphia bekam. In seinem Zimmer verschlang er sie dann von der ersten bis zur letzten Seite. War er fertig, schnitt er alle Berichte über die Morde in der Friendship Street säuberlich aus. Hatte er sich überzeugt, daß ihm keine Einzelheit der Ermittlungen entgangen war, legte er die Ausschnitte zwischen die Seiten einer Automobilzeitschrift und schob sie unter seine Matratze.
Die Artikel wurden immer seltener, denn so sensationell war der Fall auch wieder nicht. Ein normales Ehepaar mittleren Alters, Mr. und Mrs. Willis Andrews. Wen interessierten die beiden schon? Joey Kravetz, ein verkommenes Straßenflittchen, das seit seinem vierzehnten Lebensjahr immer wieder in Erziehungsheimen gewesen war. Wer interessierte sich schon für so eine?
POLIZEI MÖCHTE DEKE ANDREWS BEFRAGEN, DER SEIT DEM MORDTAG ABGÄNGIG IST.
Wie höflich.
KRIMINALPOLIZEI SUCHT DRINGEND DEKE ANDREWS, DEN LANGHAARIGEN SOHN DES ERMORDETEN EHEPAARES.
Weniger höflich.
DIESES UNGEHEUER MUSS GEFUNDEN WERDEN.
Natürlich eine Journalistin.

KEINE SPUR VON DEKE ANDREWS. POLIZEI RATLOS.
Diese Schlagzeile entlockte ihm ein Lächeln.
New York war ideal. Die Straßen hatten ihn aufgenommen und verschluckt wie einen der ihren. Er konnte sich entspannen und um seine Angelegenheiten kümmern.
Und bald würde er bereit sein für den nächsten Schritt.

5

Im Safeway Supermarkt auf dem Santa Monica Boulevard herrschte Gedränge. Angel Hudson nahm sich einen Einkaufswagen und seufzte, als sie die langen Schlangen an allen Kassen sah. Ein junger Bursche, der Lebensmittel in feste braune Tüten packte, starrte sie an wie gebannt. Angel übte diese Wirkung auf das ganze männliche Geschlecht aus. Sogar Schwule ließen sie oft nicht aus den Augen.
Angel war neunzehn Jahre alt, einsdreiundsechzig groß, glatte Samthaut, aquamarinblaue Augen, dichte Wimpern, eine kleine, gerade Nase, volle rosige Lippen, langes naturblondes Haar, runde Brüste, Wespentaille, einen knabenhaften Po und endlose Beine. Ihre Schönheit wirkte jedoch weder herausfordernd noch billig.
Wie üblich war sie kaum geschminkt. Sie trug einen schlichten rosafarbenen Pullover und einen überweiten weißen Overall. Trotzdem wurde sie angestarrt.
Langsam schob sie ihren Einkaufswagen durch die Gänge und blieb gelegentlich stehen, um die Preise zu prüfen. Angel besaß ganze fünfunddreißig Dollar, und die mußten Buddy und ihr eine ganze Woche lang reichen. Sie lächelte, als sie an Buddy dachte, und wurde rot, weil sie sich erinnerte, wie es heute morgen mit ihm gewesen war. Seine Hände hatten sie überall berührt, seine Zunge verborgene Stellen erforscht.
Die Gedanken an ihn ließen sie erschauern. Er war großartig und

so weltgewandt, sah so gut aus. Sie erschauerte wieder. Er war ihr Mann – sie waren jetzt zwei phantastische, unvergeßliche Tage verheiratet.

»Hallo«, sagte eine Stimme.

Sie hob den Kopf und sah sich einem muskulösen Mann in offenem rotem Hemd und sorgfältig gebügelter Hose gegenüber.

»Sind wir uns nicht neulich auf einer Party begegnet?« fragte er und zwängte sich um ihren Wagen herum, so daß er dicht vor ihr stand.

»Tut mir leid«, antwortete sie schnell, »aber ich bin erst seit gestern in der Stadt.«

Himmel, warum entschuldigte sie sich? Buddy hatte es ihr hundertmal gesagt: »Lauf nicht herum und sag zu allen ›Tut mir leid.‹ Du mußt lernen, ein bißchen aggressiver zu sein.«

»Wenn Sie erst seit gestern in der Stadt sind, kann ich Sie vielleicht heute zum Abendessen einladen«, entgegnete der Mann. »Wie wär's damit?«

»Tut …«, begann sie, bremste sich dann aber. »Ich bin verheiratet«, erklärte sie steif.

Er lachte anzüglich. »Mich stört das nicht.«

Warum mußten die Männer ausgerechnet immer sie ansprechen? Seit sie denken konnte, hatten fremde Männer sie angemacht und sie angequatscht. Auf der Straße. Im Kino. Überall.

Entschlossen schob sie ihren Wagen den Gang hinunter und hoffte, daß er aufgeben werde. Doch er folgte ihr und murmelte eine abgedroschene Banalität nach der anderen.

Sie blieb stehen und sah ihn mit ihren hinreißenden Augen an. »Bitte lassen Sie mich in Ruhe«, sagte sie leise. »Ich bin verheiratet, und meinem Mann würde es nicht gefallen, daß Sie mit mir reden. Es würde ihm gar nicht gefallen.«

Ihre Worte waren nicht als Drohung gemeint, aber er schien sie so aufzufassen und zog sich zurück.

Buddy haßte es wirklich, wenn andere Männer sie ansahen. Hätte er gewußt, wie die Typen sie immer anquatschten, wäre er ausgeflippt. Angel konnte aber wirklich nichts dafür. Sie trug nie enge, anliegende Kleider oder kurze Röcke. Sie war zurückhaltend und ermutigte keinen auch nur ein bißchen. Buddy war der erste Mann, dem sie mehr als einen Gutenachtkuß erlaubt hatte, und auch das erst nach der Hochzeit. Instinktiv hatte sie gewußt, daß es richtig war zu warten, und Buddys freudige Überraschung in der Hochzeitsnacht hatte sie für ihre Standhaftigkeit reichlich entschädigt. Sie hatte wirklich Glück gehabt. Er war der Mann unter Millionen.

»Entschuldigen Sie, Miss«, sagte ein hochaufgeschossener, schlaksiger Junge in einem verschlissenen Baseballhemd, »ich glaube, Sie haben das hier verloren.«

Sie blickte ausdruckslos auf die Keksschachtel, die er ihr entgegenstreckte. »Tut mir leid, die gehört nicht mir«, entschuldigte sie sich.

»Nicht? Ich dachte, ich hätte sie aus Ihrem Wagen fallen sehen.«

»Tut mir ...«

Er kratzte nervös an einem Pickel. »Wenn Sie mich an der Kasse vorlassen, kann ich Ihnen helfen, das ganze Zeug zum Auto zu tragen.«

»Nein, danke.« Angel ging rasch weiter. Im Safeway wimmelte es von diesen Typen. Vielleicht konnte Buddy sie nächstesmal begleiten.

Frances Cavendish lehnte sich in den Sessel hinter ihrem modernen Chromschreibtisch zurück und zog gierig an einem Joint, den sie arglistig in eine Spitze gesteckt hatte. Sie hielt den würzigen Rauch etwa zehn Sekunden in der Lunge und atmete dann mit einem Seufzer der Befriedigung aus. Sie verkniff es sich, die Spitze an Buddy Hudson weiterzureichen, der mürrisch auf dem unbequemen, geradlehnigen kleinen Stuhl vor dem Schreibtisch lümmelte.

»Sie haben vielleicht Nerven, sich hier blicken zu lassen«, sagte Frances.

»Wie bitte?«
»Tun Sie nicht, als wüßten Sie nicht, wovon ich rede. Ich habe Ihnen diese Pilotsendung beim Fernsehen verschafft, und Sie haben die Sache mit Hilfe der alten Schachtel, bei der Sie wohnten, einfach platzen lassen.«
»Aber Frances, das ist lange her. Jetzt brauche ich dringend einen Job. Wirklich. Ich habe gerade geheiratet.«
»Tut mir leid, Buddy.« Sie winkte verabschiedend mit der Hand. »Sie wissen, wie die Lage augenblicklich ist. Rollen sind knapp. Ich kann Ihnen nicht helfen.«
Sie konnte ihm durchaus helfen, wenn sie wollte, denn sie gehörte zu den mächtigsten Filmagenten der Stadt.
»Frances«, begann er schmeichelnd, »Sie wollen mir doch nicht weismachen, daß Sie nichts haben? Mit Buddy-Boy können Sie nicht so umspringen. Ich dachte, zwischen uns liefe was Besonderes.«
Frances griff nach ihrer mit synthetischen Kristallsteinen besetzten Brille und setzte sie sich auf die lange, spitze Nase. »Haben Sie mir nicht eben eröffnet, daß Sie verheiratet sind?«
»Ja.«
»Nun, mein lieber Buddy-Boy, ich finde, daß das unsere – Beziehung beeinträchtigt. Sie nicht?«
Welche Beziehung? Er hatte sie ein paarmal zu Veranstaltungen begleitet. Sie hatte ihm ein paarmal Arbeit zukommen lassen. Gebumst hatte er sie nie.
»Warum?« fragte er verdrießlich und wünschte, er hätte ihr die Heirat verschwiegen.
Sie schaute ihn finster an: »Ich bekomme Sie acht Monate nicht zu sehen, dann spazieren Sie hier herein und verkünden lässig, Sie hätten geheiratet. Was bringt Sie auf die Idee, daß ich Ihnen eine Extrawurst braten muß?«
Er stand auf. »Dann eben nicht.«
Sie nahm die Brille ab und kniff die kalten grauen Augen zusammen. Buddy Hudson war der am besten aussehende Mann, der

ihr seit Monaten unter die Augen gekommen war. Eine Schande, ihn einfach so ziehen zu lassen. »Ich kann Ihnen einen Werbefilm vermitteln«, sagte sie seufzend.
»Ich möchte keine Werbefilme mehr machen. Ich war ein halbes Jahr auf Hawaii und hatte dort als Sänger einen Bombenerfolg – die konnten von mir gar nicht genug kriegen. Jetzt möchte ich einen hochklassigen Auftritt als Gast in einer Fernsehshow. Bißchen spielen, bißchen singen. Ich werde die Leute mit ihren fetten Hintern von den Stühlen reißen.«
Frances nahm einen Kugelschreiber und klopfte damit ungeduldig auf die Schreibtischplatte. »Wollen Sie den Werbefilm haben oder nicht?«
Er dachte über seine Situation nach: Er hatte zweihundert Dollar Bares, einen klapprigen alten Pontiac und ein Einzimmerapartment unweit des Strip, das einem Freund gehörte.
Schöne Situation. Dazu seit zwei Tagen eine Ehefrau namens Angel. Schön, sanft, unschuldig, ganz die seine. Er hatte sie aus Hawaii mitgebracht. Sie hielt ihn für einen erfolgreichen Schauspieler, der sich die Rollen nach Belieben aussuchen konnte. Er durfte sie nicht gleich am Anfang ihrer Ehe enttäuschen.
»Ja, ich gehe hin«, entschied er.
Frances kritzelte etwas auf eine Karte und reichte sie ihm. »Morgen nachmittag, vier Uhr. Seien Sie pünktlich.«
Er warf einen Blick auf die Karte und sah dann wieder Frances an. »Könnten Sie mich nicht wenigstens einmal ziehen lassen?« fragte er.

Angel sang leise vor sich hin, während sie ihre Einkäufe auspackte. Sie konnte ihr Glück kaum fassen. So viel war in so kurzer Zeit geschehen, und alles hatte sich wunderbar gefügt.
Unvorstellbar. Erst vor anderthalb Jahren hatte sie die High-School in Louisville, Kentucky, abgeschlossen und eine Stellung als Empfangsdame in einem Schönheitssalon angetreten. Wenig später hatte sie sich an einem Wettbewerb beteiligt, den eine

Filmzeitschrift veranstaltete. In ihren kühnsten Träumen hatte sie nicht erwartet zu gewinnen. Aber sie hatte gewonnen. Der Preis waren tausend Dollar sowie eine Woche Aufenthalt in Hollywood für zwei.

Hollywood. Ein magischer Ort, den Angel bisher nur aus Büchern und Zeitschriften kannte. Hollywood. Ein Traum, der sich erfüllt hatte.

Ohne zu zögern, packte Angel einen Koffer und fuhr mit ihrer besten Freundin Sue-Ann westwärts. Man ließ sie gern ziehen. Sie lebte als Pflegekind in einer großen Familie, der es sehr lieb war, in ihrem kleinen Haus etwas mehr Platz zu haben.

Eine Woche in Hollywood, im ›Hyatt Hotel‹ auf dem berühmten Sunset Boulevard. Angel und Sue-Ann kamen kaum zu Atem. Die Filmzeitschrift ließ die Mädchen von einem Fotografen begleiten, der unzählige Bilder von ihnen schoß – angefangen beim Besuch in Disneyland bis zum Lunch mit Burt Reynolds.

Burt Reynolds! Angel glaubte, sie müsse in Ohnmacht fallen, als sie vor ihm stand. Aber er war sehr nett und brachte sie zum Lachen – legte sogar für ein Foto die Arme um sie und Sue-Ann.

Die Woche verging wie im Flug, und als sie zu Ende war, hatte Angel nicht das geringste Verlangen, in das langweilige Louisville zurückzukehren. Nichts hielt sie dort. Von der Familie, bei der sie gelebt hatte, war Angel zwar nie schlecht behandelt worden, aber sie war sich immer wie ein Außenseiter und Eindringling und manchmal ganz einfach wie das Hausmädchen vorgekommen. Als Kind hatte sie für sie alle laufen und springen müssen, doch als sie älter und immer schöner wurde, nahm die Familie ihr das sehr übel.

Seit sie denken konnte, hatte sie den Wunsch gehabt wegzugehen, und jetzt hatte sie endlich die Gelegenheit. »Ich bleibe hier«, erklärte sie Sue-Ann, und in ihren Augen brannte das Feuer der Erleuchtung. »Ich gehöre hierher. Ich werde Schauspielerin!«

Sue-Ann bemühte sich, die Freundin umzustimmen, doch vergebens. Angel war entschlossen zu bleiben. Jeder Mann, mit dem sie in Hollywood ins Gespräch gekommen war, hatte zu ihr gesagt, sie müsse unbedingt zum Film. Warum es also nicht versuchen? Sie besaß tausend Dollar, und wenn sie sparsam war, reichten sie zumindest ein paar Monate.
Zuerst brauchte sie eine Unterkunft, denn sie dachte nicht daran, Geld für ein Hotel zu verschwenden. Der Fotograf gab ihr die Telefonnummer eines Mädchens, das Zimmer vermietete. »Ruf sie an«, sagte er augenzwinkernd. »Und vergiß nicht, meine Schöne, wenn sie kein Bett für dich hat, in meinem ist immer Platz.«
Sie ignorierte seine Bemerkung, rief an und richtete sich eine Stunde später bereits im Hinterzimmer eines weitläufigen Hauses in der Nähe der Fairfax Avenue ein.
»Zwei Minuten zur May Company und nur einen Block zum Farmers Market, du hast wirklich unverschämtes Glück«, sagte der auffallende Rotschopf, der ihr das Zimmer vermietet hatte. »Bist du neu in der Stadt, Schätzchen?«
Angel nickte. »Ich will Schauspielerin werden.«
»Natürlich willst du das. Und der Papst hat gestern geheiratet.«
»Wie bitte?«
»Vergiß es.«
Es war nicht leicht, Schauspielerin zu werden, aber das hatte auch keiner behauptet. Angel stellte als erstes fest, daß sie Fotos und einen Agenten brauchte. Die Rothaarige – sie hieß Daphne – erklärte ihr: »Du mußt irgend so 'ner idiotischen Gewerkschaft beitreten. Willst du dir wirklich die ganze Mühe machen?« fuhr sie fort. »'s gibt leichtere Wege, ein paar Kröten zu verdienen. Wer so aussieht wie du ...« Sie ließ den Satz unvollendet und schaute Angel bedeutsam an.
Professionelle Fotos kosteten hundert Dollar, doch der Fotograf gab Angel zu verstehen, sie könne auch anders als mit barer Münze bezahlen. Sie tat, als verstehe sie nicht, was er meinte.
Nachdem sie mehrere Agenten aufgesucht hatte, entschied sie

sich für einen väterlichen Typ mit einem Büro auf dem Sunset Boulevard. Er schien ihr besser geeignet als die Jüngeren, bei denen sie von vornherein instinktiv mit Schwierigkeiten rechnete. In den folgenden sechs Wochen schickte der Agent sie zu sechs Vorstellungsgesprächen, die ihr zwar keine Rolle, aber viele unmoralische Anträge einbrachten. Dann bot er ihr die zweite Hauptrolle in einem Pornofilm an, worauf sie weinend sein Büro verließ.

»Der alte Dreckskerl«, sagte Daphne mitfühlend. »Weißt du was? Ich spendier' dir 'ne Reise nach Hawaii, kostenfrei.«

»Und was ist mit deinem Job?« fragte Angel zögernd. Daphne hatte ihr erzählt, daß sie eine Art Handelsvertreterin sei. Ständig war sie unterwegs, ein Termin jagte den anderen, nachts ebenso wie am Tag.

»Der Teufel hole den Job! Ich brauch' Urlaub.«

Angel konnte ihr Glück kaum fassen, eine so nette Freundin gefunden zu haben. Was machte es schon, daß Daphne zuviel Make-up auflegte und auffallende Kleider trug? Sie war ein netter Mensch. Außerdem war die Gelegenheit, Hawaii kennenzulernen, viel zu verlockend, um die Einladung abzulehnen.

Die beiden trafen nach einem turbulenten Flug spätabends auf der Insel ein. Vom Flughafen brachte sie ein Taxi in zwanzig Minuten zum ›Hawaiian Village Hotel‹. Daphne, die während des fünfstündigen Flugs ein ansehnliches Quantum Alkohol konsumiert hatte, war betrunken eingeschlafen. Angel bezahlte das Taxi, rüttelte Daphne wach und sah sich aufgeregt um.

»Scheiße!« murmelte Daphne. »Sind wir schon da?«

Angel warf einen Blick auf den Taxifahrer, um zu sehen, ob er das gehört hatte. Er blickte ausdruckslos nach vorn.

Die Mädchen betraten die Halle und gingen zur Rezeption. »Setz du dich dorthin, während ich uns eintrage«, sagte Daphne zu Angel.

Angel wartete geduldig. Sie wünschte sich, die Freundin würde nicht so viel trinken und weniger fluchen. Aber sie waren hier ja

nicht in Louisville. Daphne war nicht Sue-Ann. Und es war großartig, frei zu sein und die Welt kennenzulernen.
»Alles klar«, sagte Daphne, Angel aus ihren Gedanken reißend. »Schätzchen, ich bin hundemüde. Hauen wir uns doch gleich in die Falle.«
In dem sauberen Zimmer mit Blick auf den Swimmingpool standen ein Farbfernseher und ein Doppelbett. Der Gedanke, mit Daphne im selben Bett schlafen zu müssen, war Angel unangenehm. Gegen Daphnes starken Körpergeruch kam auch das schwere Parfüm nicht an, das sie benutzte.
»Gib dem Jungen ein Trinkgeld«, befahl Daphne und deutete auf den Pagen, der eben ihre beiden Koffer auf den Boden stellte.
Angel kramte in ihrer Geldbörse und dachte, ihr Geld werde wohl nicht so lange reichen, wie sie gehofft hatte. Sie gab dem Jungen einen Dollar, was ihn nicht übermäßig zu begeistern schien.
Als er das Zimmer verließ, hatte Daphne sich schon das Kleid ausgezogen und ging, nur mit einem kleinen purpurfarbenen Slip bekleidet, ins Bad.
Angel sah keine Möglichkeit, gegen das Doppelbett einen Einwand vorzubringen, ohne Daphne zu kränken. Sie seufzte ergeben, öffnete ihren Koffer und nahm das blaue Babydoll heraus, das sie sich vor kurzem gekauft hatte. Reine Verschwendung, das wußte sie, aber es war so hübsch, daß sie nicht hatte widerstehen können.
Daphne kam splitternackt aus dem Bad, legte beide Hände auf die Hüften und schwenkte ihre großen Brüste. »Nicht schlecht, was? Und durch und durch echt!«
Angel lief ins Bad und duschte. Sie konnte sich des Gedankens nicht erwehren, daß es möglicherweise keine sehr gute Idee gewesen war, mit Daphne nach Hawaii zu fahren.
Im Schlafzimmer war alles still. Daphne lag unter den Laken, und es brannte kein Licht mehr. Angel schlüpfte auf der freien Seite ins Bett, schloß die Augen und dachte über ihre Bemühungen

nach, als Schauspielerin Fuß zu fassen. Sie mußte sich einen Job suchen, um sich über Wasser zu halten. Vielleicht konnte sie Empfangsdame in einem Filmstudio werden. Oder vielleicht brauchte Burt Reynolds eine Sekretärin. Oder Richard Gere. Oder …

Zuerst war ihr die Hand nur lästig, die sich an ihrem Bein hochschob. Was da passierte, wurde ihr erst klar, als die Hand zwischen ihre Schenkel glitt und Daphne plötzlich über ihr war. »O nein!« stieß sie entsetzt hervor. »Was machst du da?«

»Also Tennis spiele ich bestimmt nicht, Schatz«, antwortete Daphne und versuchte, die Finger unter das enge Gummi von Angels Slip zu schieben.

»Hör auf! Hör sofort auf!« Angel versetzte Daphne einen Tritt.

»Das Herzchen will spielen, wie? In Ordnung, ich hab' nichts gegen ein paar Spielchen.« Das Gummi riß, und Daphnes Finger gruben sich blitzschnell in das warme, flaumige Dreieck.

»Willst du wohl aufhören!« schrie Angel und kroch strampelnd aus dem Bett. »Was ist mit dir los?«

»Was mit mir los ist? Wozu hab' ich dich denn deiner Ansicht nach mitgenommen, verdammt?«

»Um Urlaub zu machen.«

»Zum Ficken, Süße. Um mal 'ne weiche Pflaume zu kriegen, statt 'nen harten Schwanz.«

Angel hob entsetzt die Hand zum Mund. »Hör auf! Mir wird übel.«

»Kotz dich gefälligst woanders aus«, sagte Daphne böse. »Wenn du nicht mitspielen willst, pack deinen Kram und verschwinde.«

»Aber – wo soll ich denn hin?«

Daphne blieb ungerührt. »Mir scheißegal«, fauchte sie.

Eine Viertelstunde später stand Angel verloren in der Halle und redete beschwörend auf den mürrischen Portier ein, doch er erklärte ihr, im Hotel sei kein Zimmer mehr frei.

Buddy Hudson, der gerade eine anstrengende Nummer mit einer australischen Touristin hinter sich hatte, konnte die knackige

Blondine natürlich nicht übersehen. Er musterte Frauen ganz automatisch, und die hier sah absolut phantastisch aus. Als sie sich von der Rezeption abwandte, ging er auf sie zu. »Probleme?« fragte er mitfühlend.

Sie sah ihn an und bekam buchstäblich weiche Knie. »Oh!« stieß sie unwillkürlich hervor.

»Oh – was? Probleme oder keine?« Er mußte sie haben – um jeden Preis. Sie war ein vorzeitiges Weihnachtsgeschenk.

»Ich kann hier kein Zimmer bekommen.« Angel starrte ihn an wie gebannt. Buddy Hudson war der schönste Mann, den sie je gesehen hatte. Eine Mischung aus ihren beiden Lieblingsstars Richard Gere und John Travolta – aber besser als beide zusammen: dichte schwarze Locken, rauchige ebenholzdunkle Augen und ein muskulöser, dabei schlanker Körper.

»Tja, das ist schlimm. Haben Sie nicht vorbestellt? Wir sind hier in einer Touristenhochburg und mitten in der Saison.«

»Doch, aber ...« Tränen traten ihr in die Augen. »Ich hatte gerade ein scheußliches Erlebnis.«

Er würde leichtes Spiel haben. »Wollen Sie darüber reden?«

»Das könnte ich nicht.«

»Klar können Sie. Reden hilft immer. Kommen Sie, ich lade Sie zu einem Drink ein.« Er führte sie in ein in der Nähe gelegenes Lokal. »Was darf es sein?« fragte er und überlegte, wie lange er wohl brauchen würde, um sie ins Bett zu kriegen.

»Fruchtsaft, bitte.«

»Mit einem Schuß Rum, um ihn ein bißchen aufzupeppen?«

»Keinen Rum, bitte.«

Er war überrascht. »Trinken Sie keinen Alkohol?«

Sie schüttelte den Kopf.

»Zigarette?«

Wieder schüttelte sie den Kopf.

»Also«, begann er, »erzählen Sie mir, was passiert ist. Hat Sie irgendein Halunke belästigt?«

Sie wußte nicht, warum sie ihm vertraute, sie tat es einfach. Bald

erzählte sie ihm alles, was sie erlebt hatte – von ihrer Ankunft in Hollywood bis zu der widerlichen Szene mit Daphne. »Ich fühle mich so beschmutzt«, sagte sie leise. »Können Sie sich vorstellen, daß ein Mädchen so was machen will?«
Ob er sich das vorstellen konnte? Junge, Junge, einen Dollar für jedes Mädchen, das er mit einem anderen in Aktion gesehen hatte. Dann stünde er gut da. Entweder versuchte ihn die Kleine einzuseifen, oder sie war wirklich ein Unschuldslamm. »Ich habe ein Bett, das Sie benützen können«, sagte er beiläufig.
Angel wurde sofort mißtrauisch. Er war ein Mann, und Männer wollten nur das eine. »Nein, vielen Dank.«
Er drängte sie nicht, entgegnete nur milde: »Sie müssen für die Nacht irgendwo unterkommen.«
»Nein, ich muß nicht. Ich fahre zum Flugplatz und warte dort auf die nächste Maschine zurück nach Los Angeles.«
»Das ist das Dümmste, was ich je gehört habe.«
»Warum?«
»Weil Sie hier auf einer der schönsten Inseln der Welt sind, Herzchen. Und ich lasse Sie nicht weg, bevor ich Ihnen nicht alles gezeigt habe.«
»Aber ...«
Er legte ihr den Finger auf die Lippen. »Kein Aber. Ich habe einen Freund, dem ein kleines Hotel gehört. Wir besorgen Ihnen dort ein Zimmer.«
»Aber ...«
»Regel eins: Mit Buddy-Boy streitet man nicht.«
Im Lauf der nächsten drei Wochen zeigte Buddy ihr wie versprochen die Insel. Er spielte nicht nur in Honolulu den Fremdenführer für Angel, sondern überredete auch einen seiner Freunde, der für Touristen Pendelflüge von Insel zu Insel veranstaltete, Angel und ihn auf Tagesausflüge nach Maui, Lanai und Molokai mitzunehmen. Sie erforschten einsame weiße Strände, Korallenriffe, Regenwälder und die dramatische Schönheit von Paradise Park. Angel hatte sich noch nie so lebendig gefühlt. Buddy weckte un-

geahnte Empfindungen in ihr. Jeden Tag wartete sie in ihrem hübschen Zimmer im Hotel seines Freundes ungeduldig darauf, daß er sie abhole. Ein paarmal versuchte er, ihr das Versprechen abzuschmeicheln, die Nacht bei ihm zu verbringen, aber sie erklärte ihm jedesmal sehr eindringlich, daß sie »kein solches Mädchen« sei.

Er lachte, wenn sie das sagte. Doch sein Lachen erweichte sie nicht, auch wenn sie sich heimlich eingestand, daß sie ihn wollte. Sie sehnte sich nach seinem Körper, sehnte sich nach völliger Hingabe. Wenn er sie nachts zum Abschied küßte, mußte sie ihre ganze Willenskraft aufbieten, um ihn wegzuschieben.

Buddy sang in einer Pianobar. »Eigentlich bin ich Schauspieler«, erklärte er, »aber ich habe mal eine Pause gebraucht, mußte einfach mal raus aus L. A. Jetzt bin ich schon ein paar Monate hier. In Hollywood habe ich ununterbrochen gearbeitet: Filme, Fernsehshows, alles. Ich war überall dabei.«

»Wirklich?« Sie war beeindruckt.

»Klar. Hast du mich nicht erkannt, als wir uns das erste Mal begegnet sind?«

Sie schüttelte den Kopf. »Ich sehe nicht viel fern.«

»Ha! Und ich dachte, das sei der Grund, warum du überhaupt mit mir geredet hast. Ich bin berühmt, Kleines.«

Nur ein einziges Mal nahm er sie in die Bar mit, in der er arbeitete. Sie saß an der Theke und himmelte ihn sehnsüchtig an, während er alte Sinatra-Hits schmetterte.

Als sie eines Tages allein am Strand lagen, rollte er sich auf sie und begann sie stürmischer und ungeduldiger zu küssen als je zuvor. »Du weißt, daß du mich verrückt machst«, stieß er hervor. »So kann es nicht weitergehen.«

Sein hartes Glied preßte sich in ihre Schenkel, und sie drängte sich instinktiv an ihn.

»O Baby!« flüsterte er und vergrub den Kopf in ihrem goldenen Haar. »Oh, Baby – Baby – Baby … Ich muß dich haben. Du verstehst doch, was ich meine? Ich muß!«

Sie verlangte genauso nach ihm wie er nach ihr. Er war alles, was sie sich je erträumt hatte, mehr sogar. Er konnte die Familie sein, die sie nie gehabt hatte. Jemand, den sie lieben konnte, dem sie etwas bedeutete. Jemand, zu dem sie gehörte.
»Wir könnten heiraten«, flüsterte sie scheu.
Er ließ sie los. Ganz schnell. Später dachte er darüber nach. Was war denn so schrecklich daran, das schönste Mädchen auf der Welt zu heiraten? »Du hast recht, Kleines«, sagte er, und eine Woche später heirateten sie. Eine schlichte Zeremonie. Buddy in einem geborgten Anzug, Angel in einem weißen Spitzenkleid, das sie von ihrem letzten Geld gekauft hatte.
»Weißt du was?« verkündete Buddy am Tag nach der Hochzeit aufgeregt. »Wir gehen nach Hollywood zurück. Du und ich, Kleines – wir werden dort so gewaltig einschlagen, daß sie nicht wissen, wie ihnen geschieht!«

Verträumt packte Angel ihre Einkäufe vollends aus. Sie hoffte, Buddy würde mit dem Abendessen zufrieden sein, das sie vorbereitete. Hamburger, grüne Bohnen, Bratkartoffeln und gedeckten Apfelkuchen.
Sie lächelte vor sich hin und dachte an die Stunden nach dem Abendessen. Sie und Buddy allein zusammen. Im Bett. In so enger Umarmung, daß sie glaubten, miteinander zu verschmelzen. Vielen Dank, Daphne. Du hast mein Leben verändert und mich zur glücklichsten Frau auf der Welt gemacht!

Bevor Buddy das Büro von Frances verließ, gelang es ihm immerhin, ihr ein Lächeln zu entlocken. Sie ließ ihn sogar an ihrem Joint ziehen. Nicht genug, um high zu werden – aber wer brauchte Drogen, solange es Angel gab?
Wer hätte gedacht, daß Buddy Hudson sich einfangen lassen würde? Er bestimmt nicht.
Buddy Hudson. Die Erfüllung aller Mädchenträume. Hengst. Held. Superstar. Verdammt – wenn er nicht positiv dachte, wer

denn dann? Eines Tages würde er es gewiß schaffen. Sehr bald sogar.

Buddy Hudson. Sechsundzwanzig. In San Diego von einer Mutter großgezogen, die ihn abgöttisch liebte, vielleicht zu sehr. Sie ließ ihn nicht von ihrer Seite, verlassen durfte er sie nur, um in die Schule zu gehen.

Als er zwölf war, starb sein Vater, und obwohl sie finanziell gut versorgt waren, war seine Mutter verzweifelt. »Jetzt wirst du dich um Mami kümmern müssen«, sagte sie klagend. »Du mußt jetzt mein großer, großer Mann sein.«

Ihre Worte machten dem Jungen angst. Die Anhänglichkeit der Mutter hatte ihn seit jeher bedrückt, und jetzt, da der Vater nicht mehr da war, würde es bestimmt noch schlimmer werden.

Es wurde in der Tat schlimmer. Sie bestand darauf, daß er mit ihr im Bett schlief. »Ich fürchte mich allein«, lautete ihre Ausrede. Er fand es abscheulich, glaubte zu ersticken und freute sich immer auf die Schule und auf seinen Freund Tony, der zu Hause ebenfalls Probleme hatte. Die beiden träumten davon, sich ein bißchen Freiheit zu verschaffen. »Warum hauen wir nicht ab?« sagte Tony eines Tages.

Die Idee gefiel Buddy. Er war inzwischen vierzehn, groß, gut gebaut und hatte den brennenden Wunsch, in die Welt zu ziehen und zu sehen, was sich dort tat. »Ja«, stimmte er zu, »das machen wir.«

Ein paar Tage später ›borgte‹ er sich aus der Geldbörse seiner Mutter zwanzig Dollar, und in der Pause verschwanden Tony und er aus der Schule. Ihre Erleichterung war so groß, daß sie laut lachend und schreiend die Straße hinunterliefen.

»Was sollen wir tun?« fragte Buddy.

Tony zuckte mit den Schultern. »Keine Ahnung. Was meinst du?«

Buddy schüttelte den Kopf. »Weiß nicht.«

Nach einigem Hin und Her einigten sie sich auf einen Ausflug an den Strand und einen Kinobesuch. Am Strand war es heiß.

Der Film hieß *Die Affäre Thomas Crown.* Buddy verliebte sich in Faye Dunaway und sagte sich, wenn Steve McQueen Schauspieler sei, dann könne er auch einer werden. Der Ehrgeiz hatte ihn gepackt.

Sie schlenderten aus dem Kino, ohne rechte Vorstellung, wo sie die Nacht verbringen sollten. Schließlich landeten sie am Hafen. Buddy dachte an seine Mutter, die allein in ihrem großen Bett lag. Er bedauerte nichts, sondern war heilfroh, entkommen zu sein.

Sie trieben sich vor einer Bar herum, schnorrten von vorübergehenden Matrosen Zigaretten, bis sich ihnen ein älterer Mann in Zivil näherte. »Habt ihr Lust auf eine Party?« fragte er.

Buddy schaute Tony an, und Tony schaute ihn an, dann nickten beide begeistert.

»Kommt mit«, sagte der Mann und ging rasch zu einem großen ausländischen Wagen. Auf seinen Wink stiegen die beiden Jungen gehorsam in den Fond.

»Ich glaube, das ist ein Rolls-Royce«, flüsterte Tony.

»Eher ein Bentley«, flüsterte Buddy zurück.

Sobald die Jungen im Wagen saßen, beachtete sie der Mann nicht mehr und sprach kein Wort mehr. Er fuhr sehr schnell. Nach etwa zehn Minuten neigte Buddy sich vor und tippte ihn auf die Schulter: »Entschuldigen Sie, Mister, wo ist diese Party eigentlich?«

Der Mann bremste scharf. »Wenn ihr aussteigen wollt, dann sagt es gleich. Niemand zwingt euch mitzukommen. Merkt euch das!«

Bei seinen Worten beschlich Buddy ein Unbehagen. Er stieß Tony in die Seite. »Komm, wir verduften«, flüsterte er.

»Nein«, widersprach Tony. »Wir wissen doch nicht wohin.«

Das stimmte. Plötzlich wünschte sich Buddy, er wäre zu Hause. Aber das durfte er Tony nicht sagen, denn dann hätte er sein Gesicht verloren.

Wieder ungefähr zehn Minuten später bogen sie in eine Privat-

einfahrt ein und hielten vor einer großen, hellerleuchteten Villa. Auf der langen Zufahrt parkten reihenweise teure Wagen.
»Wow!« Tony pfiff durch die Zähne. »Toller Schuppen.«
»Kommt mit«, sagte der Mann und führte sie durch die Haustür in einen geräumigen Gang. »Wie heißt ihr?«
»Ich bin Tony, und das ist Buddy«, antwortete Tony höflich. »Und wir haben beide einen Bärenhunger. Gibt's hier was zu essen?«
»Alles zu seiner Zeit. Hier lang.«
Er öffnete eine Doppeltür, die in einen tiefer gelegenen Wohntrakt führte, in dem es von Menschen wimmelte. Stimmen summten, und Gläser klirrten. Die drei blieben unter der Tür stehen, bis sie bemerkt wurden und der Lärm allmählich verstummte.
»Meine Herren«, verkündete der Begleiter der Jungen förmlich, »ich möchte Ihnen Tony und Buddy vorstellen.«
Sie wurden angestarrt, abschätzend gemustert, und einen Moment lang herrschte Totenstille. »Keine Matrosen, Freddie?« brach eine weibische Stimme das Schweigen, und Gelächter klang auf. Ein kleiner Fettwanst in einem leuchtend orangefarbenen Kaftan löste sich aus einer Gruppe, kam näher und reichte den Jungen seine beringte Hand. »Willkommen auf meiner Party, Jungs. Was kann ich euch bringen?«
Tony ergriff die Hand des dicken Mannes. »Was zu essen!« antwortete er grinsend. Er genoß jede Sekunde dieses Abenteuers.
Buddy fühlte sich immer noch unbehaglich, aber er ließ zu, daß man ihn und Tony in den Raum zog. Es war zu spät, jetzt noch zu verschwinden, das war ihm klar. Und als er den mit köstlichen Speisen beladenen Tisch erblickte, war er gar nicht mehr so sicher, daß er wirklich weg wollte.
Man gab ihnen Drinks. Keine harten Sachen, sondern große Gläser mit schaumigen Mixturen, die fast wie Milchshakes schmeckten. Dann reichte man ihnen Teller mit üppigen Speisen. Alle machten viel Aufhebens um sie – nicht wie um kleine Jungen, sondern auf nette Weise. Man fragte sie nach ihrer Meinung über dies und jenes, füllte ihre Gläser nach, sobald sie halb

leer waren, und gab ihnen Zigaretten. Nach einer Weile fühlte Buddy sich sehr wohl.
»Hier, probier mal das.« Der Fettwanst reichte ihm eine andere Zigarette.
Er konnte nur kurz daran ziehen, dann riß Tony sie ihm schon aus der Hand und sagte: »Ist das Marihuana? Laß es mich probieren.«
Der Fettwanst lächelte. Er hatte scharfe Frettchenzähne.
Tony spitzte die Lippen, nahm einen langen Zug und begann fürchterlich zu husten.
Der Fettwanst lachte schallend, und sogar der Mann, der sie hergebracht hatte, gestattete sich ein schiefes Lächeln.
Tony kniff die Augen zusammen, als er erneut an der Zigarette zog. Diesmal gelang es ihm, nicht zu würgen. Er hielt den Rauch eine Weile in seiner Lunge, dann atmete er triumphierend aus.
»Du lernst schnell«, sagte der Fettwanst.
»Klar doch«, prahlte Tony. »Was haben Sie sonst noch für mich zum Probieren?«
Die Augen des Fettwanstes funkelten. »Bist du alt genug, um ein bißchen Kokain zu versuchen?«
»Ich bin alt genug, um alles zu versuchen.«
Inzwischen war Buddy speiübel geworden. »Muß mal austreten«, stammelte er und taumelte aus dem Raum. Niemand achtete auf ihn. Tony stand im Mittelpunkt der allgemeinen Aufmerksamkeit, denn er schickte sich an, das weiße Pulver zu schnupfen, das der Fettwanst so auf einen Glastisch gestreut hatte, daß es eine Linie bildete.
Buddy fand die Toilette und urinierte lange. Er verspürte ungeheure Erleichterung, aber ihm war immer noch übel. Als er wieder in den Flur trat, entdeckte er ganz hinten ein halboffenes Fenster. Er brauchte ein bißchen frische Luft, öffnete das Fenster ganz und lehnte sich weit hinaus. Irgendwie verlor er das Gleichgewicht, und bevor er wußte, wie ihm geschah, kippte er vornüber und landete unsanft auf einem Rasenstück.

Von da an wußte er nichts mehr, bis er in den frühen Morgenstunden des nächsten Tages erwachte. Das helle Licht blendete ihn, sein Körper war steif und völlig verkrampft. Buddy hatte keine Ahnung, wo er war. Panik erfaßte ihn. Ihm brummte der Schädel, und im Mund hatte er einen ekelhaften Geschmack. Mühsam stand er auf, sah sich in dem verwilderten Garten um und versuchte verzweifelt, sich zu erinnern.

Tony. Ich und Tony. Ausgerissen sind wir. Das Kino. Der Hafen. Der Mann im Auto. Schwule. Essen. Trinken.

Mutter bringt mich um. Ganz bestimmt bringt sie mich um.

Er strich seine Kleider glatt und ging um das Haus herum. Auf der Zufahrt standen keine Autos mehr. Grundstück und Haus waren verlassen, und im harten Tageslicht wirkte das Gebäude schäbig und heruntergekommen, war ganz und gar nicht mehr die prächtige Villa vom Abend vorher.

Die Haustür war verschlossen, aber Buddy konnte durch ein Fenster hineinschauen und wunderte sich, daß die wenigen Möbelstücke, die er erblickte, mit Staubhüllen zugedeckt waren. Das Haus sah aus, als sei es seit Monaten unbewohnt. Buddy blieb auf dem Grundstück, in der Hoffnung, Tony würde auftauchen. Immer wieder umrundete er das Haus und suchte nach einer Möglichkeit, hineinzukommen. Doch alles war verschlossen. Tony mußte abgehauen sein – warum auch nicht? Vermutlich meinte er, Buddy habe ihn im Stich gelassen.

Plötzlich kam ihm die Idee, von zu Hause auszureißen, gar nicht mehr so großartig vor, zumal er allein, durchfroren, müde und hungrig war. Seine Mutter würde ihn zwar umbringen, aber ihm blieb gar nichts anderes übrig, als nach Hause zu gehen. Er machte sich auf den Weg und hoffte, die richtige Richtung eingeschlagen zu haben.

Die Ereignisse der nächsten vierundzwanzig Stunden verfolgten ihn noch heute. Manchmal wachte er mitten in der Nacht schweißgebadet auf, und die Erinnerungen waren da – scharf, als sei alles erst gestern geschehen.

Die Ankunft daheim. Seine Mutter hysterisch. Die Polizei. Fragen.
Tony war um fünf Uhr morgens in der Bay Area aus einem Auto geworfen worden. Zerschunden, sexuell mißbraucht, tot.
Die Bullen fielen über Buddy her, als habe er es getan. Sie nahmen ihn aufs Revier mit und verhörten ihn sieben Stunden ohne Pause, bis es seiner Mutter schließlich gelang, ihn mit Hilfe des Familienanwalts herauszuholen.
Sie brachte Buddy nach Hause, er bekam ein Beruhigungsmittel und schlief zehn Stunden. Dann kamen die Bullen wieder und verlangten, daß er sie zu dem Haus führte, in dem die Party stattgefunden hatte. Sie fuhren ihn stundenlang mit einem Streifenwagen umher, aber Buddy fand das Haus nicht.
»Bist du sicher, daß es überhaupt eine Party gegeben hat?« fragte ein mißtrauischer Detective. »Bist du sicher, daß es überhaupt ein Haus gab?«
Nach drei Stunden vergeblichen Suchens brachten sie ihn wieder aufs Revier, wo er mehrere Bücher mit Verbrecherfotos durchschauen mußte. Er erkannte keinen der Männer. Schließlich erklärte der Detective, Buddy müsse sich Tonys Leiche ansehen. Zusammen gingen sie in einen kalten, gefliesten Raum, in dem es nach Formaldehyd und Tod roch.
Gelassen und sachlich forderte der Detective den Pathologiegehilfen auf, ihnen den Leichnam zu zeigen. Er zog eine stählerne Schublade aus der Wand heraus, und da lag Tony, nackt und tot, den leblosen Körper mit blauroten Quetschungen und Striemen bedeckt.
Buddy starrte auf den Freund und konnte es nicht fassen, daß man ihn zwang, sich so etwas anzusehen. Er brach in Tränen aus, ein wildes Schluchzen schüttelte ihn. »Ich muß mich übergeben«, stammelte er. »Bringen Sie mich hier raus, bitte! Bringen Sie mich raus.«
Der Detective rührte sich nicht von der Stelle. »Sieh ihn dir gut an. Das könntest du sein, Junge. Und vergiß es nie.«

Buddy erbrach sich auf den Boden.
Der Detective faßte ihn am Arm. »Wir wollen dieses Haus suchen. Vielleicht hat der Anblick deines Freundes deine Erinnerung aufgefrischt.«
Es gelang Buddy nicht, das Haus ausfindig zu machen oder einen der Männer zu identifizieren, die auf der Party gewesen waren. Tony wurde beerdigt, und nach all der Aufregung und den Schlagzeilen geriet der Fall allmählich in Vergessenheit. Eben ein weiterer unaufgeklärter Mord.
Doch dieser unaufgeklärte Mord veränderte Buddys Leben. Das Leben mit seiner Mutter hatte ihn vorher schon fast erstickt, jetzt wurde es vollends unerträglich. Sie ließ ihn keine Sekunde aus den Augen, strich ihm ständig das Haar zurück, streichelte sein Gesicht, hielt ihn bei der Hand.
Er schlief schlecht in ihrem Bett, wich ihren tastenden, betulichen Händen aus, so gut er konnte.
Sie quälte ihn mit Fragen: »Haben diese Männer versucht, dir mit ihren Dingern nahe zu kommen? Haben sie dich ausgezogen? Du weißt doch, daß das nicht normal ist – zwei Männer zusammen, oder?«
Für wie dumm hielt sie ihn denn? Er wußte, daß das nicht normal war. Und er wußte, was normal war. Er begann die Mädchen seiner Klasse zu mustern und bekam bei dem bloßen Gedanken an das, was er gern mit ihnen gemacht hätte, einen Steifen.
Keine Chance, es mit einer zu treiben. Vor seiner Mutter gab es kein Entkommen, nicht mal onanieren konnte er daheim. Er mußte sich mit verstohlenen Sitzungen im abgeschlossenen Schulklo und einem vergilbten Mittelfaltblatt aus dem *Playboy* als Gesellschaft begnügen.
Als er fünfzehn war, stach ihm ein Mädchen namens Tina ins Auge. Er hätte sich gern mit ihr verabredet, aber das war unmöglich. Seine Mutter ließ ihm nicht die geringste Freiheit, und wenn er sich beschwerte, schaute sie ihn nur vorwurfsvoll an und fragte traurig: »Erinnerst du dich an Tony?«

Buddy mußte daher jede Gelegenheit nutzen, die sich ihm bot. Tina hatte gegen seine Aufmerksamkeiten nichts einzuwenden, denn in der Schule sah kein anderer Junge so gut aus wie er. Sooft es ging, stahlen sich die beiden während der Pause in ein um diese Tageszeit nie benutztes Labor und knutschten leidenschaftlich. Tina hatte kecke Brüste, die Buddy gern anfaßte, und dafür bearbeitete sie ihn so lange, bis er auf ein Päckchen Kleenextücher kam.

»Ich glaube, ich liebe dich, Buddy«, erklärte Tina seufzend nach mehreren Monaten.

»Ich glaube, ich liebe dich auch«, entgegnete er pflichtschuldig, weil er hoffte, sie würde ihm endlich erlauben, es richtig mit ihr zu treiben. Er hatte ihr die Bluse und den BH ausgezogen und versuchte den Verschluß ihres Rocks aufzukriegen, während sie ihm schmachtend in die Augen blickte.

Ihr Rock fiel zu Boden, und sie sagte rasch: »Ich hab' das noch nie gemacht. Und du?«

»Ich auch nicht«, antwortete er wahrheitsgemäß und streifte ihr schnell das Höschen ab, bevor sie es sich anders überlegen konnte.

»Oh!« Sie zitterte. »Zieh dich auch aus.«

Das ließ er sich nicht zweimal sagen. Er war so erregt, daß er fürchtete, zum Erguß zu kommen, bevor er in ihr war. Er riß seine Hose herunter und schlüpfte blitzschnell aus dem Hemd.

Weder Buddy noch Tina hörten, daß der Direktor mit zwei Elternpaaren hereinkam, denen er die Schule zeigte.

Viele Beschuldigungen und Gegenbeschuldigungen später kam ihn seine Mutter abholen, den Mund zu einem dünnen, bösen Strich zusammengepreßt. Sie sprach kurz mit dem Direktor und fuhr Buddy dann schweigend nach Hause.

Er flüchtete sofort in sein Zimmer. Wenigstens würde die Mutter ihn am Abend nicht in ihr Bett holen. Er hatte sie noch nie so zornig gesehen.

Rasch zog er sich aus und schlüpfte in das schmale Bett, das er

so selten benutzen durfte. Er hatte Magenschmerzen, dachte an Tina, schob die Hände unter die Decke und spielte mit seinem steifen Glied.
Das Licht ging plötzlich an, und er erschrak so, daß seine Hände und scin Penis eiskalt wurden.
Seine Mutter stand in der Tür. Sie trug einen langen Bademantel, ihre Wangen waren gerötet, die dunklen Augen brannten. »So«, sagte sie heiser, »du wolltest wissen, wie ein Frauenkörper aussieht, was? Na, dann schau her.« Mit einer einzigen Bewegung warf sie den Bademantel ab und stand nackt vor ihm.
Seine eigene Mutter! Er war geschockt und entsetzt, und – schlimmer noch – es erregte ihn.
Sie kam zum Bett und zog die Decke weg. Seine Erektion ließ sich nicht verbergen. Mit leichter Hand begann sie ihn zu streicheln.
Buddy war völlig durcheinander. Am liebsten hätte er geweint oder wäre davongelaufen. Doch er blieb reglos liegen, während sie ihn berührte. Es war, als habe er sich aus seinem Körper gelöst und sei nur Zuschauer.
Sie bestieg ihn und führte sein Glied in warme Feuchtigkeit ein. So warm, so feucht, so gut. Er wußte, daß er im nächsten Augenblick kommen mußte, und es würde besser sein, als es je mit den papierenen *Playboy*-Mädchen oder mit Tina und den Kleenextüchern gewesen war. Und ohhh, ahhh ...
»Du wirst jetzt keine andere mehr brauchen als Mami, nicht wahr, Buddy, nicht wahr?« schmeichelte sie, hämische Zufriedenheit in der Stimme.
Er ging in den frühen Morgenstunden, als sie noch schlief. Nur stellte er es diesmal klüger an. Er erleichterte ihre Brieftasche um zweihundert Dollar und nahm mehrere wertvolle Schmuckstücke mit.
Diesmal ging er wirklich fort. Und er hatte nicht die Absicht zurückzukommen.

Vor Frances' Büro zog Buddy einen Kaugummistreifen aus der Tasche und musterte eine große Rothaarige, die das Gebäude betrat. Eine arbeitslose Schauspielerin, das sah er. Sie hatten alle diesen halb verzweifelten Blick, der zu sagen schien, daß sie für eine Rolle alles tun würden. Und die meisten taten es auch.

Buddy ließ den Kaugummi über seine Zunge rollen und schlenderte gemächlich zu dem Parkplatz hinter dem Haus. Er hatte den vollendeten Gang des Hollywood-Frauenhelden, halb Travolta in *Saturday Night Fever,* halb Gere in *American Gigolo.* Er wußte, daß er großartig aussah. Wieso auch nicht? Er hatte schwer daran gearbeitet, sich diesen trägen, aufreizenden Hüftschwung anzueignen. Den Burschen in *Gigolo* hätte er hinreißend gespielt. Die Rolle hatte er gelebt, Himmel noch mal! In den elf Jahren, seit er auf sich gestellt war, hatte er die meisten Rollen in der Praxis durchlebt.

»He, Buddy! Wie geht's, Mann?« Quince, ein schwarzer Schauspieler, mit dem er befreundet war, kam auf ihn zu. Sie begrüßten sich mit einem kurzen Handschlag. »Frances gut gelaunt heute?«

Buddy zuckte mit den Schultern. »Es geht, aber Purzelbäume würde ich nicht gerade schlagen.«

»Seit wann bist du wieder da, Mann?«

»Seit ein paar Tagen.«

»Bleib in der Nähe, wir trinken nachher zusammen einen Cappuccino. Ich hab' eine wilde neue Puppe, die an meinen Frühstückshörnchen nagt, eine, die du unbedingt kennenlernen mußt, ein wirkliches Prachtstück. Und sie hat eine Schwester.«

»Ein andermal. Ich muß zu einem Termin wegen einer Serie.«

»Klar, also irgendwann später. Ruf mich an, dann treffen wir uns. Schau doch mal am Abend bei ›Maverick's‹ rein.«

»Mach ich gern.«

Sie trennten sich. Buddy schlug den Kragen seiner Lederjacke hoch und ging zu seinem Wagen. Warum hatte er Quince nicht gesagt, daß er verheiratet war? Warum wünschte er, er hätte es Frances nicht gesagt? Er bedauerte es doch nicht, oder?

Teufel, nein. Aber ein Mann mußte ein bestimmtes Image haben, und sein Image war das eines Sexhelden und Machos, der bereit war, alles zu tun und überall hinzugehen. Irgendwie paßte da eine Ehefrau nicht ins Bild.
Er startete den alten Wagen und stellte im Radio einen Sender ein, der Rockmusik brachte. Angel war bestimmt keine Ehefrau, für die man sich schämen mußte. Sie war jung, schön und rein. Ein komisches Wort, aber wie sonst sollte man ein Mädchen von Angels Art beschreiben? Die meisten Frauen, die in Hollywood rumliefen, kannten mit zwanzig alles und jeden. Angel war anders. Aber wie erreichte er, daß sie in dieser vor Halunken wimmelnden Stadt so blieb?
Im Augenblick freilich hatte er ein dringlicheres Problem. Er mußte ein paar Dollar auftreiben. Angel hielt ihn für einen Sieger, und er würde nicht zulassen, daß sie eine andere Vorstellung von ihm bekam, selbst wenn das hieß, daß er alte Gewohnheiten wiederaufgreifen mußte – nur vorübergehend natürlich.
Er gab Gas und fuhr in Richtung Beverly Hills davon.

6

Millie Rosemont murmelte im Schlaf und warf den linken Arm unruhig über ihren Mann.
Leon lag auf dem Rücken und starrte blind an die Decke. Behutsam hob er den Arm seiner Frau hoch, legte ihn weg, drehte sich zu ihr um und wollte sie mit seiner Willenskraft dazu bringen aufzuwachen, damit er mit ihr reden konnte. Sie rührte sich nicht.
Leise schlüpfte er aus dem Bett, tappte in die Küche, öffnete den Kühlschrank und blickte traurig auf den Inhalt. Sechs Eier, eine Schüssel mit Äpfeln, etwas entrahmte Milch und ein Becher mit Hüttenkäse. Ein wahrer Festschmaus! Aber schließlich sollte er Diät halten, und Millie wollte ihm nur dabei helfen. In den letzten drei Monaten hatte er vierundzwanzig Pfund zugenommen. Re-

gelmäßig zwei Pfund pro Woche. Er kam sich dick und schwerfällig vor, ganz zu schweigen davon, daß seine Hosen am Bund dreimal herausgelassen werden mußten und bei seinen Jacketts und Hemden die Nähte platzten.
Es war Millies Schuld. Sie kochte phantastisch.
Es war seine Schuld. Er fraß wie ein Schwein, besonders wenn er ein Problem hatte.
Er nahm sich den Hüttenkäse, holte einen Löffel aus der Schublade und setzte sich an den Küchentisch. Nicht zu leugnen, er hatte ein Problem. Die Morde in der Friendship Street – drei Menschen ohne ersichtlichen Grund niedergemetzelt. Und eines der Opfer war die mitleiderregende kleine Joey Kravetz.
Die Zeitungen hatten sie ein ›schönes Teenagermodell‹ genannt. Jedes weibliche Opfer unter dreißig wurde automatisch als schön bezeichnet, das gab wirkungsvollere Schlagzeilen.
Modell, du meine Güte! Er mußte es wissen. Wenn er an Joey und ihren verstümmelten, blutverschmierten Körper dachte, erfüllten ihn Zorn und Bitterkeit. Joey. Sie war doch noch ein Kind gewesen.
Er erinnerte sich an die erste Begegnung mit ihr.

»Bißchen Spiel und Spaß gefällig, Mister?«
Leon konnte nicht glauben, daß man ihm ein solches Angebot machte. Er sah sich um, überzeugt, daß die Nutte mit dem Kindergesicht einen anderen meinte.
Die Straße war leer.
»Wie alt bist du?« fragte er ungläubig.
»Alt genug!« Sie zwinkerte herausfordernd, und er bemerkte, daß sie mit dem linken Auge schielte. Sie konnte nicht älter als fünfzehn, bestenfalls sechzehn sein.
»Na, was sagst 'n, Cowboy?« Sie stemmte die Hände in die Hüften und grinste ihn an. »Ich kann dir 'n Paradies zeigen.«
»Und ich kann dir meinen Ausweis zeigen. Ich bin Polizist.«
Das Grinsen verging ihr. »Ein Bulle? Scheiße!« Sie legte den

Kopf auf die Seite. »Sie lochen mich doch nicht ein, oder? Ich mein, wir haben doch bloß geredet. Ich hab' Sie nich angemacht.«

»Wo wohnst du?«

Sie war nicht sicher, ob das hieß, daß er ihr ursprüngliches Angebot annehmen oder daß er sie einbuchten wollte. »Ich muß gehen«, sagte sie kläglich.

»Wohnst du bei deinen Eltern?«

»Ich hab' keine Eltern, Mann. Ich bin achtzehn. Ich kann tun, was ich will.«

»Und wenn ich will, kann ich dich aufs Revier mitnehmen und wegen Belästigung einsperren.«

Sie sah die Straße hinunter und überlegte, ob sie wegrennen sollte. Aber er war ein großer Kerl und würde sie vermutlich erwischen, also steckte sie den Daumen in den Mund und lutschte daran. »Ich sag Ihnen was, Sie kriegen's umsonst«, erklärte sie nach einer Weile.

Er überlegte, ob er sie mitnehmen sollte. Das Auflesen minderjähriger Nutten gehörte zwar nicht zu seinen Aufgaben, aber er war Polizist. Man mußte doch Verantwortungsgefühl haben, und sie war noch ein Kind.

»Ich glaube, es ist besser, du kommst mit«, sagte er müde und griff nach ihrem mageren Arm.

»Mutterficker!« Sie trat ihn hart ans Schienbein, riß sich los und lief davon.

Er rieb sich das Bein und sah ihr nach und horchte auf das rasende Klappklappklapp ihrer Absätze, bis es im Straßenlärm unterging. Dann hinkte er zu seinem Wagen und setzte sich nachdenklich hinter das Steuer. Er würde das Jugenddezernat informieren, dann würde die Kleine bestimmt schnell aufgegriffen.

Zornig löffelte Leon den Hüttenkäse. Joey. So jung – und das Leben sinnlos vergeudet.

Wieder begann ihn der Fall des verschwundenen Deke Andrews

zu beschäftigen. So viele Personen befragt. Ebenso viele verschiedene Meinungen gehört. Deke Andrews war klug, dumm, grob, höflich, aggressiv, ein Unruhestifter und ein Einzelgänger. Die Liste ging endlos weiter: Deke Andrews war ein Autonarr. Er hatte schulterlanges Haar. Großartiger Hinweis – vermutlich hatte er es sofort abgeschnitten, nachdem er untergetaucht war. Seine Haut war fahl, er war einssechsundachtzig groß, schlank, aber kräftig.

Er hatte keinen Erfolg bei Frauen. Keins der vier Mädchen, die zugegeben hatten, mit ihm ausgegangen zu sein, wollte mit ihm geschlafen haben. Und keins war ein zweites Mal mit ihm ausgegangen.

»Warum nicht?« hatte Leon gefragt.

»Weiß nicht.« Achselzucken bei allen. »Er war irgendwie – eigenartig.«

Vier Varianten des gleichen Themas. Also mußte Leon seiner Liste der herausragenden Merkmale von Deke Andrews ›eigenartig‹ hinzufügen. Ein junger, offensichtlich gesunder Mann und weit und breit kein einziges Mädchen, mit dem er geschlafen hatte. Logische Folgerung: Er schlief mit Flittchen oder war schwul. Und hier kam vermutlich Joey ins Spiel. Aber warum hatte er sie nach Hause mitgenommen? Und was hatte ihn zu dieser besessenen Mordorgie angestachelt? Tage, Wochen, Monate vergingen, und noch immer versuchte Leon, sich ein Bild von Deke zu machen. Aber das war unmöglich, weil es zu viele Widersprüche gab. Nur einige Fakten waren klar. Die Andrews waren vor mehr als zwanzig Jahren in das Haus an der Friendship Street gezogen. Woher sie stammten, wußte niemand, sie schienen aus dem Nichts gekommen zu sein.

Deke hatte die High-School absolviert und danach bis zum Mordtag in einer Reparaturwerkstatt gearbeitet. Dann war er verschwunden. Mitgenommen hatte er nur eine Reisetasche und das Geheimnis, was ihn zu der Gewalttat getrieben hatte.

Inzwischen hatte es natürlich neue Fälle gegeben, und die Morde

in der Friendship Street wurden nicht mehr vorrangig behandelt. Auch in der Presse stand nichts mehr darüber, denn sie waren nur noch ›Schnee von gestern‹.
Noch war die Akte nicht als ›unerledigter Fall‹ eingestuft worden und im Polizeiarchiv verschwunden. Aber sie war auch nicht mehr heiß. Leon war jedoch nicht gewillt, sie verstauben zu lassen. Vor allem war er nicht gewillt, Joey zu vergessen.
Millie trat in die Küche, das Gesicht vom Schlaf verquollen. Sie stürzte sich auf den Hüttenkäse, als sei er Schmuggelware. »Darf ich fragen, was du dir dabei denkst, Leon Rosemont?« fragte sie streng.
Millie schlief nackt und hatte sich, als sie aufstand, nicht die Mühe gemacht, etwas anzuziehen. Beim Anblick ihres schönen schwarzen Körpers spürte Leon zum erstenmal seit Wochen Erregung. Er grinste und stand vom Tisch auf.
Ihre Blicke wurden von seiner Erektion angezogen. »Ach, so ist das!« sagte sie schleppend. »Wenn ich möchte, daß du Lust auf Sex kriegst, brauche ich nur Hüttenkäse ins Bett mitzunehmen.«
Er lachte mit ihr, folgte ihr ins Schlafzimmer und empfand keine Verlegenheit wegen des Fettwulsts um seine Taille, als er sich neben sie legte und die Hand zwischen ihre Schenkel schob. Mit Millie war alles natürlich. Sie war der warmherzigste Mensch, den er kannte.
Er erinnerte sich noch genau an das erste Zusammentreffen mit ihr. Sie war damals Lehrerin gewesen und hatte eine Gruppe Jugendlicher zum Anschauungsunterricht ins Polizeirevier gebracht. Und was hatten sie nicht alles zu sehen bekommen! Huren, die Obszönitäten schrien. Ein paar Taschendiebe, deren Personalien aufgenommen wurden, mehrere Mitglieder einer Gang mit aufgeschlagenen Schädeln. Dazu Strichjungen, Dealer und Polizisten, die im Untergrund arbeiteten, ferner Räuber, Autodiebe, Drogensüchtige, Opfer von Vergewaltigungen.
Ein ganz normaler Arbeitstag im Revier.
Millies Haut war dunkel, ihre Stimme weich. Sie hatte gütige

braune Augen und breite, sinnliche Lippen. Er war fünfzig und seit Jahren von seiner ersten Frau Helen geschieden gewesen. Warum also hätte er nicht ihre Telefonnummer in Erfahrung bringen, warum sie nicht anrufen sollen? Einen Monat später hatten sie geheiratet und waren seit drei Jahren sehr glücklich.

Millie seufzte und drehte sich auf die Seite. »Das war wirklich guuut!«

»Und sehr kurz«, sagte er zerknirscht.

»Nicht meine Schuld!«

Richtig. Wo war seine Selbstbeherrschung geblieben? Millie schien nicht enttäuscht, nach ein paar Sekunden atmete sie tief und schlief fest.

Leon lag hellwach im Bett, dachte wieder an Deke Andrews, der irgendwo dort draußen war. Irgendwo in der finsteren Nacht. Irgendwo …

Und er, Leon Rosemont, mußte ihn finden. Joeys wegen.

7

»Streee-cken. Gut so, meine Damen. Und jetzt mit ganzer Kraft! Noch einmal. Los jetzt – streee-cken.«

Elaine hatte das Gefühl, sich einen bleibenden Schaden zugezogen zu haben. Sie lag mit dreißig anderen Frauen, die meisten davon tadellos in Form, in einem großen Trainingsstudio auf dem Bauch. Den rechten Arm hinter dem Rücken, umklammerte sie verzweifelt ihren linken Fußknöchel. Jeder Muskel ihres Körpers war angespannt. Elaine glaubte zu zerbrechen.

»Okay, gut. Lockerlassen. Entspannen«, sagte der Trainer. Als Elaine sich flach auf das Gesicht fallen ließ, fragte sie sich, ob er schwul sei. Er genoß es sichtlich, anderen Schmerzen zu verursachen. Sie blickte aus ihrer liegenden Stellung zu ihm auf. Er trug ein ärmelloses gelbes Trikot, schwarze Wadenstutzen und einen gestreiften Schal. Sein Geschlecht wölbte sich aufreizend

unter dem Trikot. »Ist er schwul?« flüsterte Elaine Karen Lancaster zu, die neben ihr lag.
»Ich denke schon«, antwortete Karen. »Heutzutage sind alle hübschen Männer schwul.«
»Okay«, sagte der Trainer. »Ich möchte, daß Sie jetzt mit mir eine kleine Übung machen, die ›Schlange‹ heißt.«
»Hoffentlich ist sie ungiftig«, murmelte Karen.
Diskomusik plärrte los, und dreißig fast vollkommene Körper wanden sich bäuchlings über den Boden.
Elaine machte mit und geriet unerklärlicherweise in heftige sexuelle Erregung. Dieser ständige Druck auf die Klitoris. Und die monatelange Enthaltsamkeit, weil sich bei Ross nichts mehr tat. Allerdings sollte er am Nachmittag von den Außenaufnahmen zurückkommen, und wenn sie sehr, sehr viel Glück hatte …
Ich möchte kommen, dachte sie, hier auf der Stelle. Den Blick fest auf die unglaubliche Wölbung gerichtet, schlängelte sie sich zu einem recht befriedigenden Orgasmus, während die Musik dröhnte und leichter Schweißgeruch sich in den schweren Duft von Joy, Estée und Opium mischte.
»Du meine Güte!« stieß sie hervor.
»Was ist?« fragte Karen.
»Nichts.« Elaine kicherte und fühlte sich unendlich befreit.
»Genug für heute, meine Damen. Haben Sie's genossen?«
Die Zweideutigkeit seiner Frage brachte Elaine fast zum Lachen, und da sie überaus zufrieden mit sich war, stand sie rasch auf und ging zur Dusche. Sie würde jeden Tag herkommen.
Ron Gordinos Gesundheits- und Übungskurs. Der letzte Schrei und das Beste auf diesem Gebiet. Bibi Sutton hatte ihn entdeckt, und wo Bibi hinging, folgten sehr schnell andere.
Elaine zog sich in einer winzigen Kabine nackt aus und trat dann kühn unter die Gemeinschaftsdusche. Ganz und gar nicht der Stil von Beverly Hills, jetzt aber ›in‹. Wer bei Ron Gordino seinen Körper versteckte, war sofort verdächtig. Nacktheit und alles sehen lassen war die Losung.

Aus einer Öffnung in der Wand spritzte auf Knopfdruck parfümierte Seife. Elaine seifte sich gründlich ein und musterte dabei verstohlen die Körper der anderen. Karen hatte die größten Brustwarzen, die Elaine je gesehen hatte. Groß und braun wie überdimensionale Schaltknöpfe. Wenn ich ein Mann wäre, würde ich sie wohl ziemlich abstoßend finden, dachte Elaine.

»Hast du schon von Neil Grays neuem Film gehört?« fragte Karen. Sie war groß, hatte einen geschmeidigen, sonnengebräunten Körper, dichtes kupferfarbenes Haar und ein feingeschnittenes Gesicht. Sie besaß die besten Beziehungen, kannte alles und jeden, denn ihr Vater war George Lancaster, ein Gigant unter den Superstars. Er hatte sich vor fünf Jahren aus dem Filmgeschäft zurückgezogen, um Pamela London zu heiraten, die drittreichste Frau Amerikas. Jetzt lebte er in Palm Beach, und Karen besuchte ihn oft. Sie war Anfang Dreißig und zweimal geschieden.

»Nein. Was dreht er?« Elaine seifte ihre Achselhöhlen ein. Sie bemühte sich sehr, die schrecklichen Brustwarzen ihrer Freundin nicht anzustarren.

»Einen Film, den seine Frau geschrieben hat. Kannst du dir das vorstellen?«

Elaine begriff nicht sofort. »Maralee?«

»Nein, nicht seine Exfrau, Dummchen. Seine Frau. Montana. Das lästige Frauenzimmer.«

»Oh! Die.« Elaine schwieg einen Moment, um diese Mitteilung zu verdauen. Für sie war immer noch Maralee die Frau von Neil Gray, obwohl die beiden seit Jahren geschieden waren. Elaine kannte Montana nicht, hatte aber natürlich genug über sie gehört.

»Neil hat das Drehbuch an Daddy geschickt und gehofft, er werde anbeißen«, fuhr Karen fort. »Daddy sagt, es sei sehr gut. Natürlich glaubt niemand, daß es wirklich von Montana stammt. Neil muß es geschrieben und dann beschlossen haben, ihr die Lorbeeren zukommen zu lassen.«

»Und, ist George an der Rolle interessiert?« fragte Elaine neugierig. Worauf wollte Karen hinaus?

»Daddy will nie mehr einen Film machen – nicht mal, wenn man ihm garantiert, daß es ein zweites *Vom Winde verweht* wird. Im Filmgeschäft hat er alles erreicht. Jetzt genießt er es, mit Pamela London verheiratet zu sein. Ich meine, Palm Beach gehört praktisch ihnen.«
Zusammen traten sie aus der Dusche und wickelten sich in riesige, flauschige Badetücher.
»Die Sache ist die«, erklärte Karen unverblümt, »daß Daddy meint, die Rolle sei Ross auf den Leib geschrieben – du weißt, er mochte ihn immer.«
Das war Elaine neu. Ross hatte über George Lancaster nur Schlechtes zu sagen, er nannte ihn alles, vom miesen Schauspieler bis zum Gauner. Nicht einmal zur Hochzeit in Palm Beach, einem der größten gesellschaftlichen Ereignisse des Jahres, waren Ross und sie eingeladen worden. Karen hatte damals entschuldigend erklärt: »Ich darf nicht zu viele Leute vom Showbusineß einladen. Befehl von Pamela.« Wie kam es dann, daß alle, angefangen von Lucille Ball bis Gregory Peck, dort gewesen waren? Elaine hatte wochenlang vor Wut gekocht.
»Wer ist eigentlich Ross' Agent?« erkundigte sich Karen.
Elaine musterte die Freundin und fragte sich, wieso sich Karen plötzlich so lebhaft für die Karriere ihres Mannes interessierte.
»Er ist bei Zack Schaeffer.«
»Mir unbegreiflich, daß er nicht bei Sadie La Salle ist«, sagte Karen. »Sie ist wirklich die Beste.«
Elaine begriff das auch nicht, aber immer wenn sie dieses Thema zur Sprache brachte, brummte Ross mürrisch, daß Sadie und er sich nicht verstünden. Auf Partys mieden sie einander geflissentlich, und Elaines Vorschlag, die mächtige Miss La Salle einmal in ihr Haus einzuladen, hatte Ross strikt abgelehnt. Es war allgemein bekannt, daß Ross vor vielen Jahren von Sadie entdeckt worden war, aber das schien für beide bedeutungslos geworden. Das fand Elaine höchst ärgerlich, denn – wie Karen sagte – Sadie La Salle war die absolut Beste.

»Wie ich höre, sind jetzt Tony Curtis oder Kirk Douglas im Gespräch«, fuhr Karen fort. »Warum setzt du Zack nicht gleich darauf an? Ich glaube, der Film heißt *Menschen der Straße.* Oliver Easterne ist der Produzent. Du kennst doch Oliver, oder?«
Und ob sie Oliver kannte, diesen Wichtigtuer, der Glück gehabt hatte! Ross konnte ihn auch nicht ausstehen. Und warum hatte George Lancaster Ross für die Rolle nicht vorgeschlagen, wenn er fand, er sei der Richtige?
»Bei Ross steht so viel an«, murmelte sie unbestimmt. »Und wenn Curtis oder Douglas im Gespräch sind, ist der Film wohl kaum so großartig.«
Karen lachte leise. »Geh, Elaine, versuch nicht, mir Sand in die Augen zu streuen. Ich weiß, wo in dieser Stadt jede einzelne Leiche begraben ist. Ross braucht einen guten Film, und das könnte einer sein.«

»Zweiundneunzig – dreiundneunzig – vierundneunzig«, zählte Buddy, während er mit den Armen seinen Körper hob und senkte. Liegestütze. Hundert am Morgen. Hielten ihn großartig in Form. »Achtundneunzig – neunundneunzig – hundert.« Elastisch und kaum außer Atem, sprang er auf.
Angel klatschte bewundernd in die Hände. Sie sah ihm jeden Morgen zu. »Buddy, ich liebe dich!« trällerte sie. »Ich liebe dich total!«
»He – he!« Er grinste. »Warum dieser Ausbruch?«
»Ich bin einfach glücklich!«
Sie lief zu ihm, und er öffnete die Arme, um sie an sich zu ziehen. Für Angel war es das Allerschönste, sich an ihn zu schmiegen. Bei Buddy blieb es zwar nie dabei, und dagegen hatte sie auch nichts.
Diesmal schob er sie sanft weg. »Muß schnell noch schwimmen gehen, und dann habe ich diese wichtige Verabredung. Erinnerst du dich? Ich habe dir davon gestern erzählt.«
Sie erinnerte sich nicht. Aber vielleicht kam das daher, daß er im-

mer beschäftigt war, dahin und dorthin rannte. Seit zwei Wochen waren sie jetzt in Hollywood, und tagsüber sah sie ihn kaum. »Geschäfte«, erklärte er. »Du weißt, Kleines, ich war weg. Es wird ein paar Wochen dauern, bis alles wieder ins Lot kommt.«
Hoffentlich war es bald soweit. Sie konnte es gar nicht erwarten, Buddy ins Studio zu begleiten. Jetzt schon sah sie die Filmzeitschriften vor sich: *Mrs. Buddy Hudson besuchte ihren Mann heute am Drehort seines neuesten Films. Was für ein hübsches Paar! Angel Hudson, eine aufstrebende Schauspielerin, erklärte, daß Buddy und das gemeinsame häusliche Leben für sie an erster Stelle stehen.* Sie stellte sich einen vierseitigen Farbfotobericht über sie beide vor. Sie machten Jogging im Partnerlook, fütterten sich gegenseitig mit Eiskrem, saßen lachend in einer dampfenden Badewanne.
»Buddy?« Sie lief ihm nach, als er zur Tür ging. »Glaubst du, daß du bald einen Film machen wirst?«
Er blickte in ihr emporgewandtes Gesicht, große Augen, ein hingebungsvoller Ausdruck. Vielleicht hatte er ihr ein bißchen zu überzeugend eingeredet, daß er in der Filmwelt eine große Nummer war. Doch er hatte nicht erwartet, daß sie ihm so rückhaltlos glauben würde. »Ich hoffe es, Baby. Wie gesagt, ich war weg, und die Stadt hier hat ein sehr kurzes Gedächtnis.«
»Oh!« Enttäuschung verdüsterte ihr Gesicht.
»Aber du kannst darauf wetten, daß Buddy-Boy sehr bald einen wirklich großen Fisch an Land ziehen wird. Eben habe ich abgelehnt, in *Cheers* mitzuspielen. Die Rolle war nicht groß genug. Ich muß mit etwas wirklich Besonderem zurückkommen. Hab' ich recht, Süße?«
»Hast du, Buddy.« Sie strahlte wieder.
Er erwog, das Schwimmen aufzuschieben. Mit Angel zu schlafen war wie ein Flug zum Himmel.
Doch dann sagte er sich, nein, ich muß mich am Riemen reißen, meine Muskeln in Form bringen, den Ärger und die Enttäuschung aus mir rausschwimmen, die durch jede Pore in mich hineinzukriechen beginnen.

Zwei miese Wochen lang wieder in der Stadt und nichts. Wohin er sich wandte, nichts, seien es Werbespots, Film, Fernsehen, Quasselsendungen. Sechs Vorstellungsgespräche. Sechs Ablehnungen.
Er war Buddy Hudson. Ihm sollte von Rechts wegen die Welt gehören. Warum hißte man ihm zu Ehren nicht die Fahnen?
Er lief die zwei Stockwerke zum sogenannten Swimmingpool hinunter. Lächerlich. In dem Gebäude gab es zweiundzwanzig Wohnungen und in jeder wenigstens zwei Menschen. Jeden Tag vergnügten sich vierzig Leute in dem verdreckten Siebenmeterbecken, das offenbar nie gereinigt wurde. Das einzig Gute an der kleinen Wohnung war, daß sie nichts kostete, denn Buddy hatte sie von seinem Freund Randy Felix geliehen, der zur Zeit in Palm Springs bei einer reichen Witwe und ihrer Tochter lebte. »Möge die Beziehung ewig dauern!« lautete Buddys tägliches Mantra.
So früh am Morgen war der Pool noch leer. Auf dem Wasser glänzte ein Ölfilm. Buddy hechtete elegant hinein – dachte man erst mal darüber nach, war man verloren. Dann schoß er in dem Becken hin und her wie ein aufgeregter Delphin, der in einem zu kleinen Becken eingesperrt ist. Wenn er den Durchbruch endlich geschafft hatte, wollte er sich das größte und beste Schwimmbecken in der ganzen Stadt bauen lassen. Eines mit viel Platz, klarem, kühlem Wasser, einem Sprungbrett, italienischen Fliesen und einem Filter, der funktionierte.
»Morgen.« Ein Mädchen stand am Beckenrand und beobachtete ihn. Sie hatte stark gekraustes orangerotes Haar und trug den knappsten Tanga, den er je gesehen hatte. Er bedeckte die großen Brüste und das wollige Dreieck nur sehr mangelhaft.
Buddy schwamm weiter.
Sie setzte sich auf ein Handtuch und begann ihren ganzen Körper einzuölen.
Als er Angel noch nicht kannte, hätte er sie sich geangelt. Sofort. Er nahm sich immer die Hübschesten. Zwar konnte sie Angel nicht das Wasser reichen, war aber auf ihre Weise ein toller Typ.

»Ich heiße Shelly«, verkündete sie. »Und wer sind Sie?«
Er schwang sich aus dem Becken und begann Kniebeugen zu machen. »Buddy. Buddy Hudson.«
»Leben Sie allein hier?« fragte sie unverblümt, hakte das Oberteil ihres Bikinis auf und nahm es ab.
Ihre großen, festen Brüste zogen seine Augen magisch an. »Nein, mit meiner Frau.«
Sie schrie vor Lachen. »Verheiratet, Sie?«
Was war so komisch daran? »Ja, ich bin verheiratet.« Wütend turnte er weiter – noch vier gezielte Übungen für die Oberschenkel, dann wieder ins Becken – zur Strafe. Er kraulte dreißig Längen, bevor er wieder auftauchte.
Shelly lag auf dem Rücken, die eingeölten Beine gespreizt, die Brüste zum Himmel gereckt wie zwei polierte Auberginen, auf den Augen einen dunklen Sonnenschild und neben sich ein Transistorradio.
Buddy ergriff sein Handtuch und ging ins Haus. Auf dem Weg nach oben schaute er in den Briefkasten. Drei Rechnungen für Randy. Ein Prospekt mit der lakonischen Aufforderung: KOMM ZU JESUS. Und die Broschüre eines begeisterten Kammerjägers: MÄUSE IM HAUS? WIR TREIBEN SIE AUS!
In dem Einzimmerapartment werkte Angel mit einem Staubsauger. Sie schaltete ihn aus, als Buddy hereinkam, und erklärte lächelnd: »Ich habe ihn mir von der Nachbarin geborgt. Sie sagt, ich kann ihn jederzeit haben. Ist das nicht nett?«
»Klar.« Angel war verrückt. Warum die Zeit damit vergeuden, dieses Loch zu putzen? Buddy zog die nasse Badehose aus, ließ sie auf den Boden fallen und ging in die winzige Zelle, die sich hochtrabend Badezimmer nannte. Dort versuchte er, mit einem Zubehörteil, das man auf die Wasserhähne schraubte, zu duschen. Kein einfaches Unterfangen.
Als er wieder ins Zimmer trat, stand Angel hinter der Bar, die als Küche diente, und preßte für ihn frischen Saft aus. Die ganze Wohnung hätte mühelos in zwei mittelgroße Koffer gepaßt.

Buddy öffnete den Schrank, nahm eine schwarze Hose, sein einziges Seidenhemd und eine leichte Yves-Saint-Laurent-Jacke heraus. Zum Glück galt für Buddy das Sprichwort nicht, daß Kleider Leute machen. An ihm sah alles gut aus, und das wußte er. Ihm war ein Rätsel, warum er kein Star war, obwohl er so phantastisch ausschaute.
Er zog sich an und trank den Saft, den Angel ihm reichte. »So gegen sechs oder sieben bin ich wieder da. Was wirst du heute machen?«
»Auf den Markt gehen, denke ich. Aber ich brauche ein bißchen Geld.«
»O ja, klar.« Peinliche Sache, er hatte kein Geld, hatte seinen letzten Hunderter angerissen. Er zog ein paar Scheine aus der Tasche und reichte ihr zwei Zehner. »Gib nicht alles auf einmal aus.« Blödes altes Klischee. Manchmal haßte er sich.
Sie lächelte. »Ich will's versuchen.«
Er griff nach ihr, strich mit den Händen über ihren prächtigen Körper und küßte sie auf den Mund. »Bis später, Süße.«

Die ersten Vorbereitungen für die Produktion liefen auf Hochtouren. Da *Menschen der Straße* vorwiegend außerhalb der Studios gedreht werden sollte, gab es viel zu organisieren. Für Neil war es von größter Wichtigkeit, daß ihm das Team zur Verfügung stand, mit dem er gewöhnlich arbeitete, und bis jetzt ließ sich alles bestens an – keine schwerwiegenden Probleme. Neil ging an den meisten Tagen frühmorgens mit seinem Beleuchter und Kameramann sowie seinem ersten Assistenten auf die Suche nach geeigneten Drehorten. Manche Regisseure überließen das sogenannten ›Scouts‹, doch Neil suchte lieber selbst.
Montana übernahm es, die Rollen zu besetzen. Sie hatte sich in Oliver Easternes Haus am Sunset Strip in einem Büro eingerichtet und ging sofort an die Arbeit. Sie hätte eine Agentur oder eine erstklassige Besetzungsregisseurin wie Frances Cavendish beauftragen können, unter Hunderten von Anwärtern eine erste

Auswahl zu treffen, aber sie wollte sich die Bewerber selbst ansehen. Das letzte Wort sprach natürlich Neil, aber *Menschen der Straße* war ihr Film, und sie gedachte dafür zu sorgen, daß er es blieb.

Der Beginn der Vorproduktion war erregend und berauschend. Montana wußte, daß sie Glück hatte, weil sie mit Neil verheiratet war. Ihr Drehbuch gefiel ihm, und er wollte den Film machen. Aber auch wenn er es abgelehnt hätte – ihrer Überzeugung nach war es so gut, daß jedes Studio oder jeder unabhängige Produzent daran interessiert gewesen wäre. Es war ihre bisher beste Arbeit, und sie dachte gar nicht daran, falsche Bescheidenheit zu üben. Das Script war gut, weil es echt war. Es basierte auf Szenen aus dem täglichen Leben. Vor allem basierte es auf bestimmten Typen, die sie in den Straßen von Los Angeles beobachtet hatte, als sie ihre Kinderfilme drehte. Neils Begeisterung war ein großes Plus, aber im Innersten konnte sich Montana des Gedankens nicht erwehren, daß sie vielleicht – nur vielleicht – die Chance bekommen hätte, selbst Regie zu führen, wenn er das Drehbuch nicht an sich gerissen hätte.

Von wegen! Scheiße. Seit wann kriegt eine Frau eine solche Chance? Komm zu dir, Kind, und sei dankbar, daß dein Alter den Film macht. Auf diese Weise hast du wenigstens ein fünfzigprozentiges Mitspracherecht.

Drei Haupt- und zweiunddreißig Nebenrollen mußten besetzt werden. Einige davon umfaßten nur einen einzigen Satz, aber der war wichtig. Montana wollte keine Schauspieler haben, die in jeder faden Fernsehshow auftraten, sie wollte neue Talente. Es machte ihr Spaß, für jede Rolle den richtigen Schauspieler oder die richtige Schauspielerin zu suchen.

Die Bewerber kamen zu Hunderten. Lächelnd, anmaßend, eifrig. Alte, junge, hübsche, häßliche. Alle brachten Fotomappen, Auflistungen ihrer bisherigen Rollen und Kritiken mit.

Agenten bestürmten Montana von allen Seiten. Die guten und die schlechten.

»Wollen Sie einen Marilyn-Monroe-Typ? Ich hab' da ein Mädchen, das macht von hier bis zum Valley alle Männer scharf!«

»Der Junge, den ich Ihnen schicke, ist James Dean. Ich sage Ihnen, er ist Dean – nur besser.«

»Ein junger Brando.«

»Eine ältere Brooke Shields.«

»Eine aufreizende Julie Andrews.«

»Ein größerer Dudley Moore.«

»Ein amerikanischer Michael Caine.«

Jeder nur denkbare Typ tauchte auf. Nach und nach traf Montana ihre Wahl, und mit jedem Fund geriet sie in größere Erregung. An den Abenden überarbeitete sie das Drehbuch, fügte Szenen hinzu, veränderte Passagen. Neil berichtete ihr von den Drehorten, die er entdeckt hatte, und sie erzählte ihm von einigen der Typen, die bei ihr vorgesprochen hatten. Ihr Privatleben wurde völlig in den Hintergrund gedrängt, denn sie gingen beide ganz in *Menschen der Straße* auf, der Film wurde zum Mittelpunkt ihres Lebens.

Manchmal stritten sie auch. Die drei Hauptrollen waren noch nicht besetzt. Oliver Easterne wollte wenigstens zwei zugkräftige Stars haben, und Neil versuchte mit allen Mitteln, den Superstar George Lancaster zu bekommen, der sich vom Film zurückgezogen hatte. »Wenn wir George kriegen«, erklärte er, »können die beiden anderen unbekannt sein.«

»In Ordnung – wenn wir das Arschloch kriegen«, stimmte Oliver zu. Für ihn waren alle Schauspieler Arschlöcher, Stars ebenso wie Kleindarsteller. »Was unwahrscheinlich ist, wie die Dinge liegen.«

»Ich fliege dieses Wochenende nach Palm Beach«, beschloß Neil. »Das Drehbuch gefällt ihm. Ich glaube, ich kann ihn überreden.«

»Hoffentlich. Die Zeit wird allmählich knapp. Ich habe übrigens selbst ein paar Ideen.«

Neil kannte Olivers Ideen. Stars, die bestenfalls zweitrangig wa-

ren und folglich absolut nichts taugten. Er dachte nicht daran, sie auch nur in Erwägung zu ziehen.
Montana war alles andere als begeistert von George Lancaster.
»Er kann nicht spielen«, sagte sie Neil.
»Er wird es können. Bei mir.«
Sie war nicht überzeugt, aber realistisch genug, um zu wissen, daß bestimmte Konzessionen gemacht werden mußten. »Was meinst du, soll ich mitkommen?«
Neil schüttelte rasch den Kopf. »Nein. Du hast hier genügend am Hals. Ich werde mit George schon fertig.«
Sie nickte: »Ich habe da zwei Schauspieler, die wir meiner Meinung nach für die Rolle des Vinnie in Betracht ziehen sollten.«
»Falls wir George Lancaster kriegen. Wenn nicht, müssen wir einen zugkräftigen Namen nehmen.«
»Ich sehe nicht ein, warum.«
»Doch, das tust du. Wir müssen an die Kinokassen denken.«
»Ihr habt immer nur das blöde Geld im Kopf.«
»Du wirst auch noch lernen, wo's langgeht.«
»Du kannst mich«, murmelte sie liebenswürdig.
»Wenn ich nur Zeit dazu hätte«, entgegnete er bedauernd.
Sie lachte. »Wir nehmen sie uns, wenn du wiederkommst.«

Elaines Tag.
Nach der Gymnastik bei Ron Gordino ein Besuch im ›Nail Kiss of Life‹, um sich die Nägel maniküren zu lassen, dann vier Stunden bei Elizabeth Arden, wo sie sich die Beine enthaaren, die Augenbrauen zupfen, eine Gesichtspackung machen und das Haar waschen und fönen ließ. Sie fuhr nach Hause, schlüpfte in den grünen Norell-Hausanzug und war bereit für Ross, der bald von den Außenaufnahmen zurückkommen würde. Sie sah großartig aus. Das sagte zwar nur sie selbst, aber es stimmte. »Du siehst himmlisch aus!« flüsterte sie ihrem Spiegelbild im Schlafzimmerspiegel zu. Sie schlenderte ins Wohnzimmer und war eben dabei, sich einen Drink zu mixen, als sie durch das riesige Panzerglas-

fenster zu ihrem Entsetzen wieder diesen Kerl sah. Und wieder pißte er in ihren Pool.

»Lina!« schrie sie, ging zur Glastür und trat ins Freie. »Lina!«

Der junge Mann zog lässig den Reißverschluß zu, völlig ungeniert, wie ihr schien. »Tag, Ma'am«, sagte er schleppend.

»Sie dreckiges Schwein!« rief Elaine. »Ich habe gesehen, was Sie getan haben!«

Er beugte sich über den Schlauch, aus dem frisches Wasser ins Becken lief. »Was?«

»Sie wissen genau, was ich meine.«

Lina erschien, wischte sich die Hände an ihrer fest um die Taille gebundenen Schürze ab und runzelte die Stirn. »Was iiist, Señora? Ich versuchen, Essen zu machen.«

Elaine zeigte mit ihrem vollendet manikürten Finger auf den Burschen. »Ich möchte ihn hier nicht mehr sehen. Verstehen Sie mich, Lina? Nie mehr.«

Er beschäftigte sich weiter mit dem Schlauch, während Lina einen dramatischen Seufzer ausstieß. »Miguel – er krank ...«

»Miguel ist mir egal!« schrie Elaine. »Es ist mir egal, wenn er die Stellung hier nicht mehr haben will. Aber ich möchte – bitte nehmen Sie das zur Kenntnis – ich möchte diese – diese Kreatur hier nie wieder sehen. Haben Sie verstanden, Lina?«

Lina stieß einen zweiten dramatischen Seufzer aus und hob die Augen zum Himmel. »Klar«, sagte sie. »Ich verstanden.«

»Gut. Dann sorgen Sie sofort dafür, daß er verschwindet.« Elaine stelzte ins Haus zurück und ging zur Bar, goß sich einen doppelten Wodka ein und gab einen Eiswürfel dazu. Unglaublich! Dieses Personal heutzutage! Unmöglich!

Ein alter Lieferwagen schoß genau in dem Moment hinter dem Haus hervor, in dem vorn eine schwarze Limousine vorfuhr. Ross! Schnell überprüfte Elaine in dem antikisierten Spiegel hinter der Bar ihr Aussehen. Wirklich großartig. Wäre es nicht hübsch, wenn Ross das zur Abwechslung einmal bemerkte?

Er bemerkte es nicht. Er kam mit langen Schritten ins Haus, trug dreckverkrustete Stiefel und verschossene Jeans, ein kariertes Hemd und darüber eine alte Lederjacke. In letzter Zeit hatte er begonnen, sich jugendlich zu kleiden. Es stand ihm nicht. Er wirkte wie ein abgehalfterter Cowboy.

»Liebling!« Pflichtschuldig küßte sie ihn auf die Wange und bekam harte Bartstoppeln zu spüren.

»Verdammt«, rief er, »bin ich froh, aus diesem Mistloch heraus zu sein!« Er warf sich auf ein weißes Brokatsofa, das Elaine eben für ein Heidengeld hatte neu beziehen lassen, und legte die Beine samt den dreckigen Stiefeln darauf. »Ich bin total kaputt! Gib mir was zu trinken – sonst klappe ich zusammen.«

Der Filmstar war zu Hause.

Pfeifend lief Buddy die Treppe hinunter. Angel mit den vertrauensvollen Augen. Sie ärgerte ihn nie, beschwerte sich nicht über die Wohnung oder über die Geldknappheit. Sie fragte ihn nie, wann er heimkomme, und bestand auch nicht darauf, daß er ihr erzählte, was er den ganzen Tag machte. Sie war perfekt. Ein Goldschatz. Eines Tages würde er sie mit Pelzen und Schmuck und Stereos und Autos überhäufen. Was sie wollte, sie würde es bekommen.

Wann? Das war die Frage. Wann würde es endlich für ihn klappen? Er war jetzt seit zehn Jahren in Hollywood. Zehn Jahre, eine lange Zeit – wirklich eine sehr lange Zeit.

Das zweitemal war es leichter, seiner Mutter davonzulaufen, zumal er zweihundert Dollar in der Tasche hatte. Er war sechzehn, schlau wie ein Fuchs und entschlossen, sich nicht einfangen zu lassen. Darum wollte er aus San Diego weg, so schnell er konnte. Er bestieg einen Bus nach Los Angeles und fuhr dann per Anhalter zum Strand, wo er herumlungerte, schlief, Essen schnorrte oder klaute und Freunde gewann. Viele Jungen waren in der gleichen Lage wie er. Ausreißer, die mit ihrer Zeit nichts Rechtes anzufangen wußten und sich einzig mit den fünf großen S beschäftigten: Surfen, Schwimmen, Sonnenbaden, Schlafen und Sex. Dazu hin und wieder ein paar Drogen, wenn sie es sich leisten konnten. Buddy stieg ohne zu zögern ganz groß in den Sex ein. An Partnerinnen mangelte es ihm nie. Er hätte auch Jungs haben können, aber das war absolut nicht seine Szene.

Seine erste Eroberung war ein kräftiges, sommersprossiges Mädchen, das sich gern auf dem Strand wälzte, so daß einem der Sand in alle Poren drang. Er nahm sie zwei- oder dreimal am Tag, bis sie mit einem dicken Mann in einem Cadillac abhaute, der versprach, sie nach Acapulco mitzunehmen. Als nächste kam eine kleine Rothaarige, deren Spezialität ›Pimmellutschen‹ war, wie sie es ausdrückte. Er mochte das nicht, denn er kam sich dabei sehr verletzlich vor und fürchtete, ihre scharfen weißen Zähne könnten zubeißen und seine Zukunft ruinieren. Er wanderte zu einem schwedischen Starlet weiter, das den ›Muskelstrand‹ besuchte, um einen größeren Busen zu bekommen. Sie brachte ihm bei, ihren blaßrosa Thunderbird zu fahren und sie zu lecken. Beides gefiel ihm.

Er fand einen Job als Kellner in einem Hamburgerlokal am Strand und verdiente gerade so viel, daß er sich ein Zimmer mieten konnte. Ein Freund zeigte ihm, wie man Gitarre spielte, und bald beherrschte er das Instrument ganz passabel. Er arbeitete an seiner Stimme und stellte sich ein Repertoire von Liedern zusammen. Hin und wieder hatte er das Glück, als Sänger und Gitarrespieler engagiert zu werden, was ihm finanziell half.

Den fünf großen S blieb er treu. Er war tiefbraun von der Sonne, stark vom Surfen und muskulös vom Schwimmen. Er hatte so viel Sex, wie er nur haben wollte, schlief sehr viel und dachte kein einziges Mal an seine Mutter. Für ihn war sie gestorben.

Er war ein Einzelgänger. Und genau das wollte er sein.

Enger angefreundet hatte er sich nur mit einem Möchtegernschauspieler namens Randy Felix, und gelegentlich fuhr er per Anhalter nach Hollywood, wo er sich in der Schauspielschule herumtrieb, die Randy besuchte: ›Joy Byron's Method Acting

School«. Joy Byron war eine alte Engländerin mit einer Stimme wie eine Eisensäge. Sie trug geblümte Kleider und stets einen Sonnenschirm, sogar im Zimmer. Ihre Schüler vergötterten sie und huldigten ihr zweimal wöchentlich in einem aufgelassenen Lagerhaus auf der falschen Seite des Wilshire Boulevard. Als Randy mit der Schule aufhörte, ging Buddy allein hin. Er liebte den Unterricht sehr und spielte bald alles, von Stanley Kowalski in *Endstation Sehnsucht* bis zu Jay Gatsby in *Der große Gatsby*.

Joy Byron versicherte ihm, er sei gut, und sie mußte es schließlich wissen. Zu ihrer Zeit hatte sie mit den Besten gespielt – Olivier, Gielgud, allen englischen Größen. Das behauptete sie jedenfalls, und Buddy war geneigt, ihr zu glauben.

Als ihn das Schauspielfieber packte, verlor der Strand für ihn seinen Reiz. Eine Übersiedlung erschien ihm logisch, und Randy, der in West Hollywood mit zwei Mädchen ein Haus bewohnte, sagte ihm, für einen vierten sei noch Platz. Kurz vor seinem zwanzigsten Geburtstag zog Buddy ein.

Das Haus war eine halbe Ruine, die Mädchen lesbische Mannweiber, aber Hollywood war Hollywood. Buddy fühlte sich sofort zu Hause. Einzige Probleme: kein Geld, kein Auto. Am Strand kam man relativ leicht durch, in der Stadt war es schwieriger. Randy schien immer recht gut bei Kasse, darum fragte ihn Buddy eines Tages, wie er das schaffe.

»Indem ich mich für das bezahlen lasse, was du kostenlos hergibst«, erklärte Randy. »Ich hab' einen Agenten, der alles arrangiert und dafür zwanzig Prozent kriegt. Keine Auseinandersetzungen. Keine Mühe. Ich verkauf meinen Schwanz – an Frauen. Das ist verdammt besser, als heiße Würstchen zu verscherbeln.«

»Was verkaufst du?«

»Probier es doch, Buddy. Ich krieg Provision für jeden Hengst, den ich ihm bringe.«

Sie brachen beide in Lachen aus. »Wirklich?« fragte Buddy und hielt sich die Seiten. »Wirklich?«

Randy nickte. Er war einsdreiundsiebzig groß, sah ganz nett,

aber keineswegs besonders gut aus. Er hatte eine große Nase, kleine Augen und keine Backenzähne, was sehr auffiel, wenn er lachte.
»Mich tritt ein Elch!« rief Buddy.
Randy nahm ihn zu seinem Agenten mit, einem homosexuellen Schwarzen, der von Kopf bis Fuß in hauteng sitzendes weißes Leder gekleidet war.
»Keine – äh – männlichen Kunden«, sagte Buddy, der selbst nicht glauben konnte, daß er sich auf so etwas einließ.
»Keine Männer?« Der Agent, der von seinem Stall aktiver junger Burschen liebevoll ›der Macker‹ genannt wurde, rümpfte die Nase. »Was für ein komischer Vogel bist du denn?«
Damit begann Buddys Leben als Beglücker einsamer Frauen.
Beim erstenmal plagten ihn Zweifel, ob er sein Ding auch hochkriegen würde. Er ging in die Wohnung, wo er seine erste ›Klientin‹ treffen sollte. Sie erschien zwanzig Minuten zu spät, eine Frau in mittleren Jahren, die ein streng geschnittenes Kostüm trug. »Du bist neu«, sagte sie beiläufig, womit sie Buddy zu verstehen gab, daß sie die Jungs des Mackers alle kannte. »Ich zieh mich nicht aus«, verkündete sie, schürzte den Rock bis zur Taille und streifte ihren ›vernünftigen‹ weißen Schlüpfer ab. »Aber ich möchte dich nackt haben. Zieh dich aus.« Sie legte sich auf das Bett und beobachtete ihn, während er sich aus seinen Kleidern fummelte.
Er kam sich vor wie beim Zahnarzt. Und er kriegte einfach keinen Steifen, bis er sich in seiner Verzweiflung an Randys Rat erinnerte: »Mach die Augen zu und benutz deine Phantasie.« Rasch rief er sich ein Mädchen ins Gedächtnis, mit dem er vor kurzem geschlafen hatte. Neunzehn. Hübsch. Mit dem Trick, seine Hoden zu lecken, bis er das Gefühl hatte, seinen Saft sieben Meter hoch in die Luft spritzen zu können.
Es funktionierte. Plötzlich war er im Geschäft.
Er schaute nicht zurück. Frauen für Geld zu bedienen war kein Problem. Es ermöglichte ihm, seine Rechnungen zu bezahlen

und die Schauspielerlaufbahn einzuschlagen. Joy Byron verhalf ihm zu einem Agenten, er beschaffte sich ein paar Fotos und stellte sich in Film- und Fernsehstudios vor. Fast sofort bekam er eine Szene mit zwei Sätzen in einer Folge von *Starsky und Hutch,* wenig später einc kleine Rolle in einem Knüller mit Burt Reynolds. Er war auf dem besten Weg! Er würde ein Star werden!

Doch ganz so lief es nicht, für ihn begann eine schlechte Zeit: Die *Starsky-und-Hutch*-Folge wurde gesendet, und ihn hatte man herausgeschnitten, der Burt-Reynolds-Film kam in die Kinos, und er war wieder nicht drin.

Die Demütigung, zweimal auf dem Boden des Schneideraums geendet zu haben, war zuviel für ihn.

»Reg dich nicht auf«, tröstete ihn Joy Byron. »Es wird sich etwas anderes ergeben.«

Sie war ein komischer alter Vogel. Immer öfter lud sie ihn jetzt zu sich nach Hause ein, um ihm ›Privatunterricht‹ zu geben. Er war geschmeichelt und spielte begeistert mit ihr Szenen aus allen berühmten Stücken durch, obwohl sie ihm manchmal in dem verstaubten Wohnzimmer ihres Hauses in Hollywood Hills mitten in einer Szene ungemütlich nahe kam. Er bediente regelmäßig Frauen für Geld, aber der Gedanke, es mit Joy Byron zu treiben, behagte ihm gar nicht. Erstens mußte sie mindestens siebzig sein, und zweitens hatte er Respekt vor ihr. Joy war eine große Schauspielerin und seine Lehrerin, Himmel noch mal!

Eines Abends sagte sie: »Buddy, ich habe eine großartige Idee. Der Workshop plant eine Sonderaufführung von *Endstation Sehnsucht.* Ich werde Agenten, Regisseure und Studiobosse einladen. Ich kenne diese Leute, und wenn ich sie einlade, kommen sie auch. Du spielst natürlich den Stanley Kowalski. Das ist die Gelegenheit für dich zu zeigen, was du kannst.«

»He – phantastisch …«, begann er.

Sie griff nach ihm, bevor er den Satz vollenden konnte.

Es war gar nicht so schlimm. Aber auch nicht besonders gut.

Buddy mußte das Huren aufgeben. Er zog in Joys komisches Haus, und sie bezahlte seine Rechnungen.
Joy Byron brachte ihm eine Menge bei, angefangen vom Makeup bis zur Beleuchtung und den besten Kameraeinstellungen. Sie unterrichtete ihn in Mimik, Diktion und Pose. Sie hielt ihn auf Trab und gab ihm, wie versprochen, die Hauptrolle in einer Studentenaufführung von *Endstation.*
Es erschienen tatsächlich einige wichtige Leute, darunter Frances Cavendish. Die Agentin mit dem harten Blick war eine der besten in der Stadt.
Buddy sah sensationell aus. Zerrissenes T-Shirt, hautenge Jeans. Marlon Brando konnte einpacken. Buddy hatte den Brando-Film von 1951 oft im Fernsehen gesehen. Er hatte jede Nuance im Tonfall und in jeder Geste des großen Schauspielers studiert. Jetzt beherrschte er sie perfekt, und er wußte, daß er gut war. Daher überraschte es ihn nicht, daß Frances Cavendish ihm schrieb und ihn aufforderte, bei ihr vorbeizukommen.
Er wartete eine Woche. Wollte nicht übereifrig erscheinen. Dann schlenderte er in ihr Büro, hockte sich auf die Kante ihres Schreibtischs und sagte lässig: »Höre, Sie wollen einen Filmstar aus mir machen?«
Sie rückte ihre Brille zurecht und musterte ihn. »Nimm deinen Hintern von meinem Schreibtisch runter, Söhnchen. Bei Universal drehen sie einen Horrorfilm. Ich glaube, da paßt du großartig rein. Schau, daß du rüberkommst, und zwar dalli.«
Er bekam die Rolle. Drei Tage. Kein Text. Es folgten ähnliche Minirollen. Eine Woche in einem Gangsterfilm. Zwei Tage in *Die Polizistin.* Eine Rasiercreme-Werbung. Eine Doppelrolle in *Vegas,* seine bisher beste. Endlich dann – die große Chance.
»Ich glaube, du bist der Richtige für die Hauptrolle in einem neuen Pilotfilm«, sagte Frances und lächelte tatsächlich dabei. »Das könnte der Durchbruch sein, Buddy.«
Er schwamm obenauf. Den Produzenten gefiel er. Mit dem Drehbuch und mit Magenkrämpfen, die nicht aufhören wollten, haste-

te er heim zu Joy. Er sollte die Hauptrolle in einem Pilotfilm spielen! Jetzt dauerte es nicht mehr lange, und er war ein Star.
Joy Byron las das Drehbuch und bezeichnete es als »Scheißdreck«. Für eine alte Dame gebrauchte sie manchmal recht gepfefferte Ausdrücke. »Wir werden etwas draus machen«, sagte sie mit einem theatralischen Seufzer.
Buddy und sie arbeiteten lange und hart. Joy motivierte ihn, sagte ihm haargenau, was er wann tun sollte. Sie begleitete ihn sogar zu den Aufnahmen, um dafür zu sorgen, daß er sich an ihre Anweisungen hielt.
Am zweiten Tag sahen sich die Produzenten die Aufnahmen vom Vortag an und feuerten Buddy auf der Stelle.
»Na und?« schnaubte Joy Byron. »Ich habe dir gesagt, daß es Scheißdreck ist!«
Buddy verließ sie mitten in der Nacht, während sie schlief. Er war krank vor Enttäuschung, Wut und Frust. Wann würde Buddy-Boy endlich ein Star?
Sehr schnell schlitterte er wieder in seine alte Lebensweise hinein, nur begann er jetzt zuviel zu trinken und zu viele Drogen zu nehmen. Eine Freundin machte ihn mit Maxie Sholto bekannt, einem miesen Agenten, der Hollywoodpartys arrangierte, bei denen das gemietete ›Personal‹ die Gäste mit Livepornos unterhielt. Aber er wurde wenigstens *gesehen.* Was tat es da schon, daß zwei Nutten auf ihm herumhopsten? Er war zu besichtigen. Und die Frauen auf den Partys liebten ihn.
Eines Tages traf er seinen Freund Randy, und der sagte warnend: »Du wirst in dieser Stadt zum letzten Dreck, wenn du nicht aufpaßt.«
Buddy, der gerade wieder high war, entgegnete gelassen: »Ich mache eine Menge Kies. Willst du mit einsteigen?«
»Wo bringt dich deine Menge Kies hin?« fragte Randy. »Ich seh nichts als Schnee in deiner Nase und Gras in deinem Hals. Komm zu dir, sonst bist du demnächst erledigt.«
Er kam zu sich. Drei Nächte später. Mitten in einer Orgie, als

ihm der Erguß eines dicken Plattenproduzenten übers Gesicht lief und ein mageres Mädchen rittlings auf ihm hockte, sah er sich plötzlich in einem Spiegel und entdeckte eine surrende Kamera, was ihn unendlich wütend machte.
Er schleuderte das Mädchen weg, zerschlug die Kamera, verprügelte den Plattenproduzenten und stürmte aus dem Haus. Er war Buddy Hudson! Er wollte ein Star werden, und nichts sollte ihn davon abhalten.
Am nächsten Morgen bestieg er ein Flugzeug nach Hawaii. Er hörte auf zu trinken und nahm keine Drogen mehr. Dann bekam er den Job als Sänger in einer Pianobar und lernte Angel kennen.

Was tun, dachte Buddy, als er in sein klappriges altes Auto stieg. Was tun? Die Rückkehr nach Los Angeles mit einer Ehefrau im Schlepp und der Absicht, die Stadt auf den Kopf zu stellen, war eines. Die Wirklichkeit war etwas anderes. Er brauchte Geld, und er kannte nur einen einzigen sicheren Weg, es zu kriegen.

Neil Gray schaute sich im VIP-Raum um. Er trank mit Genuß einen großen Jack Daniel's on the rocks, den zweiten bereits.
Der Bar gegenüber, auf der anderen Seite der Lounge, saß Gina Germaine. Blond, überschäumend, Busen und Hintern. Ein paar Männer in den blauen Uniformen einer Fluggesellschaft umringten sie bewundernd – alle darauf erpicht, ihr jeden Wunsch von den Augen abzulesen. Neil hatte sie bei ihrem Eintritt kurz gegrüßt. Zwei Menschen, die sich flüchtig kannten. Himmel, er gierte nach ihr, konnte es gar nicht erwarten, mit ihr im Flugzeug zu sein. Vielleicht ergab sich die Gelegenheit, es in der Toilette mit ihr zu treiben – wenn sie ihn ließ.
Wenn sie ihn ließ, ha! Gina Germaine würde sich von ihm am Sonntagabend im Trader Vic's bumsen lassen, wenn er wollte. Guter Gott! Wurde er etwa senil? Woher kam bloß diese Besessenheit für einen blonden Filmstar? Irgend etwas stimmte nicht mit ihm. Es konnte nicht anders sein. Sie nach Palm Beach mit-

zunehmen war reiner Wahnsinn. Das Risiko, entdeckt zu werden …
Der Kitzel des Risikos verhalf ihm zur besten Erektion, die er in diesem Jahr gehabt hatte.

8

New York konnte einen verrückt machen. Wenn man es nicht schon war. Was für üble Straßen. Schmutz und Unrat und gemeine, dreckige Wirklichkeit. Ratten. Kakerlaken. Die Straßen wimmelten von ihnen – auch von solchen der menschlichen Sorte. Ein Bummel durch die Stadt garantierte zahllose Begegnungen mit dem Irrsinn.
Deke sonderte sich von allem ab. Er schritt zielstrebig aus, das Kinn gesenkt, die kalten Augen halb hinter den Lidern verborgen und wachsam.
Einmal versuchten ihn an der Ecke der 39th Street und Seventh Avenue zwei Burschen anzuspringen. Es war noch nicht dunkel, und die Straße war voller Menschen. Niemand kam ihm zu Hilfe, als er mit den beiden verrückten Teenagern rang, von denen einer ein Messer hatte.
Deke wehrte sich. Er schlug und boxte und kratzte, bis es ihm gelang, dem Angreifer das Messer zu entwinden und in die Brust zu stoßen. Überraschung trat in die drogenverschleierten Augen des Jungen, und aus seinem Körper floß Blut.
Der andere Angreifer ergriff die Flucht, und Deke schlenderte gemächlich davon, während Passanten die Straße entlanghasteten, die Augen geflissentlich abgewandt.
Ein ungeheures Machtgefühl durchströmte Deke. Es erinnerte ihn an Philadelphia. An die Nacht – die besondere Nacht …
Die Machete hatte er für zwanzig Dollar in einem Leihhaus gekauft, weil sie ihm gefiel. Zwei Jahre hatte sie unbenutzt an der Wand seines Zimmers gehangen. Ab und zu hatte er sie herun-

tergenommen und vor dem Kommodenspiegel damit posiert. Er hätte nie gedacht, daß einmal der Tag kommen würde, an dem er sie tatsächlich benutzte.
Er dachte an Joey. An ihren gedrungenen Körper, ihr derbes Haar, an ihren großen roten Mund.
Joey Kravetz.

»He – du! Suchst du 'n bißchen Spaß, Buster?«
Deke wollte an ihr vorbeigehen, doch sie vertrat ihm den Weg, baute sich entschlossen vor ihm auf, legte den Kopf auf die Seite und zwinkerte ihm zu. »Ich will dich nicht aufschlitzen oder so. Will nur in deine Hose und 'ne ganz heiße Nummer mit dir machen. Kapiert?«
Er starrte sie an. Sie war fast hübsch, doch ihre Nase war ein bißchen schief, ein Auge schielte leicht, der Lippenstift über der roten Mundhöhle war verschmiert. »Wieviel?« brummte er.
»Ein Dollar pro Minute. Kann gar nicht fairer sein.« Sie sah zu ihm auf, denn er war viel größer als sie. »Dir wird es um keinen Cent leid tun, Cowboy.«
Cowboy. So hatte ihn noch niemand genannt. Es gab ihm ein gutes Gefühl. »Okay«, sagte er, weil er wußte, daß es nicht länger als fünf Minuten dauern würde. »Wo?«
»Ich hab 'n kleinen Palast zum Bumsen.« Sie faßte ihn am Arm. »Zwei Blocks weiter unten, du kannst mir unterwegs deine Lebensgeschichte erzählen. Ich heiße Joey. Und du?«
Einem Mädchen wie ihr war er bisher noch nicht begegnet. Klar, er hatte viele Nutten mit sauren Mündern und leeren Augen gehabt, und er hatte sich mit Mädchen verabredet, die höflich lächelten, aber sich von ihm nicht mal anfassen ließen. Joey war anders. Sie wollte offenbar wirklich mit ihm zusammensein. Das glaubte er zu spüren, als sie die regennasse Straße hinuntergingen.
Ihr ›Palast‹ war ein kleines Zimmer im zweiten Stock mit einem Ausguß in der Ecke, einem Bett, auf dem sich eine dicke weiße

Katze breitmachte, und einer einzigen mit einem angesengten rosafarbenen Chiffonschal verhängten Lampe.

Joey scheuchte die Katze vom Bett, warf ihren Plastikregenmantel ab und sagte: »Hübsch, was? Schlägt meine letzte Absteige bei weitem.«

Er stand zögernd in der Tür und fragte sich, ob es so sein würde wie immer. Zuerst das Geld, dann ein verlegenes Herumhopsen auf einem reglosen Stück Fleisch.

Joey öffnete den Reißverschluß an ihrem engen schwarzen Minirock und wand sich heraus. Darunter trug sie einen Slip, auf dem mit rotem Garn ›Dienstag‹ eingestickt war. Es war Freitag.

Deke suchte in seiner Tasche nach Geld.

»Laß es, du weißt ja nich, wie lang du bleiben wirst.« Sie kicherte. »Willst du die Abmachung vielleicht ändern? Fünfzig Dollar, und du kannst bleiben, solang es dir gefällt.«

Er schüttelte den Kopf.

»Wie du willst, Buster.« Sie zog den Pullover über das orangefarbene Haar und warf ihn zu Boden. Sie hatte sehr kleine Brüste mit rotgeschminkten Warzen. Die Farbe war genauso verschmiert wie die Wimperntusche unter ihrem schielenden Auge. Sie hob die Hände und spielte mit ihren Brustwarzen, bis sie strammstanden. »Na, is das nich ’n Dollar und ’n halben wert?« Sie kicherte wieder. »Ich weiß ’ne Menge solcher Tricks, Cowboy.«

Er hustete trocken.

»Du bist wirklich nett«, sagte sie und spielte weiter mit ihren geschminkten Brustwarzen. »Ich mag dich. Ich glaub, wir beide könnten Freunde sein, weißt du – wirklich gute Freunde. Du hast Augen, wie ich sie mag, sexy Augen. Ich fahr schon ab, wenn ich dir bloß in die Augen schau, Cowboy.«

Er blieb zwei Stunden. Es kostete ihn hundertzwanzig Dollar und war jeden Cent wert.

In der Ferne hörte Deke das vertraute Jaulen von Polizeisirenen. Er ging schneller. Höchste Zeit für ihn weiterzuziehen. New York war ein guter Schlupfwinkel gewesen, eine Stadt, in der man untertauchen konnte, bis über die Morde Gras gewachsen war. Noch ein paar Tage, und dann bye-bye, New York.

9

Der große Filmstar war also wieder zu Hause. Er nörgelte herum und beschwerte sich über alles.

Sie lagen im Bett, Ross mit vier Kissen im Rücken, und seine Blicke klebten förmlich am Bildschirm. Elaine fand, es sei jetzt der richtige Zeitpunkt, den Film zu erwähnen, von dem Karen ihr erzählt hatte. »Ich glaube, du solltest Zack sofort darauf ansetzen«, sagte sie.

»Ha! Der große George Lancaster lehnt etwas ab, und du meinst, ich soll meinen Agenten anrufen.« Ross schnaubte verächtlich. »Himmel, Elaine, du gehst mir manchmal wirklich auf den Wecker.«

»Wenn die Rolle George angeboten worden ist, muß sie gut sein«, beharrte Elaine eigensinnig.

»Einen Dreck muß sie! George hat mehr Scheiße produziert als jedes Abführmittel.« Gereizt schaltete er mit der Fernsteuerung die Programme durch. »Der beschissene George Lancaster ist beschissene fünfzehn Jahre älter als ich. Vergiß das nicht.«

»Zwölf«, korrigierte Elaine. Sie kannte jedermanns Alter auf den Tag genau.

Ross hob den Hintern von der Matratze und ließ einen gewaltigen fahren.

Elaine war empört. Hätten seine Fans ihn nur jetzt sehen können! »Wenn du das schon tun mußt, sei so freundlich und geh ins Bad«, fauchte sie.

Als Antwort furzte er erneut.
»Wie kommt es, daß du, bevor wir heirateten, deine Körperfunktionen immer unter Kontrolle hattest?« fragte sie kalt.
Er ahmte ihre Stimme nach: »Wie kommt es, daß du, bevor wir heirateten, nie gemeckert hast?«
»Guter Gott! Du bist unmöglich!« Sie stieg aus dem überbreiten Bett und zog einen türkisfarbenen Seidenmorgenrock an.
»Wo willst du hin?« fragte er.
»In die Küche.«
»Bring mir Eis mit. Vanille und Schokolade, mit heißer Karamelsoße.«
»Du sollst doch Diät halten.«
»Ich brauche keine Diät.«
»Jeder über fünfundzwanzig braucht sie.«
Er versuchte es andersherum. »Bring mir das Eis, dann rufe ich Zack an.«
»Versprochen?«
Er setzte das berühmte Conti-Lächeln auf. »Wann habe ich dich je belogen, Liebling?«

Montana saß in ihrem Büro und musterte den jungen Schauspieler ihr gegenüber. Er flehte sie stumm an, und sie wußte es. Sie senkte die Augen und überflog die Liste, die er ihr gegeben hatte. Seine bisherigen Rollen. Die übliche Sammlung von miesen Fernsehsendungen und schlechten Filmen.
»Ich hab' nie erwartet, heute in dieses Büro hereinzuspazieren und jemanden wie Sie hinter dem Schreibtisch zu finden«, sagte er mit leiser, verschleierter Stimme.
Wieder flehten seine Augen sie an. Ein durchdringender Blick, der sie beunruhigte, weil sie darin große Verzweiflung lesen konnte. »Hier steht«, sagte sie energisch, »daß Sie zweiundzwanzig sind. Ich brauche jemanden, der ein bißchen älter ist.«
»Was ist ein bißchen älter?« fragte er.
Sie zögerte, wollte es ihm möglichst leichtmachen. Eine Ableh-

nung verdaute man immer schwer. »Hm – so fünf- oder sechsundzwanzig.«

»Ich kann älter aussehen. In Wirklichkeit bin ich vierundzwanzig.«

»Schön«, sagte sie und reichte ihm seine Unterlagen. »Ich werde Sie vormerken. Danke, daß Sie gekommen sind.«

»Ist das alles?« Er klang überrascht. »Soll ich Ihnen nicht vorsprechen oder so?«

»Nicht heute.«

»Heißt das, daß ich wiederkommen soll?«

Sie lächelte – unverbindlich, wie sie hoffte. »Danke, Mr. Crunch.« Crunch ... Was für ein Name! »Wir werden uns mit Ihrem Agenten in Verbindung setzen.«

Er stand auf und kam betont lässig auf Montana zu. »Kann ich Sie irgendwann mal wiedersehen?« fragte er, die verzweifelten Augen brannten, und sein Gesicht zuckte.

Er tat ihr leid, genau wie die Hunderte anderer junger Schauspieler, die sich in einer ähnlichen Lage befanden. »Schauen Sie«, sagte sie geduldig, »verkaufen Sie sich nicht so billig.«

»Wie bitte?«

»Sie sind wahrscheinlich ein sehr guter Schauspieler, aber einfach nicht der richtige für diesen Film – hören Sie also auf, etwas erzwingen zu wollen.«

Er wurde rot, biß sich auf die Unterlippe, gab aber nicht auf. »Wir beide könnten miteinander allerhand Schönes erleben. Probieren Sie's doch mal mit mir«, sagte er lüstern. »Ich habe beste Empfehlungen. Sie wissen doch, was ich meine?«

Langsam wurde sie ärgerlich. »Gehen Sie lieber, okay?«

»Meine Dame, Sie wissen nicht, was Sie versäumen.«

Jetzt riß ihr denn doch der Geduldsfaden: »Ich habe das Gefühl, sehr genau zu wissen, was ich versäume.«

Widerstrebend schlurfte er aus dem Büro.

Sie seufzte. Hollywood. Stadt des Ehrgeizes. Ein Ort, an dem Erfolg alles bedeutete. Wer Erfolg hatte, stand an der Spitze. Wer

keinen hatte – gute Nacht, Charlie, dann war man weniger als nichts.
Hollywood. Um Schauspieler oder Schauspielerin zu werden, mußte man wirklich Masochist sein. Das stand fest.
Im Grunde war es auch kein Honiglecken, Schriftstellerin zu sein. Sie erinnerte sich an ihre Versuche mit dem Exposé für eine Fernsehserie. Sie hatte die Runde bei den Agenten und den sogenannten Fernsehbossen gemacht. Niemand hatte sie ernst genommen. Wer sind Sie? Was können Sie vorweisen? Baby, gegen Sie sprechen drei Dinge. Erstens: Sie sind von der Ostküste; zweitens: Sie sind eine Frau; drittens: Sie sind eine Frau.
Ach! Tatsächlich?
Gehen wir ins Bett, dort können wir drüber reden.
Sie hatte nie Neils Einfluß benutzt, um etwas zu erreichen. Die Fernsehidee war gut, und schließlich hatte sie sie auch untergebracht. Dann war das Buch über das alte Hollywood gekommen, und das Schreiben war eine Wonne gewesen, denn sie hatte selbständig arbeiten können und niemandem Rechenschaft geben müssen. Der Film über Kinder war für sie die größte Herausforderung gewesen. Sie hatte ihn ganz allein gemacht. Eine ganz schöne Leistung. Besonders für eine Frau, dachte sie zynisch.
Sie drückte auf den Summer, damit man ihr den nächsten Bewerber hereinschickte, zündete sich eine Zigarette an und inhalierte tief. Wie Neil wohl in Palm Beach mit dem wunderbaren George Lancaster zurechtkam? Ob George die Rolle spielen wollte oder nicht – ihr war beides recht. Sagte er zu, hatten sie einen Kassenmagneten. Wenn nicht, konnten sie einen Vollblutschauspieler nehmen – jemanden, bei dem die Rolle des alten Polizisten Leben bekam. Eine viel aufregendere Aussicht.
Sie griff nach dem Drehbuch, das auf ihrem Schreibtisch lag, und blätterte die Seiten durch. Es würde ein großartiger Film werden. Weil Neil Regie führte, war sie dessen sicher.

Was sollte er bloß machen? Seine junge Frau verhungern lassen? Genau das würde passieren, wenn er nicht bald ein paar Dollar verdiente.

Buddy saß verzweifelt am Steuer seines Wagens und grübelte. Dachte schon wieder nach. Er dachte in letzter Zeit so viel nach, daß er das Gefühl hatte, sein Kopf müsse demnächst bersten.

Er war Schauspieler. Das war sein Beruf. Aber er fand keine Arbeit. Also was tun? Welcher andere Job trug genug ein, um ihn über Wasser zu halten und ihm Zeit für Vorstellungsgespräche zu lassen? Er hatte nicht die Absicht, seinen Lebensunterhalt als Parkplatzwächter zu verdienen.

Die Antwort war einfach. Keine große Sache, wenn man es recht überlegte. Eine halbe Stunde im Bett mit einer gesichtslosen Frau, ein Hunderter in der Tasche und viel Freizeit, um das Geld mit Angel auszugeben. Und was Angel nicht wußte …

Sein Entschluß stand fest. Er prüfte sein Aussehen im Rückspiegel, zerzauste sein Haar ein bißchen und kniff die rauchschwarzen Augen leicht zusammen. Zufrieden mit seinem Äußeren, sprang er aus dem Wagen und schlenderte, seinen aufreizenden Gang übertreibend, auf das Geschäft für Herrenbekleidung zu, das der Macker am Santa Monica Boulevard besaß. Vor sechs Jahren war es ein finsteres Loch gewesen, in dem Lederwaren verkauft wurden. Mittlerweile hatte der Macker die angrenzenden Gebäude gekauft und sein Geschäft erweitert. Geführt wurde alles, von Cerruti-Anzügen bis zu Suspensorien aus Kaschmir für Homosexuelle. Buddy war beeindruckt. Er überlegte, ob er wohl Rabatt bekäme.

In dem Laden eilte sogleich ein parfümierter Transvestit herbei, um ihn zu begrüßen.

»Hal-lo«, säuselte das in Lamé gekleidete Wesen mit beunruhigend männlicher Stimme. »Was kann ich für Sie tun?«

Buddy wich unwillkürlich einen Schritt zurück. Schwule. Sie machten ihn seit jeher nervös. »Ist Ihr Boß da?«

Der Transvestit klimperte mit den langen falschen Wimpern. »Meinen Sie Mr. Jackson?«
»Ist das Macker?«
»Wie bitte?«
»Ein Schwarzer. Trägt viel Leder.«
»Klingt nach Mr. Jackson.«
»Sagen Sie ihm, Buddy sei hier.«
»Würd ich liebend gern. Aber Mr. Jackson kommt nie vor ein Uhr. Vielleicht möchten Sie warten.«
»He«, entgegnete Buddy barsch, »ich kann nicht warten, hab' einiges zu erledigen.«
»Davon bin ich überzeugt.« Der Transvestit hatte sich verliebt. In den bernsteinfarbenen Augen stand das Versprechen bedingungsloser Hingabe.
»Wo erreiche ich ihn jetzt?«
»Das kann ich wirklich nicht sagen.«
»Dann zwingen Sie sich eben.«
»Oh, mein Lieber, Mr. Jackson hat mir streng verboten, jemandem seine private Adresse und Telefonnummer zu geben.«
Buddy kniff die Augen zusammen. »Und ich achte streng darauf, daß ich immer kriege, was ich will.«
Der Transvestit fuchtelte ratlos mit den sensiblen Händen. »Was meinen denn Sie, was ich tun soll?«
Buddy zwinkerte. »Geben Sie mir die Adresse. Es bleibt ganz unter uns. Unser Geheimnis. In Ordnung?«
Der Transvestit lächelte nervös. »Wenn Sie es sagen.«

Kein Wunder, daß George Lancaster gern in Palm Beach lebte. In Beverly Hills oder Palm Springs war er nur einer von vielen. Dort gab es Dutzende alternder Superstars: Sinatra, Astaire, Kelly, Hope. Man konnte über sie stolpern, wenn man das Haus verließ oder auf den Golfplatz ging. In Palm Beach herrschte George Lancaster allein. Er war der König. Oder zumindest der Prinzgemahl seiner Gattin, Pamela London, der drittreichsten

Frau Amerikas. Bei dem Lunch, den sie ihm zu Ehren gaben, beobachtete Neil Gray die beiden sehr aufmerksam. Pamela war mit Vorsicht zu genießen, sie stand nicht umsonst im Ruf, eine scharfe Zunge und beißenden Witz zu haben. George war ihr fünfter Ehemann. »Ein Mann pro Jahrzehnt«, liebte sie zu sagen. »Keiner hat es länger ausgehalten. Außer George natürlich.«
Sie war vierundfünfzig, über einsachtzig groß, eine grobknochige Frau mit einer wilden Mähne roten Kraushaars.
George, ein ungewöhnlich gut erhaltener Zweiundsechziger, war bereits zweimal verheiratet gewesen. Die erste Ehe mit einer Jugendliebe hatte zweiunddreißig Jahre gehalten. Dieser Verbindung entstammte seine Tochter Karen. Die zweite Ehe mit einem Hollywoodflittchen hatte nur neun Monate, drei Tage und genau zwei Minuten gedauert.
Pamela und George waren ein imposantes Paar. Im Lauf von fünf Ehejahren hatte sich zwischen ihnen so etwas wie freundschaftliche Feindseligkeit entwickelt. Beleidigungen waren an der Tagesordnung, aber ohne einander konnten sie nicht leben.
»So«, sagte Pamela und musterte Neil ungeniert mit ihren kornblumenblauen Augen. »Der alte George soll sich also von seinem dicken Hintern erheben und wieder arbeiten. Richtig?«
Neil blickte lächelnd zum anderen Ende des langen Tisches, wo George sich angeregt mit einer sonnengebräunten Kosmetik-Königin unterhielt. Typisch Pamela, ihn soweit wie möglich wegzusetzen, obwohl sie genau wußte, daß er nur wegen George gekommen war. »Wenn er will«, antwortete er leichthin.
»Wenn er will?« entgegnete sie spöttisch. »Wenn ich will, meinen Sie.«
Neil kannte Pamela seit Jahren. Einer ihrer Ehemänner war Produzent gewesen, ein Freund von ihm. Sie hatte in Beverly Hills gelebt und in den gleichen Kreisen verkehrt wie er. Ihn schüchterte sie nicht ein. Er lächelte erneut. »George gefällt das Drehbuch, und er mag mich. Es wäre ganz gut für ihn, mal Urlaub von all dem Luxus zu nehmen. Sie könnten ihn ja begleiten.«

Pamela lachte heiser. »Sie wissen doch, wie sehr ich Beverly Hills liebe. Kleine Starlets, die alles zeigen, was sie haben. Widerliche alte Männer, die Goldketten und runzelige Sonnenbräune tragen. Plebs, mein lieber Neil. Ich verabscheue Plebs.«
»Dann kommen Sie eben nicht mit«, erwiderte er milde. »George könnte jeden Freitag herfliegen. Wir stellen ihm ein Privatflugzeug zur Verfügung.«
»Ich habe ein Privatflugzeug.« Pamela lachte. »Zwei sogar.«
»Ich weiß. Aber warum Ihre Maschine nehmen, wenn die Produktionsgesellschaft George jeden Wunsch erfüllt?«
Sie hob eine Augenbraue. »Jeden Wunsch?«
»Uneingeschränkt.«
»Hmmm.« Sie überlegte.
Neil konnte einen kleinen Sieg verbuchen. Die Superreichen liebten es, etwas umsonst zu bekommen. »Nun?« drängte er.
»Ich denke darüber nach.«
»Wie lange brauchen Sie, um sich zu entscheiden?«
Sie deutete auf sein Glas mit Mineralwasser. »Warum trinken Sie keinen Alkohol?«
»Wechseln Sie nicht das Thema.«
»Ich mag Männer nicht, die nicht trinken. Es verursacht mir Unbehagen.«
Er winkte einen in der Nähe stehenden Ober herbei und bestellte einen doppelten Jack Daniel's on the rocks. Dann wandte er sich wieder Pamela zu. »Ich möchte nicht daran schuld sein, daß Sie sich nicht wohl fühlen.«
Sie lächelte kokett. »Neil, Sie sehen wirklich gut aus. Vielleicht sollten wir wirklich nach L. A. kommen und uns unter das Volk mischen.«
Das Mittagessen fand im Palm Beach Country Club statt, ein intimes Essen für dreißig Gäste. Neil kannte keinen von ihnen. Die meisten hatten ein halbes Jahrhundert hinter sich, und Neil fühlte sich im Kreis seiner Altersgenossen plötzlich deprimiert. Er dachte kurz an Montana und ihre erregende Jugend. Wenn er

mit ihr zusammen war, merkte er den Altersunterschied nicht. Jetzt, umgeben von gelifteten Gesichtern, teurem Schmuck und leberfleckigen Händen, spürte er ihn. Dann fiel ihm Gina Germaine ein, die geduldig in dem Hotel wartete, in dem sie am Vormittag abgestiegen waren. Ihre Suiten lagen nebeneinander. Auch bei Gina vergaß er sein Alter und fühlte sich wieder jung. Zumindest sein Körper fühlte sich jung, sein Schwanz.

»Einen Cent für jeden schmutzigen Gedanken, der Ihnen gerade durch den Kopf geht«, sagte Pamela.

»Was?« Neil war verblüfft.

Sie lächelte. »Ich weiß es immer, wenn ein Mann an Sex denkt.«

»Tu ich gar nicht.«

Sie hob eine Augenbraue. »Nicht? Was ist an Ihnen so anders? Haben Sie Baumwolle, wo Sie die Eier haben sollten?«

Er lachte: »Sie liegen hier brach, Pamela. Sie müßten Pornoromane schreiben.«

»Glauben Sie, das hätte ich noch nicht versucht? Ich hab's schon fast mit allem versucht.« Sie musterte ihn lüstern. Geld im Überfluß, dachte er, und trotzdem noch gelbe Zähne. In schleppendem Ton fuhr sie fort: »Nur nicht mit Ihnen, mein lieber Neil. All diese Jahre, und wir haben es nie miteinander probiert. Wir sollten das Versäumnis nachholen.« Sie tätschelte vertraulich sein Knie. »Außerdem habe ich seit jeher eine Schwäche für den britischen Akzent. So vornehm. So ganz Richard Burton. Ich finde ohnehin, daß Sie dem lieben Richard ein bißchen gleichsehen. Dasselbe verwüstete Gesicht, derselbe ...«

»Pamela.« Er schob ihre Hand weg. »Hören Sie auf abzuschweifen. Kommen wir zur Sache: Wollen Sie, daß George in meinem Film spielt oder nicht?«

»Verdammt!« brüllte Ross und knallte den Hörer auf die Gabel. Agenten! Man sollte sie den Fischen zum Fraß vorwerfen. Verfluchte Parasiten!

»Hallo, Ross ... Ja, Ross ... Es tut sich nichts, Ross.«

Was wußten denn die? Nichts wußten sie. Keinen Scheißdreck. Sie konnten nicht mal den Hintern putzen, ohne sich zehn Prozent vom Klopapier unter den Nagel zu reißen.
Während seiner ganzen Karriere als Filmschauspieler hatte er ihnen alles frei Haus geliefert. »Rufen Sie Fox an. Rufen Sie Paramount an. Rufen Sie Wilder an. Rufen Sie Zanuck an.« Die Rollen waren ihm nachgeworfen worden. Kein Agent hatte sich je wegen Ross Conti die Beine ausreißen müssen. Jetzt aber, nachdem ihnen fünfundzwanzig Jahre alles in den Schoß gefallen war, sollten sie gefälligst auch mal was tun.
»Was ist mit dem neuen Film von Neil Gray?« hatte er Zack Schaeffer gefragt. »Wie ich höre, ist die Sache vielleicht was für mich.«
»Weiß nichts davon, Ross ... Werde mich drum kümmern, Ross ... Ich rufe zurück, Ross ...«
Warum wußte Zack nichts davon? Es war sein Job, so etwas zu wissen. Sadie La Salle kannte bestimmt schon alle Einzelheiten, und in Zukunft sollte sie sich um seine Karriere kümmern.
»Elaine!« schrie er.
Lina steckte den Kopf zur Tür herein: »Miisus Conti zu Gymnastik gegangen. Möchten Sie Kaffee?«
Er fluchte lautlos in sich hinein. Elaine war nie da, wenn er sie brauchte, immer nur dann, wenn er sie nicht brauchte.
»Ja«, knurrte er.
Lina verschwand, und er blieb mißlaunig am Telefon sitzen.
Sadie La Salle. Sie hatte alles in Gang gebracht. Widerwillig mußte er sich eingestehen, daß ohne Sadie und ihre Plakataktion vielleicht nie etwas aus ihm geworden wäre.
Und wie hatte er es ihr vergolten? Er war mit den ersten schönen Titten davongelaufen, die sich ihm entgegenreckten, und zu einer großen Agentur gegangen. Kein Lebwohl. Kein Brief. Kein Anruf. Er hatte sich eines schönen Tages einfach davongestohlen, als sie nicht zu Hause war.
Wäre es nach ihm gegangen, wäre Sadie La Salle aus seinem Le-

ben verschwunden, und am liebsten wäre ihm gewesen, er hätte nie wieder etwas von ihr gehört. Und es blieb eine Zeitlang auch still um sie, während er anfing, Karriere zu machen. Wenn aber irgendwo ihr Name fiel, dann nicht, weil sie etwas Aufregendes getan hätte. Sie wollte eine Agentur gründen? Na, dann viel Glück! Ohne ihn hatte sie keinen einzigen Klienten.

Sie hatte einen unbekannten Komiker namens Tom Brownie entdeckt und zur größten Kanone seines Fachs seit Red Skelton gemacht. Dann hatte sie eine neurotische Sängerin mit Namen Melody Fame zu einer neuen Judy Garland aufgebaut. Adam Sutton hatte sich in zweitklassigen Filmen abgeplagt, bevor er in ihren Stall übergewechselt war. Zwei Jahre später hatte er zu den Kassenmagneten gehört. George Lancaster hatte ihretwegen ICM verlassen. Alle waren zu ihr gerannt. Im Lauf der Jahre hatte sie es zur besten Klientenliste Hollywoods gebracht.

Sadie La Salle. Die kleine, dicke Sadie mit dem Bärtchen. Gelegentlich hatten sie sich auf Partys und bei Premieren gesehen. Der Schnurrbart war dank teurer Elektrolyse weg. Sie hatte dreißig Pfund abgenommen, trug jetzt teure, gutgeschnittene Kleider, und die wilden schwarzen Locken waren zu einem eleganten Knoten geschlungen. Sie war keine Schönheit, sah aber zweifellos viel besser aus.

Er hatte versucht, freundlich zu sein. Sie hatte nur mit einem kalten Nicken reagiert. Er hatte versucht, ein Gespräch anzuknüpfen. Sie hatte ihn stehenlassen.

Anfang der siebziger Jahre war ihm klargeworden, daß er sie brauchte. Nur beruflich natürlich. Er hatte bei ihr angerufen, war bis zu ihrer Sekretärin vorgedrungen und hatte vorgeschlagen, Miss La Salle möge doch bei ihm vorbeischauen.

Sadie hatte sich nie gemeldet. Das hatte ihn schrecklich gewurmt. Was hatte sie bloß gegen ihn?

Bei der nächsten Party hatte er sie gestellt. Sie war in Begleitung eines schwulen Modeschöpfers gewesen – einem Gerücht zufolge sollte sie lesbisch sein. Ross wußte, daß das nicht stimmte.

»Sadie«, hatte er schmeichelnd gesagt, »ich glaube, du hast großes Glück. Errätst du's?« Mit dem berühmten Conti-Lächeln hatte er erklärt: »Ich bin auf der Suche nach einem neuen Agenten, und der könntest du sein.«
Sie hatte ihn kalt angesehen. »Ich suche keine weiteren Klienten, Ross.«
Er war überrascht, verletzt gewesen. Hatte seinen berühmten babyblauen Blick an sie verschwendet. »Es ist doch jetzt schon fünfzehn Jahre her, Schatz«, hatte er gesagt. »Heute geht es ums Geschäft.«
»Der Teufel hole das Geschäft«, hatte sie barsch erwidert. »Selbst wenn mir die Provision für dich meine einzige warme Mahlzeit in der Woche sicherte – ich würde lieber verhungern. Verstehen wir uns, Ross?«
Luder! Lesbe! Schlank gewordene Schlampe! Er hatte nie wieder ein Wort mit ihr gewechselt.
Vielleicht war es an der Zeit, es wieder zu versuchen. Inzwischen war ein weiteres Jahrzehnt vergangen, seit er mit Elaine verheiratet war.
»Miister Conti.« Lina stand breit in der Tür, ihre Beine wirkten wie Baumstämme unter der weißen Uniform, die sie trug, weil Elaine es verlangte.
Ross riß sich aus seiner trüben Stimmung und lächelte. Man durfte einen Fan nicht enttäuschen. »Ja, Lina, was ist?«
»Miguel krank. Okay, ich Jungen bringe?«
Verdammt, warum kam sie damit zu ihm? Häusliche Angelegenheiten waren Elaines Sache. Er blechte wahrhaftig genug und konnte erwarten, daß zu Hause alles reibungslos lief. »Was für einen Jungen?« fragte er ungehalten, weil Miguel heute den Corniche waschen sollte.
»Guten Jungen. Sehr nett. Okay, ich ihn Schwimmbecken lassen saubermachen?«
»Kann er fahren?«
»Klar er fahren.«

»Schön. Holen Sie ihn her. Er soll den Corniche herausfahren und waschen. Ich möchte, daß er bis ein Uhr fertig ist.«
Lina nickte und lächelte, was bei ihr sehr selten vorkam.
»Wo ist mein Kaffee?« fragte Ross.
Ein dümmliches Kopfschütteln. »Ich vergessen.«
»Holen Sie ihn.«
Sie ging rückwärts aus dem Zimmer, als das Telefon zu klingeln begann. Ross riß den Hörer ans Ohr und bellte ein scharfes: »Hallo?«
»Willkommen zu Hause, Liebling«, flüsterte eine tiefe, rauhe Stimme.
»Wer spricht denn da?«
»Meine Güte, was für ein kurzes Gedächtnis du hast! War unser Nachmittag am Strand ein so vergessenswertes Erlebnis? Ich weiß, es ist ein paar Wochen her, aber wirklich, Ross ...«
Er lachte. »Karen!«
»Dieselbe.«
»Wann kann ich dich sehen?«
»Nenn Zeit und Ort, dann wird deine dir sehr Ergebene da sein.«
»Dein Strandhaus. Halb vier.«
»Ich warte.«
»Ich komme.«
»Oh, ich weiß, ich weiß.«
Beide lachten.

Elaine kam zu spät zur Tennisstunde, und ihr Lehrer, ein dunkelhäutiger New Yorker mit schneeweißen, blitzenden Zähnen und einem Schlag wie ein Samurai, war nicht erfreut darüber. »Zehn Minuten zu spät, Mrs. C., sind zehn verlorene Minuten.«
Na und? dachte sie gereizt. Schließlich bezahle ich. Nach drei Jahren, in denen sie mühsam den Ball übers Netz befördert hatte, war sie zu dem Entschluß gelangt, sich zu vervollkommnen. Es hatte nichts damit zu tun, daß Bibi Sutton neuerdings auf ihrem Besitz in Bel-Air luxuriöse kleine Tennis-Essen ›für die Mäd-

chen‹ gab, Elaine aber nie wieder eingeladen worden war, nachdem sie beim erstenmal wie eine Anfängerin gespielt hatte.
Steif stand sie auf einer Seite des Tennisplatzes. Ihre Wadenmuskeln schmerzten höllisch, weil sie zwei Tage hart in Ron Gordinos Gymnastikkurs gearbeitet hatte. Aber das war viel zu anstrengend. Sie sollte sich auf drei Tage in der Woche beschränken, aber welches waren die ›richtigen‹ drei Tage? Wann ging Bibi Sutton? Der Ball zischte heran, Elaine machte eine halbherzige Bewegung und verfehlte ihn.
»Mrs. C.!« rief der Lehrer vorwurfsvoll.
Er sollte sie nicht Mrs. C. nennen! Das klang zu familiär, und sie gehörte nicht zu den Frauen, die mit ihrem Tennislehrer auf vertrautem Fuß stehen wollten. »Ich heiße Conti«, sagte sie scharf.
»Ich weiß«, antwortete er unbeeindruckt. »Glauben Sie, daß Sie sich jetzt konzentrieren könnten, Mrs. C.?«
Sie schaute ihn finster an. Er hatte haarige Beine mit festen Muskeln und trug schicke weiße Shorts. Wie sah sein Glied wohl aus? Vermutlich haarig und steif und ... Energisch schüttelte sie den Kopf. Wozu an sein Ding denken? Sie mochte den Kerl nicht. Rasch nahm sie die richtige Stellung ein und servierte ihm den nächsten Ball anmutig zurück.
»Schon besser«, sagte er.
Dies ermutigte sie, und sie brachte einen passablen Flugball zustande. Flink sprang sie auf dem Platz hin und her.
Eine Dreiviertelstunde später war es vorüber, und sie lief schweißnaß zu den Umkleideräumen, wo sie zum drittenmal an diesem Tag duschte. Lächerlich! Ihre Haut würde austrocknen wie eine Dörrpflaume. Sie mußte unbedingt dran denken, daß sie Gymnastik- und Tennisstunden nicht auf den gleichen Tag legen durfte. Rasch holte sie aus ihrer Handtasche einen kleinen schwarzen Cartier-Lederblock und notierte in verschleiernden Abkürzungen: TEN GYM NEIN! Nachdem sie kurz überlegt hatte, fügte sie hinzu: KAREN FRAGEN. Karen wußte bestimmt,

welches die ›richtigen‹ Tage für Ron Gordinos Gymnastikkurs waren.
Langsam zog sie sich an. Sie war ein bißchen müde und fragte sich, ob die verschiedenen Vitaminpillen, die ihr Ernährungsguru empfahl, ihr wirklich guttaten. Ross hatte verächtlich geschnaubt, als er merkte, daß sie ein Dutzend Pillen am Tag schluckte. Doch als sie ihm erklärt hatte, daß die Pillen Energie verliehen, Erkältungen vorbeugten, Krebs verhinderten, die Haut glätteten und die Sehfähigkeit besserten, war er schnell anderen Sinnes geworden. Jetzt nahm er die Pillen auch. Dazu noch Ginseng, das angeblich den Sexualtrieb steigerte. Aber bei ihm schien es nicht viel zu nützen. Sie hatte jedenfalls nichts davon gemerkt.
Sie hoffte, daß er Zack Schaeffer wegen des Films von Neil Gray auch wirklich angerufen hatte. Wenn die Rolle George Lancaster angeboten worden war, mußte der Film gut sein. Was wäre es für ein Triumph, wieder ganz oben zu sein! Man stand auf jeder Einladungsliste, das Telefon klingelte ständig, neue Modeschöpfer baten einen, ihre Kreationen als Geschenk anzunehmen, Chauffeure und Leibwächter begleiteten einen auf Schritt und Tritt.
Grollend dachte sie an Ross. Warum hatte er zugelassen, daß er so abrutschte? In welchem Augenblick, zu welcher Stunde, an welchem Tag hatte sein Sturz aus den höchsten Höhen begonnen?
Er war gealtert, das war es. Er trank zuviel, bekam eine Wampe und Tränensäcke. Außerdem hatte er eine Lederhaut wie ein alter Rancharbeiter. Sie hatte ihn gebeten, sich der liebevollen Fürsorge ihres ersten Mannes, des kosmetischen Chirurgen, anzuvertrauen. »Kommt nicht in Frage«, hatte er gefaucht. »Ich will nicht, daß mein Gesicht wie eine Maske aussieht.«
Jeden Monat rissen die Alimente, die Ross seinen beiden früheren Frauen bezahlen mußte, ein Riesenloch in ihr Budget. Als er viel verdiente, fiel das kaum ins Gewicht. Doch seit der Geldsegen aufgehört hatte, war es zu einer echten Belastung geworden.

Sich immer mehr einschränken zu müssen war ein schmerzlicher Prozeß. Zuerst hatte der Chauffeur gehen müssen, dann die Haushälterin mit ihren beiden Hilfen, als nächstes waren die Gärtner und der für den Swimmingpool zuständige Mann entlassen worden. Jetzt gab es nur noch Lina, die täglich kam, außer an den Wochenenden, und Miguel, der im Garten arbeitete, den Swimmingpool wartete und Chauffeur spielte.

Elaine schnaubte verärgert, als sie rasch in ein dünnes gewirktes T-Shirt-Kleid von Giorgio schlüpfte und ihre hochhackigen Riemchensandaletten von Charles Jourdan anzog. An ihrer Kleidung zu sparen, hatte sie sich strikt geweigert. Wenn man sich in Beverly Hills nicht richtig anziehen konnte, war es besser, sich zu verkriechen. Sie hatte sich ganz gut durchlaviert, trotz allem. Man konnte ja auch nicht sagen, daß sie pleite waren. Sie mußten nur ein bißchen vorsichtig sein, nachdem – wie Ross' Manager charmant gesagt hatte – »die Tage des großen Geldes hinter Ihnen liegen, Ross«. Der Idiot! Was wußte der schon? Elaine würde Ross wieder nach ganz oben bringen, und wenn sie dafür morden mußte.

»Komm rauf, Ross«, bat Karen Lancaster heiser.

Er hob den Kopf, der zwischen ihren Schenkeln lag, und sagte fast bestürzt: »Das tu ich nicht bei jeder. Eigentlich kann ich mich ans letzte Mal gar nicht erinnern.«

»Was willst du – eine Belohnung? Komm rauf.«

Er gehorchte, bewegte sich kraftvoll auf und ab.

Karen gehörte zu den Stöhnern. Ihr wiederholtes »Ooh« und »Aah« und »Weiter, Liebling, ja, so ist's gut« wurde immer lauter. Je lauter sie stöhnte, desto rascher bewegte sich Ross, bis sie beide gleichzeitig einen überwältigenden Höhepunkt erreichten.

Ross ließ sich von Karen herunterrollen, sagte: »Oh, verdammt, verdammt!« und wartete auf ihr Lob.

Karen drehte sich auf den Bauch und rührte sich nicht mehr.

Die Sonne fiel schräg in den großen Raum mit den gläsernen

Wänden und tauchte das überdimensionale Rundbett in warmes Licht. Draußen wiegte sich träge der Pazifik, schlug sanft an den Strand von Malibu. Es war ein vollkommen klarer Tag.
»Nicht schlecht«, sagte Ross schließlich, als Karen beharrlich schwieg. »Gar nicht schlecht.« Keine Antwort. Er tätschelte leicht ihren Po. Keine Reaktion. »Schläfst du?« fragte er ungläubig.
»Laß mir fünf Minuten Zeit«, sagte sie und rollte sich zu einer Kugel zusammen.
Er stieg vom Bett und tappte durch den Raum. Was für ein Raum! Kreisförmig und phantastisch, mit Blick auf das Meer auf einer Seite, eine üppige Grünanlage und ein Wagendeck auf der anderen. Dort standen jetzt sein glänzend goldener Corniche und ihr sportlicher roter Ferrari.
Er fand eine hypermoderne Weltraumküche, die nach hinten hinaus lag, und nahm eine eiskalte Dose Budweiser-Bier aus dem Kühlschrank.
Karen war die Fahrt an den Strand zweifellos wert. Das hatte er schon beim ersten Mal gedacht, aber jetzt wußte er es sicher. Sie hatte ihn dazu gebracht, Dinge zu tun, die er seit Jahren nicht mehr getan hatte.
Die kleine Karen. Er kannte sie seit ihrem sechsten Lebensjahr. George Lancaster hatte sie oft ins Studio mitgebracht.
Die kleine Karen. Er hatte an ihrer Hochzeit mit einem Immobilienmakler teilgenommen, ihrer ersten. Er hatte eine Menge über ihre zweite mit einem experimentierfreudigen Komponisten gelesen. Und er hatte viele Abende in ihrer Gesellschaft verbracht, nachdem sie eine von Elaines besten Freundinnen geworden war.
Die kleine Karen. Eine Tigerin im Bett.
Sie waren sich am Tag vor seiner Abreise zu den Außenaufnahmen rein zufällig am Eingang von Brentano's am Wilshire Boulevard begegnet. »Du mußt mitkommen und dir meinen neuen Ferrari Spider anschauen«, hatte sie gedrängt. »Ich habe ihn erst gestern geliefert bekommen.«

Sie hatte ihn über die Straße zum Parkplatz der American Savings Bank gezogen, wo der Parkwächter ein besonders wachsames Auge auf ihre neueste Errungenschaft hatte.
»Ein Geschenk von Daddy?« hatte er beiläufig gefragt, ohne das schnittige rote Fahrzeug sonderlich zu beachten. Er war kein Autonarr.
»Aber natürlich! Komm, Ross, fahr ein Stück mit. Du bist doch nicht in Eile, oder?«
Eigentlich hatte er es eilig gehabt, er war mit seinem Steuerberater verabredet gewesen. Doch plötzlich hatte Karen bestimmte Signale ausgesandt, und er hatte der Versuchung nicht widerstehen können. Er mußte feststellen, ob sie das bedeuteten, was er meinte. Wortlos war er in den Wagen gestiegen.
»Hübsch, was?« hatte sie gesagt und sich ans Steuer gesetzt. Dann waren sie losgebraust, in einem halsbrecherischen Tempo über den Wilshire Boulevard gerast, an den auf drei Fahrbahnen gemächlich dahinrollenden Cadillacs, Mercedes' und Lincolns vorbei.
»Lust auf den Strand?« hatte Karen gefragt, in den Augen eine unausgesprochene andere Frage.
»Warum nicht?« Die Besprechung mit dem Steuerberater hatte Zeit. Sollte sich doch sein Manager darum kümmern, schließlich wurde er dafür bezahlt.
Sie hatten es in zwanzig Minuten zu Karens Haus am Strand von Malibu geschafft und sich kaum eine Minute später auf dem dicken Florteppich gewälzt.
Er hatte sie bestiegen wie ein Hengst, an ihrem Wildlederrock gezerrt und ihr den kleinen Slip durchgerissen …
Da sie beide in der Stadt verabredet waren, hatten sie nicht viel Zeit füreinander gehabt, und am nächsten Tag war er für drei Wochen zu Außenaufnahmen gefahren.
Er war froh, daß sie ihn nach seiner Rückkehr angerufen hatte. Karen war mehr als eine kurzfristige Zerstreuung. Dessen war er sicher.

Der Macker wohnte in einem Penthouseapartment am Doheny Drive. Seine Mitbewohner waren ein weißer Innendekorateur namens Jason Swankle und eine häßliche Bulldogge namens Shag.

Buddy drückte ungeduldig auf den Türsummer. Da er sich entschlossen hatte, seine alte Beschäftigung wiederaufzunehmen, wollte er sofort einsteigen.

Jason Swankle öffnete die Tür. Ein dicker, an eine Schlafmaus erinnernder Mann in einer pfauenblauen Latzhose, mit Goldschmuck behängt. Shag erschien neben ihm, schnüffelte kurz an Buddys Bein und stieg dann an ihm hoch, als wäre er die läufigste Hündin der ganzen Gegend.

»He!« rief Buddy, zu Tode erschrocken. »Runter mit dir!«

»Platz, Shag, Platz!« befahl Jason und zerrte am Diamanthalsband des Hundes.

Buddy stieß angewidert mit dem Fuß nach dem Tier. »Verdammt noch mal!«

Shag ließ von ihm ab und knurrte drohend.

»Was kann ich für Sie tun?« fragte Jason mit schelmischem Lächeln, stützte eine seiner dicken, beringten Hände auf die Hüfte, musterte Buddy von oben bis unten und war mit dem Ergebnis sichtlich zufrieden.

»Ich suche den Ma... Ich meine, ich suche Mr. Jackson.«

»Er zieht sich gerade an. Wir gehen auf eine Hochzeit. Kann ich Ihnen helfen?« Jason zwinkerte. »Ich würde es sehr gern tun.«

Warum flogen die Schwulen so auf ihn? »Es geht um Geschäfte«, sagte Buddy rasch. »Private. Es dauert nur eine Minute.«

Jason spitzte die fleischigen Lippen. »Marvin will zu Hause nichts von Geschäften hören. Handelt es sich um den Laden?«

Marvin! Buddy nickte und versuchte sich durch die Tür zu schieben.

Shag knurrte, Jason hielt das Tier zurück und faßte einen Entschluß: »Gut, gut. Warten Sie hier, ich hole ihn.«

Er watschelte auf seinen kurzen Beinen davon. Der Macker und

Jason mußten ein sonderbares Paar abgeben – der Macker groß, hager und schwarz, Jason rund, dick und weiß. Na, jeder nach seinem Gusto.

Buddy pfiff leise durch die Zähne und hoffte, der Macker würde gleich etwas für ihn haben. Wäre schön, dachte er, mit Geschenken zu Angel nach Hause zu kommen.

»Wer sind Sie?« Das war der Macker höchstpersönlich, hagerer, als Buddy ihn in Erinnerung hatte, das schwarze Haar zu Reihen winziger Zöpfchen geflochten und mit bunten Perlen geschmückt. »Und was wollen Sie, verflucht noch mal?«

Keine sehr herzliche Begrüßung. »He – Mann! Ich bin's – Buddy-Boy. Sie müssen sich doch an mich erinnern.« Freundlich streckte er die Hand aus, doch der Macker schlug sie grob weg. »Hören Sie«, fuhr Buddy beharrlich fort, »ich habe für Sie gearbeitet, Mann. Randy Felix hat mich zu Ihnen gebracht. Ich war einer Ihrer Besten.«

Der Macker rümpfte die Nase. »Einer meiner besten – was?«

Buddy schaute prüfend den Flur entlang. »Darf ich reinkommen? Können wir reden?« Er versuchte erneut, durch die Tür zu schlüpfen. Shag knurrte böse. »Ich – äh – ich möchte wieder einsteigen. Schauen Sie, ich brauche dringend ein paar Piepen, und Sie haben die Sache immer prima gemanagt.«

»In dem Geschäft bin ich nicht mehr«, fauchte der Macker, rümpfte wieder die Nase und schob die Tür ein Stück zu. »Und selbst wenn ich es wäre, was ich nicht bin, glauben Sie mir, Mann, an Sie erinnere ich mich bestens. Sie sind der komische Vogel, der sein Ding nur für die Ladys steif kriegte. Stimmt's? Und falls ich mich richtig erinnere, haben Sie mich versetzt und sind bei diesem fetten Scheißkerl Maxie Sholto eingestiegen. Bei ihm sind Sie, wie ich höre, auch verduftet, als es endlich gut lief. Also, wenn ich noch im Geschäft wäre, was ich nicht bin, wie ich schon sagte, dann wäre ich bestimmt nicht dran interessiert, Sie mit was Menschlichem zusammenzubringen, selbst wenn Sie die ›Stars and Stripes‹ furzen könnten und auf Ihrem Ding jedesmal

eine Flagge hissen würden, wenn Sie's hochkriegen. Und jetzt verschwinden Sie.« Er knallte die Tür zu.
»Scheiße!« stieß Buddy hervor. »Verdammte Scheiße!«
Wütend machte er kehrt und ging zum Aufzug. Seine eigene Schuld.
Als er aus der Tiefgarage fuhr, kam Jason Swankle angerannt.
»Bin ich froh, daß ich Sie noch erreicht habe«, keuchte er.
Buddy sah ihn finster an. »Warum?«
»Weil ich Ihnen helfen möchte. Ich glaube nämlich, ich kann Ihnen helfen.«
»Sie sind nicht mein Typ«, entgegnete Buddy bissig.
»Hier, nehmen Sie meine Karte«, drängte Jason. »Und rufen Sie mich unter meiner Geschäftsnummer an. Morgen.« Er schob eine kleine weiße Karte durchs offene Wagenfenster. Sie segelte zu Boden, als Buddy aufs Gaspedal trat und in die Vormittagssonne hinausschoß.

10

In dem kleinen italienischen Restaurant mit den karierten Tischdecken, der ausgezeichneten Pasta und dem süffigen Hauswein ging es lebhaft zu. Am Samstagabend waren immer viele Leute unterwegs. Millie Rosemont genoß den Betrieb, aber Leon fühlte sich unbehaglich. Er hatte Millie versprochen, seine Probleme nie nach Hause mitzubringen, und dieses Versprechen auch gehalten. Bis zu dem dreifachen Mord in der Friendship Street. Bis er die verstümmelte Leiche von Joey Kravetz gesehen hatte.
Er erinnerte sich an das zweite Zusammentreffen mit Joey – lange bevor er Millie gekannt hatte.

Es regnete nicht, es goß wie aus Kannen. Als Leon spätabends nach Hause fuhr und die Scheibenwischer mühsam gegen die niederprasselnden Fluten ankämpften, mußte er sich eingeste-

hen, daß er doch Hunger hatte. Erst vor einer Stunde hatte er telefonisch eine Einladung zum Abendessen bei einer attraktiven geschiedenen Frau abgesagt, mit der er sich ein paarmal getroffen hatte. Sie war recht nett, aber im Grunde fand er sie langweilig. Aus einem Impuls heraus bog er nach links auf den Parkplatz eines Howard-Johnson-Restaurants ein, stellte den Wagen ab und machte, daß er ins Trockene kam. Er setzte sich in eine Ecknische, bestellte ein getoastetes Hähnchensandwich und heißen Kaffee. Dann blätterte er in der Zeitung, schlug die Sportseite auf und begann zu lesen.
Die Kellnerin brachte ihm sein Sandwich und seinen Kaffee. Er setzte sich bequem zurecht, um nach dem langen, ermüdenden Tag ein wenig Erholung zu finden.
»Sie Hurensohn!« kreischte eine Stimme.
Verblüfft sah er von seiner Zeitung auf. Vor seinem Tisch stand ein kleines, wütendes Mädchen, die Arme über einem schmuddeligen T-Shirt gekreuzt, eine mehrere Nummern zu große alte Militärhose an den Beinen.
»Erinnern sich nich an mich, was?« Sie sah ihn böse an.
»Sollte ich?« fragte er nach einer Weile.
»Sollten Sie? Ha! Und ob Sie sollten! Da können Sie Ihren fetten Hintern drauf wetten!«
Er legte die Zeitung weg. »Jetzt halten Sie mal die Luft an. Was glauben Sie denn, mit wem Sie reden?«
»Mit Ihnen – Bulle!« stieß sie verächtlich hervor.
»Kenne ich Sie?« fragte er ärgerlich.
»Sie haben mir ein beschissenes Jahr in einer Strafanstalt für Mädchen verschafft. Da sollten Sie mich wohl kennen.«
Jetzt bemerkte er, daß sie auf einem Auge leicht schielte, und plötzlich fiel ihm alles wieder ein. Sie war die Nutte mit dem Kindergesicht, die ihn eines Abends angesprochen und ihm, als er sie nach ihrem Alter fragte, einen Tritt ans Schienbein versetzt und dann das Weite gesucht hatte. Er hatte am nächsten Tag Grace Mann von der Jugendabteilung angerufen, ihr den unge-

führen Standort des Mädchens genannt und eine Beschreibung gegeben. Alles andere hatte er ihr überlassen.

»Du hast damals doch gesagt, du bist achtzehn«, sagte er vorwurfsvoll.

»Ich hab' eben gelogen – na und? Aber wegen Ihnen haben die mich gesucht und mit einem Haufen Babys auf einer beschissenen Farm eingesperrt. Besten Dank dafür, Cowboy.«

Er bemühte sich, nicht zu lächeln. Sie war schon wütend genug, und er wollte sie nicht noch wütender machen. »Es war nur zu deinem Besten«, sagte er.

»Der Teufel hol Sie!« fauchte sie und setzte sich überraschend hin. »Mein Kerl läßt sich nich blicken, Sie können mir also 'n Kaffee spendieren. Eigentlich sind Sie mir mehr schuldig als 'ne lausige Tasse Kaffee.« Sie fuhr sich mit der Hand über den Nasenrücken und beäugte hungrig sein Hähnchensandwich.

»Möchtest du was essen?« fragte er. Sie sah so abgerissen aus, daß sie ihm leid tat.

»Meinetwegen«, antwortete sie, als tue sie ihm einen riesigen Gefallen. »Dasselbe wie Sie.«

Er winkte der Kellnerin und bestellte. Sie schenkte ihm Kaffee nach und eilte davon.

»Wie heißt du?« fragte Leon.

»Joey«, antwortete sie, »was interessiert Sie das schon?«

»Ich lade dich zu einem Sandwich ein, da sollte ich doch wissen, wer du bist.«

Sie musterte ihn mißtrauisch. »Mieser Bulle!« Ihr Sandwich kam, und sie machte sich mit Heißhunger darüber her.

Leon beobachtete sie, während sie aß. Sie hatte abgebissene Fingernägel, ihr Hals war schmutzig und das Haar orangerot gefärbt. Aber obwohl sie so verlottert war, hatte sie etwas Anziehendes. Sie weckt den Vaterinstinkt in mir, dachte er.

»Ich hoffe doch sehr, man hat dich regulär entlassen, und ich verköstige keine Ausreißerin«, sagte er.

»Die haben mich rausgelassen«, antwortete sie mit vollem Mund.

»Das mußten sie, weil meine Schwester mich geholt hat. Außerdem bin ich jetzt sechzehn und kann für mich selber sorgen.«
»Davon bin ich überzeugt.«
»Da dürfen Sie drauf wetten!« Mit einem schlauen Blick fuhr sie fort: »Eigentlich hab' ich's nur Ihnen zu danken.«
»Wie das?«
»Hätt ich Sie nich getroffen und hätten Sie mir nich die Jugendstreife auf den Hals gehetzt, wär ich nie mit den Aufsichtsweibern auf der Farm zusammengekommen. Hab' eine Menge von ihnen gelernt.«
Ihm fiel ein, daß es vielleicht nicht richtig war, mit ihr zusammenzusitzen. Rasch bat er durch ein Handzeichen um die Rechnung.
»Wo woll'n Sie hin?« fragte Joey.
»Heim«, antwortete er und fügte ironisch hinzu: »Wenn du nichts dagegen hast, natürlich.«
»Ich dachte, Sie würden mich wenigstens im Auto mitnehmen«, sagte sie kläglich. »Schauen Sie doch mal raus.«
Er drehte sich um und sah aus dem Fenster. Es goß noch immer.
»Wie kommst du auf die Idee, daß ich in deine Richtung fahre?«
»Wenn's Ihnen zuviel Mühe macht, setzen Sie mich einfach an der Bushaltestelle ab. Ich fahr zu meiner Schwester, die wohnt am Stadtrand, und ich will meinen Bus nich verpassen.«
Er wußte, daß er nein sagen sollte. Aber zum Teufel damit, er war nicht im Dienst, und sie war noch ein Kind.
»Hol deinen Mantel«, sagte er seufzend.
»Hab' keinen.«
»Bei diesem Wetter?«
»Wußte ja nich, daß es so schiffen würde.«
Er bezahlte, nahm seinen Regenmantel vom Haken, wollte hineinschlüpfen, überlegte es sich anders und hängte ihn ihr um die Schultern. »Komm«, forderte er sie auf.
Mit großen Schritten rannte er zum Wagen. Joey, die hinter ihm herlief, schrie auf, als der Regen mit voller Wucht auf sie herunterprasselte.

»Komm«, wiederholte Leon mit erhobener Stimme, als er die Wagentür öffnete.
Sie sprang hinein wie ein wütender junger Hund. Trotz des Regenmantels war sie naß bis auf die Haut.
Er ließ den Motor an, und sie suchte im Radio Diskomusik.
»Haben Sie 'ne Zigarette?« fragte sie.
»Ich habe aufgehört zu rauchen«, erwiderte er barsch, »und das solltest du auch.«
»Klar«, stieß sie böse hervor, »läuft ja alles bestens für mich, wozu sollt ich da 'ne Zigarette brauchen?«
Er sah sie an und drehte das Radio leiser. »Wann geht dein Bus?«
Sie schwieg, kaute am Daumen und wand sich auf dem Sitz.
»Wann?« fragte er noch einmal und nahm Gas weg, weil der Regen sogar noch heftiger wurde.
»Die Zeit is ganz egal«, sagte sie schließlich, »weil's doch kein Sinn hat, daß ich ihn nehm.«
Er zog die Stirn in Falten. »Ich dachte, du wolltest an der Bushaltestelle abgesetzt werden.«
»Stimmt schon. Ich kann dort auf 'ner Bank schlafen. Hab' ich schon öfter gemacht.«
Ihm riß allmählich die Geduld, er schaltete das Radio aus und fragte ungehalten: »Was redest du da?«
»Na ja, meine Schwester is nach Arizona abgehauen und lebt jetzt in einer Kommune. Ich sollte 'n bißchen Geld sparen und dann nachkommen, aber mir hamse mein ganzes Geld geklaut.« Sie erwärmte sich für ihre Geschichte. »Zwei schwarze Typen haben mich abkassiert, wollten, daß ich für sie anschaffen geh. Aber ich bin sie losgeworden. Das Problem is nur, daß die das ganze Geld haben, das ich gespart hab, und jetz muß ich von vorn anfangen.« Sie machte eine Pause. »Haben Sie ein paar Piepen übrig? Für zehn Dollar mach ich's mit Ihnen.«
Leon fuhr an den Straßenrand und hielt. »Steig aus!« befahl er scharf.
»Wie meinen Sie das?« winselte sie.

»Raus!«
»Warum?«
»Du weißt, warum.«
»Ich weiß nich, was ...«
»Steig aus. Oder willst du wieder in die Jugendstrafanstalt? Dort findet sich schon ein Bett für dich.«
»Saukerl!« kreischte sie, als sie begriff, daß er es ernst meinte.
Er beugte sich hinüber und öffnete die Beifahrertür. Regen wehte in den Wagen.
Ihre Stimme zitterte. »Sie jagen mich in dieses Sauwetter raus? Warum bringen Sie mich nich zur Bushaltestelle?«
»Weil du nicht bei Trost bist. Du bist verlogen, und außerdem liegt die Bushaltestelle nicht auf meinem Weg. Raus jetzt!«
Zögernd stieg sie aus, stand fröstelnd im strömenden Regen. Er schlug die Tür zu und fuhr los.
Nerven hatte die! Versuchte es wieder. Bot sich ihm an, als ob er ein Freier wäre, der dafür bezahlen mußte. Vielleicht hätte er sie im Jugenddezernat abliefern sollen. Wäre vermutlich weniger grausam gewesen, als sie auf die Straße zu setzen.
Lieber Himmel! Jetzt bekam er auch noch Gewissensbisse!
Nun ja, sie war erst sechzehn, und die Nacht war scheußlich. Aber sie hätte es ihm ganz bestimmt nicht gedankt, wenn er sie zur Polizei gebracht hätte. Und sie konnte wirklich für sich selbst sorgen. Sie war eine zähe kleine Straßengöre. Und schließlich war er nicht verantwortlich für sie.
Verärgert fuhr er nach Hause, stellte den Wagen in die Tiefgarage und nahm den Lift zu seiner Wohnung.
Erst als er unter der heißen Dusche stand, fiel ihm ein, daß Joey seinen Regenmantel behalten hatte.

Millie neigte sich über den Tisch und fragte sanft: »Würdest du mich vermissen, wenn ich dich verließe, Schatz?«
»Was?« Zusammenzuckend kehrte Leon in die Wirklichkeit zurück.

Millie tätschelte ihm tröstend die Hand. »Willkommen in der Gegenwart.«
»Ich habe nur nachgedacht.«
»Ach, wirklich?« Die Ironie war nicht zu überhören. »Das hätte ich nie erraten.«
»Ich habe überlegt«, sagte er bedächtig, »wo wir dieses Jahr unseren Urlaub verbringen sollen. Wohin möchtest du gern?«
»Nach Kalifornien«, antwortete sie ohne Zögern. Dann fragte sie besorgt: »Wir können es uns doch leisten, oder?«
»Können wir, klar.«
»Ich wollte schon immer nach Kalifornien«, erklärte sie mit funkelnden Augen. »Du nicht?«
Leon runzelte die Stirn. Er konnte ehrlich behaupten, daß er nie den geringsten Wunsch verspürt hatte, die Westküste zu besuchen. Für ihn war Kalifornien ein Land der Sonne, der Orangen und der Spinner. »Ich gehe nächste Woche in ein Reisebüro«, versprach er.
Sie strahlte. »Wir haben noch viel Zeit, aber es wäre wirklich nett, jetzt schon alles zu planen.«
Er lächelte ihr beruhigend zu und fragte sich, ob Deke Andrews auch alles geplant hatte. Hatte er geplant, drei Menschen heimtückisch niederzumetzeln? Hatte er geplant, das kleine Haus wie eine Schlächterei zu hinterlassen? Hatte er geplant, sich seelenruhig zu waschen, wegzugehen und spurlos zu verschwinden?
Der Ober brachte zwei dampfende Teller Spaghetti mit Muschelsoße. Leons Lebensgeister erwachten. Millie lachte leise und murmelte vor sich hin, neuerdings gebe es wohl nur einen sicheren Weg, ihn auf Touren zu bringen: ihm eine gute warme Mahlzeit vorzusetzen.
Leon schwieg. Er war nicht in der Stimmung, ins Lächerliche zu ziehen, daß sie nur noch selten miteinander schliefen. Er begehrte Millie genauso wie früher, er war nur immer so verdammt müde. Und oft sah er, wenn er sich ins Bett legte und die Augen schloß, alles andere als erotische Bilder. Er sah Bilder von Deke

Andrews. Ein Foto des Achtzehnjährigen im Jahrbuch seiner Schule. »Er hat sich seit dieser Aufnahme kaum verändert«, hatten ihm verschiedene Zeugen versichert. »Nur das Haar hat er sich ein bißchen wachsen lassen.«
Der Polizeizeichner hatte das Foto geschickt verändert, das Gesicht um acht Jahre älter und das Haar länger gemacht. Das Bild wurde jetzt im ganzen Land verbreitet.
Leon kannte es genau. Es zeigte einen gewöhnlichen jungen Mann mit ungewöhnlichen Augen – brennenden schwarzen, tödlichen Augen. Sie verfolgten ihn, diese Augen. Und auch Joeys verstümmelter Körper mit dem fast durchgetrennten Hals und den anderen abscheulichen Verletzungen verfolgte ihn.
»Iß doch«, sagte Millie.
Er starrte auf seine Spaghetti, und ihm wurde übel. Was war bloß mit ihm los? Er mußte sich am Riemen reißen. Verdammt noch mal! Er hatte zwanzig Jahre widerwärtigster Morde durchgestanden, und keiner hatte ihm je so zu schaffen gemacht. Er wickelte ein paar Spaghetti auf die Gabel und schob sie in den Mund.
»Gut, was?« fragte Millie.
Gut, was? spottete Deke Andrews in Leons Kopf.
»'tschuldige.« Er ließ die Gabel klappernd fallen und schob den Stuhl zurück. »Ein menschliches Rühren. Bin gleich wieder da.«
Millie hob erstaunt die Augenbrauen, als er hinauslief. In der Herrentoilette lehnte er den Kopf an die kühle Fliesenwand und faßte einen Entschluß. Er würde den Fall Andrews noch einmal aufrollen. Wenn der Captain ihm die Erlaubnis verweigerte, wollte er die Ermittlungen in seiner Freizeit fortsetzen.
Plötzlich ging es ihm wieder besser.

11

Elaine Conti trug eine große, getönte Sonnenbrille, einen breitrandigen Hut und einen voluminösen weißen Leinenmantel. Lässig sah sie sich um, während sie durch die Kosmetikabteilung von Bullock's schlenderte. Als sie sich unbeobachtet wußte, steckte sie blitzschnell eine Flasche Opium-Parfüm für siebzig Dollar ein, die auf einem Auslagentisch stand. Ihre Blicke flogen wachsam umher, dann ließ sie dem Parfüm rasch einen Handspiegel aus Keramik und eine Lucite-Lippenstifthülse folgen.
Inzwischen schlug ihr Herz wie wild, doch sie schlenderte unverändert lässig weiter. Gemächlich durchquerte sie die Abteilung für Sonnenbrillen, und es gelang ihr, zwei Stück für je sechzig Dollar in die Tasche zu schieben. Anschließend fuhr sie mit dem Lift hinunter in die Wäsche- und Kurzwarenabteilung. Eine ältere Verkäuferin in Schwarz trat auf sie zu.
»Was kann ich heute für Sie tun, Madam?«
»Nichts, danke«, antwortete Elaine. »Ich schau mich nur um.«
»Bitte sehr, ganz wie Sie wünschen. Ich werde Sie im Auge behalten, falls Sie mich doch brauchen sollten.«
Elaine schluckte ihre Verärgerung hinunter, lächelte und trat eilends den Rückzug in die Herrenabteilung an, wo sie es schaffte, ihrer Beute eine Seidenkrawatte von Yves Saint Laurent hinzuzufügen.
Sie schaute sich um und bemerkte, daß ein Verkäufer sie musterte. Ihr Herz hämmerte jetzt regelrecht. Genug für heute. Langsam bewegte sie sich auf den Ausgang zu.
Der Moment der Wahrheit kam immer beim Verlassen eines Geschäfts. Was tun, wenn sich ihr eine Hand auf die Schulter legte? Wenn eine Stimme sagte: »Bitte kommen Sie mit!« Wenn sie erwischt wurde.
Absolut unmöglich. Sie war viel zu vorsichtig. Sie griff nur zu, wenn sie sicher war, daß keine versteckten Augen oder Kameras sie beobachteten. Und sie nahm nur Dinge, die weniger als hun-

dert Dollar kosteten. Irgendwie hatte sie das Gefühl, das sei ungefährlich.
Draußen. Auf der Straße. Keine schwere Hand auf ihrer Schulter. Sie ging zu ihrem Mercedes, den sie auf dem Westwood Boulevard an einer Parkuhr abgestellt hatte, zog den Leinenmantel mit den Taschen voller Diebesbeute aus, faltete ihn sorgfältig zusammen und legte ihn in den Kofferraum. Dann nahm sie Hut und Sonnenbrille ab und warf beides auf den Mantel.
Sie fühlte sich phantastisch. Was für unglaublichen Auftrieb ihr diese Einkaufsbummel ohne Geld gaben. Allemal besser als eine Affäre. Leise vor sich hin summend, stieg sie in den Wagen.
Elaine widmete sich schon länger als ein Jahr mit Erfolg dem Ladendiebstahl. Regelmäßig einmal in der Woche zog sie ihre ›Verkleidung‹ an, wie sie es nannte, und suchte ein Warenhaus oder eine Boutique heim. Warenhäuser waren ungefährlicher, aber die Boutiquen bedeuteten den größten Nervenkitzel. Dort konnte man direkt vor der Nase einer schnippischen kleinen Verkäuferin einen Schal, einen Seidenpullover oder sogar ein Paar Schuhe in die Tasche stecken. Oh, diese Erregung! Diese Spannung. Und dann der Adrenalinstoß, der sie stundenlang vibrieren ließ. Ein Höhenflug wie kein anderer.
Angefangen hatte es eigentlich zufällig. Sie war eines Tages, weil sie schnell Gesichtspuder brauchte, ins Kaufhaus Saks gegangen und hatte in der Kosmetikabteilung darauf gewartet, bedient zu werden. Sie war zum Essen verabredet und hatte sich verspätet, erschöpft vom Tanzunterricht – modernes Ballett war damals in gewesen –, ungeduldig und übellaunig. Plötzlich war es ihr als einfachste Sache der Welt erschienen, die Puderdose, die sehr günstig vorn auf dem Verkaufstisch lag, in die Handtasche zu stecken und ruhig das Geschäft zu verlassen. Sie hatte damit gerechnet, aufgehalten zu werden, und dann kühl erklären wollen, sie habe lediglich einen kleinen Protest gegen die grobe Unaufmerksamkeit der Verkäuferinnen inszeniert, die miteinander klatschten und sich nicht um Kundinnen kümmerten.

Hätte man ihr geglaubt?
Natürlich. Sie war Mrs. Ross Conti.
Aber niemand hatte sie aufgehalten. Damals nicht. Beim nächstenmal nicht. Und nie – bisher.
Was als Protest begonnen hatte, war bald zur Gewohnheit geworden. Zu einer Gewohnheit, von der sie nicht lassen konnte.

»Buddy«, sagte Angel sanft, »kann ich deinen Agenten kennenlernen?«
»Was?« Er runzelte die Stirn. Sie lagen nebeneinander auf dem schmalen Bett in dem Apartment, das ihnen Randy Felix geborgt hatte, und sahen sich in einem schlecht funktionierenden Schwarzweißfernseher eine Show an.
Angel setzte sich auf. Das lange blonde Haar umrahmte ihr vollkommenes Gesicht, und ihre Augen leuchteten vor Begeisterung. »Ich habe nachgedacht«, verkündete sie. »Es ist dumm, daß ich die ganze Zeit daheimsitze, wenn ich mich doch auch um einen Job bemühen könnte. Wenn ich deinen Agenten kennenlerne, kann er mich auch zum Vorsprechen schicken. Wäre es nicht großartig, wenn ich eine Rolle bekäme?«
»Keine gute Idee«, antwortete er bedächtig.
»Warum nicht?« fragte sie.
»Warum sollte es eine sein?«
»Weil mir scheint«, erwiderte sie, »daß für dich nicht alles so glattgeht und ich dir gerne helfen möchte. Bevor ich nach Hawaii flog, hatte ich beschlossen, Schauspielerin zu werden.«
Er atmete tief und gleichmäßig. Der Tag war alles andere als gut gewesen. »Willst du damit sagen, daß ich nicht für dich sorgen kann?«
Ihre Augen weiteten sich. »Ich weiß, daß du immer für mich sorgen wirst. Aber wir brauchen Geld, nicht wahr?«
Er wurde plötzlich böse. »Wer sagt das?«
Sie wies mit einer hilflosen Geste auf das überladene Zimmer. »Das hier ist nicht unsere Wohnung. Der Wagen, den wir haben,

löst sich in seine Bestandteile auf, und du bist in letzter Zeit so nervös. Ehrlich, Buddy, ich beklage mich nicht. Ich will nur mithelfen.«
»Scheiße!« explodierte er, sprang aus dem Bett, zog hautenge Jeans über seinen französischen Y-Slip und griff nach einem Hemd.
Sie sah ihn erschrocken an. »Was ist los?«
Er schnappte sich Brieftasche und Schlüssel vom Fernseher. »Willst du dich mit mir anlegen? Mich vielleicht zu einer absoluten Null stempeln? Ohne mich, meine Dame!«
Bevor sie etwas erwidern konnte, knallte er die Tür hinter sich zu.
Angel war tief bestürzt. Mit einer so heftigen Reaktion hatte sie nicht gerechnet. Eigentlich hatte sie erwartet, daß Buddy ihr zärtlich ewige Liebe und Dankbarkeit schwören würde, weil sie eine so verständnisvolle und hilfsbereite Frau war.
Tränen traten ihr in die Augen. Was war schiefgegangen? Was hatte sie falsch gemacht? Sollte ein Ehepaar nicht zusammenhalten, ganz offen zueinander sein und keine Geheimnisse voreinander haben?
Als Buddy immer gereizter geworden war, weil er keine große, ja nicht einmal eine Nebenrolle bekommen konnte, war ihr langsam klargeworden, daß nicht alles so lief wie erwartet. Das machte ihr jedoch nichts aus. Sie hatte in Filmzeitschriften oft genug gelesen, daß der Weg zum ›Durchbruch‹ und zum ›großen Erfolg‹ gewöhnlich nicht leicht und mühelos war. Oft gab es Fallen und Hindernisse. Buddy war lange weg gewesen und brauchte jetzt einige Zeit, um wieder Fuß zu fassen. Aber warum sollte nicht auch sie ihr Glück versuchen? Sie wollte doch nur helfen.
Weinend stand sie auf und zog die Bettdecke glatt. Sie sehnte sich danach, daß er zurückkam und sie in die Arme nahm. Er sollte ihr sagen, alles sei in Ordnung, und sie dann langsam und sanft lieben. Sie schauderte und schlang die Arme um ihren schlanken Körper.

Buddy. Wenn er nicht wollte, daß sie arbeitete, würde sie es nie wieder erwähnen. Buddy. Sie liebte ihn so sehr. Sie hatte doch nur ihn, und sie wollte für immer bei ihm bleiben.

»Hast du dir schon mal vorgestellt, wie sich ein heißer Schwanz in deinem Arsch anfühlt?« fragte eine erregte Männerstimme.
»Tun Sie mir einen Gefallen und onanieren Sie für sich allein.«
Montana legte rasch den Hörer auf. Obszöne Anrufe. Wie kamen diese Kretins bloß zu den Nummern? Suchten sie die Telefonbücher nach Anschlüssen durch, die unter dem Namen einer Frau eingetragen waren? Oder trieben sie sich in Supermärkten und Kaufhäusern herum und spionierten den Kundinnen nach? Wer wußte das schon? Und wen interessierte es?
Energisch sprang Montana aus dem Bett. Eine Welle von Gewaltakten, von den Medien noch hochgespielt, verbreitete Angst in den Hügeln von Hollywood, Beverly und Holmby. Die Leute ließen elektronische Sicherheitstore und Alarmsysteme einbauen, kauften sich Wachhunde und Pistolen. Montana hielt nichts von solchen Vorsichtsmaßnahmen. Sie lehnte es ab, sich selbst so einzuengen. Was kommen sollte, das kam. Wenn ein Anrufer hoffte, ihr mit Obszönitäten den Tag zu verderben, täuschte er sich.
Unmelodisch vor sich hinsummend, machte sie am Swimmingpool ein paar Yogaübungen. Es war erst acht. Ein klarer Tag, ohne Smog. Montana hatte den verrückten Wunsch, alles hinzuwerfen und an den Strand zu fahren.
Warum eigentlich nicht? Da gab es mehrere Gründe.
Zwanzig Schauspieler hatten Termine bei ihr, im Abstand von genau fünfzehn Minuten. Eine Besprechung mit dem jungen Modeschöpfer, den sie für den Film verpflichten wollte. Dann die Fahrt zum Flughafen, um Neil bei der Rückkehr aus Palm Beach zu überraschen.
Zum erstenmal machte es ihr wirklich Freude, in Los Angeles zu leben. Sie war froh, daß Neil vor ein paar Monaten das Haus ge-

kauft hatte. Ihre New Yorker Wohnung hatten sie vermietet, vierzig Kartons mit Büchern, Schallplatten und anderen Habseligkeiten vollgepackt und L. A. endlich zu einem ständigen Wohnsitz gemacht.

Neil liebte Kalifornien. Sie selbst war immer ein Stadtkind gewesen, aber sie konnte sich ändern. Für Neil konnte sie eine Menge tun.

Fünf Jahre zusammen, und sie liebte ihn noch immer. Vielleicht mehr als am Anfang, denn damals war es vor allem Begierde gewesen. Sie lächelte bei dem Gedanken. Immer war sie nur mit schönen, jungen Männern ins Bett gegangen. Dann war Neil Gray mit der Körperfülle der mittleren Jahre, dem ergrauenden Haar und den blutunterlaufenen Augen gekommen.

Sie hatte ihn damals begehrt. Und sie begehrte ihn jetzt. Genauso stark. Er hatte ihr mehr gegeben als die Schönen, die Jungen, hatte ihr gezeigt, worauf es im Leben wirklich ankam.

Die gemeinsame Arbeit war eine neue Phase in ihrer Beziehung und ein Gewinn für beide, wie es schien. Ihm lag nicht weniger an dem Film als ihr – tatsächlich redeten sie kaum noch über etwas anderes. Konnte sie sich etwas Besseres wünschen?

Ob es Neil gelungen war, George Lancaster zu verpflichten? Und – was noch wichtiger war: Was würde sie empfinden, wenn er es geschafft hatte?

Enttäuschung? Je länger sie darüber nachdachte, um so weniger gefiel ihr die Idee. Doch wie Oliver Easterne auf seine höchst unoriginelle Weise ständig sagte: »Ein Star ist ein Star, da beißt keine Maus einen Faden ab!«

Sie schlüpfte rasch in ein Sechs-Dollar-T-Shirt, eine Jacke von Calvin Klein, Jeans aus einem Warenhaus und Zweihundert-Dollar-Cowboystiefel. Die Mischung stand ihr, besonders wenn sie ihr üppiges schwarzes Haar streng nach hinten kämmte und zu einem langen Zopf flocht.

Sie ließ das Frühstück aus und schlüpfte hinter das Lenkrad ihres verbeulten alten Volkswagens. Neil drängte sie immer, einen

neuen Wagen zu kaufen, aber ihr war der VW gerade recht. Er fiel nicht auf, mit ihm konnte sie praktisch unbemerkt in der Stadt umherfahren, und genau das wollte sie.
Schauspieler. Zwanzig weitere heute. Vielleicht einer, den sie haben wollte – der richtige, der einer Rolle Leben einhauchen konnte.
Es war aufregend, diesen Film vorzubereiten. Aufregender als alles, was sie bisher getan hatte.
Filmemachen. Das ging ins Blut. Und sie und Neil zusammen – was für ein Team!
Lächelnd startete sie den VW und fuhr ins Büro.

»Warum können Sie mir nicht eine Kopie dieses verdammten Drehbuchs besorgen?« brüllte Ross ins Telefon. »Allmächtiger Himmel, Zack, ich verlange doch nichts Unmögliches. Ich will nur ein lausiges Drehbuch. Neunzig geheftete Seiten. Klingt für mich sehr einfach.« Er trommelte ärgerlich mit den Fingern auf den Glastisch am Swimmingpool, während er sich Zacks Antwort anhörte. Und diese Antwort lautete, daß *Menschen der Straße* sozusagen unter Verschluß gehalten werde. Niemand habe ein Exemplar – wirklich niemand.
Nur George Lancaster und Tony Curtis und Kirk Douglas und Sadie La Salle und vermutlich das halbe beschissene Hollywood.
Angewidert knallte Ross den Hörer auf. Da saß er, ein großer Star, und war hinter einer Rolle in einem miesen Film her, den eine Frau geschrieben hatte. Auch das noch! Dabei hatte er bis jetzt nicht einmal das Drehbuch gesehen. Was war bloß mit ihm los? Verlor er mit seinem Haar auch den Verstand?
Der Gedanke scheuchte ihn auf, von Panik gepackt, lief er ins Badehaus. Wie kam er nur auf die Idee, daß er kahl wurde? Es stimmte nicht. Keineswegs. Ein paar Haare gingen ihm zwar aus, aber man sah es nicht. Er konnte es jederzeit verbergen, wenn er sich ein bißchen anders kämmte.
Er musterte sich prüfend in der Spiegelwand des Badehauses.

Ross Conti. Filmstar. Immer noch ein gutaussehender Teufel. Nur er und Paul Newman konnten sich noch sehen lassen. Die anderen waren Ruinen geworden – hatten Fett angesetzt, Glatzen bekommen, sich liften lassen und sahen hinterher noch verheerender aus, trugen schlechtsitzende Toupets. Sinatra allerdings war noch recht passabel mit seinem angenähten Haarschopf. Hatte immer noch eine Stimme, bei der die Weiber feuchte Höschen bekamen. Zufrieden mit sich, kehrte Ross ans Schwimmbecken zurück.

Elaine stand in der Glastür zum Wohnzimmer. Elaine. Seine Frau. Sie sah nicht schlecht aus für ihre Jahre. Eines mußte man ihr lassen, sie hielt sich gut in Form, trank nicht, vögelte nicht herum, machte ihn nicht zum Narren.

»Schatz«, sagte er herzlich, »ich möchte, daß du etwas für mich tust.«

Sie musterte ihn von oben bis unten. Er bekam zweifellos einen Bauch. Nicht zu übersehen in den Madras-Shorts, die er sich herausgesucht hatte. »Ich tu alles, was du willst, Ross, Liebling«, antwortete sie schmeichelnd, »wenn du mir versprichst, daß du wieder zur Gymnastik gehst.«

Er heuchelte Überraschung und tätschelte seinen Bauch. »Findest du, daß ich sie brauche?«

»Jeder über fünfundzwanzig braucht sie.«

»Was soll der Unsinn – ›jeder über fünfundzwanzig‹?«

»Eine Tatsache des Lebens, mein Lieber. Je älter man wird, um so härter muß man daran arbeiten, gut auszusehen.«

»Scheißdreck.«

»Die Wahrheit.«

»Scheißdreck.«

Sie seufzte. »Und was soll ich für dich tun?«

Er kratzte sich am Kinn und kniff die berühmten blauen Augen zusammen. »Ruf Maralee Gray an. Beschaff mir ein Drehbuch von Neils neuem Film, von dem, über den wir gesprochen haben.«

»Konnte Zack keins kriegen?«
»Zack könnte nicht mal von einer Kuh Milch kriegen, wenn man ihm die Zitzen in die Hand drückte.«
Elaine nickte. Endlich bekehrte er sich zu ihrer Ansicht.
»Ich brauche Sadie La Salle!« stieß Ross plötzlich hervor.
Er bekehrte sich tatsächlich zu ihrer Ansicht. »Soll ich versuchen, es zu arrangieren?« fragte sie bedächtig.
Er sah sie begeistert an. »Glaubst du, daß du es schaffst?«
Sie lächelte. »Du sagst doch immer, daß ich alles kann, was ich mir vornehme.«
»Also nimm dir bitte vor, mir zu Sadie La Salle und einem Exemplar dieses verdammten Drehbuchs zu verhelfen.«
Ihr Lächeln vertiefte sich. »Ross, Liebling, die Sache ist so gut wie gelaufen.«
Auch er lächelte. »Elaine, Liebling, ich setze mein ganzes Geld auf dich.«
Endlich eheliche Glückseligkeit.
»Ich hab' dir ein Geschenk gekauft«, sagte sie und reichte ihm die Seidenkrawatte von Saint Laurent, die sie vor ein paar Stunden geklaut hatte.
Er freute sich. »Denkst immer an den Star, was?« fragte er.
Sie nickte. »Immer, Ross, immer.«

Maverick's war voll, ohrenbetäubende Diskomusik plärrte.
Buddy war lange nicht dagewesen – das letztemal vor Hawaii, vor den Tagen des kleinen, dicken Maxie Sholto. Bei dem Gedanken an Maxie schauderte er. Zum Glück waren ihm die Augen aufgegangen, bevor es zu spät gewesen war. Für Buddy gab es keine Drogen und keine Orgien mehr. Diese Szene war für die Verlierer reserviert. Den Macker um Arbeit anzugehen ließ sich vertreten. Maxie Sholto spielte ein anderes Spiel.
»Buddy! Schön, dich zu sehen. Wo hast du denn gesteckt?«
Er winkte dem Barmann zu. »War unterwegs. Mal hier, mal da. Was tut sich so?«

»Das Übliche. Das Geschäft geht gut. Hast du von meiner Rolle in *Hill Street Blues* gehört? Das war 'ne Kiste, Mann, eine Menge Text. Richtig schöner Text.«

Ach? Und wieso stand er noch immer im Maverick's hinter der Theke?

»Großartig«, sagte Buddy. »Ist Quince da?«

»Hinten.«

»Danke.«

Er schob sich an der dichtbesetzten Theke vorbei, überquerte die überfüllte Tanzfläche und suchte in den Nischen am anderen Ende des Raums nach Quince.

Er fand ihn, von Mädchen umgeben. Drei Mädchen.

Quince. Groß. Schwarz. Gutaussehend. Und ein guter Schauspieler. Sie hatten zusammen bei Joy Byron gearbeitet.

»He, Mann«, riefen sie gleichzeitig und grinsten sich an.

»Setz dich zu uns«, forderte Quince ihn auf.

Buddy quetschte sich auf die Lederbank, während Quince nacheinander auf die Mädchen zeigte. »Das ist meine Kleine, Luann. Ihre Schwester Chickie. Und Shelly, eine gute Freundin.«

Luann war eine umwerfende schokoladenfarbene Blondine. Chickie war kleiner, dunkler und hatte ein herrliches Gebiß. Shelly war das Mädchen vom Swimmingpool, hübsch anzusehen in ihrem knappen dunkelroten Top und dem dünnen Wickelrock.

»He«, sagte er, »dich kenne ich.«

»He«, erwiderte sie, »Buddy Hudson. Mister Ehemann. Wo ist deine bessere Hälfte?«

»Buddy verheiratet? Das kann doch nicht wahr sein«, protestierte Quince lachend.

Shelly nickte. »Er ist verheiratet.«

Quince zog ungläubig eine Augenbraue hoch und grinste Buddy an. »Sag, daß es nicht wahr ist, Mann.«

Buddy zog ein finsteres Gesicht. Pech, ausgerechnet Miß Großmaul hier zu begegnen. Ganz entschieden nicht sein Tag. »Ich bin verheiratet, und? Was ist denn dabei?« sagte er.

Quince brach in Lachen aus: »Ich hätte nie gedacht, daß ausgerechnet du mal in die Falle tappst. Wie ist das bloß passiert?« Er schlug sich mit der Hand an die Stirn. »Ich weiß, ich weiß. Sie ist dreiundachtzig, reich und hat ein sehr schlechtes Herz. Habe ich recht?«

Buddys Gesicht wurde immer finsterer. Er war Angel weggelaufen, um sich ein bißchen zu entspannen. »Klar, du hast recht«, antwortete er rasch. »Nur ist sie den Neunzig näher als den Dreiundachtzig. Mehr mein Fall, weißt du.«

Quince lachte schallend. »Typisch Buddy-Boy! Hat immer die große Chance im Auge!«

»Wie wär's mit einem kleinen Boogie?« fragte Chickie, die sich zu den Klängen eines Donna-Summer-Hits in den Hüften wiegte.

»Bedaure«, schaltete sich Shelly ein, »ich hab' ihn früher gefragt.« Sie stieß Buddy an, zwang ihn aufzustehen, schob sich dann aus der Nische, schlang ihm die Arme um den Hals und zog ihn auf die volle Tanzfläche.

»Dreiundachtzig, meine Zeit«, sagte sie höhnisch. »Zwanzig und verdammt aufregend. Ich hab' sie am Pool gesehen. Warum machst du ein solches Geheimnis aus ihr?«

Er zuckte mit den Schultern. »Tu ich nicht.«

»Nicht? Scheiße! Wo ist sie dann?«

»Was bist du – eine Lesbe?«

Sie preßte ihren Schamberg an sein Geschlecht. »Wenn ich das wäre, Kleiner, würde ich an eurer Wohnungstür klopfen, sobald du weg bist, denn was du daheim versteckt hast …«

Er stieß sie grob zurück und begann sich gekonnt im Diskorhythmus zu bewegen. Er konnte Travolta Unterricht geben – so gewandt und sinnlich und lässig war er. Jetzt müßte einer reinkommen und ihn entdecken.

Shelly paßte sich jeder seiner Bewegungen an. Sie war auch gut. Buddy fing an, es zu genießen. Er tanzte zum erstenmal seit langem, und wenn man eine Partnerin hatte, die so mitging, war es wirklich ein heißes Gefühl.

Als sie genug hatten und Shelly der Schweiß in kleinen Bächen über die nackten Arme und die Brust lief, hörten sie auf. »Du bist gut«, sagte sie sachlich.
»Du auch.«
Zusammen gingen sie zum Tisch zurück. »Das will ich hoffen. Ich bin Profi.«
»Was für 'n Profi?«
Kühl antwortete sie: »Tänzerin.« Sie wandte sich einem Neuankömmling zu, der neben Chickie saß. »Jer, Kleiner, wie ist's heute abend gegangen?«
Jer war ein gutaussehender junger Typ mit nervösem, unstetem Blick. Er verzog den Mund. »Derselbe alte Quatsch. Du kennst die Szene.«
»Ja«, sagte sie mitfühlend. »He – kennt ihr euch?« Buddy und Jer schüttelten den Kopf, taxierten einander. »Buddy Hudson – Jericho Crunch«, stellte Shelly als perfekte Gastgeberin vor.
Buddy runzelte die Stirn. Die laute Musik benebelte ihn offenbar. Jericho Crunch! Was war denn das für ein Name?
Jerichos unsteter Blick glitt an ihm rauf und runter. »Bist du Schauspieler?«
»Was denkst du?« fragte Buddy rasch.
»Nichts. Ich bin auch Schauspieler.«
»So? Was hast du bisher gemacht?«
Jericho leierte die Titel einiger bekannter Fernsehshows herunter, leckte sich dann die Lippen und fügte hinzu: »Aber jetzt bin ich hinter einer großen Sache her. Denke, daß ich sie auch bekomme.«
»Was ist das für eine Sache?« fragte Buddy, sofort hellwach.
Jericho machte ein geheimnisvolles Gesicht. »Ich kann nicht drüber reden.«
»Ein Fernseh-Pilotfilm?«
»Nein.«
»Werbung?«
»Nein.«

»Was dann?«
»Ein Film. Wirklich Spitze.«
»Fernsehfilm?«
»Nein. Ein richtiger.«
»Wie heißt er?«
Jericho kniff die Augen zusammen. »Du glaubst wohl, ich verrate es dir, damit du mir den Rang ablaufen kannst? Von wegen. Außerdem bin ich fast engagiert. Die Tante, die dort die Rollen besetzt, wurde feucht bei dem Gedanken, mich zu kriegen«, sagte er anzüglich. »Kapierst du?«
Ja. Buddy kapierte. Der Miesling würde nichts preisgeben. Buddy dachte an Angel. Sie hatte nicht meckern wollen. Sie hatte ihn nur in einem ungünstigen Moment erwischt. Er hatte noch ganze zweiundvierzig Piepen und keine Ahnung, wo er etwas auftreiben sollte. Arbeitslosenunterstützung kam nicht in Frage. Er hatte nie mit Behörden, Formularen und Papieren zu tun haben wollen, und das war auch jetzt noch so. »Muß weg«, sagte er und stand auf. Er schob sich durch die Menge und holte, als er ins Freie trat, ein paarmal tief Luft.
Shelly war ihm gefolgt. »Ich brauche eine Fahrgelegenheit nach Hause«, sagte sie.
Er betrachtete sie prüfend und sagte sich, daß sie ihm vielleicht nützlich sein könnte. »Gut. Mein Wagen steht ein Stück unten.«
Sie ging neben ihm her, roch leicht nach Schweiß und schwerem Moschusparfüm.
»Was für 'ne Tänzerin bist du?« erkundigte er sich.
»Artistische«, antwortete sie.
»Also Stripperin.«
»Eine der besten.«
»Wie bescheiden.«
»Hol dich der Teufel. Ich bin eine der besten, und ich bin stolz darauf.«
Sie kamen zum Wagen, Buddy schlüpfte auf den Fahrersitz und öffnete die Verriegelung der Beifahrertür für sie.

»Und du bist Schauspieler«, stellte sie fest und setzte sich bequem zurecht. »Hätte ich mir denken können.«
»Einer der besten«, sagte er schnell.
Sie lachte. »Klar. Darum fährst du auch einen solchen Schrotthaufen.«
»Er bringt mich da hin, wohin ich will. Ich bin nicht auf ein Image aus.«
»Kannst du dir auch nicht leisten, wie?«
»Ich komme schon durch.«
Sie zog einen Joint aus der Handtasche und zündete ihn an. »Ich sag dir was«, begann sie und bot ihm einen Zug an. Er lehnte jedoch ab, weil er um diese frühe Morgenstunde den Bullen nicht auffallen wollte. »Du wärst ein großartiger Stripper. Hast die Figur dazu und kannst dich richtig bewegen.«
Er lachte laut auf. »Machst du Witze?«
Sie blieb ernst. »Was gibt's da zu lachen? Es wird gut bezahlt, und heutzutage machen es genauso viele Männer wie Frauen.«
»Ich hab' dir doch gesagt, daß ich Schauspieler bin.«
»Heißt das vielleicht, daß du dich nicht gegen Bezahlung ausziehen darfst?«
»Du glaubst wohl, Sylvester Stallone hätte so etwas gemacht, um vorwärtszukommen, wie?«
»Genau. Liest du keinen Klatsch?«
»Nimmst du etwa den Unsinn ernst, den diese Schundblätter schreiben? Wie steht es mit deinem Freund – Crunch oder wie er heißt – der großen Mauer von Jericho? Zieht der sich aus?«
»Ausgezogen taugt er nichts. Abfallende Schultern, X-Beine, nicht viel vorn dran. Er kellnert ein bißchen – auf Hollywoodpartys. Er hofft, auf diese Weise entdeckt zu werden.«
Zum Henker damit. Buddy griff nach dem Joint, nahm einen langen Zug und sagte dann: »Vielleicht hat es bei ihm geklappt. Was ist mit dem Film, für den er angeblich engagiert wurde?«
»Ach, komm schon! Hast du das vielleicht geglaubt? Wenn Jer Johnny Carson zufällig ein Appetithäppchen serviert hätte, würde

er überall rumerzählen, er sei für Carsons *Tonight Show* engagiert!«
»Es gibt also gar keinen Film?«
»Er war bei einem Vorstellungsgespräch.«
»Wofür?«
Sie lachte leise. »Willst du ihm die Rolle wegschnappen?«
Vorsichtig fuhr er den Wagen in eine freie Parklücke gegenüber dem Apartmenthaus, in dem sie wohnten. »Wir leben in einem freien Land.«
»Du sagst es.«
»Was ist also mit dem Film?«
»Komm mit rauf, ein bißchen schnupfen. Koks kurbelt immer mein Gedächtnis an.«
Er dachte an Angel. Schön. Unschuldig. Wartend.
Dann dachte er an seine lausigen zweiundvierzig Piepen.
»Klar. Warum nicht?«

Gina Germaine mußte eine Agentin, einen Manager, eine Sekretärin, einen Visagisten, einen Friseur, einen Buchhalter, einen Geschäftsberater, einen Schauspiellehrer und zwei Männer ernähren. In einem gewissen Sinn. Irgendwie hingen sie alle von ihr ab.
Sie war dreiunddreißig – neunundzwanzig für die Presse. Blond – nicht naturblond, sondern gebleicht. Hübsch, mit runden, leicht vorstehenden blauen Augen, einer Stupsnase, einem sinnlichen Mund und makellosen weißen Zähnen. Es gab an der Westküste Amerikas unzählige Mädchen, die genauso hübsch waren wie Gina Germaine. Sie jedoch machte ihr Körper zu etwas Besonderem: lange, schlanke Beine, kleiner Hintern, einundfünfzig Zentimeter Taillenweite und ein phänomenaler Busen.

Gina Germaine wurde wegen ihrer erstaunlichen Brüste ein Star. Als sie neunzehn war, erschien sie im *Playboy* und wurde von Hollywood entdeckt. »Schicken Sie uns das Mädchen auf der Stelle

her«, verlangten zwei Studiobosse, drei Direktoren von Filmgesellschaften und vier begeisterte Agenten.
Gina war bereits in der Stadt. Maxie Sholto, ein gewiefter Bursche, war schneller gewesen als alle anderen. »Ich möchte Sie managen«, hatte er mit einem durchtriebenen Lächeln gesagt. »Lassen Sie sich von mir zum Star machen.«
Die altmodischen, aber zugkräftigen Worte hatten gewirkt. Gina, bis dahin ein nicht besonders erfolgreiches Fotomodell in Houston, Texas, hatte ihre Karriere aufgegeben und war mit Maxie nach Los Angeles geflogen, wo er ihr ein paar Nebenrollen besorgte. Nichts Überwältigendes. Bis sie eines Tages in das Privatbüro eines Fernsehmanagers spazierte, sich auf einen hochlehnigen Stuhl setzte und lässig die langen, schlanken Beine spreizte. Genau wie Maxie es ihr empfohlen hatte.
Dem Manager fielen vor Erregung die blutunterlaufenen Augen fast aus dem Kopf. Gina Germaine trug einen sehr kurzen weißen Minirock und nichts darunter. Kein Höschen, keinen Tanga. Nichts.
Sie bekam eine Rolle in einer wöchentlichen Fernsehserie und traf sich einmal wöchentlich mit ihrem Fernsehmanager, den zwei Jahre später ein Schlaganfall dahinraffte.
Gina bedauerte den Verlust. Er war ein so netter alter Knabe gewesen. Aber im Grunde brauchte sie ihn nicht mehr. Das Fernsehen hatte sie zum Star und Maxie zu seiner Frau gemacht.
Ginas Fernsehserie hielt sich fünf Jahre, ihre Ehe nur ein paar Monate länger. Doch Maxie und sie trennten sich in aller Freundschaft. Er war sogar Trauzeuge bei ihrer vielbeachteten Hochzeit mit einem Macho-Schauspieler, dessen liebstes Hobby es war, sie zu verprügeln, daher ließ sie sich auch von ihm bald wieder scheiden. Ihr Privatleben war ein Chaos, aber ihr Stern stieg immer höher. Eine Filmversion ihrer Fernsehserie wurde zum Kassenschlager. Und ihm folgte sehr schnell ein zweiter Glückstreffer. Plötzlich schwamm sie obenauf. Jeder Film, den sie machte, spielte ungeheure Summen ein.

Das Publikum liebte sie. Liebte den prächtigen goldenen Körper, den Filmstar mit dem goldenen Herzen und den aufregenden Titten; den Filmstar altmodischen Typs, der Erinnerungen an die Monroe und die Mansfield weckte.
»Ich möchte ernstgenommen werden«, gurrte sie eines Abends in der Johnny-Carson-Show. »Wissen Sie, John, ich möchte andere Filme mit einem sozialen Anliegen.«
Johnny blickte gerade in die Kamera. Sein Gesicht war eine Studie taktvoller Beherrschung, und sein Ausdruck sagte alles. Die Gäste im Studio brüllten vor Lachen. Gina war klug genug, das Thema fallenzulassen. Im Inneren kochte sie vor wütender Enttäuschung. Warum sollte sie keine ernsten Filme drehen?
Zwei Wochen später lernte sie auf einer Party Neil Gray kennen. Er war in Begleitung seiner Frau, aber ein kleines Hindernis, wie zum Beispiel eine Ehefrau, hatte Gina noch nie gestört. Sie bekam immer, was sie wollte.
Neil Gray war genial. Er drehte bedeutende Filme mit Frauenrollen, wie Gina sie ihrer Meinung nach spielen sollte.
Zielstrebig machte sie sich an ihn heran. Schmeichelte ihm, hing an seinen Lippen und verschaffte ihm einen tiefen Einblick in ihr Dekolleté, indem sie sich sehr oft vorbeugte, um nach einer Zigarette, einem Glas oder einem Cracker zu greifen. Drei Tage später rief sie Neil an. »Hoffentlich störe ich Sie nicht«, sagte sie mit kehlig klingender Stimme und wußte natürlich, daß sie ihn – wenn sie auf ihn so wirkte wie auf andere Männer – sehr wohl störte oder vielmehr beunruhigte. »Aber ich brauche dringend einen guten Rat, und Sie scheinen mir der Richtige dafür.«
Er war amüsiert und leicht verwirrt. Er wußte, daß mit einem ›guten Rat‹ eine ›gute Vögelei‹ gemeint war. Sie waren beide mit der Sprache Hollywoods vertraut.
Lunch. In ihrem Haus. Einem von einer Mauer umgebenen Besitz am San Ysidro Drive. *Salade Niçoise,* gefolgt von einer ausgiebigen Nummer im Bett. Sie hielten beide nichts von Zeitverschwendung.

Zwei Wochen später ein zweites Rendezvous. Gleiches Szenarium.
Sie redeten nicht viel, aber das war Gina gleichgültig. Hatte sich ein Mann erst einmal in ihre schönen Äpfel verguckt, kam er immer wieder. Reden konnten sie später.
Bei dem Essen, das die Grays im Bistro gaben, um ihren Film anzukündigen, beobachtete sie Montana. Sie selbst war mit Chet Barnes gekommen, und Neil stockte vor Schreck der Atem, als er sie sah. Er hätte sich keine Sorgen zu machen brauchen – sie war ganz cool. Sie plauderte sogar höflich mit Montana, erzählte von ihrem eigenen Drehbuch. Sie hatte es zwar noch nicht geschrieben, wollte es aber ganz bestimmt tun.
Menschen der Straße hieß also Neils neuer Film. Am nächsten Tag rief Gina ihre Agentin Sadie La Salle an und verlangte ein Exemplar des Drehbuchs.
»Niemand hat es bisher zu sehen bekommen«, erklärte Sadie energisch. »Außerdem glaube ich nicht, daß es auf Ihrer Linie liegt. Wie ich höre, handelt es von zwei Polizisten, einem alten und einem jungen ...«
»Es müssen doch Frauen drin vorkommen«, unterbrach Gina sie ungehalten.
»Ich denke schon. Aber keine Starrollen. Ganz sicher nicht das Geeignete für Gina Germaine.« Sadie hielt kurz inne und fragte dann: »Sagen Sie, meine Liebe, haben Sie schon das andere Drehbuch gelesen?«
»Nein«, unterbrach Gina sie eisig. »Beschaffen Sie mir das Drehbuch von Neils Film, Sadie. Lassen Sie mich selbst entscheiden, ob er für Gina Germaine geeignet ist oder nicht.«

Als Neil Gray anrief und ein gemeinsames Wochenende in Palm Beach vorschlug, sagte Gina ohne zu zögern zu.
»Natürlich dürfen wir uns nicht zusammen sehen lassen«, sagte er warnend. »Nicht im Flugzeug, nicht im Hotel, nirgends.«
»Natürlich nicht«, pflichtete sie ihm bei.

»Möglicherweise wirst du dich langweilen. Ich muß viel Zeit mit Pamela und George verbringen.«

»Ich nehme mir ein Buch mit.«

Das tat sie auch, kam aber nicht dazu, es zu lesen. Sofort nachdem Neil weggegangen war, mopste sie das Drehbuch von *Menschen der Straße* aus seinem Koffer und las es in einem Atemzug durch. Dann las sie es noch einmal und konzentrierte sich auf die Rolle der Nikki. Erregung packte sie.

Nikki – Anfang Zwanzig – unverdorbene Schönheit – phantastische Figur, aber nicht zu rasant – naturblond – arglos und unschuldig.

Ich könnte die Nikki spielen. Ich könnte es!

Eine großartige Rolle. Nikki stand zwischen den beiden männlichen Hauptdarstellern, war Tochter des einen, Geliebte des anderen.

Ich könnte aus dieser Rolle alles herausholen – wirklich alles.

Sie war zu alt.

Ich sehe viel jünger aus, als ich bin.

Sie war kaum unverdorben.

Das läßt sich durch gutes Spiel ausgleichen.

Ihre phantastische Figur war mehr als rasant.

Scheiße, nein. Ich werde fasten. Ich bandagiere die guten Dinger eben. Wenn nötig, hungere ich mich halb zu Tode.

Unschuldig? Das kann ich vortäuschen.

Sie konnte Neils Rückkehr kaum erwarten. Er wirkte müde und irgendwie ratlos. Sie schlang ihm die Arme um den Hals und führte ihn zum Bett.

»Pamela ist ein verschlagenes altes Biest«, stieß er hervor, als sie den Reißverschluß seiner Hose öffnete.

»Wirklich?« fragte sie. »Warum?«

»Weil ...«, begann er und stöhnte. Sie hatte ihn in den Mund genommen und blies ihm einen, als hänge ihr Leben davon ab, was in gewisser Weise ja auch zutraf.

Als die Maschine auf dem Rückflug zur Landung in Los Angeles ansetzte, sagte Neil: »Du wartest fünf Minuten. Ich steige zuerst aus.«

Gina zog einen Schmollmund. »Schämst du dich, mit mir gesehen zu werden?«

»Mach dich nicht lächerlich. Wir haben uns darauf geeinigt, diskret zu sein.«

Sie seufzte. »Okay. Ich sehe dich doch bald wieder, oder?«

»Eher, als du denkst.« Er küßte sie auf die Wange und ging. Die meisten Männer waren Schweinehunde. Aber das war ihr egal. Gina Germaine benutzte die Männer, und nicht umgekehrt. In ihrem Leben gab es unzählige ›beruflich bedingte Vögeleien‹, wie sie es nannte. Die Männer förderten ihre Karriere, halfen bei der Verwaltung ihrer Aktien und Immobilien und berieten sie in allgemeinen Lebensfragen.

Gina ging immer zu den Besten und bezahlte nie. Zu ihren augenblicklichen Liebhabern zählten ein spanischer Immobilienmagnat, ein brasilianischer Geschäftsmann, ein steinreicher Araber, der beste Anwalt, der gerissenste Steuerberater und geschickteste Gynäkologe von Beverly Hills.

Ganz oben auf ihrer Wunschliste stand ein Senator, aber bisher hatte sie es noch nicht geschafft, Teddy Kennedy kennenzulernen, der sie natürlich am meisten interessierte.

Sie betrachtete Neil Gray als nächste Stufe in ihrer Karriere. Sollte er sie ruhig schlecht behandeln. Eines Tages würde er bezahlen. Auf diese oder jene Weise. Dafür wollte sie sorgen.

Neil sah müde aus. Montana küßte ihn auf beide Wangen und sagte: »Überrascht? Ich dachte, wir könnten auf der Heimfahrt reden.«

Er blickte sich verstohlen um. Was für ein Glück, daß er darauf bestanden hatte, vor Gina auszusteigen. Hastig faßte er Montana am Arm und antwortete: »Wunderbar, Liebling. Es tut gut, dich nach diesem Wochenende mit Pamela und George zu sehen.« Energisch führte er sie zum Ausgang.

»Nun?« sagte sie. »Ich kann es nicht erwarten. Haben wir den großen George Lancaster oder nicht?«
»Du wirst es nicht glauben«, entgegnete er und ging rasch auf die Limousine zu, neben deren offener Tür in Hab-Acht-Stellung der uniformierte Fahrer stand. »Aber ich weiß es immer noch nicht.«

»He«, fragte Buddy, »wird man von dem Zeug wirklich high?«
Shelly schnupfte durch eine zusammengerollte Banknote eine dünne Linie weißen Pulvers von einer Tischplatte aus Spiegelglas. »Klar. Nehmen es nicht alle?«
»Doch. In Hollywood schon, denke ich.« Voll Unbehagen ging er durch ihr unaufgeräumtes Apartment. »Ich war selbst mal voll drauf, aber dann war's irgendwie langweilig.«
»Langweilig«, wiederholte sie. »Du warst einfach pleite und konntest dir keinen Stoff mehr leisten. Hab' ich recht?«
»Weißt du was?« Er nahm eine Fotomappe und blätterte uninteressiert darin. »Du hast ein freches Mundwerk.«
Sie schnupfte gierig noch einmal. »Das haben mir schon andere gesagt – Herr Ehemann.«
»Ist dein Gedächtnis noch nicht angekurbelt?« fragte er.
Sie streckte sich träge. »Hast du's eilig?«
Ja, er hatte es eilig. Er wollte zu Angel zurück. »Aber durchaus nicht.«
»Dann entspann dich. Zieh die Hose aus.« Sie gähnte. »Wenn du willst, blas ich dir einen, daß du total ausflippst.«
Er seufzte. »Shelly, Shelly, wen versuchst du scharfzumachen? Es sind doch nur wir beide hier, und ich denke, wir wissen, was wir voneinander zu halten haben.«
»Du hast recht. Aber wenn du es mal nötig hast ... Zufällig bin ich auch darin die Beste. Das haben mir schon hundert Typen gesagt. Und weißt du was? Ich bin so gut, weil es mir Spaß macht.« Sie lachte. »Bist du sicher, daß du nicht 'ne kurze Kostprobe haben willst?«
»Absolut sicher, danke.«

Sie stand auf und zog am Band ihres Wickelrocks. »Tja, wenn du sicher bist ...« Der Rock fiel zu Boden. Ganz langsam schob sie die Finger in das Oberteil ihres ärmellosen Trikots und zog es herunter.

»He«, sagte er rasch. »Genug jetzt. Du führst dich auf wie eine Nutte.«

»Gleich und gleich ... Na ja, das kennst du ja«, entgegnete sie spöttisch und zog sich ganz aus.

Er runzelte die Stirn. »Sind wir uns schon mal begegnet?«

»Ist es dir endlich eingefallen?« Lässig ging sie auf ihn zu, sonnenbraune Nacktheit auf hohen Pfennigabsätzen.

Er wich zurück. »Ich geh nach Hause.«

»Willst du nicht wissen, wo wir uns begegnet sind?«

»Macht mich nicht schlaflos, wenn ich's nicht weiß.«

»Ach, Buddy. Laß dir halt einen blasen, komm schon! Ich bitte dich nett darum.«

Er war inzwischen bis zur Tür zurückgewichen, drückte die Klinke herunter und trat auf den Flur. »Wiedersehn am Pool, Kleine. Erkälte dich nicht.«

Obszön ließ sie ihre Zunge spielen. »*Menschen der Straße* heißt der Film, hinter dem Jer her ist. Oliver Easterne ist der Produzent. Versuch mal dein Glück.«

»Spitze! Ich kümmere mich gleich morgen drum.« Er nahm zwei Stufen auf einmal, sperrte kaum eine halbe Minute später seine Wohnungstür auf und rief: »Angel, mein Schatz, ich bin da!«

»Ich kann einfach nicht glauben, daß der Mistkerl weder ja noch nein gesagt hat. Der ganze Sinn deiner Reise war doch, eine Antwort von ihm zu bekommen.«

»Das ist mir durchaus bewußt«, erwiderte Neil sarkastisch.

Er und Montana lagen auf ihrem überdimensionalen Bett. Montana hatte eine riesige Lesebrille auf, trug ein Männerhemd, und das dichte schwarze Haar hing ihr wie ein Cape bis zur Taille. Neil, im Schlafanzug, wirkte müde und hager. Zwei volle Tage mit Gina Germaine hätten jeden ausgelaugt. Sogar einem Warren Beatty oder Ryan O'Neal hätte sie zu schaffen gemacht. Gina bumste gern. Korrektur. Neil wußte nicht recht, ob sie gern bumste oder bumste, damit man sie gern hatte. Interessantes Problem. Aber nicht seins. Er wollte sie nur für etwas Bestimmtes und nur dafür.

»Stars!« rief Montana geringschätzig. »Sie sind alle gräßliche Nervensägen.« Sie griff nach einer Salem und zündete sie an. »George Lancaster entscheidet sich nur deshalb nicht endgültig, weil er weiß, daß du die Rolle dann einem anderen anbietest, und das wäre ein Schlag für seine Eitelkeit.«

Neil kratzte sich am Kinn. »Das Problem ist Pamela. In dem Haushalt hat sie die Hosen an.«

»Und? Was sagt sie? Ja oder nein?«

»Ich glaube, sie weiß selbst noch nicht, was sie will. Ihr gefällt der Gedanke, daß George einen Film machen soll, aber es paßt ihr nicht, daß er ohne sie in Hollywood herumlaufen wird.«

»Aha.« Montana nickte. »Die Dame hat Angst vor ehrgeizigen sechzehnjährigen Nymphchen, die ihrem Mann auf die Pelle rücken könnten.«

Er sah sie belustigt an. »Du kennst Pamela nicht, wie? Das einzige, was ihr Angst machen könnte, wäre eine Drohung der Regierung, sie um ihr ganzes Geld zu erleichtern.«

»Kann es gar nicht erwarten, sie kennenzulernen.«

»Sie wird dir gefallen.«

»Willst du darauf wetten?«

»Ich riskiere mein Geld nie gegen einen geborenen Sieger.«

Ein Lächeln glitt über ihr Gesicht, und sie schob sich die Lesebrille ins Haar zurück. »Du willst mir wohl schmeicheln?«

»Natürlich.«

Sie streckte die Arme aus: »Komm her, Schmeichler.«

»Ich habe Kopfschmerzen.«

»Neil! Das ist meine Ausrede.«

»Bei mir ist es keine Ausrede«, versicherte er.

Sie stand auf und ging ins Bad. »Ich hole dir Schmerztabletten«, sagte sie mitfühlend. Ein Wochenende mit George Lancaster und Pamela London war sicher kein reines Vergnügen gewesen. Neil sah mitgenommen aus. Und sie hatte eigentlich gar kein großes Verlangen nach Sex, obwohl das letztemal schon ein paar Wochen zurücklag. Natürlich war Sex mit Neil noch immer großartig, aber sie lebten lange genug zusammen, um nicht mehr das Bedürfnis zu haben, sich jede Nacht zu lieben. Und im Moment war die Arbeit ihre ganze Leidenschaft. Außerdem war es nie einfach, einen Film vorzubereiten, und sie spürte, daß Neil sich mehr Sorgen machte, als man meinte.
Sie nahm zwei Aspirin aus dem Röhrchen, füllte ein Glas mit Wasser und brachte ihm beides. »Wir müssen also auf seine Entscheidung warten, nicht wahr?« fragte sie.
Ohne Montana anzusehen, schluckte er rasch die Tabletten. Kopfschmerzen hatte er zwar keine, doch nach dem, was er mit Gina hinter sich hatte, war er zu körperlichen Anstrengungen nicht mehr fähig. »George und Pamela kommen in zwei Wochen nach Hollywood, dann kriegen wir unsere Antwort«, sagte er. Er hatte ein furchtbar schlechtes Gewissen, und Montanas Mitgefühl machte es nur noch schlimmer.
»Die Majestäten auf Staatsbesuch«, sagte sie leichthin. »Was für ein Spaß!«
»Ich verspreche dir, du wirst sie beide mögen.«
Sie zog zynisch eine Augenbraue hoch.

Angel hörte, daß Buddy das Apartment betrat. Obwohl es fast drei Uhr morgens war, bemühte er sich nicht, leise zu sein. Er schlug die Tür zu, rief Angels Namen und schaltete alle Lichter ein.
Sie lag auf dem Bauch im Bett, stumm und reglos. Nachdem er davongestürmt war, hatte sie zunächst ängstlich gehofft, er werde zurückkommen. Doch als die Stunden verstrichen und er sich nicht einmal die Mühe machte anzurufen, war sie zuerst verletzt

und dann zornig gewesen. Wieso forderte sie die Menschen immer wieder zu einem solchen Verhalten heraus? Warum endete es immer damit, daß man sie schlecht behandelte? Seit sie denken konnte, hatte sie sich für ihr Vorhandensein entschuldigt. Mit Buddy hatte alles anders werden sollen. Er war ihr neuer Anfang, der Grundstein zu ihrer eigenen Familie.
Männer: Hatte ihre Pflegemutter sie nicht immer gewarnt?
»Angel?« flüsterte er zärtlich.
Männer: Trau ihnen nie.
»Bist du wach, süßer Schatz?« fragte er lauter.
Männer: Sie haben schmutzige Gewohnheiten und schmutzige Gedanken.
Er rieb ihren Rücken. »Angel, Kleines?«
Männer: Sie wollen nur eins.
Langsam schob er die Hände unter die Decke.
Männer: Wenn man es ihnen gibt, achten sie einen nicht.
Er zog die Decke von ihrem reglosen Körper. Sie trug das kurze blaue Nachthemd mit dem passenden Slip.
»Bist du wach?«
Sie blieb stumm liegen, die Augen fest geschlossen.
Buddy ließ sich nicht beirren. Er hakte die Finger in den Gummi ihres Slips und zog ihn herunter.
Sie sagte nichts. Warum hätte sie etwas sagen sollen?
Sie war wütend auf ihn, oder etwa nicht?
Er schob ihr die Beine auseinander, neigte den Kopf, und seine Zunge suchte die feuchte Wärme unter dem dunklen, wolligen Dreieck.
Warum war seine Zunge so kalt? Warum zitterte sie plötzlich vor Lust? Warum konnte sie nicht länger wütend sein?
»Oooh … Buddy …«
Er hob kurz den Kopf und fragte: »Du bist nicht böse auf mich, Kleines, was?«
Sie seufzte ganz leise. »Mach das Licht aus, Buddy«, sagte sie. »Bitte …«

Er riß sich die Hose herunter. »Warum? Hast du was zu verbergen?« Teufel, machte sie ihn scharf! Er schob ihre Beine noch weiter auseinander und gab ihr, was er die ganze Nacht für sie aufgespart hatte.

12

Deke Andrews fuhr mit der Untergrundbahn nach Queens hinaus und verbrachte den Vormittag damit, sich am Queens Boulevard Gebrauchtwagen anzusehen. Er fand schließlich, was er suchte: einen kleinen braunen Lieferwagen mit zerrissenen Vorhängen an den Heckscheiben. Das Fahrzeug war fünf Jahre alt und hatte eine Menge Meilen auf dem Tacho.

»Wieviel?« fragte er den hemdsärmeligen Händler.

Der Händler musterte den Interessenten. »Der Preis steht drauf«, sagte er nach einer Weile.

»Ich weiß«, entgegnete Deke, »aber soviel kriegen Sie nie dafür.«

»Wer sagt das?«

»Das Ding is nich soviel wert. Muß repariert werden.«

»Woher wissen Sie das?«

»Ich weiß es eben.«

»Sie haben ihn ja nicht mal gefahren.«

»Ich weiß es trotzdem.«

Der Händler spuckte einen Klumpen Kaugummi auf den Boden. »Ich kann um hundert heruntergehen.«

»Um dreihundert.«

»Das ist mein ganzer Gewinn.«

»Bar.«

Den Händler packte die Neugier. »Wollen Sie ihn gar nicht probefahren?«

»Ich möchte ihn hier wegfahren. Gilt der Handel?«

Der Händler nickte. Er wäre sogar um vierhundert heruntergegangen. Der Motor war Schrott.

Eine Viertelstunde später fuhr Deke in dem Lieferwagen weg. Er wußte, daß der Motor nichts taugte. Aber er wußte auch, daß das Maschinchen schnurren würde wie ein Kater, nachdem er es sich vorgenommen hatte. Deke verstand sich auf Autos.

»Hast du einen Wagen?« fragte Joey.
»Nein«, antwortete Deke. »Ich hatte einen. Einen Mustang ...«
»Scheii-ße!«
»Was ist?«
»Ich wollt mit dir wegfahren. Nach Atlantic City vielleicht. Wär ein Spaß, was? Wir könnten's am Strand treiben.«
»Was denn?«
»Also wirklich! Manchmal biste unglaublich. Wir treffen uns jetzt seit drei Wochen. Was glaubst 'n du, was wir machen täten? Sandburgen bauen?«
»Tut mir leid. Ich ...«
»Sag nich ›tut mir leid‹. Das haß ich.«
»Ich könnte einen Wagen besorgen.«
»Wie?«
»In der Werkstatt, in der ich arbeite.«
»Wann?«
»Weiß ich nich. Muß warten, bis einer zur Reparatur reinkommt, der über Nacht dableibt.«
»Scheii-ße!«
»Was 'n los?«
»Ich möcht aber heut abend wegfahren.«
»Unmöglich.«
»Dann werd ich arbeiten. Du gehst besser heim.«
»Nein! Ich beschaffe uns einen Wagen.«
»So? Bist du sicher, Cowboy?«
»Bin ich.«

Er fuhr den Lieferwagen langsam und vorsichtig. Mußte vermeiden, angehalten zu werden. Nachdem er den Kennedy Airport

passiert hatte, bog er von der Hauptstraße ab. In einer ruhigen Nebenstraße hielt er an und öffnete die Motorhaube. Der Motor war nicht besser und nicht schlechter, als er vermutet hatte. Mit ein paar Tagen harter Arbeit war er hinzukriegen.
Zufrieden steuerte Deke den Lieferwagen nach Queens zurück, stellte ihn in der Nähe des Bahnhofs ab und nahm die U-Bahn nach New York.
Sein Zimmer. Ein paar unpersönliche Quadratmeter. Ein Bett, eine Kommode, seine wenigen Habseligkeiten. Er brauchte nur ein paar Minuten zum Packen. Dann machte er sich wieder auf den Weg.

13

Lunch: Restaurant Bistro Gardens.
Personen: Elaine Conti, Maralee Gray, Karen Lancaster.
Speisenfolge: Salat, Salat, Salat. Nichts, was dick machte. Alle drei hielten ständig Diät.
Thema: Klatsch.
Karen zu Maralee: »Du siehst sensationell aus. Palm Springs muß dir glänzend bekommen sein.«
Maralee lächelnd: »Das stimmt. Und ich habe einen hochinteressanten Mann kennengelernt. Randy Felix heißt er.«
Elaine: »Ist er seinem Namen gerecht geworden? Hat er dich glücklich gemacht?«
Maralee: »Hör mal, es war keine solche Beziehung.«
Karen zynisch: »Andere Beziehungen gibt es nicht.«
Maralee: »Randy ist Umweltschützer.«
Karen sarkastisch: »Tatsächlich?«
Elaine sachlich-nüchtern: »Wie alt ist er? Hat er Geld?«
Maralee lachend: »Ich weiß es nicht, und es ist mir auch ziemlich egal. Ich habe nicht die Absicht, ihn zu heiraten.«
Elaine: »Was hast du dann mit ihm vor?«

Karen: »Sie will dem armen Jungen an die Hose. Wann kommt er in die Stadt?«
Maralee beleidigt: »Er ist kein Junge. Er ist sechs- oder siebenundzwanzig. Und er kommt wirklich bald nach L. A. Er hat hier eine Wohnung.«
Karen und Elaine gleichzeitig: »Natürlich.«
Maralee: »Meine Güte! Ihr seid vielleicht Biester.«
Karen: »Ist doch nichts Schlechtes dran, sich bumsen zu lassen.«
Maralee: »Das habe ich nie behauptet. Und falls ich mich wirklich entschließe nachzusehen, was der arme Junge in der Hose hat, sage ich dir Bescheid, liebste Karen.«
Karen: »Einzelheiten, ich möchte Einzelheiten hören! Zum Beispiel, wie er bestückt ist und ob er gut leckt.«
»Karen!«
»Verzeih, verzeih. Ich halte ja schon den Mund.«
Die drei Frauen waren enge Freundinnen. Sie bewegten sich in den gleichen Kreisen und hatten die gleichen Interessen: Kleider, Geld und Sex. Außerdem waren alle drei kinderlos, das verband ebenfalls. Karen wollte keine Kinder, Maralee hatte während der Ehe mit Neil zwei Fehlgeburten gehabt und dann aufgegeben, und Elaine war unfruchtbar, was weder sie noch Ross je gestört hatte.
»Oh, schaut mal, wer eben reinkommt«, sagte Karen.
Drei Augenpaare, geschützt von drei verschiedenen teuren Sonnenbrillen, blickten zum Eingang. Dort stand Bibi Sutton in einem eleganten weißseidenen Jackenkleid von Ungaro und passendem Brillantschmuck von Cartier.
Bibi mußte mindestens fünfzig sein und war seit zwanzig Jahren – mit etlichen anderen natürlich – bei der sogenannten Elite von Beverly Hills tonangebend. Sie schien jedoch in dieser Zeit um kein Jota gealtert. Ihre gepflegte olivfarbene Haut war glatt, das glänzende Kupferhaar unverändert dicht, die Figur sinnlich, ohne ein überflüssiges Gramm. Man erzählte sich, sie sei in ihrem Heimatland Frankreich Journalistin gewesen und hätte den

amerikanischen Filmstar Adam Sutton in seinem Pariser Hotel interviewen sollen. Aber man erzählte auch, sie sei ein hochbezahltes Callgirl gewesen, das Adam Sutton jede Nacht in seiner Suite im Georges V. besucht habe. Kostenlos.
Doch wen interessierte das schon? Es lag Jahre zurück, und egal, was Bibi gewesen sein mochte, jetzt war sie eine Dame mit beträchtlichem Einfluß.
Bibi Sutton war richtungweisend, eine Trendsetterin. Sie konnte einen Modeschöpfer, ein Restaurant, einen Künstler, ein Lebensmittelgeschäft ›machen‹ oder ruinieren. Wenn Bibi geruhte, ein Geschäft oder eine Person anzuerkennen, bedeutete das für die Betroffenen Erfolg. Bibi hatte einen sicheren Geschmack, Stil und war eine starke Persönlichkeit. Außerdem sprach sie mit einem französischen Akzent, der selbst nach zwanzig Jahren noch wie der von Brigitte Bardot klang, wenn sie einen schlechten Tag hatte. Bibi pflegte ihr gebrochenes Englisch, es gehörte zu ihrem Charisma.
Ihr Mann Adam war groß und ruhig. Ein guter Schauspieler mit zwei Oscars. Trotz seiner zweiundsechzig Jahre noch ein Star und ein angesehenes Mitglied der Gesellschaft von Los Angeles. Die Suttons hatten zwei Kinder, eine achtzehnjährige Tochter, die in Boston studierte, und einen neunzehnjährigen Sohn, der die Harvard-Universität besuchte. Einem Gerücht zufolge sollte Bibi schon vor ihrer Ehe ein Kind gehabt haben – die Frucht einer stürmischen Affäre mit George Lancaster. Doch Bibi hatte das immer energisch abgestritten. »Eine schmutzige Lüge«, hatte sie dem einzigen Journalisten erklärt, der mutig (oder dumm) genug gewesen war, sie danach zu fragen. Seither war der Klatsch verstummt.
Bibi und Adam Sutton waren die königlichen Hoheiten von Hollywood. Das vollkommene Paar. Reich. Hochangesehen. Mächtig.
»Hmmm –«, murmelte Karen. »Wie gern würde ich unsere Bibi einmal mit der Strumpfhose um die Knöchel erwischen!« Der Ge-

danke, daß ihr Vater und Bibi vor so vielen Jahren in ein hitziges Gerangel verstrickt gewesen sein sollten, amüsierte sie immer wieder.

Maralee leckte sich die Lippen. »Und wie liebend gern würde ich unseren Adam in einer finsteren Nacht im Bett erwischen. Am liebsten mit mir.«

Karen sah sie erstaunt an. »Adam Sutton? Ist das ein Witz? Er dürfte der langweiligste Liebhaber von Beverly Hills sein.«

»Woher willst du das wissen?« fragte Maralee beißend.

»Ich weiß es nicht«, antwortete Karen. »Und ich kann mir eigentlich auch niemanden vorstellen, der es weiß. Der Mann bumst nicht herum.«

»Wie ungewöhnlich«, sagte Maralee.

Elaine achtete nicht auf die beiden. Sie erhob sich und lief auf Bibi zu.

»Meine Liebe«, sagten beide gleichzeitig. Küßchen links, Küßchen rechts, ohne daß die Lippen die Wangen der anderen berührten. »Wie geht es dir denn?« Wieder beide gleichzeitig. »Du siehst großartig aus!«

Damit war das Ritual durchgespielt. »Bibi«, sagte Elaine rasch, »ich möchte am Vierundzwanzigsten dieses Monats eine kleine Abendgesellschaft geben. Es ist ein Freitag. Nicht allzu viele Leute. Doch es ist eine Ewigkeit her, seit ich das letztemal etwas arrangieren konnte. Ross hatte so viel zu tun. Aber dir muß ich ja nicht erzählen, wie das ist. Könnt ihr kommen, du und Adam?«

»Liebchen!« Bibi sah Elaine fast schockiert an. »Wie soll isch das wissen? Du glaubst, ich weiß irgendwas ohne mein schlaues Buch? Ruf misch an. Wir kommen seeehr gern, wenn wir frei sind. Okay, Liebchen?«

»Ja, gut, ich ruf dich an«, sagte Elaine gehorsam. Es war undenkbar, eine Party auf einen Tag zu legen, an dem die Suttons nicht kommen konnten. Rasch kehrte sie an ihren Tisch in dem eleganten, sonnigen Garten zurück.

»Glück gehabt?« fragte Karen, die das Ritual genau kannte.

»Ich muß sie später anrufen«, antwortete Elaine verdrossen. »Sie weiß ohne ihr Buch überhaupt nichts.«
»Pferdekacke«, sagte Karen grob. »Sie gibt nie eine Zusage, solange sie nicht weiß, ob sich an dem betreffenden Abend nichts Besseres ergibt. Vor Jahren gab mein Vater eine Geburtstagsparty für sie, und sie sagte in letzter Minute ab, um zu irgendeinem blöden Essen für Chruschtschow zu gehen. Daddy war wütend.«
»Kann ich mir vorstellen«, sagte Maralee. »Mein Vater hat mit Adam zwei Filme gedreht, und trotzdem hat sie ihn nie in ihr Haus eingeladen, weil er es einmal gewagt hatte, zu einem ihrer Essen nicht zu erscheinen.«
Elaine musterte ihre Freundinnen. Manchmal bereitete die Gesellschaft der beiden ihr Unbehagen. Sie waren so selbstsicher. Und das zu Recht. Beide waren in Beverly Hills aufgewachsen, als Töchter reicher, berühmter Väter, ohne Geldsorgen. Und egal, wen sie heirateten, er wurde akzeptiert. Das gehörte zu ihren Geburtsrechten. Die kleine Etta Grodinski aus der Bronx hatte sich alles erkämpfen müssen. Es war nicht leicht gewesen, einen Filmstar zu heiraten, in einer Villa in Beverly Hills zu landen und die attraktive, kluge Elaine Conti zu werden. Verstimmt nippte sie an ihrem Weißwein.
Schätz dich glücklich. Diese beiden Frauen sind deine Freundinnen. Sie akzeptieren dich. Sie mögen dich. Sie erzählen dir alles aus ihrem Leben und über ihre Liebhaber, ihre Kleider und Schminktricks, über ihre kosmetischen Chirurgen und Gynäkologen. Du gehörst jetzt dazu. Wirklich. Vergiß das nie.
Etta. Elaine. Wie sorgfältig sie ihre Herkunft verbarg. Ihre Eltern, die noch lebten, waren längst aus der Bronx in ein hübsches Haus auf Long Island übergesiedelt. Elaine hatte sie bisher nie nach Beverly Hills eingeladen. Und Ross hatten sie bis heute nicht kennengelernt. Elaine rief sie einmal in der Woche an und schickte ihnen jeden Monat einen Scheck. Die beiden waren nette, einfache Leute und hätten sich in Elaines Welt nur unbehaglich gefühlt.

Du schämst dich ihrer, Elaine.
Aber nein, ganz bestimmt nicht.
»Schaut mal, mit wem Bibi hier ist«, sagte Karen.
Drei Augenpaare musterten den Mann, der jetzt durch das volle Restaurant rasch auf Bibi zuging.
»Das ist bloß Wolfie Schweicker«, erklärte Maralee mit einer wegwerfenden Handbewegung.
»Meine Güte! Einen Moment lang dachte ich, es sei ein Mann!« rief Karen. »Er sieht ganz anders aus. Was hat er gemacht?«
»Etwa vierzig Pfund abgenommen«, sagte Elaine.
»Tatsächlich«, rief Karen. »Er ist wesentlich dünner geworden.«
Wolfgang Schweicker. ›Professioneller Begleiter‹. So nannte man wohlhabende, einflußreiche Männer, die verheiratete Frauen, deren Ehemänner verhindert waren, zu Premieren, Vernissagen und in Lokale begleiteten, wo sie sich sehen lassen mußten. Nancy Reagan hatte mehrere. Und Wolfie spielte die Rolle bei Bibi. Der zuvor abstoßend dicke Mann hatte es geschafft, sich so viel herunterzuhungern, daß er nur noch füllig wirkte. Er war rundgesichtig, kurzbeinig und trug das Beste und Teuerste, was Gucci zu bieten hatte. Der Anfangfünfziger war Inhaber einer sehr erfolgreichen Kette von Badezimmer-Einrichtungsgeschäften mit Filialen in ganz Amerika. Alle liebten Wolfie. Er war so witzig. Aber er gehörte Bibi Sutton und ging nie fremd.
»Ich habe Wolfie mal zum Brunch eingeladen«, erzählte Maralee. »Ohne Luft zu holen, fragte er, ob Bibi und Adam auch kämen. Ich war damals noch mit Neil verheiratet, der Bibi nicht ausstehen konnte, woraus er kein Hehl machte. Er nannte sie eine französische Schlampe und eine gesellschaftliche Fehlbesetzung.« Maralee kicherte, als sie sich daran erinnerte. »Wie dem auch sei, ich sagte, nein, sie kämen nicht, und darauf sagte Wolfie auch nein. Könnt ihr euch das vorstellen? Wollte ohne sie nicht mal zu einem simplen kleinen Brunch kommen.«
Der Lunch verging mit Klatsch, Sticheleien und allgemeinen Bosheiten. Die Liebesaffären, der Ruf, das Talent und das Aussehen

bestimmter Leute wurden ganz beiläufig zerpflückt. Elaine bat um die Rechnung und legte ihre American Express Card vor. Karen hatte einen Termin beim Psychotherapeuten, Elaine und Maralee schlenderten zum Parkplatz und ließen sich vom Parkwächter ihre Wagen bringen.

Maralee schob ihre Sonnenbrille hoch, sah die Freundin mit Verschwörermiene an und fragte: »Was sagst du dazu?«

Elaine musterte Maralees jüngste operative Verschönerung mit Kennerblick. Sie war nicht umsonst mit einem kosmetischen Chirurgen verheiratet gewesen, hatte von ihm einiges gelernt. »Ausgezeichnet«, erklärte sie nach gründlicher Prüfung. »Wirklich erstklassige Arbeit.«

Maralee war selig. »Ehrlich?«

»Meinst du, ich lüge?«

»Natürlich nicht.«

Der Parkwächter fuhr Maralees nagelneuen Porsche Carrera Turbo vor. Maralee knöpfte Neil soviel Alimente wie möglich ab. Dabei hätte sie keinen Cent gebraucht. Ihr Vater hatte ihr zwei Treuhandvermögen übereignet, über die sie frei verfügen konnte. Und wenn Tyrone Sanderson einmal starb, erbte sie noch einmal ein Vermögen. »Ich geh zu Neiman-Marcus«, sagte sie. »Komm doch mit.«

Elaine schüttelte den Kopf. »Ich muß heim. Seit Ross wieder da ist, kann ich nicht mehr frei über meine Zeit verfügen.«

Maralee nickte verständnisvoll und wandte sich ihrem Wagen zu. Elaine hielt die Freundin am Arm fest. »Ich möchte dich um etwas bitten.«

»Ja?«

»Schau, ich weiß ja, daß du dich mit Neil nicht gerade großartig verstehst …«

»Das ist die Untertreibung des Jahres!«

»Aber könntest du …«

Maralee wurde ungeduldig: »Was denn, Elaine?«

»Ich brauche ein Exemplar des Drehbuchs von *Menschen der*

Straße«, sagte Elaine hastig. »Es ist wichtig. Ich brauche es sofort.«
Maralee hob die Augenbrauen. »Diesen Schund?«
»Hast du es gelesen?«
»Brauche ich nicht. Angeblich hat Montana es geschrieben. Sagt dir das nicht genug?«
Elaine fühlte, daß sie errötete. Sie haßte es, jemanden um etwas bitten zu müssen. »Kannst du es mir beschaffen?«
Maralee musterte die Freundin ein wenig hinterhältig. »Erzähl mir nicht, daß Ross sich dafür interessiert!«
Elaine zuckte betont lässig mit den Schultern. »Er sieht sich gern alles an.«
»Kann ihm nicht sein Agent ein Exemplar besorgen?«
»Angeblich ist es unter Verschluß.«
»Vermutlich, weil es so mies ist.« Maralee schnaubte verächtlich. »Schön, schön, wenn du willst, sollst du es haben. In dieser Stadt gibt es nichts, was ich nicht in die Finger kriege.«
»Danke, Maralee.«
»Nicht der Rede wert.«
Küßchen links, Küßchen rechts, dann trennten sie sich. Maralee brauste in ihrem neuen Porsche davon, und Elaine stieg unglücklich in ihren vier Jahre alten Mercedes. Es würde sich alles ändern – bald! Die Contis würden wieder zur Spitze gehören, und sie würde nie mehr jemanden um einen Gefallen bitten müssen.

»Ich hab' mich eben von deiner Frau verabschiedet«, sagte Karen mit rauher Stimme ins Telefon.
»So?«
»Ich hab' ihr alles gebeichtet.«
Am anderen Ende herrschte langes Schweigen. Diese Mitteilung mußte Ross erst verdauen. »Was hast du getan?« fragte er schließlich.
»Ihr alles gebeichtet, Ross«, antwortete Karen mitfühlend. »Sie

wird dich vermutlich umbringen.« Jetzt konnte sie sich das Lachen nicht länger verbeißen.

»Durchtriebenes Frauenzimmer.«

»Du sagst es!«

»Wo bist du?«

»Im Wartezimmer meines Psychotherapeuten. Ich werde ihm gleich alles über uns erzählen.«

»Bloß nicht!«

»Warum nicht? Ich berichte dir dann, was er gesagt hat. Das verspreche ich dir.«

»Verdammt, Karen, erwähn wenigstens meinen Namen nicht.«

»Was ist für mich drin, wenn ich's nicht tue?«

»Der größte Schwanz, den du je gesehen hast.«

Sie kicherte. »Bist du nicht ein bißchen überheblich?«

»Ich ruf dich morgen an.«

»Nicht gut genug. Wann?«

Er wollte sie haben, aber noch dringender wollte er das Drehbuch von *Menschen der Straße* haben, und er mochte das Haus nicht verlassen, bevor er das Skript in Händen hielt. »Morgen, wie ich sagte.«

Sie ließ sich nicht so leicht abfertigen. »Wie ich höre, soll es im Haus Conti bald eine Party geben.«

»Tja.«

»Elaine hat beim Lunch nur nach Bibi geschmachtet.«

»Und? Hat sie die Zusage bekommen?«

»Ein ›vielleicht‹ hat sie bekommen. Du kennst ja Bibi.«

Ross war mit den gesellschaftlichen Sitten von Beverly Hills wohlvertraut. Wenn Elaine nicht erreichte, daß Bibi Sutton kam, brauchte sie die Party gar nicht zu geben. Vielleicht sollte er Adam anrufen und an ihre alte Freundschaft appellieren.

»Ich muß gehen«, sagte Karen unvermittelt. Sie wollte das Gespräch beenden, bevor er es tat.

»Wag du ja nicht, bei deinem Seelenklempner meinen Namen zu erwähnen!« warnte er sie.

Karen hängte wortlos ein. Ross legte sich wieder in die Sonne und versuchte sich die Szene im Bistro Gardens vorzustellen. Bibi, die sich rar machte, Elaine, die sie herumzukriegen versuchte, und Karen, die sich daran weidete.

Karen. Eine wahnwitzige Sekunde lang hatte er ihr tatsächlich geglaubt, als sie behauptete, sie habe Elaine alles erzählt. Dieses Biest Karen hatte manchmal einen üblen Humor. Vielleicht sollte er mit ihr Schluß machen.

Warum eigentlich? Sie würde Elaine gegenüber bestimmt nichts verlauten lassen, und er hatte noch lange nicht genug von ihrem aufregenden Körper und den wunderbar erotischen Brustwarzen.

Er wollte Karen haben – aber nicht jetzt! Erst nachdem er sich das Drehbuch von *Menschen der Straße* angesehen hatte und sobald Sadie La Salle seine Agentin war. Sobald er das Gefühl hatte, wieder fester im Sattel zu sitzen.

Als das Telefon ihn weckte, glaubte Buddy, eben erst die Augen zugemacht zu haben.

»Wer spricht denn?« brummte er.

Das Knacken atmosphärischer Störungen in der Leitung, dann: »Buddy? Bist du wach?«

»Ruf mich am Morgen wieder an«, entgegnete Buddy schlaftrunken.

»Es ist Morgen«, erwiderte der Anrufer gereizt. »Es ist elf Uhr und Zeit, daß du in Schwung kommst.«

»Randy!« Langsam öffnete er ein Auge. »Wie geht's dir?«

»Mehr als gut. Ich hab 'ne wirklich heiße Goldeselin aufgerissen.«

»He, das ist prima.« Buddy öffnete auch das andere Auge, tastete auf dem Bett nach Angel und schaute sich dann im Zimmer um. Angel war nicht da.

»Ja«, sagte Randy lebhaft. »Und die Chance möchte ich mir nicht vermasseln. Bis jetzt bin ich Mr. Anständig, und sie ist richtig ver-

narrt in mich. Ich glaube, wenn ich mich dahinterklemme, schaff ich es diesmal, aufs richtige Gleis zu kommen.«
»Prima, prima«, murmelte Buddy und hoffte, daß der Anruf nichts mit dem Apartment zu tun hatte.
»Ich komme morgen zurück«, sagte Randy und fuhr dann fort, als finde zwischen ihnen ein Telepathiespiel statt: »Und ich brauche mein Apartment. Ich weiß, das ist sehr kurzfristig und so ... Aber wir hatten ja ausgemacht, daß du für ein paar Wochen in die Wohnung ziehst, und jetzt – hm, bist du schon eine ganze Weile drin. Ich bin morgen so gegen Mittag da.«
»Mittag?«
»Ja.«
Buddy suchte krampfhaft nach einer Erwiderung. Was konnte er schon einwenden? »He, Mann, ich weiß nicht, wohin. Ich hab' kein Geld und muß eine Frau ernähren. Ich steh buchstäblich vor dem Nichts.« Das konnte er nicht sagen. Auf keinen Fall.
Stolz. Er besaß genug, um nicht zuzugeben, daß er seit seiner Rückkehr keinen einzigen lausigen Job bekommen hatte.
»Bis dahin sind wir längst weg«, erklärte er fröhlich. »Und danke, daß du mir die Wohnung geliehen hast, Randy. Wir ziehen ins Sunset Towers, weißt du.«
»Sunset Towers, so? Dann läuft wohl einiges für dich?«
»Na klar.«
»Kann es gar nicht erwarten, deine bessere Hälfte kennenzulernen.«
»Wir telefonieren nächste Woche und verabreden was.«
Buddy legte auf und sprang aus dem Bett.
Scheiße!
Er stürmte zum Kühlschrank, trank ein paar Schluck Orangensaft aus dem Pappbecher, griff sich eine Handvoll Rosinen und biß in einen Apfel.
Dann überlegte er, was er tun könnte.
Der Macker. Nicht mehr im Geschäft.
Maxie Sholto. Der allerletzte Ausweg.

Frances Cavendish. Sie mußte er sofort wegen *Menschen der Straße* anrufen.
Shelly. Wie wurde man ein Stripper? Er zog die Shorts an und begann automatisch, Liegestütze zu machen. Dann fiel ihm der Hausgenosse des Mackers ein, der dicke kleine Schwule mit dem scharfen Hundevieh. Er hatte ihm doch seine Karte ins Auto geworfen und gesagt: »Rufen Sie mich an.« Warum eigentlich nicht? Warum sollte er nicht feststellen, was dahintersteckte?
Ja. Aber wo war die Karte? Was hatte er damit gemacht? Er versuchte sich auf seine Liegestütze zu konzentrieren, doch vergebens. Wie sollte man sich mit seinem Körper beschäftigen, wenn man auf die Straße gesetzt werden würde?
Buddy sprang auf und wählte Frances Cavendishs Nummer.
»Miss Cavendish ist in einer Besprechung«, sagte eintönig eine unbekannte Stimme. »Kann sie zurückrufen?«
»Es ist dringend«, erwiderte er barsch.
»Oh! Dann will ich mal sehen. Und wen darf ich melden?«
»Robert Evans.«
Respektvoll. »Sofort, Mr. Evans.«
Eine halbe Minute des Wartens, dann: »Bobby, wie geht es Ihnen? Was kann ich für Sie tun?«
»Frances, hier spricht Buddy Hudson. Kriegen Sie jetzt bitte keinen Wutanfall, aber es ist wirklich dringend.«
»Herrgott noch mal!«
»Frances«, fuhr er rasch fort, »es gibt da einen Film mit dem Titel *Menschen der Straße.* Da ist eine Rolle für mich drin. Wollen Sie einen Star entdecken? Dann schicken Sie mich einfach als Bewerber hin. Okay?«
Frances war mehr als ungehalten. »Nein.«
»Warum nicht?«
»Weil zwar ein Film mit diesem Titel gedreht wird, mein lieber Junge, ich aber nicht weiß, ob eine Rolle für Sie drin ist. Ich habe nämlich das Drehbuch nicht gesehen. Kaum einer kennt es. Die machen nämlich ein Riesengeheimnis draus.«

»Unsinn, Frances! Sie kriegen doch alles zu sehen.«
Sie schnaubte wie ein zorniges Pferd. »Sehr wahr, mein lieber Buddy. Doch in diesem Fall sucht die Autorin höchstpersönlich die Besetzung aus. Offenbar versteht sie viel mehr davon als wir armen alten Fachleute. Schließlich bin ich erst dreißig Jahre im Geschäft und kann noch gar nicht wissen, was da so alles läuft.«
»Wer ist die Autorin, Frances?«
»Montana Gray, die Frau des Regisseurs. Genügt Ihnen das? Machen Sie jetzt meine Leitung frei, Buddy, und unterstehen Sie sich ja nicht mehr, sich mit einem falschen Namen ein Gespräch mit mir zu erschwindeln!«
»Ich brauche einen Job, Frances.«
»Sie brauchen immer einen, kriegen aber nie einen, egal, wie oft ich Sie zu Probeaufnahmen schicke.«
»Haben Sie was für mich? Das nächstemal pack' ich's, Sie können sich drauf verlassen.« Er fühlte, wie sie überlegte, und versuchte sie durch Willenskraft zu zwingen, ihm etwas Brauchbares anzubieten.
»Sind Sie daran interessiert, als Statist zu arbeiten?« fragte sie endlich.
Er wurde zornig. Statisterie! Dafür gab er sich nicht her. »Nein«, antwortete er kalt.
»Bedauere, dann kann ich Ihnen im Augenblick nicht helfen.«
Wie er das Telefon haßte. Erst Randy, jetzt Frances. Immer nur schlechte Nachrichten. Er hörte Angels Schlüssel in der Tür. Was sollte er ihr nur sagen? Sie war noch schöner als sonst, schien eine ganz besondere Unschuld auszustrahlen.
»Tut mir leid, daß ich nicht da war, um dir dein Frühstück zu machen«, sagte sie leise, ging zu ihm und legte ihm die Arme um die Taille. »Ich mußte zum Arzt.«
Seine Gedanken rasten. Montana Gray, die Frau von Neil Gray, dem Regisseur. Die beiden besetzten die Rollen selbst. Produzent war Oliver Easterne, hatte Shelly gesagt. Er schob Angel

sanft weg. »Ruf die Auskunft für mich an, Kleines. Ich brauche die Nummer der Easterne Productions.«
Sie sah ihn gekränkt an. »Ich habe gesagt, ich mußte zum Arzt. Willst du nicht wissen, warum?«
»Aber ja doch, klar will ich's wissen.« Nach kurzer Überlegung fügte er hinzu: »Warum hast du mir nicht gesagt, daß du hingehst?«
»Ich wußte nicht, ob du dich freuen würdest.« Sie sah ihn an, und das Glück in ihren Augen wurde plötzlich von Unsicherheit überschattet. »Aber jetzt, da es feststeht ...«
Entsetzen packte Buddy, denn er ahnte, was sie gleich sagen würde. »Himmel, Kleines, du bist doch nicht ...« Er brachte das Wort nicht über die Lippen.
Sie nickte und flüsterte das fehlende Wort: »... schwanger.«
»O nein!«
»O ja! Ist es nicht wunderbar, Buddy? Einfach wunderbar?«
Ihm hatte es die Sprache verschlagen, und er meinte zu ersticken. Am liebsten hätte er sie weggeschoben, aber er beherrschte sich.
»He – ich muß zum Schwimmen. Bin schon zu spät dran. Bis bald.« Er floh aus der Wohnung wie ein Dieb.
»Buddy«, rief sie ihm nach, aber er blieb nicht stehen.
Sie schloß einen Moment die Augen und kniff die Lider zusammen, fest entschlossen, nicht zu weinen. Natürlich war es nicht so gelaufen wie im Film. Trotzdem hatte es keinen Sinn, sich selbst zu bedauern. Wenn Buddy sich nicht über das Baby freute, wie schade. Sie war außer sich vor Glück. Und er würde es sicher auch bald sein, davon war sie überzeugt. Schließlich liebte er sie. Und das Baby machte eine richtige Familie aus ihnen.

14

»Wenn Sie wollen, nur zu«, sagte Captain Lacoste. Er deutete auf die dicke Akte, die vor ihm auf dem Schreibtisch lag. »Aber Sie wissen, daß wir getan haben, was wir konnten. Seine Personenbeschreibung wurde im ganzen Land verbreitet, sein Foto und seine Fingerabdrücke ebenso. Jetzt ist er am Zug.«
»Das weiß ich alles«, antwortete Leon, »aber ich habe einfach das Gefühl, daß wir irgend etwas übersehen, und möchte die Akte noch einmal durchgehen. Ich muß sie in aller Ruhe studieren.«
Leon nahm den Ordner an sich, der nichts enthielt, was er nicht schon wußte. Er verließ das Büro des Captains und ging gleich zu seinem Wagen hinaus. Es regnete.

Leon ärgerte sich über den Verlust seines Regenmantels. Es war ein echter englischer, den ihm ein Freund bei Burberry in London gekauft und als Geburtstagsgeschenk mitgebracht hatte. Daß diese kleine Nutte Joey jetzt darin in der Stadt herumstolzierte, wurmte ihn.
Er erwog, sich noch einmal ins Auto zu setzen und sie zu suchen, aber nachdem er lange und heiß geduscht hatte, behagte ihm der Gedanke überhaupt nicht, noch einmal in die scheußliche Nacht hinauszugehen. Also zog er den Schlafanzug an, schenkte sich ein Glas Brandy ein und machte es sich vor dem Fernseher gemütlich.
Er mußte eingenickt sein, denn plötzlich weckte ihn ein lautes Klopfen. Nach einem Blick auf seine Armbanduhr tappte er verschlafen zur Wohnungstür und fragte sich, wer wohl nachts um zwei etwas von ihm wollte.
Als er die Tür öffnete, bot sich ihm ein trauriger Anblick. Joey Kravetz stand da, naß bis auf die Haut. Das T-Shirt klebte ihr am Körper, und die sackförmige Hose schlabberte ihr um die Beine. Das orangerote Haar pappte strähnig an der Kopfhaut, und von ihrer Stupsnase tropfte Wasser.

»Ich bringe Ihren Regenmantel zurück«, sagte sie kläglich und reichte ihm das kostbare Stück.

Er freute sich zwar, seinen Regenmantel, nicht aber, die Überbringerin wiederzusehen. »Woher hast du eigentlich meine Adresse?«

Sie fischte einen zerknitterten Umschlag aus der Tasche des Regenmantels. »Ihre Stromrechnung«, erklärte sie und begann zu niesen.

»Komm rein«, sagte er zögernd.

»Danke«, antwortete sie und nieste wieder. »Dachte schon, Sie lassen mich hier stehen.« Dann grinste sie amüsiert. »Hübscher Schlafanzug. Echt sexy. Das Guckloch gefällt mir.«

Es war ihm entsetzlich peinlich, aber sein Hosenschlitz klaffte tatsächlich auseinander. »Einen Augenblick«, sagte er steif, ging ins Bad und zog den Bademantel an. Als er ins Wohnzimmer kam, stand sie vor dem Fernseher und tropfte den Teppich voll.

»Hör mal«, sagte er gereizt, »ich geb dir was zum Überziehen, bis deine Sachen trocken sind, dann ruf ich dir ein Taxi.«

»Ich weiß nich, wohin«, jammerte Joey.

»Du mußt doch irgendwo hausen.«

»Nein«, behauptete sie.

»Dann muß ich dich also wieder in der Jugendabteilung abliefern.«

Ihre Haltung veränderte sich schlagartig.

»Ach, Scheiße«, fauchte sie. »In Ihrem Mund läuft 'ne Schallplatte ab. Jugendabteilung! Jugendabteilung! Könn' Se nich mal was anderes sagen?«

»Joey«, entgegnete er geduldig, »ärgere mich nicht, ich lasse mir dein freches Mundwerk nicht bieten. Wohnst du nun irgendwo oder nicht?«

»Ja«, antwortete sie mürrisch. »Meine Freundin kommt morgen zurück. Ich wohne bei ihr, bis ich den Kies für Arizona beisammen hab'.« Sie mußte ein paarmal niesen und konnte nicht weitersprechen.

»Gehst du jetzt wohl ins Bad und ziehst deine nassen Sachen aus, bevor du dir eine Lungenentzündung holst?«
Sie nickte gehorsam. Er zeigte ihr das Badezimmer und überlegte krampfhaft, was er mit ihr anfangen sollte.
»Darf ich duschen?« rief sie aus dem Bad.
»Ich denke schon«, antwortete er unfreundlich. »Wirf deine Sachen raus, ich will versuchen, sie zu trocknen.«
Er ging in die Küche und schaltete den elektrischen Wasserkessel ein. Dann hob er vor dem Bad ihre Kleider vom Boden auf und breitete sie in der Küche auf einem Heizkörper aus. Anschließend holte er aus seinem Schrank einen weiten Pullover und eine alte Hose und legte ihr beides vor die Badtür.
Wie konnte es ihm, Leon Rosemont, nur passieren, daß eine sechzehnjährige Nutte in seinem Bad duschte? Wenn sich das auf dem Revier herumsprechen sollte!
Sie erschien, trocken und sauber, richtig grotesk in seinen viel zu großen Sachen. Das Wasser kochte, er goß etwas davon in eine Tasse, gab einen Teebeutel sowie zwei Stück Zucker hinein und reichte sie ihr.
Joey setzte sich an den Küchentisch und schlürfte dankbar den heißen Tee.
»Und was soll ich nun mit dir anfangen?« fragte er.
Sie antwortete wie aus der Pistole geschossen: »Lassen Sie mich auf Ihrer Couch schlafen, und morgen früh verschwinde ich gleich.«
»Das geht nicht.«
»Warum nicht?«
Er überlegte kurz. Die einzige andere Möglichkeit war, sich anzuziehen und Joey aufs Revier zu schleppen. Dort sperrte man das arme Ding bis zum Morgen in eine Zelle. Dabei schüttete es noch immer, und allein der Papierkram …
Zum Teufel damit! Sollte sie doch auf seiner Couch schlafen. Morgen früh konnte er sie ja zu ihrer Freundin bringen, um sich zu überzeugen, daß sie die Wahrheit gesagt hatte. Irgendwo ganz

hinten in seinem Kopf warnte eine Stimme: »Falsch!« Doch er ignorierte sie, holte aus dem Schrank im Flur ein paar Decken und ein Kissen und überließ alles weitere Joey.
Er verschwand in sein Schlafzimmer, legte sich ins Bett, las zwei Kapitel eines Romans von Joseph Wambaugh und schlief dann endlich ein.
Das Gewitter brach um halb vier los. Blitze zuckten, dumpf grollte der Donner. Leon schlief. Ihn störte nichts. Joey wachte sofort auf. Sie zog die Decken fester um ihren nackten Körper und begann zu zittern. Die grellen Blitze und die dröhnenden Donnerschläge jagten ihr Angst ein. Sie sprang von der Couch und lief in Leons Schlafzimmer. Er lag auf dem Rücken, schnarchte, merkte nichts von dem Unwetter.
Behutsam hob sie die Decke und schlüpfte zu ihm ins Bett. Er rührte sich nicht. Sie schmiegte sich an ihn, sein massiger Körper beruhigte sie. Er bewegte sich leicht, stöhnte, murmelte etwas vor sich hin.
»Bist du wach?« flüsterte sie, preßte sich an seinen Rücken und schlang ihm die Arme um die Brust.
Er sagte nichts, sein Atem ging schwer.
Sie tastete seine mit dichtem Kraushaar bedeckte Brust ab, suchte die Warzen. Aus Erfahrung wußte sie, daß das Warzenspiel Männer genauso scharfmachen konnte wie Frauen. Sie fand eine Warze, dann die andere und begann sie mit den Fingerspitzen zu streicheln. Seine Brustwarzen wurden unter der Berührung schnell hart. Joey ließ die Hände an seinem Körper hinuntergleiten, fand die Öffnung in seiner Schlafanzughose, schob die Hände hinein und umfaßte seinen geschwollenen Penis. Mit langsamen, rhythmischen Bewegungen begann sie ihn zu reiben, was ihm, obwohl er weiterschlief, ein lustvolles Stöhnen entlockte.
Leise lachte sie in sich hinein. Das Gewitter war vergessen, als sie sich darauf konzentrierte, ihn zum Höhepunkt zu bringen, ohne ihn zu wecken. »Du hast aber ein schönes Ding«, flüsterte

sie ihm ermutigend ins Ohr. »Ein richtiges Prachtstück ... Komm schon, Cowboy, gib mir, was du hast ... Gib alles Mama ... Gib mir deinen starken Saft ...«
Sie wußte, was Männer hören wollten! Es war ja so einfach. Er kam rasch, sein Samen spritzte in langen pulsierenden Stößen auf die Laken. Joey kuschelte sich noch enger an seinen Rücken und schlief bald ein.
Als sie erwachte, dämmerte es bereits, und das Gewitter hatte sich längst verzogen. Leon schnarchte zufrieden neben ihr. Warum auch nicht? Sie hatte ihm gegeben, was er wollte. Was alle Männer wollten. Er mochte noch so väterlich-besorgt tun, letzten Endes war er auch nur ein Mann. Im Grunde war es ihm egal, was aus ihr wurde.
Vorsichtig schlüpfte sie aus dem Bett. Während sie seine reglose Gestalt im Auge behielt, untersuchte sie seine Brieftasche, die auf der Kommode lag. Ein Volltreffer! Es waren dreihundertneunzehn Dollar drin. Ohne zu überlegen, nahm sie das Geld, holte ihre Kleider aus der Küche, warf sie rasch über und schlich lautlos aus der Wohnung.

Millie Rosemont verwünschte den Tag, an dem Captain Lacoste ihrem Mann erlaubt hatte, die Akte Andrews nach Hause mitzunehmen. Seit zweieinhalb Wochen vergrub sich Leon Abend für Abend in seinem viel zu engen Arbeitszimmer, die widerwärtige Akte in mehreren Stapeln auf seinem Schreibtisch ausgebreitet. Stundenlang saß er da, las, machte sich aber kaum Notizen. Millie untersuchte jeden Morgen den Papierkorb und fand unzählige Zettel mit hingekritzelten Fragen, wie: Warum? Wo ist er jetzt? Wann schlägt er wieder zu?
Millie kam zu dem Schluß, es sei an der Zeit, die Sache mit Leon auszufechten. Mit einer Tasse Kaffee und einem belegten Brot betrat sie sein Arbeitszimmer. »Leon«, sagte sie scharf, »kann ich dich einen Augenblick sprechen?«
Er nahm seine starke Lesebrille ab, rieb den Rücken seiner kräf-

tigen Nase und sah dann zu ihr auf. »Wenn du es nicht kannst, weiß ich nicht, wer es könnte.«

Sie stellte den Kaffee und den Teller mit dem Brot auf den Schreibtisch und sah ihn ernst an. »Du bist allmählich von dem Fall besessen, und das gefällt mir gar nicht.«

Leon betrachtete seine Frau mitfühlend, versuchte die Angelegenheit mit ihren Augen zu sehen. Hätte er ihr nur erklären können, warum er sich persönlich betroffen fühlte. Aber das brachte er nicht fertig, weil er sich schämte, weil es ihm peinlich war.

Er streckte sich, Hals- und Schultermuskulatur waren völlig verspannt. »Wenn du willst, daß ich aufhöre …«

Mit einer hilflosen Geste hob sie die Hände. »Es geht nicht um das, was ich will oder nicht will. Es geht mir um das, was das beste für dich ist.«

»Das beste für mich ist«, entgegnete er bedächtig, »diesen Fall zu lösen.«

»Was soll das heißen, ihn zu lösen?« erwiderte sie ärgerlich. »Es ist doch klar, wer die Morde begangen hat. Du weißt, daß es der Sohn war. Und du weißt auch, daß man ihn irgendwann wegen einer anderen Sache festnehmen wird. So geht es immer – das hast du mir selbst erklärt.«

Er trank einen Schluck Kaffee. »Ich möchte wissen, warum er es getan hat, Millie. Ich muß es wissen.«

»Hab' ich's nicht gesagt? Du bist besessen. Das ist schon krankhaft.« Sie sah ihn lange eindringlich an, machte dann auf dem Absatz kehrt und verließ das Zimmer.

Er biß vom Brot ab, nahm noch einen Schluck Kaffee und griff nach seinem Block. Wo ist Deke Andrews geboren? schrieb er auf. In welchem Krankenhaus? In welcher Stadt? Datum?

Vermutlich waren diese Angaben unwichtig, trotzdem … Unter den Papieren der Andrews' hatten sich keinerlei Dokumente gefunden, die etwas über das Leben der Familie vor ihrem Umzug nach Philadelphia vor gut zwei Jahrzehnten aussagten. Keine

Heirats- oder Geburtsurkunden, keine Verwandtenbriefe, keinerlei Hinweise, woher die Leute stammten.
Das störte Leon. Warum keine Angaben über die Vergangenheit? Waren die Andrews vor irgend etwas oder irgend jemand davongelaufen? Hatte Deke etwas herausgefunden, was er nicht erfahren sollte?
Ein beachtenswerter Gedanke.
Mit sauberer Druckschrift notierte Leon: Willis und Winifred Andrews vom Computer überprüfen lassen. Warum nicht? Verlieren konnte er auf keinen Fall etwas dabei.

15

Er hatte das Beste aus sich herausgeholt – und das war schon etwas. Das Mädchen am Empfang sah ihn hingerissen an und fragte nicht einmal nach, ob sein Name auf der Liste stand. Mit einem strahlenden Lächeln wünschte sie ihm viel Glück und deutete zum Lift.
Glück. Das brauchte er.
Glück. Sein Körper gierte danach wie ein Süchtiger nach seiner Droge.
Er drückte auf den Liftknopf. Zwanzigste Etage. Im Spiegel, der in der Liftkabine hing, überprüfte Buddy noch einmal sein Aussehen.
Du siehst blendend aus – du siehst blendend aus – du siehst blendend aus, wie ein Superstar aussehen soll.
So mußte er denken. Mußte es sich ununterbrochen vorsagen.
Als er den Lift verließ, geriet er unter eine wahre Menschenmenge. Sie saßen auf Stühlen, lehnten an den Wänden, waren einfach überall. Alle Größen, Figuren und Altersgruppen waren vertreten. An dem gewaltigen Lucite-Schreibtisch in der Mitte des Raums saßen eine sehr tüchtig aussehende Blondine und ein älterer Rotschopf. Für Buddy war jede Vierzigjährige eine

ältere Frau – außer man redete von Jane Fonda oder Raquel Welch.
Selbstbewußt ging er auf den Schreibtisch zu. Mit einem einzigen Blick hatte er festgestellt, worauf sich die allgemeine Aufmerksamkeit konzentrierte. Auf eine getäfelte Eichentür. Ein kleines Messingschild. Und darauf der Name MONTANA GRAY.
Meine Dame, Ihnen steht was bevor. Buddy-Boy ist hier. Buddy-Boy ist gekommen, um in Ihrem Film ein Star zu werden.
Er wandte sich direkt an die Blondine. Sie hatte wunderbare grüne Augen, eine glatte Haut und eine sehr schlecht operierte Nase.
»Buddy Hudson«, sagte er selbstsicher. »Miss Gray erwartet mich.«
Die Blondine lächelte, setzte eine lavendelblaue Lesebrille auf und studierte ihre Liste.
Da Buddy wußte, daß sie seinen Namen nicht finden würde, fügte er rasch hinzu: »Bob Evans hat den Termin für mich persönlich mit ihr vereinbart.«
Die Blondine hörte auf zu lesen. »So? Mit wem?«
»Hm, er sprach mit Montana – Miss Gray. Sie sagte, ich solle gleich herkommen. Ich arbeite bei NBC an einem ›Special‹ und habe« – er sah auf die Uhr – »genau eine Dreiviertelstunde Zeit, dann muß ich wieder am Drehort sein.« Nun schnell das Lächeln, das ausdrückte: Ich halte Sie für das begehrenswerteste weibliche Wesen, das ich je gesehen habe. »Darum würde ich es sehr begrüßen«, fuhr er fort, »wenn ich als nächster reinkönnte. Aber ich möchte Ihren Terminplan beileibe nicht durcheinanderbringen.«
Die Blondine hatte so mancherlei hinter sich. Sie hatte viele Männer und Affären gehabt und hielt sich für ziemlich hart gesotten. Aber Buddy war etwas Besonderes! Sie wußte instinktiv, daß er sie begehrte, und das nicht nur, weil der Weg zu Montana Gray über sie führte. Ihr Lächeln vertiefte sich.

»Ich will sehen, was ich tun kann«, sagte sie und notierte seinen Namen.
Sein Blick war offen, sehr direkt. »Das weiß ich wirklich zu schätzen.«

Buddy wußte schon nach dem ersten Blick, daß sie nicht sein Typ war. Überhaupt nicht. Ganz und gar nicht.
Sie saß an einem großen Schreibtisch, kühl und gelassen, in einer Jacke mit überbreiten Schultern und einem Nadelstreifenhemd. Ihr schwarzes Haar war straff nach hinten gekämmt und zu einem langen Zopf geflochten. Den größten Teil ihres Gesichts verbarg eine riesige, leicht getönte Lesebrille. Ihre mattschimmernde Haut war olivfarben, ihr breiter Mund ungeschminkt.
Nein, Sir! Sie war wahrhaftig nicht sein Typ. Buddy-Boy wollte die Frauen sanft und blond haben, hübsch und lieb. Mädchenhaft mußten sie sein.
Sie schrieb etwas auf einen Block und zeigte ohne aufzublicken, auf den Ledersessel, der vor ihrem Schreibtisch stand. Buddy musterte ihn unglücklich. Wozu sich hinsetzen? Wo blieb da die Wirkung? Der erste Eindruck war überaus wichtig, und wenn sie von ihrer Kritzelei aufsah, sollte sie die ganze Wucht seiner Persönlichkeit zu fühlen bekommen.
Er blieb in der Nähe der Tür stehen, bereit, zum Schreibtisch zu gehen, sobald ihre ungeteilte Aufmerksamkeit ihm galt. Der Gang war wichtig, er gehörte zu ihm, dieser stolze, wiegende Gang. Himmel, er war doch nicht nervös, oder? Lächerlich. Buddy-Boy war nie nervös.
Woher kam dann die Feuchtigkeit unter seinen Armen? Warum standen ihm kleine Schweißperlen auf der Oberlippe?
Zum Henker! Wollte sie etwa den ganzen Tag weiterschreiben? Bis jetzt war alles phantastisch gelaufen. Wer hätte gedacht, daß es so leicht sein würde, sich bis zu ihr durchzulügen? Und vor einem ganzen Raum voller Leute an die Reihe zu kommen, die

vermutlich Termine hatten. Dafür durfte er sich bei der Blondine mit der verunglückten Nasenkorrektur bedanken.
Er wünschte, er wüßte etwas über die Rolle, um die er sich bewarb. Sollte er sich sexuell aggressiv geben? Jungenhaft? Charmant? Wie ein gutaussehender Dustin Hoffman?
Verdammt! Er kannte lediglich den Titel des Films und wußte nur, daß sie ihn geschrieben hatte und ihr Mann Regie führte.
Sein Magen zog sich vor Nervosität zusammen. Wenn er so weitermachte, hatte er mit dreißig Magengeschwüre.
Und wäre es ein Wunder? Randy warf sie aus der Wohnung. Er hatte kein Geld, keine Arbeit, und vor ein paar Stunden hatte Angel ihm seelenruhig eröffnet, daß sie schwanger war.
Er scharrte unruhig mit den Füßen.
»Bin gleich soweit«, sagte Montana, ohne aufzublicken.
Er hatte Angels Neuigkeit ruhig aufgenommen. Sie war so glücklich – irgendwie hatte er es nicht richtig gefunden, ihr gleich zu sagen, daß sie das Kind abtreiben lassen mußte. Sie konnten es sich beim besten Willen nicht leisten. Er hatte versucht, seinen Schreck zu verbergen, seine einzigen guten Sachen angezogen und das Weite gesucht. Wie der Blitz.
Sich im Büro der Easterne Productions vorzustellen war ein spontaner Entschluß gewesen. Jetzt war er hier. Und dort saß sie, Miss Montana Gray. Nicht sein Typ. Keineswegs. Aber sehr gut aussehend, wenn man draufgängerische, rassig-herbe Frauen mochte.
Sie steckte den Kugelschreiber in den Mund, schob sich die Lesebrille ins Haar und fixierte ihn mit durchdringenden Tigeraugen. »Buddy Hudson«, sagte sie kühl, »ich erinnere mich nicht, daß Bob Evans mich Ihretwegen angerufen hätte.«
Sie ließ sich nicht leicht einseifen, das erkannte er sofort. Versuch die ehrliche Tour, sagte er sich, und sei ganz offen zu ihr. Er schlenderte zum Schreibtisch und ließ sich fallen, die Beine lässig gespreizt. »Hat er auch nicht.«
»Hat er nicht?« wiederholte sie geduldig.

»Nein.«
»Hätten Sie dann vielleicht die Güte, mich darüber aufzuklären, warum Sie hier sind?«
Rauchschwarze Augen begegneten dem Tigerblick und hielten ihn fest.
»Weil Ihnen was entgeht, wenn Sie mich nicht zu sehen bekommen«, sagte er langsam, mit einer winzigen Spur Arroganz. Er bedachte sie mit einem langen und aufreizenden Blick.
Sie unterdrückte ihre Ungeduld. »Ach, tatsächlich?«
Voll falscher Selbstsicherheit entgegnete er: »Und ob.«
Sie nahm den Kugelschreiber aus dem Mund. »Ersparen wir uns doch diesen Quatsch, Mr. Hudson.«
»Wie bitte?«
»Ersparen Sie uns dieses ›Ich-bin-die-begehrenswerteste-Sexmaschine-die-es-je-gab‹, und geben Sie sich, wie Sie wirklich sind.«
Er runzelte die Stirn. »He ...«
Sie lächelte freundlich. »Man kann nicht bei allen der Sieger sein.«
»Ich ...«
»Haben Sie Fotos? Eine Liste Ihrer bisherigen Engagements?«
»Ich habe nichts mitgebracht.«
»Dann erzählen Sie mir einfach, was Sie gemacht haben.« Sie legte den Kugelschreiber auf ihren Notizblock.
Sie war an seiner schauspielerischen Erfahrung interessiert! Aufrichtig interessiert!
»Ich – äh – ich hab' eine Folge von *Starsky und Hutch* gemacht, und ich war bei *Smokey und der Bandit* dabei. Ich meine, ich hatte eine Rolle, aber als der Film in die Kinos kam, war ich nicht mehr drin.«
»Ich bin im Bilde.«
»Nicht, daß ich nicht gut gewesen wäre«, fügte er hastig hinzu. »Ich meine – he – ich war sehr gut, zu gut. Es war nämlich eine Szene mit Burt Reynolds, und ...«
»Ja, ich verstehe.«

Er stand auf und ging erregt vor ihrem Schreibtisch hin und her, vergaß für den Augenblick, auf Image und Eindruck zu achten. »Ich habe bei Joy Byron studiert, wissen Sie. Zufällig war ich einer ihrer besten Schüler. Ich habe den Stanley Kowalski in *Endstation Sehnsucht* gespielt. In einer Sonderaufführung für Talentsucher, Agenten – den ganzen Verein. Ich muß super gewesen sein. Ein paar Studios wollten mir einen Vertrag geben, aber ich hatte schon diese Sache als Sänger in Hawaii – und ich würde eine feste Verpflichtung nie brechen.« Er sprach immer schneller, sprudelte die Worte nur so hervor. »Ich bin durch und durch Profi – darauf können Sie wetten.«
»Das sind Sie bestimmt«, sagte Montana und beobachtete ihn aufmerksam.
»Ja – und dann kam ich aus Hawaii zurück und geriet in diese Flaute. Zehntausend Schauspieler und zehn Rollen, wissen Sie.«
Montana nickte mitfühlend. »Ich glaube, die meisten haben sich bei mir beworben.« Der Summer auf ihrem Schreibtisch schnarrte, und sie sagte in die Wechselsprechanlage: »Ja?«
»Mr. Gray ist am Apparat«, sagte die Empfangsdame.
»Stellen Sie fest, wo er ist. Ich rufe zurück.«
Buddy setzte sich wieder vor ihren Schreibtisch und überlegte, ob er zuviel verraten hatte. Was interessierte es sie, daß er aus einem lausigen Burt-Reynolds-Film herausgeschnitten worden war? Was kümmerte es sie schon, daß zehntausend Schauspieler hinter zehn Rollen herjagten?
»Ist der *Starsky und Hutch* sehenswert?« fragte sie lebhaft.
Ehrlichkeit erwies sich für ihn plötzlich als beste Politik. »Da haben sie mich auch rausgeschnitten. Wissen Sie – Paul Michael Glaser ...«
Sie lachte.
Was für ein Lachen! Sehr sexy.
»Verstehe, verstehe. Sie haben Paul Michael Glaser an die Wand gespielt, und das konnte er nicht ertragen. Hab' ich recht?«
Buddy grinste. »Sie sagen es.«

»Dann gibt es also keinen Film, in dem wir Sie sehen können?«
Nervös fuhr er sich mit den Händen durch das Haar. »Keinen, der das Ansehen lohnt.« Buddy-Boy, Mister Cool, wohin soll das alles bloß führen?
»Verstehe.« Nach einer kurzen Pause fuhr sie fort: »Vielleicht – möchten Sie mir etwas vorsprechen. Und wenn es mir zusagt, können wir für Sie Probeaufnahmen arrangieren.«
Ihm verschlug es fast die Sprache. »Probeaufnahmen?«
»Wenn es mit dem Vorsprechen klappt. Hier.« Sie nahm ein Drehbuch vom Schreibtisch und reichte es ihm. »Nehmen Sie das mit raus. Sehen Sie es sich an, und melden Sie sich bei meiner Empfangsdame, sobald Sie bereit sind. Dann sprechen wir uns wieder.«
Er drückte das Drehbuch an sich und stand auf. »Sie werden das nicht bereuen. Ich werde großartig sein.«
Sie nickte. »Das hoffe ich.«
An der Tür blieb er zögernd stehen. »Äh – welche Rolle?«
Sie lachte schallend. »Ich wette, Sie wissen nicht mal, wovon der Film handelt.«
Seine ursprüngliche Kaltschnäuzigkeit machte sich wieder bemerkbar. »Wer weiß das schon? Alle Besetzungsbüros in der Stadt sind stocksauer, weil sie das Drehbuch nicht in die Finger kriegen. Wenn ich jetzt mit dem Exemplar rausginge, könnte ich vermutlich ganz schön Mäuse machen.«
»Und vielleicht die Rolle des Vinnie verlieren.«
»Vinnie. Bin schon dabei!« Er stürmte aus dem Büro.
Montana sah ihm nach. Er hatte etwas, das ihr gefiel – dazu kamen sein blendendes Aussehen und eine unbestimmte Verletzlichkeit.
Ja, Buddy Hudson hatte das gewisse Etwas – hoffentlich konnte er auch spielen!

Elaine lag auf einem Sonnenbett, nackt bis auf einen kleinen Augenschild aus Plastik. Sie hatte den Kopfhörer weggelegt, um un-

gestört nachdenken zu können. Wie organisierte man die originellste Party in der Stadt? Sie sollte Spaß machen und aufregend sein, ein Fest, von dem die Leute noch tagelang redeten.
Wen lud man ein? Das war wichtiger als alles andere. Auf die richtige Mischung kam es an. Das Essen, die Dekoration und die Musik mochten noch so gut sein, wenn die Gäste nicht zusammenpaßten, konnte man sich die Mühe ersparen.
Bibi und Adam Sutton standen natürlich ganz oben auf der Gästeliste. Wenn sie zusagten, kamen auch die anderen. Seit ihrem zufälligen Zusammentreffen im Bistro Gardens hatte Elaine zweimal bei Bibi angerufen. Beide Male hatte die hochnäsige Sekretärin sie abgewimmelt und versprochen, Mrs. Sutton werde zurückrufen. Bis jetzt hatte Bibi das nicht getan.
Elaine drehte sich auf die Seite, hob einen Arm und legte ihn über den Kopf. Sie hatte beschlossen, sich für ihre Party eine leichte Bräune zuzulegen, und das Solarium war entschieden besser als ein ausgiebiges Sonnenbad, das die Haut für immer und ewig ruinierte. Sie wünschte, Ross würde damit aufhören, sich dunkelbraun brennen zu lassen; dadurch traten seine Falten nur noch schärfer hervor.
Ein lautes Summen ertönte, und das Gerät schaltete sich automatisch aus. Dankbar glitt Elaine von dem hellen Kunststoffbett und musterte sich in dem hohen Wandspiegel. Ihre Haut hatte einen warmen, samtigen Schimmer. Leider war niemand da, der sie bewundern konnte, und Ross sah sie in letzter Zeit kaum noch an.
Sie runzelte die Stirn. Vielleicht sollte sie sich anderweitig ein bißchen amüsieren. Aber mit wem? Sie hatte nur eine sehr begrenzte oder praktisch keine Auswahl. Nach dem Zahnarzt und dem kleinen Schauspieler war sie zu der Erkenntnis gelangt, daß Affären nicht die Mühe lohnten. Und der Sex war auch nicht sensationell gewesen.
Du bist verwöhnt, Elaine. An wen sollst du dich nach Ross auch wenden? Der Conti-Schwanz ist legendär.

Sie lächelte ihr Spiegelbild an. Vielleicht wurde er zugänglicher, wenn sie ihm das Drehbuch beschaffte ... Maralee hatte es fest versprochen. Und wenn sie es fertigbrächte, daß Sadie La Salle zu der Party kam und seine Agentin wurde ...
Zum Kuckuck, was waren das für Gedanken? Mußte sie ihren Mann erst in Stimmung bringen, damit er mit ihr schlief? Aber immerhin – ein Fehler war es bestimmt nicht.

Buddy stürmte aus dem Gebäude von Easterne Productions am Sunset Boulevard. Er hatte das Gefühl zu fliegen. Die Rolle des Vinnie war ihm auf den Leib geschrieben, kein Zweifel. Er hatte phantastisch vorgesprochen, und die Dame mit der getönten Brille und den Cowboystiefeln, Montana Gray – nicht sein Typ, aber eine tolle Erscheinung, das ließ sich nicht leugnen –, hatte ihn beeindruckend gefunden. Ja, »beeindruckend«, hatte sie gesagt. Und diesem einen folgten die magischen Worte: »Sieht so aus, als müßten wir von Ihnen Probeaufnahmen machen.«
Ach du liebe Scheiße! Probeaufnahmen, sagte sie und blieb dabei ganz ruhig.
»He!« hatte er gerufen, dann lauter und wilder: »He! He! He!« Schwungvoll hatte er sie um die Taille gefaßt und durchs Zimmer gewirbelt.
Sie hatte sich aus seinem Griff befreit und war hinter ihren Schreibtisch geflohen, wo sie ihm, erschrocken über seinen Mangel an Selbstbeherrschung, einen regelrechten Vortrag darüber hielt, daß es sich nur um Probeaufnahmen handle. Sie habe auch andere Schauspieler zu Probeaufnahmen bestellt, und er solle sich keine übertriebenen Hoffnungen machen, damit er, wenn es nicht klappte, nicht allzu enttäuscht sei.
Wußte sie denn nicht, daß Probeaufnahmen für eine Hauptrolle in einem bedeutenden Film ein absoluter Höhepunkt in seinem Leben waren?
»Wer ist Ihr Agent?« hatte sie dann gefragt.
Agent! Wer hatte schon einen Agenten?

»Ich bin grad dabei, meinen Agenten zu wechseln«, hatte er schließlich hervorgebracht.
»Verstehe. Sagen Sie meiner Sekretärin, wo wir Sie erreichen können, dann hören Sie von uns und bekommen einen Termin.«
»Wann?«
»In ein bis zwei Wochen.«
»Geben Sie mir das Drehbuch, damit ich mich vorbereiten kann?«
»Meine Sekretärin wird Ihnen die Seiten geben, die Sie durcharbeiten sollen ...«
Und jetzt ging er wie auf Wolken. Obwohl er immer noch keine Ahnung hatte, wo Angel und er die Nacht verbringen sollten.
Verdammter Randy! Warum blieb er nicht in Palm Springs?
Er brauchte einen guten Agenten. Die Tatsache, daß er Probeaufnahmen für den Film von Neil Gray machte, mußte einen geschäftstüchtigen Agenten eigentlich verlocken, ihn unter Vertrag zu nehmen. Er würde zu den Großen gehen, William Morris, ICM, Sadie La Salle.
Sein alter Pontiac, der in einer Parkverbotszone stand, sah wie ein rostender Blechhaufen aus. Sollte er jetzt wirklich ans große Geld kommen, mußte zuallererst ein anständiger fahrbarer Untersatz her. Ein Caddy, ein Mercedes – oder vielleicht sogar ein Rolls. Nein, lieber nicht. Ein Rolls entsprach nicht seinem Image. Etwas Sportliches paßte besser zu ihm. Ein Italiener oder vielleicht ein importierter Jaguar XJS. Das war ein Wägelchen!
Endlich lief es für ihn! Er würde ein Star werden!
Buddy öffnete die Fahrertür, stieg ein und blieb eine Weile still sitzen, fast außer sich vor Erregung.
Zwei Stunden später setzte die Ernüchterung ein. Irgendwie hatte er geglaubt, mit der Aussicht auf Probeaufnahmen würde sich alles ändern. Er hatte eine Glückssträhne, und jeder gute Spieler nutzte eine solche. Darum hatte er mit hohen Erwartungen bei der William Morris Agency vorgesprochen. Aber die Sekretärin hatte lediglich gesagt: »Hinterlassen Sie Ihren Namen und Ihre

Telefonnummer.« Dieselbe Geschichte bei ICM. Und in Sadie La Salles Büro hatte ihm ein miniberocktes Ungeheuer aufgetragen, ein Foto, einen Lebenslauf und ein Verzeichnis seiner bisherigen Engagements einzusenden. Hatte die dumme Nuß keinen Blick dafür, wenn ein neuer Star in das Büro traf?

Wütend stürmte er aus dem Büro auf dem Canon Drive und setzte sich in seinen Wagen. Unter dem Scheibenwischer steckte jetzt ein Strafzettel wegen Falschparkens. In diesem Moment entdeckte Buddy auf der Matte des Beifahrersitzes eine kleine weiße Karte. Er hob sie rasch auf. In der Mitte stand in verschnörkelten Lettern: JASON SWANKLE und in der linken unteren Ecke: INNENARCHITEKTUR UND DESIGN. Außerdem die Adresse und die Telefonnummer.

Buddy startete seinen alten Karren. Was hatte er schon zu verlieren?

Es war natürlich Wahnsinn. Obwohl erschöpft von dem Wochenende mit Gina Germaine, rannte Neil Gray sofort los, als sie anrief. Er hatte die Situation logisch durchdacht und war zu dem Schluß gekommen, daß er Gina unbedingt loswerden mußte. Das ließ sich wohl am einfachsten dadurch bewerkstelligen, daß er sie so oft und so lange bumste, bis sie ihm widerwärtig war.

Sie liebten sich auf Ginas hurenhaftem rosarotem Steppbett, dann blies sie ihm einen auf dem Fellteppich ihres hurenhaften rosarot tapezierten Bades mit der herzförmigen Wanne.

Nach den beiden Orgasmen lief ihm der Schweiß herunter, und sein Herz schlug wie ein Schmiedehammer. »Genug« keuchte er, als sie erneut mit seinem schlaffen Glied zu spielen begann.

»Von dir habe ich nie genug«, flüsterte Gina und überlegte, wie weit sie mit dem Dialog gehen konnte. Nicht zu weit – Neil war klüger als die meisten Männer. Obwohl die meisten Männer an Gehirnerweichung zu leiden schienen, sobald man ihnen die Hose auszog. Dann konnte man sagen, was man wollte, und sie glaubten alles.

»Ich muß gehen«, sagte Neil schwach. »Die Vorbereitung einer Produktion ist die wichtigste Phase eines Films, und du, meine schöne Dame, bist schuld daran, daß ich meine Pflichten vernachlässige.«

»Verstehe«, sagte sie mitfühlend. »Aber das zwischen uns ist doch etwas Besonderes, nicht? Bei uns fliegen die Funken.«

Warum mußten die Frauen immer solches Getue um eine simple Bumserei machen?

»Ja, das ist es«, stimmte er zu, dachte an Montana und hatte ein scheußlich schlechtes Gewissen.

Gedämpft fiel die Nachmittagssonne durch die Schlitze der Jalousien, und auf einmal kam er sich auf dem fellbedeckten Boden von Ginas pompösem Bad absolut lächerlich vor. Das Hämmern seines Herzens ließ allmählich nach.

Er stand auf. »Ich werde duschen, wenn ich darf.«

Sie fand seinen Richard-Burton-Akzent nach wie vor heiß, doch sein Hauptreiz lag für sie in seinem Talent. »Du darfst alles, was du willst«, sagte sie und streckte sich herausfordernd. Ihr Körper war wirklich einer der schönsten in Hollywood, und sie wußte es auch. Neil trat unter die Dusche und ließ das Wasser eiskalt auf sich herunterprasseln.

Als er wieder erschien, trug Gina einen Spitzen-BH und ein französisches Höschen. Sie reichte ihm ein großes Badetuch. »Neil«, sagte sie schmeichelnd, »ich muß dir was gestehen.«

»Was?« Er trocknete sich energisch ab, war wieder frisch und bereit, an die Arbeit zu gehen.

»Ich habe ...« Sie hielt inne, als scheue sie sich weiterzusprechen.

»Was?« wiederholte er und griff nach seiner Unterhose.

»Ich habe neulich in Palm Beach das Drehbuch von *Menschen der Straße* aus deinem Koffer gemopst und gelesen.«

Er war überrascht. Daß Gina freiwillig etwas las, hätte er nicht geglaubt. »Ach, wirklich?« sagte er.

Ihre Stimme wurde energisch und sachlich, jedes dümmliche Zö-

gern verschwand daraus: »Neil, es gefällt mir ausgezeichnet. Und ich finde, die Rolle der Nikki ist geradezu perfekt für mich – absolut perfekt!«
Ihm verschlug es die Sprache. Nikki! Die unschuldige, unverdorbene Schönheit. Das vom Leben unberührte süße junge Mädchen. Nikki! Erlaubte Gina sich einen Scherz mit ihm?
»Weißt du«, fuhr sie ernst fort, »während meiner ganzen Karriere wurde ich in eine Schablone gepreßt. In die des aufreizenden, blöden Blondchens mit dem goldenen Herzen – und solche Rollen entsprechen nicht meinem wahren Ich.« Sie hielt inne, um Luft zu holen, und fuhr dann dramatisch fort: »Neil, mein wahres Ich ist die Nikki. Jeder sieht Gina Germaine als großen Sexfilmstar. Aber hinter dem Flimmer und Flitter verbirgt sich ein verletzliches Mädchen, ein richtiges Kind!«
Verflucht, wo nahm sie bloß die Worte her?
»Ich möchte die Nikki spielen«, erklärte sie, und ihre runden blauen Augen traten beängstigend hervor. »Ich muß die Nikki spielen. Ich bin die Richtige für diese Rolle, egal, was irgend jemand dagegen sagt.«
»Gina, ich weiß nicht«, brachte er mühsam hervor und überlegte verzweifelt, was er sagen sollte. Hätte er kein Verhältnis mit ihr gehabt, wäre die Sache einfach gewesen – schon viele Schauspielerinnen waren ihn um Rollen angegangen, und er war mit der Situation immer auf ehrliche, manchmal brutale Weise fertig geworden. »Ich weiß, daß du eine gute Schauspielerin bist ...«
»Quatsch, nichts weißt du«, unterbrach sie ihn wild. »Du hast mich nie was Anständiges spielen sehen.«
»Doch«, log er.
»Und jetzt willst du mir beibringen, daß ich für die Nikki nicht die Richtige bin.«
»Nein«, sagte er, mit gebotener Vorsicht die Worte wählend. »Ich bin nur der Meinung, daß du ein viel zu großer Star bist, um die Rolle überhaupt in Betracht zu ziehen.«

Sie antwortete nicht sofort und sah ihn böse an.
Er begann sich anzuziehen. Je eher er dieses Gespräch beendete und aus Ginas Haus verschwand, um so besser.
»Ich glaube, ich sollte dir sagen, daß ich bereit bin, für diese Rolle Probeaufnahmen zu machen und mich testen zu lassen wie eine Anfängerin«, sagte sie langsam. »Wenn dich das nicht überzeugt …«
Er stellte sich Montanas Gesicht vor, wenn er ihr eröffnete, daß Gina Germaine Probeaufnahmen für die Rolle der Nikki machen wollte. Das Ganze war absurd.
»Denk doch noch einmal darüber nach«, sagte er.
»Und du denk darüber nach, daß ich in meinem Schlafzimmer eine Videokamera versteckt habe.« Sie war nicht umsonst mit dem gerissenen Maxie Sholto verheiratet gewesen.
»Was hast du?«
»Ich möchte nur die Probeaufnahmen«, sagte sie süß. »Die endgültige Entscheidung, ob ich mich für die Rolle eigne oder nicht, liegt dann ganz bei dir.«

»Es geht voran!« rief Buddy beim Eintritt in die Wohnung, hob Angel hoch und schwenkte sie herum.
»Was geht voran?« fragte sie. »Ich verstehe nicht.«
»Jawollja.« Er küßte sie auf den Mund. »Buddy-Boy wird ein Star, und mit uns geht's voran.«
»Buddy! Du hast die Rolle bekommen?«
»So gut wie. Sie wollen, daß ich Probeaufnahmen mache. Ich meine, das muß jeder – sogar Brando mußte es, bevor er die Rolle des Paten bekam.«
»Tatsächlich?«
Wieder küßte er sie. »Na klar doch.«
Sie lächelte lieb. »Ich wußte, daß bald etwas Schönes passieren würde, und ich hatte recht.«
Er tätschelte ihren Bauch. »Uns ist doch schon etwas Schönes passiert, oder?«

Sie nickte und fragte dann ernst: »Freust du dich wirklich über das Baby, Buddy?«
»Aber natürlich.« Jetzt, da seine Situation wesentlich aussichtsreicher war, freute er sich tatsächlich. Abtreibung? Kam nicht mehr in Frage. Willkommen, Baby. »Wie kannst du zweifeln?« sagte er und zog sie fest an sich.
Angel senkte die Augen. »Es ist nur – heute früh, als ich es dir sagte ...«
»Ich weiß. Ich bin ziemlich schnell abgehauen. Aber ich hatte eine Menge im Kopf. Du mußt mich verstehen, Kleines, zuerst kommt der Beruf, dann kann ich mich entspannen.«
»O Buddy!« Sie schmiegte sich an ihn. »Ich liebe dich.«
»Ich dich auch, meine Süße, ich dich auch.«
»Wir werden sehr glücklich sein, nicht wahr?«
»Glücklich. Reich. Berühmt. Was du willst.« Sanft schob er sie ein Stückchen von sich fort. »Übrigens, wir ziehen um. Ich hab' vergessen, dir zu sagen, daß Randy angerufen hat. Er kommt zurück.«
Sie war bestürzt. »Wann?«
»Morgen. Kannst du dir das vorstellen?«
»Nein!«
Er hob die Hand. »Keine Panik. Ich hab' für uns ein Nest gefunden, das dich um deinen Verstand bringen wird.«
»Wo?«
»Fragen über Fragen. Wir werden packen, Kleines, und dann wirst du's bald selber sehen.« Er beschloß, schwimmen zu gehen, während Angel packte. Das war ein Tag gewesen! Er mußte einen klaren Kopf bekommen und sich entspannen. Wie ein einziger Tag doch das Leben verändern konnte! Er wurde Vater. Er würde ein Star werden. Er hatte Verbindung mit Jason Swankle aufgenommen, und ob das gut oder schlecht war, mußte sich erst zeigen. Einstweilen jedenfalls war es nützlich.
Jason Swankles Geschäft auf dem Robertson Boulevard war ein eleganter Laden mit breiten Auslagescheiben und luxuriösen Bü-

ros im hinteren Teil des Gebäudes. Buddy hatte beschlossen, nicht erst anzurufen, ein persönliches Gespräch war immer besser. Er mußte feststellen, was der Mann wollte. Hoffentlich nicht seinen Körper. Mit Schwulen hatte sich Buddy nie eingelassen. Na ja – während der wilden Monate bei Maxie Sholto hatte er vieles mitgemacht, aber immer nur mit Frauen. Manchmal hatten es die Frauen mit mehreren Männern gleichzeitig getrieben und die Männer mit Frauen und Männern zugleich. Aber an ihn hatte sich keiner rangewagt. O nein, das hatte er von Anfang an klargestellt, mochte er noch so besoffen oder angedröhnt gewesen sein. Am nächsten gekommen war ihm der dicke Plattenproduzent, in jener Nacht, in der Buddy durchgedreht und die Kamera zerdroschen hatte, weil er entdeckt hatte, daß die Szene gefilmt wurde. Er kochte heute noch vor Wut, wenn er daran dachte – was er natürlich zu vermeiden suchte. Doch es ging ihm damit wie mit vielen anderen Dingen, an die er nicht denken wollte und die ihn hartnäckig verfolgten.

Sein Freund Tony zum Beispiel, der tot auf einer kalten Betonplatte lag. Vierzehn Jahre alt. Ermordet von einem Haufen Schwuler, die ihren Spaß haben wollten.

Manchmal sah er das Gesicht des Mannes vor sich, der sie aufgelesen hatte. Ein durchtriebenes Gesicht mit kleinen Wieselaugen. Und den Gastgeber der Party. Fettwanst. Schwabbelig, mit einem Begrüßungslächeln auf den Lippen und dem Händedruck eines toten Fischs.

Er sah sie noch deutlich vor sich. Sie alle – und seine Mutter. Nackt. Lüstern. Triumphierend.

Wie er sich wünschte, diese Bilder aus seinem Kopf ausmerzen zu können. Aber sie hatten sich ihm unvergänglich eingeprägt, waren immer da. Er wollte um jeden Preis vermeiden, daß noch mehr Alpträume dazukamen.

»Was kann ich für Sie tun?« fragte ein Mann mit semmelblondem Haar, hellbeigem Anzug und in der Farbe genau darauf abgestimmtem Schnurrbart, als Buddy Jasons Geschäft betrat. Eigent-

lich war es gar kein Geschäft, sondern ein Ausstellungsraum mit exklusiven italienischen Möbeln und einigen geschickt plazierten Antiquitäten.
Buddy zückte Jasons Karte mit Daumen und Zeigefinger. »Er wollte mich sehen.«
»Mr. Swankle?«
»Ronnie Reagan gewiß nicht, oder?«
Der Mann mit dem semmelblonden Haar schaute voll Abscheu an seiner Nase hinunter. Wie er diese aufdringlichen Machotypen haßte, die so taten, als gehöre ihnen die Welt. Der Bursche hier stank nach derbem Sex, und er wußte es auch. Schlimmer noch, er protzte damit. »Ich will nachsehen, ob Mr. Swankle frei ist. Und wer will ihn sprechen?«
»Buddy Hudson. Aber ich will nicht ihn, er will mich sprechen.«
Der Semmelblonde verschwand im rückwärtigen Teil des Geschäfts. Buddy wanderte umher und bewunderte die ausgestellten Stücke – elegante Ledercouches, Marmortische, geschnitzte Lampen, Kristallvasen mit frischen Rosen. Das Geschäft hatte Klasse.
Der Semmelblonde kam nach ein paar Minuten wieder, die schmalen Lippen unter dem dünnen Schnurrbart verächtlich verzogen. »Mr. Swankle erwartet Sie.«
Jason Swankles Büro war ein großer weißer Raum mit geblümten Couchs, vielen Grünpflanzen und einem riesigen Tisch mit Marmorplatte, auf der Papiere und Entwürfe lagen. An den Wänden hing eine Reihe gerahmter Zeichnungen, ›Junge im Swimmingpool‹ von David Hockney.
Jason selbst war der farbenfrohe Mittelpunkt der Dekoration. Er trug einen rosaroten Safarianzug mit blaßgrünem Seidenhemd und hatte sich eine rosarote Rose ans Revers gesteckt.
Shag, die scharfe Bulldogge, schlief auf einem dicken Teppich und gab asthmatische Töne von sich. Kaum war Buddy eingetreten, erwachte der Hund jedoch, knurrte und ging auf Buddys Bein los.

»Shag!« kreischte Jason. »Ab, Junge! Sitz! Aber sofort!«
Zögernd gehorchte der Hund und schlich auf seinen Platz zurück.
»Tut mir sehr leid«, sagte Jason auflachend. »Ich weiß nicht, warum er sich immer auf Sie stürzt.«
»Ich auch nicht«, erwiderte Buddy. Er fühlte, daß er Jason Swankle um alles bitten konnte und es vermutlich bekommen würde. Aus den runden blauen Augen des dicken Mannes leuchtete das Licht der Liebe.
»Darf ich Ihnen was zu trinken anbieten?« fragte Jason.
Buddy setzte sich auf den äußersten Rand einer geblümten Couch. »Ja, warum nicht? Wodka mit Eis. Pur.«
»Natürlich. Mit Vergnügen.«
Während Jason ihm einschenkte, musterte Buddy ihn eingehend. Er war klein, dick, etwa vierzig, trug ein schlechtes Toupet, und seine Sonnenbräune kam aus der Tube. Bestimmt echt war dagegen der Schmuck, mit dem er sich behängte. Was fing Jason mit einem Freak wie dem Macker an? Dumme Frage.
Als könne er Gedanken lesen, sagte Jason: »Hoffentlich haben Sie Marvin das Benehmen von neulich verziehen. Er war sehr grob. Unentschuldbar war das. Das habe ich ihm natürlich gesagt. Es hat ihm leid getan.«
Na, aber sicher! Marvin Macker Jackson tat etwas leid. Das hätte Buddy sehen mögen.
Buddy fragte sich, wieviel Jason wußte. War ihm klar, daß sein Freund, mit dem er lebte, einen Callboyservice betrieben hatte und Buddy einer seiner Boys gewesen war?
Wie auf ein Stichwort sagte Jason: »Wissen Sie, Marvin ist erschrocken, als Sie plötzlich auftauchten. Die Vergangenheit liegt hinter ihm – er hat jetzt mich, ich kümmere mich um ihn. Ich habe seinen Laden aufgepäppelt«, er lachte leise über das Wort, »er ist nun groß genug, um ihn zu beschäftigen. Er braucht diesen dummen Begleitdienst nicht mehr, das ist völlig überflüssig.«
Begleitdienst! Haha!

»Es gibt ihn schon eine Zeitlang nicht mehr, darum hat Ihr Erscheinen in unserer Privatwohnung und alles übrige – Marvin beunruhigt.«
»Das wollte ich nicht.« Buddy ging auf das Spielchen ein. »Aber ich war eine Weile weg und brauchte rasch ein paar Dollar, also dachte ich mir: Geh mal zum alten Mack... – äh, Marvin, und frage, ob sich was tut. Ob zum Beispiel 'ne Touristin, die Disneyland besuchen möchte, nicht allein gehen will.«
»Ich verstehe, glauben Sie mir.« Jason reichte ihm den Wodka in einem spiegelnden Glas und berührte dabei absichtlich Buddys Hand. Buddy zog sie rasch zurück. »Darum bin ich Ihnen nachgelaufen«, fügte Jason hinzu. »Ich finde es abscheulich, wenn Marvin sich so benimmt. Ich dachte, ich könnte es wieder gutmachen.«
Jetzt kam der Fallstrick. Besten Dank. So dringend brauche ich das Geld nicht. Buddy trank von seinem Wodka, das Eis stieß kalt an seine Zähne.
»Ich frage mich, ob Sie daran interessiert wären, mir einen Gefallen zu tun«, fuhr Jason fort. »Gegen ein Honorar natürlich.«
»Was für einen Gefallen?« erkundigte sich Buddy vorsichtig.
Jason setzte sich auf die geblümte Couch. »Ich erwarte zwei Damen in der Stadt. Sehr reich. Eine ist Witwe, und es sieht so aus, als habe ihr Mann ihr ein ganz schönes Stück von Texas hinterlassen.« Er machte eine Pause, damit Buddy diese wichtige Information richtig würdigen konnte. »Die andere ist geschieden und hat in Bel-Air eine Villa gekauft. Als sie das letztemal hier war, hat sie mir die Villa bedingungslos übergeben. Ich habe völlig freie Hand.«
Buddy runzelte die Stirn. »Und?«
»Ich muß sie einrichten, mein lieber Junge. Umbauen. Ausstatten.«
»Oh ... Verstehe.«
»Jetzt fragen Sie sich vermutlich, was das alles mit Ihnen zu tun hat und wie Sie mir helfen können.«

»Ja, das frage ich mich.« Buddy stand auf, trank seinen Wodka aus und begann durchs Zimmer zu wandern.
»Zwei Frauen allein in einer Stadt, in der sie keine Freunde und Bekannten haben, brauchen Unterhaltung«, erklärte Jason.
»Was für eine Art der – Unterhaltung?« fragte Buddy argwöhnisch. Er würde bald ein Star sein. Das Vorhaben, wieder ins ›Geschäft‹ einzusteigen, hatte er aufgegeben. Sein Körper stand nicht mehr zum Verkauf.
Jason kicherte. »Nichts Intimes.« Er stand von der Couch auf und watschelte auf Buddy zu, damit er ihm wieder nahe war. »Ich meinte, daß Sie die Damen zum Essen ausführen könnten, ins Theater, in ein paar Clubs. Wofür ich Sie«, fügte er hinzu, »natürlich gut honorieren werde.«
»Wie gut?«
Jason breitete die Arme aus. »Das bestimmen Sie.«
Buddy überlegte fieberhaft. Zwei alte Weiber für ein paar Tage in der Stadt. Kein Sex. Sie nur ein bißchen herumführen. Eigentlich ein Kinderspiel.
»Ich bin nicht billig.«
»Etwas Lohnendes ist nie billig.«
»Ich brauche einen neuen Anzug.«
»Gewiß.«
»Und Sie tragen alle Spesen?«
»Natürlich.«
»Wie steht es mit einem Wagen?«
»Wäre ein Cadillac mit Chauffeur ausreichend?«
Singt die Streisand? Das schien zu gut, um wahr zu sein. Wo war der Haken? Buddy holte tief Luft. »Fünfhundert pro Tag.«
Jason zuckte mit keiner Wimper. »Abgemacht.«
Scheiße! Er hatte sich zu billig verkauft. Irgend etwas mußte an der Sache faul sein. Er glaubte nicht an Wunder. »Und wo ist der Haken?«
Jason sah ihn strahlend an. »Es gibt keinen Haken. Ich möchte nur, daß die beiden Damen glücklich sind. Dann kauft die Witwe,

der halb Texas gehört, vielleicht ein schlichtes Haus für drei oder vier Millionen, um ihrer Freundin nahe zu sein. Und raten Sie mal, wem dann die Innenausstattung übertragen wird? Ermuntern Sie die Dame zum Kauf, Buddy. Das können Sie doch, nicht wahr, mein lieber Junge?«

Buddy grinste. Schlauer kleiner Schwuli.

»Ich sage den beiden, Sie sind mein Neffe«, beschloß Jason und stolzierte durchs Zimmer. »Und Schauspieler.«

»Das bin ich auch.«

»Natürlich sind Sie das.«

»Nein, wirklich. Ich mache demnächst Probeaufnahmen für Neil Grays neuen Film.«

»Wie aufregend!«

»Ja, das wäre es, wenn ich nicht so große Probleme hätte.«

»Kann ich helfen?« fragte Jason mitfühlend und legte ihm freundlich die Hand auf den Arm.

»Ich habe eine Frau ...«

»Du liebe Zeit! Das ist ein großes Problem.«

»Sie ist phantastisch«, entgegnete Buddy abwehrend und trat zur Seite, so daß die warme Hand von seinem Arm rutschte. »Sie ist überhaupt kein Problem.« Nachdenklich sah er Jason an, während seine Gedanken rasten. »Sehen Sie, es ist so. Wir leben in der Wohnung eines Freundes, und er kommt morgen zurück – überraschend. Er hat mich erst vor ein paar Stunden benachrichtigt, und ich hatte bis jetzt keine Möglichkeit, mich nach etwas anderem umzusehen. Ich würde liebend gern Ihre beiden Damen ausführen«, er zuckte beredt mit den Schultern, »aber unter diesen Umständen muß ich es wohl lassen.«

Jason war nicht schwer von Begriff. »Weil Sie keine Wohnung haben?«

Buddy nickte und schenkte sich ein zweites Glas ein. »Stimmt. Ich muß auf Wohnungssuche gehen. Sie verstehen das sicher.«

»Aber wenn ich Ihnen helfen kann?«

»He!« rief Buddy. »Wenn Sie was hätten, würde das meine Pro-

bleme lösen. Ich meine, Sie helfen mir, ich helfe Ihnen, und wir sind beide glücklich. Hab ich recht?«
»Nur Sie und Ihre Frau?« fragte Jason zweifelnd, denn ihm kamen Bedenken. »Keine Kinder oder Tiere?«
»Sie wollen mich wohl aufziehen?«
Einen Augenblick lang schwankte Jason, aber irgend etwas an dem hübschen jungen Mann mit den rauchschwarzen Augen und dem wirren Haarschopf fesselte ihn. Buddy sollte zu seinem Leben gehören. Außerdem waren die beiden Frauen keine Erfindung, sie kamen wirklich nach L. A. Und sie würden sich über einen Begleiter freuen, besonders wenn er so aussah wie Buddy Hudson.
Natürlich ging er ein Risiko ein. Was wußte er schon von Buddy Hudson? Außerdem war eine Frau im Spiel. Vermutlich irgendeine Hollywoodschlampe. Aber irgendwann würde Buddy begreifen, daß Männer mehr Spaß miteinander hatten. Und wäre es nicht großartig, wenn er, Jason Swankle, ihn zu dieser Erkenntnis bringen könnte?
Entschlossen räusperte er sich. »Ich habe eben die Arbeit an einem Strandhaus beendet. In der Malibu Colony. Der Besitzer ist in Europa und kommt frühestens in drei bis vier Wochen zurück. Wenn Sie versprechen, sehr aufzupassen – ich meine, wirklich sehr, dann … Keine Einladungen oder Partys oder ähnliche Dinge.«
Hurra! Heute war sein Glückstag! Wahrhaftig! Ein Haus am Strand, du meine Güte!
»Hm«, fuhr Jason fort, »ich wüßte wirklich nicht, warum Sie nicht dort wohnen könnten. Natürlich nur vorübergehend«, beeilte er sich hinzuzufügen.
Stürz dich nicht drauf, Buddy. Immer mit der Ruhe. Er soll dich überreden. »Klingt gut, aber ich weiß nicht recht …«
»Oh, Sie müssen. Darauf bestehe ich!«
Und so hatte sich alles wie von selbst geregelt.

Neil brauchte mehrere Tage, bevor er es über sich brachte, Gina Germaine vor Montana auch nur zu erwähnen. Das blonde Miststück erpreßte ihn. Er mußte ihr die Probeaufnahmen ermöglichen oder die Konsequenzen tragen.

Montana und er saßen in Oliver Easternes überladenem Büro. Die Wände zierten sinnigerweise gerahmte Telegramme, in denen verschiedene Regisseure und Stars tausend Eide schworen, nie wieder mit Oliver oder für ihn zu arbeiten. Oliver, ein mittelblonder Mann Ende der Vierzig, war damit beschäftigt, seinen Schreibtisch mit Wildleder zu polieren. Er hatte einen Reinlichkeitsfimmel, der ans Lächerliche grenzte. Rauchte jemand in seinem Büro eine einzige Zigarette, wusch er sofort den Aschenbecher aus.

Montana hatte über mehrere Bewerber für die Rolle des Vinnie gesprochen, die sie testen wollte, und nun wandte sich die Unterhaltung automatisch der weiblichen Hauptrolle zu, die noch schwerer zu besetzen war.

»Wenn wir George Lancaster kriegen, können die beiden anderen unbekannt sein. Kriegen wir ihn nicht, brauchen wir zugkräftige Namen«, sagte Oliver.

»Sie wiederholen sich«, entgegnete Montana kalt. »Meinen Sie nicht, daß wir das mittlerweile wissen? Neil kann George nicht die Pistole auf die Brust setzen. Wir müssen warten.«

Oliver ignorierte sie und fragte Neil: »Glauben Sie, daß Sie bald von George hören werden?«

»Davon bin ich überzeugt«, antwortete Neil. »Und wenn wir schon beim Thema sind – ich wüßte jemanden für die Nikki.«

»Wen?« fragte Montana und zündete sich eine Zigarette an. Oliver brach der Schweiß aus.

»Lassen Sie bitte keine Asche fallen«, sagte er. »Der Teppich ist neu.«

Neil räusperte sich und sagte dann lässig: »Gina Germaine.«

Montana schnaubte verächtlich. »Machst du Witze?«

»Wisch ihr die Schminke ab …«

»Schneid ihr den Vorbau weg ...«
»Sie ist ein Kassenmagnet«, warf Oliver ein.
»Wer schert sich schon darum?« fauchte Montana. »Ich glaube nicht, daß wir überhaupt über sie reden müssen.«
»Sie lockt die Massen an«, meinte Oliver versonnen.
»Ich habe eigentlich nur an Probeaufnahmen gedacht«, sagte Neil rasch.
Montana zog höhnisch eine Augenbraue hoch. »Tatsächlich? Wie kommt es, daß wir nie darüber gesprochen haben?«
»Sie würde sich nie und nimmer auf Probeaufnahmen einlassen!« rief Oliver aufgeregt. »Oder, Neil?«
»Ich glaube, sie würde es tun«, antwortete Neil steif, der den zornigen Blick seiner Frau nur allzu deutlich spürte. Er stand auf, ging zur Bar und füllte sein Glas mit Bourbon.
»Lieber Himmel!« stieß Montana angewidert hervor. »Ich begreife nicht, wie du überhaupt auf die Idee kommen kannst, daß diese dickbusige Mißgeburt die Nikki spielen soll.«
»Hören Sie«, sagte Oliver schnell, »was verlieren wir denn, wenn sie die Rolle spielt?«
Montana ließ absichtlich Asche auf den kostbaren Teppich fallen.
»Vorsicht, der Teppich!« rief Oliver entsetzt.
»Ich fahre nach Hause«, verkündete sie kalt. »Du bist mit deinem Wagen hier, Neil, nicht wahr?«
Er nickte.
»Dann bis später.« Erbost, ohne Oliver eines Grußes zu würdigen, stürmte sie aus dem Zimmer. Gina Germaine! Allmächtiger! Wie kam Neil bloß auf so was? Und warum hatte er nicht mit ihr darüber gesprochen, bevor er es Oliver gegenüber erwähnte?
Sie war ernstlich böse. *Menschen der Straße* sollte ihr und Neils ganz besonderes Projekt sein. Wie konnte Neil so tun, als habe sie nichts zu sagen? Seit seiner Rückkehr aus Palm Beach war er unausstehlich. Mürrisch, launenhaft, und er trank wieder soviel wie früher. Und der Sex ... Ach was, vergiß es! Sie hatte zu viel zu tun, um seine Gereiztheit zu beachten. Sie führte sein Beneh-

men darauf zurück, daß George Lancaster ihm die endgültige Antwort schuldig geblieben war, und hatte deshalb über einiges hinweggesehen.
Natürlich wußte Neil, wie idiotisch es gewesen war, Gina Germaine vor Oliver zu erwähnen, ohne vorher mit ihr darüber gesprochen zu haben. Der Teufel hole ihn!
In der Tiefgarage wünschte ihr der Parkwächter einen guten Abend.
»Ich nehme den Wagen meines Mannes«, sagte sie kurz. »Geben Sie Mr. Gray den meinen.«
»Jawohl, Madam.« Der Mann beeilte sich, ihr den glänzenden silberfarbenen Maserati zu holen. Als er Neils Lieblingsspielzeug vorfuhr, gab sie ihm ein Trinkgeld. Neil haßte ihren kleinen Volkswagen. Sollte er doch zu Fuß gehen, wenn er ihm nicht gut genug war.

16

»Wie wär's mit 'nem Zwanziger für 'ne heiße Stunde?« fragte die Dirne schleppend. Sie war eine kräftige Blondine, gebleicht, wie man an den schwarz nachwachsenden Haarwurzeln sah.
»Zuviel«, sagte Deke und warf auf der schwachbeleuchteten Straße verstohlene Blicke in beide Richtungen.
»Für zehn kann ich dir einen blasen«, verkündete sie stolz, als preise sie ein Sonderangebot im Supermarkt an.
Er preßte die Zähne zusammen und zischte: »Das will ich nicht.«
Sie zog unter ihrem T-Shirt den abgerissenen BH-Träger zurecht. »Liegt ganz bei dir. Ficken zwanzig, Blasen zehn. Was darf's sein?«
Am liebsten hätte er sie in ihr Nuttengesicht geschlagen und wäre gegangen. Aber er konnte nicht. Er brauchte sie. Nach Joey hatte es keine mehr gegeben. Keine einzige.
»Wo?« fragte er barsch.

»Hotel um die Ecke.«
Sie stakste auf ihren fünfzehn Zentimeter hohen Keilabsätzen unbeholfen los, überquerte die Straße und strebte auf eine dunkle Gasse zwischen einem schmutzigen Speiselokal und einem Laden für Pornozeitschriften zu.
Deke folgte ihr. Er rümpfte die Nase, weil sie stark nach Schweiß und billigem Parfüm roch. Erst vor wenigen Stunden war er in Pittsburgh eingetroffen, hatte die ganze Strecke von New York her ohne Unterbrechung zurückgelegt. Und sein Lieferwagen hatte ihn nicht im Stich gelassen, war die vielen Meilen glatt und sauber gelaufen. Sollte auch so sein. Schließlich hatte er hart daran gearbeitet. Für Ersatzteile hatte er zwar einiges hinblättern müssen, aber damit hatte er gerechnet.
Sie betraten die Gasse, und die Dirne begann unmusikalisch den Beatles-Song ›Eleanor Rigby‹ zu pfeifen.
Die Gasse war dunkel, und es stank nach verrottendem Müll. Deke ging hinter dem pfeifenden Mädchen her.
Nutten. Huren. Prostituierte.
Frauen.
Sie waren alle gleich. Alle nur zu demselben Zweck da.
Gierig ausgestreckte Hände. Schlaffe, lüsterne Körper.
Joey war anders gewesen. Joey hatte ihn nie als Freier betrachtet. Joey hatte ihn wirklich gemocht. Joey hatte ...
Der erste Schlag traf ihn seitlich am Kopf, er stürzte, und als er auf dem Boden lag, traf ihn eine eisenbeschlagene Stiefelspitze in den Magen. Der Schmerz überraschte ihn.
Verzweifelt versuchte er sich zu einer engen Kugel zusammenzurollen. Er erbrach sich würgend, und in ihm stieg eine Wut hoch, die genauso tückisch war wie die Tritte, von denen sein zusammengekrümmter Körper getroffen wurde.
»Los, nimm dem Arschloch das Geld ab, dann nichts wie weg«, hörte er die Dirne sagen.
Hände rissen an seinem Blouson, suchten nach einer Brieftasche, Geldscheinen, irgend etwas.

Sie hatten ihn überrumpelt, genau wie die beiden Angreifer in New York. Aber er hatte es ihnen gezeigt. Und die beiden hier würden die gleiche Behandlung erfahren.
Mit einem wilden Schrei streckte er sich, bekam Beine zu fassen und riß sie um. Eine Gestalt fiel auf ihn, er hörte einen scharfen Fluch, dann unterdrücktes Gelächter. Dann explodierte etwas dicht bei seinem Kopf, und alles versank in Schwärze.

Joey war von dem Wagen beeindruckt. Sie lachte entzückt, als er damit angefahren kam – nur eine knappe Stunde nachdem sie gesagt hatte, sie habe Lust, einen Ausflug zu machen.
Es war ein schwarzer Camaro, und es war ganz einfach gewesen, hineinzukommen und den Motor kurzzuschließen. Er hoffte nur, daß der Besitzer nachts nicht mehr wegfahren wollte. Wenn Joey nicht allzu lange in Atlantic City bleiben wollte, würde der Wagen lange vor Tagesanbruch wieder auf dem alten Parkplatz stehen, und niemand würde etwas merken. Besonders nicht, wenn Deke nachtankte, bevor er ihn abstellte.
»Spitze!« rief Joey und inspizierte den Wagen, ehe sie einstieg. »Kluger Cowboy!«
Sie gab ihm das Gefühl, drei Meter groß zu sein. Klug hatte ihn bisher noch keiner genannt.
Die Fahrt nach Atlantic City war eine wilde Sache. Joey neben ihm kicherte und kreischte und spornte ihn zu immer größerem Tempo an. Nach der Ankunft gingen sie nicht an den Strand, sondern in die hellerleuchteten Kasinos, wo Joey an den Automaten spielte. Ihre Wangen glühten, während sie aufgeregt Vierteldollar um Vierteldollar in die hungrigen Maschinen steckte.
Später erklärte sie ihm, bleiben zu wollen. »Nimm ein Zimmer für uns«, flüsterte sie, »ich möcht's in Atlantic City mit dir treiben.«
Deke wollte aber den Wagen unbedingt vor Tagesanbruch zurückbringen. Außerdem hatte er seinen Eltern nicht gesagt, daß er die ganze Nacht wegblieb. Doch warum er zurück wollte,

konnte er Joey nicht sagen – sie hätte ihn ausgelacht, und das haßte er mehr als alles andere auf der Welt.

»Ich will nicht bleiben«, sagte er schließlich.

»Dann eben nich«, entgegnete sie fröhlich. »Ich bleibe jedenfalls. Mir gefällt's. Ich fahr morgen per Anhalter zurück.«

Er mochte sich nicht von ihr trennen, aber ihm blieb nichts anderes übrig. Also verabschiedete er sich morgens um drei auf dem Gehsteig von ihr und sah ihr nach, bis sie, die Hüften schwingend, in einem Kasino verschwand.

Sie blieb sechs Wochen weg. Deke war fast außer sich. Zweimal stahl er Autos, fuhr nach Atlantic City und suchte sie, aber er fand sie nicht.

Er verbrachte die Tage damit, auf ihre Rückkehr zu warten, und als sie endlich kam, blaß, mit dunklen Ringen unter den blutunterlaufenen Augen, packte er sie an den Schultern, schüttelte sie und fragte, wo sie gewesen sei.

»Verpiß dich, Mann«, fauchte sie. »Ich gehör dir nich. Ich kann tun, was ich will.«

»Wenn du meine Frau bist, kannst du das nicht«, entgegnete er heftig, von wilder Eifersucht zerfressen. »Ich möchte dich heiraten, Joey. Ich möchte für dich sorgen. Wir können immer zusammenbleiben.«

Sie hatte sechs Wochen hinter sich, in denen sie von Männern brutal mißbraucht worden war. Tatsächlich war sie zeitlebens von Männern mißbraucht worden. Sie war müde, ausgepumpt und völlig erschöpft. Das Leben kotzte sie an, besonders ihr eigenes.

Deke Andrews war ein komischer Kauz, aber er schien sich was aus ihr zu machen.

»Okay, großer Mann«, sagte sie und seufzte matt. »Leg den Tag fest.«

Stimmen. Weit weg.

Ein übles Gefühl. Übler Geruch.

Deke öffnete die Augen, und der Strahl einer Taschenlampe blendete ihn in die Augen. Unwillkürlich entrang sich ihm ein Stöhnen.
»Nur ruhig, wir haben einen Sanitätswagen gerufen«, erklärte der große Polizist, der sich über ihn beugte.
Erbrochenes klebte an seinen Kleidern. Er wußte, ohne nachzusehen, daß das Geld aus der Innentasche seines Blousons weg war.
»Wie viele waren es?« fragte der Polizist.
Automatisch bewegte Deke die Arme, dann die Beine. Nichts schien gebrochen, obwohl alles schmerzte. »Was?« murmelte er. Auf seinen Lippen fühlte er getrocknetes Blut. Die Gasse war schlecht beleuchtet, trotzdem sah er schemenhaft ein paar Neugierige herumstehen.
»Wie viele?« wiederholte der Polizist.
Schwankend stand er auf. »Ich bin nicht ausgeraubt worden. Ich war betrunken – muß gestürzt sein ... Einen Sanitätswagen brauche ich nicht, mir geht es gut.«
»Erzählen Sie keine Märchen«, entgegnete der Polizist ungehalten. »Sie sind überfallen worden, und ich will wissen, wer es war.«
»Nein, Sir. Bin ich nicht.« Deke setzte sich in Bewegung. »Ich bin nur im Suff gestürzt.«
»Verdammt!« rief der Polizist gereizt. »Das nächste Mal lasse ich Sie liegen.«
Deke ging rasch davon. Je eher er von dem Polizisten wegkam, um so besser. Sein Lieferwagen parkte ein paar Blocks von hier, die Schlüssel und der Großteil seines Geldes steckten seitlich in den Stiefelschäften. Zum Glück kannte er die weise Regel, daß man unterwegs sein Geld nie da aufbewahren sollte, wo Straßen- und andere Räuber es zuerst vermuteten. Diese beiden Schweine hatten nur die fünfzig Dollar gefunden, die in der Reißverschlußtasche seines Blousons steckten. Die große Beute war ihnen entgangen. Fünfhundert Dollar in Fünfzigern. Jeder Cent,

den er mit Schichtarbeit in dem New Yorker Hotel verdient hatte, abzüglich der Kosten für den Lieferwagen.
Wieder packte ihn die Wut – auf sich selbst, weil er auf einen so simplen Trick hereingefallen war; auf die miese Hure; auf ihren Komplizen, der sich wahrscheinlich für superschlau hielt.
Deke Andrews war schlau. Er konnte morden und blieb unentdeckt. Als er zu seinem Lieferwagen kam, trat er zornig gegen einen Reifen.
Die beiden würden dafür bezahlen. Er hatte sie lachen hören, kurz bevor er das Bewußtsein verloren hatte. Über ihn hatten sie gelacht! Sie würden es büßen. Er hatte viel Zeit, ihnen zu geben, was sie verdienten, bevor er die Fahrt fortsetzte.

17

Drei Tage nachdem Elaine um das Drehbuch gebeten hatte, verkündete Maralee stolz, daß sie es habe. Die Sache sei nicht einfach gewesen, sagte sie, als sie Elaine am frühen Morgen anrief.
Elaine war selig. Zwanzig Minuten später traf sie vor Maralees weitläufigem Haus auf dem Rodeo Drive ein. Mehrere mexikanische Gärtner arbeiteten an dem untadeligen vorderen Rasen, und eine Mexikanerin öffnete ihr die Tür.
»Du solltest eine Tafel mit der Aufschrift ›Arbeitsherberge für illegale Einwanderer‹ anbringen«, scherzte Elaine.
Maralee lächelte. »Keiner von denen spricht ein Wort Englisch. Das ist wunderbar, so friedlich.«
»Kann ich mir vorstellen!« antwortete Elaine und folgte ihrer Freundin in das riesige Wohnzimmer, wo ein echter Picasso über dem Kamin hing und weitere Originale die Wände schmückten.
Die beiden Frauen setzten sich auf eine elfenbeinfarbene Couch, während ein Mädchen Kaffee und Pfirsichkuchen auftrug.
»Wie kommst du mit deinen Partyplänen voran?« fragte Maralee.
»Hat Bibi schon zugesagt?«

»Nein. Ich habe dreimal bei ihr angerufen und eine Nachricht hinterlassen, aber sie hat bisher noch nicht zurückgerufen.«
»Hmmm.« Maralee dachte nach. »Du brauchst einen Köder. Du solltest die Party für irgend jemanden geben. Andy Warhol, Diana Vreeland. Eine Berühmtheit aus New York, die hier zu Besuch ist. So etwas liebt Bibi. Überlegen wir mal ... Weißt du jemanden?«
Elaine zuckte hilflos mit den Schultern.
Plötzlich klatschte Maralee in die Hände. »Ich hab's! Geradezu ideal!«
»Wer?«
»Pamela London und George Lancaster. Karen hat mir gesagt, daß die beiden Ende des Monats herkommen.«
Elaine war sofort Feuer und Flamme. Wenn sie die Party zu Ehren von Pamela London und George Lancaster gab, brauchte sie um den Erfolg nicht zu bangen. Aber Ross würde vielleicht Einwände erheben. Und sie selbst kannte Pamela London nur flüchtig.
Doch Karen konnte ja bei den beiden vorfühlen. Leute, die sich für wichtig hielten, ließen sich gern feiern. Aber die Party würde ein Vermögen kosten! Bei den ursprünglich vorgesehenen fünfzig Gästen würde es bestimmt nicht bleiben. Sieh die Sache als Investition an, Elaine! Ein toller Coup, alle würden kommen wollen. Absolut alle. Es konnte die sensationellste Party des Jahres werden.
Ihr ganzer Körper begann vor Erregung zu kribbeln. Schon jetzt sah sie die Schlagzeilen der Klatschkolumnisten vor sich.
Jody Jacobs:
ELAINE UND ROSS CONTI GABEN GESTERN ABEND FÜR DIE ELITE VON BEVERLY HILLS DIE BESTE PARTY SEIT JAHREN
Army Archerd:
ELAINE CONTI, EINE GASTGEBERIN, DIE ES VERSTEHT, STARS IN SCHAREN ANZULOCKEN

»Wenn ich nach Hause komme, rufe ich sofort Karen an«, sagte sie begeistert.
»Gut.« Maralee reichte Elaine einen großen Umschlag. »Hier, das Drehbuch. Jetzt habe ich dir zweimal einen Gefallen getan, und ich möchte, daß du mir auch einen tust.«
Elaine drückte den Umschlag an sich. Sie war überglücklich und konnte es gar nicht erwarten, Ross das Drehbuch zu bringen, Karen anzurufen und alles für die Party in die Wege zu leiten.
»Versteht sich von selbst. Worum geht es?«
Maralee gab sich betont lässig, aber auf ihren Wangen erschienen zwei rote Flecken, und Elaine bemerkte, daß ihre Augen ungewöhnlich glänzten.
»Du erinnerst dich sicher«, sagte sie, »daß ich dir von einem Mann erzählte, den ich in Palm Springs kennengelernt habe.«
»Andy Soundso.«
»Randy Felix.«
Elaine nickte.
»Er ist hier, in L. A., und ich fände es nett, wenn wir mal zu viert zum Essen gingen.«
»Schön. Und wann?«
Maralee wurde unruhig. »Nicht schön. Das heißt, natürlich ist es schön, aber ich weiß nicht, ob er Geld hat, und ich kann ihn nicht gut danach fragen … Ich bin sicher, daß er Ross gern kennenlernen würde, und du hast eine so gute Menschenkenntnis.«
»Warum läßt du ihn nicht überprüfen?«
»Das will ich nicht.«
»Du magst ihn, nicht wahr?« fragte Elaine mitfühlend.
Maralee lächelte. »Ja.«
»In Ordnung. Wir gehen zusammen essen, und ich sage dir dann, was ich von ihm halte.«
»Ich möchte nicht noch mal eine schlechte Erfahrung machen«, sagte Maralee seufzend.

Seit ihrer Scheidung von Neil waren ihre Männerbekanntschaften eine einzige Katastrophe. Sie zog nur Glücksjäger und mittellose Draufgänger an; zwischendurch einen Alkoholiker, der die prächtige Sammlung vervollständigte. Die Männer gaben ihr Geld aus und behandelten sie schlecht, so daß Daddy seine schweren Jungs schicken mußte, um Maralee von ihnen zu befreien. Bei Männern war sie hilflos schwach.
»Wie wäre es Freitag abend mit dem La Scala?« fragte Elaine.
Maralee nickte dankbar. »Ausgezeichnet. Ich werde die Bezahlung im voraus regeln, damit Randy nicht in Verlegenheit gerät.«
»Nichts da, wir laden ein.« Elaine stand auf und küßte die Luft dicht neben der Wange der Freundin. »Ich muß jetzt laufen. Danke für alles. Also am Freitag um halb acht im La Scala. Bis dann.«

Alles ging sehr schnell. Buddy hatte das Gefühl, Jason Swankle habe sein Leben in die Hand genommen. Als sie nach Malibu kamen, wartete Jason schon, um Angel und Buddy zu begrüßen.
»Er ist ein alter Freund von mir, der mir einen Gefallen schuldet«, hatte Buddy zu Angel gesagt. Sie hatte es ihm abgenommen. Warum auch nicht? Und falls ihr Zweifel gekommen sein sollten – beim Anblick des Hauses verflogen sie. Was für ein Prunkstück! Klein, aber direkt am Strand gelegen und eingerichtet wie eine futuristische Phantasie. Weiß, kombiniert mit Chrom und Elektronik, dazu überall irre Lautsprecher und eine quadrophone Stereoanlage, die einem Tränen in die Augen treiben konnte.
Das Haus war einstöckig. Das Erdgeschoß bestand aus einem Wohnraum mit Glasfront zum Meer, im Obergeschoß war ein einziger Schlafraum, der von einem Wasserbett beherrscht wurde.
»Bitte seien Sie sehr vorsichtig«, sagte Jason drängend.
»Bestimmt, Mr. Swankle«, antwortete Angel begeistert, mit großen Augen. »Von einem solchen Haus habe ich immer geträumt, und Sie können sich darauf verlassen, daß wir es behandeln, als wäre es unser eigenes.«

Jason war erleichtert. Buddys Frau war keine Hollywoodschlampe, wie er zunächst geglaubt hatte. Sie war jung und romantisch. Außergewöhnlich hübsch. Aber extrem langweilig. Er konnte sie akzeptieren, denn sie war keine Rivalin. Als er ging, war er fest davon überzeugt, daß er nicht übereilt gehandelt hatte, als er sich entschloß, den beiden das Haus zur Verfügung zu stellen.

Buddy und Angel richteten sich noch am selben Abend ein, sprachen aufgeregt über Buddys bevorstehende Probeaufnahmen, lasen zusammen die paar Drehbuchseiten und machten im Mikrowellenherd eine gefrorene Pizza heiß. Später liebten sie sich auf dem Wasserbett.

»Ich liebe dich, Buddy«, sagte Angel immer wieder. »Liebe dich so sehr.«

Er sonnte sich in ihrer hingebungsvollen Zuneigung. Auf dem Bett liegend, stellte er sich vor, das Haus gehöre ihm, er sei ein Star und niemand, absolut niemand, könne ihm etwas wegnehmen. Aber im Schlaf verfolgten ihn wieder die Alptraumgesichter. Am Morgen, als Jasons Chauffeur mit dem Wagen kam, fühlte sich Buddy jedoch topfit. Er hatte einen langen Strandlauf gemacht, in der eisigen Brandung gekrault und dann ausgiebig gefrühstückt.

Er gab Angel die Schlüssel für den Pontiac und fünfzig Dollar. Jason hatte ihm zweihundert vorgestreckt. Die Damen sollten in ein paar Tagen eintreffen, und Jason wollte ihn vor ihrer Ankunft mit ein paar neuen Sachen ausstatten. Dagegen hatte Buddy nichts einzuwenden. Er meinte, sie würden beim Macker einkaufen, doch als Jason zustieg, nannte er dem Fahrer den exklusiven, sündteuren Herrenausstatter Bijan auf dem Rodeo Drive. Dort brauchten sie drei Stunden, um zwei Kombinationen zusammenzustellen.

Buddy konnte sein Glück kaum fassen. Das alles nur, um zwei alte Frauenzimmer auszuführen?

»Die Kleider kann ich doch behalten, oder?« fragte er.

»Selbstverständlich«, antwortete Jason strahlend. »Wie wäre es jetzt mit einem Lunch? Sagt Ihnen das Ma Maison zu?«
Das Ma Maison sagte ihm durchaus zu, aber es war vielleicht nicht die beste Idee der Welt, sich dort mit Jason Swankle sehen zu lassen. Man sah ihm den Schwulen schon von weitem an, und selbstverständlich würde man ihn für Jasons Herzbuben halten. Buddy waren die Blicke nicht entgangen, die sich die Verkäufer bei Bijan zugeworfen hatten.
»Ich habe eigentlich keinen Appetit auf ein schweres Essen, bin eher für was Leichteres«, entgegnete er zögernd.
»Sie können doch etwas Einfaches bestellen«, beharrte Jason. »Der Entensalat ist himmlisch!«
Buddy schüttelte den Kopf. »Ich muß zurück an den Strand und meinen Text lernen, wissen Sie.«
Jason nickte verständnisvoll. »Ich schicke Ihnen den Fahrer morgen mittag, und dann gehen wir essen.«
»Ich glaube nicht …«
»Wir müssen! Ich möchte Sie Patrick vorstellen, dem Besitzer des Ma Maison. Ich will nicht, daß Sie wie ein Tourist wirken, wenn Sie die beiden Damen zum Dinner ausführen.«
»Ja, schon …«
»Morgen«, sagte Jason fest.
Es gab kein Entrinnen.

Montana stieg in den Maserati, raste wie der Teufel zum Strand und jagte dann über den Pacific Coast Highway. Sie hielt nur einmal kurz, aß einen Hamburger und trank ein Cola. Neil und Oliver versuchten sie hinauszudrängen. Das fühlte sie. Das wußte sie. Dreckskerle! *Menschen der Straße* war ihr Film, und sie dachte gar nicht daran, sich ausbooten zu lassen.
George Lancaster – Gina Germaine … Was hatten Oliver und Neil eigentlich vor? Wollten sie ein Stück Scheiße produzieren? Einen Film von der Sorte, für die Oliver berühmt war? Sie hatte gedacht, Neil habe mehr Stil.

Sie schaltete im Radio laute Rockmusik ein, rauchte eine Zigarette nach der anderen und wurde allmählich ruhiger.
Warum regte sie sich überhaupt so auf? Neil wollte eine blöde Blondine testen. Na und? Sobald er sie auf der Leinwand sah, würde er wissen, wie untauglich sie für die Rolle war. Und Oliver würde es auch erkennen.
Männer. Vermutlich geblendet von Ginas überdimensionalen ›Vorzügen‹. Montana beschloß, die Sache nicht allzusehr aufzubauschen, nur weil Neil nicht vorher mit ihr gesprochen hatte. Schließlich wollte sie vier Schauspieler für die Rolle des Vinnie testen und hatte nicht die Absicht, Neil um seine Meinung zu fragen, bevor er die Probeaufnahmen ihrer Kandidaten sah. Beim Filmemachen mußte man Risiken eingehen. Man wußte nie, was passierte, wenn ein Schauspieler oder eine Schauspielerin vor der Kamera stand. Das Ergebnis konnte faszinierend oder auch enttäuschend sein. Vielleicht konnte Gina – mit den richtigen Kleidern, der richtigen Frisur und der richtigen Anleitung … Unwahrscheinlich, aber vielleicht …
Sollten Neil und Oliver doch ihre dummen Hollywoodspielchen spielen. Auch sie konnte das, wenn die beiden es so wollten.
Zu Hause fand sie Neil schlafend vor. Es schien ihr sinnlos, ihn zu wecken.
Am nächsten Morgen behandelten sie sich mit ausgesuchter Höflichkeit. Sie erörterten beim Frühstück verschiedene Drehorte und brachen dann zur Arbeit auf.
»Übrigens«, sagte Montana, bevor sie in ihren Käfer stieg, »wenn du das Gefühl hast, Probeaufnahmen von Gina Germaine machen zu müssen, tu's ruhig. Vielleicht entdecke ich ihre Vorzüge auch noch.«
»Was meinst du damit?« Er ging sofort in Abwehrstellung.
Sie runzelte die Stirn. »Nichts Weltbewegendes. Aber es wäre nett gewesen, wenn du's zuerst mit mir besprochen und es nicht gleich vor Oliver herausposaunt hättest.«
»Das wollte ich eigentlich auch«, antwortete er lahm.

»Und weil wir gerade dabei sind«, fuhr sie fort, »ich möchte bei den Probeaufnahmen mit meinen Kandidaten selbst Regie führen. Du hast doch nichts dagegen, oder?«
Er war erleichtert über den Themenwechsel. »Das halte ich für eine ausgezeichnete Idee.«
»Gut. Ich will die Tests bald ansetzen.«
»Je eher, um so besser.«
Ohne noch etwas zu sagen, stieg Montana in ihren Wagen und fuhr davon.
Neil holte tief Luft. Vielleicht löste sich alles doch noch in Wohlgefallen auf. Er würde Gina testen. Der Test würde miserabel ausfallen. Dann war er aus dem Schneider.
Wen versuchte er da eigentlich hinters Licht zu führen?

Menschen der Straße. Was für ein Werk! Was für eine großartige Rolle für ihn!
Ross legte das Drehbuch auf den Kaffeetisch seines Arbeitszimmers, schloß die Augen und lehnte sich mit einem tiefen Seufzer zurück. Einen Moment lang blieb er reglos sitzen. Es war spät, ein Uhr, und er war müde, gleichzeitig jedoch begeistert und voller Ideen. Er hatte zwei Stunden ununterbrochen gelesen.
Mac. Fünfzig. Streifenpolizist. Von Anfang an dabei. Zynisch und hart. Aber mit viel Mitgefühl und Zukunftshoffnung. Ein weltmüder Mann mit altmodischen Wertvorstellungen.
Die Rolle für eine Oscarnominierung, kein Zweifel. Natürlich hatte er bisher ganz andere Rollen gespielt. Ein fünfzigjähriger Mann kam eigentlich nicht in Frage.
Was soll das heißen – kommt nicht in Frage? Du bist kein Wunderknabe mehr. Du bist fünfzig. Oder wirst es zumindest noch dieses Jahr.
Würde ihn das Publikum in einer solchen Rolle akzeptieren?
Welches Publikum? Die Leute stürmen deinetwegen schon längst nicht mehr die Kinokassen. Die meisten sehen dich in ir-

gendwelchen Oldies im Fernsehen und denken, du seist seit Jahren tot.

Er stand von der Couch auf, ging zur Bar und machte sich einen Scotch on the rocks zurecht. *Menschen der Straße.* Seltsam, daß eine Frau so etwas geschrieben hatte. Sie konnte sich wirklich in einen Mann hineinversetzen. Brachte Gedanken und Gefühle zu Papier, von denen er gemeint hatte, sie seien nur Männern vertraut.

Du bist ein chauvinistisches Schwein, Ross Conti, weißt du das? Deine Vorstellungen sind gestrig und überholt. Fang lieber an zu denken, wie's dem Heute entspricht – sonst landest du auf einem Gedenkfriedhof für Uraltstars.

Jesus! Er wünschte sich die Rolle so sehr, daß es ihn körperlich schmerzte.

Fünfundzwanzig Jahre filmen.

Fünfundzwanzig Jahre Scheiße produzieren.

Ross war ruhig, aufgeregt, nervös, zuversichtlich. Himmel! Er wußte nicht, was er war. Er wußte nur, daß er diese Rolle haben mußte. Unbedingt. Aber wie konnte er die Leute, auf die es ankam, davon überzeugen? Oliver Easterne, Neil und Montana Gray? Oliver war ein Arbeitstier, ihn interessierte nur das Geld. Er erkannte Talent auch dann nicht, wenn man ihn mit der Nase darauf stieß.

Neil Gray war ein alternder englischer Egoist. Talentiert, aber ein Widerling.

Montana Gray war er noch nie begegnet.

Sadie La Salle könnte es schaffen. Sie könnte dir zu der Rolle verhelfen. Sie wirkt Wunder in dieser Stadt. Sie hat die Macht. Ja. Sadie. Sie würde wissen, daß er genau der Richtige für die Rolle war. Sie würde wissen, daß er etwas Großartiges daraus machen konnte.

Hatte Elaine sie schon zu der Party eingeladen? Und hatte Sadie zugesagt oder abgelehnt? Er lief ins Schlafzimmer.

Elaine schlief fest, das Haar von einem weißen Stirnband zurück-

gehalten, das Gesicht dick mit einem Gel eingekremt; ›Bienensperma‹ nannte Ross es boshaft. Ihre Augen verdeckte eine schwarze Schlafmaske, und sie schnarchte leise.
Ross sah auf sie hinunter. Er hatte ihr den ganzen Tag über das Leben schwergemacht, und jetzt tat es ihm leid. Doch manchmal nervte sie ihn mit ihrem Beverly-Hills-Scheißdreck. Sie war von Maralee zurückgekommen, das Drehbuch an sich gepreßt, als sei es eine IBM-Aktie, hatte es ihm hingestreckt und triumphierend gesagt: »Hier hast du es. Was ist das für ein Service, hm?«
Er hatte das Manuskript störrisch beiseite geworfen.
»Liest du es nicht?«
»Später«, hatte er gesagt und sich an ihrem Blick voll zorniger Enttäuschung geweidet. Obwohl er darauf brannte, das Drehbuch zu lesen, hatte er es keines Blickes mehr gewürdigt, solange Elaine in der Nähe war.
Sie hatten zu Abend gegessen, hinterher ferngesehen, und dann war Elaine ins Bett abgerauscht. Er hatte sich einen Drink gemixt, es sich bequem gemacht und zu lesen angefangen.
Er schüttelte Elaine derb. »He, Schatz, wach auf!«
»Wer ist da?« schrie sie auf. »Was? Um Himmels willen!« Zitternd riß sie die Schlafmaske herunter, blinzelte zweimal und sagte dann: »Zum Teufel, Ross, was ist los? Du hast mir einen höllischen Schreck eingejagt.«
»Es ist verdammt großartig, das ist los«, sagte er aufgeregt.
»Bist du betrunken?«
»Nein, stocknüchtern.« Er setzte sich auf die Bettkante. »Hast du Sadie La Salle angerufen?«
Sie drehte sich um und sah auf die Uhr neben ihrem Bett. »Es ist Viertel nach eins. Mußtest du mich wecken?«
»Es ist wichtig.«
»Verdammt noch mal! Es hätte bestimmt bis morgen früh Zeit gehabt.«
Er streckte die Hand aus und strich ihr spielerisch über die Wange. »Wieder mit Bienensperma eingekremt, wie?«

»Ich wünschte, du würdest das nicht sagen.«
»Warum? Macht es dich scharf?« Er fühlte das vertraute Ziehen in den Lenden. Automatisch griff er nach ihren Brüsten.
»Ross ...« Sie wollte protestieren, überlegte es sich dann aber anders. Nur weil sie nicht vorbereitet war, brauchte sie sich die Gelegenheit doch nicht entgehen zu lassen.
Ross und sie spielten ihr vertrautes Ritual durch. Ehelicher Sex war wie eine Leibspeise. Gut, aber manchmal hatte man ihn ein bißchen über. Elaine hatte es aufgegeben, sich zu wünschen, Ross möge etwas Neues versuchen. Er hatte seine Routine, und an die hielt er sich streng.
Es dauerte knapp zehn Minuten, bis sie beide zum Höhepunkt kamen. Sie zuerst, er gleich danach. Er mochte zwar den größten Schwanz Hollywoods haben, aber nach zehn Minuten war es immer vorbei.
Hinterher zündete Ross Zigaretten für sie beide an und sagte: »Gut, hmm.« Das sagte er immer. Es war keine Frage, sondern eine Feststellung.
Elaine erinnerte sich an den Anfang: an das erste Mal, als er sie geliebt hatte; an die Monate, in denen sie sich heimlich trafen; an die erste Zeit ihrer Ehe. Was für ein Liebhaber war Ross Conti damals gewesen!
Ross dachte an Karen Lancaster. Er mußte sie wirklich anrufen. Sie war eine kleine Wildkatze im Bett. Anders als Elaine, die immer dalag, als erweise sie ihm einen Gefallen. Offensichtlich machte ihr der Sex nicht mehr soviel Spaß wie früher. Bei ihr hatte er immer das Gefühl, daß er sich ihr aufdrängte und es möglichst schnell hinter sich bringen sollte.
»Sehr gut«, sagte Elaine. »Ich hab' schon geglaubt, du hättest vergessen, wie's geht.«
Er ignorierte die Stichelei. Ha! Wenn sie wüßte!
»Ich habe das Drehbuch gelesen«, begann er. »Und ich weiß nicht, ob Montana Gray es geschrieben hat oder nicht. Wie auch immer, das gibt einen phantastischen Film.«

»Tatsächlich?«
»Da gibt's keinen Zweifel.«
»Und ...« Sie machte eine Pause. »Was ist mit der Rolle für dich?«
»Ideal.«
»Ehrlich?«
»Na ja, nicht gerade ideal für mich, Ross Conti, aber ideal für den Schauspieler Conti. Verstehst du, was ich meine?«
Ob sie verstand? Was glaubte er denn, mit wem er redete?
»Also brauchen wir Sadie La Salle«, sagte sie aufgeregt.
»Sie ist unsere größte Chance.«
Endlich lagen sie wieder auf gleicher Wellenlänge. Elaine lächelte. »Ich esse morgen mit Karen zu Mittag. Sie wird mir sagen, ob ich die Party für George und Pamela geben kann. Und wenn, wird es niemand wagen wegzubleiben – nicht ein mal Sadie La Salle.«

Ma Maison, Freitag mittag. Das kleine Gartenrestaurant war voll, die von Sonnenschirmen beschatteten Tische standen dicht beieinander, Kellner in Schürzen eilten geschäftig hin und her.
Buddy hatte beschlossen, das Armani-Jackett in blassem Gelbbraun, die beige Hose und das farblich darauf abgestimmte kragenlose Seidenhemd anzuziehen. Genau die richtige Aufmachung, teuer und lässig.
Jason war begeistert. »Fehlt nur noch ein bißchen Gold«, sagte er und nestelte an einer schweren Kette herum, die er um den Hals trug.
»Nein, ganz und gar nicht«, erwiderte Buddy rasch. Es gab nichts Schlimmeres als den lässigen Californialook, wenn er durch protzigen Schmuck verdorben wurde. Goldketten bei Männern erinnerten ihn immer an die alternden Playboys, die in ihren Mercedes und Porsches durch Beverly Hills kutschierten, das Haar nach vorn gekämmt, um kahle Stellen zu verbergen, die dicken Bäuche krampfhaft eingezogen.

Da Jason und er allein an einem Ecktisch saßen, konnte Buddy sich in dem vornehmen Lokal umschauen. Viele Frauen aßen zusammen. An einem großen Teil der Tische saßen nur Frauen. Schick. Elegant. Schön.
Jason hielt es plötzlich für seine Pflicht, Buddy über alle anwesenden Berühmtheiten zu informieren. »Sehen Sie mal dort hinüber, Buddy. Die Schönheit mit dem dunklen Haar ist Mrs. Freddie Fields. Und am Tisch daneben sitzt Louisa Moore – die Frau von Roger. Sie ist sehr witzig. Und einen Tisch weiter ...«
»Dudley Moore.«
»Richtig«, sagte Jason munter, »aber ich wette, Sie wissen nicht, wer das ist.« Er wies auf eine hinreißende schwarzhaarige Schönheit, die sich angeregt mit einem Mann unterhielt.
»Ich passe.«
»Shakira Caine. Die Frau von Michael Caine. Ihr Begleiter ist Bobby Zaren – er hat den Slogan ›I love New York‹ berühmt gemacht, ein ausgezeichneter PR-Mann und sehr amüsant.«
»Kennen Sie alle diese Leute?« fragte Buddy, wider Willen beeindruckt.
»Nicht alle sehr gut, aber viele kommen in mein Geschäft.«
»He – vielleicht können Sie mir zu einem guten Agenten verhelfen, einem wirklich guten.«
»Ich will sehen. Ganz sicher ist unter meinen Bekannten ... Oh, und dort drüben haben wir George Lancasters Tochter Karen. Auf der anderen Seite sitzt David Tebet, Vizepräsident der Johnny Carson Productions. Und ich sehe Jack Lemmon.«
Buddy schaute sich eifrig um und hörte nur halb zu, während Jason weitersprach. Schließlich war er nicht blind, sah die Stars selbst. Clint Eastwood lümmelte an einem Mitteltisch, behinderte mit seinen langen Beinen die Kellner, die alle Hände voll zu tun hatten. Und da waren auch Sidney Poitier und Tom Selleck – überall saßen Berühmtheiten.
Buddy fühlte sich wohl. Zwar verschwendete niemand einen zweiten Blick an ihn, aber er war da, gehörte dazu.

»Gefällt es Ihnen hier?« fragte Jason, obwohl er genau wußte, wie es Buddy zumute war.
Buddy zuckte mit den Schultern. »Ich war schon öfter da, wissen Sie.«
»Davon bin ich überzeugt.« Jason war von Buddys erregtem Mienenspiel fasziniert. Der Junge sah so gut aus, war einfach bildschön ... Ach, er mußte nur abwarten, mußte geduldig sein, dann – ach!

Karens grüne Augen funkelten. »Ich versichere dir, ich habe mit Daddy und Pamela gesprochen. Sie wären entzückt, die Ehrengäste deiner Party zu sein.«
»Ist das wirklich wahr?« fragte Elaine zum zweitenmal.
»Elaine, wenn ich etwas sage, kannst du dich darauf verlassen.« Karen lächelte und winkte Dudley Moore zu. »Pamela möchte, daß du sie heute abend um zehn anrufst – Palm-Beach-Zeit.«
»Ich soll sie anrufen?«
»Schau nicht so verblüfft – so wolltest du es doch, oder? Und dank mir hast du dein Ziel erreicht. Die heißeste Party der Stadt. Warte nur, wie Bibi jetzt springen wird.«
»Wer übernimmt den Service?« schaltete sich Maralee in das Gespräch ein.
Elaine hatte daran gedacht, Lina und zwei ihrer mexikanischen Freundinnen könnten kochen und servieren, aber jetzt sahen die Dinge anders aus. »Das hab' ich mir noch gar nicht überlegt ...«
»Dann fang lieber damit an«, mahnte Karen. »Die Lachsmousse letzte Woche bei Tita Cahn war himmlisch. Ich glaube, sie hat einen neuen Service entdeckt. Warum rufst du sie nicht an?«
»Morton könnte die ganze Sache für dich übernehmen«, schlug Maralee vor. »Oder La Scala. Ich fühle mich immer sicherer, wenn alte Hasen es machen.«
»Ja, aber man sollte nicht allzusehr auf Nummer Sicher gehen«, wandte Karen ein. »Daddy liebt orientalisches Essen. Wie wäre es mit einem chinesischen Fest?«

»Madame Wu?« fragte Elaine und dachte an die Kosten und an das Protestgeschrei von Ross.
»Wunderbares Essen«, sagte Maralee.
»Köstlich«, sagte Karen.

Buddy trank den heißen schwarzen Espresso und fragte sich, wie lange er wohl noch bleiben mußte. Jason, der ein kleines Glas Sambuca zwischen den Fingern drehte, schien nicht an Aufbruch zu denken.
»Ich glaube, ich sollte allmählich zum Strand rausfahren«, sagte Buddy schließlich. »Ich erwarte einen Anruf wegen der Probeaufnahmen und möchte das Drehbuch noch mal durchgehen.«
Jason nickte. »Gefällt Ihnen das Haus?«
»Könnte gar nicht besser sein. Angel ist selig.«
Es ärgerte Jason, daß Buddy bei jeder Gelegenheit seine Frau erwähnte, fast als verkünde er lauthals: Ich bin normal! Ich bin normal! Vergessen Sie das bloß nicht! Jason bat mit einem Fingerschnippen um die Rechnung. Einige seiner denkwürdigsten Erlebnisse hatte er mit sogenannten Normalen gehabt. Wenn die einmal mitmachten, gingen sie ran wie der Teufel. »Ja«, sagte er friedlich, »Angel scheint eine reizende Frau zu sein.«
»Das ist sie.«
»Bestimmt. Aber ich halte es für besser, vor Mrs. Jaeger und ihrer Freundin nicht zu erwähnen, daß Sie verheiratet sind.«
»Klar.« Warum die Hand beißen, die ihn bei Armani kleidete.
»Die beiden treffen morgen abend ein, vermutlich sehr spät«, sagte Jason und warf einen Blick auf die Rechnung. Er zog seine schweinslederne Brieftasche und nahm die Master Charge Card heraus, eine begehrte Kreditkarte. »Die beiden werden müde sein«, fuhr er fort, »also lasse ich sie von meinem Fahrer am Flugplatz abholen und ins Hotel bringen – das Beverly Hills natürlich. Am Sonntag können wir uns alle miteinander in der Polo Lounge zu einem absolut köstlichen Brunch treffen. Wäre doch lustig, oder?«

Buddy hätte es vielleicht anders ausgedrückt, aber er bemühte sich, angemessene Begeisterung zu zeigen.

»Ziehen Sie das gleiche an wie heute«, forderte Jason ihn auf. »Es steht Ihnen ausgezeichnet.«

»Danke. Geht in Ordnung.«

Der Ober brachte die Master Charge Card zurück, und sie standen auf, um zu gehen. Buddy marschierte so rasch zum Ausgang, daß der kurzbeinige Jason ein ganzes Stück zurückblieb. An der Tür stieß Buddy fast mit Randy Felix zusammen. Sie sahen sich überrascht an.

»He«, rief Buddy, »was machst denn du hier?«

»Ich treff mich mit jemandem.« Randy lachte und trat einen Schritt zurück, um seinen Freund zu mustern. »Du siehst wirklich gut aus!«

»Du sagst es.«

Sie umarmten sich kurz und fast rauh, wie unter Männern üblich, und trennten sich sofort, als Jason schnaufend angetrabt kam.

»Das ist ein Freund von mir, Randy Felix«, sagte Buddy. »Geben Sie mir fünf Minuten, dann komm ich raus zum Wagen.«

Jason spitzte die fleischigen Lippen und nickte Randy flüchtig zu. »Aber bitte nicht länger als fünf Minuten«, sagte er besitzergreifend und ging.

Randy sah Jason neugierig nach. »Hast du die Seiten gewechselt, Bruder?«

»Ach, geh! Was meinst du denn, mit wem du redest?«

»Ich frag ja bloß. Heutzutage weiß man nie.«

Sie wurden von einer winkenden Blondine abgelenkt, die von ihrem Stuhl aufgestanden war und lebhaft Zeichen gab. »Hier, Randy, hier!« rief sie, damit er sie nicht übersah.

Randy winkte zurück. »Das ist die, von der ich dir erzählt habe«, sagte er leise. »Maralee Gray. Ihrem Vater gehören die Sanderson Studios. Ihr Verflossener ist Neil Gray, der Regisseur. Gefällt dir dieses Arrangement?«

»Sehr – könnte ich auch brauchen.«

»Komm mit, ich stell dich ihr vor.«
Die Versuchung war groß, zumal der Name Neil Gray bei Buddy ein Alarmsignal auslöste. Doch die Dame war ja nur die verflossene Frau des Regisseurs und hatte vermutlich mit dem Film nichts zu tun. Wie würde es außerdem aussehen, wenn Jason herangewatschelt käme, um ihn zu holen?
»Ein andermal. Warum rufst du mich nicht später an? Ich habe jede Menge Neuigkeiten.«
Sie hielten einen Kellner auf, baten ihn um Kugelschreiber und Papier, und Buddy notierte für Randy die Nummer des Strandhauses. Dann verabschiedeten sie sich mit Handschlag und trennten sich.

»Wer war das?« wandte Karen sich an Randy, nachdem die nervöse Maralee ihn mit ihr und Elaine bekannt gemacht hatte.
»Wer war wer?« fragte Randy, obwohl er genau wußte, daß Buddy gemeint war. Auf Buddy waren einfach alle scharf.
»Der Mann, mit dem Sie vorhin gesprochen haben«, entgegnete Karen gereizt.
»Das war Buddy.«
»Buddy?«
»Buddy Hudson. Ein Freund von mir.«
»Schwul?«
Randy fuhr sich mit der Zungenspitze über einen Finger und strich mit einer übertriebenen Geste eine Augenbraue glatt. »Wenn Sie meinen, Herzchen!«
Maralee lachte nervös. »Randy«, tadelte sie, »nicht!«
Karen zog ein finsteres Gesicht. Maralees neuer Freund war ihr auf den ersten Blick unsympathisch. »Ich muß gehen«, erklärte sie träge. »Kommst du mit, Elaine?«
Elaine brannte darauf, nach Hause zu fahren und Bibi anzurufen. Aber Maralee hatte sie gebeten, sich Randy noch vor dem vereinbarten Abendessen anzusehen, und konnte nicht gut davonlaufen.

»Ich bleibe noch ein paar Minuten«, sagte sie.
»Wie du willst«, fauchte Karen, verabschiedete sich mit einem Winken und rauschte davon.
»Wenn du Karen erst besser kennst, wirst du sie sehr nett finden«, sagte Maralee schmeichelnd und umklammerte Randys Hand.
Er lächelte, zwinkerte Elaine zu und antwortete fröhlich: »Kann es gar nicht erwarten.«
Ein unausstehlicher Typ, dachte Elaine.

Etwas so Vollkommenes wie das Haus in Malibu hatte Angel noch nie gesehen. Es schien direkt einer Zeitschrift für moderne Wohnkultur entnommen, und Angel war selig, mit Buddy darin wohnen zu dürfen.
Sie summte leise vor sich hin, während sie ihrer Arbeit nachging, den fleckenlos sauberen Küchenboden moppte, die glänzenden Kunststoffflächen wischte und Desinfektionsmittel in die drei unbenutzten Toiletten schüttete.
Am Strand war es den ganzen Vormittag dunstig, doch um zwölf kam die Sonne durch. Angel schlüpfte in einen Bikini und legte sich auf die Terrasse mit Blick aufs Meer. Sie hatte Papier und Kugelschreiber mitgenommen, um ihrer Pflegefamilie in Louisville zu schreiben. Auf ihre bisherigen Briefe war keine Antwort gekommen, aber das hatte sie auch nicht erwartet. Sie hatten sie nie gemocht, in ihr nur die zusätzliche sichere Einkommensquelle gesehen, denn die Fürsorge bezahlte pünktlich. Trotzdem wollte sie ihnen mitteilen, daß sie ein Baby erwartete. Vielleicht freuten sie sich mit ihr.

Meine Lieben,
wahrscheinlich fragt Ihr Euch, warum ich so lange nicht geschrieben habe. Aber …

Sie hielt inne, um zu überlegen, und sah zwei Joggern nach, die durch die Brandung liefen. Sie hielten sich bei den Händen und lachten. Ein Hund sprang hinter ihnen her.
Buddy war in letzter Zeit so nervös. Vielleicht konnte er jetzt, da sie in diesem schönen Haus am Strand wohnten ...
Aber für wie lange würden sie hier wohnen? Wer war Jason Swankle? Und wieso gehörte er plötzlich zu ihrem Leben?
Sie seufzte, knüllte dann den Briefbogen zusammen und warf ihn in den Sand hinunter. Buddy war jetzt ihre Familie, und Louisville war ihre Vergangenheit. Buddy war ihre Zukunft, auch wenn er sich ihr nicht anvertraute und ihr Lügen auftischte, obwohl sie sich mit jeder Wahrheit abgefunden hätte. Wo kam beispielsweise das Geld für seine teuren neuen Kleider her? Wieso durften sie in diesem schönen Haus wohnen? Wer bezahlte den Wagen mit Chauffeur, der Buddy ständig abholte?
Als sie ihn fragte, hatte er nur gelacht, ihr das Haar gezaust und gesagt: »Mach du dir keine Sorgen, Kleines. Mein Freund Jason schuldet mir etwas. Er begleicht nur eine alte Rechnung.«
Angel fragte sich, warum sie keine neuen Kleider bekam, wenn es da eine alte Rechnung zu begleichen gab. Selbstverständlich mißgönnte sie Buddy die neuen Sachen nicht, aber sie hätte es nett gefunden, auch etwas zu bekommen. Nicht einmal mitgenommen hatte er sie zum Einkaufen, und das kränkte sie. Bald würde aber auch sie neue Kleider brauchen, Umstandskleider.
Der Gedanke brachte ein Lächeln auf ihr Gesicht. Sie konnte es gar nicht erwarten, rund zu werden, die sichtbare Bestätigung dafür zu erhalten, daß in ihr ein Mensch wuchs, den Buddy und sie gezeugt hatten. Ihren Plan, Filmstar zu werden, hatte sie ganz aufgegeben. Buddy würde der Star der Familie sein und sie die liebende Ehefrau. Die Fanzeitschriften würden Bildreportagen von ihnen bringen: In ihrem eleganten Heim. Buddy so machohaft und gutaussehend, sie in fließenden Kleidern mit Blumen im Haar und einer Schar schöner Kinder zu Füßen. Mutter Erde. Die Vorstellung gefiel ihr. Sie lächelte strahlend. Wie lange wür-

de es dauern, bis er ein Superstar war? Zwei Jahre? Drei? Aber egal, wie lange, sie würde bereit sein.
Die Brandung sah jetzt verlockend aus, also streifte sie ihre weißen Sandalen ab und lief die Treppe hinunter und über den breiten Sandstreifen ins Meer. Das lange blonde Haar wehte hinter ihr her.
Ein Mann, der auf der Terrasse eines Nachbarhauses saß, beobachtete sie. Er stand auf, trat zum Terrassenrand vor und kniff die Augen zusammen, um besser zu sehen, doch Angel verschwand schon in den Wellen.
Als sie wieder auftauchte, beobachtete er sie noch immer.

Nachdem Elaine bei Bibi Suttons Sekretärin die Nachricht hinterlassen hatte, daß sie die Party für George Lancaster und Pamela London gab, mußte sie genau elf Minuten auf den Rückruf warten.
»Herzchen!« schnurrte Bibi am Telefon. »Isch 'atte soviel zu tun. Du weißt ja, wie es iist.«
»Entschuldige dich nicht«, erwiderte Elaine großmütig. »Ich weiß genau, was du meinst.«
»Meine Liebe, gibst du wirklisch die Party für Pamela und George?« Bibi wollte immer Gewißheit haben, bevor sie sich verpflichtete.
»Ich dachte, ich hätte es dir gesagt«, antwortete Elaine unschuldig.
»Nein, nein. Trotzdem, wir kommen auf jeden Fall, das weißt du.«
»Natürlich.« Elaine amüsierte sich. Die größten Staranbeter waren die Stars selbst.
»Wie viele Leute wirst du 'aben?«
»Nicht viele. Es soll ein intimes kleines Fest werden. Enge Freunde von George und Pamela. Fünfzig, sechzig. Bestimmt nicht mehr.«
»Aaah!« seufzte Bibi. »So mag isch es. Elegante Kleidung, 'offe isch.«

»Die Damen ja. Ich glaube, die Männer fühlen sich in bequemer Kleidung wohler«, antwortete Elaine fest.
»Sehr vernünftig, Liebste!« rief Bibi. »Wir uns putzen heraus, und sie ziehen langweilige Sportkleidung an.«
Endlich Zustimmung. Elaine strahlte.
»Jetzt aber«, fuhr Bibi fort, »wer soll Essen machen?«
Elaine zögerte nur eine Sekunde. Sei positiv. Laß dich von dem Luder nicht einschüchtern. »Ich habe an Madame Wu gedacht.«
»Nein!«
»Nein?«
»Isch 'abe Geheimnis für disch. Geheimnis, das isch nur gute Freunde verrate.«
Elaine wartete.
Nach einer dramatischen Pause verkündete Bibi triumphierend: »Sergio und Eugenio!«
»Ich glaube nicht, daß ich sie kenne ...«
»Natürlich nischt. Niemand kennt sie. Sie gehören mir, sind mein Geheimnis.«
Einem Gerücht zufolge bekam Bibi Prozente von jedem Restaurant, Lebensmittelhändler, Geschäft und so fort, die sie mit ihrer wunderwirkenden Gunst auszeichnete, denn wen Bibi frequentierte, der war ›in‹. Elaine fragte sich, wieviel Sergio und Eugenio springen lassen würden. »Sind sie gut?«
»Gut.« Bibi lachte überlegen. »Schätzchen, wurde isch sie sonst empfehlen?«
»Natürlich nicht. Ich ...«
Bibi war richtig in Schwung. »Und isch 'abe noch ein Geheimnis für disch. Das Zancussi-Trio. Italienische Liebeslieder direkt aus Roma. Du 'ast Zelt im Garten?«
»Ich hatte eigentlich nicht ...«
»Du mußt! Isch werde dir Rat geben ...«
Das Gespräch dauerte weitere zehn Minuten, in denen Bibi so gnädig war, Elaine mit Vorschlägen zu überschütten. Elaine dachte die ganze Zeit nur an die Kosten. Zelt im Garten. Ein Mu-

sikertrio. Sergio und Eugenio. Ein Parkwächter. Blumenarrangements. Zwei Meister-Barkeeper, die sich aufs Mixen der neuesten Drinks verstanden. Kellner. Küchenpersonal. Ein neues Kleid.
Es würde ein Vermögen kosten, die Party ordentlich zu arrangieren. Aber ordentlich mußte sie arrangiert werden.
Bibi beendete das Gespräch mit einer ehrenvollen Einladung. Sie bat Elaine für den nächsten Montag zu einem Lunch in ihr Haus.
»Isch lasse wunderbaren Polizisten kommen. Er sprischt über den Schutzspray ›Mace‹. Wir alle kriegen Erlaubnis dafür. Was meinst du? Gute Idee, nischt?«
Wozu brauchte eine Frau wie Bibi einen Schutzspray? Ihr stets von einem Chauffeur gefahrener Rolls verließ Beverly Hills doch nie.
»Großartige Idee«, antwortete Elaine und verabscheute sich, weil sie eine solche Kriecherin war.
Bibi Sutton ruft – und du rennst. Ich dachte, du kannst sie nicht ausstehen. Halt den Mund, Etta!

Das Dinner im La Scala mit Maralee und ihrem neuen Freund Randy war eine Katastrophe. Woher hatte Maralee nur immer diese Typen? Wieso wußte sie, wo man nach diesen scharfäugigen Herumtreibern Ausschau halten mußte, die es auf ihr Geld und ihre Position abgesehen hatten? Randy war Elaine bei der ersten Begegnung unsympathisch gewesen, und diesen Eindruck fand sie nun bestätigt.
Ross war schon deshalb erbost, weil er dabeisein mußte. Er und Maralee hatten sich nie gut verstanden. Er tolerierte sie, weil sie die beste Freundin seiner Frau war, aber er sah nicht ein, daß er mit ihren langweiligen, beschränkten Junghengsten zusammensitzen und außerdem das Essen bezahlen sollte.
Sie bestellten Drinks. Elaine unterhielt sich mit Maralee, und Randy versuchte, ein Gespräch mit Ross in Gang zu bringen. Er nannte ihn ›Sir‹, was Ross mit finsterem Gesicht über sich erge-

hen ließ, und sagte Dinge wie: »Sie waren der Liebling meiner Mutter« und: »Ich habe alle Ihre alten Filme im Fernsehen gesehen.«

Ein Arschloch erster Güte. Ross winkte dem Kellner und begann einen Scotch on the rocks nach dem anderen zu kippen.

Als der Abend halb vorüber war, erschien Karen Lancaster mit Chet Barnes. »Hal-lo, alle miteinander«, sagte sie. Ihre Augen funkelten von einer Prise Kokain, die in Hollywood den Aperitif ersetzte.

Ross richtete sich auf, als er sah, wie sich ihre kecken Brustwarzen unter der dünnen Seide ihrer lockersitzenden Bluse abzeichneten. Warum hatte er sie bloß nicht angerufen? Er beschloß, das am nächsten Morgen nachzuholen.

»Habt ihr schon gegessen?« fragte Elaine, dankbar für die Ablenkung.

»Das haben wir grade vor.«

»Setzt euch doch zu uns«, sagte Elaine rasch und gab Ross unter dem Tisch einen Tritt.

Er verstand den Wink und nickte, noch immer fasziniert von Karens Brustwarzen. »Ja, setzt euch zu uns.«

Karen schaute ihm in die Augen und lächelte süß: »Nein, danke. Chet und ich diskutieren sehr ernsthaft über mehrfache Orgasmen und über die Frage, ob ein großer Schwanz einen Mann zu einem guten Liebhaber macht. Wir möchten nicht, daß einem von euch das Abendessen kalt wird.«

Elaine lachte. »Du bist unglaublich!«

Karen warf Ross einen tödlichen Blick zu. »Bis später.«

»Trinkt wenigstens den Kaffee mit uns«, bat Elaine.

»Vielleicht.« Karen bedachte alle am Tisch mit einem Lächeln, nur Randy ignorierte sie, als existiere er nicht. Dann faßte sie Chet bei der Hand, und ein Kellner führte die beiden zu einer abgesonderten Nische im rückwärtigen Teil des Raumes.

»Ich wußte nicht, daß Karen und Chet was miteinander haben«, sagte Maralee. »Wie lange geht das schon?«

Elaine zuckte mit den Schultern. »Ich schaffe es nicht, den Überblick über Karens Affären zu behalten.«
Nur gut, daß dem so ist, dachte Ross. Er schaute zu dem Paar hinüber. Karen schmiegte sich an Chet und flüsterte ihm etwas zu. Oder spielte sie mit der Zunge in seinem Ohr?
Plötzlich begehrte er sie heftig. Er wollte, daß sie vor ihm kniete und ihre Zunge an seinem …
»Alles in Ordnung mit dir, Ross?« fragte Elaine scharf.
»Bitte?«
»Du siehst so seltsam aus.«
»Du meinst, ich sehe beschissen gelangweilt aus«, murmelte er böse. »Warum zwingst du mich zu solchen Abenden?«
»Schscht.«
Elaine hätte sich keine Sorgen zu machen brauchen. Maralee hörte nicht zu, sie sah Randy Felix hingerissen in die Augen, während er ihr Lügen über seine Vergangenheit auftischte.

Jeden Tag um siebzehn Uhr rief Buddy im Easterne-Büro an und sprach mit Montana Grays Sekretärin, der Blondine mit der schlechten Nasenkorrektur. Sie führten lange, lebhafte Gespräche. Buddy wollte genau wissen, was sich tat. War schon ein Datum für seine Probeaufnahmen festgelegt? Welche anderen Schauspieler kamen zu Probeaufnahmen? Wer schien sein schärfster Konkurrent zu sein?
Die Blondine – sie hieß Inga – setzte ihr ganzes Vertrauen in Buddy und rechnete fest damit, daß er sie um ein Rendezvous bitten werde. Als er es nicht tat, sagte sie: »Schauen Sie, es ist schwierig für mich, Ihnen alle diese Informationen am Telefon zu geben. Warum kommen Sie nicht zu mir – in meine Wohnung?«
Buddy wußte, was das bedeutete. »Ich sitze am Strand fest, mein Wagen ist in der Werkstatt«, log er.
Sie ließ sich nicht abwimmeln. Sie las den *Cosmopolitan* und kannte ihre Rechte. Wenn sie bumsen wollte, stand es ihr zu, sich

jemanden zu angeln. »Ich kann auch zu Ihnen rauskommen«, erwiderte sie fest.

»Keine gute Idee. Ich wohne mit einem neurotischen Typen zusammen, der auf alles losgeht, was sich bewegt. Keine gute Atmosphäre hier – würde Ihnen nicht gefallen.«

»Lassen Sie's doch auf einen Versuch ankommen«, entgegnete sie kühn.

»Irgendwann demnächst, Kleine.«

»Wann Sie wollen, Buddy.«

»Ich rufe morgen um die gleiche Zeit wieder an.«

Er legte auf und wanderte nervös im Haus umher. Angel war in der Küche und machte Thunfischsalat fürs Abendessen.

»He – gehen wir doch zum Essen aus.« Er griff von hinten nach ihr und zog sie an sich.

»Alles ist fast fertig«, antwortete sie, entwand sich ihm und schnitt weiter Essiggurken.

»Na und? Ich habe Lust, dich herzuzeigen.«

»Nicht heute abend. Ich müßte mir das Haar waschen, und das Abendessen ist gleich fertig. Außerdem läuft im Fernsehen ein Film mit Richard Gere.«

Wozu brauchte sie Richard Gere, wenn sie ihn hatte? Da mußte man ja sauer werden. »Okay, okay. Schon gut.«

Unerträglich schön, mit großen Augen fragte sie: »Du bist doch nicht böse, oder?«

»Nee, natürlich nicht.«

Er ging auf die Terrasse hinaus. Angel begann schon wie eine typische Ehefrau zu reden. Er hatte geglaubt, es würde sie riesig freuen, mit ihm in die Stadt zu fahren. Schließlich machten sie ja wahrlich nicht jeden Abend einen drauf. Er war innerlich angespannt und ruhelos. Man sollte meinen, sie hätte Verständnis für ihn – wegen der bevorstehenden Probeaufnahmen und so.

Sie aßen zu Abend, ein Auge auf dem Fernseher, der von der Decke herabhing. Dann gähnte Angel und sagte: »Ich bin todmüde. Hast du was dagegen, wenn ich bald ins Bett gehe?«

Ja, er hatte etwas dagegen. Er mußte sich abreagieren, ablenken, entspannen.
»Aber nein, Kleines, geh nur.«
Sie küßte ihn flüchtig und verschwand nach oben.
Er wünschte, er hätte einen Joint, um sich zu beruhigen.
Er wünschte, er hätte die verfluchten Probeaufnahmen schon hinter sich.
Er wünschte, er wäre ein Star.

18

Die Schwester von Joey Kravetz kehrte in die Stadt zurück. Louise Kravetz, bekannt als Lulu. Fünf Jahre älter als Joey. Dreimal wegen Prostitution festgenommen, zweimal wegen Drogenbesitz.
Sie kam an einem Sonntagmorgen mit einem Charterflug aus Amsterdam, und zehn Minuten, nachdem sie durch den Zoll war, wußte Leon Bescheid. Er hatte seine Verbindungen.
Ohne Millies Einwände zu beachten, stieg er in den Wagen und traf noch vor Lulu bei dem schäbigen Haus ein, in dem sie wohnte. Eine verärgerte Hauswirtin führte ihn in ihr Zimmer. Dort herrschte ein deprimierendes Durcheinander aus muffigen Kleidern, vertrockneten Pflanzen, Stößen abgegriffener Rockalben und einem alten Plattenspieler. Auf allem lag eine dicke Staubschicht.
In einer Ecke stand das ungemachte Bett, an der Wand gegenüber ein Gasbrenner, auf dem sich schmutzverkrustetes Geschirr stapelte.
Leon postierte sich steif neben der Tür, bereit, seinen Ausweis zu zücken und der Schwester die schlechte Nachricht zu überbringen.
Er fragte sich, ob sie Joey ähnlich sah.

Leon erwachte, als der Wecker klingelte. Sieben Uhr. Ohne Wecker hätte er ewig geschlafen.

Im Schritt spürte er getrocknete Klebrigkeit und wußte sofort, was es war. Ein nasser Traum. Du liebe Güte, er hatte seit seinem sechzehnten Lebensjahr keinen solchen Traum mehr gehabt.

Von wegen nasser Traum! Joey Kravetz hat es dir mitten in der Nacht gemacht, während du dich schlafend gestellt hast.

Hatte er das wirklich getan?

Ja, du hast es getan, und es hat dir gefallen. Du hast nicht fest geschlafen, hättest dich aus dem Schlaf reißen und sie aufhalten können.

Scham beschlich ihn. Er, Leon Rosemont, und eine sechzehnjährige Nutte. Dabei brauchte er das wahrlich nicht. Er hatte regelmäßigen Sex – Sex, soviel er wollte. Verdammt noch mal! Wie hatte er es nur dulden können?

Er stieg aus dem Bett, streifte den Schlafanzug ab und schlüpfte in seinen Bademantel.

Wie sollte er ihr gegenübertreten?

Wie wollte er es vermeiden?

Er stellte sich ihren Gesichtsausdruck vor. Sie würde ihn wissend und triumphierend anstarren. Du bist genau wie alle anderen.

Aber das stimmte nicht. Er war nicht so wie die viehischen Typen, die durch die Straßen strichen.

Ärgerlich ging er ins Wohnzimmer. Weck sie auf, gib ihr zwanzig Dollar und schick sie weg.

Großartig. Ermutige sie weiterzuhuren, bezahl sie und vergiß sie. Schließlich geht sie dich nichts an.

O doch, sie geht dich was an. Sechzehn ist sie, und du solltest versuchen, ihr zu helfen …

Das Kissen und die Decken, die er ihr gegeben hatte, lagen auf dem Boden. Die Couch war leer. Er wußte, daß sie weg war, bevor er noch in der Küche und im Bad nachgesehen hatte.

Lulu war größer als Joey und plump wie ein gestopftes Huhn. Die Augen in ihrem rotfleckigen Gesicht hatten die kränklich-gelbe Farbe, die von zuviel Drogenkonsum herrührt.
Sie war nicht allein. In ihrer Begleitung befand sich ein hagerer, nervöser Chicano*-Junge mit verfilzter Haarmähne und denselben gelben Augen. Beide trugen schwere Rucksäcke, und der Chicano sah aus, als breche er unter der Last zusammen. Die Hauswirtin hatte es offenbar nicht für nötig gehalten, dem Pärchen zu sagen, daß es erwartet wurde, denn weder Lulu noch der Junge wären fähig gewesen, eine so entsetzte Überraschung zu spielen.
Leon zückte seinen Ausweis.
Lulu setzte den Rucksack ab. »Verfluchte Schweine!« stieß sie hervor. »Ich geh weg – weil sie mich schikanieren. Ich komm zurück – und schon schikanieren sie mich wieder.« Sie hob die dicken Arme, und in ihrer indischen Batikbluse wurde ein Riß sichtbar. »Ich bin sauber, Mann. Filzen Sie mich.«
Eine reizende Person, diese Lulu. Der Dialog zwischen ihr und Leon machte den Jungen offensichtlich nervös. Er wollte sich rücklings zur Tür hinausstehlen, ohne auf Wiedersehen zu sagen.
»Bleib da, T. T.!« kreischte Lulu. »Kommt nich in Frage, daß du davonläufst! Egal, was die wollen, du bist mit drin.«
T. T. schien zu erstarren, die kranken gelben Augen zuckten.
»Ich will nichts«, erklärte Leon ruhig. »Ich muß Ihnen eine sehr traurige Mitteilung machen.«
»Traurig?« Lulu wiederholte das Wort verständnislos, als habe sie es noch nie gehört.
T. T. reagierte wie auf ein Stichwort und murmelte: »Traurig.«
»Es geht um Ihre Schwester, Joey«, sagte Leon ernst.
»Was hat 'n die kleine Schlampe jetzt wieder angestellt? Hat sie sich umlegen lassen?« Sie lachte schallend über ihren Witz.

* In den USA lebender Mexikaner

»Genau das«, antwortete Leon.
»Verscheißern Sie mich nich, Mister«, fauchte Lulu. »Ob Bulle oder nich, ich find das nich sehr komisch.«
»Ihre Schwester Joey ist ermordet worden«, entgegnete Leon förmlich.
Lulus fleckiges Gesicht wirkte auf einmal völlig zerknittert. Ihr Freund warf nervös den Kopf zurück.
»Es tut mir leid«, sagte Leon leise.
»Leid!« kreischte Lulu, die sich sehr schnell von ihrem Schmerz erholte. »Sie Mutterficker! Was verstehn Sie unter leid tun? Ihr Schweine habt meine kleine Schwester umgebracht.«
»Hör auf, Lu«, sagte T. T. hastig. »Denk dran, er is'n Bulle.«
»Klar!« schrie Lulu, die völlig die Beherrschung verloren hatte und vor Wut zitterte. »Ich denk dran, verfluchte Scheiße, wie sie von den Bullen schikaniert worden ist. Die ganze Zeit, Mann, die ganze Zeit. Einen blasen auf dem Rücksitz eines Streifenwagens. Ficken in einem engen Durchgang. Einer schleppte sie sogar in seine verstunkene Wohnung, als sie erst fünfzehn war, und sie mußte es mit ihm machen. Bullen!« Sie schnaubte angewidert. »Joey hatte keine Chance, und ihr Schweine habt ihr nie geholfen. Ausgenützt habt ihr sie, Mann, auf Schritt und Tritt.«
Leon blickte in ihr zorniges Gesicht. Einer schleppte sie sogar in seine verstunkene Wohnung, als sie erst fünfzehn war ...
Er hustete und versuchte etwas zu sagen, doch seine Gedanken schossen wild durcheinander. Deke Andrews. Deke Andrews. Muß ihn kriegen – muß ihn kriegen – um Joeys willen – um meinetwillen!
Mit dieser Schuld konnte er nicht leben.

19

Norma Jaeger und Celeste McQueen waren ganz anders, als Buddy sie sich vorgestellt hatte. Natürlich standen die beiden nicht mehr in der Blüte der Jugend, aber das Leben war – wie es so schön heißt – für sie noch nicht vorbei. Und ihren Schmuck mußte man gesehen haben, um zu glauben, daß es so etwas gab.
Mrs. Jaeger: Gefärbtes rotes Haar, mädchenhaft gekraust. Das Gesicht, wenn man genau hinsah, um die Fünfzig, aber aus einiger Entfernung fünfunddreißig plus oder minus ein oder zwei Jahre. Dezentes Make-up, etwas zu dick der bernsteinfarbene Lidschatten. Guterhaltene Figur. Bekleidet mit einem kobaltblauen Trainingsanzug. Um den Hals ein breites, mit mehreren sehr großen Diamanten besetztes ›Hundehalsband‹. Dazu ein passender Armreif. Und an der linken Hand einen Diamanten von der Größe eines Möweneis.
Mrs. McQueen: Ein oder zwei Jahre älter, drei oder vier Zentimeter dicker. Kurzes Haar mit Strähnchen, leichte Sonnenbräune, Sommersprossen. Weißes Tenniskleid und wirklich beeindruckende Beine. Viel Indianerschmuck aus Silber und Türkis, dazu ein herzförmiger Diamantring, der an Größe dem ihrer Freundin nicht nachstand.
Sonntag mittag, und die beiden musterten Buddy erwartungsvoll, als Jason ihn in der nur schwach beleuchteten Polo Lounge vorstellte.
»Hallo«, sagte Buddy, seinen ganzen Charme aufbietend, »ich freue mich sehr, Ihre Bekanntschaft zu machen, meine Damen.« Er schlüpfte in die Nische und nahm neben Mrs. McQueen auf der Lederbank Platz.
Sie tätschelte seine Hand, musterte ihn mit amüsierten blauen Augen und erwiderte: »Sagen Sie uns das, wenn wir abreisen, Süßer. Nicht jetzt, da Sie zum erstenmal Ihre Guckerchen auf uns richten.«
Alle lachten.

»Ich habe schon für dich bestellt«, verkündete Jason geschäftig. Da er Buddy als seinen Neffen ausgab, duzte er sich mit ihm. »Sekt und Orangensaft. Räucherlachs und Rührei.«
»Klingt gut«, antwortete Buddy und lächelte gewinnend. Worauf hatte er sich da bloß eingelassen? Worüber sollte er mit den beiden reden? Konversation war nicht seine Stärke.
»Jason hat uns erzählt, daß Sie ein angehender Filmstar sind«, sagte Mrs. McQueen. »Wie aufregend!«
Norma Jaeger neigte sich vor, ihre grünen Augen unter dem zu dick aufgetragenen Lidschatten funkelten. »Ich habe in der Zeitschrift *People* ein Interview gelesen«, erklärte sie lebhaft. »Mit einem jungen Schauspieler aus *Knots Landing* – oder vielleicht war's auch *Dallas*? Egal, mir kommen diese Serien alle gleich vor. Auf jeden Fall spielt er in einer dieser beliebten Schnulzen mit ...«
»Komm zur Sache«, forderte Celeste McQueen die Freundin liebevoll auf. »Ist doch unwichtig, was für eine Serie es war.«
»Scht, dräng mich nicht.« Norma lächelte und drohte ihrer Freundin mit einem langen manikürten Finger. »Du weißt, daß ich das hasse.«
Celeste lachte. »Und ob ich das weiß!«
Die bedeutungsvollen Blicke, die sie tauschten, entgingen Buddy nicht.
»Jedenfalls«, fuhr Norma fort, »sagte der junge Schauspieler, daß nach seiner Meinung heutzutage Schauspieler genauso auf die Besetzungscouch müssen wie Schauspielerinnen.« Übermütig sah sie Celeste und dann wieder Buddy an. »Mich interessiert nun, ob Sie auch dieser Ansicht sind, Buddy.«
»In Wirklichkeit will sie fragen, Süßer«, erklärte Celeste boshaft lächelnd, »wie weit Sie für eine Rolle gehen würden.«
»Nein, nein«, wandte Norma ein, »in Wirklichkeit will ich fragen, ob Sie ... Ach, Sie wissen doch, was! Ich muß es bestimmt nicht buchstabieren.«
»Du hast es gerade gesagt«, rief Celeste lachend.

»Habe ich nicht«, entgegnete Norma.
Sie lächelten einander zärtlich an und interessierten sich nicht im geringsten für Buddys Antwort.
Er hätte am liebsten laut gelacht. Jason hatte ihn zum Begleiter zweier Lesben ausersehen. Und er hatte befürchtet, sie könnten ihm auf die Pelle rücken. Aber diesen beiden lag sicher nichts am schönen Körper von Buddy-Boy.

Die Beziehung zwischen Neil und ihr veränderte sich, und Montana wußte nicht recht, wie sie damit fertig werden sollte. Eines jedoch stand für sie fest: Auf keinen Fall wollte sie das Heimchen am Herd spielen. Sie glaubte ja nicht, daß Neil das von ihr verlangte. Aber was wollte er eigentlich?
Er trank wieder. Sein Problem. Er war erwachsen, und wenn er sich nicht beherrschen konnte, würde sie ihm nicht auf die Finger klopfen. Er verbrachte immer mehr Zeit im Büro, fuhr morgens sehr früh weg und kam abends spät heim. Montana hatte nie viel von bohrenden Fragen gehalten, Fragen wie: Wo warst du? Mit wem warst du beisammen?
Sie wußte, daß Neil sich Sorgen wegen der Besetzung der Hauptrollen machte, also konzentrierte sie ihre ganze Energie darauf, die anderen Rollen richtig zu besetzen.
Aus einem plötzlichen Impuls heraus stieg sie eines Tages in ihren Volkswagen und fuhr nach Downtown, in die Straßen, wo alles begonnen hatte. Sie saß in dem kleinen Auto und betrachtete die Gesichter der Passanten. Zum Teufel mit den Schauspielern! Warum konnte man nicht ein paar echte Menschen nehmen?
Ein Junge, der in ihrem Kurzfilm mitgespielt hatte, stolzierte vorbei. Er war in dem einen Jahr ziemlich gewachsen – ein Macho-Teenager mit dichter schwarzer Haarmähne und durchlöcherten Turnschuhen. Er sah sie nicht; er war damit beschäftigt, einem kleinen blonden Mädchen mit gutentwickeltem Busen Kaugummiblasen ins Gesicht zu pusten.
Montana mußte an Gina Germaine denken. Neil machte tatsäch-

lich Probeaufnahmen von ihr. Montana fand es unglaublich, aber das klügste war, es hinzunehmen – vorläufig jedenfalls.
Ach, die Macht eines großen Busens. Gina hatte eine ganze Karriere darauf gebaut.
Montana beobachtete zwei Männer mittleren Alters, die an den beiden Teenagern vorübergingen. Sie wußte genau, was die Männer tun würden, und die beiden enttäuschten sie nicht. Lüstern musterten sie die Brüste des Mädchens, sahen einander an, leckten sich die Lippen und machten eine obszöne Bemerkung, über die sie dann in brüllendes Gelächter ausbrachen. Für den Durchschnittsmann auf der Straße bestand eine Frau nur aus Titten und Hintern. Diese Ansicht hatte man ihm sein Leben lang eingeimpft, ohne daß es ihm bewußt geworden wäre. Es war das Normalverhalten unter Männern. Montana hatte es schon tausendmal beobachtet. Manchmal hatte sie das Gefühl, sich mühelos in das Denken und Handeln eines Mannes hineinversetzen zu können. Als Gruppe waren Männer leicht zu durchschauen. Hingezogen hatte es Montana jedoch immer zu den schwierigen, den unberechenbaren.
Sie dachte daran, wie Neil gewesen war, als sie ihn kennenlernte. Ein Trunkenbold, der sein großes Talent vergeudete, indem er sich halb zu Tode soff. Aber ein unberechenbarer Trunkenbold, klug, geistreich und witzig. Eine Herausforderung.
Eine Dirne in heißen Höschen stakste auf Pfennigabsätzen vorbei. Ein Mann mit Brille folgte ihr und nahm seinen ganzen Mut zusammen, um sie anzusprechen. Menschen der Straße.
Es war ihr so leicht gefallen, das Drehbuch zu schreiben. Sie hatte eine ausgezeichnete Beobachtungsgabe und die unheimliche Fähigkeit, genau zu erfühlen, wie Menschen dachten. Sie verstand sie, brachte ihnen Mitgefühl entgegen. Sie hatte das nie erlahmende Wechselspiel des Lebens in den Straßen beobachtet und dann eine großartige Story über Menschen geschrieben, die echt waren, keine blutlosen Schemen.
Was würde Neil daraus machen?

Würde er alles verderben, weil er unter Druck stand? Oder würde er sich durchsetzen und den erstklassigen Film drehen, zu dem er das Zeug hatte, wie sie genau wußte?
Er war stark. Hoffentlich auch stark genug.

Elaine schien kein anderes Thema mehr zu kennen als ihre Party und die beschissene Bibi Sutton.
»Himmel, Elaine!« fauchte Ross. »Weißt du denn nicht, daß sie eine Hundert-Dollar-Nutte auf den Champs-Élysées war? Ich habe sie gehabt, George hat sie gehabt – für uns alle machte sie die Beine breit. Und als sie nach Hollywood kam, gab es einen großen Skandal, weil George sie geschwängert hatte.«
»Unsinn.«
»George und sie haben es miteinander getrieben, bis seine Frau dahinterkam. Es heißt, Bibi sei nach Tijuana gefahren, um abtreiben zu lassen.«
»Das glaube ich nicht«, erwiderte Elaine steif. »Das ist nichts als ein Hollywoodmärchen.«
»Es ist kein beschissenes Hollywoodmärchen. Es ist die Wahrheit, verdammt noch mal! Hör also auf, ihr in den schlaffen Hintern zu kriechen.«
»Bibis Hintern ist nicht schlaff«, erwiderte Elaine scharf, »aber deiner könnte ein paar Stunden im Fitneßcenter vertragen. Besonders jetzt, vor der Party.«
»Du kannst es nicht lassen zu sticheln, was?«
»Und du kannst die Wahrheit nicht ertragen. Auch wenn es zu deinem Besten ist.«
»Sei nicht so verflucht scheinheilig.« Er verzog sich in sein Arbeitszimmer und überlegte, ob er Karen anrufen sollte. Doch in Elaines Anwesenheit war das viel zu riskant.
Er hatte am Samstag früh den Corniche zu Nate 'n' Al's gebracht, Krapfen, Räucherlachs und Rahmkäse gekauft und dann aus einer Telefonzelle Karen angerufen. Ein Antwortdienst hatte sich gemeldet. Er hatte seinen Namen nicht nennen wollen und dar-

um als Gag gesagt: »Richten Sie Miss Lancaster aus, daß *Mr.* Elaine angerufen hat und sie bittet, sich mit ihm wegen eines Termins in Verbindung zu setzen.«

Offenbar hatte sie die Nachricht nicht erhalten, denn jetzt war es Sonntag abend, und kein Wort von ihr. Es war natürlich möglich, daß sie angerufen hatte und Elaine am Apparat gewesen war. Außerdem hielt sie es vielleicht für keine gute Idee, am Wochenende anzurufen. Sie war ein durchtriebenes Frauenzimmer.

Elaine stand in der Küche und begann mißmutig, zwei gefrorene Steaks zu braten. Lina kam an den Sonntagen nicht, obwohl Elaine versucht hatte, sie mit doppelter Bezahlung zu bestechen. Elaine verabscheute Küchenarbeit, sie verdarb ihr die Fingernägel. Ihr war es schon zuviel, das benutzte Geschirr in die Spülmaschine zu stellen.

Ross wanderte in der Küche umher und begann Radieschen aus der Salatschüssel zu klauben. »Wer kommt morgen noch zu Bibis Lunch und läßt sich erklären, wie man Leute umbringt und verstümmelt?« fragte er beiläufig.

»Wir lassen uns nicht erklären, wie man Leute umbringt und verstümmelt, sondern wie man den Schutzspray ›Mace‹ richtig anwendet. Er ist ein wertvolles Verteidigungsmittel.«

»Klar. Irgendein Kerl mit einer Pistole packt dich, und was tust du? Langst in deine Handtasche, holst deinen süßen kleinen Spray heraus und sagst« – er imitierte eine quiekende Frauenstimme –: »›Oh, entschuldigen Sie, Sir, würden Sie nur ein Augenblickchen stillstehen, damit ich Ihnen schnell ein bißchen ›Mace‹ ins Gesicht sprühen kann? Sie haben doch nichts dagegen, oder?‹«

Elaine lächelte unwillkürlich. »Ich hoffe, daß ich es nie verwenden muß«, sagte sie.

»Gib ihnen einen Tritt in die Eier, und hau ab«, riet ihr Ross. »Alles andere kannst du vergessen.«

»Was bist du – ein Fachmann?«

»Ein Mann.«

Am liebsten hätte sie gesagt: »Den Eindruck habe ich allerdings nicht.« Aber sie wollte nicht boshaft sein. Solange er nicht allzusehr über die von Minute zu Minute steigenden Kosten für die Party murrte ... Sie wendete die Steaks, die recht schön brutzelten. »Knoblauchsalz?« fragte sie.
»Nein, lieber nicht.«
»Warum nicht? Willst du morgen eine aufs Kreuz legen?« fragte sie scherzhaft.
Er zwickte sie in die linke Brust. »Heute noch, wenn's geht.«
Paß auf, Elaine, daß dir nicht das Herz stehenbleibt.

Gina Germaines Stimme am Telefon klang tief und sexy. »Ich hätte nicht gedacht, daß meine Probeaufnahmen für deinen Film eine schöne Beziehung beenden würden«, schnurrte sie.
Neil holte tief Luft. Er hatte die Probeaufnahmen arrangiert und damit ihre Forderung erfüllt. Wollte sie jetzt auch noch, daß er es weiter mit ihr trieb?
»Meine liebe Gina«, erwiderte er kurz, »ich versuche, einen Film vorzubereiten. Da habe ich kaum Zeit, mal ins Bad zu gehen, geschweige denn für etwas anderes.«
»Nur Arbeit und kein Vergnügen? Ich vermisse dich, Neil.«
Gütiger Himmel, das erpresserische Biest hatte Nerven! »Ich sehe dich am Mittwoch, oder? Du wirst doch zu den Probeaufnahmen erscheinen, deretwegen du einen solchen Wirbel veranstaltet hast, oder?«
Ganz gekränkte Schauspielerin, antwortete sie: »Natürlich komme ich, Neil, Liebling. Und ich werde gut sein, du wirst schon sehen.«
»Dann also am Mittwoch.«
»Warte!« sagte sie scharf und befehlend.
Er seufzte. »Was ist?«
»Komm doch heute noch herüber«, bettelte sie, die Taktik ändernd. »Ich muß die Szene mit dir besprechen. Du sollst mir helfen.«

Sie war unglaublich. »Gina«, erwiderte er barsch, »du hast mir nicht zugehört. Ich habe sehr viel zu tun. Ich ...«

»Wir könnten unser Videoband ansehen«, sagte sie. »Was hältst du davon? Oder ist es dir lieber, wenn ich dir eine Kopie nach Hause schicke? Ich bin überzeugt, daß Montana dich liebend gern im Film sähe. Du schaust so männlich und gut aus, und ...«

Was war sie doch für ein Aas! »Ich komme«, fauchte er.

»Ich zieh mir was Verführerisches an. Ciao.«

Er saß da und starrte die Wand an. Starrte und sah doch nichts. Wie hieß es immer in den Laurel-und-Hardy-Filmen? »In eine feine Bredouille hast du uns da hineingeritten, Ollie. In eine feine Bredouille.«

Mrs. Jaeger und Mrs. McQueen wollten nach dem Lunch Tennis spielen, und da Buddy bereitwillig zugegeben hatte, er sei weder Connors noch Borg, forderten sie ihn nicht auf mitzuspielen.

Jason entschuldigte sich. »Den Sonntag muß ich immer mit Marvin verbringen, sonst schmollt er.«

Marvin Jackson der Macker mit Schmollmündchen? Nie!

»Aber«, fuhr Jason fort, »soviel ich weiß, will Mrs. Jaeger später in ihr Haus hinausfahren. Wir könnten uns um halb sechs dort treffen. Ich habe für heute abend bei Matteo einen Tisch bestellt.«

Buddy nickte. Er dachte an Angel, die nichts zu tun hatte, die jetzt in der Sonne liegen und in der Brandung schwimmen konnte. Wie er sie beneidete! Er wartete, bis Jason gegangen war, entschuldigte sich dann bei den tennisspielenden Damen und suchte eine Telefonzelle. Angel meldete sich schon nach dem zweiten Klingeln.

»Warum bist du nicht draußen?« fragte er streng.

»Ich putze«, antwortete sie.

»Du putzt? Ja, was denn, um Himmels willen. Das Haus ist so sauber und steril wie eine Klinik.«

»Ich säubere die Küchenschränke«, erklärte Angel frostig. »Sie

sind noch voller Sägespäne, wahrscheinlich war's den Schreinern zu mühsam, sie wegzuräumen.«
»Ach! Tatsächlich?«
Sein Sarkasmus prallte an ihr ab. »Ja, tatsächlich«, sagte sie mit gerechter Empörung.
»Hör zu, könnte sein, daß ich erst später komme, vielleicht erst abends.«
»Ich dachte, wir fahren irgendwohin.«
»Das holen wir morgen nach.«
Sie seufzte.
»Ich sag dir was, Kleines. Laß die Putzerei sein und beweg deinen schönen Körper an die Sonne. Das ist ein Befehl. Ich möchte, daß du braun wirst.«
»Meinst du, das ist gut für das Baby?«
»Ja, ja, sehr gut.«
»Ich ziehe mich gleich um.«
Er schickte ihr Küsse durchs Telefon, hängte auf, kramte weitere Münzen heraus und versuchte dann sein Glück bei Montanas Sekretärin Inga.
»Tut sich etwas?« fragte er, ohne lange guten Tag zu sagen.
»An einem Sonntag?«
»Wollte mich nur sicherheitshalber erkundigen.«
»Möchten Sie herkommen?«
»Gern, aber meine beiden Tanten sind in der Stadt. Ich spiele den braven Neffen.«
»Solange Sie nicht zur guten Fee werden ...«
Was sollte das heißen? Er beendete das Gespräch und überlegte, ob er Randy anrufen sollte. Der Junge war mit einer sehr einflußreichen Begleiterin im Ma Maison gewesen. Vielleicht sollte er mit ihm über Maralee Gray reden und in Erfahrung bringen, ob sie etwas über *Menschen der Straße* wußte. Er wählte Randys Nummer, aber niemand meldete sich. Enttäuscht hängte er ein.
Statt direkt zu den Tennisplätzen zu gehen, machte er einen Um-

weg und schaute, was sich am Schwimmbassin tat. Viele tiefdunkel gebräunte Typen lagen herum, mit einer Menge Gold um den Hals. Und viel tiefdunkel gebräunte Weiblichkeit in kleinen Bikinis; sie trugen Diamanten an den Ohren und dünne Goldketten um die Taille. Sie sahen alle gleich aus.

Er pfiff leise vor sich hin, während er gemächlich am Pool entlangschlenderte.

Er erkannte Josh Speed, den englischen Rockstar, und ein paar Kleindarsteller, Arschkriecher allesamt. Noch immer pfeifend, gelangte er zu den Tennisplätzen. Celeste und Norma spielten verbissen. Buddy sah ihnen zu. Himmel, war ihm heiß! Einen Tag wie diesen sollte man am Strand verbringen. Aber er hatte einen Auftrag, und vorläufig war Jason Swankle seine einzige Geldquelle.

»Spiel, Satz und Sieg!« rief Norma triumphierend.

»Puh! Du hast es verdient!« antwortete Celeste keuchend.

Arm in Arm gingen sie vom Platz und lächelten sich zu.

Buddy raffte sich auf und trat zu ihnen. »Was jetzt, meine Damen?«

»Eine lange, eiskalte Dusche«, sagte Norma.

»Und einen großen, kühlen Longdrink«, ergänzte Celeste.

»Ich warte vielleicht am besten im Café auf Sie«, schlug er vor. »Dann könnten wir …« Er zuckte mit den Schultern. »Was Sie wollen.«

»Wieviel bezahlt Ihnen Jason?« fragte Norma, und ihr rotes Kraushaar schimmerte in der Sonne.

»He – ich tu das zum Vergnügen«, antwortete Buddy, über ihre Unverblümtheit erstaunt. »Es macht mir Spaß.«

Norma lächelte. »Ich dachte, Sie würden vielleicht etwas tun, was Ihnen noch mehr Spaß macht – sagen wir, für das Doppelte dessen, was Jason Ihnen zahlt.«

Buddy runzelte die Stirn. »Sagen Sie das noch mal.«

»Noch mal und noch mal und noch mal. Wenn wir Glück haben. Ich bin sicher, daß wir drei – sehr gut zusammenpassen wür-

den.« Sie hielt inne, leckte sich die vollen Lippen und fragte dann: »Meinen Sie nicht?«
Langsam begriff er. Sie sprach von einem gemütlichen kleinen Dreier.
»Äh, an wieviel dachten Sie?« Es interessierte ihn, wieviel sie zu zahlen bereit war. Schließlich war es ja nicht so, daß er das noch nie gemacht hätte.
Aber das war vor Angel gewesen.
»Ich mag nicht handeln, nennen Sie die Summe«, erwiderte Norma fest. Celeste nickte dazu, und die beiden sahen ihn erwartungsvoll an.
Buddy überlegte fieberhaft. Er schwamm wahrlich nicht im Geld. Diese Gelegenheit durfte er sich nicht entgehen lassen.
»Äh, ich möchte tausend Dollar«, sagte er und rechnete halb und halb damit, daß Norma wegen des horrenden Preises in Lachen ausbrechen würde.
Sie tat es nicht. Sie faßte ihn am Arm, hängte sich auf der anderen Seite bei Celeste ein und sagte schleppend: »Worauf warten wir?«

Angel putzte die Küche fertig, bevor sie in den weißen Badeanzug schlüpfte und hinausging. Eigentlich lag sie nicht gern lange in der Sonne, sie fand es langweilig.
Vorsichtig stieg sie die Holzstufen an der Seite des Hauses hinab und ging dann über den Sandstreifen ans Wasser. Die Wellen waren riesig. Ein Stück weiter unten spielten zwei bronzebraune Teenager gefährliche Spiele mit ihren Surfbrettern. Angel beobachtete sie und stellte sich vor, daß Buddy und sie im Meer herumtollten. Dann erinnerte sie sich an Hawaii. Dort war Buddy so aufmerksam, romantisch und irgendwie – anders gewesen. Seit der Rückkehr nach Hollywood wirkte er verkrampft, schien unfähig, sich zu entspannen.
Langsam wanderte sie am Ufer entlang, die an den Strand rollenden Wellen leckten an ihren bloßen Füßen. Ehrfürchtig betrach-

tete sie die luxuriösen Strandhäuser, von denen jedes gut und gern zwei bis drei Millionen Dollar gekostet hatte. Das hatte ihr zumindest die Frau im Supermarkt anvertraut.
»Entschuldigen Sie«, sagte eine Männerstimme.
Sie schrak zusammen und drehte sich um. »Ja?« Sonnenlicht fiel in ihre aquamarinblauen Augen und ließ sie riesengroß erscheinen.
Der Mann starrte sie an, hingerissen von ihrer unschuldigen Schönheit. Er räusperte sich. »Sie kennen mich nicht«, begann er zögernd, »aber ich habe Sie beobachtet ...«

Die beiden Frauen bewohnten einen Bungalow mit zwei Schlafzimmern, der zum Beverly Hills Hotel gehörte. Die Klimaanlage lief auf vollen Touren, und die Rollos waren heruntergezogen. Nach der Nachmittagshitze draußen war es in den Räumen so kalt wie in einem Eiskeller. Doch weder Norma Jaeger noch Celeste McQueen schienen es zu merken.
»Mixen Sie uns ein paar Martinis, während wir duschen, Buddy«, befahl Norma und deutete auf die gutausgestattete Bar.
»In Ordnung.« Buddy stand mitten im Zimmer und fragte sich, warum er nervös war. Nervös, weil er zwei alte Schachteln bumsen sollte? Buddy Hudson?
Viel Zeit war vergangen seit der letzten beruflichen Verpflichtung dieser Art.
Na, und?
Er schenkte die Drinks ein und genehmigte sich selbst schnell einen doppelten Wodka. Zuviel Alkohol machte schlaff, aber ein rascher Schluck wirkte immer. Zuerst wollte er seine tausend Dollar. Gut sichtbar. Auf dem Tisch.
Das Prasseln der Dusche drang durch die Schlafzimmertür. Er nahm die beiden Martinis und stieß die Tür mit dem Fuß auf. Die Bettdecke war ordentlich zurückgeschlagen, und auf einem der geblümten Kissenbezüge lag Geld. Mrs. Jaeger konnte offenbar Gedanken lesen.

Buddy setzte die Gläser ab und griff nach dem Geld. Zehn funkelnagelneue Hundertdollarscheine. Norma Jaeger ließ sich wirklich nicht lumpen. Er steckte das Geld schnell in die Jackentasche.
Und wie war die Reihenfolge des Programms? Zuerst Mrs. J. und dann Mrs. M.? Oder beide gleichzeitig?
Er zog das Jackett aus und knöpfte das Hemd bis zur Taille auf. Unbehagen beschlich ihn, während er im Zimmer auf und ab ging.
Was machte Angel wohl jetzt? Vermutlich wischte sie einen Schrank aus oder auch zwei. Das brachte ihn zum Lächeln. Meine Frau, der Putzteufel. Angel hatte sich verändert. In Hawaii frei und unabhängig wie er, jetzt Frau Saubermann. Sie schrubbte ständig und machte großes Trara um jedes Sandkörnchen, das er in Jasons Haus schleppte.
»Aha, wie ich sehe, haben Sie das Geld gefunden.« Norma stand in der Badezimmertür, einen Frotteemantel fest um sich gewickelt. »Und jetzt ab unter die Dusche mit Ihnen!«
He, he, meinte sie, er sei nicht sauber?
»Klar«, antwortete er. »Warum nicht?«
Sie trat ins Schlafzimmer, und er schob sich an ihr vorbei ins Bad, wo er rasch aus den Kleidern schlüpfte.
Eine lauwarme Dusche, duftende Seife und dann hinein in den bereitgelegten Bademantel. Er musterte kritisch sein Glied. Schlaffer als eine zu lange gekochte Nudel. Es war an der Zeit, sich psychisch aufzupulvern: an schöne Dinge denken, erotische Erinnerungen heraufbeschwören. Sich aufgeilen. Voller Selbstvertrauen schlenderte er ins Schlafzimmer.
Celeste McQueen und Norma Jaeger lagen nackt im Bett, hielten sich in den Armen, ein stöhnender Fleischberg.
Was sollte er tun? Mitmachen? Zusehen? Warten?
Der Kunde hatte immer das Sagen. Und für tausend Dollar konnten die beiden verlangen, was sie wollten.
Er stand mitten im Zimmer, wartete auf Anweisungen, spürte,

daß sein Steifer wieder schlaff wurde, und kam sich wie ein Idiot vor.
Die Frauen, die sich auf dem großen Doppelbett wanden, schienen seine Anwesenheit vergessen zu haben. Er versuchte, durch ein vorsichtiges Räuspern auf sich aufmerksam zu machen.
Keine Reaktion. Norma nahm gerade Celestes Möse im Sturzflug. Heftiges Stöhnen und Seufzen zeigte an, daß jemand zum Höhepunkt kam. Bestimmt nicht er. Ein Orgasmus war das letzte, woran er dachte.
»Aaaah ...«
»Komm schon, Schätzchen. Du schaffst es. Nur zu, los, komm!«
Das klang, als beschwöre ein schnellredender Buchmacher ein lahmendes Pferd. Buddy unterdrückte ein Grinsen, obwohl die beiden ihn nicht beachteten. Sie hätten es wahrscheinlich nicht mal gemerkt, wäre er nackt herumgehüpft und hätte ›Jumpin' Jack Flash‹ gesungen.
Endlich lösten sie sich voneinander. Celeste blieb keuchend liegen, Norma dagegen setzte sich auf und fragte triumphierend: »Nun, Buddy, was halten Sie davon?«
Was wollte sie hören? Eine Kritik?
Herrje, die Aktion war manchmal ein bißchen langsam und der Dialog banal, aber es war keine schlechte Darbietung. Norma Jaeger dominierte, und Celeste McQueen gab sich in der zweiten Hauptrolle angemessen hysterisch.
»Na ja – ganz nett soweit.«
Norma schrie vor Lachen. »Nur nett?«
Er sagte sich, daß er etwas Begeisterung zeigen müsse. »Sehr sexy.«
»Machen Sie doch mit«, forderte Norma ihn auf. Celeste war offenbar so etwas wie der stille Teilhaber.
»Dachte mir auch gerade, daß ich das sollte«, erwiderte er lahm. Vielleicht konnte er ihnen etwas vortäuschen.
Eine Erektion vortäuschen? Das wäre ein toller Trick. Wau! Keine Geldprobleme mehr. Das ›Verfahren‹ schnell patentieren las-

sen und dann zuschauen, wie die Dollars flossen. Er sah sogar schon einen Buchtitel vor sich: *Wie ich einen Steifen bekomme, auch wenn mir nicht nach Sex zumute ist.* Ein todsicherer Bestseller.

»Ziehen Sie den Bademantel aus, ich möchte Sie ansehen. Ich betrachte gern die Körper schöner junger Männer.«

Scheiße! Er wollte weg.

»Sie sind doch nicht schüchtern, oder? Jason schickt mir im allgemeinen keine Mimosen.«

So standen die Dinge also! Jason hatte von vornherein gewußt, was Buddy zu erwarten hatte. Das Gerede von den beiden Frauen, die er ausführen sollte, war nur fauler Zauber gewesen.

Celeste setzte sich ebenfalls auf, das Haar mit den eingefärbten Strähnchen zerzaust. Sie hatte einen Hängebusen, der aussah, als sei er oft bearbeitet worden. Sie streckte sich. »Was ist los?«

Sie erinnerte ihn an San Diego und einen sechzehnjährigen Jungen – an seine Mutter – den zu Boden gleitenden Morgenrock – an große hängende Brüste und füllige Schenkel.

»Ich muß weg«, sagte er heiser. »Ich muß wirklich weg.«

»Was?« riefen Norma und Celeste überrascht.

»Ich habe einen Termin vergessen ...« Er stürzte ins Bad, warf den Bademantel ab und zog sich hastig an. »Ich soll doch Probeaufnahmen machen und muß die neuen Seiten abholen ...«

Dann war er an der Tür, griff nach der Klinke und damit nach der Freiheit.

»Mein Geld, Buddy.« Norma Jaegers Stimme war eisig.

»O ja – klar.« Er zog die knisternden neuen Scheine aus seiner Jackentasche und sagte ihnen stumm Lebewohl. »Hier ist es.« Rasch warf er die Scheine auf das Bett. Sie landeten auf Celestes Bauch.

Sekunden später war er draußen. Er rannte und rannte, atmete tief die frische Luft ein, legte Zeit und Abstand zwischen sich und seine Vergangenheit.

Angel war zwar gewohnt, daß sie immer wieder von Männern angesprochen wurde, hatte es aber nie richtig gelernt, sie zurückzuweisen. Ein Gespräch führte zu Vertrautheit, und plötzlich kannte man einen Fremden, ob man wollte oder nicht.
Der Mann am Strand war anders. Das spürte Angel sofort. Er gab sich nicht mit den üblichen Floskeln ab, sondern erklärte unverblümt: »Sie kennen mich nicht, aber ich habe Sie beobachtet. Und ich möchte Ihnen eins sagen, ich könnte für Sie der Anfang eines ganz neuen Lebens sein.«
»Entschuldigen Sie mich«, sagte sie und wich zurück.
Er folgte ihr. »Ich will nicht Ihren Körper. Ich habe keinerlei Interesse an etwas Persönlichem.«
Sie wich weiter zurück.
»Wunderschön!« rief er. »Vollkommen!«
Sie schaute sich nach jemandem um, der ihr beistehen konnte.
»Wir sind Nachbarn.« Er bemühte sich, sie zu beruhigen. »Ich wohne gleich nebenan.«
»Mein Mann ist zu Hause«, erwiderte sie nervös. »Er mag es nicht, wenn ich mit Männern spreche – er ist sehr eifersüchtig.«
»Ihr Mann interessiert mich einen Dreck!« rief er und fuchtelte mit den Armen in der Luft herum. »Hören Sie mir zu, Mädelchen, hören Sie mir gut zu. Ich möchte Sie zu einem Filmstar machen! Wenn Sie sich vor einer Kamera so natürlich geben können wie hier, sind Sie ein Star. Verstehen Sie?« Er legte eine dramatische Pause ein und sagte dann: »Ich möchte Sie für meinen Film haben.«
Angels Augen wurden noch größer. Zeitlebens hatte sie davon geträumt, genau das eines Tages zu hören. »Wer sind Sie?« fragte sie leise.
»Wer ich bin?« Er brüllte vor Lachen. »Lesen Sie keine Zeitschriften? Haben Sie mich voriges Jahr nicht auf dem Titelbild von *Newsweek* gesehen?«
Stumm schüttelte sie den Kopf, eingeschüchtert durch die ungeheure Energie, die er ausstrahlte.

Er kniff die Augen zusammen und musterte sie aufmerksam. »Sie rauchen doch nicht, oder? Nein, natürlich rauchen Sie nicht.« Er streckte die Hände aus, als wollte er ihr Gesicht umfassen. »Sie, kleine Dame, werden ein Star. Und ich, Oliver Easterne, mache Sie dazu.«

20

Pittsburgh, Donnerstag:
Die Leichen eines Mannes und einer Frau wurden am frühen Morgen in einer einsamen Seitengasse gefunden. Die Frau, eine zwanzigjährige polizeibekannte Prostituierte, war gräßlich verstümmelt, ihre Kehle war durchgeschnitten.
Der Mann, ein vierunddreißigjähriger kubanischer Staatsbürger und bekannter Zuhälter, wurde ebenfalls brutal mißhandelt. Die Schläge, die ihn trafen, waren so, daß ihm der rechte Arm über dem Ellbogen abgetrennt wurde. Es wird vermutet, daß der Angreifer ihn liegen und verbluten ließ. Die Polizei sucht Zeugen.

Der alte braune Lieferwagen jagte über die Landstraße. Pittsburgh lag weit hinter ihm. Das Radio, das nicht funktioniert hatte, als Deke den Wagen kaufte, dröhnte jetzt aus vier verborgenen Lautsprechern. Rod Stewart. ›Passion‹.

In the bars and the cafés – Passion
In the streets and the alleys – Passion
Lot of pretending – Passion
Everybody's searching – Passion.

Das stimmt wirklich, dachte Deke. Jeder suchte und fand Leidenschaft und Liebe – Passion. Aber wo waren sie in seinem Leben?

Hear it on the radio – Passion
Read it in the paper – Passion
Hear it in the churches – Passion
See it in the schoolyard – Passion.

Joey. Sie hatte ihm Leidenschaft und Liebe geschenkt. Die einzige, die es je getan hatte.

Can't live without passion
Even the President needs passion
Everybody I know needs some passion
Some people die and kill for passion.

Joey. Er hatte sie geliebt, obwohl sie eine Hure und eine Lügnerin war, obwohl sie ein verlogenes, hurendes Luder war.

Some people die and kill for passion.

Ja, das stimmt, dachte Deke, Menschen sterben und töten aus Leidenschaft.

Deke war überrascht, daß Joey seinen Heiratsantrag annahm. Sie sagte: »Okay, großer Boß. Leg den Tag fest.« Dann fügte sie hinzu: »Und ich will 'nen Ring – und wenn ich nich mehr auf'n Strich gehn soll, mußt du jede Woche mit ein paar Dollars rüberkommen.« Mit einem müden Seufzer sank sie auf ihr ungemachtes Bett. »Und wann heiraten wir? Bald?« Sie nickte, als habe sie sich selbst die Frage gestellt. »Ja, bald«, sagte sie.
Er sah sie ausdruckslos an. Ihr einen Antrag zu machen, war eines.
Tatsächlich zu heiraten, war etwas ganz anderes.
Es gab allerlei zu bedenken. Da war vor allem seine Mutter. Er hatte einmal ein Mädchen nach Hause gebracht – vor vielen Jahren. Seine Mutter hatte das Mädchen großartig aufgenommen,

aber später wehmütig gelächelt und gesagt: »Nichts für dich, Sohn, oder? Nicht gut genug.«

Doch für seine Mutter war nie etwas gut genug. Seien es seine Schulnoten, seine Stellung, seine Hobbys.

»Autos!« Sie rümpfte verächtlich die Nase. »Haben wir deine Ausbildung bezahlt, damit du den ganzen Tag unter einem Auto herumliegst? Haben wir uns dafür abgeplagt?«

Sie hatte seine Stellung in der Reparaturwerkstatt nie akzeptiert. Sie würde auch Joey nie und nimmer akzeptieren.

»In Ordnung, bald«, murmelte er.

»Wann?« fragte Joey.

Er bereute fast, daß er ihr den Antrag gemacht hatte. Es ging ihm alles zu schnell, klang so endgültig. »Ich suche eine Wohnung.«

»Ein Haus?«

Dafür reichte sein Verdienst nicht. Außerdem mußte er seiner Mutter einen festen Betrag abgeben. Bevor er Joey gekannt hatte, war es ihm möglich gewesen, etwas zu ersparen. Doch jetzt hatte er nur noch ein paar hundert Dollar auf der Bank.

»Wir werden sehen.«

Sie sprang vom Bett, die dunkel umrandeten Augen blickten gehässig und drohend, und vor Müdigkeit schielte sie stärker als sonst. »Hör zu, Cowboy, glaub bloß nich, daß du mir einen Gefallen tun mußt.«

»Tu ich nicht«, versicherte er ihr erschrocken.

»Wär nämlich gar keiner.« Sie streckte die Arme über den Kopf und gähnte. »Ich hätt hundertmal heiraten können, wenn ich gewollt hätt. Sogar ein Bulle war verrückt nach mir. Wie gefällt dir das?«

Es gefiel ihm nicht. Joey Kravetz gehörte ihm. Und jeder, der versuchte, sie ihm wegzunehmen, war tot. Tot und eiskalt.

Der Lieferwagen wechselte plötzlich die Fahrspur, und der wütende Fahrer eines Cadillac bedachte Deke mit einem obszönen Fingerzeichen. Deke wurde von Wut gepackt. Absichtlich wechselte er abermals den Fahrstreifen, fuhr dicht auf den Cadillac auf und hupte ihn ununterbrochen an.

Beide Fahrzeuge beschleunigten, überschritten weit das Tempolimit. Halsbrecherisch rasten die beiden über die zweispurige Straße, der Lieferwagen nur Zentimeter hinter dem Heck des Cadillac.

Sie näherten sich einer Baustelle. Verkehrszeichen und Signale wiesen darauf hin, daß sich die zweispurige Fahrbahn nach eineinhalb Kilometern zu einer Spur verengte.

Deke scherte aus und setzte sich neben den Cadillac. Der Fahrer, ein Mann mittleren Alters, blickte stur geradeaus. Er hatte erkannt, daß er es möglicherweise mit einem Verrückten zu tun hatte.

Als sie zu der Baustelle kamen, ging der Mann vom Gas, um den Irren im Lieferwagen überholen zu lassen. Doch der Irre hielt das gleiche Tempo wie er, blockierte die Einfahrt in die freie Spur. Himmel noch mal! Die Pfeile zeigten an, daß er jetzt hinüber mußte.

In einem Anfall von Panik gab er Gas – unmöglich, daß ein Cadillac einem alten, ramponierten Lieferwagen nicht davonziehen konnte. Ganz unmöglich. Doch unerklärlicherweise konnte er es nicht. Der Lieferwagen blieb auf gleicher Höhe und beschleunigte erst in dem Moment, in dem der Cadillac mit Höchstgeschwindigkeit in eine schwere Betonmischmaschine raste.

Der Fahrer fühlte einen furchtbaren Schmerz und dann nichts mehr.

Deke traf drei Stunden später in Cincinnati ein. Er war müde und sehr hungrig. Ein Lokal war schnell gefunden. Er aß zwei Steaks mit Beilagen. Anschließend schlief er fünf Stunden im Lieferwagen. Dann setzte er seine Fahrt nach Westen erfrischt fort.

Kalifornien erwartete ihn. Er mußte sich beeilen.

21

Bibi Sutton wohnte in Bel-Air auf einem von einer Mauer umgebenen Besitz. Vor dem schmiedeeisernen Tor standen bewaffnete Wachen, und auf den Mann dressierte deutsche Schäferhunde liefen frei auf dem Gelände umher. Niemand besuchte Bibi unangemeldet.

Elaine lenkte ihren Mercedes vor das Tor und nannte einer Wache mit Cowboyhut ihren Namen. Er sah auf seiner getippten Liste nach.

»Kennen Sie den Weg zum Haupthaus hinauf, Ma'am?« fragte er lässig.

»Ja, ich kenne ihn«, antwortete Elaine. Sie fand das ganze Theater lächerlich. Jedermann liebte Adam Sutton. Er war eine Legende – ein John Wayne oder Gregory Peck. Wer sollte ihm etwas zuleide tun wollen?

Dann mußte sie lächeln. Die Sicherheitsmaßnahmen waren Bibis wegen getroffen worden. Ihr hätte vermutlich halb Beverly Hills liebend gern die Kehle durchgeschnitten.

Das Haus der Suttons hatte früher einem Stummfilmstar gehört; Elaine konnte sich nicht erinnern, welchem. Vielleicht Barrymore oder Valentino. Spielte auch keine Rolle, denn Bibi hatte alles verändert und eine kühle, weiße römische Villa mit Säulen, Brunnen und Marmorterrassen daraus gemacht.

Ein uniformierter Diener nahm an der Freitreppe Elaines Wagen in Empfang, und ein Mädchen führte sie durch die Marmorhalle auf eine sonnige Terrasse mit Blick auf den Pool von olympischen Ausmaßen. Dort hielt Bibi hof.

Elaines Augen glitten über die Versammlung. Die Damen der oberen Schicht von Beverly Hills, Bel-Air und anderen vornehmen Wohngebieten waren vertreten. Kreationen von Saint Laurent, Dior, Blass und de la Renta schmiegten sich kostspielig an vollkommene Körper. Und wenn die Körper nicht vollkommen waren, arbeiteten ihre Besitzerinnen mit allen Mitteln darauf hin.

Elektrolyse, Körperstraffung, Cellulitebehandlung, Venen wurden operiert, Fett abgesaugt. Das oder jenes hatten sie schon alle hinter sich. Dazu kamen Busenoperationen, das Überkronen von Zähnen, Entfernung von Gesichtsfalten, Straffung der Augenlider, Nasenkorrekturen, Anhebung des Gesäßes und anderes mehr.

»Herzchen!« Bibi segelte auf sie zu, eine Erscheinung in einem sommerlichen weißen Galanos-Kleid. Sehr schlicht. Schließlich gab sie nur eine Lunchparty.

»Freut misch sehr, daß du gekommen. Dein Kleid gefällt misch. Isch 'abe es schon gesehen, nischt?«

»Nein.«

»Ah, ja. Letzte Woche bei Saks.«

Dann wußte sie wenigstens, daß das Kleid neu war. »Du siehst bezaubernd aus«, schmeichelte Elaine.

Bibi lachte fröhlich. »Dieser alte Fummel – bin nur rasch hineingeschlüpft.«

Elaine sah sich nach etwas Trinkbarem um. Sofort trat ein aufmerksamer Kellner zu ihr, der auf einem Silbertablett Champagner und Perrier reichte. Elaine griff nach einem Glas Champagner. Um diesen Lunch zu überstehen, durfte man auf keinen Fall nüchtern sein.

Kaum war Elaine aus dem Haus, griff Ross nach dem Telefonhörer. Karen hob beim zweiten Klingelton ab. In höflich-kühlem Ton sagte sie: »Ich muß gehen, Ross. Ich wollte gerade weg, zu Bibis Lunch. Bin ohnehin schon zu spät dran.«

»Was ist los, Baby, mach ich dich nicht mehr an?«

»Können wir ein andermal darüber reden?«

»Warum nicht jetzt? Ich sitze mit einem Steifen da, der dir Tränen in die Augen treiben würde.«

»Noch nie was vom guten alten Onan gehört?«

»Das taugt nichts, Karen. Nicht, wenn ich dich haben könnte.« Er unterbrach sich, um seine Worte einwirken zu lassen, und fuhr

dann fort: »Himmel, hast du am Freitag abend geil ausgesehen! Was hast du mit einem Idioten wie Chet Barnes gemacht?«
»Gefickt.«
»Das ist ja prima.«
»Das war es.«
»Kommt er noch immer, bevor er sein Ding richtig drin hat?«
Sie zog scharf die Luft ein. »Woher weißt du das?«
»Diese Stadt ist ein Dorf, meine Dame.«
»Du Schuft.«
Sie wurde weich, er hörte es ihrer Stimme an. »Willst du nicht lieber mit mir essen statt bei Bibi?«
»Du bist ein solcher Mistkerl. Warum hast du nicht angerufen, obwohl du es versprochen hattest?«
»Ich hätte nie gedacht, daß eine solche Lappalie einer emanzipierten Frau wie dir etwas ausmachen könnte.«
»Ich bin keine Maskenbildnerin oder Friseuse, die man einfach abschieben kann«, sagte sie vorwurfsvoll.
»Wo treffen wir uns?« fragte er selbstbewußt.
Karen seufzte. Sie hatte ein besseres Angebot noch nie abgelehnt. »Am Strand, denke ich.«
»Das ist eine lange Fahrt.«
Sie lachte rauh. »Ich hoffe, es wird eine lange Tour.«

Montana rief ihre Sekretärin herein. »Bestellen Sie alle Schauspieler, die für die Rolle des Vinnie in Frage kommen, für Donnerstag zu Probeaufnahmen, Inga«, sagte sie.
Inga nickte. Sie brannte darauf, Buddy Hudson die gute Nachricht telefonisch durchzugeben.
»Die Jungs sollen ab sieben Uhr morgens im Abstand von einer Stunde aufkreuzen. Sie sollen etwas Lässiges anziehen, am besten Jeans und ein Hemd. Um Make-up und Frisur kümmert man sich im Studio.«
Inga nickte erneut und machte sich in Kurzschrift Notizen auf ihrem Block.

»Es sind vier, nicht wahr?« fragte Montana.
»Ja«, bestätigte Inga. »Sollen sie in einer bestimmten Reihenfolge kommen?«
»Nicht nötig, sie haben alle die gleiche Chance.« Montana schob sich die Brille ins Haar. »Guter Gott! Werde ich froh sein, wenn in diesem Film auch die letzte Rolle besetzt ist. Mir scheint, ich habe ein ganzes Jahr nur mit Schauspielern und Schauspielerinnen geredet.«
Inga überlegte, ob jetzt der geeignete Zeitpunkt sei, ihrer Chefin ein paar Fragen zu stellen. »Übernimmt George Lancaster nun die Rolle oder nicht?«
»Ich wünschte, ich wüßte es!« antwortete Montana ungehalten. »Der ganze Film ist besetzt – bis auf die drei Hauptrollen. Wunderbar, was?«
Inga lächelte höflich: »Wie ich höre, macht Mr. Gray Probeaufnahmen von Gina Germaine. Entschuldigen Sie, daß ich das sage, aber ist sie nicht zu sexy für die Rolle?«
»Ha! Eine hübsche Untertreibung, Kindchen. Gibt es hier irgendwo Kaffee?«
Inga stand auf. Die Unterhaltung mit der Chefin war beendet. Sie eilte an ihren Schreibtisch und wählte die Nummer des Strandhauses, die Buddy ihr gegeben hatte. Niemand meldete sich. Auch kein Antwortdienst. Das gab's doch gar nicht, daß ein Schauspieler keinen Antwortdienst hatte! Irgend jemand würde Buddy Hudson unter die Arme greifen müssen. Vielleicht sogar sie … Oliver Easterne, der ins Büro stürmte, unterbrach sie in ihren Gedanken.
»Ist Mrs. Gray da?« fragte er.
»Ja, sie ist da. Ich werde ihr melden, daß Sie …«
Noch bevor sie die Hand an der Wechselsprechanlage hatte, lief er an ihr vorbei in Montanas Büro.
Montana, die am Schreibtisch Fotos durchsah, hob den Kopf. »Guten Morgen, Oliver«, sagte sie kalt. »Nicht nötig, daß Sie anklopfen. Kommen Sie einfach rein.«

Er beachtete ihre in sarkastischem Ton geäußerten Worte nicht, rieb den Sitz eines Ledersessels mit dem Taschentuch ab und setzte sich. »Ich habe eine Nikki für uns gefunden«, verkündete er.
»Oliver«, sagte Montana, »ich bin neugierig. Desinfizieren Sie vor dem Sex eigentlich Ihren Schwanz?«
Er starrte sie an, runzelte die Stirn und lachte dann herzlich. »Sie haben viel Sinn für Humor«, räumte er ein. »Für eine Frau.«
»Besten Dank«, murmelte sie spöttisch. »Ein Gespräch mit Ihnen enttäuscht nie.«
Er knackte mehrmals mit den Fingerknöcheln und musterte seine untadeligen Nägel, die farblos lackiert waren. »Möchten Sie nicht wissen, wer es ist?«
»Ich weiß es. Gina Germaine. Eine miserable Idee.«
»Nein. Ich habe genau das richtige Mädchen gefunden – neben ihr sieht Gina wie ihre Mutter aus.«
Montana seufzte. »Haben Sie Neil diese verheerende Neuigkeit schon mitgeteilt?«
Er neigte sich über den Schreibtisch und senkte die Stimme. »Ich wollte zuerst Sie informieren.«
»Na, so was, danke.«
»Dieses Mädchen ist sensationell.«
»Ich dachte, Sie wollen Gina haben. Sie haben doch davon geschwafelt, was für ein großer Star sie sei, was für ein toller Kassenmagnet. Stimmt das etwa nicht?«
»Da wir George Lancaster haben, können wir Gina Germaine entbehren.«
»George Lancaster haben wir nur vielleicht«, erinnerte sie ihn müde.
»Wir haben ihn. Ich habe ihn gestern abend in Palm Beach angerufen und eine feste Zusage erhalten. Ich treffe mich heute nachmittag mit Sadie La Salle, um die Bedingungen auszuhandeln.«
»Weiß Neil das schon?« fragte sie und kam sich vor wie eine hängengebliebene Schallplatte.

»Neil ist für die künstlerische Seite zuständig, ich für die geschäftliche«, erklärte er leichthin. »Ich hätte von vornherein mit George verhandeln sollen. Ich weiß, wie man mit diesen Leuten umgeht. Außerdem zahle ich ihm fünf Millionen und beteilige ihn an den Einspielergebnissen.«
Montana dachte an die lächerliche Summe, die sie für das Drehbuch bekam. »Wie nett«, sagte sie. »Glauben Sie nicht, daß Neil die gute Nachricht erfahren sollte?«
»Er ist unterwegs, Drehorte zu besichtigen. Ich sehe ihn, wenn er zurückkommt. Unterdessen wollte ich Ihnen von diesem Mädchen erzählen, das ich entdeckt habe.«
»Wo haben Sie's denn entdeckt?«
»Am Strand. Sie ist meine Nachbarin.«
Montana runzelte die Stirn. Die geschäftliche Seite am Filmemachen, wie Oliver es nannte, enttäuschte sie immer mehr. Zuerst George Lancaster, worüber sie gar nicht begeistert war. Jetzt ein Nymphchen, das Oliver am Strand aufgelesen hatte. »Ich habe genug von der Besetzung dieses Films«, sagte sie scharf. »Erst Gina, dann irgendeine Null, die Sie aufgegabelt haben. Das Ganze wird mir zu amateurhaft, Oliver.«
Er beachtete ihren Ausbruch nicht. »Sie werden sehen, was ich meine, wenn Sie die Kleine kennenlernen. Sie ist Nikki.« Bei diesen Worten stand er auf, rieb seinen Hosenboden gründlich ab, zog eine welke Blume aus der Vase auf Montanas Schreibtisch, warf sie in den Papierkorb und ging.
Montana holte tief Luft. Wo blieb die absolute Kontrolle, von der Neil gesprochen hatte?

Am späten Sonntagnachmittag rief Buddy im Strandhaus an. »Pack unsere Sachen zusammen, setz dich ins Auto und komm auf schnellstem Weg zu Randys Wohnung. Laß die Hausschlüssel dort und geh nicht ans Telefon. Wenn Jason aufkreuzt, rede kein Wort mit ihm. Kapiert?«
»Ich verst...«

»Los, los, beeil dich. Ich möchte dich möglichst schnell von dort weg haben.«

Angel packte, wie er gesagt hatte, obwohl sich ihr unzählige Fragen aufdrängten. Das Telefon klingelte einmal, aber sie ignorierte es. Jason erschien nicht. Tränen stiegen ihr in die Augen, denn sie wußte, daß es endgültig Abschied nehmen hieß von dem schönen Strandhaus. Das Leben mit Buddy war zweifellos reich an Überraschungen.

Buddy erwartete sie vor Randys Apartment.

Er roch nach Alkohol und schien sehr aufgeregt zu sein.

»Ich verstehe nicht –«, begann Angel erneut.

Er umarmte sie. »Eines Tages erkläre ich dir alles, Süße.« Damit zog er sie in die Wohnung, um sie mit Randy bekannt zu machen. Randy hatte ein Mädchen bei sich. Shelly. Sie schien recht nett zu sein, obwohl sie ein bißchen gewöhnlich aussah.

Sie saßen in der kleinen Wohnung, tranken billigen Rotwein und rauchten Joints, die Shelly netterweise drehte. Angel machte nicht mit, was niemanden zu stören schien. Die drei waren zu beschäftigt, über sich selbst zu reden.

Angel saß in einer Ecke, und langsam stieg Zorn in ihr auf. Das war nicht der Buddy, den sie geheiratet hatte, das war nicht der zärtliche Mann, den sie kennengelernt und in den sie sich verliebt hatte – dieser nervöse, laute, Haschisch rauchende Typ.

Gegen Mitternacht stand Shelly auf und streckte sich. »Ich muß ein bißchen schlafen«, sagte sie gähnend. »Ich meine, Sonntag ist mein einziger freier Tag, und ich bin wirklich übernächtigt.«

Wie der Blitz stand auch Buddy auf, faßte Angel bei der Hand und zog sie hoch. »Du schläfst drüben bei Shell, Süßes«, verkündete er. »Ich werde mich hier auf den Boden hauen. Morgen suche ich uns eine Wohnung.«

Sie war bestürzt. »Buddy –«, begann sie.

Er drückte ihre Hand.

»Bitte«, flüsterte er. »Es geht nicht anders. Sie ist ein nettes Ding, und du bist absolut sicher vor ihr – sie ist nicht so veranlagt.«

Angel musterte ihn kalt. Sein Haar war zerzaust, er hatte blutunterlaufene Augen, Schweiß stand auf seinem hübschen Gesicht, und er roch scheußlich. »Was ist mit meinen Sachen?« fragte sie müde und enttäuscht. »Unsere Koffer sind noch im Wagen.«

»Shell wird dir alles geben, was du brauchst, nicht wahr, Shell?«

Das Mädchen mit dem Kraushaar nickte. »Und wenn du aufhörst, mich Shell zu nennen, kriegt sie sogar ein Frühstück.«

Buddy grinste und sagte leicht schwankend: »Danke, Shelly. Ich werde dich in meinem Testament bedenken.«

Sie tätschelte ihm liebevoll die Wange, was Angel natürlich nicht entging.

»Gehen wir, Angel, Engelsgesicht«, sagte Shelly. »Meine Wohnung wird dir gefallen – sie ist sogar noch kleiner als dieses Loch hier.«

Sie winkte kurz zu Randy hinüber, der zusammengesunken auf seinem Bett hockte. »War nett, dich kennenzulernen. Danke für den Vino.«

Er winkte fahrig zurück. »Nett, dich kennengelernt zu haben – Nachbarin. Gutes Gras. Das nächstemal kaufe ich, wenn du was zu verkaufen hast.«

»Gras, Koks, alles, was du willst. Ich bin dein Mann.«

»Ein schöner Mann!« lachte Buddy.

Shelly grinste. »Gute Nacht miteinander.«

Stumm folgte Angel ihr aus der Wohnung und über die Außentreppe zwei Stockwerke hinauf. Tränen brannten ihr in den Augen, und innerlich kochte sie. Es kam nicht oft vor, daß sie in Wut geriet, aber wenn, dann wurde die Madonna zur Tigerin.

Shelly blieb vor ihrer Wohnung stehen und suchte nach dem Schlüssel. Dann öffnete sie die Tür weit und sagte: »Tritt ein ins Paradies, Engelsgesicht. In die mieseste kleine Bude von Hollywood!«

»Noch etwas Champagner, Mrs. Conti?« fragte der junge Kellner. Elaine nickte und wunderte sich ein wenig, daß er ihren Namen kannte.

Warum denn nicht? Ich bin auch berühmt. Ich bin die Frau eines Filmstars, der bald wieder obenauf sein und allen was husten wird ... Himmel, war sie betrunken, und sie wußte es! Gottlob nicht sinnlos, aber viel fehlte nicht mehr.

Verstohlen neigte sie ihr Champagnerglas, so daß ein dünner Strahl des besten Dom Pérignon ins Gras floß.

Sie und sechsunddreißig andere Frauen saßen auf Regiesesseln aus weißem Segeltuch. Und wie die anderen langweilte sie sich zu Tode bei dem Gequassel des muskulösen Expolizisten, der wie ein verhinderter Kojak aussah und wie ein redegewandter Boxer sprach, der gerade Gott gefunden hatte. Aber sein missionarischer Eifer galt ›Mace‹, der ›Waffe aus der Sprühdose‹.

Ich muß aufs Klo, dachte Elaine und sah rasch zu Maralee hinüber. Die Freundin hatte sich hinter einer purpurgetönten Sonnenbrille versteckt, die in der Farbe genau zu ihrer Fünfhundert-Dollar-Anne-Klein-Jacke paßte. Elaine wußte, daß die Jacke soviel gekostet hatte, denn sie war auf ihrer Suche nach einem passenden Kleid für heute daran vorbeigekommen.

»Ich muß mal verschwinden«, flüsterte sie.

»Wer hält dich auf?« flüsterte Maralee zurück.

Elaine erhob sich, fing Bibis mißbilligenden Blick auf, mimte Verzweiflung und eilte ins Haus.

Eine Kellnerin, die sich den Mund mit teuren Pralinen vollstopfte, sprang schuldbewußt auf. Elaine rauschte an ihr vorbei ins Badezimmer. Träge dachte sie an Karen. Die Freundin hatte auch zu diesem Lunch kommen wollen. Wo war sie? Vielleicht hatte sie geahnt, daß es der langweiligste Lunch des ganzen Jahres werden würde.

Elaine überprüfte ihr Aussehen und kehrte zu den anderen zurück. Als sie wieder auf ihrem Platz saß, sagte sie sich, daß der

Lunch durchaus keine völlige Pleite sei. Allein die Tatsache, daß Bibi sie eingeladen hatte, mußte man als Plus werten. Und ein zweites Plus war, daß sie ganz lässig zu Sadie La Salle hatte sagen können: »Ich hoffe doch, daß Sie zu der kleinen Party kommen, die ich für George und Pamela Lancaster gebe.«

Nicht einmal Sadie La Salle konnte es sich leisten, diese Einladung abzulehnen. Sie hatte genickt und liebenswürdig gesagt: »Selbstverständlich komme ich.« Ross würde begeistert sein. Wenn Sadie erst mal in seinem Haus war, konnte sie ihn kaum mehr ignorieren.

Maralee war hinter ihrer Sonnenbrille eingeschlafen und schnarchte leise. Schnell stieß Elaine sie an.

Sie zuckte zusammen. »Oh!«

»Wo warst du denn letzte Nacht?« fragte Elaine leise.

Maralee kicherte. »Ich habe mich von Freitag- und Samstagnacht erholt. Randy Felix wird seinem Namen wirklich gerecht.«

Elaine lächelte und überlegte, ob sie sich nicht auch einen jungen Liebhaber zulegen sollte. Wirklich lächerlich! Da war sie mit dem Mann verheiratet, der den größten Schwanz von Hollywood hatte, und dachte an einen Liebhaber. Wer in aller Welt konnte es mit ihm aufnehmen?

Fast hätte sie laut gelacht.

»Hast du je daran gedacht, dich von Elaine scheiden zu lassen?« fragte Karen. Sie saß rittlings auf ihm und umklammerte mit den Knien kraftvoll seine Hüften. Ihre Brustwarzen schaukelten verlockend vor seinem Mund auf und ab.

Er war so überrascht, daß er nicht sofort antwortete. Außerdem unterhielt er sich nicht gern beim Bumsen.

Karen ließ nicht locker. »Na?«

Ihr Muskelspiel war vollkommen. Warum konnte sie nicht den Mund halten? »Scheidung kostet zuviel«, stieß er keuchend hervor.

Sie legte sich auf ihn und umklammerte ihn mit den Beinen.

Er seufzte bewundernd. Diese Frau kannte Tricks, die nicht einmal er bisher ausprobiert hatte.

»Würdest du dich scheiden lassen, wenn ich es wollte?«

Er ignorierte die Frage. Überließ sich den kostbaren kurzen Augenblicken vor dem Orgasmus.

»Mach doch, mach«, bettelte er. »Gleich – gleich ist es soweit.«

Ihre stumme Antwort bestand darin, daß sie ihn noch fester umklammerte und ihren Körper über ihm kreisen ließ, bis auch sie bereit war.

Als er explodierte, kam auch sie zum Orgasmus. Sie stieß ihm die harte Brustwarze in den Mund, packte sein Haar und preßte die Schenkel so fest zusammen, daß er das Gefühl hatte, sein Sperma werde aus ihm herausgesogen.

»Vorsicht, mein Haar!« schrie er auf.

»Pfeif auf dein Haar!« schrie sie zurück.

In wilder Raserei wanden sich ihre Körper gleichzeitig im Orgasmus.

»Das war der absolute Wahnsinn!« keuchte er. »Du bist wirklich die Beste, Karen.«

Langsam gab sie ihn frei, beugte sich zum Nachtschränkchen hinüber und zündete zwei Zigaretten an. »Weißt du, wieviel Geld ich habe?« fragte sie.

Sein ganzer Körper kribbelte. Verdammt und zugenäht, er hatte das Gefühl, etwa zu siebzehnt zu sein! »Wieviel?«

»Genug, um erst mal Elaine abzufinden. Und wenn Daddy stirbt, reicht es bis zum Himmel.«

Schöne Worte. George Lancaster war nur zwölf Jahre älter als er.

»Was soll das heißen?«

»Daß wir beide ein gutes Paar abgäben.«

Er lachte mißmutig. Die Richtung, die das Gespräch nahm, behagte ihm gar nicht. »Mit uns klappt es, weil wir nicht miteinander verheiratet sind.«

»Meinst du?«

»Ich weiß es.«

»Wir werden sehen.«
»Was werden wir sehen?« fragte er beunruhigt.
»Wir werden einfach sehen, sonst nichts«, antwortete sie geheimnisvoll. »Warum gehen wir nicht schwimmen?«
»Im Meer?«
»Ich sehe weit und breit keinen Pool.«
»Ich bin seit Jahren nicht mehr im Meer geschwommen.«
»Dann los, gehen wir.« Sie sprang vom Bett, wühlte in einer Schublade, brachte eine rote Turnhose zum Vorschein, die sie ihm gab, und schlüpfte selbst in einen tief ausgeschnittenen Einteiler.
Er zog die Turnhose an. Sie war an der Taille ziemlich eng und zwischen den Beinen noch enger. »Autsch«, jammerte er.
»Macht nichts«, entgegnete sie schmeichelnd, »Mama massiert dich nachher auf dem Jacuzzi, dann wird's gleich besser.«
»Warum bist du so gut zu mir, Karen?« fragte er neugierig.
Sie lachte. »Man soll Gleiches mit Gleichem vergelten – und, Baby, du bist auch sehr gut zu mir!«
Hand in Hand liefen sie hinaus.
Ein einsamer Fotograf, der unter den hölzernen Pfählen eines Nachbarhauses auf dem Bauch lag, stellte sein Teleobjektiv ein und schoß hochinteressante Bilder. Innerhalb von fünf Minuten verknipste er zwei Filme.

Angel war über den Zustand von Shellys schäbigem Apartment entsetzt. Überall Kleider, schmutziges Geschirr, gehäuft volle Aschenbecher. Und in der winzigen Kochnische liefen Schaben herum, als hätten sie hier Heimatrecht.
Shelly deutete auf das ungemachte Bett und sagte: »Willst du mit rein? Ich bin nicht pingelig, wenn du's nicht bist.«
Angel hatte bereits einen wuchtigen Sessel entdeckt. »Ich nehme den, wenn es dir nichts ausmacht«, entgegnete sie rasch, denn sie erinnerte sich nur allzu deutlich an ihre ehemalige Vermieterin Daphne.

»Wie du willst, Engelsgesicht.« Shelly, die in einer Schublade wühlte, zuckte mit den Schultern. »Magst du 'ne Prise Coke?«
»Nein, danke, ich habe keinen Durst.«
Shelly sah sie mit hochgezogenen Augenbrauen an. Angel reagierte nicht darauf, sondern nahm die Kleider von einem Sessel, faltete sie zusammen und legte sie in einem ordentlichen Stoß auf das Fußende des Bettes. Schlafen. Überlegen. Alles durchdenken. Sie war verwirrt und zornig. Nicht einmal eine Chance hatte sie gehabt, Buddy von Oliver Easterne zu erzählen. Dabei war sie vor Aufregung außer sich. »Kleine Dame, Sie werden ein Star.« Die Worte des Produzenten gingen ihr nicht aus dem Kopf. Natürlich hatte sie Buddy sofort alles sagen wollen, und er wäre bestimmt genauso begeistert gewesen wie sie. Jetzt war alles verdorben. Vermutlich sah sie Oliver Easterne nie wieder.
Als Angel sich auf dem Sessel einrichtete, warf ihr Shelly eine schmuddelige Decke zu. »Träum süß, Kindchen«, sagte sie. »Falls du Frühaufsteherin sein solltest, sei leise. Ich mag das Tageslicht bis mindestens elf nicht sehen.«
Angel nickte. Sie verbrachte eine elende Nacht, versuchte ihre verkrampften Glieder zu entspannen und sich zum Schlafen zu zwingen. Morgens um sieben war sie hellwach. Leise verließ sie die Wohnung und ging zum Pool hinunter. Nach und nach erschienen weitere Hausbewohner: zwei Mädchen in gleichen Badeanzügen, eine alte Dame mit Perücke, die einen lockigen Pudel an einer diamantenbesetzten Leine führte, ein Schuljunge, der heimlich unter einer Palme rauchte.
Dann kamen die echten Sonnenanbeter mit Strandlaken, Ölen, Nasen- und Augenschilden. Lauter arbeitslose Schauspieler.
Angel saß still auf einem zerbrochenen Liegestuhl, die schönen Augen von Kummer und Müdigkeit getrübt. Sie strich sich das feine blonde Haar zurück und versuchte ein plötzliches Magenknurren zu unterdrücken. Sie hatte Hunger, war buchstäblich am Verhungern. Ungehalten schaute sie auf die Uhr. Zehn vor elf. Buddy hätte längst hiersein und nach ihr sehen müssen.

Buddy wurde ganz langsam wach. Das dumpfe Hämmern in seinem Kopf bewies ihm, daß er lebte. Gerade noch. Er stöhnte laut.
Randy, unrasiert, mit verquollenen Augen, löffelte mit zitternden Händen Pulverkaffee in die Tassen, goß mit Wasser auf und reichte Buddy eine Tasse.
»Wir haben uns doch eben erst hingelegt«, jammerte Buddy. Er verbrannte sich die Zunge an dem kochendheißen Kaffee und fluchte.
»Könnte man meinen«, pflichtete Randy ihm bei, kratzte sich in der verschwitzten Achselhöhle und schaute auf seine goldene Patek-Philippe-Uhr, ein Geschenk von Maralee. »Aber es ist schon zwei.«
»Welcher Tag?« ächzte Buddy.
»Montag«, antwortete Randy und griff nach dem Telefon. Er wählte eine Nummer und verlangte Mrs. Maralee Gray.
Buddy taumelte in das winzige Bad. Er wußte, daß er Angel sofort anrufen mußte. Sie war alles andere als erfreut gewesen, als er sie bei Shelly einquartiert hatte. Aber, Himmel, es war doch nur für eine Nacht. Heute würde er irgendwas auftreiben.
Er ließ kaltes Wasser in die hohlen Hände laufen, klatschte es sich ins Gesicht und schaute in den Spiegel. Buddy-Boy sah nicht gerade großartig aus. Er hatte wirklich einen draufgemacht, Drogen und Alkohol – zum erstenmal seit Angel. Aber er war so deprimiert und enttäuscht gewesen, nachdem er den beiden Frauen im Beverly Hills Hotel davongelaufen war. Einmal hatte er sich gehenlassen müssen.
Dem Himmel sei Dank für gute Freunde wie Randy, der Verständnis gezeigt hatte, als Buddy in seinem Apartment auftauchte, und Freunde wie Shelly, die Angel bereitwillig bei sich hatte übernachten lassen. Kein Problem.
Das kalte Wasser belebte ihn. Er begann sich fast menschlich zu fühlen. Randy telefonierte immer noch, seifte Maralee Gray mit charmantem Geseire ein.

Buddy zog sich an und gab Randy durch ein Zeichen zu verstehen, daß er zu Shelly hinaufgehe.

Zwei scharfe Klopftöne. Ein dritter. Angel öffnete die Tür, einen Putzlappen in der Hand. Der Geruch nach Lysol lag in der Luft.

Buddy warf gereizt die Arme hoch. »Was machst du denn da?«

»Sauber«, antwortete sie kalt und gekränkt.

»Was und wozu, um Himmels willen?«

»Deine Freundin Shelly haust wie ein Schwein. Ich revanchiere mich für die Übernachtung. Das ist das mindeste, was ich tun kann.«

Er faßte sie am Arm. »Sei doch nicht albern. Das ist nicht nötig. Es ...«

Erbost schüttelte sie seine Hand ab. Der Zorn, der sich im Lauf der Nacht in ihr aufgestaut hatte, machte sich Luft. »Nenn du mich nicht albern, Buddy Hudson! Was glaubst du denn, mit wem du sprichst? Mit einer Barbiepuppe?«

Er war überrascht von ihrer Erregung. »Was soll das, Baby?«

Ihre Augen blitzten gefährlich: »Was soll was? Stört es dich, daß die kleine Angel laut wird? Daß die kleine Angel Gefühle zeigt?« Wütend knallte sie den Putzlappen auf den Boden. »Ich bin ein Mensch. Ich bin deine Frau. Und ich will endlich wissen, was vorgeht. Wenn du es mir nicht sagst, packe ich meine Sachen und verschwinde. Hast du verstanden? Sei ehrlich zu mir, Buddy, sonst siehst du mich nie wieder, das kannst du mir glauben.«

22

Lulu Kravetz wollte nicht einmal wissen, wo ihre Schwester begraben lag. Nachdem sie die Einzelheiten über den Mord gehört hatte, verweigerte sie jede Auskunft.

»Ich kenne keinen Deke Andrews«, sagte sie. »Und warum kas-

sieren Sie das Dreckschwein nicht, wenn Sie so sicher sind, daß er es war?«
Logische Frage. Einfach und folgerichtig. Warum faßten sie Deke Andrews nicht?
Leon murmelte, sie arbeiteten an der Sache, worauf Lulu ihn mit einem Blick bedachte, der keiner Worte bedurfte.
»Wenn Sie nich hier sind, um mich zu verhaften oder nach Drogen zu filzen, könnten Sie 'ne Fliege machen, ja?« sagte sie. Ruhelos warf sie sich auf das ungemachte Bett und schloß die Augen. »Bin ich müde, Mann! War 'ne beschissene Ewigkeit unterwegs.«
Wortlos musterte Leon das dicke Mädchen. Bedeutete es Lulu so wenig, daß ihre Schwester ermordet worden war?
Joey Kravetz. Niemand hatte etwas für sie übrig. Kein Mensch. Außer ihm vielleicht.

Erleichterung war seine erste Reaktion. Joey war ohne Murren verschwunden, und er brauchte ihr nicht gegenüberzutreten. Er setzte Wasser für eine Tasse Kaffee auf, setzte sich dann an den Küchentisch und dachte nach. Er hätte sie gar nicht in seine Wohnung lassen dürfen. In seinem Alter hätte er klüger sein müssen. Sie hätte ihn erpressen oder um Hilfe schreien können, weil er angeblich versuche, sie zu vergewaltigen.
Er schüttelte den Kopf über seine Dummheit, trank Kaffee und zog sich rasch an. Erst als er nach seiner Brieftasche griff, merkte er, daß das Geld fehlte. Er wußte nicht genau, wieviel es war, aber bestimmt mehr als dreihundert Dollar. Die kleine Miss Kravetz hatte ihn schön hereingelegt. Vermutlich lachte sie sich jetzt noch ins Fäustchen.
Er kam sich wie der größte Idiot der Welt vor. Dann packte ihn die Wut. Er wollte sie suchen und sich sein Geld wiederholen. Glaubte sie wirklich, ihn bestehlen zu können?
Er war fest entschlossen, sich das nicht bieten zu lassen, doch nachdem er ein paar Tage vergeblich kreuz und quer durch die

Straßen gefahren war, in denen er sie vermutete, geschah ein Mord und nahm seine ganze Zeit in Anspruch. Die Wochen wurden zu Monaten, die Erinnerung an die Teenagernutte verblaßte. Jetzt wollte er den ganzen Zwischenfall nur noch vergessen. Das gelang ihm auch. Bis er dann eines Abends mit mehreren Kollegen in Mackie's Bar saß, einer Polizistenkneipe. Sie hatten eine harte Nuß geknackt, einen sechsundvierzigjährigen Mann verhaftet, der im Lauf von zwei Jahren sieben Frauen vergewaltigt und ermordet hatte. Der Mann, monatelang der Hauptverdächtige, hatte endlich ein Geständnis abgelegt. Sie feierten ihren Erfolg. Sogar Leon – sonst kein Freund von Partys – fühlte sich wohl.

Er sah sie, bevor sie ihn entdeckte. Mit dem knalligen Haar und dem schielenden Auge war sie kaum zu verkennen. Sie saß auf dem Schoß eines jungen Polizeianwärters, kicherte und steckte ihm die Zunge in das feuerrote Ohr.

Wußte sie nicht, daß sie in einer Bar war, in der nur Polizisten verkehrten? Er wartete, bis sie zur Damentoilette ging, einer einzelnen Tür, die man durch einen langen, verlassenen Gang erreichte. Frauen waren in Mackie's Bar nicht gern gesehen. Hier hielten sich nur Polizistengroupies auf.

Leon ging ihr nach, und als sie aus der Toilette kam, packte er sie und preßte sie an die mit Graffiti beschmierte Wand. Sein Atem ging schwer, er hatte zuviel getrunken. »Kennst du mich noch?«

»Oh, Sie«, sagte sie vergnügt, nicht im geringsten überrascht. »Wie geht's, Cowboy?«

Er wünschte sich, nüchtern zu sein und einen klaren Kopf zu haben. Er war benebelt, und der Alkohol lähmte sogar seine Zunge. »Du schuldest mir Geld«, nuschelte er.

»Sind Sie sicher?« fragte sie, blinzelte rasch und überlegte, wie sie ihm am besten entwischen konnte.

»Ja, ganz sicher«, antwortete er ungehalten. »Mehr als dreihundert Dollar.«

»Ich glaub', Sie haben das falsche Mädchen, Mister. Weil ich nämlich keine Kohle nich klauen muß. Ich verdien sie ehrlich. Sie wissen, was ich meine.« Mit einem unverschämten Grinsen fuhr sie fort: »Für zehn Dollar bedien ich Sie gleich hier. In Ihrer Wohnung wär's teurer.«

Seine Gedanken waren einigermaßen klar, aber sein Mund machte nicht mit. »Hör mal zu«, begann er langsam.

Sie duckte sich, schlüpfte unter seinen Armen durch und war weg. »Fair bleibt fair«, rief sie. »Meinen Se nich?«

Als er zu seinen Freunden zurückkam, war sie verschwunden.

Während des restlichen Abends bemühte er sich, nüchtern zu werden, doch als er zwei Stunden später nach Hause kam, fühlte er sich immer noch ziemlich mies.

Er mußte mehrere Stunden geschlafen haben, bevor ihn ein menschliches Rühren weckte. Er fühlte sich wie der letzte Dreck und schwor sich, nie wieder einen Schluck zu trinken. Schwankend stand er auf, setzte vorsichtig einen Fuß vor den anderen und versuchte den stechenden Schmerz in seinem Hinterkopf zu ignorieren. Auf einmal sah er sie, zusammengerollt auf der Couch, fest schlafend, sorglos und zufrieden wie eine Hauskatze. Joey Kravetz.

Einen Moment lang starrte er sie an, zu überrascht, um ein Wort herauszubringen. Dann stieß er einen Wutschrei aus – was seinem Kopf keineswegs guttat.

Sie erwachte sofort, rieb sich die Augen, grinste. »Bin froh, daß Sie noch leben!«

»Was tust du in meiner Wohnung?« brüllte er. »Wie kommst du hier rein?«

Sie leckte die Fingerspitze wie eine Katze und wischte unter ihren Augen herum, wo Lidschatten und Wimperntusche sich verschmiert hatten, so daß sie aussah wie ein Clown. »Sie haben den Schlüssel in der Tür steckenlassen – Sie Superbulle.«

Seine Stimme war jetzt ruhig. »Was willst du?«

Joey sprang von der Couch. »Sie werden's nich glauben, aber ich hab' plötzlich 'n schlechtes Gewissen gekriegt. War ja eigentlich nich nett, Sie zu beklauen, wo Sie so anständig zu mir waren.« Sie sah ihn eindringlich an. »Ich hab' Gefühle, wissen Se, wie jeder andere auch, deshalb hab' ich mir überlegt ...«

»Nachdem du mich gesehen hattest ...«

»Ja. Ich hab' mir überlegt, daß Sie für einen Bullen gar nich so mies sind. Vielleicht sollt ich Ihnen sagen, daß es mir leid tut, und Ihnen wenigstens ein bißchen was zurückgeben.« Sie kramte in ihrer abgeschabten Handtasche und zog einen Zehndollarschein heraus, den sie ihm feierlich überreichte.

Er starrte den Geldschein an. In seinem Kopf hämmerte es, und seine Augen brannten.

»Sie sehn nich grade gut aus«, sagte Joey vorsichtig. »Wär's nich besser, Sie gehn ins Bett, und wir reden morgen früh weiter?«

»Du bist wirklich der Gipfel!« fauchte er.

»Ich dachte, Sie würden sich freuen«, entgegnete sie gekränkt.

Er verzog angewidert das Gesicht und marschierte ins Bad. Warum drängte sich diese verkommene kleine Nutte in sein Leben? Was wollte sie von ihm?

Er trank ein paar Glas Leitungswasser und ging ins Wohnzimmer zurück. Sie hatte sich wieder auf die Couch gelegt und schien zu schlafen. Es war Viertel nach vier Uhr morgens, und er hatte weder die Kraft noch das Herz, sie hinauszuwerfen. Statt dessen schloß er die Wohnungstür zweimal ab und nahm Schlüssel, Brieftasche und Pistole mit ins Bett. Er überlegte, ob er auch die Schlafzimmertür abschließen sollte, ließ es dann aber sein.

Im tiefsten Innern wußte er, daß sie zu ihm kommen würde. Sie war ein Kind, eine Nutte, ein kleines Nichts. Doch er wußte, daß sie kommen würde. Und – schlimmer noch – er wollte es.

In Mackie's Bar herrschte reger Betrieb. Mindestens ein Jahr war vergangen, seit er das letzte Mal hier gewesen war. Nichts hatte sich verändert.

Er bestellte einen Scotch und blieb allein an der Bar stehen. Mil-

lie würde sich fragen, warum er nicht nach Hause kam. Sollte sie doch, einmal war keinmal.
Er kippte den Scotch und bestellte einen zweiten. Ihm stand ein langes, anstrengendes Wochenende bevor.

23

Donnerstag morgen. Vor dem Studio. Geschniegelt und gestriegelt. Nervös wie ein Araber in einem israelischen Basar. Aber gutaussehend.
Er nannte dem Pförtner seinen Namen und fuhr auf das Gelände wie ein Star, auch wenn er nur in seinem alten Pontiac saß. Ihm war flau im Magen. Er hatte heißen Kaffee und ein Stück angebrannten Toast hinuntergezwungen und dann erbrochen, lange leer gewürgt.
Seit er am Dienstag nachmittag Inga angerufen hatte, war er ein Wrack. »Wo stecken Sie eigentlich, Buddy Hudson?« hatte sie ihn ungnädig angefaucht. »Ich habe Besseres zu tun, als mir die Fingernägel mit dem Wählen einer Nummer zu ruinieren, unter der sich niemand meldet.«
»Was ist los?« hatte er gefragt, obwohl er es natürlich gewußt hatte, ohne daß sie es ihm sagen mußte.
»Ihre Probeaufnahmen sind los. Das heißt, falls Sie noch dran interessiert sind. Ich kenne nicht einen einzigen ernstzunehmenden Schauspieler, der nicht an einen Antwortdienst angeschlossen ist.«
»Wann?«
»Am Donnerstag.«
»Guter Gott!«
Jetzt war er da. Sollte Probeaufnahmen für die Chance seines Lebens machen. Kein Wunder, daß er nervös war.
Buddy Hudson, es ist dein Leben. Packst du's? Oder packst du's nicht?

Er parkte seinen Wagen, meldete sich am Empfang und wurde von einem robust aussehenden Mädchen in einer Dodgers-Baseballjacke, Jeans und Turnschuhen in eine Garderobe neben Bühne drei geführt.
»Wissen Sie, wo die Maske ist?« fragte sie.
Er wollte nicht zugeben, daß er es nicht wußte. Cool bleiben. Gelassen. Sich die Nervosität nicht anmerken lassen. »Klar. Außer sie ist umgezogen.«
»Immer noch da, wo sie immer war. Im Erdgeschoß. Sie können sie gar nicht verfehlen. Seien Sie in einer Viertelstunde dort. Die Garderobiere kommt vorbei.«
»Wann werde ich – äh – wann sind meine – wann bin ich dran?«
»Ich vermute, man erwartet Sie gegen elf in der Dekoration. Mit einem bißchen Glück sind Sie bis Mittag fertig. Mittagspause ist um eins.«
Zwei Stunden. Länger würde es nicht dauern? Er hatte gemeint, einen ganzen Tag für Nahaufnahmen und Totale. Scheiße! Wahrscheinlich drehten sie nur eine Szene.
»Bis später«, sagte das Mädchen und ging.
Buddy hätte sie gern ausgefragt, etwas über seine Konkurrenten erfahren, die zu Probeaufnahmen bestellt waren. Zu spät. Nun konnte er nur noch dasitzen und schmoren.
Er betrachtete sich im Schminktischspiegel. Gut siehst du aus. Gut. Genau wie ein Filmstar aussehen soll. Bestimmt nicht dank Angel. Seiner lieben, süßen Frau. Seiner lieben, süßen durchgegangenen Frau. Die Liebe seines Lebens hatte ihn verlassen. War weg. Davongelaufen. Einfach so.
Es stimmte ja, er hatte sie aus dem Strandhaus nach Hollywood zurückgeschleppt, ohne ihr eine Erklärung zu geben. Doch was hätte er sagen sollen? »He, Angel, Kleines, ich sollte zwei alte Lesben bumsen und ich kriegte mein Ding nicht hoch – wollte es nicht hochkriegen –, weil ich dich liebe. Weißt du, Jason Swankle ist ein Schwuli und hinter mir her. Er hat mich angeheuert, damit ich die beiden Damen glücklich mache und nicht aus seinem Le-

ben verschwinde. Darum das Strandhaus, die Kleider und der Wagen mit Chauffeur.«

Wie hätte ein Mädchen wie Angel so etwas verstehen sollen? Sie ahnte ja nicht, wie tief er schon im Dreck gesteckt hatte, und durfte es nie erfahren. Er dachte gar nicht daran, ihr je von seiner Vergangenheit zu erzählen. Das war schlicht unmöglich.

Aber dieser Entschluß war ein Rohrkrepierer. Sie wollte die Wahrheit, er hatte sie mit Lügen abgespeist und ihren Zorn unterschätzt. Nach ihrem ersten Ausbruch hatte er sie mit Lügen und Küssen beschwichtigt. Dann war er am Pool zusammengeklappt. Als er sich wieder wie ein Mensch gefühlt hatte, war es zu spät gewesen, um eine Wohnung zu suchen. »Nur noch eine Nacht bei Shelly, Kleines!« hatte er gefleht. »Ich treibe morgen was auf. Das verspreche ich dir.«

Sie hatte ihn mit ihren großen Augen angesehen. Lange und hart. Nur rauchte er da schon ein bißchen Gras und wurde langsam high, high, high – weil ihn, verdammt noch mal, seit Sonntag seine Mutter wieder rachsüchtig verfolgte und er sich vor ihr in den Rausch retten mußte.

Am Dienstag hatte er lange geschlafen. Es war fast drei Uhr nachmittags gewesen, als er aufwachte. Randy war nicht da, und in dem kleinen Apartment war es heiß und stickig. Wenigstens bekam man vom Gras keinen Kater, man wurde vielmehr richtig sanft.

Er hatte gewußt, daß Angel einiges an ihm auszusetzen haben würde, und hatte sich daher beim Duschen und Rasieren Zeit gelassen. Dann hatte er bei Inga angerufen, nur sicherheitshalber. Als er von den Probeaufnahmen hörte, war er losgerast wie eine Rakete. Er hatte nicht erwarten können, Angel die Neuigkeit zu berichten. Aber sie war nicht in Shellys Apartment gewesen. Also war er unten auf und ab gegangen, bis Shelly um fünf heimkam.

»Wo ist Angel?« hatte er gefragt.

»Weiß ich nicht. Sie war da, als ich letzte Nacht heimkam, und verschwunden, als ich heute vormittag aufwachte.«

Ihm war sofort klargewesen, daß sie ihn verlassen hatte. Daß ihr Koffer nicht im Kofferraum seines Wagens lag, hatte ihn nicht einmal mehr überrascht.
Da saß er nun, bereit für die Probeaufnahmen, am wichtigsten Tag seines Lebens. Und wo war Angel? Jetzt, da er sie am nötigsten brauchte?

Überraschenderweise war Gina Germaine bei weitem nicht so schlecht, wie Neil erwartet hatte. Keine Jane Fonda natürlich, aber ganz passabel – wenn man den riesigen Busen übersah, den auch feste Bandagen nicht zu bändigen vermochten.
Als Neil sich im Vorführraum die Probeaufnahmen ansah, empfand er Genugtuung. Nun stand wenigstens fest, daß er nicht verrückt war. Er konnte die Aufnahmen Montana und Oliver ohne weiteres zeigen. Gina Germaine war nicht Nikki, aber er hatte etwas aus ihr herausgeholt, ein Können, das man in ihr nie vermutet hätte.
Nachdenklich blieb er im Vorführraum sitzen, als die Lichter wieder angingen. Vielleicht war es keine schlechte Idee, Gina in dem Film spielen zu lassen, den er nach *Menschen der Straße* drehen wollte. Er hatte vor mehr als zwei Jahren ein Drehbuch gekauft, das jetzt zwei junge Schriftsteller überarbeiteten. Mit ein paar Änderungen hier und dort konnte es genau der richtige Stoff sein, um dem ahnungslosen Publikum eine neue Gina Germaine zu präsentieren.
Allerdings war sie ein erpresserisches Luder, und die Art, wie sie ihn zu den Probeaufnahmen gezwungen hatte, wurmte ihn immer noch. Doch wenn er ihr eine Rolle in dem neuen Film gab, hatte er das Sagen, und dann fand er bestimmt eine Gelegenheit, sich zu rächen. Kindisch, aber befriedigend. Die Idee gefiel ihm.

Angel hatte nicht die Absicht, nach Louisville zurückzukehren. Unmöglich, als Versagerin und noch dazu schwanger wiederzukommen.

Als sie sich am frühen Morgen aus Shellys Apartment schlich, wußte sie nicht, wohin und was tun. Sie wußte nur, daß sie sich eine Zeitlang von Buddy trennen mußte, um ihm zu zeigen, daß sie es ernst meinte. Er brauchte einen Denkzettel. Mit jedem Tag wurde deutlicher, daß er sich nur für sich selbst interessierte. Er behauptete zwar, sie zu lieben, aber wie konnte er sie dann so gleichgültig behandeln?

Die Gespräche mit Shelly hatten ihr auch nicht geholfen. »Du mußt einen Burschen wie Buddy verstehen, Engelsgesicht. Im Grunde ist er ein Einzelgänger. Braucht niemand und nichts. Der kommt ganz allein zurecht.«

Solche Erklärungen von einem Mädchen wie Shelly konnte Angel entbehren. »Ich bekomme ein Kind«, hatte Angel steif erwidert. »Er wird also lernen müssen, sich wie ein Familienvater zu benehmen.«

Shelly hatte verächtlich gelacht. »Buddy? Familienvater? Engelsgesicht, du bist so auf dem Holzweg, daß ich nur lachen kann. Laß lieber abtreiben – und zwar schnell.«

Ein unwillkommener Rat, den Angel sofort verwarf. Sie kauerte die ganze Nacht im Sessel und überlegte, was sie tun sollte.

Um halb acht Uhr morgens holte sie ihren Koffer aus dem Auto und marschierte entschlossen bergauf zum Sunset Boulevard. Zweiundfünfzig Dollar waren ihre ganze Barschaft, aber im Gegensatz zu Buddy scheute sie sich nicht, eine gewöhnliche Arbeit anzunehmen.

Nach einer Weile kam sie an einem Frisiersalon vorbei. Im Schaufenster stand eine Karte mit einem Stellenangebot: Man suchte eine Empfangsdame. In der Nähe war ein Café, und Angel beschloß, dort zu warten, bis der Salon öffnete. Sie wollte sich um die Stelle bewerben. Sie kaufte ein paar Filmzeitschriften, setzte sich im Café an einen Ecktisch, bestellte Kaffee und ließ sich zwei Stunden lang in die Welt der Stars entführen. Um zehn Uhr steckte sie die Zeitschriften weg, bezahlte und ging in den Salon. Eine wildaussehende Rothaarige mit tiefschwarz umrandeten Au-

gen und toupiertem Haar erklärte ihr, der Besitzer komme nie vor zwölf.
»Kann ich warten?« fragte Angel.
Bleistiftdünne Brauen schossen in die Höhe. »Sie wollen zwei Stunden warten?«
»Wenn es geht.«
»Setzen Sie sich, es ist Ihre Zeit.«
Angel folgte der Aufforderung, blätterte verschiedene Zeitschriften durch und betrachtete ihre Umgebung. Der ganze Salon war in Weiß gehalten, und überall standen große Kübel mit Grünpflanzen. Laute Rockmusik dröhnte aus sorgfältig plazierten Lautsprechern, und die Stylisten und Stylistinnen trugen denselben Dreß: enge weiße Jeans und T-Shirts mit einem tropischen Muster.
Bis halb zwölf war es sehr ruhig, dann begannen die Kunden hereinzuströmen: Frauen und Männer. In Louisville wären Frauen und Männer nicht ums Sterben zum gleichen Friseur gegangen. Gegen halb eins erschien ein außergewöhnlich großer und magerer Mann, ungefähr Ende Dreißig. Er trug ein kariertes Hemd, einen verschossenen rosafarbenen Schlosseranzug und weiße Tennisschuhe. Hellblonde Shirley-Temple-Löckchen umrahmten sein scharfgeschnittenes Adlergesicht wie ein Heiligenschein.
»Guten Morgen, meine Lieblinge!« rief er melodisch in die Runde. »Seid ihr alle glücklich?«
Eine dicke Frau in einem mit Farnen bedruckten Kittel stürzte aus einer Kabine, schlang ihm die Arme um den Hals und quiekte vor Entzücken. »Koko! Der Junge, den Sie mir vorige Woche gaben, ist ein Genie. Er hat es fertiggebracht, daß ich wirklich wie Candy Bergen aussah!«
»Das war doch selbstverständlich, mein Herz. Wir sind ja dazu da, euch jeden Wunsch von den Augen abzulesen. Nicht wahr, Darlene?«
Darlene, die pandaäugige Empfangsdame, lächelte nicht. Sie zeigte mit einem fünf Zentimeter langen rotlackierten Fingerna-

gel auf Angel. »Sie ist hier, seit wir geöffnet haben. Wegen der Stelle. Geben Sie sie ihr, um Himmels willen! Ich warne Sie, Koko – ich lasse mir von Raymondo keinen Scheißdreck mehr bieten. Kapiert?«

Koko befreite sich aus dem Griff der dicken Frau und zog ein finsteres Gesicht. »Ich kenne Ihre Einstellung in dieser Sache, Darlene. Nicht jetzt, bitte.« Er wandte sich Angel zu und musterte sie rasch und gründlich. »Aber, aber, wir sind aber bildhübsch! Kommen Sie mit, meine Liebe, unterhalten wir uns über Ihre Berufserfahrung.«

Angel konnte nur mit einem Arbeitsjahr in einem kleinen Salon von Louisville aufwarten, aber es genügte. Koko wollte Darlene offenbar genauso loswerden wie sie den bisher unsichtbaren Raymondo.

»Sie könnten wohl nicht gleich heute anfangen?« fragte er hoffnungsvoll.

»Ich muß mir eine Unterkunft suchen«, sagte Angel.

»Ein Zimmer, billig, ganz in der Nähe?«

»Aber ja.«

»Ihr Glückstag, mein Herz. Ich weiß etwas für Sie. Darlene!« rief er, und seine durchdringende Stimme übertönte den weinerlichen James-Brown-Hit, mit dem Kunden und Personal berieselt wurden.

»Was ist?« schrie sie von ihrem Platz hinter dem Empfangstisch.

»Das ist mir eine!« sagte Koko mißbilligend. »Wirklich ein Vergnügen, sie gehen zu sehen!«

»Die Wohnung –«, erinnerte Angel ihn zögernd.

»Ah, ja. Eines meiner Mädchen hat letzte Woche geheiratet – die arme Irre. Sie möchte ihre Wohnung untervermieten.«

»Wo liegt sie?«

»In der Fountain Avenue. Interessiert daran?«

Eine Stunde später hatte Angel die Wohnung besichtigt und gemietet, Koko überredet, ihr einen Vorschuß zu geben, und die Arbeit angetreten.

Darlene suchte ihre Sachen zusammen, stopfte sie in einen alten Militärseesack und verließ die Welt der Frisierkunst mit einem mitleidigen Schnauben für Angel.

»Reizendes Mädchen!« stellte Koko fest. »Hat sich mit keiner Menschenseele vertragen.«

Angel hörte ihm nur halb zu. Sie staunte, weil sie in so kurzer Zeit eine Stellung, eine Wohnung und Geld aufgetrieben hatte. Es war also möglich. Warum hatte Buddy es nicht geschafft? Ob er sie schon vermißte? Ihr Entschluß, sich mindestens eine Woche nicht zu melden, stand fest. Vielleicht war er dann bereit, die Wahrheit zu sagen. Nur unter dieser Bedingung konnten sie wieder ein gemeinsames Leben beginnen. Eher nicht. Das hatte Angel beschlossen.

Ross sagte sich, ein bißchen sportliches Training werde ihn nicht umbringen. Elaines Vorhaltungen, daß er einen Bauch bekomme, wirkten allmählich. Er war immer großartig in Form gewesen, hatte sich nie Sorgen zu machen brauchen. Vielleicht wurde er jetzt ein bißchen rund um die Mitte.

Na und? Schließlich bin ich fast fünfzig, um Himmels willen! Kann doch nicht ewig vollkommen bleiben.

Außerdem sollte er in seinem Alter wegen seiner schauspielerischen Fähigkeiten gefragt sein und nicht wegen seiner straffen Brust- und Bauchmuskeln.

Das Alter. Fünfzig. Kam schnell näher. Raste auf ihn zu, als hätte die Bremse versagt, und die Zeit sei außer Kontrolle geraten.

Er dachte über sein Leben nach, während er in seinem Corniche auf dem Santa Monica zu dem privaten Gesundheitsclub fuhr, den er früher regelmäßig besucht hatte. Früher – das war damals gewesen, als er sich kein Gramm Fleisch zuviel am Körper leisten konnte. Als er wirklich an der Spitze stand: der König des ganzen verfluchten Haufens. Und bereit, sich dafür zu schinden.

Ein bitteres Lächeln umspielte seine Lippen. Wohin waren die

vielen guten Freunde verschwunden? Die Jasager? Die beschissenen Speichellecker?
O ja! Als er an der Spitze stand, waren sie seine besten Freunde. Die Immobilienmogule, Banker, reichen Männer, die ihm ihre Gastfreundschaft anboten wie Erdnußbutter, weil sie mit einem Star befreundet sein wollten. Verblaßte der Glanz des Stars, kühlte auch die Freundschaft ab.
Scheiß drauf.
Ross Conti hatte einiges über die Menschen gelernt. Alle waren sie nur darauf aus, den lieben Nächsten auszunutzen. Wenn er wieder in den magischen Kreis gelangte, konnten sie ihm alle gestohlen bleiben, es sei denn, er wollte es anders, es sei denn, er wollte sie benutzen. Wenn Elaines Party ein Erfolg wurde, wenn er sich mit Sadie einigen konnte, wenn er die Rolle in *Menschen der Straße* bekam ...
Auf dem Santa Monica Boulevard herrschte dichter Verkehr, und Ross wurde von allen Seiten angestarrt, als er in seinem Corniche langsam die Straße entlangfuhr. Er war immer noch ein berühmtes Gesicht in einer Stadt voller berühmter Gesichter – dank des Fernsehens, das mindestens einmal in der Woche einen seiner alten Filme sendete. Aber was nützte Berühmtheit ohne die entsprechenden Vorteile? Ohne das entsprechende Geld? Der Teufel sollte alle und alles holen!
Er hielt an einer roten Ampel und schaute sich das Treiben auf der Straße an. Den Santa Monica Boulevard hatte die Schwulengemeinde mit Beschlag belegt. Es gab Schwulendiskos, Straßencafés und Bekleidungsgeschäfte, in denen mehr oder weniger ausschließlich Homosexuelle bedient wurden. Ross selbst hatte nie homosexuelle Neigungen verspürt, dazu hatte er die Frauen immer viel zu gern gemocht.
Die Ampel sprang auf Grün, Ross bog nach links ab und fuhr auf den Parkplatz. Was ihm fehlte, war richtige körperliche Ausarbeitung. Zur Zeit bestand seine einzige körperliche Aktivität darin, Karen Lancaster zu bumsen. Seine Miene hellte sich auf. Tolles

Frauenzimmer! Vielleicht war ihr Talent ererbt. Der alte George hatte bei den Weibern immer hoch im Kurs gestanden. Wie der Vater, so die Tochter.
Bester Stimmung betrat Ross den Gesundheitsclub.

»Stopp!« sagte Montana scharf und wandte sich dem ersten Assistenten zu. »Zehn Minuten Pause. Ich möchte mit Buddy ein Wörtchen reden.«
Sie hatte schon sechsmal mit ihm geredet. Sie hatte die Szene schon sechsmal gedreht. Er wurde nicht besser, sondern schlechter. Doch er war der Beste. Er hatte das richtige Aussehen, und darauf kam es letztlich an. Wo wäre Nicholson ohne sein höhnisches Lächeln? Eastwood ohne den eiskalten Blick? Das Aussehen zählte, dann erst das schauspielerische Können. Sie hatte das Zeug, aus Buddy etwas herauszuholen, das wußte sie. Sie ging auf ihn zu. Er murmelte nervös den Text vor sich hin.
»He«, sagte sie leise. »Sie hören mir nicht zu, wie? Sie nehmen nicht ein einziges Wort auf, das ich sage.«
»Doch, natürlich hör ich zu«, antwortete er und wünschte sich woandershin.
»Sie müssen ganz locker sein«, sagte sie schmeichelnd. »Die Szene ist ganz einfach, wenn Sie sich entspannen, ruhig werden und sich Zeit lassen.«
»Ich kriege den Text einfach nicht hin. Ich kann mir ...«
»Vergessen Sie den Text. Ich möchte, daß Sie das Wesen des Mannes erfassen. Seien Sie ganz locker, und bringen Sie mir den Vinnie.«
Er war entsetzt. »Den Text vergessen? Sie ziehen mich wohl auf? Ich habe die ganze Nacht gebüffelt. Ich kenne den Dialog in- und auswendig. Ich meine, ich kann ihn wirklich.«
Warum bleiben Sie dann ständig hängen? hätte Montana gern gefragt, aber sie tat es nicht. Sie legte ihm den Arm um die Schultern und führte ihn aus der Dekoration. »Buddy«, sagte sie beschwörend, »ich weiß, daß Sie diese Szene spielen können. Ich

hätte Sie nicht herbestellt, wenn ich nicht davon überzeugt wäre.«
»Wirklich?« Er entspannte sich ein wenig.
»Nicht nötig, daß wir Ihre und meine Zeit vergeuden. Sie sind gut. Das fühle ich. Sie werden sehr gut sein, wenn Sie den Text vergessen und einfach Vinnie werden. Macht nichts, wenn der Text flötengeht. Bleiben Sie Vinnie, und sagen Sie, was Sie wollen. Schmeißen Sie diese Aufnahme nicht wieder. Sehen Sie zu, daß wir auf dem Film von Ihnen mehr zu sehen kriegen als einen Buddy Hudson, der ›O Scheiße!‹ sagt.«
»Ich weiß, was Sie wollen«, sagte Buddy und holte tief Luft. »Glauben Sie mir, ich hab's jetzt kapiert. Wirklich!«
Montana lächelte ermutigend und sah ihn mit ihren Tigeraugen fest an. »Wir machen noch eine Aufnahme, und diesmal werden Sie Dynamit sein. Okay?«
Er leckte sich die trockenen Lippen. »Darauf können Sie wetten, Lady!«
Sie küßte ihn leicht auf die Wange und kehrte hinter die Kamera zurück.
Eine Maskenbildnerin stürzte zu ihm und puderte ihn. »Viel Glück«, flüsterte sie.
Ein bißchen Glück, genau das brauchte er.
»Bereit, Buddy?« fragte Montana.
Er nickte, Galle stieg ihm in die Kehle, und sein Magen verkrampfte sich.
»Denken Sie dran, Sie sind Vinnie. Okay, Aufnahme!«
Los. Von außen in den Kamerabereich gehen. In einen Spiegel schauen – instinktiv zerzauste er sich das Haar. Telefonklingeln. Abheben. Worte. Wie hieß der verfluchte Text? Er würde doch nicht wieder alles schmeißen, oder?
Der erste Satz kam richtig. Pause. Eine Zigarette anzünden. Wie geht es weiter? Er wußte es nicht. Hielt sich an ihren Rat. Sprach seine eigenen Worte, machte den verdammten Dialog selbst, tat so, als habe er Angel am Apparat und versuche ihr etwas abzu-

schmeicheln, wie er es oft getan hatte. Auf einmal vergaß er die Kamera, das Team, die Umgebung. Er gab sich selbstsicher und charmant, der gute alte Buddy-Boy.
Montana beobachtete ihn scharf. Endlich war er da! Der Text war futsch, und Buddy improvisierte wie ein Profi. Magnetische Wellen schienen von ihm auszugehen. Himmel! Wenn sich das, was hier von ihm rüberkam, auf den Filmstreifen übertrug, dann hatte er's geschafft.
»Schnitt!« rief sie jubelnd.
Er war so in Schwung, daß er fast nicht aufhören konnte.
»Jetzt haben wir's im Kasten«, sagte sie und ging zu ihm. »Danke, Buddy. Sie waren großartig.«
»Wirklich?«
»Genau, wie ich vorausgesagt hatte.«
»He!« Er gewann sein Selbstvertrauen zurück. »Ich habe eben erst angefangen. Wie wär's mit noch einer Aufnahme?«
Sie schüttelte den Kopf. »Es warten noch zwei Schauspieler, und wir haben keine Zeit mehr. Sie wollen doch die anderen nicht um ihre Chance bringen?«
Er lachte aufgekratzt. »Wieso denn nicht?«
Sie lächelte, und eine Sekunde lang hielten sich ihre Blicke fest. Dann zog sie ihre getönte Lesebrille aus dem Haar herunter und reichte ihm sehr sachlich die Hand. »Sie haben es geschafft, und ich könnte nicht glücklicher sein. Auf Wiedersehen, Buddy, und alles Gute.«
Auf Wiedersehen?! War sie verrückt? »He ...« Er schluckte. »Wann kriege ich Bescheid?«
»Wir setzen uns mit Ihrem Agenten in Verbindung.«
Er hatte keinen Agenten, aber diese traurige Tatsache eingestehen? Nie. Er mußte eben ständig mit Inga in Kontakt bleiben.
»Ja«, entgegnete er lahm. »Wann etwa?«
»Nachdem wir uns entschieden haben«, sagte sie fest. Gespräch beendet. Sie wandte sich ab und ging leise summend weg. Sie war fast so euphorisch wie er. Mit einem Schauspieler zu arbei-

ten und alles aus ihm herauszuholen, dies war ein unglaublicher Nervenkitzel. Sie konnte es gar nicht erwarten, Buddys Probeaufnahmen auf der Leinwand zu sehen, denn erst dann zeigte es sich, ob sie recht gehabt hatte.
Kein Wunder, daß Neil so in seiner Arbeit aufging, wenn er einen Film drehte. Alles lag in den Händen des Regisseurs – er schuf den Zauber. Was für eine Befriedigung!
Buddy sah ihr nach. Für sie war alles in Ordnung, sie hatte, was sie wollte. Aber was war mit ihm?
Die Maskenbildnerin kam zu ihm. »Ihre letzte Aufnahme war sensationell«, sagte sie begeistert. »Ich wäre nicht überrascht, wenn Sie die Rolle bekämen.«
So etwas hörte man gern. Selbstvertrauen durchströmte ihn. »Warum meinen Sie, daß ich die Rolle kriege?« fragte er.
»Ich hab's einfach im Gefühl.«
»Waren Sie bei den anderen Probeaufnahmen dabei?«
»Bis jetzt nur bei einer, aber der Junge kam nicht an Sie ran.«
»Darauf dürfen Sie wetten. Erzählen Sie mir trotzdem von ihm.«
Er faßte sie am Arm. »Trinken wir einen Kaffee zusammen, kommen Sie.«

24

Wie die Randbezirke aller Städte einander doch ähnelten. Gewaltige Autobahnen mit zahllosen Auffahrten, die überall von den gleichen Tankstellen, Motels und Cafés gesäumt wurden.
Weiterzufahren, das war alles, worauf es Deke ankam. Ohio, Indiana, Missouri und Oklahoma glitten an ihm vorbei, fast ohne daß er es merkte. Die Straße wurde zu einer magnetischen Kraft, die ihn voranzog, Meile um Meile zu seinem endgültigen Ziel führte.
Joey hatte ihn zum Narren gehalten.
Joey hatte über ihn gelacht.

Er sah sie oft.
Das Luder.
Sie war tot.
Ihre eigene Schuld.

»Ich will deine Familie kennenlernen und Pläne machen. Ich hab es satt, rumgeschubst zu werden.« Sie sah ihn böse an. »Hörst du, was ich sage?«

Er hörte es sehr wohl. Schon seit Wochen sagte sie das gleiche, und er reagierte stets mit fadenscheinigen Ausreden.

»Du meinst, ich bin nich gut genug, um sie kennenzulernen? Is es das? Denn wenn's das is, kannste deinen beschissenen Ring nehmen und dir dorthin stecken, wo die Sonne nich hinscheint.« Sie zog den billigen Granatring vom Finger und warf ihn ihm an den Kopf. »Ich lern sie diese Woche kennen, oder es is aus, Prachtstück.«

Er wollte Joey heiraten. Er hatte es sich nicht anders überlegt. Aber sollten sie es nicht lieber heimlich tun? Danach konnte er sie zu seinen Eltern bringen, dann mußten sie sie akzeptieren.

Er machte ihr den Vorschlag, aber sie wollte nichts davon hören. Sie wollte alles »hübsch ordentlich« haben, wie sie sich ausdrückte. »Genau wie bei normalen Leuten.« Sie hatte sich gar eine Modezeitschrift gekauft und das Bild eines Brautkleides ausgeschnitten.

»Wollen die mich nich kennenlernen?« fragte sie mürrisch. »Interessiern sie sich nich für das Mädchen, das ihr kostbarer Sohn heiraten wird?«

Er wagte nicht, ihr zu sagen, daß er ihren Namen vor seinen Eltern bisher noch nie erwähnt hatte. Die beiden würden mit keinem Mädchen einverstanden sein, das er nach Hause brachte. Und Joey mit ihren auffallenden Kleidern, dem übertriebenen Make-up und dem orangefarbenen Haar würden sie sehr energisch ablehnen.

»Nächste Woche«, versprach er lahm. Er liebte Joey. Sie befriedigte ihn körperlich, und darum ging es doch bei der Liebe.
»Wehe, wenn du's nich ernst meinst!« fauchte sie wie eine streunende Katze.
Er meinte es ernst. Warum aber begann es bei dem bloßen Gedanken, sie seinen Eltern vorzustellen, in seinem Kopf zu hämmern? Warum hatte er solche Angst vor ihnen?
Alte Erinnerungen brachen über ihn herein.
Er war sechs Jahre alt und backte mit einem Freund Sandkuchen. Seine Mutter erschien, das Gesicht finster, unbeherrscht kreischend. »Du schmutziger, dreckiger Junge! Ich habe dich heute früh frisch angezogen! Geh sofort hinein!« Sie schlug ihn, bis ihr der Schweiß in kleinen Perlen auf dem Gesicht stand und ihm das Blut an den Beinen herunterlief. Sein Vater sagte nichts. Das war das erstemal, aber es wiederholte sich oft – und immer wegen eines geringfügigen Vergehens: eines nicht ganz leer gegessenen Tellers oder eines Waschlappens, den er im Bad auf dem Boden liegengelassen hatte. Als er sechzehn war, hörten die Prügel ebenso unerwartet auf, wie sie begonnen hatten. Statt dessen beschimpfte sie ihn nun. Ein Strom gemeiner Worte ergoß sich über ihn, der mehr Unheil anrichtete als die körperlichen Züchtigungen.
Er begann zu glauben, was sie ihm an den Kopf warf. Schließlich war sie seine Mutter, wie sie ihm unermüdlich erklärte. Sie hatte ihn geboren. Unter Schmerzen. »Du hast mich fast umgebracht!« schrie sie oft. »Ich wäre fast gestorben, als ich dich in diese Welt setzte.« Das schlechte Gewissen war eine schwere Last. Er hätte seine Mutter fast umgebracht, deshalb strafte sie ihn, und deshalb mußte er es akzeptieren. Sie hielt ihm vor, er sei schwach, dreckig, nutzlos, ein Parasit, ein Idiot. Welches Mädchen sollte ihn je ansehen? Welcher Arbeitgeber ihn je einstellen?
Doch sie war voller Widersprüche. Brachte er ein Mädchen nach Hause, war es nicht gut genug für ihn. Bekam er eine Stellung, war es nie die richtige.

Einmal wurde er niedergemacht, ein andermal hochgehoben. Was sollte er glauben?
Verwirrung und Schuld waren die beiden Gefühle, mit denen er aufwuchs. Dazu kam eine unbestimmte Angst, die ihn in den meisten Nächten weckte und manchmal auf die Straße jagte, wo er Dinge tat – die er tun mußte.
Er vergewaltigte Frauen. Sie waren der Feind und verdienten es, bestraft zu werden, genauso wie er.
Er war immer sehr vorsichtig, suchte sich ältere Opfer aus, die zu verängstigt waren, um Widerstand zu leisten.
Als er Joey kennenlernte, änderte sich alles. Wenn seine Eltern sie akzeptierten, konnte alles gut werden.

Kurz vor Amarillo, Texas, begann es zu dämmern. Deke hatte an einer Servicestation gehalten und getankt. Als er wieder in die Autobahn einfuhr, bemerkte er eine Anhalterin. Sie war braun gebrannt und hatte einen Rucksack auf dem Rücken. Sie trug sehr kurze Khakishorts und ein T-Shirt, auf dem in leuchtenden Buchstaben stand: JOGGER MACHEN ES MIT SCHUHEN!
Er bremste. Wußte nicht, warum. Merkte gleich, als sie neben ihm saß, daß er einen Fehler gemacht hatte.
Sie wollte reden. »Wie heißt du, Schatz?« – »Wo fährst du hin?« – »Was machst du?« – »Wie lange bist du schon unterwegs?«
Sein mürrisches Brummen brachte sie nicht zum Schweigen. Sie beachtete nicht, daß er nicht antwortete, sondern erzählte von sich selbst. Ein Südstaatenmädchen war sie, hatte mit sechzehn geheiratet, sich mit siebzehn scheiden lassen, dann zwei Jahre als Kellnerin gearbeitet, bis sie eines Tages beschlossen hatte, als Anhalterin durchs Land zu fahren. »Seither geht's mir spitze«, vertraute sie ihm an. »Brauch keine mistige Stechuhr mehr stechen. Bin frei und bloß noch auf Spaß aus.« Sie rückte auf dem Sitz an ihn heran. »Für 'nen Zehner verschaff ich dir süße Erleichterung. Ich teil sogar 'nen Joint mit dir. Was hältst du davon?«

Nichts hielt er davon. Es machte ihn wütend. Huren waren sie alle!
Sie nahm sein Schweigen als Einverständnis und tätschelte ihm liebevoll das Knie. »Für 'nen Zehner extra mach ich's dir mit dem Mund, und wenn du noch fünf drauflegst, schluck ich alles runter wie 'n braves Mädchen. Na, was meinst du?«
Er dachte, daß er sie töten würde. Es war so leicht, den Abschaum zu beseitigen. Die Welt von schlechten Menschen zu befreien. Huren und Zuhälter und alle Leute auszumerzen, die über ihn lachten.
Aber sie hat nicht über mich gelacht.
Das kommt schon noch.
»Fahr bei der nächsten Raststätte raus«, sagte sie lässig. »Du kannst sicher sein, Schatz, meine Südstaatennummer wird dir riesig gefallen.« Sie lachte.
Na, siehst du! Sie lacht.
Er war zufrieden. Es war für ihn das Zeichen, daß er tun sollte, was er tun mußte. Er würde die Hure beseitigen. Sie war ihm genau zu diesem Zweck geschickt worden.
Immer deutlicher erkannte er, daß die Dinge nicht einfach so passierten, sie wurden vorherbestimmt, und gewisse Menschen wurden auf die Erde gesandt, um Ordnung zu halten. Ihm gefiel der Ausdruck »Ordnung halten«, und noch besser gefiel ihm »die Ordnung hüten«. Die Worte klangen so sauber.
»Ich bin ein Hüter der Ordnung«, sagte er mit volltönender Stimme.
»Was?«
Er durfte ihr nichts verraten, sie nicht vorzeitig warnen.
»Nichts«, murmelte er.
»Komm, Schatz, such 'ne Stelle und fahr raus«, drängte sie und rückte ganz dicht an ihn heran. »Ich bin 'n kleines Mädchen, dem seine Arbeit Spaß macht. Verdammt, Schatz, uns steht 'ne heiße Stunde bevor!«
Verdammt – heilige Verdammnis.

Ein weiteres Zeichen.
Er trat aufs Gaspedal. Je eher es geschah, um so eher konnte er sich seiner wirklichen Mission widmen. Auf den Hüter der Ordnung wartete in Kalifornien viel Arbeit.
Er kam seinem Ziel immer näher.

25

Seit drei Wochen hatte Elaine eine Affäre. Die erste nach zwei Jahren. Eigentlich hätte ihr der Sinn gar nicht danach gestanden, etwas so Zeitraubendes anzufangen, das den gewohnten Gang der Dinge störte, besonders da ihre Partypläne immer konkretere Formen annahmen und es noch eine Menge zu organisieren gab. Die Party bedeutete für Ross und sie sehr viel, darum hätte sie eine solche Ablenkung nicht zulassen dürfen. Aber die besten Affären waren immer die ungeplanten, man schlitterte einfach hinein.
Ungefähr so hatte Elaines Affäre begonnen. Eine Extramassage bei Ron Gordino. »Legen Sie ein Handtuch um«, hatte er lässig gesagt, »und machen Sie es sich auf dem Tisch bequem.« Wie beiläufig hatte er auf sein privates Badezimmer gezeigt. Sie war aus ihrem Gymnastikdreß geschlüpft und hatte sich fest in das so aufmerksam bereitgelegte rosarote Badelaken gewickelt.
Eine Affäre? Nicht im Traum hatte sie daran gedacht, als sie sich bäuchlings auf dem Massagetisch ausgestreckt und seinen starken, kundigen Händen überlassen hatte.
Er hatte duftende Öle benutzt, wie versprochen, und ihre Schultern, ihren Rücken und den unteren Wirbelsäulenbereich mit seinen kraftvollen, sinnlichen Bewegungen bearbeitet. Und dabei hatte er das Badelaken immer weiter nach unten geschoben und schließlich vollends weggezogen, so daß ihr Spitzenhöschen zum Vorschein gekommen war, das sie vorsichtshalber anbehalten hatte.

»Elaine«, hatte er vorwurfsvoll gesagt, »Sie sollten bei einer solchen Massage nichts anbehalten. Die Öle sind sehr fett, und ich möchte Ihr Fünfzig-Dollar-Höschen nicht ruinieren.«
Sie war verblüfft gewesen. Woher kannte er den Preis des Höschens? »Schon gut, dem Höschen macht das Öl nichts.«
»Nein, ist nicht gut. Ziehen Sie es aus. Sie sind doch nicht schüchtern, oder?«
Sie hatte einen Moment gezögert und sich dann gesagt, sie wolle nicht zickig wirken. »Aber durchaus nicht!«
»Also, dann runter damit.«
Fast hätte sie protestiert, aber es war ihr so albern vorgekommen, denn er bekam doch nur ihren Hintern zu sehen, und der war sehr hübsch, wie sogar Ross ihr wiederholt versichert hatte. Sie hatte nach hinten gegriffen und sich mit seiner Hilfe ungeschickt aus dem störenden Wäschestück geschlängelt. »So ist's besser«, hatte er gesagt und aus seiner Plastikflasche Öl auf ihren nackten Po tropfen lassen.
Sie war zusammengezuckt, hatte kurz überlegt, ob er Bibi Sutton auch so ›behandelte‹, und hatte sich dann den kreisenden Bewegungen seiner knetenden Finger überlassen. Was für ein Gefühl! Es hatte sie sofort scharfgemacht. Vor allem, als das Öl langsam in die Spalte geflossen war und Ron Gordinos Finger eine Stelle am unteren Ansatz ihres Rückgrats gefunden hatte, deren Berührung ihr unwillkürlich einen Wonneseufzer entlockte.
»Tut gut, wie?« hatte er selbstsicher gefragt.
»Sehr gut«, hatte sie geantwortet, kaum der Stimme mächtig.
»Drehen Sie sich um.«
Umdrehen? Sie war nackt gewesen, verletzlich und sexuell aufs höchste erregt. Umdrehen, und was dann? Sex? Mit einem Gymnastiklehrer? Hatte sie nichts Besseres verdient, auch wenn Gordino sozusagen der ›Mann des Monats‹ war?
Elaine, du hast es mit deinem Zahnarzt getrieben. Und mit einem zweitklassigen Schauspieler. Warum bist du auf einmal so wählerisch?

Sie hatte sich umgedreht. Und so hatte alles begonnen.
Drei- oder viermal in der Woche trafen sie sich in seinem Privatbüro, und er löste gleichzeitig mit ihren Spannungen auch seine eigenen. Die Unterhaltung war begrenzt, nicht aber die sexuelle Akrobatik. Ron Gordino forderte den Körper bis zum letzten. Elaine war eine gelehrige Schülerin. Nach zwei Jahren sexueller Vernachlässigung kam sie sich plötzlich vor wie ein Verdurstender, der in der Wüste eine Oase gefunden hat.
»Du bist wirklich ein verrücktes Ding, Elaine«, sagte Ron in seinem gelangweilten Ton.
Wie recht er hatte. Es war verrückt, sich mit ihm einzulassen, doch sie genoß jeden Augenblick der heimlichen Zusammenkünfte.
Karen witterte natürlich sofort etwas. »Was geht zwischen dir und dem Scheich des Gymnastikgeschäfts vor?« fragte sie scherzend. »Du verbringst mehr Zeit in seinem Büro als er selbst.«
Karen war eine ihrer besten Freundinnen, doch eine der wichtigsten Überlebensregeln in Hollywood lautete: »Trau keinem Menschen – vor allem nicht besten Freunden.«
»Er massiert phantastisch«, antwortete Elaine unschuldig. »Mein altes Rückenleiden hat er fast kuriert.«
»Was für ein altes Rückenleiden?«
»Ein Bandscheibenvorfall – vor Jahren. Seither hatte ich Rückenschmerzen.«
Karen sah sie skeptisch an. »Hmmm ...«
Für die Party trafen immer mehr Zusagen ein. Ganz oben auf der Liste stand das Ja von Sadie La Salle, für die – ohne daß sie es wußte – die Party eigentlich gegeben wurde. Elaine hätte nicht glücklicher sein können. Wenn alles nach Plan ging, konnte das Leben wieder schön werden.
Schon jetzt sah alles wesentlich besser aus.

Angels spurloses Verschwinden jagte Buddy höllische Angst ein. Trotz ihrer zwanzig Jahre war sie noch ein richtiges Kind, und in

den Straßen von Hollywood wimmelte es von Zuhältern und Gaunern, die ein Mädchen wie sie nur zu gern in ihre dreckigen Finger bekommen hätten.
Er schauderte bei dem Gedanken und versuchte sich einzureden, Angel sei nach Hause geflogen. Doch er wußte, daß sie alles andere eher tun würde. Trotzdem ließ er Shelly in Louisville anrufen.
»Irgend so 'ne Frau sagt, Angel is in Hollywood«, berichtete Shelly, nachdem sie aufgelegt hatte.
»Vielleicht ist sie mit dem Zug gefahren und noch unterwegs«, überlegte er.
»Ja. Und vielleicht ist sie noch hier. Finde dich damit ab, man kann in dieser Stadt auch ohne Buddy Hudson leben.«
Er ignorierte die Bemerkung. Was wußte Shelly schon?
Im Geist spielte er immer wieder dieselbe Szene durch: Angel in Louisville bei ihrer Pflegefamilie, während Buddy in Hollywood einen Vertrag für eine Hauptrolle in *Menschen der Straße* unterschrieb. Dann saß er im Flugzeug nach Louisville – natürlich in der ersten Klasse. Am Flughafen holte ihn eine Limousine ab, ein langer, schnittiger Schlitten mit Fernseher und Bar im Fond. Er brachte Buddy zu Angels Haus, der Chauffeur öffnete den Wagenschlag, Buddy stieg aus, und Angel kam ihm entgegengelaufen. Die schöne Angel, die sein Kind unterm Herzen trug. Und sie waren zu Tränen gerührt. Schnitt.
»Hast du schon was über deine Probeaufnahmen gehört?« fragte Shelly.
Themawechsel. Stimmungswechsel. Buddy griff nach dem Telefonhörer und wählte Ingas Nummer. »Was tut sich?« fragte er besorgt.
»Buddy! Das ist heute Ihr dritter Anruf! Die Probeaufnahmen waren doch erst vor vier Tagen, und ich habe Ihnen versprochen, daß ich mich melde, sobald ich etwas höre.«
Das genügte ihm nicht. Sagte Inga ihm wirklich alles, was sie wußte?

»Gehen wir heute abend zusammen essen?« fragte er unvermittelt, weil er fand, ein bißchen persönliche Aufmerksamkeit könne nicht schaden.

Inga war überrascht. Seit Wochen versuchte sie, ihn zu einer Verabredung zu kriegen. »Gern«, antwortete sie rasch, bevor er es sich anders überlegte. »Wann und wo?«

»Ich hole Sie vom Büro ab. Wann machen Sie Schluß?«

»Um fünf«, wiederholte er. »Ich werde da sein.« Natürlich schielte er mit einem Auge auf die Möglichkeit, dort Montana Gray zu begegnen und von ihr zu erfahren, was sich wirklich tat.

Er hatte nicht mehr daran gedacht, daß Shelly im Zimmer war, und fuhr zusammen, als sie bissig fragte: »Gehst du schon mit einer anderen aus? Wie schnell ihr Männer vergeßt.«

»Leih mir fünfzig Dollar, Shelly«, bat er schmeichelnd.

Sie war entrüstet. »Ich hab' dir erst vor zwei Tagen fünfzig geliehen. Pump Randy an, er hat die Knete. Ich bin ein schwer arbeitendes Mädchen und bestehe darauf, daß du bezahlst, wenn du mein Telefon benutzt. Außerdem möchte ich meine fünfzig Piepen zurückhaben.«

Buddy ging zur Tür. »Mach dir keine Sorgen deswegen.«

»Du hast leicht reden – Superstar.«

»Ich glaube, Elaine spielt Onkel Doktor«, sagte Karen Lancaster.

»Was is los?« fragte Ross, der träge eine ihrer phantastischen Brustwarzen zwischen Daumen und Zeigefinger drückte.

»Au!« rief sie leicht vorwurfsvoll und wälzte sich auf dem großen kreisrunden Bett von ihm weg.

»Komm her, Frauenzimmer!« sagte er herrisch.

»Hol mich doch, Mannsbild!« entgegnete sie.

Er kroch über die zerwühlten Laken, knurrte wie ein Tiger und stürzte sich mit steifem Penis auf sie. Sie lachte, genoß das Spiel in vollen Zügen. »Du bist unersättlich, Ross!«

»Du bist selbst nicht gerade die Jungfrau Maria.«

Sie liebten sich laut und wild. Ihr Ächzen und Stöhnen störte in

dem einsamen Strandhaus niemanden. Hinterher sagte Karen wieder: »Ich glaube, Elaine spielt Onkel Doktor.«
Und Ross fragte noch einmal: »Was is los?«
»Sie treibt's mit einem Lohnsklaven. Sie hat sich einen Liebhaber genommen. Sie hat eine Affäre.«
Er lachte amüsiert auf. »Du bist verrückt! Elaine mag Sex nicht mal zu Hause. Sie ist die letzte, die ihn anderswo suchen würde.«
»Willst du wetten?«
»Du liegst meilenweit daneben.«
»Was ist los, Schatz? Gefällt dir der Gedanke nicht, daß das liebe Frauchen fremdgeht?«
Gereiztheit schlich sich in seine Stimme. »Und wer ist, deiner Meinung nach, Elaines sogenannter Liebhaber?«
»Ron Gordino!« verkündete sie triumphierend.
»Wer ist Ron Gordino?«
»Ein achtundzwanzigjähriger, einsfünfundachtzig großer ehemaliger Gorilla – jetzt der Papst für jede Art körperlicher Aktivität in Beverly Hills. Persönlich empfohlen von Bibi Sutton.«
Ross begann zu lachen. »Dieser warme Bruder?«
»Bisexuell, Liebling. Es besteht ein großer Unterschied zwischen schwul und bi. Unser Ron ist ganz entschieden nach allen Seiten offen – und zwar gekonnt, das kann ich dir versichern. Zur Zeit gibt er Elaine alles, was sie, wie du offenbar glaubst, zu Hause nicht haben will. Sie wird königlich gebumst, Ross. Schau sie dir doch an, wenn du Zweifel hast. Sie strahlt buchstäblich.«
»Elaine bumst nicht rum«, entgegnete er schroff und zerbrach sich den Kopf, um sich zu erinnern, wann er seine Frau zum letztenmal richtig angesehen hatte.
Karen stand anmutig vom Bett auf. »Wie du meinst«, sagte sie süß. »Mir ist noch nie ein Mann begegnet, der wirklich glaubt, daß seine Frau ihn betrügen könnte. Auch wenn er selbst alles bespringt, was atmet.«
Elaine? Ihn betrügen?
Lächerlich.

Elaine interessierte sich für den Haushalt, für Kleider, Gesellschaften, tat nur, was sich schickte. Sie hatte für Sex nichts übrig.
»Hör mal«, sagte er selbstsicher, »ich weiß, daß Elaine mir das nicht antun würde.«
»Du tust es ihr an.«
»Das ist etwas anderes.«
Karen spitzte die Lippen und stieß einen verächtlichen Laut aus. »Alter Chauvi!«
»Dumme Kuh!«
Sie nahm einen Joint aus einer Silberdose, sprang wieder aufs Bett und zündete ihn an. »Würde es dir was ausmachen?« fragte sie, inhalierte tief und reichte den Joint an Ross weiter.
Er nahm einen langen, befriedigenden Zug. »Ja, das würde es.« Wieso denn nicht? Er bezahlte die Rechnungen. Ihre Nägel, ihre Frisur, ihre Kleider, ihre Gymnastikkurse. Sie war Mrs. Ross Conti. Und wenn sie tatsächlich herumbumste – was er stark bezweifelte –, war das ein direkter Angriff auf seine Männlichkeit, oder?
»Warum?« wollte Karen wissen.
»Können wir das Thema nicht lassen? Wen kümmert es schon?«
»Dich offensichtlich.«
Die Saat war gesät, das genügte.

Angel war sehr bald der Liebling von Kokos Frisiersalon. Sie saß hinterm Empfangstisch, großäugig, mit glatter Haut, das weiche blonde Haar offen um die Schultern. Was für ein Unterschied zu der gelackten Darlene, dieser Hohepriesterin bissiger Kommentare.
»Wer ist sie?« wurde Koko allenthalben gefragt. »Und wo haben Sie sie gefunden? Sie ist ein so liebes, so höfliches Ding.«
»Das ist sie wahrhaftig«, stimmte Koko zu und wachte wie ein ängstlich auf seinen Besitz bedachter Zuhälter über Angel. Seit er denken konnte, herrschte zum erstenmal Ruhe im Salon. Keine hysterisch kreischenden Frauen, keine erbitterten Streiterei-

en wegen sich überschneidender Termine. Angels Gegenwart beruhigte sogar Raymondo, den launischsten Haarstylisten des Salons. Er wahrte respektvolle Distanz, was bedeutete, daß er Angel nicht jedesmal im Vorübergehen in den Po kniff.
Ihre Schönheit zog alle an, doch sie hatte sofort erklärt, daß sie glücklich verheiratet und ihr Mann eine Zeitlang außer Landes sei. Höflich lehnte sie Einladungen ab – von Kollegen ebenso wie von Kunden. Sie war liebenswürdig, aber unzugänglich, gab nichts von sich selbst preis, hörte jedoch bereitwillig zu, wenn andere über ihre Probleme reden wollten.
Jeden Tag bekam sie ein paarmal zu hören, sie müsse unbedingt Mannequin oder Schauspielerin werden. Darauf entgegnete sie stets lächelnd, es interessiere sie weder das eine noch das andere. Und das stimmte auch, denn in ihr wuchs Buddys Baby. Oliver Easterne und seine großartigen Versprechungen waren vergessen. Ihr war es wichtiger, Ordnung in ihr Leben zu bringen.
An Buddy dachte sie oft. Er hatte sie böse enttäuscht. Sie erkannte jedoch instinktiv, daß sie ihm Zeit lassen mußte, und sei es nur, damit er begriff, wie wichtig ihre Beziehung war.
In gewisser Hinsicht fühlte sie sich stark und war stolz auf sich und ihre Leistungen. Es war nicht einfach, allein zu leben, aber immer noch besser, als mit Buddy zusammenzusein und zuzusehen, wie er sich selbst zerstörte.
»Haben Sie Lust, heute abend tanzen zu gehen?« Raymondo, der zum zehntenmal an diesem Tage vor ihrem Empfangstisch erschien, musterte sie lüstern von der Seite.
Zurückhaltend schüttelte sie den Kopf.
»Nein, will sie nicht«, fauchte Koko und trat aus einer Privatkabine. »Oder doch, Herzchen?«
Sie lächelte weich. Kokos Besorgnis rührte sie. Er behielt sie ständig im Auge und beschützte sie. Sie wandte sich einer dicken Frau mit goldblonder, künstlich zerzauster Löckchenfrisur zu. »Guten Morgen, Mrs. Liderman«, sagte sie, »wie geht es Ihnen heute?«

Mrs. Liderman strahlte. »Ich spüre die Hitze, und Frowie auch.« Sie hob einen Miniaturpudel vom Boden auf und reichte ihn Angel über den Tisch. »Geben Sie meinem Baby ein gutes, gutes Wasserchen, seien Sie so nett.« Brillanten blitzten an ihren dicken Händen.

»Eines Tages wird man Ihnen wegen dieser Ringe die Finger abhacken«, sagte Koko mit einem Seufzer. »Ich wünschte, Sie wären vorsichtiger, Mrs. Liderman.«

Die Frau kicherte affektiert. »Ohne meine kleinen Glitzerchen käme ich mir nackt vor.«

Übertrieben spöttisch ahmte Koko ihren Seufzer nach. »Dann behalten Sie sie an, um Himmels willen – bitte!«

Mrs. Liderman kicherte noch lauter. Angel lächelte höflich, und die dicke Frau watschelte davon, um sich von Raymondos geschickten Händen verschönern zu lassen.

»Eine der reichsten alten Schachteln von Los Angeles«, vertraute Koko Angel leise an. »Und trotzdem sieht sie aus, als kaufte sie in der May Company von der Stange.«

»Ich mag die May Company«, entgegnete Angel.

»Das sieht Ihnen ähnlich.« Er seufzte. »Herzchen, ich werde Sie demnächst einfach erziehen müssen! Mit Ihrem Aussehen könnten Sie eine der reichsten Damen dieser Stadt werden. Aber Sie müssen noch viel lernen.«

»Was denn?«

»Alles.«

Gina Germaine tappte barfuß über ihren dicken weißen Teppich und schlang Neil Gray die Arme um den Hals. »Meine Probeaufnahmen gefallen dir wirklich, nicht wahr?«

Er befreite sich aus ihrem Griff. »Ja.«

Sie hungerte nach Lob. »Ja? Ist das alles?«

»Du warst sehr gut.«

»Was meinen Oliver und Montana dazu?« fragte sie ängstlich. »Bin ich Nikki, Neil? Verdammt noch mal, bin ich die Nikki?«

Er schüttelte den Kopf. »Nein.« Rasch hob er die Hand, um ihren hochschießenden Zorn zu beschwichtigen, dann begann er, ihr seine Pläne zu erläutern. Sie hörte aufmerksam zu. Was er ihr erklärte, klang gut. Nein, sie war nicht die Nikki. Er hatte viel größere Pläne mit ihr. Einen neuen Film, der für sie der Durchbruch zur Charakterdarstellerin werden sollte.
»Hast du ein Drehbuch?« fragte sie aufgeregt, als er geendet hatte.
Er lächelte in sich hinein. Sie hatte angebissen. »Es reicht, wenn man weiß, daß sich jede Schauspielerin in dieser Stadt für die Rolle zerreißen würde.«
Sie leckte sich die sinnlichen Lippen, rang um Gelassenheit, doch ihre Stimme bebte, als sie fragte: »Wann fangen wir an?«
»Sobald *Menschen der Straße* fertig ist.«
Sie musterte ihn aufmerksam. Wollte er sie reinlegen? Machte er ihr Versprechungen, um aus ihrer Falle zu entwischen? »Warum kann ich nicht zuerst in *Menschen der Straße* spielen?« fragte sie.
»Begreifst du denn nicht, was ich sage? Das würde alles verderben.«
»Du versprichst mir doch nur goldene Berge«, entgegnete sie mit verdrießlichem Unterton.
»Meine Liebe, ich biete dir die Chance, nicht länger das Dummchen des Jahres zu mimen, sondern eine ernsthafte Schauspielerin zu werden.« Sie machte ein nachdenkliches Gesicht, und er nutzte die Gelegenheit, um hinzuzufügen: »Und ich möchte die Videobänder von uns beiden. Ich habe nicht die Absicht, dir die Regie zu überlassen. Du gibst dich ganz in meine Hände. Ich mache dich zur heißesten Schauspielerin der Stadt. Wenn ich mit dir fertig bin, werden alle gerannt kommen.«
»Welche Garantie habe ich, daß du es ernst meinst?« fragte sie. »Das Ganze klingt gut, aber ich bin keine Idiotin.«
»Das habe ich nie behauptet. Ich bin bereit, mit dir einen Vertrag zu machen. Oliver Easterne wird mit deiner Agentin alles aushandeln, aber sei nicht zu habgierig – du brauchst den Film viel nö-

tiger als ich.« Nach einer kurzen Pause fuhr er fort: »Und keine Presseerklärungen. Nichts, bis ich es erlaube. Verstanden?«
Sie kaute auf ihrer Unterlippe und nickte.
»Du händigst mir die Bänder aus, sobald du den Vertrag unterschrieben hast. Noch am selben Tag. Und keine Tricks, Gina. Keine Kopien. Denn eins muß dir klar sein: Wenn wir uns auf dieses Wagnis einlassen, kann ich dich groß machen, doch genausogut kann ich dich vernichten.«
»Komm, Neil, gehen wir ins Bett«, schnurrte sie, denn herrische männliche Überlegenheit erregte sie immer.
»Nein, das tun wir nicht«, entgegnete er barsch. »Von jetzt an ist unsere Beziehung streng beruflich. Das verstehst du doch, nicht wahr?«

Montana zog die Cowboystiefel aus und drückte auf den Knopf der Gegensprechanlage zum Projektionsraum. »Lassen Sie die Probeaufnahmen noch mal laufen, Jeff.«
»Wird gemacht, Mrs. Gray.«
Sie lehnte sich bequem zurück, um sich noch einmal die vier Schauspieler anzusehen, von denen sie Probeaufnahmen gemacht hatte. Vier Schauspieler. Grundverschieden. Alle hatten etwas zu bieten, aber nur Buddy Hudson fesselte sie wirklich. Er war keineswegs der beste Schauspieler, hatte jedoch auf der Leinwand diese besondere Ausstrahlung, die sie bei ihm von Anfang an vermutet und dann aus ihm herausgeholt hatte.
Nachdenklich zündete sie sich in dem dunklen Raum eine Zigarette an. Sie hätte ihre Freude an der Entdeckung gern mit Neil geteilt. Sie hätten jetzt zusammen hier sitzen sollen. Doch als sie ihn gebeten hatte, sich die Probeaufnahmen mit ihr anzusehen, hatte er mit der Begründung abgelehnt, er müsse zu einer Besprechung. Zu welcher Besprechung? Sie hatte es sich zum Grundsatz gemacht, nicht zu fragen, und er hatte von sich aus nichts gesagt.
Sie runzelte die Stirn. Irgend etwas geschah mit ihrer Ehe. Et-

was, das sie nicht beeinflussen konnte und das ihr nicht gefiel. Neil und sie waren einander immer so nahe gewesen, und jetzt schien plötzlich zwischen ihnen ein riesiger Abgrund zu klaffen, den einzig und allein ihr Film überbrückte.
Montana zog die Stirn noch mehr in Falten. Litten sie beide vielleicht nur unter dem Druck der ersten gemeinsamen Arbeit? Die Vorproduktion kostete sie den Großteil ihrer Energie, und Neil ging es vermutlich ebenso. Aber instinktiv wußte sie, daß mehr dahintersteckte. Die Zusammenarbeit hätte sie einander nicht entfremden dürfen. Verärgert drückte sie die Zigarette aus. Vielleicht war es höchste Zeit für ein langes Gespräch mit Neil.
Buddy Hudsons Bild geisterte über die Leinwand. Er hatte wirklich das gewisse Etwas. Elektrischen Magnetismus. Davon war sie eigentlich schon überzeugt gewesen, als er sich in ihr Büro geblufft hatte.
Er sollte den Vinnie spielen, ihn wollte sie. Ihr Entschluß stand fest. Nun mußte sie nur noch Oliver und Neil überzeugen.

26

Die Daten der Familie Andrews waren endlich eingetroffen. Leon Rosemont studierte sie aufmerksam, doch sie enthielten nichts Wesentliches. Die einzige wichtige Information war das Datum der Eheschließung. Sie hatten 1946 in Barstow, Kalifornien, geheiratet. Über Deke Andrews kein Wort. Leon forderte sofort telegrafisch eine Kopie der Heiratsurkunde an. Wenn er überhaupt Hinweise finden wollte, mußte er wohl ganz am Anfang beginnen.
In diese Zeit fiel Millies Geburtstag. Sie wollte ein Familienfest geben, stand stundenlang in der Küche, briet Rippenstücke und Hähnchen und bereitete ihre Spezialität, den ›schwarzäugigen‹ Erbsensalat, zu. Zum Nachtisch überraschte er sie mit einem rie-

sigen Erdbeerkuchen. Für den Fall, daß er ihn vergaß, backte sie kleine Schokonußkuchen, was ihm fast Tränen in die Augen trieb.

Auf dem Fest mästete er sich, während Millies Nichten und Neffen ununterbrochen Jackson-Platten auflegten und die Erwachsenen James Brown hören wollten. Es wurde getanzt und gelacht, und Leon hatte schon lange nicht mehr so unbeschwerte, fröhliche Stunden erlebt.

Um ein Uhr nachts waren Millie und er wieder allein, umgeben von Stapeln schmutzigen Geschirrs.

»Ich spüle, und du trocknest ab«, schlug Millie vor.

»Warum spülst du nicht und trocknest ab«, erwiderte er.

»Du fauler Halunke!« rief sie und sah ihn liebevoll an. »Schau sofort, daß du in die Küche kommst!«

»Wer spült 'n bei dir Geschirr und wäscht die Wäsche und so?« fragte Joey.

»Ich habe eine Zugehfrau.«

»So?« Nachdenklich kaute sie auf ihrem Daumen. »Das könnt ich machen, wenn du willst. Da könntest du 'n paar Dollar sparen.«

Er wollte nichts ersparen, er wollte aus einer unguten Situation heraus.

Joey und er trafen sich – wenn das der richtige Ausdruck war – seit zwei Monaten regelmäßig. Er hatte ihr viel geholfen, ihr einen Job als Eisverkäuferin in einem Kino besorgt, sie in einem anständigen Mietshaus untergebracht und ihr Selbstwertgefühl gegeben. Dafür hatte sie ihm ihre Jugend geschenkt und ihm immer wieder zu einem prächtigen Steifen verholfen. Bei ihr kam er sich vor wie zweiundzwanzig, und eine Zeitlang hatte er es genossen. Jetzt aber redete sie davon, daß sie für ihn putzen und waschen wollte. Er wußte, daß es höchste Zeit war, dieses Kapitel zu beenden, um seinet- und um ihretwillen.

»Joey«, fragte er sanft, »denkst du nicht manchmal, daß du Freunde in deinem Alter haben solltest?«

»Nein«, erwiderte sie fröhlich, »schließlich bist du kein Opa, oder?«
»Ich glaube«, sagte er gemessen, »daß wir, nachdem wir dich wieder aufs rechte Gleis gebracht haben …«
»Aufs rechte Gleis? Was bin ich ’n, verdammt? Ein beschissener Zug?«
»Du weißt genau, was ich meine«, erwiderte er ruhig. »Und fluch bitte nicht.«
»Also gut, ich mach für dich sauber«, sagte sie in dem verzweifelten Versuch, das Thema zu wechseln. »Ich will kein Geld dafür, das war nur Spaß. Vielleicht gibst du mir besser ’nen Schlüssel.«
»Sehen wir den Tatsachen ins Auge, Joey. Du mußt anfangen, dein eigenes Leben zu leben, und dazu gehöre ich nicht.«
»Warum nicht?« fragte sie aggressiv.
»Weil es für dich besser ist«, antwortete er geduldig. »Du hast dein Leben noch vor dir. Auf dich warten aufregende Erlebnisse, und du wirst viele neue Leute kennenlernen. Irgendwo gibt es einen netten jungen Mann …«
»Ah, Schei-ße!« rief sie und verzog angewidert den Mund. »Aufregende Erlebnisse, netter junger Mann … Glaubst du vielleicht, du redest mit ’ner Idiotin?« Sie starrte ihn finster an und fügte hinzu: »Ich bin ziemlich rumgekommen, weißte.«
»Die Sache zwischen uns ist nicht recht«, erklärte er eigensinnig. »Sie war es von Anfang an nicht, und ich glaube, du bist klug genug, das einzusehen.«
»Hast ’n neuen Betthasen gefunden, der dich anmacht«, spottete sie. »Was richtig Junges, was? Ich bin ja schon sechzehn. Werde langsam zu alt, was?«
»Sei nicht dumm.«
Sie stritten länger als eine Stunde. Joey wollte nicht gehen. Sie kreischte und schrie. Sie versuchte es auf die süße Tour. Warf ihm Beleidigungen an den Kopf. Weinte sogar.
Je wütender sie sich gebärdete, um so deutlicher erkannte er,

daß seine Entscheidung richtig war. Um zwei Uhr morgens ging sie schließlich.
Die nächste Woche war nicht leicht. Joey rief ihn ständig an, bettelte darum, ihn wiedersehen zu dürfen, oder beschimpfte ihn.
Er nahm den Urlaub, der ihm noch zustand, und reiste nach Florida. Auf dem Weg zum Flugplatz fuhr er an dem Mietshaus vorbei, in dem Joey wohnte, und bezahlte ihrer Wirtin die Miete für ein halbes Jahr im voraus.
Ein Schuldzins?
Nein, nur ein Abschiedsgeschenk, um ihr ein bißchen weiterzuhelfen …
Erst als Tote sah er sie wieder, ermordet und verstümmelt auf dem Boden des Hauses in der Friendship Street.

Methodisch stapelte Leon das Geschirr auf, nahm sich dann etwas Eis und folgte Millie nach oben.
Sie saß am Toilettentisch und schminkte sich ab. Er hätte sich ihr gern anvertraut, ihr alles über Joey erzählt. Aber er schämte sich zu sehr. Was wäre wohl geschehen, wenn er eingewilligt hätte, Joey wiederzusehen. Eine Woche vor ihrem Tod hatte sie sich plötzlich gemeldet. Drei Jahre Schweigen, dann aus heiterem Himmel ein Anruf, als hätten sie erst am Vormittag miteinander gesprochen.
»Ich muß dich sehen, es is wirklich wichtig. Ich brauch deine Hilfe.«
Er hatte mit verstellter Stimme gesagt, sie sei falsch verbunden.
Millie hatte damals bei ihm im Zimmer gesessen.
Bevor er auflegte, hatte er Joey noch sagen hören: »Ah, Schei-ße, Leon. Ich weiß, daß du's bist.« Doch sie hatte nicht mehr angerufen.
Eine Woche später war sie tot.

27

Am Tag ihrer Party erwachte Elaine um sieben Uhr morgens. Sie ließ Ross weiterschnarchen und ging in ihr Bad. Dort betrachtete sie ihr Gesicht eingehend in einem Vergrößerungsspiegel, zupfte sich unter den Augenbrauen ein paar Härchen heraus, drückte sorgfältig einen kleinen Mitesser aus und staunte darüber, wie klar und makellos ihre Haut war. Bestimmt meinten viele, das habe sie Aida Thibiant zu verdanken. Aida behandelte die Gesichter vieler Stars. Zu ihren Klientinnen gehörten auch Candice Bergen und Jacqueline Bisset, die beide zur Party kommen wollten. Elaine wußte es jedoch besser. Sie wußte, wem sie die wunderbar zarte Haut zu verdanken hatte: Ron Gordino. Dem geschmeidigen, athletischen Ron, den sie inzwischen gegen ihren Willen recht gern hatte.

Sorgfältig ging Elaine in Gedanken alle Einzelheiten der Party noch einmal durch.

Für alles war gesorgt, angefangen von der Tischdekoration bis zu den Parkwächtern. Sie hatte bestimmt nichts vergessen. Bald würde ein Heer von Arbeitern eintreffen. Sie trat ans Fenster und sah hinaus. Es würde einer jener unvergleichlich schönen kalifornischen Tage werden. Die Sonne stand schon hoch am wolkenlosen Himmel.

Ross schnarchte laut. Ungeduldig rüttelte sie ihn wach.

»Wie spät ist es?« stöhnte er.

»Noch früh. Ich möchte, daß du aufstehst.«

»Ich bin schon aufgestanden«, sagte er anzüglich und wies auf seine Erektion. »Wie wäre es mit ein bißchen Lecken?«

»Sei nicht albern«, antwortete sie schroff. »Hast du vergessen, daß heute Partytag ist?«

Er stöhnte erneut. »Wie könnte ich das vergessen? Seit Wochen atmest und lebst du bloß noch für diese beschissene Party.«

»Steh auf«, sagte sie fest. »Geh zur Gymnastik oder zum Essen oder zu irgendwas, aber bitte steh heute nicht im Weg rum.«

»Ich soll nicht im Weg rumstehen?« sagte er entrüstet. »Ich bin hier zu Hause.«

»Mach keine Schwierigkeiten, Ross. Die Party findet doch deinetwegen statt.«

»Nein, tut sie nicht«, widersprach er eigensinnig. »Sie findet für den beschissenen George Lancaster und die beschissene Pamela London statt. Und sie kostet mich ein beschissenes Vermögen, das auszugeben wir uns gar nicht leisten können.«

»Für Sadie La Salle findet sie statt. Wir wollen doch den eigentlichen Grund nicht aus den Augen verlieren. Bezeichnen wir sie als Investition in unsere Zukunft.«

Er gähnte laut. »Hoffentlich lohnt sie sich.«

»Ich fahre los«, sagte sie, nicht bereit, sich seine mißlaunigen Bemerkungen noch länger anzuhören.

»Wohin?« fragte er. »Es ist noch nicht mal acht.«

»Ich dachte, ich hätte es dir gestern abend gesagt. Ich frühstücke mit Bibi, bei ihr zu Hause.«

»Warum?«

»Hör auf, mich auszufragen. Wir gehen die endgültige Gästeliste durch, wenn du es genau wissen willst.«

»Warum kommt sie nicht her?«

Elaine fand, eine so dumme Frage verdiene keine Antwort. »Bis später«, sagte sie. »Und vergiß nicht, auf die Bank zu gehen und etwas Bargeld zu holen – wir brauchen eine Menge Zwanziger als Trinkgeld.«

»Und wo fährst du von Bibi aus hin?«

Elaine schluckte ihren Ärger hinunter. Seit wann mußte sie Ross über jeden Schritt Rechenschaft geben? »Zum Friseur«, fauchte sie. »Darf ich jetzt gehen?«

»Aber bitte.«

Sie eilte in die Küche. Lina war eben mit zwei Helferinnen eingetroffen. Die drei Frauen schwatzten aufgeregt auf spanisch. Zum ersten Mal erlebte Elaine bei Lina eine andere Miene als mürrische Resignation.

»*Buenos dias,* Señora Conti«, sagte das Mädchen fröhlich.
»Guten Morgen, Lina.«
»Das meine zwei *amigas,* Concepcion und Maria.«
Die beiden anderen Frauen nickten und lächelten breit. Vermutlich illegale Einwanderinnen, die glücklich sind, in einem so schönen Haus arbeiten zu dürfen, dachte Elaine. Und schön würde das Haus wirklich sein, wenn die drei es von oben bis unten geputzt hatten.
»Sprechen sie Englisch?« fragte Elaine.
»Bißchen«, antwortete Lina. »Ich alles erklären.«
»Gut. Ich möchte das Haus blitzsauber haben. Die Leute mit dem Zelt kommen um acht Uhr. Die Blumen um neun. Und dann alle anderen Lieferungen. Ich habe die Liste in die Halle gelegt.«
Lina nickte ermutigend. »Keine Sorge, Señora. Alles okay.«
»Ans Telefon gehen Sie, Lina, und nehmen Nachrichten entgegen. Schreiben Sie alles auf.« Zögernd benutzte sie das einzige spanische Wort, das sie kannte. *»Entiende?«*
»Klar. Ich gut verstehen«, antwortete Lina und lachte ihre Freundinnen stolz an. »Sie gehen. Alles gut.«
»Ich bin gegen halb eins wieder da.«
Als sie sicher in ihrem Mercedes saß, holte sie tief Luft. Der Tag hatte recht gut begonnen. Hoffentlich lief nun alles nach Plan.
Sie ließ den Motor an und fuhr los. Dreißig Sekunden später fiel ihr ein, daß sie Lina nichts von den beiden ehemaligen Rockmusikern gesagt hatte, die um zwölf kommen wollten, um Verstärker und Lichtorgel für die Diskothek aufzubauen. Ron Gordino hatte die beiden empfohlen. »Wenn du die irrste Party des Jahres haben willst, nimm dir Ric und Phil«, hatte er gesagt. Gütiger Himmel, Lina würde die beiden mit den wirren langen Haarmähnen bestimmt nicht ins Haus lassen.
Elaine wendete und fuhr zurück.

Ross hörte die Haustür ins Schloß fallen und Elaines Mercedes starten. Einen Moment lang fragte er sich, ob etwas Wahres an

dem sei, was Karen behauptet hatte. Elaine und eine Affäre – lachhaft! Sie war Mrs. Ross Conti. Sie würde es nicht wagen herumzubumsen. Träge rollte er sich auf die Seite, griff nach dem Telefon und wählte Karens Nummer.
»Was ist?« murmelte sie verschlafen.
»Das ist ein obszöner Anruf.«
»Ross?«
»Von wem bekommst du um diese Tageszeit obszöne Anrufe?«
»Du hast mich geweckt.«
Er imitierte Elaines Stimme ziemlich gekonnt: »Hast du vergessen, daß heute Partytag ist?«
Sie lachte heiser.
»Was hast du an?« fragte er.
»Ein rotes Satin-Shorty von Frederick's.«
»Mit einem offenen Höschen ohne Zwickel?«
»Und einem BH, bei dem vorn zwei runde Öffnungen ausgespart sind.«
»Meine Güte, Karen, du hast mir zu einem riesigen Steifen verholfen.«
»Ein Jammer, wenn er ungenutzt bliebe. Warum kommst du nicht her?«
»Ich kann nicht.«
»Warum nicht? Du weißt doch, daß deine Zunge mit meinen Brüsten spielen will.«
Der Gedanke an ihre erotischen Brustwarzen steigerte sein Verlangen noch. »Du führst mich in Versuchung.«
»Ich weiß doch, worauf du abfährst. Also steig in deinen Slip, setz eine Sonnenbrille auf, und wir riskieren's. Ich melde dich unten als Edward Brown an.«
Er hatte sie noch nie in ihrem eleganten Century-City-Apartment besucht. Ihnen beiden schien dies zu riskant, darum beschränkten sie sich auf das einsam gelegene Strandhaus.
»Ich komme sofort«, beschloß er und legte auf. Er duschte eiskalt, bedauerte es jedoch bald, denn ohne Erektion hatte er ei-

gentlich keine besondere Lust, Karen zu besuchen. Er war irgendwie unruhig. Der Gedanke, daß Sadie La Salle in sein Haus kommen sollte, machte ihn nervös. Was tun, wenn sie wieder ablehnte, ihn zu vertreten?

Undenkbar. Er würde den ganzen Conti-Charme aufbieten, sie damit einwickeln. Dagegen würde sie wehrlos sein.

Rasch zog er sich an.

Elaine rauschte in die Küche und wollte Lina eben wegen der beiden Diskoleute Bescheid sagen, als am Telefon das Lämpchen aufleuchtete. In der Meinung, das Gespräch sei für sie, hob sie ab – und hörte Ross sagen: »Karen, du hast mir zu einem riesigen Steifen verholfen.« Wortlos hörte Elaine den Rest des Gesprächs an, legte gleichzeitig mit Ross auf und eilte zur Hintertür hinaus. Im Leerlauf ließ sie ihren Wagen die Einfahrt hinunterrollen, startete dann den Motor, raste die Straße entlang und konnte am ersten Stoppschild gerade noch mit quietschenden Reifen anhalten.

Sie wurde von ihrer besten Freundin fürstlich hintergangen.

Nein. Korrektur: Ross wurde von ihrer besten Freundin fürstlich gebumst.

Ein Schrei stieg ihr in die Kehle, doch sie erstickte ihn, obwohl ihr schon so mancher Psychotherapeut empfohlen hatte, sich keinen Zwang anzutun.

»Diese – diese – Schlampe!« stieß sie hervor.

Schlampe mit gräßlichen Brustwarzen.

»Diese betrügerische, diebische Schlampe!« schrie sie. »Für wen hält die sich eigentlich?«

Der Mann in dem Wagen neben dem ihren starrte sie an.

»Was gibt's zu sehen?« keifte Elaine, schoß mit dem Mercedes los und jagte den Sunset Boulevard entlang nach Bel-Air und zu Bibi Sutton. Denn was auch immer geschehen mochte, Bibi versetzte sie auf keinen Fall.

Angels Schweigen hatte Buddy schon so entnervt, daß der bloße Gedanke daran ihn in Panik versetzte. Darum konzentrierte er sich ganz auf *Menschen der Straße* und die Rolle des Vinnie. Er hörte sogar auf, Inga siebzehnmal am Tag anzurufen, und begnügte sich mit einer täglichen Anfrage – vormittags Punkt elf.
»Was Neues?« erkundigte er sich regelmäßig steif, und sie versuchte ihn in ein Gespräch zu verwickeln, denn seit dem gemeinsamen Abendessen liebte sie ihn wahnsinnig, obwohl danach nichts passiert war – was wahrhaftig nicht an ihr gelegen hatte. Hörte er die Schicksalsworte: »Nein, aber Sie sind noch im Rennen«, legte er einfach auf. Am liebsten wäre er weggerannt.
Und er rannte. Im wahrsten Sinne des Wortes. Er hatte sich ein Paar gute Joggingschuhe gekauft und lief auf dem Sunset Boulevard von der Ecke Doheny Street bis zur Fairfax Avenue und zurück. Jeden Morgen. Es tat ihm gut, seine überschüssige Energie so abzubauen. Er hatte nie besser ausgesehen als jetzt in den weißen Shorts. Sein sehniger brauner Körper glich einer gutgeölten Maschine.
Aber es war keine Angel da, um ihn zu bewundern. Sie hatte ihn einfach fallenlassen.
Nach zwei qualvollen Wochen eröffnete ihm Shelly, Angel habe angerufen. »Sie will dich nicht wiedersehen, hat abgetrieben und einen Kerl kennengelernt. Du, Buddy-Boy, bist aus ihrem Leben raus – für immer. Ich mußte ihr schwören, daß ich dir das wortwörtlich sage. Für immer.«
Buddy war entsetzt. Er glaubte nicht, daß Angel so hart sein konnte. »Hast du dir nicht ihre Telefonnummer geben lassen? Oder wenigstens herausgekriegt, wo sie wohnt?«
»Bin ich vielleicht ein Ermittlungsbüro?« erwiderte Shelly. »Ich sage dir, Mann, sie wollte schlicht weg von dir. W-e-g!«
An jenem Abend hätte er fast mit Shelly geschlafen. Er hatte Gras geraucht und gekokst, und sie war da. Und wie immer scharf auf ihn. Sie zog sich im Rhythmus eines Donna-Summer-Songs aus und tanzte vor ihm herum. Shelly hatte einen phantastischen

Körper, aber mehr war es nicht – einfach ein weiterer phantastischer Körper.
Sie sank vor ihm auf die Knie und nestelte am Gürtel seiner Jeans, doch sie erregte ihn nicht. Der Schmerz darüber, daß Angel ihm weggelaufen war und sein Kind abgetrieben hatte, ließ sich nicht einmal mit Drogen betäuben. Er fühlte sich völlig leer. Er wollte nur Angel.
»Du spinnst ja!« tobte Shelly. »Was 'n los mit dir? Biste schwul oder sonst was?« Abfuhren waren für sie nicht alltäglich.
Buddy wohnte weiterhin bei Randy, hoffte auf den großen Durchbruch und vermißte Angel.
Shelly war ihm nicht lange böse. »Eines Tages kriege ich dich«, sagte sie scherzend. »Ich glaub, ich brauch bloß in der Nähe zu bleiben, hm?«
Geld borgte er von beiden gleichmäßig. Shelly war in dem Punkt ziemlich gutmütig, Randy jedoch explodierte schließlich, als Buddy ihn um einen weiteren Fünfziger anging.
»Hör mal, Mann, ich bin doch keine Bank. Ich brauch jeden Dollar, um diese Sache mit Maralee in Gang zu halten. Wenn sie denkt, ich hätte keinen Kies, bin ich sie los.«
Buddy nickte. Er verstand den Freund sehr gut. Maralee Sanderson war für Randy ein Glückstreffer; nachdem er sich bisher mühsam durchgefrettet hatte, war's ihm zu gönnen, daß er auch mal was vom großen Kuchen abbekam.
Zögernd gestand sich Buddy, daß er einen Job brauchte, bis die Entscheidung über die Probeaufnahmen fiel. Nachdem er zu dieser Erkenntnis gelangt war, zog er sein einziges sauberes Hemd an, überredete Shelly, ihm die schwarze Gabardinehose zu bügeln, und zog, als Tüpfelchen auf dem i, das weiße Armani-Jackett an – besten Dank, Jason Swankle.
Er ging zu Frances Cavendish, weil er hoffte, sie habe etwas für ihn. »He, Francie«, sagte er lässig und schlenderte in ihr Büro, als hätten sie sich erst am Vortag gesehen.
Sie lehnte sich in ihrem braunen Ledersessel zurück und muster-

te ihn vom Scheitel bis zur Sohle. »Ei, ei«, sagte sie langsam, »wen hat uns der Santa-Ana-Wind denn da von der Straße hereingeweht? Ich dachte, Sie sind tot.«
Er runzelte die Stirn. »Wie bitte?«
»Ein Schauspieler, der sich nicht sehen läßt, ist in meinem Buch ein toter Schauspieler.«
»Sie sehen mich doch jetzt.«
Frances spähte über den Rand ihrer Brille. »Und gut in Form, freut mich, das festzustellen.«
»Ich bin viel gelaufen.«
»Tut Ihnen gut.«
Sie schwiegen, und da Frances keine Anstalten machte, etwas zu sagen, hüstelte Buddy. »Und was tut sich so, Francie?«
»Um Gottes willen, nennen Sie mich nicht Francie.«
Sie hatte ihre mit Kristallsplittern gefaßte Brille gegen eine dicke Hornbrille eingetauscht und sah mit dem kurzgeschnittenen grauen Haar und dem Herrenanzug – er war viel zu schwer für Kalifornien, aber eines ihrer berühmten Markenzeichen – noch männlicher aus. Bedächtig schloß sie eine Schublade ihres Schreibtisches auf und holte ein weiteres berühmtes Markenzeichen hervor, eine abgenutzte Zigarettenspitze, in die sie einen Joint steckte. Sie zündete ihn an, nahm einen Zug und reichte ihn dann über den Schreibtisch. »Noch immer verheiratet?« fragte sie schroff.
Während er ausgiebig an dem Joint sog, gab ihm der Instinkt die richtige Antwort ein. »Nein.«
»Gut. Eine Ehe paßt nicht zu Ihnen. Ich habe einen Job für Sie. Ein Horrorfilm mit niedrigem Budget, Sie sind genau der Richtige dafür. Zwei Wochen. Bezahlung nach Tarif. Wollen Sie einsteigen?«
Er nickte. *Menschen der Straße* mochte er nicht erwähnen, weil er fürchtete, das bedeutete Unglück. »Wann?«
»Nächsten Montag. Universal.«
»Klingt gut.«

»Sollte es auch.« Sie nahm ihm die Spitze aus der Hand und steckte sie in den Mund. Offenbar bekam er nicht mehr als einen Zug, doch einer war besser als gar keiner.

»Sind Sie heute abend frei?« fragte sie unvermittelt.

Buddy hatte sie früher ein paarmal zu langweiligen Preisverleihungen begleitet und einmal mit ihr und ihrer sechsundachtzigjährigen Mutter einen Abend in der Stadt verbracht. Es behagte ihm nicht, wieder solche Dienste leisten zu müssen. Andererseits hing der Job bei der Universal vermutlich davon ab, ob er frei war oder nicht. »Ja, ich habe Zeit«, sagte er.

»Gut«, erwiderte sie. »Ross Conti gibt eine Party für George Lancaster und Pamela London. Holen Sie mich um Viertel nach sieben ab. Pünktlich. Meine Adresse kennen Sie ja.«

Buddy nickte und freute sich, auf eine große Party gehen zu können – auch wenn er dabei Frances in Kauf nehmen mußte.

»Oh, eins noch, mein Lieber«, fügte sie hinzu. »Ziehen Sie was Anständiges an. Im Moment schauen Sie aus wie eine der männlichen Nutten, die in der Polo Lounge auf den Strich gehen.«

Er bemühte sich, sich seine Empörung nicht anmerken zu lassen. Was wußte denn sie? Sie zog sich doch selber wie eine Vogelscheuche an.

Der Gedanke heiterte ihn auf. »Viertel nach sieben also«, sagte er und ging.

Geistesabwesend leerte Oliver Easterne den Aschenbecher, in dem Montanas brennende Zigarette lag.

»Oliver!« protestierte sie scharf. »Ich hatte noch nicht zu Ende geraucht.«

»Wie bitte?«

»Meine Zigarette!« Mit ungläubiger Miene wandte sie sich Neil zu, doch er interessierte sich mehr für das Glas Bourbon, das er in der Hand hielt. Oliver wühlte im Papierkorb und drückte die schwelende Zigarette aus.

Montana und die beiden Männer saßen in Olivers makellos sau-

berem Büro. Es war elf Uhr vormittags, und sie warteten auf George Lancaster, der sich schon eine Stunde verspätet hatte.
Oliver und Neil kannten ihn gut. Montana war ihm noch nie persönlich begegnet. Sie war merkwürdig aufgeregt – denn George Lancaster hatte sie durch ihre Jugend begleitet. Er war immer dagewesen, ein vertrautes Gesicht auf der großen Kinoleinwand und in den Filmzeitschriften. George Lancaster, John Wayne, Robert Mitchum. Mit dreizehn hatte sie für alle drei geschwärmt. Jetzt lagen die Dinge anders. Sie hatte ein Filmdrehbuch geschrieben, und George sollte der Hauptdarsteller sein. Leider hielt sie ihn nicht für einen guten Schauspieler, und die Rolle des Mac im Film war ungeheuer wichtig. Doch George Lancaster bedeutete finanziellen Erfolg, und gegen diese Tatsache kam niemand an.
Aber wenigstens konnte sie jetzt die beiden anderen Hauptrollen besetzen, wie sie wollte. Und Montana wollte Buddy Hudson. Als Neil und Oliver sahen, wie Sekretärinnen auf Buddy reagierten, die Montana zur Vorführung der Probeaufnahmen hinzugebeten hatte, wollten sie ihn auch.
»Er ist vielleicht nicht der größte Schauspieler der Welt«, sagte Montana. »Aber er kommt an und ist ungeheuer sexy. Er ist der personifizierte Vinnie.«
»Du brauchst mich nicht zu überzeugen«, erwiderte Neil. »Mir gefällt er.«
Oliver fand ihn ebenfalls gut. Ihn ärgerte nur, daß er das Mädchen vom Strand, seine Nikki, nicht aufspüren konnte, sie schien spurlos verschwunden. Da Gina nicht mehr in Frage kam, hatten sie mittlerweile mehrere andere Schauspielerinnen für die Rolle getestet. Ein paar davon waren ausgezeichnet, und es ging jetzt darum, Oliver zu bewegen, seine Strandnymphe zu vergessen und eine Entscheidung zu fällen.
Daß sie George Lancaster für die Hauptrolle gewonnen hatten, war ein wohlgehütetes Geheimnis. »Wir wollen eine Riesenpresse«, sagte Oliver immer wieder. »Georges Ankunft in der

Stadt wird ein großes Ereignis, und wenn wir eine Pressekonferenz geben und dort unser Geheimnis lüften, bekommen wir weltweit Schlagzeilen.«
George war am Abend vorher in der Stadt eingetroffen. Oliver konnte seine Begeisterung nicht verbergen. Zum erstenmal nach sieben Jahren war George Lancaster der Star eines Films. *Menschen der Straße* – eine Oliver-Easterne-Produktion. Alle Idioten würden künftig bei ihm Schlange stehen, um in seine Projekte zu investieren.
Ein Summer auf Olivers Schreibtisch schnarrte, und die gedämpfte Stimme seiner Sekretärin verkündete: »Mr. Lancaster ist hier.«
Noch bevor sie den Satz vollendet hatte, flog die Tür auf, und George Lancaster hielt Einzug.
Eine imposante Gestalt. Groß, braungebrannt, verwittert. Ein echter altmodischer Filmstar.
Oliver ließ eine Begrüßungsrede vom Stapel. Neil hielt es nicht für nötig, sich von seinem Stuhl zu erheben. Montana stand da und wartete darauf, daß Oliver sein kriecherisches Gerede beendete und sie vorstellte. Oliver war jedoch viel zu sehr damit beschäftigt, seine Nummer als großer Produzent abzuziehen, um an solche Kleinigkeiten zu denken.
Obwohl Montana wahrhaftig kein Zwerg war, kam sie sich neben George Lancaster sehr klein vor. Sie wartete, bis Oliver eine Atempause machte, dann streckte sie die Hand aus und sagte: »Guten Tag. Ich bin Montana Gray.«
Er ignorierte sie fast, aber doch nicht ganz. Sie bekam einen flüchtigen Händedruck, dann sagte er arrogant: »Ich verdurste nach einer Tasse Kaffee, kleine Dame.«
Offenbar hielt er sie für eine Assistentin, eine Sekretärin, kurz, für ein weibliches Wesen, das dazu da war, sich um seine Bedürfnisse zu kümmern! Oliver tat nichts, um ihn aufzuklären, sondern redete einfach weiter.
»Ich bin Montana Gray«, wiederholte sie, »die Autorin von *Menschen der Straße*.«

George bedachte sie mit einem weiteren kurzen Blick.
»Tatsächlich? Hier hat sich zweifellos einiges geändert. Trotzdem könnte ich Kaffee vertragen, kleine Dame.«
Sie meinte, nicht richtig gehört zu haben. Verdammt, für wen hielt sich dieser alternde Macho eigentlich?
»Dann empfehle ich Ihnen«, entgegnete sie eisig, »sich von Olivers Sekretärin einen bringen zu lassen.«
Ihre Kälte prallte wirkungslos an ihm ab. Er begrüßte Neil, erzählte ein paar schlüpfrige Witze und wanderte durchs Büro. Oliver wieselte nervös hinter ihm her.
Die Sekretärin brachte den Kaffee und wurde mit einem Klaps auf den Hintern belohnt. »Hübsches Mädchen«, sagte er ins Leere.
Oliver erläuterte ihm die Pläne für den Presseempfang im Beverly Hills Hotel am nächsten Vormittag.
»Ja, ja.« George seufzte, seine Berühmtheit langweilte ihn. »Wir werden sämtliche Titelseiten von hier bis zum Pol füllen.« Er stand auf, um zu gehen. »Ihr kommt doch heute abend alle zu meiner Party, oder?«
»Um nichts in der Welt möchte ich die versäumen«, antwortete Oliver.
»Wir werden da sein«, bestätigte Neil.
George wandte sich um und beehrte Montana mit seiner Aufmerksamkeit: »Und Sie, kleine Dame? Sie kommen doch auch zu diesem gesellschaftlichen Höhepunkt, oder?«
»Jedesmal wenn ich Ihr Bild sehe, Mr. Lancaster, komme ich zu einem ganz anderen Höhepunkt«, erwiderte sie sarkastisch.
Sein Blick wurde eisig. »Frauen, die schmutzige Witze machen, mag ich nicht«, sagte er und rauschte ab. George Lancaster war ein Superstar, und Superstars mußten sich von niemandem etwas gefallen lassen.
Nachdem er gegangen war, herrschte einen Moment lang Schweigen. »Vielen Dank für Ihre Unterstützung, meine Herren«, sagte Montana schließlich.

»Wie bitte?« fragte Oliver abwesend.
Neil schwenkte seinen Bourbon.
Montana musterte die beiden kalt. »Ich gehe einkaufen«, sagte sie. »Wenn ihr Kaffee wollt, ruft George an.«
Sie stürmte hinaus.

Im Salon herrschte ein Betrieb, wie Angel ihn bisher noch nie erlebt hatte. »Das ist noch gar nichts, mein Herz«, vertraute Koko ihr an. »Warten Sie bis zur Oscarverleihung. Das reinste Chaos! Ein Inferno! Wunderbar! Ich liebe das. Alle die kleinen Schätzchen versuchen einander auszustechen. Und wenn man nicht zu Swiftys Party eingeladen wird, ist man so gut wie tot.«
»Wer ist Swifty?«
»Unwichtig, mein Herz. Aber er würde Sie vergöttern.«
»Warum haben wir heute soviel zu tun?«
»Ross Conti gibt eine große Party für George Lancaster. Sie haben doch schon von George Lancaster gehört, nicht wahr?«
Angel nickte.
Raymondo schob sich an den Empfangstisch heran, das schwarze Haar zu einer Tolle im Stil der fünfziger Jahre gekämmt. »Möchten Sie heut abend tanzen gehen, Blondchen?«
Angel schüttelte den Kopf.
»Möchten Sie die besten Tacos in der Stadt essen?«
»Raymondo!« schrie Koko hysterisch. »An die Arbeit, bitte!«
Kokos Kreischen verscheuchte Raymondo. Er räumte das Feld für eine verzweifelte Mrs. Liderman, die ohne ihr kostbares Hündchen am Empfangstisch erschien.
»Wo ist Frowie?« erkundigte sich Angel liebenswürdig.
Mrs. Liderman neigte sich über den Tisch, die Augen rot und verquollen. »Gekidnappt!« stieß sie unter Tränen hervor. »Man hat sie vor zwei Tagen entführt, und seither warte ich auf die Lösegeldforderung.«
»Entführt, von wem?« fragte Angel mitfühlend.
»Ich weiß es nicht«, antwortete Mrs. Liderman bebend und dreh-

te ihren riesigen Solitär am Finger. »Diese Stadt ist voller Verrückter. Es könnte jeder gewesen sein.«
»Vielleicht war es gar keine Entführung«, sagte Angel beschwichtigend. »Vielleicht ist Frowie einfach davonspaziert. Ich würde mir keine Sorgen machen, Mrs. Liderman. Bestimmt wird alles wieder gut.«
»Glauben Sie das wirklich, meine Liebe?«
»O ja. Ganz fest. Frowie wird wiederkommen, Sie werden schon sehen.«
»Sie sind ein so liebes Ding«, sagte die dicke Frau mit einem Seufzer. »Ein echter Trost.«
»Danke«, erwiderte Angel bescheiden. »Raymondo kommt sofort zu Ihnen. Nehmen Sie bitte Platz ...«
Koko tänzelte heran. »Worum ging es denn eben?«
Angel erzählte es ihm und fragte dann: »Es würde doch keiner einen Hund entführen, oder?«
»Warum nicht? Wir sind in Hollywood, mein Herz.«
Der Vormittag verging wie im Flug, und gegen Mittag bekam Angel Heißhunger. In letzter Zeit entwickelte sie einen gewaltigen Appetit und überlegte, ob das wohl mit ihrer Schwangerschaft zusammenhing. Zum Glück sah man ihr noch nichts an, zumindest nicht, wenn sie angezogen war. Irgendwann würde sie ihr Geheimnis preisgeben müssen, aber damit hatte es keine Eile.
Angel dachte ständig an das Baby. Und sie versuchte, nicht an Buddy zu denken. Sie hatte ihren Vorsatz gehalten und sich zwei Wochen lang nicht gemeldet. Dann hatte sie in Randys Wohnung angerufen, aber es war niemand da gewesen. Daraufhin hatte sie es bei Shelly versucht. Es war nur fair, Buddy wissen zu lassen, daß es ihr gutging. Ob er nun high war oder nicht, er machte sich wahrscheinlich Sorgen um sie.
»Hallo! Hier spricht Angel Hudson«, sagte sie, nachdem Shelly sich verschlafen gemeldet hatte.
»Was willst du?«
»Wärst du so nett, Buddy etwas von mir auszurichten?« fuhr sie

zögernd fort. »Sag ihm bitte, daß es mir gutgeht, ich habe eine interessante Stellung und werde ihn morgen um die gleiche Zeit bei Randy anrufen.«

»Hmmm.« Angel hörte, wie Shelly sich eine Zigarette anzündete. »Noch schwanger?« fragte sie dann.

»Ja«, antwortete Angel trotzig. »Was dagegen?«

»Du dämliches Frauenzimmer! Schau zu, daß du's los wirst. Nimm meinen Rat an und *el aborto.*«

»Ich brauche deinen Rat nicht, danke. Das Baby geht nur Buddy und mich etwas an.«

»Na klar doch. Aber Buddy schläft seit einiger Zeit in meinem Bett, also hab' ich ein gewisses Mitspracherecht.«

»Was!« Man hörte Angels Stimme deutlich an, wie geschockt sie war.

»Du hast's gehört. Warum wirst du nicht erwachsen und findest dich mit den Tatsachen ab? Steck den Kopf nicht in den Sand, und nimm deine fünf Sinne zusammen. Buddy liegt nichts an dir, ihn interessiert nur die Nummer eins – und das ist er selber. Ich kann's verdauen, weil ich ausgekocht bin. Sieh zu, daß du das Kind los wirst, such dir 'nen wirklich anständigen Kerl, und dampf ab nach Hause. Denn, Angel-Schatz, ich sag's dir offen: Buddy ist fertig mit dir. *Capisci*?«

Mit Tränen in den Augen hatte Angel wortlos aufgelegt.

Das war mehrere Wochen her, und sie wußte immer noch nicht, was sie tun sollte. Sich von Buddy scheiden lassen? Sie konnte sich nicht dazu entschließen. Buddy war ein Taugenichts, doch es fiel ihr immer noch schwer, sich mit dieser traurigen Tatsache abzufinden.

Elaine war zerstreut, und das entging Bibi Sutton natürlich nicht.

»Liebling«, sagte sie, »Schätzchen! Ist auch alles in Ordnung?«

Elaine nickte und zwang sich zu einem Lächeln. »Ich mache mir nur Sorgen wegen der Party. Hoffentlich klappt alles.«

»Wie geht es Ross?« erkundigte sich Bibi hinterlistig.
Ross ist ein Lump, ein betrügerischer Dreckskerl. »Danke, gut«, antwortete Elaine tonlos.
»Bestimmt, Herzchen?«
Um ein Haar wäre Elaine zusammengebrochen. Wie gut es getan hätte, sich jemandem anzuvertrauen. Doch im letzten Moment hielt sie sich zurück. Wenn sie Bibi einweihte, konnte sie gleich alles mit einer ganzseitigen Anzeige im *Hollywood Reporter* bekanntgeben.
»Ja, natürlich. Warum?«
Bibi zuckte mit den Schultern. »Unwischtig. Die Leute in dieser Stadt sind böse. Isch 'öre nischt auf ihnen …«
»Was hast du gehört?« fragte Elaine, die plötzlich argwöhnte, daß die ganze Stadt längst im Bild war.
»Du weißt ja, Herzchen, nur übler Klatsch.«
»Was?« drängte Elaine.
»Der Film, den Ross grade gemacht 'at, ist nischt so gut. Das 'abe isch gehört von zwei oder drei Leuten. Aber isch glaube es nischt. Diese Stadt, meine Liebe …«
Elaine hätte fast vor Erleichterung aufgeseufzt. Was tat es schon, daß der Film mies war? Wenn Ross die Rolle in *Menschen der Straße* bekam, sah bestimmt alles anders aus.
»Niemand hat den Film bisher gesehen«, entgegnete sie ruhig. »Er wird noch überarbeitet. Wer hat es dir gesagt?«
»Unwischtig, meine Liebe.«
»Hmmm … Ich weiß, was du mit ›dieser Stadt‹ meinst. An Adams neuem Film lassen sie ja auch kein gutes Haar. Die Leute sind so gemein.«
Bibi war es nicht gewohnt, daß man ihr mit gleicher Münze heimzahlte. Sie wußte nicht recht, wie sie Elaine heute morgen behandeln sollte. Sie ließ die übliche Unterwürfigkeit vermissen.
»Zeig mir jetzt deine endgültige Gästeliste, Herzchen«, sagte sie energisch. »Isch bin in Eile.«
»Ich auch«, erwiderte Elaine, die sich nicht unterbuttern lassen

wollte. »Ich konnte dich heute früh mit Müh und Not einschieben.«
»Worauf du verzischten?« erkundigte sich Bibi liebenswürdig. »Auf Gymnastikkurs?«
Dieses französische Miststück. Wahrscheinlich wußte sie von Elaines Affäre mit Ron Gordino. Doch nach dem, was sie vorhin am Telefon mitgehört hatte, wäre es Elaine gleichgültig gewesen, wenn ganz Beverly Hills Bescheid gewußt hätte.
Ein Gymnastiklehrer, Elaine? Hättest du dir nicht wenigstens Robert Redford anlachen können?
Halt den Mund, Etta! Was ist gegen einen Gymnastiklehrer einzuwenden?
Sie reichte Bibi die endgültige Gästeliste, und Bibi studierte sie wie ein Computerfachmann. Es war eine großartige Liste, abgesehen von ein paar Gästen, die sie eingeladen hatte, weil Pamela London eigens darum gebeten hatte. Elaine sah, daß sogar Bibi beeindruckt war. Sie stand auf, bevor sie entlassen werden konnte. »Ich muß laufen. Es gibt noch soviel zu organisieren.«
Auch Bibi erhob sich. »Herzchen, das wird ein Abend, den man lange nischt wird vergessen.«
Elaine lächelte geistesabwesend. Bumste ihr reizender Ehemann vielleicht eben jetzt im Schweiße seines Angesichts Karen Lancaster, diesen weiblichen Judas mit dem gräßlichen Körper?
»Das hoffe ich, Bibi. Das hoffe ich sehr.«

Es war nicht einfach, Zutritt zu Karen Lancasters streng abgesichertem Apartment in dem als Century City bekannten Wohnviertel zu erhalten. Ross erinnerte sich an die Zeit, als Century City noch das Studiogelände der Twentieth Century Fox gewesen war. Ein trauriger Tag damals, als ein großer Teil des Geländes an Baufirmen verkauft worden war, die Century City aus dem Boden stampften. Ein Meer aus Beton, Glas und Hochhäusern. Ross sagte sich, daß er bei einem Erdbeben nur ungern in diesem Teil der Stadt wäre.

»Zu wem wollen Sie?« fragte ihn der weibliche Posten am Eingangstor.
»Miss Lancaster. Sie erwartet mich.« Ob die Frau ihn wohl erkannte? Er hatte vorsichtshalber die berühmten blauen Augen hinter einer Ray-Charles-Sonnenbrille versteckt, doch es blieb immer noch das berühmte dunkelblonde Haar.
»Wie heißen Sie?« fragte die Frau mit einem mißbilligenden Blick. Offensichtlich kein Fan von ihm.
»Ross –« begann er. Dann fiel ihm ein, daß er inkognito kam und Karen am Empfang einen anderen Namen angegeben hatte, der ihm aber nicht ums Sterben einfiel.
»Äh …«
»Na!« sagte die Torwächterin scharf.
»Mr. Ross.«
»Okay, Mr. Ross. Bitte warten Sie einen Augenblick.«
»Ich warte schon länger als einen Augenblick. Wo sind wir hier eigentlich? In St. Quentin?«
Die Frau nahm Block und Kugelschreiber heraus, ging um den Corniche herum und notierte sich die Nummer.
Geduld zählte nicht gerade zu Ross' Tugenden. Er wäre längst durchgefahren, hätte ihm nicht ein Schlagbaum den Weg versperrt.
»Na, mach schon!« murmelte er.
Die Frau trottete absichtlich möglichst langsam in ihre Glaskabine und wählte eine Nummer. Nach einem endlosen Telefongespräch trat sie wieder an den Wagen. »Wissen Sie, wie Sie fahren müssen?«
»Nein«, fauchte er.
»Immer geradeaus. Halten Sie auf dem Besucherparkplatz, von dort wird ein Hausdiener Sie zu Miss Lancasters Wohnung bringen.«
Sie kehrte in ihre Kabine zurück und betätigte den Mechanismus der Schranke. Der Corniche schoß los und verfehlte nur knapp einen herausfahrenden Porsche.

»Ross!« rief eine blonde Frau, aus dem Fenster des Porsche winkend. »Bis heute abend.«
Er hatte keine Ahnung, wer sie war. Aber wer sie auch sein mochte, er mußte sich eine Ausrede für seine Anwesenheit hier ausdenken. Verdammt noch mal! Und scharf war er auch nicht mehr.
Die beiden Wärter am Parkplatz stritten auf spanisch. Sie ignorierten Ross, den Corniche, die berühmten blauen Augen und das berühmte dunkelblonde Haar.
Ross stieg aus. »Sind wir hier in einem beschissenen Gefängnis?« brüllte er. »Darf ich vielleicht um Ihre Aufmerksamkeit bitten!«
Die beiden hörten zu streiten auf, musterten ihn, und ihre Blicke fragten: Wer ist denn dieser amerikanische Clown? Einer von ihnen deutete auf einen Buggy, der andere reichte Ross ein Ticket und brauste mit dem Corniche davon.
Ross starrte das offene Wägelchen an. »Ich soll da einsteigen?«
»Si, Señor. Tür-zu-Tür-Service.«
»Scheiße.«

Elaine sagte sich, daß sie sich jemandem anvertrauen mußte, weil sie sonst vor Wut platzte. Nachdem sie das Tor des Sutton-Anwesens passiert hatte, verlangsamte sie das Tempo und überlegte, ob sie Maralee anrufen oder einfach zu ihr fahren sollte. Im betont und künstlich ländlich erhaltenen Bel-Air gab es nicht viele Telefonzellen, da sie ein Stilbruch gewesen wären. Daher beschloß Elaine, Maralee einfach ins Haus zu fallen. Ihr Friseur erwartete sie erst in einer knappen Stunde.
In Maralees Einfahrt standen drei Wagen. Auf dem Rasen vor dem Haus schoben zwei Gärtner abgefallenes Laub mit Rechen sinn- und ziellos hin und her. Elaine parkte hinter einem silbernen Jaguar, stieg aus und läutete an der Haustür.
Eines von Maralees mexikanischen Dienstmädchen öffnete die Tür einen Spalt und musterte Elaine über die eingehängte Sicherheitskette hinweg.

»Buenos dias«, sagte Elaine fröhlich, obwohl sie am liebsten laut geschrien hätte. »Ist Señora Gray schon auf?«

»Qué cuál?«

»Señora Gray«, wiederholte Elaine. »Ist sie schon auf?« Warum stellte Maralee keine Mexikaner ein, die Englisch verstanden?

»Nein.«

Bevor Elaine etwas entgegnen konnte, wurde die Tür zugeschlagen. Elaine war sprachlos. Jemand mußte Maralee unbedingt über das Benehmen ihrer Dienstboten aufklären. Das blöde Frauenzimmer hatte sie nicht mal nach ihrem Namen gefragt. Schließlich hätte sie ein wichtiger Besuch sein können. Sie war ein wichtiger Besuch.

Enttäuscht und wütend kehrte sie zu ihrem hellblauen Mercedes zurück und setzte sich ans Steuer.

Wohin jetzt, Elaine? Zum Friseur, wo du perfekt die Frau des Stars spielen mußt? Oder vielleicht zu Ron Gordino, damit er dich richtig durchbumst? Oder wie wäre es, wenn du Karen und Ross überraschtest?

Halt den Mund, Etta. Ich tue, was ich will.

Doch was wollte sie? Sie wollte heulen.

Sie wollte brüllen und schreien.

Sie wollte, sie hätte den Hörer nicht abgehoben und nichts von dem niederträchtigen Betrug erfahren.

Der Tag war geradezu ideal für eine Party, schön und klar. Überall wurde makellos grüner Rasen gepflegt, Dienstmädchen brachten Kinder in die Schule, und unter den Palmen verrichteten Hunde ihr Geschäft. Ein Polizeiauto glitt langsam vorbei, und zwei Häuser weiter hielt ein Lieferwagen der Firma Sparkletts.

Beverly Hills. Wie sie es liebte. Wenn man an der Spitze stand, war es großartig.

Wie sie es haßte. Wenn man am Boden lag, war es grausam.

Beim Friseur war sie ungewöhnlich schweigsam. Als sie fertig war, erwog sie, Maralee anzurufen. Doch dann dachte sie: Nein, nicht nötig, daß ich jemanden einweihe. Ich werde allein damit

fertig. Ich bin Elaine Conti. Nicht mehr die großschnäuzige Etta Grodinski aus der Bronx.
Zum Teufel mit Etta Grodinski.
Zum Teufel mit Ross Conti.
Zum Teufel mit Karen Lancaster.
Ruhig bat sie darum, ihr den Wagen zu bringen, und setzte sich wieder ans Steuer, um über ihren nächsten Schritt nachzudenken. Eigentlich hätte sie heimfahren müssen, denn die Zeit drängte. Aber sie fühlte sich in ihrem Wagen so sicher und geborgen, er war ihre einzige Zuflucht.
Ein Mann in einem Cadillac hupte sie ungeduldig an. Sie fuhr in Richtung Wilshire Boulevard los. Ich möchte Geld ausgeben, dachte sie. Ich möchte jeden roten Cent ausgeben, den der Dreckskerl nicht hat.
Sie bog auf den Parkplatz von Saks ein, stellte den Wagen ab und betrat das Warenhaus wie ein Gladiator die Arena. Innerhalb einer Stunde kaufte sie auf ihre Kreditkarte Waren für achttausend Dollar und gab den Auftrag, alles nach Hause zu liefern.
Mit einem Lächeln auf den Lippen verließ sie das Warenhaus und schlenderte den Wilshire Boulevard hinunter zu einem anderen großen Kaufhaus. Sofort entdeckte sie einen Armreif aus Email, den sie unbedingt haben mußte. Sie zückte ihre Kreditkarte und sagte herrisch: »Belasten Sie mein Konto.«
Die Verkäuferin nahm die Karte, und weil der Betrag hundert Dollar überstieg, ging sie zum Telefon, um sich zu erkundigen, ob mit dem Konto alles in Ordnung sei.
»Es tut mir sehr leid, aber offensichtlich gibt es ein Problem«, sagte sie bedauernd, als sie wiederkam. »Würden Sie sich bitte in unsere Kreditabteilung bemühen, dort läßt sich bestimmt alles regeln.«
»Ich möchte den Armreif sofort«, erklärte Elaine fest.
Die Verkäuferin war verlegen. »Tut mir leid ...«
»Es wird Ihnen noch viel mehr leid tun«, erwiderte Elaine mit erhobener Stimme. »Wissen Sie nicht, wer ich bin?«

Die Verkäuferin musterte sie ausdruckslos. Sie sah eine recht attraktive Frau mit einer kunstvollen Frisur. Gewiß keine Goldie Hawn oder Faye Dunaway. Zum Glück wandte sich ein anderer Kunde an sie, und sie konnte weggehen.

»Miststück!« sagte Elaine laut. Gleich darauf tat es ihr leid, die Verkäuferin beschimpft zu haben. Aber es war nicht ihre Schuld. Es war Ross' Schuld. Der Mistkerl hatte die letzte Rechnung nicht bezahlt.

Einen Augenblick wußte sie nicht, was sie tun sollte. Plötzlich wurde ihr klar, daß es nur eine einzige Lösung gab. Sie schaute sich vorsichtig um. Die Verkäuferin war beschäftigt, die anderen Kunden widmeten sich ihren Einkäufen. Niemand beobachtete sie, also hatte sie freie Hand. Blitzschnell ergriff sie den Armreif, den die Verkäuferin in der Eile auf dem Auslagentisch hatte liegenlassen, und schlenderte leise summend zum Ausgang.

Draußen holte sie tief Luft. Jetzt war sie bereit, heimzufahren und Ross in die Augen zu schauen, ohne ihn merken zu lassen, daß sie wußte, was für ein mieser, treuloser Lump er war.

Was kümmerte es sie überhaupt? Sie war Mrs. Ross Conti, nicht das verzogene reiche Biest Karen Lancaster, das nur wegen ihres berühmten Vaters Anspruch auf Berühmtheit zu haben glaubte.

Eine feste Hand auf ihrem Arm hielt Elaine auf. »Entschuldigen Sie, Madam«, sagte eine große Frau mit Brille. »Würden Sie mich bitte in unser Haus zurückbegleiten? Der Geschäftsführer möchte Sie sprechen.«

Karen erwartete ihn nicht wie versprochen in dem roten Satinshorty. Sie trug einen gelben Trainingsanzug und machte ein mürrisches Gesicht. Noch in der Tür begann sie ihn zu beschimpfen, weil er so spät kam.

Ross betrat die Wohnung, die eine Huldigung an den *Architectural Digest* war, und warf sich auf ein beiges Ledersofa. »Willst du wohl den Mund halten? Ich habe zwanzig beschissene Minuten

gebraucht, um von der Toreinfahrt dieses Gefängnisses zu deiner Wohnungstür zu gelangen.«
»Mach dich nicht lächerlich!« tobte sie. »Du hast vermutlich weitergeschlafen, während ich rumgestanden und auf dich gewartet habe wie ein kleines Groupie.«
Er begann zu lachen. Die Vorstellung von Karen als Groupie war zu absurd.
»Lach nicht!« schrie sie. »Ich hätte noch eine ganze Stunde schlafen können!«
Er hob die Arme zum Himmel und stöhnte laut. »Nörgeleien kann ich zu Hause haben. Ich bin zum Bumsen hergekommen, nicht um mir die Ohren vollbrüllen zu lassen.«
Ihre Miene wurde noch finsterer. »Ich habe keine Lust mehr.«
Er stand auf und ging zur Tür. »Laß deine miese Stimmung an sonstwem aus. Mir ist die Lust auch vergangen.« Er knallte die Wohnungstür zu und drückte auf den Liftknopf. Karen Lancaster im Trainingsanzug und in schlechter Stimmung – so wollte er den Morgen nicht verbringen.
Aus der Tür gegenüber trat eine Frau in mittleren Jahren und warf ihm einen gemeinen Blick zu. Sie hatte einen bunten Bademantel an und viele rosa Lockenwickler im Haar.
»Ja?« sagte sie mit europäischem Akzent und musterte ihn argwöhnisch.
»Was – ja?« fauchte Ross.
»Was suchen Sie auf meinem Flur?« fragte sie eisig.
Er nahm die Sonnenbrille ab und starrte sie finster an. »Auf Ihrem Flur?«
Sie starrte zurück. »Ja. Auf meinem Flur.«
»Und dem von Miss Lancaster, nehme ich an.«
»Miss Lancaster hat Ihnen den Schlüssel zum Lift nicht gegeben, und das sagt mir, daß Sie sich widerrechtlich auf meinem Flur aufhalten. Ich werde den Wachmann rufen. Sofort.« Sie trat in ihre Wohnung zurück und schloß resolut die Tür.
Ross meinte nicht recht gehört zu haben. Man brauchte einen

Schlüssel, um aus diesem Gebäude hinauszukommen! Das war ja schlimmer als in Quentin.
Er trommelte an Karens Wohnungstür.
Sie öffnete bei eingehängter Sicherheitskette. »Was gibt's?«
»Gib mir den Schlüssel zum Lift. Laß mich aus diesem Gefängnis raus.«
»Warum sollte ich? Du hast mir den ganzen Morgen verdorben.«
»Ich dir?«
»Ich glaube, es macht mir keinen Spaß, mit einem verheirateten Mann zu schlafen. Deine freien Stunden passen mir nicht.«
Durch den Türspalt sah er, daß sie nun doch den vorn offenen BH trug. Eine Brustwarze lugte verführerisch zwischen schwarzen und roten Spitzen hervor.
Er beschloß, nun doch nicht wegzugehen. »Bietest du mir nicht mal eine Tasse Kaffee an?«
Karen fuhr mit der Zungenspitze über ihren Zeigefinger und legte ihn auf ihre Brustwarze. »Vielleicht«, sagte sie, machte jedoch keine Anstalten, die Kette zu öffnen.
Er fühlte, daß sein Glied wieder so steif wurde wie am frühen Morgen. »Komm schon, Liebling«, bat er, genußvoll ihr kleines Spiel beobachtend. »Ich habe was zum Frühstück, wovon du begeistert sein wirst!«
»Was Weiches?«
»Nein.«
»Was Scharfes?«
»Willst du drauf wetten …«
Bevor Ross den Satz beenden konnte, trat ein kindergesichtiger Wachmann mit gezogener Pistole aus dem Lift. »Okay, Sie«, befahl er mit piepsender Stimme, »an die Wand und die Beine auseinander!«
»Was?« rief Ross wütend, und Karen kicherte hysterisch.
»Glauben Sie bloß nicht, daß ich keinen Gebrauch von dem Ding mache«, warnte der Mann. »Tun Sie, was ich sage, oder ich schieße.«

Die Europäerin mit den rosa Lockenwicklern und dem bunten Bademantel öffnete ihre Wohnungstür. »Ja«, erklärte sie fest, »das ist der Eindringling.«
»Verfluchte Scheiße!« brüllte Ross.
»Beine auseinander«, forderte der Wachmann.
»Was ist bloß mit euch los?« fragte Karen, öffnete die Sicherheitskette und trat auf den Flur. »Erkennt ihr denn Ross Conti nicht?«
Sechs Augen wandten sich ihr gleichzeitig zu.
Karen Lancaster hatte nichts anderes an als einen vorn offenen BH und ein vorn offenes Höschen. Und sie schien sich köstlich zu amüsieren.

28

Der Tag brach eben an, als Deke mit seinem Lieferwagen langsam in die kalifornische Kleinstadt Barstow einfuhr.
Er war müde und unrasiert, da er die Strecke von New Mexico ohne anzuhalten zurückgelegt hatte. Der bloße Gedanke, seinem Ziel nahe zu sein, hatte ihn auf den öden Wüstenstraßen vorangetrieben, das Radio auf volle Lautstärke gedreht und die Gedanken belebt von den anfeuernden Worten: Hüter der Ordnung.
Er sah Joey oft. Sie saß in einem vorbeifahrenden Wagen, den Rock hochgezogen, die Oberschenkel nackt. Sie stand winkend am Straßenrand. Sie blickte provozierend von Anschlagtafeln an der Straße. Trotzdem geriet er nicht in Versuchung zu halten. O nein. Kein bißchen. Er wußte Bescheid. Jetzt.
Kalifornien war ganz anders, als er es sich vorgestellt hatte. Er hatte weiße Paläste, blaue Seen und breite, von Palmen gesäumte Straßen erwartet. Statt dessen gab es staubige Gehsteige und die gleichen alten Tankstellen und Motels wie überall. Es war drückend heiß.
Dennoch, er war angekommen. In Barstow, Kalifornien.

Er zog einen zerknitterten Zettel mit einer Adresse aus dem Versteck in seinem Stiefelschaft und studierte ihn aufmerksam.
Einen Moment lang flimmerte das Gesicht des Mädchens in Amarillo vor seinen Augen. »Warum?« hatte sie entsetzt geschrien. »Warum ich?«
Der Augenblick ihres Todes war reine Ekstase gewesen. Ihre Schreie waren verstummt, ihr Körper war schlaff und friedlich geworden. Er hatte sich ihr plötzlich sehr nahe gefühlt, denn er allein hatte ihr geholfen. Das Messer war ein Werkzeug Gottes und dazu ausersehen, Sein Werk zu vollbringen.
Im Tode war sie Joey geworden, und er hatte sich von der Leidenschaft befreien können, die sich seit so vielen Monaten in seinem Körper aufgestaut hatte. Er fühlte sich herrlich erleichtert.
Passion. Even the President needs passion.
Ein zerbrochenes Neonreklameschild pries Kaffee und Krapfen an. Deke lenkte den Lieferwagen auf den ungepflegten Parkplatz und stieg aus. Das Lokal war leer bis auf einen Mann hinter der Theke, der an seiner Nase zupfte und in einer abgegriffenen Pornoschrift blätterte.
»Kaffee«, sagte Deke und setzte sich auf einen ausgeblaßten Plastikhocker an der Theke.
Ohne die Augen von der Zeitschrift zu heben, rief der Mann nach hinten: »Kaffee!«
»Und einen Krapfen«, fügte Deke hinzu.
»Krapfen!« rief der Mann wieder, ohne sich zu rühren.
Rund um die schmutzige Zuckerdose hatten sich Ameisen angesiedelt. Deke griff nach einer Papierserviette und zerquetschte sie systematisch.
»Schon mal 'ne nackte Tante ohne Beine gesehen?« fragte der Mann hinter der Theke, nahm den Finger von der Nase und hielt Deke die aufgeschlagene Zeitschrift hin.
Stumm betrachtete Deke die Bilder.
»Scharf, was?«
Das Mädchen auf den Bildern sah aus wie Joey. Die Bilder selbst

waren schrecklich obszön. Ja, er hatte richtig gehandelt, als er Joey vor jeder weiteren Versuchung bewahrte. Sie war jetzt in Sicherheit. Der Hüter der Ordnung hatte seine Pflicht getan.

»Was halten Sie davon?« fragte der Mann, weil er hoffte, mit dem Gast über die Reize diskutieren zu können, die man beim Sex mit einer beinlosen Frau geboten bekam.

Deke hob die kalten schwarzen Augen von der Zeitschrift und sah den Mann an. Es war nicht recht, daß Joey für solche Bilder posiert hatte und fremde Männer sich an ihrem nackten Körper aufgeilen konnten. Hätte er genügend Zeit gehabt, hätte er diesen männlichen Abschaum beseitigt, zerquetscht wie die Ameisen.

»Sie sind alle Huren«, sagte er schließlich, aus der Erkenntnis heraus, daß der Hüter der Ordnung keine Zeit hatte, sich mit jedem stinkenden Perversen zu befassen, der ihm über den Weg lief.

Der Mann hinter der Theke lachte höhnisch. »Sie haben ja so recht, Kamerad. Ich hätte es nicht besser ausdrücken können. Nutten sind sie – verdammte Nutten, eine wie die andere.«

Die Verdammnis ist näher, als du ahnst, dachte Deke. Er war jetzt in Kalifornien, und nichts konnte ihn davon abhalten zu tun, was er tun mußte.

29

Ein Psychiater hätte gesagt, es sei ein Schrei im Dunkeln, eine Verzweiflungstat, um Aufmerksamkeit zu erregen, begangen von einem Menschen, der dringend Hilfe brauchte. Elaine kannte den ganzen psychologischen Quatsch. Sie hatte nicht vergeblich ein Jahr lang auf der Couch eines Therapeuten gelegen. Ihrer Erfahrung nach war die Behandlung bei einem Seelenklempner teuer, zeitraubend und sehr förderlich für das Ego. Wer hätte es nicht genossen, über sich selbst zu reden, eine ganze Stunde

lang, und das dreimal wöchentlich? Aber lebensnotwendig war es nicht.
Diese Gedanken gingen ihr durch den Kopf, als sie im Büro des Geschäftsführers saß und zum wiederholten Mal sagte: »Ich bin empört, daß Sie mir auch nur einen Augenblick lang die Absicht unterstellt haben, ich hätte diesen lächerlichen Armreif stehlen wollen. Mein Mann ist Ross Conti. Wenn er wollte, könnte er mir Ihren ganzen Laden kaufen.«
»Das verstehe ich ja«, antwortete der Geschäftsführer, obwohl er ganz und gar nicht verstand. »Aber Sie müssen auch unseren Standpunkt sehen. Sie haben das Geschäft mit dem Armreif verlassen, ohne daß er bezahlt war.«
»Ein Versehen«, sagte sie hochmütig. »Ich habe Ihre Verkäuferin falsch verstanden. Ich dachte, sie hätte mein Konto mit dem entsprechenden Betrag belastet.«
Die Hausdetektivin stand noch immer an der Tür.
»Ich muß jetzt wirklich gehen«, erklärte Elaine rasch. »Dieser ganze Zwischenfall ist ein großer Irrtum Ihrerseits.«
»Tut mir leid, aber wir können Sie nicht gehen lassen.«
Warum war sie bloß so unvorsichtig gewesen? Wie hatte sie am Tag ihrer Party ein solches Risiko eingehen können? Was, wenn die Zeitungen davon Wind bekamen?
»Warum?« fragte sie herrisch.
»Weil es unsere Hauspolitik ist, solche Dinge zur Anzeige zu bringen«, antwortete der Geschäftsführer.
Sie sprang entsetzt auf, dachte an die Publicity. »Bitte«, rief sie flehend, »das können Sie nicht tun! Ich habe Ihnen gesagt, wer ich bin. Warum können wir die ganze Sache nicht einfach vergessen?«
Er runzelte die Stirn. »Sie haben uns zwar gesagt, wer Sie sind, aber das beweist nicht, daß Sie es tatsächlich sind.«
»Ich habe Ihnen meine sämtlichen Kreditkarten gezeigt. Das sollte doch genügen, oder?«
»Keinen Führerschein, nirgends ein Foto ...«

»Ich habe meinen Führerschein nie dabei«, unterbrach sie ihn rasch.
»Wie schade.« Er spitzte die Lippen. Wenn die Dame wirklich Mrs. Conti war, wie sie behauptete, nützte die Publicity keinem von ihnen. Andererseits konnte er sie nicht einfach laufenlassen, weil sie behauptete, die Frau eines Filmstars zu sein. Ihm kam ein Gedanke: »Wenn wir Verbindung mit Mr. Conti aufnehmen könnten und er Sie abholen würde, wäre es unter Umständen möglich, von einer Anzeige abzusehen. Ich bin überzeugt, daß es sich um ein Versehen handelt, wie Sie sagen.«
Die Detektivin verzog angewidert die Lippen.
»Ja«, stieß Elaine erleichtert hervor. »Ich weiß genau, wo ich ihn erreiche.«

Schließlich gingen sie doch miteinander ins Bett, denn das war ja der eigentliche Zweck seines Besuchs.
Karen konnte nicht aufhören zu lachen, während Ross sich kraftvoll und rhythmisch über ihr bewegte. »Hast du das Gesicht dieser Frau gesehen?« fragte sie keuchend. »Ich meine, hast du's wirklich gesehen?«
»Ich konnte gar nicht anders«, erwiderte er gekränkt.
»Mmmm – wechseln wir die Position.« Geschickt hielt sie ihn fest und rollte sich herum, bis sie obenauf lag.
Er hatte schon gemerkt, daß Karen der Normalstellung nicht viel abgewann. Er selbst mochte sie, weil er dann eine weiche Unterlage hatte, wenn er mal eine Ruhepause einlegen wollte.
»Und diese Witzfigur von Wachmann!« Sie kicherte. »Stell dir mal vor, du wärst ein Einbrecher gewesen. Er hätte in die Hose gemacht!« Sie schob ihm eine steife Brustwarze in den Mund, und er saugte gierig. »Schöööön!« seufzte sie.
Er spürte, daß er sich dem Höhepunkt näherte. Nicht schlecht. Zehn volle Minuten hatte er sie bedient, da konnte sie sich nicht beklagen.
»O du!« stöhnte er. »Himmel ...«

Das Telefon klingelte, kurz bevor es soweit war. Tapfer versuchten sie, es zu ignorieren, doch das Klingeln wirkte zu störend. Ross ließ Karens Brustwarze los und sagte: »Geh doch ran an dieses beschissene Ding.«

Sie ergriff den Hörer. »Ja?«

Ross konnte nicht hören, wer es war. Aber aus der Art, in der sie sich von ihm löste, schloß er, daß es George Lancaster sein mußte.

»Daddy«, gurrte sie wie zur Bestätigung. »Entschuldige – ich meine, George. Hast du gut geschlafen?«

Ross betrachtete sein schlaff werdendes Glied. Er kam sich vor wie ein Pferd, das man vor dem Zieleinlauf aufhielt. Noch zehn Sekunden, und er wäre der Sieger gewesen. Jetzt mußte er das ganze verdammte Rennen noch mal absolvieren. Wenn er die Kraft dazu hatte.

Er sah betont auffällig auf die Uhr und formte stumm die Worte: »Ich muß zur Bank.«

Sie nickte, hielt die Sprechmuschel zu und sagte: »Okay, geh nur. Wir sehen uns später.« Dann setzte sie ihre fesselnde Unterhaltung fort.

Was zuviel war, war zuviel. Ross zog sich an, fand den Schlüssel zum Lift und ging.

Der Morgen war alles andere als vollkommen gewesen. Ross hoffte inständig, daß der restliche Tag besser verlief.

Karen schwatzte fünfundzwanzig Minuten mit ihrem Vater, der sie am Ende des Gesprächs zu einem Lunch in die Polo Lounge einlud.

»Ich werde da sein«, sagte sie selig.

Sie ließ sich ein Schaumbad ein, steckte das lange Haar auf und stieg in das warme Wasser. Daddy war wieder in der Stadt, und wenn er wollte, würde sie jede Sekunde mit ihm verbringen. Obwohl sie schon zweiunddreißig war, hatte er noch immer Vorrang vor allen anderen.

Das Telefon klingelte wieder, und sie hob den Hörer des Nebenanschlusses im Bad ab. »George?« fragte sie erwartungsvoll. Er mochte es nicht, wenn sie ihn Daddy nannte – angeblich fühlte er sich dann alt.

»Nein, hier spricht Elaine.« Die Stimme der Freundin klang gepreßt.

»Oh, hallo.« Karen konnte ihre mangelnde Begeisterung kaum verbergen. »Alles bereit für den großen Abend?«

»Ja«, erwiderte Elaine kurz angebunden. »Kann ich Ross sprechen?«

»Ross?« rief Karen überrascht.

»Ich weiß, daß er bei dir ist, und ich muß ihn dringend sprechen.«

Karen lachte hohl. »Warum sollte Ross bei mir sein?«

»Es ist dringend. Bitte gib ihn mir.«

»Ich verstehe nicht«, sagte Karen besorgt. »Fehlt dir was?«

»Er ist also nicht bei dir?«

»Natürlich nicht. Ich be…«

Elaine legte auf.

Karen war tief bestürzt. Sie stand in der Wanne auf, Schaumblasen am ganzen Körper. Woher wußte Elaine Bescheid? Hatte Ross ihr etwas gesagt?

Nein. Ihm lag mehr als ihr daran, ihre Beziehung geheimzuhalten. Wenn sie recht überlegte, konnte es ihr egal sein, ob etwas darüber an die Öffentlichkeit drang oder nicht. Ross Conti war nach Daddy der Nächstbeste, und da sie Daddy nie haben konnte …

Elaines wegen plagten sie ein paar Gewissensbisse, aber nicht lange. Karen hatte immer bekommen, was sie wollte. Von Kindheit an. Und wenn dabei jemand verletzt worden war? Nun, so ging es eben im Leben zu – wie Daddy immer sagte.

Elaine legte mit zusammengekniffenen Lippen auf. »Es kann ein paar Minuten dauern, bis ich meinen Mann ausfindig gemacht habe«, sagte sie und überlegte, ob sie vielleicht einen Alptraum hatte, aus dem sie bald erwachen mußte.

Sie rief Lina an, die Bank, Ross' Gesundheitsclub, Ma Maison, Ross' Manager, Lina, die Polo Lounge, das Solarstudio, das Bistro, Lina und schließlich noch einmal Karen Lancaster. Dort meldete sich niemand, woraus Elaine den Schluß zog, daß die beiden es sogar jetzt noch auf Karens übergroßem, maßgefertigtem Bett wild miteinander trieben und über die arme Elaine lachten.

»Ich gebe heute abend eine große Party«, sagte sie verzweifelt zu dem Geschäftsführer. »Ist das alles wirklich nötig?«

»War es wirklich nötig, daß Sie den Armreif einsteckten?«

Plötzlich verlor Elaine die Beherrschung. »Ich hoffe, Sie wissen, was Sie tun!« schrie sie hysterisch. »Ich habe Freunde in sehr hohen Positionen, und es ist ein schwerer Fehler von Ihnen, mich hier festzuhalten.«

Er war drauf und dran gewesen, sie laufenzulassen. Nach ihren Telefonaten zweifelte er ihre Identität nicht mehr an. Doch er mochte nicht, wenn man ihm drohte.

»Bedaure«, sagte er glatt. »Sie haben die Wahl. Die Polizei oder Ihr Mann. Was Ihnen lieber ist.«

Als der Corniche von Karen Lancasters Wohnung in Century City wegfuhr, schob sich ein schäbiger brauner Datsun hinter ihn. Am Steuer saß ein Mann namens Little S. Schortz. Er war Privatdetektiv. Einer von der Sorte, die man für hundert Dollar am Tag anheuern konnte, wenn man bar zahlte. Und die Leute, die ihn anheuerten, zahlten immer bar.

Er war nicht gerade ein Meister seines Fachs, aber er kannte eine Menge schmutziger Tricks, und er hatte sich auf Scheidungsfälle spezialisiert – je unerfreulicher, um so besser. Er war Experte darin, einen Ehemann oder eine Ehefrau in flagranti zu ertappen. Manche Motelzimmertür hatte die Kraft seiner Schulter zu spüren bekommen, wenn er sich, die Kamera mit dem Blitzlicht schußbereit, gewaltsam Zutritt verschafft hatte.

Little S. Schortz war überzeugt, mit der Scheidungssache Glynis Barnes den großen Fisch an Land gezogen zu haben. »Ich möchte über jeden Schritt meines Mannes Bescheid wissen«, hatte Glynis bei ihrem ersten Besuch in seinem kleinen Büro gesagt. »Ich verlange jeweils das genaue Datum, präzise Zeitangaben, und vor allem möchte ich Fotos von jeder Frau haben, mit der er sich trifft.«
Er war sofort an die Arbeit gegangen. Es bereitete ihm Vergnügen, Chet Barnes zu beschatten. Bald verlief die Beobachtung nach einem täglichen Schema, das ihn kaum je zwang, Beverly Hills zu verlassen. Er setzte sich vor einige der besten Restaurants und schoß ab und zu ein paar Aufnahmen von Chet Barnes und den verschiedenen Frauen, mit denen er das Lokal verließ. Einmal in der Woche erschien Glynis Barnes in seinem Büro, brachte ihm Bares, nahm das fotografische Beweismaterial in Empfang und ging mit den Worten: »Machen Sie weiter.«
Eines Tages erregte ein bestimmtes Foto ihre Aufmerksamkeit. »Wissen Sie, wer das ist?« fragte sie und hielt ihm die Aufnahme hin.
Er warf einen kurzen Blick darauf. Das Foto zeigte Chet Barnes vor dem La Scala, den Arm um eine rothaarige Frau in einem engen Kleid gelegt. Little S. Schortz schüttelte den Kopf.
»Haben Sie ihn früher mit ihr gesehen? Hat er die Nacht in ihrer Wohnung verbracht? Was ist passiert?«
Er hatte keine Ahnung. Nachdem er die Aufnahme gemacht hatte, war er gleich heimgefahren. Also log er: »Ja, er hat die Nacht bei ihr verbracht. Ich dachte, es wär' in Ihrem Sinn, daß ich bis zum Morgen bleibe, also habe ich es getan. Nach Mitternacht kostet es den doppelten Tarif, wie Sie wissen.«
»Das spielt keine Rolle«, entgegnete sie. »Ich möchte, daß Sie folgendes tun.«
Sie erklärte ihm, die Frau sei Karen Lancaster, doch der Name sagte ihm nichts, bis er ihn mit George Lancaster in Verbindung brachte und herausfand, daß es sich um seine Tochter handelte.

Glynis verdächtigte ihren treulosen Mann schon lange, scharf auf Karen zu sein. Nachdem sie Gewißheit hatte, wollte sie ihm zeigen, was Karen für ein Flittchen war. »Beschatten Sie sie«, sagte Glynis. »Und beschaffen Sie mir ein paar gute Fotos. Deutliche. Observieren Sie sie rund um die Uhr. Es ist mir egal, was es kostet.«

Little S. Schortz folgte Karen wenige Tage später zu ihrem Strandhaus. Die Fotos, die er dort schoß, waren sensationell. Zuerst verknipste er einen ganzen Film durch die große Fensterfront, während sie sich mit einem Mann auf dem Bett wälzte. Dann erwischte er sie und ihren Freund noch im Meer.

Erst später, als er die Filme entwickelte, erkannte er, daß der Mann Ross Conti war. Und jetzt hatte er Aufnahmen von dem Star, wie seine Fans sie noch nie gesehen hatten.

Er sagte sich, daß es verrückt wäre, die Fotos Glynis Barnes auszuhändigen. Warum mit ein paar Hundertern zufrieden sein, wenn er Tausende bekommen konnte?

Nach einer Woche gab er zu Glynis Barnes' großer Verärgerung den Auftrag zurück.

Er wartete noch eine Zeitlang, dann vergrößerte er einige seiner Lieblingsaufnahmen und machte sich daran, Ross Conti aufzuspüren. Das war einfach, er brauchte nur einen billigen Stadtplan von den Häusern der Filmstars zu kaufen. Darauf waren die Contis ebenso aufgeführt wie Tony Curtis und Johnny Carson.

An einem der nächsten Tage parkte er frühmorgens gegenüber vom Haus der Contis, um einen günstigen Augenblick abzuwarten. Drei Hausmädchen trafen ein, sie kicherten und schwatzten spanisch miteinander. Der Milchmann lieferte zwölf Flaschen Orangensaft und sechs Kartons Milch. Eine Frau verließ das Haus, stieg in einen hellblauen Mercedes, bog aus der Auffahrt auf die Straße ein, überlegte es sich anders, wendete, fuhr zum Haus zurück, erschien dann wieder und raste davon.

Er wartete geduldig, bis er knapp zwanzig Minuten später mit dem Anblick des Corniche mit Ross Conti am Steuer belohnt

wurde. Little S. Schortz folgte dem Wagen bis zu Karen Lancasters Wohnung in Century City und stellte erfreut fest, daß die Affäre noch heiß war.
Als Ross Conti in seinem vornehmen goldfarbenen Corniche wegfuhr, war Little S. Schortz hinter ihm.

Randys Apartment stank nach Eau Sauvage Aftershave Deodorant von Yves Saint Laurent und Körperlotion von Jean Naté.
»Ich hasse dieses Zeug«, sagte Buddy, der eifrig einarmige Liegestütze machte.
Nur mit einem kurzen Slip bekleidet, kam Randy aus dem Bad. »Welches Zeug?« fragte er.
»Den Scheiß, mit dem du dich besprühst. Weißt du nicht, daß du davon Krebs kriegen kannst?« Buddy ließ sich zu Boden sinken und blieb auf dem Bauch liegen. »Verflixt, mir ist gar nicht gut. Ich glaube, das kommt davon, daß ich diese giftigen Dämpfe einatme.«
»Wenn's dir nicht paßt, weißt du ja, was du tun kannst.«
Buddy stand auf und lehnte sich schwach an die Wand. »Ich hab' letzte Nacht nicht gut geschlafen. Hatte einen scheußlichen Traum – und so wirklichkeitsnah. Ich war …«
Randy hob gebieterisch die Hand. »Verschon mich mit deinem Traum. Mir gefallen meine eigenen schon nicht besonders gut, und ich habe keine Lust, mir auch noch deine anzuhören.«
Buddy ging zum Kühlschrank. »Du hast nie was Eßbares da«, beschwerte er sich.
»Himmel, du bist schlimmer als eine Ehefrau! Warum gehst du nicht rüber zu Shelly und beglückst sie mit deinen Quengeleien?«
»Das Problem ist, daß sie mit was anderem beglückt werden will. Und ich bin nicht auf eine Affäre aus. Was Angel mir angetan hat, ist …«
»Hör auf«, befahl Randy scharf. »Ich hab' den Kopf voll und kann mich nicht auch noch mit deinen Problemen abgeben. Du woll-

test bei mir auf dem Boden schlafen – also hab' ich ihn dir geliehen. Du wolltest ein paar Dollar – also hab' ich sie dir geliehen. Aber ich will im Tausch dafür keinen laufenden Kommentar über dein lausiges Leben.«

»Besten Dank. Es tut gut, echte Freunde zu haben.«

Randy war schlechter Laune, seit Buddy erwähnt hatte, daß er ebenfalls auf die Lancaster-Party ging. »Bleib ja von Maralee und mir weg«, hatte Randy drohend gesagt, denn er fürchtete, es könnte etwas über seine Vergangenheit ans Licht kommen.

Glaubte der Idiot denn, er werde auf Maralee zustürzen und sagen: »Hallo, Maralee, freut mich, Sie kennenzulernen. Wissen Sie eigentlich, daß Ihr Freund und ich mal miteinander bezahlte Liebesdienste geleistet haben?« Himmel, er wollte das doch genauso vergessen wie Randy.

Er machte seinen täglichen Anruf bei Inga, und sie erklärte wie üblich: »Man ist an Ihnen interessiert, Sie gefallen sehr. Tatsächlich sind Sie der große Favorit.« Was sollte daran Wahres sein, nachdem Woche um Woche verging, ohne daß etwas geschah? Vielleicht machte Inga ihm nur etwas vor. Vielleicht war die Rolle bereits besetzt. Vielleicht brauchte er gar nicht mehr zu hoffen …

»Kann ich Sie einen Augenblick sprechen?« Little S. Schortz trat auf dem Rodeo Drive vor dem Laden des Herrenausstatters Bijan an Ross Conti heran.

»Klar«, antwortete Ross großmütig, denn er hielt den abgerissenen Mann für einen Fan. »Was möchten Sie wissen? Ob ich in *Prowler* selbst von der Klippe gesprungen bin oder ob ich gedoubelt wurde? Keine Bange, das fragen mich alle, und ich kann Ihnen versichern, daß ich es selbst war. Geben Sie mir einen Kugelschreiber, dann kriegen Sie ein Autogramm auf Ihren Umschlag. Für wen soll es sein – für Ihre Schwester?«

Little war sprachlos. Man näherte sich einem Mann, um ihn zu erpressen, und bekam ein Autogramm auf den Umschlag angeboten, in dem die Fotos für die Erpressung steckten.

»Sie verstehen mich falsch«, sagte er, »ich habe Fotos.«
»Oh, ich soll die Fotos signieren«, erwiderte Ross freundlich. Er hatte sich immer bemüht, nett zu seinen Fans zu sein. Behandle sie gut, dann werden sie immer in deine Filme strömen.
Sie strömen schon seit Jahren nicht mehr, du Trottel.
»Fotos, von denen Sie bestimmt nicht möchten, daß sie an die Öffentlichkeit gelangen«, fuhr Little schnell fort, bevor der große Filmstar ihn noch mehr durcheinanderbringen konnte. »Oder daß Ihre Frau, Ihre Mutter, Ihre Tochter oder Ihre Enkelin sie sehen.«
Enkelin! Ross wurde ernstlich böse. Für wie alt hielt ihn dieser niederträchtige Kerl?
»Meine Mutter ist schon lange tot. Ich habe keine Tochter. Und ganz bestimmt keine Enkelin. Warum stecken Sie sich das Zeug samt dem Umschlag nicht in den Hintern?« Nach diesen würdevoll geäußerten Worten machte Ross kehrt und ging auf seinen Wagen zu, den er im Parkverbot abgestellt hatte.
Little lief ihm nach. »Wie würden Sie sich auf der Titelseite des *National Enquirer* gefallen – im Bett mit Karen Lancaster?« fragte er und wand sich nervös.
Ross verhielt kurz den Schritt, dann dachte er: Kein Grund zur Sorge. Wer könnte schon Fotos von mir und Karen haben?
Little S. Schortz griff in seinen Umschlag und zog ein Hochglanzfoto heraus, schwarzweiß, Format achtzehn mal vierundzwanzig. Es zeigte Karen und Ross im Bett.
Little S. Schortz hatte gewonnen.
»Wieviel?« fragte Ross müde.

Selbstsicher betrat Karen die Polo Lounge, begrüßte Nino, den Maître d', mit einem Winken und ging zu dem Tisch, der immer für George Lancaster reserviert war, wenn er sich in der Stadt aufhielt.
Sie war enttäuscht, denn er war noch nicht da. Sie setzte sich, bestellte eine Bloody Mary, zog eine exquisite Fabergé-Puderdose

aus ihrer Handtasche und studierte ihre feingemeißelten Gesichtszüge. Zum Glück hatte sie das Aussehen und die Energie ihres Vaters geerbt. Das erfüllte sie mit Genugtuung, denn ihrer Ansicht nach war ihre Mutter eine schwache Frau gewesen. Viel zu schwach, um mit einer Tochter wie Karen fertig zu werden. Oder mit einem Ehemann wie George, der sie vermutlich nur deshalb während ihrer ganzen Ehe betrogen hatte. Nach dem Tod ihrer Mutter hatte Karen viel Zeit mit George verbracht. Sechs verrückte Monate lang waren sie unzertrennlich gewesen. Dann war ein silberblondes Starlet aufgetaucht und hatte alles verdorben. Die Ehe war nach ein paar Monaten gescheitert und hatte ihn eine Stange Geld gekostet. Karen hatte unterdessen den nächstbesten Mann geheiratet, einen Immobilienmakler, der ihr kurz zuvor ein Haus verkauft hatte. Ihre Ehe war zwei Tage nach der von George zerbrochen. Doch statt sie wieder zu sich zu nehmen, wie Karen gehofft hatte, war George mit ein paar Freunden nach Palm Beach gegangen. Dort hatte er Pamela London kennengelernt und sie sofort geheiratet, als er rechtskräftig geschieden war. Die Hochzeit der beiden war das gesellschaftliche Ereignis des Jahres. Karen hatte Drogen genommen und ihren Partner unter einem Tisch geleckt. Zwei Monate später hatte sie einen total ausgeflippten Komponisten geheiratet, der soviel Koks schnupfte, wie in seine Nase hineinging. Als ihr klar wurde, daß es George nicht interessierte, mit wem sie verheiratet war, ließ sie sich scheiden. Seither lebte sie allein in Beverly Hills. Als Single mit einem riesigen Treuhandfonds, einer großen Wohnung, einem phantastischen Haus am Strand, drei Autos, vier Pelzmänteln und allem anderen, was ihr kleines Herz begehrte.

George Lancaster hielt lärmend Einzug. Die Gespräche verstummten, und alle starrten ihn an, und ein paar Schleimer sprangen sogar auf und huldigten ihm.

Karen stand auf, als er näher kam. Sie wünschte sich, wieder ein kleines Mädchen zu sein und ihm in die Arme laufen zu können.

Da sie erwachsen war, begnügte sie sich mit einer kurzen Umarmung.

»Wie geht es meinem Mädelchen?« fragte er dröhnend.

»Du siehst großartig aus, Da… äh, George. Ehrlich, du siehst großartig aus.«

»Von wegen – ich werde alt.«

»Komm schon, du doch nicht.«

Er lachte jungenhaft. »Ich und Reagan, Kleines, wir halten uns recht gut für zwei alte Zureiter.«

»Laß ihn lieber nicht hören, was du eben gesagt hast.«

»Wen? Ronnie? Ihn würde es nicht stören.«

»Ich liebe dich, Daddy«, stieß sie hervor, plötzlich ganz das kleine Mädchen, das sie so gern noch gewesen wäre.

»Hör auf mit ›Daddy‹! Du weißt, daß ich's nicht ausstehen kann.«

Sie nahm rasch einen Schluck von ihrer Bloody Mary und fragte dann fröhlich: »Wie geht es Pamela?«

»Nicht schlecht für ein altes Frauenzimmer.« Er lachte laut. »Kennst du den von dem Eskimo und den Eiswürfeln?«

Eine Viertelstunde lang erzählte er Witze und unterbrach sich nur, um mit Leuten vom Personal und von der Geschäftsleitung zu scherzen, die in einem fast ununterbrochenen Strom an dem Tisch vorbeizogen.

Karen vertilgte einen köstlichen Neil-McCarthy-Salat, trank zwei weitere Bloody Marys, überlegte, warum Elaine Conti auf der Suche nach Ross ausgerechnet bei ihr angerufen hatte, und hörte sich geduldig Georges schmutzigste Witze an.

George mochte Frauen nicht. Das mußte sogar Karen zugeben.

Schließlich verriet er ihr die große Neuigkeit, daß er in *Menschen der Straße* spielte.

Karen hatte Gerüchte gehört, aber nichts darauf gegeben. Schließlich hatte George ihr immer wieder versichert, er werde nie wieder filmen. Sie nahm die Mitteilung mit gemischten Gefühlen auf. Es würde herrlich sein, George wieder in der Stadt zu

haben. Aber was wurde aus Ross? Er wollte die Rolle in *Menschen der Straße.* Er brauchte sie.
»Oh, Scheiße«, murmelte sie vor sich hin.
»Was?« dröhnte George.
»Nichts, Da… George. Ich frage mich nur, ob die Rolle wirklich richtig für dich ist.«
»Was heißt hier richtig? Ich gehe nicht in der Rolle auf, sondern biege sie mir zurecht, bis sie George Lancaster ist. Darin liegt das Geheimnis, das einen in dieser Stadt zum Star macht. Vergiß das nie.«

Am Spätnachmittag war Angel völlig erschöpft. Sie wollte nur noch nach Hause und schlafen. Der Salon war den ganzen Tag über das reinste Irrenhaus gewesen, und die Stimmung war entsprechend gereizt.
Jetzt klingelte das Telefon auf ihrem Tisch wohl zum hundertstenmal. Müde griff sie nach dem Hörer. »Salon Koko. Was kann ich für Sie tun?«
»Angel, meine Liebe, sind Sie's?« säuselte Mrs. Liderman.
»Ja.«
»Ich bin so froh, daß ich Sie erreiche. Sie erraten bestimmt nicht, was passiert ist. Frowie ist nach Hause gekommen, und das verdanke ich nur Ihnen, meine Liebe. Ihnen und Ihren positiven Schwingungen.«
»Ich habe doch nur gesagt …«
»Es ist unwichtig, was Sie gesagt haben«, unterbrach Mrs. Liderman sie. »Angel, Sie haben positive Gedankenwellen ausgesandt, und das hat genügt, mein Baby zur Rückkehr zu bewegen. Ich bin Ihnen ja so dankbar.«
»Was ist los?« zischte Koko.
Angel hielt die Sprechmuschel zu und flüsterte: »Mrs. Lidermans Hund ist zurückgekommen, und sie glaubt, ich hätte etwas damit zu tun.«
»Sehr gut. Vielleicht gibt sie Ihnen fünfhundert Dollar.«

Wie auf ein Stichwort sagte Mrs. Liderman: »Ich muß Sie belohnen.«
»Das ist doch Unsinn«, wehrte Angel ab.
Mrs. Liderman fuhr unbeirrt fort: »Ich lasse Sie von meinem Wagen abholen und nehme Sie heute abend zu einer Party mit. Sie werden sich großartig amüsieren. Es ist eine ganz besondere Party, die für meine liebe Freundin Pamela London gegeben wird.«
Koko, der inzwischen mithörte, nickte begeistert, doch Angel entgegnete: »Das ist sehr freundlich von Ihnen, Mrs. Liderman, aber ich glaube nicht, daß ich mitkommen kann.«
Koko nahm ihr den Hörer aus der Hand. »Mrs. Liderman«, sagte er schmeichelnd, »Angel begleitet Sie liebend gern. Könnte Ihr Fahrer sie in ihrer Wohnung abholen. Ich gebe Ihnen die Adresse.«
Angel schüttelte hilflos den Kopf, während Koko über sie bestimmte. Als er auflegte, erklärte sie: »Ich gehe nicht mit. Auf gar keinen Fall.«
»Herzchen!« rief er. »Vertrauen Sie mir. Sie müssen mitgehen, daran gibt es nichts zu rütteln. Sie müssen lernen, daß wir im Leben nicht immer tun können, was wir wollen. Manchmal schiebt das Schicksal uns in eine andere Richtung, und das Schicksal hat entschieden, daß Sie heute abend auf den Ball gehen.«
»Auf was für einen Ball?«
»Haben Sie noch nie von Aschenputtel gehört? Du meine Güte, muß ich Ihnen denn alles beibringen?«

Vier Uhr nachmittags. Elaine war ganz ruhig, ihre Gedanken waren klar und scharf. Sie hatte vierzehnmal telefoniert und Ross nicht gefunden. Es wurde immer wahrscheinlicher, daß man sie verhaften würde. Verträumt schaute sie ins Leere.
Schlagzeilen.
FRAU VON FILMSTAR WEGEN LADENDIEBSTAHLS VERHAFTET

AUS BEVERLY HILLS ZURÜCK IN DIE BRONX
GEORGE LANCASTER FRAGT: »ELAINE? WER IST DAS?«
Es würde ein Riesengelächter auf ihre Kosten geben. Sie würde die Stadt verlassen müssen. Welche Schande, welche Erniedrigung, welche Peinlichkeit.
Wo war Ross Conti?
Wo war der verlogenste, betrügerischste Dreckskerl der Welt?

30

Leon Rosemonts Nachforschungen über die Familie Andrews erbrachten nicht viel. Offenbar gab es keine lebenden Verwandten, und von den auf der Heiratsurkunde genannten Trauzeugen war der eine unauffindbar, der andere tot. Wenn Leon etwas herausfinden wollte, mußte er nach Barstow fahren und sich dort umsehen. Millie hatte doch gesagt, sie wolle in Kalifornien Urlaub machen. Bestimmt schwebte ihr nicht gerade Barstow vor, aber er konnte ja einen Abstecher dorthin machen, wenn sie anderweitig beschäftigt war.
Aus einem Impuls heraus kaufte er zwei Flugtickets nach Kalifornien und überreichte sie Millie mit einer großen Geste.
»Wir nehmen uns einen Monat«, sagte er. »Mir steht der Urlaub zu, und ich finde, wir sollten ihn richtig nutzen. Wir mieten uns einen Wagen und fahren einfach umher.«
»San Francisco?« fragte sie mit leuchtenden Augen.
Er nickte.
»Das Napa Valley? Arizona? Hollywood?«
Er nickte wieder.
Sie legte ihm die Arme um den Hals und schmiegte sich an ihn. »Schatz«, rief sie zärtlich, »du bist der Beste!«
Eine Woche vor dem Abflug gab er ihr vierhundert Dollar und sagte, sie solle sich ein paar Kleider für den Urlaub kaufen. Sie eilte so glücklich davon, als habe sie viertausend bekommen.

Er benutzte ihre Abwesenheit dazu, die Andrews-Akte in seinem Koffer zu verstecken. Das war eigentlich nicht zulässig, aber er hatte alle offiziellen Dokumente fotokopiert, einschließlich der Fotos. Fünfzehn waren es, die an jenem Morgen in der Friendship Street gemacht worden waren.
Fünfzehn Fotos von einem Blutbad.

31

Gegen sechzehn Uhr fünfzehn betrat Ross Conti verärgert sein Haus. Chaos herrschte, überall liefen fremde Leute herum.
»Was zum Teufel geht hier vor?« brüllte er Lina an, die weinend in der Küchentür stand.
»Señor Conti«, schluchzte sie. »Es unmöglich. Ich nicht aushalten. Ich gehen.«
Sie klammerte sich an seinen Arm. Er schüttelte sie ab und fragte: »Wo ist Mrs. Conti?«
Ein langhaariger Jugendlicher in engen Jeans und einer Nietenjacke wie von den Hell's Angels wandte sich an ihn. »He, he, Mann, sind Sie der Boß hier? Ich brauch mehr Strom – meine Verstärker brennen durch, wenn ich nicht mehr Saft kriege.«
Eine Frau in mittleren Jahren, die einen geblümten Hosenanzug trug, stürzte auf ihn zu. »Mr. Conti, bitte! Ihre Frau hat mir versichert, daß sie zwanzig zusammenpassende Vasen hat. Ich brauche sie dringend, wenn die Blumenarrangements rechtzeitig fertig sein sollen.«
Ein gepflegter Italiener mit einem Geigenkasten fragte wehleidig: »Ist unser Zimmer bereit? Das Zancussi-Trio hat immer ein Zimmer.«
»Himmel noch mal!« rief Ross. »Lina, wo ist meine Frau?«
Lina wischte sich die Tränen mit dem Schürzenzipfel ab. »Sie nicht wiederkommen. Sie alles mir überlassen. Ich gehen.« Reso-

lut marschierte sie in die Küche, wo ihre beiden Freundinnen aneinandergedrängt neben der Hintertür standen.
Ross folgte ihr, der langhaarige Jugendliche folgte ihm, die Frau im geblümten Hosenanzug und der Italiener bildeten den Schluß der Prozession.
In der Küche hatten sich mehrere Leute eingenistet. Zwei Schwule putzten am Ausguß Gemüse, zwei Barkeeper packten Kartons mit alkoholischen Getränken aus, und ein weiterer traurig blickender Italiener mit einem Akkordeon stand einfach nur herum.
Ross ging Lina zur Hintertür nach. Er fragte sich voll Bitterkeit, ob Little S. Schortz ihn hereingelegt und die Fotos vorher Elaine gezeigt hatte. Wie sonst war ihre Abwesenheit am Tag ihrer Party zu erklären?
»Hat Mrs. Conti angerufen?« fragte er verzweifelt. »Irgendeine Nachricht hinterlassen?«
»Sie fünfmal angerufen«, antwortete Lina mürrisch. »Aber nicht heimkommen.«
»He, he, Mann, was ist mit meinem Strom?« erkundigte sich der langhaarige Jugendliche.
»Und mit meinen Vasen?« kreischte die Frau im Hosenanzug.
»Und mit dem Zimmer für das Zancussi-Trio?« Der melancholische Italiener wollte nicht hinter den anderen zurückstehen.
Ross verlor die Beherrschung. »Verpißt euch doch alle!« brüllte er.
»He, he, Mann, immer mit der Ruhe«, sagte der Jugendliche und hob beschwichtigend die Hand.
»Also wirklich!« rief die Vasen-Frau empört.
»Mamma mia! Americanos!« Der Italiener schüttelte den Kopf.
In diesem Augenblick klingelte das Telefon. Ross hob ab. »Ja?« bellte er und lauschte dann angewidert. Wenige Augenblicke später knallte er den Hörer auf und verließ das Haus, ohne die Versammlung personifizierten Vorwurfs eines Blickes zu würdigen.

Sie standen in Angels ordentlicher kleiner Wohnung.
»Ich habe nichts anzuziehen«, behauptete sie eigensinnig.
»Etwas Einfaches«, überlegte Koko und prüfte den Inhalt ihres Schranks. »Einfach, aber geschmackvoll. Jedes Frauenzimmer in der Stadt wird aufgetakelt sein wie Zsa Zsa Gabor an Weihnachten. Ich möchte, daß Sie herausstechen wie eine einzelne Rose bei einem Bar-Mizwa.«
»Was ist ein Bar-Mizwa?«
Er warf ihr einen ungläubigen Blick zu. »Manchmal gehen Sie zu weit.« Dann nahm er einen schwarzen Rüschenrock vom Kleiderbügel und hielt ihn ihr an. »Hmmm«, meinte er, »gefällt mir. Haben Sie was Passendes dazu?«
Sie schüttelte den Kopf. »Koko – bitte ... Ich kenne Mrs. Liderman nicht einmal.«
»Herzchen, Sie müssen den Abend doch nicht mit ihr verbringen. Jeder Mann in Hollywood wird nach dem ersten Blick auf Sie ...«
»Das ist es ja«, rief sie klagend. Angel gab sich keiner Täuschung hin, sie wußte genau, wie sie auf Männer wirkte. »Alle werden mir mit ihren falschen Schmeicheleien kommen. Ich bin verheiratet, Koko, ich ...«
Nun unterbrach er sie: »Ich spioniere nie, Angel, meine Liebe. Doch ich weiß, daß Ihr Mann Sie sehr verletzt haben muß. Sie wollen sich nur noch verkriechen und leiden. Nun hat Leiden aber noch niemandem geholfen. Ich sage ja nicht, daß Sie ausgehen und mit jedem Möchtegern-Warren-Beatty ins Bett steigen sollen. Ich sage nur, daß Sie ausgehen und es genießen sollen, umworben zu werden. Sie fühlen sich hinterher bestimmt viel besser.«
Sie fragte sich, woher er soviel wußte. Mit wenigen Worten hatte er ihre Situation genau umrissen. Und er hatte vermutlich recht. Es würde ihr guttun auszugehen. Außerdem bekam man nicht jeden Tag eine Einladung zu einer großen Hollywoodparty.
»Ich gehe«, sagte sie.
Er inspizierte ihre Blusen. »Was?« fragte er zerstreut.

»Ich habe gesagt, daß ich gehe.«
Ein erfreutes Lächeln erschien auf seinem Adlergesicht. »Natürlich gehen Sie, Herzchen. Das habe ich nie bezweifelt.«
Buddy war allein in der Wohnung, als er sich für die Party fertigmachte. Es war ihm höchst lästig, Frances Cavendish begleiten zu müssen. Andererseits war es entschieden ein Plus, überhaupt auf die Party gehen zu dürfen.
Er wußte nicht, was er anziehen sollte. Frances Cavendishs Bemerkung über seine Kleidung hatte ihn scheußlich gewurmt. Was wußte sie denn schon? Vermutlich hatte sie noch nie von Armani gehört. Es war schick, Armani zu tragen – das konnte ihr jeder Idiot sagen.
Er überlegte, ob Montana Gray auf der Party sein würde. Und wenn sie da war – was sollte er zu ihr sagen? »Hören Sie, wenn ich bis Montag nicht Bescheid habe, werde ich ein Angebot von der Universal annehmen müssen.« Klang gut, fand er.
Die Türklingel unterbrach seine Gedanken.
Auf der Schwelle stand Shelly. »Wo bleibst du denn?« fragte sie. »Ich dachte, du würdest gleich nach deinem Besuch bei Frances Cavendish zu mir rüberkommen.« Unaufgefordert trat sie ein und ließ sich auf das Bett fallen.
Er sah, daß sie high war. Warum hatte er sich bloß mit ihr abgegeben? Er wollte auf keinen Fall mehr so leben wie vor Hawaii, vor Angel.
»Ich habe einen Job«, sagte er ruhig. »Ich werde dir das Geld zurückzahlen können, das ich dir schulde.«
»Wann?«
»Demnächst.«
»Ich scheiß auf demnächst. Ich will es jetzt. Warum ziehst du nicht los und spielst ein paar Tricks aus? Du erinnerst dich nicht an mich, Buddy, aber ich kenne dich schon, seit du beim Macker mitgemischt hast. Wir haben sogar mal zusammengearbeitet. Wie ist es denn, wenn man für seinen Lebensunterhalt alte Weiber bumsen muß?«

Ein ungutes Gefühl beschlich ihn.
Das liederliche kleine Frauenzimmer war high.
Das liederliche kleine Frauenzimmer sagte die Wahrheit.
Himmel, wann würde es endlich für ihn klappen? Wann würde in seinem Leben etwas richtig laufen?

Gina Germaine war parfümiert, gepudert und vollendet frisiert, aber noch nicht für die Party angezogen. Sie trug ein dünnes Negligé und schwarze Unterwäsche.
Gina beschäftigte drei Hausangestellte, doch als es klingelte, öffnete sie selbst, denn sie hatte den Mädchen den Abend freigegeben.
»Hallo, Neil«, sagte sie leise. »Du siehst sehr elegant aus.«
Er hatte sich im Büro umgezogen und stand jetzt in pflaumenblauer Smokingjacke, Rollkragenhemd aus schwarzer Seide und schwarzer Hose vor ihr. Er wollte von hier aus direkt zur Party fahren.
»Danke«, erwiderte er kurz angebunden und versuchte zu ignorieren, daß sie halb nackt war. »Hast du das Band?«
»Aber sicher«, antwortete sie, ganz gekränkte Unschuld. »Vertrag ist Vertrag, nicht wahr?«
Sie wandte sich um und führte ihn in ihr überladenes rosafarbenes Wohnzimmer.
»Ich kann nicht bleiben, Gina. Ich möchte nicht zu spät kommen. Gib mir das Band.«
»Wie wär's mit einem Gläschen?« Sie reichte ihm einen Bourbon mit Eis in einem Bleikristallglas. »Magst du das nicht?«
Er nahm den Drink automatisch und vergaß die drei oder vier, die er seit fünf Uhr bereits getrunken hatte.
»Ich bin noch ganz aufgeregt, weil unser Vertrag unter Dach und Fach ist«, gurrte sie. »Wie lange dürfen wir – du weißt schon – nichts davon verlauten lassen?« Er runzelte die Stirn. »Das weiß ich noch nicht. Aber bis dahin – kein Wort. Zu niemandem. Das verstehst du doch, oder?«

»Es macht mich scharf, wenn du so energisch bist.«
»Von jetzt an, meine Liebe, sind wir nur noch Schauspieler und Regisseur.«
»Schauspielerin«, korrigierte sie ihn.
»Gut, Schauspielerin«, räumte er ein. »Wo ist das Band?«
»Komm.« Sie nahm ihn bei der Hand, hüllte ihn in Wolken von Tatana ein. Hoffentlich blieb das süße Parfüm nicht an seinen Kleidern haften.
»Das ist mein Spielzimmer«, verkündete sie, als sie ihn in einen großen Raum führte, in dem die Wände mit gerahmten Illustrierten-Titelbildern von ihr bepflastert waren. Die Ausstattung bestand aus einem Spielautomaten bis zu den neuesten Videospielen. »Ich spiele leidenschaftlich gern«, erklärte sie überflüssigerweise.
»Das Band, Gina.«
»Kommt schon.« Sie drückte auf einen Knopf, und bevor er protestieren konnte, erblickte er sich in Farbe auf einem riesigen Videobildschirm. Mit nacktem Hintern und eifrig dabei, die zweitpopulärste Blondine Amerikas zu bumsen. »Ich dachte mir, du wolltest es sehen«, erklärte sie liebenswürdig. »Schließlich möchtest du es wohl kaum mit heimnehmen und Montana vorführen, oder?«
Wahrhaftig nicht. Er trank einen Schluck Bourbon, setzte sich und betrachtete das Geschehen auf dem Bildschirm vom professionellen Standpunkt. Schlechter Kamerawinkel, man sah sie nicht ... Oder doch, man sah sie, denn sie drehte und wendete sich, bis die beiden großen, aufragenden Halbkugeln den ganzen Bildschirm füllten.
Auf dem Bildschirm bäumte sich Gina stöhnend auf. Hier im Zimmer warf sie das Negligé ab, stieg aus dem Slip und setzte sich rittlings auf ihn.
Einmal noch.
Zum letzten Mal.
Er wußte nicht, daß es wirklich das letzte Mal sein sollte.

Sadie La Salle verließ ihr Büro zwei Stunden früher als gewöhnlich. Ihr japanischer Chauffeur hielt den Schlag des schwarzen Rolls-Royce für sie auf, und sie ließ sich dankbar in den luxuriösen Ledersitz sinken.

»Nach Hause, Madam?« fragte der Chauffeur.

»Ja, bitte.«

Ihr Heim befand sich in den exklusiven Hills of Beverly.

Ihr Heim hatte eine lange gewundene Zufahrt. Ihr Heim war eine Villa, die es mit den Häusern der von ihr betreuten Stars durchaus aufnehmen konnte. Ihr Heim war ohne Ross Conti kein Heim.

Verdammt! Verdammt! Verdammt! Sechsundzwanzig Jahre, seit er sie verlassen hatte, und noch immer dachte sie an ihn.

Ohne etwas wahrzunehmen, sah sie aus den dunkel getönten Fenstern, während der Rolls majestätisch den Rodeo Drive entlangglitt. Heute abend war sie bei ihm eingeladen. Dieser Dreckskerl! Heute abend würde sie sehen, wo und wie er lebte. Sie würde höflich Konversation mit seiner Frau machen. Oh, wie ich dich hasse, Ross Conti! Sie würde sogar mit ihm sprechen. Sechsundzwanzig Jahre. Sie war inzwischen ein anderer Mensch geworden. Bedeutend, angesehen, manche sagten sogar, gefürchtet. Sie trug Modellkleider und Schmuck von Cartier, ließ sich von José Ebner frisieren und verbrachte jede Woche einen ganzen Tag bei Elizabeth Arden.

Selbstverständlich hatte sie Ross im Laufe der Jahre öfter gesehen. Hollywood war ein Nest. Es war unvermeidlich, daß man Ross und sie zu den gleichen Partys und Veranstaltungen einlud. Einmal hatte er sogar vorgeschlagen, sie solle ihn wieder vertreten. Wofür hält sich dieser Hundesohn? Glaubte er denn, er könne sich als Klient wieder in ihr Leben schleichen? Sie hatte ihn abblitzen lassen und seither ignoriert.

Die schöne Zeit mit ihm war für immer in ihr Gedächtnis eingemeißelt. Sadie erinnerte sich an jede Einzelheit.

Noch nach sechsundzwanzig Jahren spürte sie seine Hände auf

ihren Brüsten. »Ich bin ein Tittenmann«, hatte er oft gesagt. »Und du, Kleines, hast die besten.«

Bis ihm etwas Besseres über den Weg gelaufen war. Viel hübscher verpackt als bei ihr. Da war er einfach aus ihrem Leben verschwunden, völlig unbekümmert, ohne auch nur danke zu sagen.

Der Schmerz brannte immer noch in ihr. Der Verlust. Die Demütigung. Und die Wut.

Nach Ross hatte es nur einen einzigen anderen Mann gegeben, aber der zählte nicht. An Gelegenheiten hatte es ihr wahrlich nicht gemangelt. Sie war auf ihre Weise ebenfalls ein Star, und so mancher Mann hatte versucht, sich in ihrem Bett breitzumachen. Sie war nie schön gewesen, nicht einmal hübsch, aber als sie auf der Erfolgsleiter immer höher gestiegen war – o Junge, wie sie sich da um sie gerissen hatten!

Ab und zu schlief sie mit einer Frau. Sex mit einer anderen Frau bedeutete keine Bedrohung, eher eine Zerstreuung. Und Sadie gab dabei den Ton an. So mochte sie es.

Ihre Arbeit wurde für sie zur großen Leidenschaft. Das genügte fast. Erfolg konnte sehr lohnend und befriedigend sein.

Doch jetzt war genug Zeit vergangen – zu viel im Grunde. Sie wollte sich rächen – für sechsundzwanzig Jahre rächen. Und heute abend sollte es geschehen.

Etwa fünf Minuten vor fünf traf Ross in dem Warenhaus ein, um seine Frau abzuholen. Etwa zehn nach fünf ging er wieder, mit Elaine.

Beide stiegen stumm, mit verkniffenen Lippen, in den Corniche. Während der ganzen Heimfahrt wechselten sie kein Wort.

Vor dem Haus sagte Elaine kalt: »Es war alles ein Irrtum.« Du Mistkerl glaubst natürlich, ich hätte den Armreif gestohlen, fügte sie in Gedanken hinzu.

Ross nickte verständnisvoll. »Jedem kann ein Irrtum passieren.« Idiotisches Frauenzimmer. Klau doch, wenn du mußt – aber laß dich nicht erwischen.

Sie betraten das Haus. Der langhaarige Jugendliche hatte einen Kurzschluß verursacht. Die Frau im Hosenanzug hatte einen hysterischen Anfall. Die traurig blickenden Italiener versuchten mit einer blonden Biene zu flirten, die durchs Wohnzimmer tanzte, den Kopfhörer fest auf den Ohren, blind und taub für ihre Umwelt. Die beiden Schwulen schnitten Gesichter und beobachteten das Treiben, während sie einen Guacamole-Dip zubereiteten. Die beiden Barkeeper lümmelten auf einer Couch und rauchten Gras. Lina und ihre beiden Freundinnen hatten sich an der Küchentür postiert, um notfalls schnell die Flucht ergreifen zu können.

»Elaine«, sagte Ross, »ich gehe duschen. Du wolltest diese Party. Liebling, sie gehört ganz dir.«

32

In Barstow, Kalifornien, herrschte drückende Hitze. Kein kühlendes Lüftchen regte sich, das Linderung gebracht hätte.

Deke stieg in einem billigen Motel ab. In dem kleinen, staubigen Zimmer legte er sich auf die harte Matratze und starrte an die Decke. Ein lauter Ventilator surrte monoton, Fliegen summten, versuchten einen Weg ins Freie zu finden. Im Nebenzimmer plärrte ein Fernseher, der kaum die Stimme einer zornig keifenden Frau übertönte.

Deke hatte Stiefel, Hose und Hemd ausgezogen. Auf dem Tisch beim Bett lagen sein Geld, das Jagdmesser, das er ständig bei sich trug, und der Zettel mit dem Namen und der Adresse. Derselbe Zettel, der ihm in Philadelphia in die Hand gedrückt worden war, während die drei gelacht hatten, während die drei Schweine über ihn, den Hüter der Ordnung, gelacht hatten.

Nur war er damals noch nicht der Hüter der Ordnung gewesen. Nein, bevor er zugeschlagen hatte, war er schlicht und einfach Deke Andrews – ein Niemand. Und ihr Gelächter war das Zeichen gewesen. Das Signal für ihn, Ungeziefer auszurotten. Es wäre hübsch gewesen, wenn Joey ein paar seiner Triumphe miterlebt hätte.

Joey trug einen roten Minirock, weiße Synthetikstiefel und eine billige rosa Bluse. Wie üblich war ihr zu stark aufgetragenes Make-up verschmiert.

Deke musterte sie. Für ihn war sie schön, aber er wußte, was seine Eltern denken würden. Sie saßen ununterbrochen vor dem Fernseher und nannten alle Frauen Huren. »Alle Hollywoodstarlets sind Prostituierte«, pflegte seine Mutter zu sagen. »Sie schlafen sich die Erfolgsleiter rauf«, pflichtete sein Vater ihr gewöhnlich bei.

Deke sah nie mit ihnen fern. Er lag lieber in seinem Zimmer auf dem Bett, dachte an Joey und überlegte, wie er sie am gefahrlosesten mit seinen Eltern bekannt machen konnte.

Es gab soviel zu bedenken. Er wollte Joey heiraten, aber er wollte auch seine Mutter nicht aufregen. Immer wieder versuchte er, ihr zu zeigen, daß er sie gern hatte, aber was er auch tat, nichts war ihr gut genug. »Eines Tages wirst du weggehen und deine Mutter verlassen, die bei deiner Geburt so viel gelitten hat«, sagte sie oft zu ihm. »Es wird mein Tod sein, das weißt du.«

Er beteuerte immer, er werde sie nie verlassen.

»Vielleicht ja, vielleicht nein«, antwortete sie meist darauf und fügte schlau hinzu: »Wenn du bleibst, wird eines Tages alles dir gehören, was wir haben. Es ist nicht viel, ich weiß. Das Haus, das Auto und die Summe, die dein Vater auf der hohen Kante hat ...«

An diesem Punkt verstummte sie immer, als sei es eine so aufregend hohe Summe, daß man lieber nicht darüber redete.

Er fragte sich oft, wieviel es sei. Sein Vater arbeitete hart. Beide rauchten und tranken nicht. Ihr einziger Luxus war der Farbfernseher. Manchmal lag Deke im Bett und stellte sich vor, sie kämen bei einem Autounfall oder einem Brand ums Leben. Dann würde niemand mehr auf ihm herumhacken, niemand ihm das

Gefühl geben, klein, unbedeutend und mit Schuld beladen zu sein. Und er könnte Joey ungehindert heiraten …

Monatelang hatte er Joey vor den Eltern geheimgehalten. Doch eines Tages hatte er allen Mut zusammengenommen und seiner Mutter Bescheid gesagt. Oder vielmehr, Joey hatte ihn dazu gezwungen.

»Ich möchte ein – ein – äh, ein Mädchen nach Hause bringen«, hatte er gestottert.

Jetzt musterte er Joeys orangefarbenes Igelhaar und grellbunte Kleidung. Er wußte, daß seine Mutter sie nie und nimmer akzeptieren würde.

»Sind wir fertig, Big Boy?« fragte Joey und legte den Kopf schief.

Er nickte.

Sie blinzelte ihm glücklich zu. »Na, auf sie mit Gebrüll, was?«

»Du verstunkenes Dreckstück!« kreischte die Frau im Nebenzimmer. Klatschende Schläge auf nacktes Fleisch erklangen, und ein Kind begann zu heulen. Rief man ihn? Sollte er in Aktion treten?

Rasch setzte er sich auf, griff nach seinem Messer und befühlte die scharfe Klinge.

Bevor er entscheiden konnte, was zu tun sei, verstummte der Lärm. Der Hüter der Ordnung durfte sich ausruhen. Er wurde nicht gebraucht. Wenigstens vorläufig nicht.

33

Eine Autoschlange wand sich die Zufahrt zum Haus der Contis hinauf, wo weibliche und männliche Parkwächter in weißen T-Shirts mit dem Aufdruck *Superjock* bereitstanden, um die Cadillacs, Lincolns, DeLoreans, Rolls-Royces, Porsches, Ferraris, Bentleys, Mercedes und Excaliburs in Empfang zu nehmen.

An der Einfahrt drängte sich eine mit schußbereiten Kameras

lauernde Meute von Fotoreportern. Sie hielten Ausschau nach den wirklichen Berühmtheiten – nicht den Produzenten, Geldleuten, Superagenten und Gesellschaftslöwen. Das Echte wollten sie haben, den Weltstar, dessen Gesicht man von China bis Chile kannte.
Sie wurden mit einem lächelnden Burt Reynolds belohnt, kurz darauf kamen Rod Stewart und seine hinreißende Frau Alana. Die Kameraverschlüsse klickten ununterbrochen.
Im Haus war alles unter Kontrolle. Elaine, gestärkt durch zwei Valium und ihr neues, siebzehnhundert Dollar teures Galanos-Kleid, begrüßte ihre Gäste, als sei sie das sorgenfreiste Geschöpf der Welt. Sie lächelte strahlend, umarmte hier, küßte dort, sagte jedem, er sehe phantastisch aus, und machte Leute miteinander bekannt, die sich noch nicht kannten. Sie zitierte durch ein leichtes Winken Kellner herbei, war charmant, witzig, anmutig, führte unmerklich Regie. Niemand hätte sich träumen lassen, daß sie kurz vor dem Eintreffen des ersten Gastes noch ein tobendes, schreiendes Wrack gewesen war.
Ross, das treulose Schwein, war unter die Dusche verschwunden, während sie allein versucht hatte, Ruhe und Ordnung in das totale Chaos zu bringen. Sie hatte es geschafft. Etta aus der Bronx war in Aktion getreten. Und jetzt machte Elaine aus Beverly Hills die Honneurs.
Es war nicht leicht gewesen, mit drei widerspenstigen Dienstmädchen, zwei unter Drogen stehenden Barkeepern, einer hysterischen Floristin, zwei launischen Musikern des Zancussi-Trios und einem aufgeputschten, auf Livedisko spezialisierten ehemaligen Rockgruppenmitglied plus seiner verrückten kleinen Freundin fertig zu werden.
Elaine hatte das Durcheinander gerade noch rechtzeitig in geordnete Bahnen gelenkt, bevor weitere Leute gekommen waren: die Leute vom Partydienst, die Sicherheitskräfte, Parkwächter. Der dritte Musiker des Zancussi-Trios. Die andere Hälfte des Livedisko-Duos – ebenfalls ein Freak.

Eine Viertelstunde vor dem offiziellen Beginn der Party hatte sie sich schließlich in ihrem Ankleidezimmer eingeschlossen und in aller Eile umgezogen. Natürlich hätte sie lieber mehr Zeit gehabt, aber es war erstaunlich, was man konnte, wenn man mußte. Triumphierend war sie erschienen, um den ersten Gast zu begrüßen, Sammy Cahn, der versprochen hatte, eine seiner berühmten Parodien zu singen – heute eine auf George Lancaster. Inzwischen war einige Zeit vergangen, und die Ehrengäste waren noch nicht da. Auch Sadie La Salle ließ auf sich warten. Aber Bibi und Adam Sutton hielten spektakulären Einzug, den allgegenwärtigen Wolfie Schweicker im Schlepp. Bibi sah überwältigend aus in einem schwarzseidenen Adolfo-Kleid und ihren atemberaubenden Cartier-Smaragden. Adam war sympathisch und vornehm wie immer. Elaine eilte ihnen entgegen, um sie willkommen zu heißen.

Koko war ein Zauberer, er schminkte Angel so, daß sogar sie noch schöner wurde.

»Ich wußte gar nicht, daß Sie so geschickt sind«, sagte sie staunend und betrachtete sich im Spiegel.

»Bei Ihnen, Herzchen, ist es einfach.«

Sie sah zauberhaft aus. Koko hatte ihr Stirn- und Schläfenhaar aus dem Gesicht und hoch gekämmt, der Rest fiel ihr weich über die Schultern. Ihre makellose Haut hatte er durch gekonnt angebrachte Goldtupfer belebt; auf ihren Wangenknochen, ihren Lidern und sogar ihren Lippen schimmerte Gold. Ihre Augen hatte er betont, indem er ihre langen Wimpern kräftig tuschte und ihre Lider rosa und bronzebraun schattierte. Die Wirkung war verblüffend, aber dezent.

Angel trug den schwarzen Rock, den er ausgesucht hatte, dazu eine einfache, schulterfreie weiße Bluse und ein weißes Spitzenhalsband, das er gefunden hatte.

Koko trat zurück und betrachtete sie kritisch. »Hmmm – göttlich!«

Es klingelte. Mrs. Lidermans Chauffeur kam, um Angel abzuholen.
»Ich bin so nervös«, sagte sie bebend. »Meinen Sie wirklich, daß ich mitgehen soll?«
Koko küßte sie auf beide Wangen. »Amüsieren Sie sich, Herzchen. Und amüsieren Sie sich für mich mit.«

»Sie kommen zu spät, Buddy«, stellte Frances Cavendish bissig fest, öffnete die Tür ihrer spanischen Hacienda und knallte sie dann hinter sich zu. »Du meine Güte! Ist das Ihr Wagen?« Entsetzt blickte sie auf einen alten Pontiac, der am Straßenrand stand. »In dem können wir unmöglich vorfahren.«
»Warum nicht?« fragte er widerborstig.
»Lieber Himmel, das versteht sich doch von selbst.«
»Für mich ist er gut genug, Francie.«
»Nennen Sie mich nicht Francie«, fauchte sie. »Wir nehmen meinen Wagen. Warten Sie hier, ich hole die Schlüssel.«
Sie ging ins Haus zurück, Buddy blieb mürrisch auf dem Gehsteig stehen. Nach kurzer Zeit erschien sie wieder, und er bemerkte, daß sie für die Party ihre diamantenbesetzte Brille ausgegraben hatte.
Er fragte sich, ob sie je verheiratet gewesen war. Einem Gerücht zufolge war sie lesbisch, aber bisher hatte kein einziges nymphenhaftes Starlet darüber geklagt, daß Frances freien Zugang zum ›Pflaumenland‹ verlangte.
Sie gab ihm die Schlüssel zu ihrem Wagen, einem sehr großen, sehr alten Mercedes. Buddy setzte sich ans Steuer, und sie fuhren los.

»Das ist Angel«, erklärte Mrs. Liderman jedem, der es hören wollte. »Sie hat meine Frowie auf übersinnlichem Weg dazu gebracht, zu mir zurückzukommen.«
»Ihre was?« fragte ein großer, magerer Mann, der ein Gesicht machte, als rieche er etwas Übles.

»Meine Frowie. Mein Hündchen.«
Mrs. Lidermans purpurnes Taftkleid klirrte buchstäblich vor riesigen Diamanten. Daneben wirkten Bibi Suttons Smaragde klein und unauffällig.
»Wer ist diese Frau?« fragte Bibi eifersüchtig.
»Ich weiß es nicht«, antwortete Elaine. »Sie muß auf Pamelas Gästeliste gestanden haben.«
»Und wo sind George und Pamela?« Bibi schüttelte tadelnd den Kopf. »Sie kommen zu spät, Herzchen. Ehrengäste müssen als erste kommen.«
Als ob Elaine das nicht gewußt hätte! Nicht nötig, daß Bibi es ihr unter die Nase rieb. »Sie sind unterwegs«, erwiderte sie gereizt und hoffte verzweifelt, daß es stimmte.

Montana jagte ihren VW die Zufahrt hinauf und wartete dann, bis die Insassen des überlangen silberfarbenen Cadillac vor ihr ausgestiegen waren. Einen günstigeren – oder ungünstigeren – Zeitpunkt für ihre Ankunft hätte Montana nicht wählen können: es waren George Lancaster und Pamela London.
Montana dachte gar nicht daran, in ihrem VW Trübsal zu blasen, bis die beiden im Haus verschwunden waren. Rasch stieg sie aus und schlenderte auf den Macho und die Geldfrau zu. »Wie geht's denn so, George?« fragte sie herzlich. »Ich bin am Verdursten. Glauben Sie, daß Sie mir was zu trinken besorgen könnten?«

Das Zancussi-Trio begann Punkt acht Uhr dezente Hintergrundmusik zu spielen. Ross, der sich bis jetzt emsig den Gästen gewidmet hatte, benutzte die Gelegenheit, um in die Küche zu schlüpfen und sich den Mund mit Kanapees vollzustopfen.
Elaine erschien wenig später. »Wo bleibst du denn?« zischte sie. »Pamela und George sind eben eingetroffen, und Sadie La Salle ist schon seit zwanzig Minuten da. Ist es zuviel verlangt, daß du dich ein bißchen um sie bemühst? Oder hast du die Absicht, den ganzen Abend in der Küche zu verbringen?«

»Ich habe mit den Cordovas, den Lazars und den Wilders gesprochen«, protestierte er. »Was willst du von mir? Mein Blut?«

»Ich will, daß du die Ehrengäste begrüßt – falls das nicht zuviel verlangt ist.«

Sie starrten sich finster an. Beide versuchten sich auf die Party zu konzentrieren, aber innerlich kochten sie, und ihre Gedanken gingen eigene Wege.

»Schön«, sagte Ross schließlich, »ich gehe speichellecken. Wenn du dich unter die Gäste mischst, Elaine, könntest du doch die eine oder andere Brieftasche klauen.«

»Und das ist Angel«, sagte Mrs. Liderman zu Pamela London. »Sie hat Frowie gerettet.«

»Himmel, Essie!« Pamela seufzte. »Hast du das gräßliche Hundevieh noch immer, das meine ganze New Yorker Wohnung verpinkelt hat?«

»Frowie ist dreizehn Jahre alt«, erwiderte Mrs. Liderman stolz. »In Menschenjahren macht das einundneunzig. Für einundneunzig Jahre ist sie wie ein junges Hündchen.«

Pamela musterte Angel. Das Mädchen war viel zu schön, obwohl es nicht wie ein Starlet auf Männerjagd aussah. »Und wie haben Sie Frowie gerettet?« erkundigte sie sich milde. »Ich weiß nämlich nicht, meine Liebe, ob man Sie dafür belohnen oder erschießen sollte. Dieser Hund ist ein verzogener kleiner Fratz, der mir einen Perserteppich total ruiniert hat.«

»Pamela!« rief Mrs. Liderman mit liebevollem Vorwurf.

Die beiden Frauen umarmten sich. Sie kannten sich aus dem College, und weil Essie Liderman fast so reich war wie Pamela, hatte ihre Freundschaft gehalten. Die Superreichen fühlen sich nur in Gesellschaft von Superreichen wirklich wohl. Eine Weisheit, der sie beide nachlebten, Essie jedoch mit größerem Genuß als Pamela.

Angel war geblendet von dem Haus, den Menschen, der Atmosphäre. Sie, Angel Hudson, nahm an einer echten Hollywood-

party teil. Mit vielen richtigen Stars. Sie entdeckte James Caan, Elliott Gould, Liza Minnelli und Richard Gere. Richard Gere! Nun konnte sie zufrieden sterben.
Wäre Buddy nur auch hier, dachte sie.
Buddy …
Er war nicht der Mann, für den sie ihn gehalten, und nicht mehr der Mann, den sie geheiratet hatte. Sie mußte ihn vergessen.
Essie und Pamela, die Erinnerungen austauschten, kümmerten sich nicht mehr um sie. Ehrfürchtig schaute sie sich um.
»Hal-lo«, sagte eine bewundernd klingende Männerstimme. »Wo haben Sie sich denn bisher vor mir versteckt?«

»Ich hätte *Raging Bull* nicht ablehnen sollen«, sagte der Schauspieler mit den Stiefeln aus Eidechsenleder. »Das war ein entscheidender Fehler in meiner Karriere.«
»Er bezahlt mich, ich glaube, das macht ihn geil«, sagte die Rothaarige in dem nerzbesetzten Cape.
»Ich kaufe ihnen Kleider und nehme sie nach Acapulco mit – muß ich sie auch noch lecken?« fragte ein Mann empört.
Gesprächsfetzen, die Montana aufschnappte, als sie durch den Raum zur Bar schlenderte. Sie sah umwerfend aus. Einsfünfundsiebzig groß, mit in kniehohe Stiefel gesteckten weißen Seidenjodhpurs, dazu eine bis zur Taille offene weiße Seidenbluse und eine mit indianischen Perlenschnüren verzierte, lange weiße Lederweste. Ihr schwarzes Haar war zu Zöpfen geflochten und mit Perlenschnüren und Fransen geschmückt. Um den Hals trug sie einen mit Türkisen besetzten Reif aus massivem Silber, und an ihren Ohren baumelten dünne Silberringe.
Neil war noch nicht da, um ihr Aussehen zu würdigen. Aber Oliver Easterne gratulierte ihr zu der originellen Aufmachung. Weil das Kompliment von Oliver kam, wußte Montana nicht recht, ob sie geschmeichelt sein oder sich ärgern sollte.
Was für eine Versammlung künstlicher Menschen, dachte sie, als sie sich umsah. Sie meinte, Neils verflossene Frau zu ent-

decken, war aber nicht sicher. Hübsch und blond. Gepflegt und gelackt. Der perfekte Beverly-Hills-Look.
Maralee schien Montanas Blick zu fühlen. Sie drehte sich um, und die beiden Frauen musterten einander kurz. Nun wußte Montana gewiß, daß es die verflossene Mrs. Gray war.

»Sadie, ich freue mich sehr, daß du kommen konntest. Es bedeutet mir viel.« Eindringlich sah Ross sie an. »Das weißt du doch, oder?«
Sadies Magen verkrampfte sich, wie immer, wenn sie ihn sah. Doch diesmal war es anders. Diesmal wollte sie etwas dagegen tun. »Ross«, erwiderte sie vorsichtig, »es ist nett bei dir.«
Er wollte eine positivere Reaktion. »Nur nett?«
Ruhig hielt sie seinem Blick stand. »Dein Haus gefällt mir.«
»Nicht schlecht, was?« Er neigte sich zu ihr. »Aber du siehst sensationell aus, weißt du das?«
»Danke«, sagte sie und wich ein Stück zurück. Sie brauchte noch einen Drink, bevor sie es mit ihm aufnehmen konnte. »Meine kleine Sadie, du hast es wirklich geschafft, nicht wahr?«
O Gott! Er kam ihr auf die sentimentale Tour. Sie wich noch weiter zurück. Zu ihrer Erleichterung näherte sich ihnen ein Bekannter. »Kennst du Emile Riley?« fragte sie rasch.
»Ja, klar. Freut mich, Sie zu sehen, Emile.«
»Ganz meinerseits, Ross«, erwiderte Emile. »Was für eine prächtige Ausstattung. Der Blumenschmuck ist bezaubernd. Ich muß Elaine gratulieren – wo ist sie?«
Sadie hakte sich bei ihm ein. »Komm, suchen wir sie. Wir sehen uns ja später noch, Ross.«
Die berühmten blauen Augen strahlten. »Darauf kannst du wetten.«
Er sah ihr nach. Die mächtige Sadie La Salle. Einen Moment lang hatte sie ihm gehört, dessen war er sich sicher. Und der Abend begann erst.
Karen tauchte an seiner Seite auf. »Ich möchte mit dir reden.«

Sie trug einen Haremsanzug aus Goldlamé, und ihre phantastischen Brustwarzen schimmerten durch den dünnen Seidenstoff. Ross hatte das heftige Verlangen, sie zu berühren, beherrschte sich jedoch. »Willkommen im Hause Conti«, sagte er.

»Ach, geh mir doch. Weißt du, daß Elaine heute bei mir angerufen hat und dich sprechen wollte?«

»Mich?«

»Ja, dich.«

»Warum mich?«

»Wenn ich das wüßte, müßte ich nicht fragen.«

Er runzelte die Stirn. »Irgend etwas ist los. Auf dem Rodeo Drive kam heute so ein Arschloch zu mir und hielt mir Fotos unter die Nase.«

»Was für Fotos?«

»Aufnahmen von uns beiden. Im Bett.«

»Was?«

»Schätzchen! Warum stehst du mit Karen so nah beisammen? Verdäschtig, sehr verdäschtig. Ich sag es Elaine!« Bibi Sutton scherzte natürlich, aber die beiden fuhren auseinander wie ertappte Sünder.

»Das ist ein wunderbares Kleid, Bibi«, sagte Karen, die sich schnell faßte.

»So? Findest du? Ist nischts Besonderes, meine Liebe.«

»Nichts? Daß ich nicht lache«, entgegnete Karen. »Es muß den guten alten Adam um mindestens zwei Mille ärmer gemacht haben. Wenn du's hast, dann zeig's auch, Bibi.«

»Meine Liebe, du bist so vulgär.«

»Ich bin die Tochter meines Vaters – und ich muß dir doch nicht erzählen, wie er ist, nicht wahr, Bibi?«

Wie wurde man Frances Cavendish am schnellsten los?

Gute Frage.

Das Problem beschäftigte Buddy, während er die Partygäste musterte.

Hier war Action, die mußte er hautnah erleben. Er, Buddy Hudson, mitten unter Stars, das war doch was!
Gedränge herrschte.
»Falls Sie vorhaben sollten, sich selbständig zu machen, vergessen Sie es«, sagte Frances, als könnte sie Gedanken lesen.
»Selbständig machen?« fragte er entrüstet. »Wer denkt denn an so was!«
»Es war nur eine Warnung.«
»Bekomme ich bitte die Erlaubnis, einmal auf die Toilette zu gehen?«
»Schon? Wir sind doch eben erst angekommen.«
»Wollen Sie, daß ich in meine Schuhe pinkle?«
»Machen Sie schnell. Ich habe Sie nicht mitgenommen, um allein herumzustehen.«
Er schlug die Hacken zusammen. »Jawohl, Ma'am.«

»Hallo, Elaine.«
»Hallo, Ron.«
Warum hatte sie ihn bloß eingeladen? Er war nicht richtig angezogen und wirkte völlig deplaciert.
»Das ist eine – äh – bemerkenswerte Versammlung«, sagte er.
»Danke.«
»Ich würde gern Clint Eastwood kennenlernen.«
Wer würde das nicht? Allerdings würde sie ihn keinesfalls bei der Hand nehmen, hinführen und vorstellen.
»Entschuldige, Ron, ich habe tausend Dinge zu tun.«
»Bleib locker, Elaine. Verkrampf dich nicht. Hast du die Vitamine genommen, die ich dir empfohlen habe?«
Sie nickte schroff. Er erinnerte sie an einen großen, zottigen Hund. Wie kam es, daß sie in der Abgeschiedenheit seines Büros die vielen Muttermale in seinem Gesicht und die struppigen strohgelben Haare nicht bemerkt hatte, die ihm aus Ohren und Nase wuchsen?
Wie konntest du nur, Elaine?

»... sie ist wie eine Barbiepuppe – du ziehst sie auf, und sie kauft neue Kleider ...«

»... er würde sogar einen Busch bumsen, wenn er glaubte, er würde bei ihm investieren ...«

Buddy schlängelte sich durch den Raum. Er war hochgestimmt wie schon seit langem nicht mehr. In diese Kreise gehörte er, und in diesen Kreisen würde er leben – für immer, wenn er nur die Rolle in *Menschen der Straße* bekam.

Er lächelte Ann-Margret an, und sie lächelte zurück. Er sagte: »Wie geht es denn so?« zu Michael Caine und erhielt eine freundliche Antwort. Er schwebte buchstäblich!

Und dann sah er sie. Angel. Seine Angel. Er konnte es nicht glauben, aber sie war hier.

Oliver Easterne führte eine steife Unterhaltung mit Montana Gray. Ihre Abneigung war gegenseitig, doch der Film band sie aneinander.

»Wo ist Neil?« fragte Oliver nach einer Weile und sah auf die Uhr.

»Ich dachte, Sie wüßten es«, erwiderte Montana. »Er hatte eine Besprechung und wollte sich hier mit mir treffen.«

Oliver schwitzte und hatte das entsetzliche Gefühl, man rieche es – obwohl er zweimal ausgiebig geduscht hatte. »Entschuldigen Sie«, sagte er, »ich muß auf die Toilette.«

Er schloß sich ins Gästebad ein und zog rasch sein Jackett und sein Hemd aus. Ein kurzes Schnüffeln bestätigte ihm, daß er tatsächlich stank. Eilends ergriff er die Seife, die in einer silbernen Schale lag, und seifte seine Achselhöhlen ein. Dann ließ er die Hose herunter und fuhr sich mit der seifigen Hand unter den Slip – sicherheitshalber. Er hatte es versäumt, die geschlossene Toilettenkabine zu kontrollieren, und als Pamela London herauskam, starrte er sie entsetzt an.

»Was machen Sie denn da?« rief die nicht minder entsetzte Pamela durchdringend. Sie hatte keine Ahnung, wer er war.

Oliver erkannte die Frau seines künftigen Stars nicht. »Ich hole mir einen runter«, fauchte er. »Kümmern Sie sich um Ihren eigenen Scheiß.«

»Angel!«
»Buddy!«
Einen Augenblick lang waren sie drauf und dran, einander in die Arme zu fallen. Dann verfinsterte sich Angels Gesicht, denn sie dachte an ihr Telefongespräch mit Shelly. Und Buddy machte eine düstere Miene, denn er erinnerte sich an die Nachricht, die Shelly an ihn weitergegeben hatte.
»Was machst du hier?« fragten sie gleichzeitig.
Der dümmliche Star aus einer Fernsehserie, der seit einer Stunde bei Angel zu landen versuchte, legte ihr besitzergreifend die Hand auf den Arm und fragte: »Alles in Ordnung, meine Schöne?«
Meine Schöne! Buddy hätte ihm am liebsten die Jacketkronen mit solcher Wucht eingeschlagen, daß ihm das Toupet davonflog, das er offensichtlich trug.
»Ja, danke«, antwortete Angel höflich.
»Äh, hör zu – wir müssen miteinander reden«, sagte Buddy.
»Ich weiß nicht ...«
»Was soll das heißen – du weißt nicht?«
»Ich ...«
»Die Dame sagt, daß sie es nicht weiß«, mischte sich der Serienheld ein. »Warum kommen Sie also nicht später wieder?«
»Warum verziehen Sie sich nicht?«
»Schauen Sie ...«
Sie wurden von dem halbnackten Oliver Easterne unterbrochen. Er stürzte, von der bis zum äußersten aufgebrachten Pamela London verfolgt, aus dem Gästebad.
»Wagen Sie es ja nicht, so mit mir zu reden – Sie dreckiger Zwerg!« schrie Pamela, eine Haarbürste schwingend.
»Was ist bloß mit Ihnen los, Sie klimakterische alte Schachtel? Weg von mir! Sie sind ja verrückt!«

»Was geht hier vor?« fragte George Lancaster dröhnend und löste sich aus einer Gruppe kriecherischer Bewunderer.
»Dieser erbärmliche Kerl hat onaniert, während ich in der Toilette war«, verkündete Pamela in höchsten Tönen.
»Dieses Weibsbild ist übergeschnappt!« kreischte Oliver.
»Dieses Weibsbild ist meine Frau«, erklärte George Lancaster. »Liebling, darf ich dir Oliver Easterne vorstellen, meinen Produzenten?«

34

Alter schützt vor Torheit nicht ... Jugend ebensowenig. Niemand bleibt davor bewahrt. Ein Klischee.
Gina Germaine war auch ein Klischee. Außerdem war sie eine scharfe, blonde, aufreizende, großbusige, wunderbare Sexpartnerin.
Ich bin ihr wehrlos ausgeliefert, dachte Neil Gray.

Was für ein Narr bin ich?
An wen kann ich mich wenden?

Warum denke ich in einem solchen Augenblick an Songs von Newley und Bricusse? In einem Augenblick, in dem Amerikas Blondine des Jahres auf meinem steifen Glied reitet und ihre Möse eine internationale Botschaft der Lust morst.

Lustvoller Gedanke.

Die erste Frau, mit der ich im Bett war, trug schwarze Strümpfe und einen schwarzen Strapsgürtel. Sie hieß Ethel und stammte aus Schottland. Ich war damals fünfzehn, sie war dreiundzwanzig. Sie hatte haarige Beine und eine Vorliebe für Cunnilingus.

Milchweiße Schenkel, schwarz umrahmt. In der Mitte des Rahmens dichtes, buschiges Haar …
Gina verlagerte das Gewicht, löste sich von ihm.
»Ich bin noch nicht fertig«, protestierte er.
»Ich weiß«, beruhigte sie ihn, »aber ich habe eine Überraschung für dich.«
»Wieder eine versteckte Kamera?« fragte er mit krächzender Stimme.
»Keine Sorge. Das ist unser Fest, und ich möchte, daß es ein denkwürdiger Abend wird.« Sie ging zur Tür.
»Die Party –«, stieß er heiser hervor und sah ihr nach. Er wollte, daß sie zurückkam und beendete, was sie angefangen hatte. Entweder das, oder jemand mußte seine Glut mit einem Eimer kalten Wassers löschen.
»Wir gehen auf die Party«, gurrte Gina. »Später.«
Er lehnte sich in dem Sessel zurück und wartete.
Alter schützt vor Torheit nicht …
Die zweite Frau, mit der er geschlafen hatte, war eine Prostituierte vom Piccadilly Circus. Fünf Pfund hatte sie kassiert und ihm dafür den Tripper angehängt. Damals er war sechzehn.
Sie hatte keinen Strapsgürtel getragen.
Plötzlich waren sie zu zweit.
Gina. Sinnlich. Zügellos. Die amerikanische Sexgöttin. Und neben ihr eine zierlich gebaute Eurasierin. Olivbraune Haut, schwarzes Haar, das ihr wie ein Vorhang auf die Oberschenkel fiel, kleine Brüste und eine überschmale Taille. Sie war nackt bis auf einen weißen Spitzenstrumpfhalter, der ihr seidiges, krauses Schamhaar betonte.
»Das ist Thiou-Ling«, sagte Gina. »Mein Geschenk für uns. Sie spricht nicht Englisch, versteht es aber. Sie wurde von Kindheit an in der Kunst des Liebens unterrichtet. Wir wollen unseren Vertrag feiern, Neil. Und hinterher gehen wir auf die Party.«

35

»Wer ist sie?« rief Oliver entsetzt, denn er sah seine glänzende Besetzung dahinschwinden.
»Wer ist er?« kreischte Pamela. Und dann begann sie zu lachen, daß es sie schüttelte. »Das ist Oliver Easterne?« stieß sie zwischen zwei Lachsalven hervor. »Dieser – dieser – wütende kleine Mann?«
George stimmte in das Lachen seiner Frau ein. »Ja, du dumme Kuh. Du darfst den Produzenten nicht beleidigen, er ist derjenige, der uns bezahlt.«
Sie erstickte fast vor Ausgelassenheit. »Oh, der ist das?«
Oliver unterdrückte Wut und Verlegenheit, zwang sich zu einem Lächeln und versuchte mit einem Rest an Würde, seine Hose hochzuziehen. »Mrs. Lancaster«, sagte er unterwürfig, »bitte verzeihen Sie mir. Ich hatte ja keine Ahnung! Mrs. Lancaster, es ist mir eine Freude, Sie endlich kennenzulernen. Mrs. Lancaster …«
»Um Himmels willen, nennen Sie mich Pamela. Ich glaube, wir kennen uns intim genug, meinen Sie nicht?« Sie bekam wieder einen Lachkrampf.

Der Wirbel um Pamela London und Oliver Easterne hatte sich gelegt, doch der Serienheld war nicht von Angels Seite gewichen. Buddy versuchte ihn zu ignorieren. »Wir müssen miteinander reden«, sagte er eindringlich und legte ihr die Hand auf den Arm.
Sie scheute vor seiner Berührung zurück. »Ich – ich glaube nicht, daß es etwas zu reden gibt.«
»Es gibt sogar sehr viel.«
»Warum verziehen Sie sich nicht, Mann?« fragte der Serienheld.
Angel sah, daß Buddy zornig wurde, darum sagte sie rasch: »Bitte mach keine Schwierigkeiten. Vielleicht können wir später reden.«
Was tat sie ihm bloß an? Was für ein blödes Spiel spielte sie mit

ihm? Sie war seine Frau. Er war ihr Mann. »Nein, jetzt«, verlangte er entschieden. Er hatte Dinge zu sagen, die keinen Aufschub duldeten.
»Wer ist dieser Kerl eigentlich?« fragte der Serienheld.
Bevor Angel eingreifen konnte, holte Buddy zu einem Schwinger aus. Seine Faust glitt jedoch vom Kinn des Serienhelden ab, der als ehemaliger Stuntman dem Schlag geschickt ausgewichen war. Nun konterte er blitzschnell mit einer kurzen Geraden auf Buddys Magen. Buddy krümmte sich vor Schmerz, und als er wieder aufrecht stehen konnte, waren Angel und ihr tapferer Begleiter in einen anderen Raum verschwunden.

Maralee Sanderson schüttelte verärgert ihren Pagenkopf. Elaine hatte ihr gesagt, daß sie Neil und seine Frau einladen wollte. Aber wo war Neil? Und warum stolzierte Montana durch die Räume wie eine übergeschnappte Indianerin? Die Frau sah lächerlich aus mit ihren Perlenschnüren und Zöpfen. Wie alt war sie überhaupt?
Wie hatte Neil nur ein solches Geschöpf heiraten können? Sie war ein Freak. Zu groß. Zu wild. Übertrieben in allem.
Randys Hand kroch auf ihrem Schenkel höher. Maralee schlug sie weg wie eine lästige Fliege. Randy war okay im Bett – glänzend sogar. Doch auf einer Party wie dieser verblaßte er. Kannte er denn niemanden? Ihm fehlte es an ›gesellschaftlichem Drill‹, wie ihr Vater zu sagen pflegte. Bisher hatte es ihr nichts ausgemacht, aber heute störte sie die Art, wie er an ihrer Seite klebte. Vielleicht hatten Karen und Elaine recht. Keine der beiden sagte etwas, aber Maralee merkte genau, daß sie Randy nicht mochten. Wenn man mit einem Mann wie Neil Gray verheiratet gewesen war, ließ man sich nicht mit einem Mann wie Randy Felix ein. Außerdem begann sie zu argwöhnen, daß er kein Geld hatte. Und von ihrem Erbe bekam niemand einen Cent. Das stand fest.

Ross war zerstreut. Ihm ging einiges im Kopf herum. Warum hatte Elaine ihn bei Karen gesucht? Hatte sie vielleicht die Fotos gesehen? Little S. Schortz wollte zehntausend Dollar dafür. Wenn Elaine die Fotos tatsächlich kannte, würde er dieser miesen Type was husten – was er wahrscheinlich ohnehin tun mußte. Er war beim besten Willen nicht in der Lage, zehntausend in bar aufzutreiben. Seine Konten waren heillos überzogen.
Ross konnte nur hoffen, daß Sadie La Salle ihn retten und wieder an die Spitze bringen würde, wohin er gehörte. Sie hatte ihn schon einmal ganz nach oben gebracht.

Das Essen war aufgetragen. Wer saß wo? In Beverly Hills war die Sitzordnung fast genauso wichtig wie die Party selbst.
Elaine hatte stundenlang über der Gästeliste gebrütet, um festzulegen, wer wo und neben wem sitzen sollte. Zwanzig Tische. Zwölf Personen pro Tisch. Baccarat-Kristall. Feines englisches Porzellan. Porthault-Servietten. Margeriten, Anemonen und Fresien auf jedem Tisch in schönen Waterford-Glasvasen. Die Platzkarten waren graviert, oben stand »Elaine und Ross Conti«, darunter in kalligraphischer Schrift der Name des Gastes.
Elaine hatte sich selbst zwischen George Lancaster und Adam Sutton placiert, Ross zwischen Sadie La Salle und Pamela London.
Bei der Szene zwischen Pamela und Oliver war Elaine nach oben geflohen und hatte ein weiteres Valium geschluckt. Als sie wieder heruntergekommen war, hatte Ruhe geherrscht. Oliver hatte sich entschuldigt. Pamela und George fanden den Zwischenfall offenbar urkomisch. Und wenn George lachte, stimmte natürlich alles mit ein. Elaine seufzte erleichtert auf.

Ross beobachtete Sadie, die auf seinen Tisch zukam. Sie sah jetzt, mit gut fünfzig Jahren, besser aus als mit zwanzig. Sie war fast schlank, fast attraktiv. Er fragte sich, ob sie immer noch so gut kochte. Was für eine Meisterköchin! Was für eine Liebesmeisterin! Was für Titten! Doch für sein Image war sie nicht gut gewesen.

Sie setzte sich. »Es ist so lange her«, sagte er warm. »Zu lange. Und du siehst sensationell aus.«

Sie blickte ihn mit seelenvollen schwarzen Augen an. »Das hast du mir bereits gesagt, Ross.«

»Du siehst so gut aus, daß man es ruhig zweimal sagen kann. Schließlich sind wir beide nicht mehr ganz taufrisch, nicht wahr?« Er neigte sich vertraulich zu ihr hinüber. »Erinnerst du dich an den armen alten Bernie Leftcovitz? Und an den Abend, an dem ich bei dir auftauchte? Du warst grade dabei, ihm Abendessen zu kochen.«

Als ob sie das je vergessen könnte. »Bernie – wie noch?«

»Bernie Leftcovitz. Du mußt dich doch an den trotteligen Bernie erinnern. Er war fest entschlossen, dir einen Heiratsantrag zu machen. Komm schon, Sadie, es war die Nacht, in der du und ich – zum erstenmal ...« Er brach ab und grinste. »Erzähl mir nicht, daß du das vergessen hast.«

Sie lächelte leicht. »Du kennst doch diese Stadt – die Leute kommen und gehen.«

Ein Kellner kam mit dem Wein.

»Na endlich!« sagte Pamela London laut, als habe sie stundenlang und nicht nur fünf Minuten auf dem trockenen gesessen. »Zeigen Sie mir das Etikett, Ober, und wenn es kein anständiger *Cabernet Sauvignon* ist, können Sie ihn wieder mitnehmen.«

Oliver Easterne stieß voll mit Karen Lancaster zusammen. Im selben Moment glaubte er, das Mädchen vom Strand mit einer älteren Frau auf den mit einer Zeltplane überdachten Patio hinausgehen zu sehen.

»Entschuldigen Sie bitte«, sagte er rasch.

»Was ist los?« fragte Karen mit einem kehligen Kichern. »Müssen Sie wieder auf die Toilette?«

Er ignorierte sie und ging hinaus. Das Mädchen setzte sich an den Tisch, an dem auch Pamela London Platz genommen hatte. Sosehr er sich wünschte, aus dem Mädchen einen Star zu machen, er dachte gar nicht daran, dieser Frau wieder gegenüberzutreten. Glück bedeutete in Zukunft für ihn, Pamela London im Leben nie mehr begegnen zu müssen.

Montana hatte keinen Hunger. Sie hatte sich die Platzkarten schon angesehen und festgestellt, daß sie zwischen zwei Leuten sitzen sollte, die sie nicht kannte. Außerdem war Neil noch immer nicht aufgetaucht. Das machte sie allmählich wütend. Was suche ich eigentlich hier? dachte sie. Am besten, ich verschwinde, das ist einfach nicht mein Spiel.
Dann sah sie Buddy Hudson an der Bar herumstehen. Er schien genauso verärgert zu sein wie sie. Vielleicht konnte sie ihn zum Lächeln bringen. Sie ging hinüber und berührte ihn leicht am Arm. »Überraschung! Überraschung! Amüsieren Sie sich auch so gut wie ich?«
Buddy wandte sich um und musterte die wildaussehende Frau. Er sah nur geflochtene Fransen, Perlenschnüre und pechschwarzes Haar. »Montana Gray«, klärte sie ihn auf, denn seine Verwirrung entging ihr nicht. »Außerhalb der Arbeitszeit sehe ich ein bißchen anders aus.«
Er pfiff leise, erleichtert, daß Frances ihn nicht aufgespürt hatte, und sehr erfreut, Montana zu sehen. »Das können Sie zweimal sagen.«
»Sind Sie ein Freund der Braut oder des Bräutigams?«
»Wie bitte?«
»Ich denke mir, die Contis sind die Braut, denn sie werden am Ende aufs Kreuz gelegt – nicht zu reden von den Kosten für das Spektakel. Und die Lancasters sind der Bräutigam, weil sie nur ein Interesse kennen – sich selbst.«
Er lachte, nur zu gern bereit, den dumpfen Schmerz in seinem Magen zu vergessen. »Ich bin nur mitgenommen worden und kenne weder die einen noch die anderen.«

»Das ist am besten.« Sie trank einen Schluck Pernod mit Wasser, verzog das Gesicht und sagte: »Ich hasse den Geschmack und liebe die Wirkung.«

Buddy war hin und her gerissen. Sollte er weiter mit Montana reden oder versuchen, Angel zu finden? Der Instinkt riet ihm, bei Montana zu bleiben, während das Herz ihm gebot, Angel nachzugehen.

»Was tut sich so?« fragte er automatisch und erwartete wieder nur ein beschissenes: »Wir sind noch interessiert.«

»Ich wollte Sie morgen anrufen, nach George Lancasters Pressekonferenz.« Sie lachte. »Aber da Sie schon mal hier sind ...«

O Scheiße! Würde sie sagen, was er zu hören erwartete? Plötzlich war seine Kehle trocken. »Ja?«

»Sie sind Vinnie, Kleiner.«

Einen wahnwitzigen Moment hatte er das Gefühl, in die Hose zu pissen. »Heilige Scheiße! Lieber Mick Jagger! Ich kann es nicht glauben!«

Er brüllte, aber was tat das schon?

»Schscht ...« Montana lachte, sie genoß seinen Jubel. »Ich habe Sie nicht zum Präsidenten gewählt.«

Er schwebte hoch oben. »So gut wie!«

»Ich bin froh, daß Sie sich freuen.«

»Sie geben mir die Chance – ich verlier den Kopf!« Er umarmte sie. »Sind Sie auch bestimmt sicher? Verkohlen Sie mich nicht?«

»Warum sollte ich?«

»Ich kann es nicht glauben.«

»Glauben Sie es ruhig.«

»Ich – ich muß träumen.«

»Buddy! Ich hab' Sie nie für einen Jungen vom Land gehalten, also beruhigen Sie sich. Es ist doch nur ein Film.«

»Für Sie ist es ein Film. Für mich ist es – mein Leben.«

Oliver-Easterne-Storys machten, von lautem Gelächter begleitet, die Runde von Tisch zu Tisch. Angel bekam einige zu hören, verstand sie aber nicht. Sie erkannte in Oliver Easterne den Mann vom Strand und hoffte nur, daß er sich nicht an sie erinnerte. Sie konnte nur an Buddy denken, an nichts und niemand sonst. Ich liebe dich, wollte sie ihm sagen, aber er hatte alles kaputtgemacht, und es gab kein Zurück.

Nur sah er heute abend so gut aus. Und in ihr wuchs sein Kind. Vielleicht sollten sie doch miteinander reden, trotz allem. Es tat ihr leid, daß der Serienheld ihn derart hart getroffen hatte, aber er war selbst schuld, er hatte als erster zugeschlagen.

Angel seufzte verwirrt. Sie wollte Buddy wiederhaben. Nein, sie wollte ihn nicht wiederhaben. Aber sie liebte ihn immer noch.

»Geht es Ihnen gut?« fragte Mrs. Liderman über den Tisch. »Sie kommen mir ein bißchen blaß vor.«

»Danke, mir geht es gut«, antwortete sie höflich. Sie hätte sich eigentlich großartig amüsieren sollen, aber Buddy hatte ihr den Abend verdorben.

Elaine blickte sich im Raum um, musterte ihre Gäste und lächelte George Lancaster gezwungen an. »Alle scheinen sich zu amüsieren, nicht wahr?«

»Klar, tun sie. Aber warum habe ich einen leeren Stuhl bei mir?« fragte er vorwurfsvoll.

Elaine wandte ihre Aufmerksamkeit ihm zu. »Es tut mir sehr leid! Gina sollte neben Ihnen sitzen. Haben Sie sie schon gesehen?«

»Wenn ich sie gesehen hätte, wüßte ich es bestimmt«, antwortete George lüstern. »Das ist doch die mit den großen ...«

»Genau.« Elaine schob ihren Stuhl zurück. »Ich will sehen, ob ich sie finden kann. Vermutlich ist sie noch im Haus. Ich bin gleich wieder da.«

»Eilt nicht, kleine Dame.«

Sie ging rasch ins Haus, wo noch einzelne Gäste herumsaßen. An der Bar unterhielt sich Montana Gray mit einem Mann, den Elaine nicht kannte. Nicht weit von den beiden waren Sean Connery, Roger Moore und ihre Frauen in ein Gespräch vertieft.

Karen Lancaster und Sharon Richmond kamen kichernd aus dem Gästebad.
Mit dir bin ich noch nicht fertig, Karen. Noch nicht mal angefangen habe ich mit dir, du Miststück.
Elaine erkundigte sich an der Haustür bei den Sicherheitskräften. Gina Germaine war bisher nicht eingetroffen.

»Wo ist Neil?« fragte Pamela London laut. »Ich habe ihn den ganzen Abend nicht gesehen.«
Ross, der sich auf Sadie La Salle zu konzentrieren versuchte, wandte das Gesicht dem wirklichen Ehrengast zu. Pamela sah aus, als trage sie zur Abschreckung eine fuchsrote Perücke. Warum sagte ihr das niemand?
»Er ist doch hier, oder?«
»Ich habe ihn nicht gesehen, und er sollte neben mir sitzen.«
Himmel, dachte Ross, was ist das für eine Organisation? Beide Ehrengäste haben einen leeren Stuhl neben sich. Kann Elaine denn gar nichts richtig machen?

Sobald Elaine den Tisch verlassen hatte, setzte sich Bibi neben George.
»Schätzchen«, sagte sie mit einem Seufzer, »diese Party sehr nett – aber nischt exklusiv. Isch 'abe Spezialessen für disch und Pamela. Nur paar Freunde. Was meinst du?«
»Ich meine, daß du dich recht gut hältst für ein altes Frauenzimmer.« Er kniff sie in den Schenkel. »Du bist immer noch sexy.«
»George!« Sie schob seine Hand weg und versuchte, die Beleidigte zu spielen, aber bei George klappte das nicht. Er kannte sie seit ihrem sechzehnten Lebensjahr, seit der Zeit, als sie auf den Champs-Élysées auf den Strich gegangen war … Sie hoffte, daß er das längst vergessen hatte.

Karen kochte vor Wut. Wie kam es, daß sie am schlechtesten Tisch saß, zwischen lauter Nullen und unbedeutenden Leuten? Wie konnte Elaine es wagen, ihr das anzutun?
Ron Gordino schlenderte lässig heran und setzte sich. Das gab ihr den Rest. Sie war neben Ron Gordino placiert – einem beschissenen Gymnastiklehrer. Was hatte sie verbrochen, um das zu verdienen?
Ich bringe Elaine Conti um, dachte sie. Ich dulde nicht, daß sie mich so erniedrigt. Besser noch, ich stehle ihr den Mann ganz und gebe dann Partys, zu denen sie nicht eingeladen wird.
Fettärschige Etta Grodinski. O ja! Ich weiß alles über deine beschissenen Anfänge. Dein lieber, süßer, treuloser Mann hat es mir erzählt.
»Hmm – eine großartige Party ist das«, sagte Ron Gordino.
»Verraten Sie mir eins«, sagte Karen mit einem süßen Lächeln. »Wie oft haben Sie unsere Gastgeberin besprungen?«

36

Beine, Arme, Brüste. Flüsternde Lippen, Zungenspiel, heißer Atem, Speichel, Geschmack, Gefühl und Berührung – alles nur Wollust.
Es war Jahre her, daß er zwei Frauen gleichzeitig gehabt hatte. Vielleicht zehn. In Paris. Zwei Schwestern, die sich sehr ähnlich gewesen waren.
Dies hier war anders. Zwei Frauen aus verschiedenen Kulturen, und sie trugen ihn auf Gipfel der Ekstase, die er seit langem für unerreichbar gehalten hatte.
Thiou-Ling war wirklich eine Künstlerin. Freilich arbeitete sie nicht mit einer Farbpalette, sondern mit duftenden Ölen und zarten, kindlichen Fingern. Sie kümmerte sich um Gina und Neil gleichzeitig, berührte zuerst Ginas steife Brustwarzen, dann Neils prallen Penis, der zu platzen drohte.

Sie streichelte und reizte beide, ihr langes Haar glitt ihnen über die Haut wie feine Seide.

Nach einer Weile war es eine Qual. Eine köstliche Qual.

Neil schob die Eurasierin beiseite und bestieg Gina, die genauso gierig nach ihm verlangte wie er nach ihr. Sie war so feucht, daß er fast abglitt, aber Thiou-Ling ließ ihn nicht im Stich. Sie half ihm, in die feuchte Wärme der zweitpopulärsten Blondine Amerikas einzudringen. Sie führte ihn ins Paradies. Er wußte, es würde das aufregendste sexuelle Erlebnis seines ganzen Lebens sein.

Montana war vergessen.

Menschen der Straße war vergessen.

Die Party war vergessen.

Er trat in den Himmel ein …

37

Punkt dreiundzwanzig Uhr beendete das Zancussi-Trio sein Programm mit einer seelenvollen Wiedergabe der Themamelodie aus dem *Paten*. Dann traten Ric und Phil in Aktion. Aus sieben verborgenen Lautsprechern dröhnte *»Get Down on It«*.

»Scheiße!« Ross sprang von seinem Stuhl auf. »Was für ein Krach!«

Man hatte einen Platz zum Tanzen frei gemacht, und Pamela meinte, Ross fordere sie auf. Sie nahm ihn bei der Hand. »Ja, Ross, zeigen wir ihnen, wie's geht!«

Die einsachtzig große rothaarige Pamela London schleppte ihn auf die Tanzfläche.

Sadie war froh, für eine Weile der Wirkung seines Charmes zu entkommen. Den ganzen Abend schon bemühte er sich um sie, und obwohl sie wußte, daß er nur ein Spiel trieb, blieb sie nicht unberührt. Eine starke Unruhe hatte sie erfaßt. Er hatte immer noch die Macht, sie allein durch Worte zu erregen. Wie anders hätte alles sein können, hätte er sie nicht verlassen.

»Wollen Sie tanzen?« Karen Lancaster sah Buddy Hudson fragend an.
Buddy saß zwischen ihr und Frances Cavendish. Er war völlig durcheinander. Er hätte sich großartig fühlen sollen. Statt dessen schielte er mit einem Auge auf Angel, die an einem entfernten Tisch saß. Es zog ihn zu ihr, aber ein nervöses Zucken im Magen sagte ihm, er müsse sich beherrschen, bis die Verträge unterschrieben waren. Das war der schönste Abend seines Lebens. Und der schlimmste. Mit wem, zum Teufel, war Angel hier? Er beschloß, trotz allem hinüberzugehen und sie zum Tanzen aufzufordern. Dann konnte er sie in eine stille Ecke führen und fragen: »Warum hast du unser Baby abgetrieben? Warum hast du mich verlassen? Warum können wir es nicht noch einmal versuchen?«
»Ich habe gesagt, tanzen wir«, nuschelte Karen. Sie war high, wie er an ihren riesigen Pupillen sah. Sie und Shelly hätten ein großartiges Paar abgegeben.
Er wollte ablehnen, doch weil George Lancaster ihr Vater war, hielt er es für besser, ja zu sagen. Also wandte er sich Frances zu, die gerade aus der Gästetoilette gekommen war, wo sie einen Joint geraucht hatte. Er fragte höflich: »Haben Sie etwas dagegen, wenn ich tanze?«
»Tun Sie, was Sie wollen«, erwiderte Frances gereizt. Sie war alles andere als zufrieden mit ihm. Er erwies sich nicht als der aufmerksame Begleiter, den sie sich gewünscht hatte. Den Job bei Universal konnte er sich an den Hut stecken. Das würde sie ihm sagen, wenn er sie nach Hause brachte.
»Also gehen wir«, sagte Buddy zu Karen. Sie gesellten sich zur drittreichsten Frau Amerikas, die nicht tanzen konnte, und zu Ross Conti, der auch nicht tanzen konnte.
Karen dagegen konnte es mit den Besten aufnehmen. Sie bewegte sich so, daß ihr Körper in die eine Richtung wies und ihr Busen mit den exotischen Brustwarzen in die andere.
»He!« rief Buddy. Er tanzte gern, und in dieser Gruppe war es ein Vergnügen.

Angel, Kleines, versteh bitte, daß das streng beruflich ist.
Karen schob sich näher an Ross heran. »Pamela, du altes Roß«, sagte sie nuschelnd. »Wußte gar nicht, daß du so viel Schwung drauf hast. Hier, Buddy, tanzen Sie mit Pammy – ich übernehme Ross.« Geschickt schlüpfte sie zwischen die beiden, und Buddy sah sich plötzlich Pamela London gegenüber, was ihn fast aus dem Häuschen brachte.
Er lächelte höflich, und sie entblößte ihr gelbes Pferdegebiß.
»Kommen Sie, Elaine, wenn die das können, können wir es auch, altes Mädchen!« rief George Lancaster dröhnend und zog seine Gastgeberin in die Höhe.
Elaine zwang sich zu einem Lächeln. Das »alte Mädchen« gefiel ihr nicht besonders. Karen hielt Ross umklammert und drängte ihren ekelhaften Unterkörper an sein Bein wie eine läufige Hündin. Und alle sahen zu.
Mach ein glückliches Gesicht, Elaine.
Der Teufel hol dich, Etta!
»Ich glaub, ich krieg von deinem Knie 'nen Orgasmus«, flüsterte Karen betrunken.
»Reiß dich zusammen, alle beobachten uns«, erwiderte Ross scharf und behielt Sadie wachsam im Auge, die sich angeregt mit Shakira und Michael Caine unterhielt.
»Na und?« lallte Karen.
»Kühl dich ab!«
»Kühl dich ab – kühl dich ab!« Sie hob die Arme über den Kopf und wiegte sich wie eine Stripperin.
»So lieb ich mein Mädchen!« rief George, ließ Elaine stehen und schob sich vor seine Tochter.
Gegen seinen Willen sah Ross sich als Elaines Partner. In diesem Augenblick tanzte die Blondine vorbei, die ihm am Morgen aus dem Porsche zugewinkt hatte. Jetzt erkannte er sie. Es war Sharon Richmond.
»Und wen haben Sie heute früh besucht?« Sie kicherte. »Ich habe Sie ertappt – wie?« Und wieder kicherte sie. »War nur ein Scherz,

Elaine. Ich weiß, daß allein in meinem Block drei Zahnärzte praktizieren.«
Ihr Partner spürte, daß Ross wütend war, und zog sie weg.
Elaine kniff die Augen zusammen. »Du Dreckschwein!« zischte sie.
Miteinander verließen sie die Tanzfläche.

»Jogging laugt aus«, sagte das Mädchen mit den Locken und einem wenig damenhaften Schluckauf.
»Weißt du, was ich möchte?« meinte ihre Freundin, eine geschmackvoll gekleidete Brünette mit einem Körper wie Bo Derek. »Ich möchte, daß ein großer Star bei mir die Klinke putzt.«
Sprühende Unterhaltung, dachte Montana.
Seit Ric und Phil die Musikszene beherrschten und der buchstäblich in Strömen fließende Alkohol die Hemmungen fortgespült hatte, waren alle in ausgelassener Stimmung. Nur Montana nicht. Wäre Neil dagewesen, hätte sie sich amüsieren können. Sein Ausbleiben bereitete ihr allmählich Sorgen. Oliver wußte nicht, wo er war. Sie hatte Neils Sekretärin zu Hause erreicht, aber die wußte es auch nicht. Plötzlich mußte sie daran denken, wie er seinen Maserati fuhr. Schnell. Viel zu schnell. Vielleicht hatte er einen Unfall gehabt.

Als Pamela den Tisch verließ, sprang Oliver sofort auf und lief zu Angel. »Sie sind es, nicht wahr?« fragte er und neigte sich von hinten über sie.
Angel fuhr zusammen. »Wie bitte?«
»Sie sind das Mädchen vom Strand. Behaupten Sie nicht, daß ich mich irre. Ich weiß, daß Sie es sind.«
»O – ja.«
»Ich habe Leute ausgeschickt und Sie suchen lassen. Sind Sie nicht daran interessiert, ein Star zu werden?«
»Ich – ich ...« Sie dachte an ihr Baby, das viel, viel wichtiger war als schneller Starruhm. »Nein«, sagte sie.

»Nein?« wiederholte er ungläubig.
»Nein«, wiederholte sie fest.
»Was ist, stimmt mit Ihnen etwas nicht? Niemand sagt nein, wenn man ihn fragt, ob er ein Filmstar werden möchte.«
»Ich sage nein«, erwiderte sie leise.

»Zwischen uns lief's doch phantastisch, Sadie. Was haben wir falsch gemacht?«
Wir. Er hatte die Stirn, »wir« zu sagen. Was für ein selbstsüchtiger, von sich eingenommener Egoist Ross Conti doch war!
Aber das wußte sie seit langem.
Sie winkte Warren Beatty und Jack Nicholson zu, die jetzt erst eintrafen.
»Manchmal wache ich mitten in der Nacht auf«, fuhr Ross fort, »und denke: Warum ist Sadie jetzt nicht hier? Warum liegt sie nicht neben mir mit ihrem warmen, weichen Körper und ihren phantastischen Titten.«
Der Mann gebrauchte tatsächlich noch den Ausdruck ›Titten‹ und erwartete, daß sie geschmeichelt war. Hatte er denn nichts von der Frauenbewegung und der sexuellen Revolution gehört? Er machte sich an sie heran, als sei sie ein billiger Betthase, den er durch Schönrednerei auf die Matratze bekommen konnte. Armer Ross. Er hatte nichts dazugelernt.
Jetzt ging er aufs Ganze. »Ich will dich, Sadie«, flüsterte er. »Ich will dich so sehr, daß du es fühlen kannst, wenn du die Hand unter den Tisch schiebst.«

»Ich möchte nach Hause gebracht werden«, sagte Frances Cavendish kalt.
»Jetzt?«
»Nein. Morgen früh reicht sehr gut.« Sie kniff die harten Augen zusammen. »Jetzt, Buddy.«
»Aber die Party fängt doch erst richtig an.«
»Für uns ist sie zu Ende.«

Einen wilden Augenblick lang dachte er daran, ihr zu sagen, sie solle ihm gestohlen bleiben. Schließlich hatte er die Rolle in *Menschen der Straße.* Wozu brauchte er Frances Cavendish noch? Doch sein gesunder Menschenverstand behielt die Oberhand. Buddy beschloß, sie heimzufahren, auf die Party zurückzukehren, Angel zu stellen und sich wirklich mit ihr auszusprechen.
»Gehen wir«, sagte er, zufrieden mit seinem Entschluß.
»Ich muß mich von den Contis verabschieden.«
Darauf hatte er gehofft. Während Frances zu Elaine trat und ihr dankte, schlüpfte er zu Angels Tisch, beugte sich über ihre Schulter und sagte: »Ich muß schnell weg, bin aber in zwanzig Minuten wieder da und möchte dann mit dir reden – ohne daß irgendein Idiot dazwischenquatscht. Wenigstens das bist du mir schuldig.«
Sie runzelte die Stirn. »Ich bin dir nichts schuldig. Nach dem, was Shelly mir eröffnet hat …«
»Was hat Shelly dir eröffnet?«
»Daß du und sie …« Angel zögerte, sie war nicht imstande, Shellys Worte zu wiederholen. »Ist es wahr?«
Dieses verfluchte Stück. Hatte sie mit Angel gesprochen und es ihm nicht gesagt?
Angel schob ihren Stuhl zurück. »Gut, reden wir. Gehen wir irgendwohin, wo es ruhig ist, und …«
»Buddy, ich warte«, sagte Frances Cavendish, die auf den Tisch zukam, befehlend.
»Zwanzig Minuten«, flüsterte er verzweifelt. »Ich muß nur schnell das alte Frauenzimmer heimfahren. Was Berufliches, weißt du.«
Angel nickte traurig. Er hatte sich nicht geändert. Was hatte es für einen Sinn, mit ihm zu reden?

»Ich sage Ihnen, Montana, sie ist die Richtige, besser als alle, die wir getestet haben«, behauptete Oliver aufgeregt. »Ich möchte, daß Sie mit ihr reden. Auf Sie wird sie hören. Wenn …«

»Haben Sie eine Ahnung, was Neil passiert sein könnte?« unterbrach ihn Montana besorgt. »Sollte ich nicht besser die Polizei anrufen?«
»Sind Sie verrückt? Ich will Ihnen die perfekte Nikki vorstellen, und Sie reden von der Polizei.«
»Ich mache mir Sorgen um Neil.«
»Er ist doch kein kleines Kind.«
»Wirklich nicht?« Ihr Sarkasmus glitt wirkungslos an ihm ab.
»Kommen Sie, vergessen Sie Neil für eine Weile – er kann auf sich selbst aufpassen. Das Mädchen heißt Angel, denken Sie nur – Engel. Ich finde, wir sollten sie Angel Angeli nennen, die Presse wird sich darauf stürzen. Kommen Sie, Montana, bestimmt können Sie die Kleine zur Vernunft bringen. Zum Film möchte jeder.«

38

Er kam zum Höhepunkt. Ein starker Strahl salzigen Spermas nach dem anderen.
Und Thiou-Ling zerbrach eine kleine Glasphiole mit Amylnitrit unter seiner Nase.
Und er kam und kam und kam.
Der größte Lebenswunsch, ein nie endender Orgasmus – Nirwana – das Paradies – Seligkeit.
Und dann der Schmerz. So plötzlich. So unerwartet. Ein Schmerz wie ein Donnerschlag, der ihm die Brust zusammenpreßte und mit tödlicher Gewalt in die linke Körperseite schoß.
»O lieber Gott«, rief er. Zumindest meinte er, er habe es gerufen, aber er hörte die Worte nicht.
Sein Glied war noch hart, pulsierte noch, aber er empfand keine Lust mehr, und er brachte kein Wort heraus. Er konnte der Welt nicht sagen, daß er sie verließ.
Die beiden Frauen merkten nicht, was mit ihm geschah. Sein Ge-

wicht war Gina nicht lästig, es steigerte nur ihre eigene Ekstase. Dann aber ebbte auch ihr Höhepunkt ab.
»Neil«, sagte sie. »Neil, bitte beweg dich, du erdrückst mich.« Ihre Stimme wurde lauter. »Neil!« Sie versuchte ihn wegzuschieben. »Hör auf, Faxen zu machen – das ist nicht komisch.«
Er stöhnte. »Mir – ist – nicht – gut.«
O nein! Er hatte doch keinen Herzanfall. Nicht auf ihr. Nicht in ihrem Haus. O nein!
Sie geriet in Panik, versuchte ihn wegzustoßen. Dabei krampfte sich ihre Scheide auf höchst seltsame Weise zusammen. »Runter von mir!« kreischte sie.
Der Schmerz um seine Brust wurde schwächer, und Neil versuchte sich aus Ginas klebriger Feuchte zu lösen.
Das seltsamste Gefühl der Welt. Er konnte sein Glied nicht herausziehen. Es wurde festgehalten wie in einem Schraubstock.
»Gina, da stimmt was nicht«, jammerte er.
»Geh schon raus, Neil!« fauchte sie.
Er wollte ja, aber es ging nicht …

39

»An etwas werde ich mich immer erinnern, Baby, ich werde es nie vergessen: Mit keiner anderen war es so wie mit dir. Du fühlst doch genauso, oder?«
Am liebsten hätte Sadie ihn angefaucht, er solle den Mund halten, gleichzeitig aber genoß sie seine Schwindeleien.
»Hast du nicht auch immer das Gefühl gehabt, daß wir das Beste hatten?« fuhr Ross beharrlich fort. Er wünschte, Phil und Ric würden ihre verdammten Lautsprecher zurückdrehen. Laute Rockmusik war kaum dazu angetan, eine romantische Stimmung aufkommen zu lassen. Und doch machte er ganz gute Fortschritte. Er hatte zwar nicht erreicht, daß sie die Hand auf sein Glied legte, aber sie nahm gierig jedes Wort auf, das er sagte. »Na?« Er war

entschlossen, ihr eine Antwort zu entlocken. »Hat es für dich einen Besseren gegeben?«
Sie wußte, was er wollte, und beschloß, ihn zu erlösen. »Möchtest du mich als Agentin?«
»Was?« Er tat so, als sei er zutiefst schockiert.
»Ich frage dich, ob du willst, daß ich dich wieder vertrete.«
»Daran habe ich nie und nimmer gedacht, Sadie.«
»Vor ein paar Jahren hast du sehr wohl daran gedacht. Auf der Party der Fox, erinnerst du dich nicht?«
Er lachte fröhlich. Es machte ihm nichts aus, eine Niederlage zuzugeben. »Doch, ich erinnere mich. Du hast mir gesagt, ich soll mich verziehen – oder so was Ähnliches.«
»Ich habe gesagt, wenn mir die Prozente, die ich von dir bekomme, die einzige warme Mahlzeit in der Woche einbrächten, würde ich lieber verhungern.«
Als ob er sich daran nicht erinnerte. »Tatsächlich?«
»Inzwischen bin ich sanfter geworden.«
»Das hoffe ich.«
»Nun, willst du mein Klient werden oder nicht?«
Er gab sich zögernd. »Ich bin mit meinem Agenten recht zufrieden.«
»Das ist schade. In diesem Fall …«
»Nein, nein. So zufrieden auch wieder nicht. Und es gibt da wirklich etwas, das, wie ich meine, nur du zuwege bringen könntest.«
»So?«
»Ja. Es …«
»Nicht jetzt, Ross. Komm morgen in mein Büro. Wäre dir fünf Uhr nachmittags recht?«
Es war ihm recht. Aber warum sollte er in ihr Büro kommen wie ein Anfänger? Sollten sie nicht im Ma Maison oder im Bistro miteinander lunchen? Sollte nicht die Agentin ihn umwerben?
Laß den Quatsch. Wen willst du hinters Licht führen? Es geht darum, sie wieder auf deine Seite zu ziehen. Es geht nicht darum, mit ihr bei Hähnchensalat zu flirten und sich die Hose naß zu

machen, weil ein Lokal voller Arschlöcher sehen kann, daß du mit Sadie La Salle zusammen bist.
»Das paßt mir sehr gut.«
»Schön«, sagte sie und stand auf. »Jetzt mußt du mich bitte entschuldigen. Ich muß für eine Weile zu George.«
Er sah ihr nach, als sie wegging.
Es war gar nicht so schwer, dich rumzukriegen, Sadie. Du magst zwar eine harte Nuß sein, aber in meinen Händen bist du immer noch Wachs.
Der schwere Rhythmus der Diskomusik wurde langsamer, und auf der Tanzfläche drängten sich die Paare enger aneinander. Einem von der Reportermeute war es gelungen, sich einzuschleichen und auf einen Baum zu klettern, wo er in gefährlicher Stellung kauerte und versuchte, Bilder zu schießen, bevor die Sicherheitskräfte ihn herunterholten und hinausbeförderten.
Einen Moment lang dachte Ross an Little S. Schortz und seine belastenden Aufnahmen. Karen hatte eine Menge Geld – vielleicht kaufte sie die Fotos.
Er sah sich um. Alle schienen sich großartig zu amüsieren. Es war nach Mitternacht, und keiner dachte an Aufbruch. In Hollywood wurde in der Regel früh aufgestanden, und nach Mitternacht war hier schon sehr spät. Elaines Party war somit ein Riesenerfolg.
Elaine ... Was hatte sie sich nur dabei gedacht, einen Armreif zu stehlen? War sie verrückt? Hatte sie die Folgen nicht überlegt? Jetzt hieß es für sie: Marsch zurück zum Seelenklempner.
Wo war sie überhaupt? Er ließ den Blick über die Gäste schweifen und entdeckte Elaine auf der Tanzfläche, wo sie eng umschlungen mit einem Supermann tanzte. Die sexuellen Lockungen der Musik von Teddy Pendergrass umschmeichelten die beiden. Ross beugte sich über den Tisch und fragte Maralee: »Mit wem tanzt Elaine da?«
Maralee schaute hinüber. »Das ist Ron Gordino, unser Gymnastiklehrer.«

Karens Worte fielen ihm ein. Ich glaube, Elaine spielt Onkel Doktor.
Forschend musterte er das engumschlungene Paar. Täuschte ihn das Licht, oder knabberte dieser Widerling an Elaines Ohr?
Unmöglich. Elaine war seine Frau. Sie bumste bestimmt nicht herum. Oder doch?

»Ich glaube, wir sollten gehen«, sagte Mrs. Liderman. »Meine arme, kleine Frowie wird sich fragen, was mit ihrer Mama los ist.«
Angel sah sich hilflos um. Buddy hatte in zwanzig Minuten wieder da sein wollen, doch seither war eine Stunde vergangen. Ganz offensichtlich machte er sich nichts mehr aus ihr – genau wie Shelly gesagt hatte.
Ihr Blick umwölkte sich, sie erkannte, daß sie Buddy ein für allemal vergessen und stark sein mußte. »Wenn Sie wollen, jederzeit«, sagte sie entschlossen.
»Ich brauche nicht erst zu fragen, ob Sie sich amüsiert haben«, sagte Mrs. Liderman glücklich. »Ich habe Sie beobachtet, man hat sich um Sie gerissen.«
Angel lächelte matt. Man wollte sie für einen Film haben, und je beharrlicher sie ablehnte, desto mehr bedrängte man sie. Oliver Easterne war sogar soweit gegangen, die Frau herzuholen, die den Film geschrieben hatte. »Ist sie nicht Nikki?« hatte er gefragt. Und die Frau hatte mit zusammengekniffenen Augen erwidert: »Vielleicht – wenn sie spielen kann.«
»Aber ich bin gar nicht an der Rolle interessiert«, hatte Angel abgewehrt.
Trotzdem hatte Oliver Easterne darauf bestanden, daß sie ihn am nächsten Tag anrufen sollte. Sie hatte schließlich eingewilligt, dachte jedoch gar nicht daran, es zu tun.
»Wir wollen nicht auf Wiedersehen sagen«, erklärte Mrs. Liderman. »Ich hasse Abschiede. Außerdem lunche ich morgen ohnehin mit Pamela.«

Draußen wartete Mrs. Lidermans Chauffeur neben dem geöffneten Schlag des kremfarbenen Rolls-Royce.
Als der Wagen die Auffahrt hinunterglitt, ließ sich Angel in die luxuriösen Polster sinken.
Hätte sie zum Fenster hinausgeschaut, hätte sie einen abgehetzten Buddy erblickt, der am Gehsteigrand ein Taxi bezahlte. Sein Geld reichte gerade noch, aber nicht mehr für die Rückfahrt zu Randys Apartment. Was für eine Nacht! Der neue Filmstar war pleite. Er rannte zurück ins Gewühl der Party, um Angel zu suchen. Methodisch kämmte er einen Raum nach dem anderen durch, kontrollierte die Gästetoilette, die Tanzenden, die Tische im Freien. Er fand Angel nicht. Was für ein Pech, daß sein Pontiac ausgerechnet heute nacht endgültig den Geist aufgegeben hatte. Frances hatte ihm vor ihrer Haustür eröffnet, er sei doch nicht der Richtige für den Universal-Film. »Ich habe mich getäuscht«, hatte sie gesagt und erwartet, daß er klein und häßlich wurde.
»So geht es eben«, hatte er fröhlich erwidert.
Sie war wütend geworden, weil er sie um ihren boshaften Triumph brachte.
Buddy suchte vergeblich nach seiner schönen Angel. Warum hatte sie nicht gewartet? Er wußte nicht mal ihre Adresse oder Telefonnummer. Wie hatte er sie wieder gehen lassen können? Was für ein Idiot war er bloß!
Und doch – sie hatte sein Baby wegmachen lassen. Ohne mit ihm darüber zu sprechen. Und sie war ihm weggelaufen.
Er ging zur Bar und kippte ein Perrier-Wasser hinunter.
»Ah ...« Karen Lancaster wankte heran. »Da sind Sie ja – der Tänzer. Kommen Sie, Ladykiller. Wir zeigen denen Schritte, daß ihnen die Augen rausfallen.«

Montana fand es töricht, die Polizei anzurufen. Trotzdem zog sie sich ins Schlafzimmer der Contis zurück und telefonierte mit dem Revier von Beverly Hills. Dort lag nichts vor. Also versuchte sie es wieder zu Hause, aber niemand meldete sich, genauso wie in den letzten zwei Stunden. Sie blieb einen Augenblick still sitzen, sammelte ihre Gedanken.

Wo war Neil? Oliver wußte es. Er mußte es wissen. Darum war er so unbesorgt. Sie suchte ihn.

»Okay, Oliver, lassen Sie jetzt den Quatsch. Wo ist er?«

»Was haben Sie denn? Ich weiß es nicht.«

»Sie wissen es. Und wenn Sie es mir nicht sagen, mache ich Ihnen eine höllische Szene. Wollen Sie das? Hier? Heute abend? Vor dem lieben alten George und Ihrer neuen guten Freundin Pamela?«

»Ich habe Sie nie für eine eifersüchtige Ehefrau gehalten.«

»Eifersüchtige Ehefrau? Ha! Ich möchte nur sicher sein, daß mein Alter nicht irgendwo im Krankenhaus liegt. Dann kann ich von dieser lausigen Party verschwinden und mich aufs Ohr hauen.« Sie hielt inne und sah ihn böse an. »Ich bin nicht Sie, Oliver, ich muß hier nicht die Runde machen und den Leuten in den Arsch kriechen. Ich kann heimgehen. Also, wo ist er?«

Oliver litt. Sein Magengeschwür verursachte ihm Krämpfe, die Hämorrhoiden plagten ihn. Und die Szene mit George Lancasters vulgärer reicher Frau war eine Demütigung, die ihn mindestens zwei Tage verfolgen würde.

Außerdem war es für ihn unerträglich, sich mit Montana befassen zu müssen. Er hatte ihr Drehbuch. Er brauchte sie nicht mehr. Und warum deckte er Neil eigentlich? Der Narr hielt es nicht einmal für der Mühe wert, auf einer Party zu erscheinen, die seinem Star zu Ehren gegeben wurde.

»Er hatte eine Besprechung mit Gina Germaine«, sagte er genußvoll. »Wer weiß, vielleicht ist sie noch nicht zu Ende.«

Montana starrte ihn an, die Tigeraugen kalt wie Sibirien. »Danke«, entgegnete sie eisig.

»Gern geschehen.«

»Wissen Sie was, Oliver? Sie sind ein Schwein. Und außerdem stinken Sie – buchstäblich.« Zornig ging sie davon, während er versuchte, unauffällig an seinen Achselhöhlen zu schnuppern.

Pamela London, die auf dem Weg zur Toilette war, ertappte ihn dabei. »Na«, rief sie, und ihre schrille Stimme hallte durch den ganzen Raum, »ich habe schon schrullige Leute erlebt – aber Sie sind lächerlich!«

George Lancaster wollte offenbar eine Rede halten. Montana fand, es sei höchste Zeit zu verschwinden. Ihre Gedanken jagten sich. Neil bei Gina. Neil bumste herum.

Hol ihn der Teufel!

Vielleicht war es nicht wahr …

Buddy Hudson holte sie an der Tür ein. »Gehen Sie?«

»Mhm.«

»Können Sie mich mitnehmen?«

»Wo ist Ihr Wagen?«

»Er hat auf dem Sunset Boulevard den Geist aufgegeben.«

»Und wo wohnen Sie?«

»Nicht weit vom Sunset Strip.«

»Kommen Sie.«

Montana ging zur Haustür hinaus, und Buddy wollte ihr folgen, doch im selben Moment kam Wolfie Schweicker aus dem Gästebad, und Buddy blieb wie festgewurzelt stehen.

Viel schlanker, andere Frisur, aber unverkennbar die gemeinen kleinen Augen, das runde Gesicht, die Frettchenzähne zwischen fleischigen Lippen.

Fettwanst – der dicke Mann von der Party. Zwölf Jahre war es her. Tonys mißhandelter Leichnam in der Leichenhalle …

Buddy schauderte, die Erinnerung war zu schmerzlich.

Wolfie mußte seinen Blick gespürt haben. Er schaute herüber, mißdeutete den Ausdruck in Buddys Augen als sexuelles Interesse und sagte »Hallo«.

»Wollen Sie nun mitfahren oder nicht?« fragte Montana gereizt, die wieder hereingekommen war.

Buddy löste den Blick von Fettwanst. Er mußte sich täuschen. Das konnte nicht der Mann von damals sein.

Warum eigentlich nicht?
Er verließ hinter Montana das Haus. »Wer war der Kerl?« fragte er drängend.
»Welcher Kerl?«
»Der in der Halle.«
Sie runzelte die Stirn, war mit ihren Gedanken ganz woanders. »Wolfie Soundso – Wolfie ... Ja, Wolfie Schweicker. Er lungert die ganze Zeit um Bibi Sutton herum. Ein widerlicher Typ. Mich wundert, daß Adam Sutton ihn heute mitgebracht hat. Und fast noch mehr wundert mich, daß er ihn überhaupt in seiner Nähe duldet.«
»Wolfie Schweicker.« Langsam wiederholte Buddy den Namen, um ihn sich für immer einzuprägen.

George Lancaster stand auf, klopfte an sein Sektglas und rief mit seiner weittragenden Stimme: »Darf der Star um ein bißchen Ruhe bitten!«
Man tat ihm den Gefallen, die Gespräche verstummten. Gutmütige Buhrufe und Pfiffe ertönten.
»Lang-weilig!« schrie Pamela, und Gelächter wurde laut.
»Hört nicht auf die alte Kuh!« donnerte George. »Ich hätte sie schon längst auf die Weide schicken sollen.«
Noch mehr Gelächter.
»Im Ernst, Leute«, fuhr George fort, »es ist mir eine echte Freude, heute alle meine alten Freunde hier zu sehen. Einige sind ein bißchen älter, als ich sie in Erinnerung hatte.« Ausgelassenes Lachen. »Aber das macht nichts – was bedeuten schon ein Toupet und falsche Zähne unter Freunden?«
Die Leute brüllten.
»Vermutlich fragt ihr euch, was der Captain hier in der Stadt zu suchen hat. Warum er nicht in Palm Beach bei seinem stinkreichen Ehekreuz auf dem Hintern hockt? Das wüßtet ihr wirklich gern, wie?«
»Los, raus damit«, kreischte Pamela, die das Ganze genoß.

»Es gibt ein Comeback«, röhrte George. »Ihr wißt, was das ist – Frankie-Boy macht es jedes Jahr einmal.«
»Weiter!« rief jemand.
»Ich spiele in einem Film meiner Freunde Oliver Easterne und Neil Gray, weil Neil doch tatsächlich Pamela einreden konnte, daß sie hier eine großartige Zeit verleben würde, und weil Oliver mir ein Angebot gemacht hat, das nicht mal ich ablehnen konnte. Außerdem haben sie Burt nicht gekriegt ...«
Er röhrte weiter, aber weder Elaine noch Ross hörten ihm zu. Sie sahen sich entsetzt an. George Lancaster spielte in *Menschen der Straße?* George Lancaster, der laut seiner liebenden Tochter Karen die Rolle vor zwei Monaten abgelehnt hatte? Und sie veranstalteten die Party für ihn! Gaben ein Vermögen aus, das sie gar nicht besaßen ...
Elaine konnte es nicht glauben. Am liebsten hätte sie aufgegeben und sich ins Bett verkrochen.
Ross war wie vom Donner gerührt. Er hatte gewußt, daß es seine Rolle war. Hatte sich eingeredet, nur er könne sie so spielen, wie sie gespielt werden mußte. Und mit Sadie La Salle an seiner Seite ...
Er schmeckte im Mund die Bitterkeit der Enttäuschung, die seinen ganzen Körper überschwemmte.

40

Die Maschine der American Airlines war bis auf den letzten Platz besetzt, doch das störte Millie nicht. Sie flog zum ersten Mal, und ihre Aufregung war geradezu rührend.
Auch Leon war aufgeregt, freilich aus anderen Gründen.
Seltsam, wie das Schicksal manchmal spielte. Man wartete und wartete, daß etwas passiere, und nichts geschah. Dann wurde man selbst aktiv, schmiedete Pläne – und schon tat sich was.
Über Computer waren zwei Berichte eingetroffen. Der erste be-

traf einen Doppelmord in Pittsburgh. Eine Dirne und ihr Zuhälter waren erstochen und verstümmelt worden. Der zweite betraf den Mord an einer Anhalterin in Texas. In beiden Fällen hatte Deke Andrews Spuren hinterlassen – deutliche Fingerabdrücke.
Leon erwog, den Urlaub zu streichen, um die neue Entwicklung zu untersuchen. Er konnte es Millie jedoch nicht antun, es wäre zu grausam gewesen.
Ein junger Detective namens Ernie Thompson wurde nach Pittsburgh und Texas geschickt, um die neuen Spuren zu überprüfen. Thompson sollte Leon Bericht erstatten, wo immer er sich gerade aufhielt. Keine besonders befriedigende Lösung. Leon hätte sich lieber selbst an Ort und Stelle umgesehen, aber unter den gegebenen Umständen mußte es eben so gehen.
»Ich kann noch gar nicht glauben, daß wir wirklich unterwegs sind!« Millie drückte seinen Arm und küßte ihn auf die Wange.
Er legte den Arm um sie. Ja, sie waren unterwegs – offenbar in die selbe Richtung wie Deke Andrews.

41

Sie waren untrennbar verbunden. Gina Germaine, die zweitpopulärste Blondine Amerikas, und Neil Gray, der angesehene, hochgeehrte Filmregisseur.
Gina, aufgespießt wie ein Köderfisch, wimmerte ununterbrochen.
Neil, gefangen im Gegenstand seiner Begierde wie eine Fliege in den Fängen einer Gottesanbeterin, stöhnte nur. Er fühlte sich schwach. Der Schmerz war vergangen, aber seine Heftigkeit entsetzte Neil, und die Situation, in der er sich befand, jagte ihm Entsetzen ein. Er war erschöpft und fiebrig. Viel zu müde, um etwas anderes zu tun, als schlapp auf Gina liegenzubleiben und darauf zu warten, daß sie ihn aus ihrer tödlichen weiblichen Falle entließ.

Thiou-Ling, nicht länger das gefügige süße Lustobjekt, hatte alles in ihrer Macht Stehende getan, um sie zu trennen. Unter anderem hatte sie kaltes Wasser über den Unterleib geschüttet, heftig an Neils unteren Regionen gezogen und sie dick mit Vaseline eingeschmiert. Nichts hatte geholfen.
»Verdammt noch mal, Gina!« fauchte Thiou-Ling, die plötzlich einen derben New Yorker Straßenslang sprach. »Hör auf mit deiner beschissenen Hysterie, und sag mir, was ich tun soll.«
»O Gott«, wimmerte Gina. »Was habe ich verbrochen, um das zu verdienen?« Sie wand sich unbehaglich unter Neils Gewicht. Ihr war, als habe jemand eine kalte Gurke in sie hineingerammt und dort gelassen. Sie wußte, daß sie überschnappen würde, wenn nicht bald etwas geschah.
»Vielleicht sollte ich den Notarzt rufen«, sagte Thiou-Ling.
»Um Himmels willen, nein!« stieß Gina hervor. »Wir würden für ewige Zeiten zum Gespött. Probier's noch mal mit kaltem Wasser. Himmel, tu etwas!«

Der kleine Volkswagen schoß wie eine Rakete auf die Straße. Als Montana den Sunset Boulevard erreichte, fuhr sie zum Benedict Canyon Drive statt in Richtung Hollywood.
»Hm, äh, ich glaube, Sie haben vergessen abzubiegen«, sagte Buddy.
»Nein, das hab' ich nicht«, erwiderte sie tonlos. »Ich möchte nur etwas nachprüfen. Sie haben doch nichts dagegen, oder?«
Wie sollte er? Schließlich gehörte der fahrbare Untersatz ihr.
Der Wagen brummte den Benedict Canyon Drive hinauf, bog rechts in die Tower Road ein, dann noch schärfer rechts in den San Ysidro Drive und hielt am Straßenrand, gegenüber einem schmiedeeisernen Tor.
Montana stellte die Zündung ab, schüttelte eine Zigarette aus einer vollen Packung, zündete sie an, inhalierte tief und sagte: »Würden Sie mir einen Gefallen tun?«
Buddy nickte. »Ihnen – immer.«

»Ich komme mir ziemlich blöd vor, weil ich Sie darum bitte«, fuhr sie zögernd fort.
Er hatte keine Ahnung, was es sein mochte. Hoffentlich nichts Sexuelles, dachte er. Sie war eine schöne Frau, aber er wollte, daß er seine Rollen bekam, weil er Talent hatte und nicht wegen seiner Leistungsfähigkeit als Mann.
»Was kann ich für Sie tun?«
Sie zog an ihrer Zigarette und starrte, ohne etwas zu sehen, aus dem Wagenfenster. »Klettern Sie über das Tor dort, und schauen Sie nach, ob auf der Auffahrt oder in der Garage ein silberfarbener Maserati steht.«
Er überlegte. Wie sollte er über das Tor kommen? Drübersteigen? Und was dann, wenn der Besitzer ihn für einen Einbrecher hielt – um ein Uhr morgens naheliegend – und auf ihn schoß? Es war eine bekannte Tatsache, daß die meisten Bewohner von Beverly Hills bis an die Zähne bewaffnet waren, wie für eine Revolution.
»He, hören Sie –«, begann er.
»Sie müssen nicht«, unterbrach sie ihn ruhig.
»Wem gehört das Haus?« fragte er, um Zeit zu gewinnen.
»Gina Germaine.«
Sein sprichwörtliches Pech. Das Haus eines Filmstars. Vermutlich schliefen bewaffnete Leibwächter auf ihrer Schwelle.
»Ich tu's«, sagte er widerwillig. Schließlich hatte sie ihm die Rolle des Vinnie gegeben, und irgendwie mußte er sich dafür revanchieren.
Kritisch betrachtete er das schwere Eisentor. Es war über drei Meter hoch und oben mit Spitzen versehen. »Scheiße«, murmelte er, zog das weiße Jackett aus, faltete es zusammen und legte es auf den Boden. Wieder musterte er das Tor. Auf beiden Seiten schloß sich eine mit einem elektrischen Zaun gesicherte, gut fünf Meter hohe, undurchdringliche Hecke an. Um in das Grundstück hineinzukommen, gab es keine andere Möglichkeit, als über das Tor zu klettern.

Erst jetzt bemerkte er die beiden Schilder, auf jedem Torflügel eines. Links: ACHTUNG, BISSIGE HUNDE und rechts: BEWAFFNETER SICHERHEITSDIENST WESTEC.
»Was habe ich hier bloß zu suchen?« knurrte er vor sich hin und malte sich die Szene aus: Buddy Hudson bekommt die Chance seines Lebens und endet zwischen den Fängen einer dänischen Dogge oder wird – schlimmer noch – von einem Wachmann erschossen.
Er lief zum Wagen zurück, wo Montana allein im Dunkeln saß.
»Sie hat Hunde und bewaffnete Wächter«, sagte er.
»Achten Sie nicht auf die Schilder, die hat jeder.«
Großartig. Vielen Dank. Um ihr Fell geht es ja nicht.
Zögernd kehrte er zum Tor zurück und begann vorsichtig hinaufzuklettern. Zum Glück erleichterte ihm das Art-déco-Design den Aufstieg, doch er hatte Mühe, über die Spitzen zu kommen. Er fühlte, wie seine Hose riß, und das machte ihn wirklich sauer. Leise fluchend stieg er hinüber.
Auf der anderen Seite befand sich eine steile Auffahrt, die von in regelmäßigen Abständen angebrachten grünen Lampen beleuchtet wurde. Er sprintete mit angehaltenem Atem hinauf, wobei er sich immer am Rand der Fahrbahn hielt und inständig hoffte, nicht von einem wachsamen Schäferhund gestellt zu werden.

Plötzlich kam ihr der Gedanke, daß nur Oliver ihnen helfen konnte. Wenn nicht er den Mund hielt, wer dann? Der Regisseur seines Films, der Star seiner nächsten Produktion waren in Schwierigkeiten. Es war einfach seine Pflicht. Wozu waren Produzenten da, wenn nicht dazu, einem aus der Klemme zu helfen?
»Ruf Oliver Easterne an«, sagte sie stöhnend zu Thiou-Ling, die sich inzwischen angezogen hatte und darauf wartete, schnell verschwinden zu können.
»Wen?« fragte sie schnippisch.
»Mach schon!« kreischte Gina. »Und frag nicht!« Sie versuchte Neils schweren Körper wegzuschieben, sie trommelte auf seine

Brust, sie stöhnte wieder. Neil atmete mühsam. Er hatte das Bewußtsein verloren, was sie schrecklich wütend machte. Schließlich lag sie unter ihm begraben. Er war überhaupt keine Hilfe gewesen, hatte nur schlapp auf ihr gelegen wie ein riesiger Koloß. »Hol einen Arzt«, hatte er gekeucht, bevor er ohnmächtig wurde. Dieser englische Idiot! Glaubte er wirklich, sie ließe es zu, daß ein Arzt sie beide so sah? »Oliver Easternes Nummer ist in meinem Buch auf dem Schreibtisch, versuch es – bitte. Gib mir den Hörer, wenn du ihn am Apparat hast. Ich glaube, ich muß sterben.«

»Heb dir das Theater für die Leinwand auf, Schwester«, sagte Thiou-Ling.

»Was?« ächzte Gina.

»Vergiß es«, sagte Thiou-Ling, die Olivers Nummer gefunden hatte. »Hoffentlich ist dieser Mensch daheim, denn ich muß jetzt gehen.«

»Was mußt du?« stieß Gina empört hervor. »Du steckst da genauso tief drin wie ich, du chinesische Schnepfe.«

»Ich bin keine Chinesin, sondern Asiatin.« Thiou-Ling lächelte unergründlich. Sie wußte, daß sie gehen würde, sobald Oliver Easterne eintraf. So etwas wirkte sich nachteilig aufs Geschäft aus, und für Thiou-Ling kam das Geschäft immer zuerst.

Das Telefon riß ihn aus seinen angenehmen Träumen.

»Oliver«, keuchte Gina Germaine hysterisch. »Ich brauche Sie! Kommen Sie schnell!«

Er schlüpfte hastig in einen dunkelblauen Kaschmirpullover, Jeans mit untadeligen Bügelfalten und weiche italienische Slipper. Sein Haar war ein wenig zerzaust, aber um es ordentlich zu kämmen, hätte er mehr Zeit gebraucht.

Gina Germaines hysterischer Anruf hatte ihn nervös gemacht. Telefonanrufe mitten in der Nacht waren besonders unheilvoll und dieser bestimmt keine Ausnahme. Er raste durch die verlassenen Straßen von Beverly Hills, schluckte während der Fahrt ein paar Glückspillen, fluchte vor sich hin und fragte sich, was wohl passiert war.

Vor dem in spanischem Stil erbauten Haus am Ende der Auffahrt lag ein rechteckiger Hof, und aus fast allen Fenstern fiel helles Licht. Den silberfarbenen Maserati brauchte Buddy nicht zu suchen, er stand direkt vor der Haustür.
Buddy hielt sich im Schatten. Eines Tages würde er auch ein Haus mit scharfen Hunden und bewaffneten Wachleuten haben. Eines Tages. Bald. Allerdings wollte er dafür sorgen, daß seine Hunde frei umherliefen und jeden armseligen Halunken packten, der über sein Tor stieg.
Er machte kehrt, lief die Auffahrt wieder hinunter und fühlte dabei nach dem Riß in seiner Hose – mindestens fünfundzwanzig Zentimeter lang. Leise stieß er ein paar Flüche aus.
Das Surren der sich elektrisch öffnenden Türflügel jagte ihm panischen Schrecken ein. Er blieb wie erstarrt stehen. Die Scheinwerfer eines mit hoher Geschwindigkeit fahrenden Wagens kamen näher. Gerade noch rechtzeitig warf sich Buddy ins Gebüsch, landete unsanft auf dem rechten Arm und spürte einen heftigen, stechenden Schmerz. Er stöhnte auf. Der Boden unter ihm war naß, da die Rasensprenger immer in Betrieb waren. Buddy merkte, daß er im Dreck lag.
Ein Hund begann zu bellen.

Eine sanfte kleine Asiatin öffnete Oliver die Haustür.
Er mochte Orientalinnen, sie wußten, wohin sie gehörten. »Oliver Easterne«, sagte er freundlich. »Miss Germaine hat mich gerufen.«
»Wo bleiben Sie denn so lang, verflucht?« antwortete die gar nicht so sanfte Asiatin grob. »Kommen Sie mit.«
Verärgert über diesen Empfang, folgte er ihr nach oben ins Schlafzimmer. Der Anblick, der sich ihm dort bot, war verblüffend – gelinde ausgedrückt. Gina Germaine, das amerikanische

Sexsymbol, streckte alle viere von sich und sah aus wie ein an den Strand geworfener weißer Fisch. Auf ihr lag schlaff Neil Gray und stellte seinen behaarten nackten Hintern zur Schau.

»Verfluchte Scheiße!« rief Oliver. »Haben Sie mich aus dem Bett geholt, damit ich Ihnen beim Ficken zuschaue? Ich hab' so was schon öfter gesehen, wissen Sie – freilich mit Schauspielern einer besseren Kategorie.«

»Sie Idiot!« kreischte Gina, ihre ganze Kraft zusammennehmend. »Tun Sie was, verdammt noch mal! Sie sind doch hier der Produzent!«

42

»Ich suche eine Frau«, sagte Deke tonlos.

Das dickliche weibliche Wesen in dem roten Pullover und dem kurzen schwarzen Rock, dem ein Kind rittlings auf der Hüfte saß, antwortete lachend: »Tun das nicht alle?«

Sie stand in der Tür ihres schäbigen Hauses und wartete auf eine nähere Erklärung.

»Ich suche Mrs. Carrolle«, sagte Deke und fummelte nach seinem Zettel, obwohl er genau wußte, was darauf stand. »C-a-r-r-o-l-l-e«, wiederholte er langsam.

Die Frau schüttelte leicht den Kopf. »Kenn ich nich!« Dem Kind lief die Nase, und die Frau wischte sie geistesabwesend mit dem Handrücken ab. »Kenn ich nich«, wiederholte sie.

»Wer ist da?« fragte eine männliche Stimme, und gleich darauf kam ein untersetzter kleiner Mann aus dem Haus. »Ja, bitte?« bellte er. »Was wollen Sie?«

Deke stellte den Fuß in den Türspalt. »Wer hat vor Ihnen hier gewohnt?« fragte er kalt.

Irgend etwas in diesen Augen – sie waren so leer und hart – warnte den Mann, und er unterdrückte seinen Protest. »So 'ne alte Hexe.«

»Hieß sie Carrolle?«

»Weiß ich nich.« Der Mann versuchte die Tür zu schließen, doch Deke nahm den Fuß nicht weg.

»Was will er?« flüsterte die Frau so laut, daß Deke es hörte. »Warum geht er nich?«

»Wo kann ich erfahren, wer früher hier gewohnt hat?« fragte Deke, bittere Enttäuschung in den schwarzen Augen.

»Ich denke, Sie könnten's bei dem Kerl probieren, von dem wir das Haus gemietet haben«, antwortete der Mann, der Deke von seiner Tür weghaben wollte. »Er wird's Ihnen sagen können. Wir wissen nix.«

»Gar nix«, bekräftigte seine Frau. »Wir kümmern uns um keinen.«

Der Mann ging hinein und kam wenig später mit einem Zettel wieder, auf den er einen Namen und eine Adresse gekritzelt hatte. »Sie könn' den geldgierigen Geizhals für uns dran erinnern, daß er uns schon seit fünf Jahren 'n neues Dach verspricht.«

Deke griff nach dem Zettel, nahm den Fuß aus der Tür und ging ohne ein weiteres Wort die Straße hinunter. Er schritt rasch aus, blickte starr vor sich hin. Papier. Kleine Zettel. Und alle führten irgendwohin …

Sie saßen in einer Bar. Deke trank Coca-Cola ohne Alkohol, während Joey hintereinander drei Cola-Rum kippte.

»Schon spät«, sagte sie. »Wann erwarten uns deine Leute?«

»Irgendwann«, antwortete er. »Egal, wann.«

»Wieso?« fragte sie. »Sind sie nich neugierig auf mich?«

»Klar sind sie das«, erwiderte er und dachte an die Worte seiner Mutter. Sie hatte ihn angesehen, als fühle sie, daß mit diesem Mädchen etwas anders war. »Bring sie her, wenn du mußt«, hatte sie gesagt.

»Sollen wir zum Abendessen kommen?« hatte er gewagt zu fragen.

»Nach dem Abendessen. Ich koche nicht für eine billige Schlampe, die ich nicht einmal kenne.«

»Sie ist keine billige Schlampe«, hatte er protestiert.
Seine Mutter hatte schief gelächelt. »Wenn du sie aufgelesen hast, ist sie eine.«
»Gehen wir«, winselte Joey. »Ich sag dir, Cowboy, noch 'n Drink, und ich kotz sie an.«
Deke sah auf seine Armbanduhr. Halb zehn. »Mir ist nicht gut«, sagte er.
»Versuch bloß nich wieder zu kneifen! Diesmal nützt's dir nix.«
»Ich versuche nicht zu kneifen.« Er war empört.
»Na klar doch«, murmelte sie.
Er holte tief Luft. »Wir gehen jetzt. Bist du fertig?«
Joey zog einen schmutzigen Blechspiegel aus ihrer Handtasche und musterte ihr Gesicht. Dann kramte sie nach einem Lippenstift und trug noch mehr Farbe auf. »Will nett aussehn für deine Mama«, sagte sie. »Frauen achten auf das Make-up und so 'n Zeug. Haste ihr gesagt, daß ich 'n Mannequin bin, wie ich's dir aufgetragen hab'?«
»Ich habe es vergessen.«
»Ah, Schei-ße. Das hätt sie bestimmt super gefunden. Manchmal bist du richtig dumm.«
Er packte sie am Handgelenk. »Sag so etwas nicht.«
Sie befreite sich. »Okay, okay. Du weißt, daß ich's nich so gemeint hab'.« Im Kleinkinderton fuhr sie fort: »Lächle mal, Cowboy. Ich bin dein kleines Mädelchen.« Spielerisch kniff sie ihn ins Ohr. »Mädelchen liebt großen Jungen sehr.«
Er entspannte sich.
Sie atmete erleichtert auf. Noch eine Verzögerung durfte es nicht geben, sie wollte Mama und Papa endlich kennenlernen. Die beiden mochten sie bestimmt, wenn sie sie erst mal näher kannten, und dann würde alles ganz einfach sein. Irgendwo mußte sie hingehören. Achtzehn Jahre alt und schon völlig ausgebrannt. Seit ihrem dreizehnten Lebensjahr lag sie auf der Straße. Leicht war das nicht gewesen, aber sie war durchgekommen. Sie hatte gehofft, daß es mit dem Bullen klappen würde. Der erste Mann, der

sie freundlich behandelte. Aber als sie ihn angerufen hatte, um ihm eine letzte Chance zu geben, hatte er so getan, als wisse er nicht, wer sie sei. Und hatte aufgehängt, das Schwein.
Leon, der Bulle, am Ende genauso wie alle anderen.
Dann war Deke gekommen. Sie hatte von Anfang an gewußt, daß er ein Spinner war. Aber sie ging vorsichtig mit ihm um und kriegte schnell heraus, welche Knöpfe sie bei ihm drücken mußte, damit er funktionierte, wie sie wollte.
Die Aussicht auf ein Familienleben begeisterte Joey. Sie würde Mrs. Deke Andrews mit einer Mama und einem Papa sein – seiner Mama und seinem Papa, aber die beiden würden sie liebgewinnen wie eine eigene Tochter.
Sie seufzte. Deke war besser als nichts. Er sah nicht schlecht aus. Wenn er sich bloß die schauderhaften schulterlangen Haare abschneiden ließe. Seine Mutter fand sein Haar abscheulich, das hatte Joey von ihm erfahren. Zusammen würden sie erreichen, daß er es abschnitt. Wenn Deke und sie erst mal verheiratet waren, würde sie eine Menge Dinge tun.
»Okay, okay, Cowboy.« Sie zwinkerte fröhlich. »Das Mädelchen is soweit.«

Eine solche Hitze hatte er noch nie erlebt. Es war Wüstenhitze, alles durchdringend und erstickend.
Er betrat einen Frisiersalon und verlangte, daß man ihm die Haare abschnitt und den Schädel rasierte.
»Sie wollen, daß ich alles wegnehme?« fragte der alte Mann, dem der Laden gehörte.
Deke nickte.
»Haben Sie eine Infektion? Dagegen gibt es Lotionen.«
»Können Sie mir den Kopf kahlscheren oder nicht?«
»Was sind Sie? Einer von diesen Sektenbrüdern?«
Deke bejahte. Es schien ihm am einfachsten.
Sein geschorener Schädel gefiel ihm. Sah sauber und schön aus. Wie ein Anfang. Sehr passend für den Hüter der Ordnung.

Man sagte ihm, wo die neue Adresse zu finden war, die er suchte. In einem einstöckigen Bürogebäude, in einer ruhigen Straße. Eine Sekretärin saß allein am Empfang und knabberte an einem Stück Möhre. Vor ihr auf dem Tisch lag ein aufgeschlagenes Exemplar der Zeitschrift *Us*, in der sie aufmerksam las. »Alle beim Lunch«, sagte sie zu Deke und wandte sich wieder dem Artikel über Tom Selleck zu.

»Vielleicht können Sie mir helfen«, sagte Deke.

Ohne aufzusehen entgegnete sie: »Ich bin nur eine Vertretung.«

»Sie wissen doch, wo die Akten sind, oder? Ich brauche nur die neue Adresse von Nita Carrolle.«

Sie musterte ihn kurz. Sein Aussehen gefiel ihr nicht. »Kommen Sie in einer Stunde wieder.«

Er wollte keine Zeit vergeuden. »Sind Sie allein hier?« fragte er.

Sie war allein, dachte jedoch gar nicht daran, es diesem Widerling auf die Nase zu binden. »Nein, bin ich nicht. Also gehen Sie schon.«

Er bewegte sich rasch, fegte die Zeitschrift vom Tisch und drehte ihr die Arme nach hinten.

»Zeigen Sie mir die Aktenablage, dann tue ich Ihnen nichts.« Seine Stimme war ein tödliches Flüstern.

Sie begann zu zittern. Er war wahnsinnig, das hätte sie auf den ersten Blick erkennen müssen. »Sie kahlköpfiger Dreckskerl«, stieß sie hervor, immer noch zitternd, aber entschlossen, nicht schwach zu werden. »Ich bin schon mal vergewaltigt worden, und das passiert mir kein zweites Mal.« Sie hob die Stimme. »Wenn Sie mich anrühren, bringe ich Sie um – Sie verdammtes Dreckschwein.«

Er war überrascht, aber auch merkwürdig glücklich über ihre Reaktion. Eigentlich hatte er ihr nichts tun wollen, doch die Botschaft, die sie aussandte, war klar und deutlich. Sie verlangte danach.

Verdammnis.

Dreckschwein.

Vergewaltigung.
Das Messer lag in seiner Hand, bevor er es recht merkte. Ihr Hals bot sich ihm willig dar. Schließlich war er der Hüter der Ordnung. Es gab gewisse Dinge, die er tun mußte.

43

Die letzten Gäste verabschiedeten sich fünf Minuten nach zwei. Ross behielt sein krampfhaftes Lächeln bei, bis die Tür hinter ihnen ins Schloß fiel. Dann ging er durch die leeren Räume zur Bar, setzte sich mit einem doppelten Scotch mürrisch mitten in das verödete Schlachtfeld und wartete darauf, daß Elaine kam, ihn um Verzeihung bat und ihn tröstete.
Er wartete zehn Minuten. Da sie nicht erschien, machte er sich auf die Suche nach ihr. Er fand sie in seinem Ankleidezimmer, wo sie wütend Kleidungsstücke in einen offenen Koffer warf.
Eine Weile beobachtete er sie verdutzt, dann begriff er, was sie tat. »Verdammt, was machst du da?« brüllte er, obwohl ihm klar war, daß sie dabei war, ihn hinauszuwerfen.
»Ich – habe – genug – Ross«, stieß sie gepreßt hervor, das Gesicht von Zorn entstellt. »Wie – kannst – du – es – wagen? Wie kannst du nur! Mit – meiner – besten Freundin. Du betrügerischer Mistkerl!«
Er hatte in sehr jungen Jahren gelernt, immer alles abzustreiten. »Ich weiß nicht, wovon du redest«, sagte er, um einen empörten Ton bemüht.
»Komm mir nicht damit!« fauchte sie und schmiß Seidenhemden auf maßgefertigte Schuhe. »Heb dir deine Schauspielerei fürs Kino auf.«
Er hatte in sehr jungen Jahren gelernt, daß Angriff die beste Verteidigung ist. »Du mußt gerade reden! Was ist denn mit dir und diesem zu groß geratenen Surfer?«
Sie wollte eben einen Yves-Saint-Laurent-Pullover in den Koffer

bugsieren und hielt mitten in der Bewegung inne. »Wag du ja nicht, mir etwas vorzuwerfen! Ich war dir eine wunderbare Frau. Eine große Hilfe – auch wenn du es nicht zu schätzen weißt.« Sie schleuderte ihm den Pullover ins Gesicht und tobte: »Karen Lancaster, ausgerechnet! Ich dachte, du hättest mehr Geschmack!«

Ihm ging der Gaul durch. »Wie kommst du denn auf die Idee? Schließlich habe ich auch dich geheiratet, nicht wahr?«

Sie knallte den Koffer zu und beförderte ihn mit einem Tritt in seine Richtung. »Raus!« zischte sie.

Er war nicht bei Verstand, sonst wäre er nie und nimmer gegangen.

»Raus!« wiederholte sie.

»Keine Sorge, ich gehe. Ich hab' deine beschissene ewige Nörgelei satt bis obenhin.«

Sie begleitete ihn zur Tür. »Morgen rufe ich Marvin Mitchelson an«, verkündete sie. »Und wenn ich mit dir fertig bin, wirst du dir keine andere Milch mehr leisten können als die aus Karen Lancasters Titten.«

»Geh zum Teufel, du ewig jammerndes Miststück. Wenigstens stiehlt sie nicht.«

»Raus!« kreischte Elaine, und ehe er sich's versah, stand er auf seiner Zufahrt. Es war halb drei Uhr früh, und er wußte nicht, wohin.

Bevor Buddy aufgesprungen und zum Tor gelaufen war, hatte es sich wieder geschlossen. Weit weg hörte er noch immer einen Hund bellen, doch das Gebell kam zu seiner Erleichterung nicht näher. Ein toller Hund an der Kehle hätte ihm gerade noch gefehlt.

Sein Arm schmerzte von dem Sturz. Vielleicht war er gebrochen. Wen konnte er dafür haftbar machen? Bestimmt nicht Gina Germaine. Nächster Gedanke: Konnte er mit einem gebrochenen Arm den Vinnie spielen? Ein noch wichtigerer: Konnte er mit ei-

nem gebrochenen Arm über das Tor klettern? Er versuchte es, scheiterte aber kläglich und zerriß sich auch noch das Seidenhemd.
»Montana!« rief er eindringlich in die Dunkelheit.
Sie lief über die Straße zu ihm. »Worauf warten Sie?«
»Ich habe mir den Arm verletzt. Ich glaube nicht, daß ich's noch mal übers Tor schaffe.«
Durch das Schmiedeeisen sahen sie sich ratlos an.
»Sie müssen es versuchen«, drängte Montana. »Wir können nicht länger hierbleiben. Durch dieses Viertel fahren ständig Streifenwagen.«
»Schöne Aussichten«, entgegnete er bitter.
»Kommen Sie«, schmeichelte Montana, »Sie sind doch durchtrainiert. Klettern Sie mit einem Arm hinauf, und werfen Sie sich rüber.«
Da es keine andere Möglichkeit zu geben schien, befolgte er ihren Rat. Mit einem harten Aufprall und einem schmerzlichen Stöhnen landete er auf dem Gehsteig. Im Nebenhaus begannen zwei Hunde zu bellen.
»Verschwinden wir hier«, sagte Montana und lief zu ihrem Volkswagen.
Bevor er hinterherkam, hatte sie schon den Motor angelassen und war startbereit. Er ließ sich auf den Beifahrersitz fallen, und sie brausten los.
Sie schwiegen ein paar Minuten, dann fragte Montana sachlich: »War der Maserati da?«
»Ja – er war da. He, hören Sie, ich flachse nicht. Ich glaube, ich habe mir den Arm gebrochen.« Er hielt inne und wartete auf ein Wort des Mitgefühls, doch sie schwieg.
»Verdammt noch mal!« rief er. »Jetzt hab' ich mein Jackett vor dem Tor auf dem Boden liegenlassen. Wir müssen zurück.«
»Ich fahre nicht zurück.«
»Kommen Sie, es ist mein bestes Jackett. Armani. Außerdem steckt mein ganzes Geld in der Tasche.«

»Ich kaufe Ihnen ein neues Jackett und ersetze Ihnen das Geld. Wieviel war es?«

Ein Dollar fünfzig … Er hatte zwar beschlossen, ein anständiges Leben anzufangen, aber Not war Not. Außerdem konnte er ihr das Geld ja zurückzahlen, wenn er wieder bei Kasse war. »Sechshundert Dollar«, sagte er, vorsichtig zwischen zuviel und zuwenig abwägend.

Eben näherten sie sich dem Sunset Boulevard, und Montana bremste jäh. O nein, dachte er, sie fährt tatsächlich zurück.

Sie wendete, fuhr wieder den Benedict Canyon Drive hinauf und bog dann scharf rechts in die Lexington Road ein.

»Ich nehme Sie nach Hause mit«, sagte sie entschieden. »Dort kann ich mir Ihren Arm ansehen und Ihnen Geld geben. Einverstanden?«

Warum hätte er etwas dagegen haben sollen?

Buddy schlenderte in dem sparsam möblierten modernen Wohnzimmer umher. Das Pochen in seinem Arm ließ nach, vielleicht war er doch nicht gebrochen.

»Wo – äh – wo ist Ihr Mann?« fragte er beiläufig. Die Frage beschäftigte ihn schon die ganze Nacht.

Montana drehte an der Kombination des Wandsafes, der hinter einem Gemälde versteckt war, und antwortete nicht.

»Sollte ich ihn nicht kennenlernen?« fuhr Buddy fort. »Haben ihm meine Probeaufnahmen gefallen? Was hat er gesagt?«

Sie öffnete den Safe, nahm ein Bündel Scheine heraus und begann Hundertdollarnoten abzuzählen. Dann reichte sie ihm ein Dutzend. »Zwölfhundert Dollar. Das sollte den Verlust Ihres Bargelds und den Schaden an Ihrer Kleidung decken.«

Er hätte sie küssen können und hatte gleichzeitig Gewissensbisse.

»Übrigens«, fuhr sie fort, »ich habe mit Sadie La Salle gesprochen. Sie läßt Ihnen sagen, daß Sie morgen vormittag um elf in ihrem Büro sein sollen.«

Er hatte offenbar eine Glückssträhne. »He, das ist großartig.«
Sie nahm sich eine Zigarette vom Tisch und zündete sie an. »Nicht der Rede wert. Jetzt lassen Sie mal Ihren Arm sehen.«
»Ich glaube, ich bin nur ungeschickt gefallen«, sagte er und beugte und streckte ihn abwechselnd.
Sie bestand darauf, sich den Arm anzuschauen, tastete mit den langen, spitz zulaufenden Fingern nach gebrochenen Knochen. »Sie werden am Leben bleiben«, verkündete sie.
Jetzt fühlte sich Buddy wirklich mies. Wie konnte er bloß Geld von ihr schnorren? Er hatte doch mehr Stil. »Äh – hören Sie«, begann er reumütig, »in meinem Jackett waren keine sechshundert Dollar. Ich habe nur – äh – Spaß gemacht.«
Sie musterte ihn ernst. »Brauchen Sie das Geld?«
Er nickte.
Sie zog nachdenklich an ihrer Zigarette. »Betrachten Sie es als Darlehen. Wenn Sie Ihren ersten Gagenscheck kriegen, erwarte ich es zurück – mit Zinsen.«
»Sie sind eine tolle Lady!«
»Danke«, erwiderte sie trocken. »Sagen Sie mir nicht, wie großartig ich bin, denn im Moment komme ich mir gemein und bösartig und alles andere als toll vor.« Sie schien sofort zu bereuen, sich ihm anvertraut zu haben, wenn auch nur mit ein paar wenigen Worten. »Nehmen Sie sich was zu trinken«, sagte sie schroff. »Ich ziehe mich um, dann fahre ich Sie heim.«
»Sie brauchen sich nicht zu bemühen. Ich kann mir ein Taxi rufen.«
»Ich habe Ihnen eine Fahrt nach Hause versprochen, und die kriegen Sie. Außerdem ist mir nach Fahren zumute.«
Als sie den Raum verlassen hatte, schaute er sich um. Die Einrichtung war bequem und modern, der Blick über Hollywood grandios. Auf einem Kaffeetisch stand eine silbern gerahmte Fotografie von Neil Gray mit der Widmung: *Meiner geliebten M – die mich wieder leben lehrte.*
Montana fegte herein, bekleidet mit hautengen, verschossenen

Jeans, die sie in ziemlich abgetretene Cowboystiefel gesteckt hatte, und einem einfachen weißen T-Shirt. »Kommen Sie, Star«, sagte sie und warf den Safe zu. »Schaffen wir Sie heim – ich möchte nicht, daß Sie morgen mit Tränensäcken bei Sadie erscheinen, denn ich habe Sie als bestaussehenden Schauspieler seit Marlon in *Endstation Sehnsucht* angepriesen.«
Eines mußte man Montana lassen, sie verstand es, die richtigen Dinge zu sagen.

Valium hatte sie beruhigt.
Sie wußte, daß sie zu viele nahm, aber was machte das schon? Es kam nicht jeden Tag vor, daß man fast verhaftet wurde, die sensationellste Party der Stadt gab und dann noch den Ehemann vor die Tür setzte.
Elaine nickte grimmig. Der Mistkerl verdiente es. Wenn er auf dem Drahtseil balancieren wollte, mußte er damit rechnen herunterzufallen.
Mach einen Punkt, Elaine. Du hättest ihn nie hinausgeworfen, wenn du eine Chance gesehen hättest, daß er die Rolle in dem Film kriegt.
Halt dein mieses Maul, Etta. Du weißt gar nichts.
Ich weiß, daß du ein elendes Beverly-Hills-Frauenzimmer geworden bist. Er hat es also mit Karen getrieben. Na, und du mit Ron, oder?
Das ist nicht dasselbe.
Wer sagt das?
Ihre Vergangenheit und ihre Gegenwart. Sie wünschte, sie könnte die Vergangenheit auslöschen. Ein für allemal. Warum mußte sie ständig an die plumpe Etta Grodinski erinnert werden?
Ross hätte dich heute abend gebraucht.
Ross weiß nicht, was dieses Wort bedeutet.
Ihr war nach Weinen zumute. Aber sie sagte sich, daß dann zu allem anderen auch noch geschwollene rote Augen kämen. Also verzichtete sie darauf.

Elaine Conti. Getrennt lebende Frau. Was würde sie tun? Mit wem würde sie verkehren? Wie würde sie zurechtkommen?
Die Frauenbewegung hatte sie nie interessiert. Frauen waren dazu da, gut auszusehen und Gastgeberin zu spielen. Männer waren dazu da, Geld zu verdienen.
Blanker Schwachsinn.
Ich habe ein Recht auf eine eigene Meinung.
Sie wanderte ziellos durch das leere Haus, kontrollierte die Alarmanlage und die sonstigen Sicherungen gegen Einbrecher zum zweitenmal und wünschte, sie hätte eine Katze – einen Hund – irgend etwas.
Sie mochte nicht allein sein. Es war ein großer Fehler gewesen, Ross hinauszuwerfen. Er war zwar ein Mistkerl, aber wenigstens ihr Mistkerl. Morgen holte sie ihn zurück.

Montana war traurig, als sie mit Buddy den Hügel hinunterfuhr. Traurig um ihret-, aber vor allem um Neils willen. Sie hatte soviel mehr von ihm erwartet. Daß er ihr gemeinsames Leben aufs Spiel setzte, um mit einer Gina Germaine ins Bett zu gehen – was für ein Jammer. Denn eine Zeitlang hatten sie etwas wirklich Gutes gehabt …
Wie konnte er so verdammt idiotisch sein und fünf herrliche Jahre zum Fenster hinauswerfen. Und wofür? Für eine vollbusige Filmkönigin?
Einen Moment lang war sie zornig. Wie konnte er das nur tun? Wie konnte er ihr Vertrauen so verraten? Doch dann erkannte sie, daß Zorn nichts half. Er hatte es getan. Wozu noch grübeln? Es war sinnlos. Jetzt galt es zu entscheiden, ob sie in Los Angeles bleiben sollte, bis der Film gedreht war, oder ob sie es allen leichtmachen und aus der Stadt verschwinden sollte.
Halt, warum soll eigentlich ich gehen? dachte sie wütend. Warum soll ich einen Film aufgeben, in den ich so viel investiert habe? Soll ich ihn etwa Neil, Oliver und George überlassen, damit sie ihn total verpfuschen?

Sie schmiedete Pläne. Als erstes würde sie ausziehen – Neil konnte das Haus haben, sie wollte keinen roten Cent von seinem Geld. Sie würde Kleider, Schallplatten und Bücher mitnehmen. Nicht mehr. Und ihren Wagen, den sie ohnehin selbst bezahlt hatte. Auf ihrem Bankkonto lag genügend Geld, damit sie sich über Wasser halten konnte, bis sie sich darüber klargeworden war, was sie als nächstes anfangen wollte. Instinktiv wußte sie, daß Neil sie nicht kampflos gehen lassen würde. Er würde alle nur denkbaren Ausreden und Entschuldigungen vorbringen. Armer Neil – er tat ihr fast leid.

Buddys Stimme riß sie aus ihren Gedanken. »Sie fahren in die falsche Richtung.«

»Wirklich?« sagte sie ausdruckslos. »Wahrscheinlich habe ich zuviel im Kopf.«

Er lachte. »Ich freu mich, daß man meine Gegenwart so deutlich fühlt.«

Sie blitzte ihn mit ihren Tigeraugen an. Wie unglaublich schön sie doch ist, dachte er. Schön auf eine wilde, sinnliche Art.

Aber sie hatte auch Sorgen. Er hatte sich viel zu sehr mit sich selbst beschäftigt, um zu merken, daß sie ebenfalls Probleme hatte.

Sie nahm Tempo weg, suchte nach einer Stelle zum Wenden.

»Wenn Sie ein bißchen rumfahren wollen, ich komme gern mit«, sagte er.

Der Gedanke, daß er bei ihr bleiben wollte, tat ihr gut. Wortlos trat sie das Gaspedal durch und jagte den kleinen Wagen mit quietschenden Reifen um die Kurven und Biegungen des Sunset Boulevard. »Jetzt hätte ich gern einen Ferrari«, sagte sie leise.

Er nickte und überlegte, was sich hier eigentlich abspielen mochte. Neil Gray nicht auf der Party. Gina Germaine nicht auf der Party. Ein silberfarbener Maserati vor dem Haus des blonden Filmstars. Man brauchte kein Kojak zu sein, um sich ein Bild zu machen.

Er beugte sich vor und drückte ein Band in den Kassettenre-

corder. Stevie Wonder, *»That Girl«.* Gute Musik auf dem ganzen Weg zum Strand und zwischen ihnen freundschaftliches Schweigen.
Wie wäre es, wieder frei zu sein? fragte sich Montana. Sie würde Neil vermissen, aber wie überraschend köstlich der Gedanke an Freiheit doch war!
Buddy dachte an Angel, an die Rolle und nicht zuletzt daran, daß ihn morgen die legendäre Sadie La Salle empfangen wollte. Dann verdüsterte sich sein Gesicht, weil ihm der Mann auf der Party einfiel – Wolfie Schweicker – und die Erinnerungen auf ihn einstürmten, die er nie abschütteln konnte.
Montana fuhr ein ganzes Stück den Pacific Coast Highway entlang und hielt schließlich an einer Stelle des Steilufers, die einen herrlichen Blick auf das dunkle, tosende Meer bot.
»Laufen wir ein Stück?« fragte sie.
»Warum nicht?«
Sie verließen den Wagen und stiegen den Abhang zum Strand hinunter. Die Flut kam herein, sie blieben stehen, und Montana zog die Stiefel, Buddy Schuhe und Socken aus.
»Als ich nach L. A. kam, habe ich eine Zeitlang am Strand gelebt«, sagte er. »Das ist jetzt die beste Zeit. Kein Mensch da.« Er atmete tief ein. »Wissen Sie, was ich vermisse? Den Geruch.«
Montana lächelte in der Dunkelheit: »Auf den ersten Blick erwecken Sie den Eindruck, der Draufgänger des Jahres zu sein – aber in Wirklichkeit sind Sie gar nicht so, wie? Sie sind liebevoll und nett, und das kommt auch auf der Leinwand rüber. Es ist eine großartige Mischung. Verlieren Sie sie nicht.«
Noch nie hatte ihn jemand liebevoll und nett genannt. Und doch – warum nicht?
»He …« murmelte er, wußte nicht, was er sagen sollte.
Sie lachte leise: »Gehen wir, Buddy.«

Der goldfarbene Corniche raste zuerst in Richtung Century City zu Karens Apartment, wendete dann mitten auf der Fahrbahn,

fuhr zurück zu Sadie La Salles Haus in Bel-Air und hielt schließlich vor dem Beverly Hills Hotel – dem Heim der Stars. Ross bekam natürlich eine Suite, obwohl das Hotel wie üblich ausgebucht war.
»Ich bin ein Freund der Besitzerin, Mrs. Slatkin«, sagte er zum Nachtportier.
»Kein Problem, Mr. Conti, für Sie haben wir immer Platz«, erwiderte der Nachtportier beflissen.
Sehr schön. Wenn Elaine ihn draußen haben wollte, dann blieb er auch draußen. Heute nacht hatte sie sich ihm zu erkennen gegeben, das gefühlskalte, herzlose Miststück. Sie wußte besser als sonst jemand, was *Menschen der Straße* für ihn bedeutete. Darum hätte sie für ihn dasein müssen.

Buddy hatte sich noch nie bei einer Frau so wohl gefühlt. Ohne daß es ihm bewußt wurde, waren Frauen für ihn der Feind. Man bekämpfte, überlistete oder eroberte sie. Mit Montana war es anders. Mit ihr konnte er wirklich reden, und das tat er auch. Er vergaß ihre Probleme und schüttete zum ersten Mal jemandem sein Herz aus. Als er, vom Tosen der Brandung begleitet, neben ihr am dunklen Strand entlangging, fiel es ihm fast leicht, von sich zu erzählen. Und nachdem er einmal angefangen hatte, konnte er nicht mehr aufhören. Montana schien aufrichtig an seiner Lebensgeschichte interessiert, so armselig sie auch war.
Er begann bei seiner Kindheit, sprach über San Diego und sprudelte mit einemmal alles hervor. Die zwei einschneidendsten Ereignisse allerdings verschwieg er: den Mord an Tony und die Nacht, in der seine Mutter zu ihm gekommen war.
Er schilderte ihr, wie er nach L. A. gekommen war – jung und ohne einen Cent in der Tasche. Erzählte von den Tagen am Strand und vom Schauspielunterricht bei Joy Byron. Dann von den Nächten in Hollywood, von dem Dreck, in dem er bis an den Hals gesteckt hatte, den Drogen, den Enttäuschungen und den Hoffnungen, die sich nie verwirklicht hatten. Er kam bis Hawaii

und brach dann ab. Aus irgendeinem Grund mochte er Angel nicht erwähnen. Sie war sein Geheimnis. »Dann bin ich zurückgekommen«, schloß er, »hab' von Ihrem Film gehört, und – äh – hier sind wir.«

Es war kurz vor Sonnenaufgang, als sie wieder in den Wagen stiegen. Die ersten Jogger tauchten bereits am Horizont auf.

Montana fühlte sich wesentlich wohler, nachdem sie ihm zugehört hatte. Zuhören bedeutete, daß man nicht an seine eigenen Probleme denken mußte.

Eine Weile saßen sie schweigend im Wagen und beobachteten die aufgehende Sonne. Dann fragte Montana: »Wie geht's Ihrem Arm?«

»Den hab' ich ganz vergessen.« Er beugte und streckte ihn versuchsweise. »Nichts. Wie finden Sie das?«

»Wissen Sie, was ich möchte«, sagte sie rauh. »Ich möchte mit Ihnen schlafen – weil ich Sie mag und glaube, Sie mögen mich auch – und weil ich es jetzt brauche. Keine feste Beziehung. Einfach nur – Zusammensein.« Ihre wilden Tigeraugen sahen ihn erwartungsvoll an.

Er hatte eigentlich nicht an Sex mit ihr gedacht.

Aber ganz unbewußt hatte er es sich gewünscht, seit sie ihr Haus verlassen hatten.

Oliver hatte einen teuren und diskreten Arzt. Nach einem genaueren Blick auf das unglückliche Paar rief er ihn sofort an. Der Notarzt wäre bestimmt schneller da gewesen, aber Himmel, welche Schlagzeilen! In dieser Hinsicht dachten Gina und er gleich. Es gab – wenn auch selten – Situationen, in denen die Presse aus dem Spiel bleiben mußte.

»Ich fühle mich gräßlich«, jammerte Gina. »Ich bin krank, Oliver. Bitte helfen Sie mir.«

Für ihn sah sie nicht krank aus. Sie bestand nur aus riesigen Titten und aus Hintern. Üppige Frauen hatten ihn nie gereizt. Oliver mochte sie unterentwickelt, gepflegt und sehr, sehr sauber.

Er wandte die Augen von Ginas wogendem Milchladen ab und musterte Neil forschend. Er sah wirklich krank aus. Sein Gesicht war grün, und er atmete mühsam.
Oliver verstand nichts von Erster Hilfe. Er hatte keine Ahnung, was er tun sollte. Ganz bestimmt wollte er die beiden nicht anfassen – allein der Gedanke widerte ihn an. Während er auf den Arzt wartete, tat er also das für ihn Natürlichste. Er griff nach dem nächstbesten Aschenbecher und begann ihn zu säubern.

In einem Motel am Meer lagen sie nackt und entspannt auf dem Wasserbett. Sie hatten sich stürmisch und schnell geliebt, und jetzt redete Montana. Ruhig erzählte sie ihm Bruchstücke aus ihrem Leben, vertraute ihm Gedanken, Ansichten, Ideen an. Neil erwähnte sie mit keinem Wort.
Später liebten sie sich noch einmal, langsam und mit Genuß.
Montana war sehr sinnlich und aggressiv, was Buddy erregte, weil er es an einer Frau nicht kannte. Sie hatte einen wunderbaren Körper, schlank und katzenhaft, breite Schultern, hohe Brüste, eine schmale Taille und endlos lange Beine. Ihre samtige Haut schimmerte wie dunkles Olivenöl, und sie war eine phantastische Liebhaberin. Schnell und geschickt fand sie heraus, was ihn scharfmachte, streichelte seinen Hals, seine Brust, ließ die Hände langsam, ganz langsam weiter nach unten gleiten, umfaßte sein Glied und neigte den Kopf darüber, um es mit der Zunge zu liebkosen.
Buddy schob die Hände in ihr langes schwarzes Haar und hielt ihren Kopf fest. Am liebsten wäre er in ihrem Mund gekommen, aber er wollte sie auch schmecken. Also löste er sich von ihr, wechselte die Position und vergrub den Kopf zwischen ihren Schenkeln.
Sie verstanden es, sich gegenseitig in höchste Lust hineinzusteigern, denn sie waren meisterliche, aufmerksame Partner in einem Spiel, das sie beide genossen. Montana brachte es die Entspannung, die sie brauchte. Fünf Jahre nur Neil. Sie hatte fast

die ungeheure Erregung vergessen, die ein neuer Körper bedeutete.

Stumm führten sie das Spiel zu Ende.

Beide näherten sich dem Höhepunkt.

Buddy hatte gedacht, er sei einmalig, weil er beim Liebesspiel immer stumm blieb. Doch in Montana hatte er eine Seelengefährtin gefunden. Mit einem langen, zufriedenen Seufzer entspannte sie sich schauernd. Und als Buddy ihr Beben fühlte, kam auch er.

Es war fast vier Uhr. Engumarmt schliefen sie ein.

Die Stimmen spielender Kinder weckten sie ein paar Stunden später. Sonne fiel ins Zimmer, und im ersten Moment wußte Buddy nicht, wo er war. Dann fiel ihm alles wieder ein, und er tastete automatisch nach seiner Armbanduhr.

Acht Uhr neunundvierzig, und um elf sollte er bei Sadie La Salle sein. Höchste Zeit aufzustehen. Er berührte Montana leicht an der Schulter.

Sie murmelte etwas und streckte sich wie eine Tigerin.

»Es ist fast neun«, sagte er rasch. »Und ich muß mich umziehen, bevor ich zu Sadie La Salle gehe. Schaffen wir das?«

»Himmel, du bist morgens ja ein richtiger Romantiker.«

Er grinste. »He – was erwartest du von mir? Geschäft ist Geschäft. Ich brauche einen Agenten, oder?«

Sie zog sich ein Laken über den nackten Körper und erwiderte mit gespielter Strenge: »Das sagst du mir? Schließlich habe ich den Termin vereinbart. Geh du zuerst ins Bad, ich bestelle uns unterdessen Kaffee. Keine Sorge, ich setze dich vor zehn bei deiner Wohnung ab.«

»Du bist Spitze!« Er lief ins Bad.

Montana griff nach dem Telefon neben dem Bett. »Zweimal Kaffee und Orangensaft.« Sie fühlte sich überraschend wohl. Sex war eine ausgezeichnete Therapie für sie gewesen. Vielleicht war es töricht, aber irgendwie schien ihr das Konto zwischen Neil und ihr ein bißchen ausgeglichener.

Sie schaltete den Fernseher ein und suchte so lange, bis sie den richtigen Kanal fand und das vertraute Gesicht von David Hartman sie begrüßte. »Guten Morgen, Amerika«, sagte sie leise. Während einige Werbespots über den Bildschirm flimmerten, fragte sie sich, was Neil zu sagen haben würde. Natürlich würde er lügen. Wie deprimierend, das alles mit ihm durchmachen zu müssen.

»Hier ist Angela Black mit den Nachrichten«, sagte die schöne Sprecherin auf dem Bildschirm.

Wahrscheinlich eine ehemalige Schauspielerin, dachte Montana und hörte nur halb hin. Die Nachrichten waren ohnehin alle schlecht. Es war jeden Tag dasselbe.

»Filmregisseur Neil Gray wurde in den frühen Morgenstunden mit einem schweren Herzinfarkt ins Krankenhaus eingeliefert. Ein Sprecher des Cedars of Lebanon Hospital sagte, daß er auf der Intensivstation liegt und sein Zustand stabilisiert werden konnte. In New York hat Senator …«

Montana schaltete das Gerät aus. Sie konnte kaum denken …

Neil – ein Herzanfall – schwerer Infarkt – Intensivstation …

Benommen schüttelte sie den Kopf. Dann raffte sie sich auf, schlüpfte hastig in ihre Kleider und rief laut nach Buddy.

»Was ist los?« Tropfnaß kam er aus dem Bad gelaufen.

»Ein Notfall«, sagte sie gepreßt. »Wir müssen weg. Sofort.«

44

Ernie Thompsons Anruf kam, als Millie mit der Instamatic-Kamera in der Hand neben Leon stand. Sie trug ein helles Sommerkleid und weiße Sandaletten, was ihrer bronzebraunen Haut schmeichelte. Leon und sie wollten eben zu einer Stadtrundfahrt durch San Diego aufbrechen. Leon hätte sie liebend gern gebeten, ohne ihn zu fahren, aber sie war so glücklich, daß er es nicht übers Herz brachte.

»Geben Sie mir Ihre Nummer, ich rufe zurück«, sagte er widerstrebend zu Ernie.
»Wer war das?« fragte Millie, nachdem er aufgelegt hatte.
»Nicht wichtig. Dienstlich.«
Sie zog eine Braue hoch, schwieg jedoch. Wenn Leon bereit war, ihr etwas zu sagen, würde er es tun. Sie hielt nichts von neugieriger Einmischung.
Sie vergnügten sich den ganzen Tag damit, die Sehenswürdigkeiten von San Diego zu besichtigen. Vielmehr – Millie vergnügte sich. Leon trottete nur hinter ihr her, fragte sich, was Ernie zu berichten hatte, und überlegte, wie er sich absondern könne.
In San Diego mieteten sie einen Wagen, denn sie wollten nach Los Angeles weiterfahren und unterwegs in Catalina und Long Beach Station machen. Es war ihr letzter Abend in San Diego, und ein Ehepaar, das sie bei der Besichtigungstour kennengelernt hatten, schlug ihnen vor, gemeinsam nach La Jolla zum Essen zu fahren. Leon sagte nein, Millie ja. Leon hatte sich in Tijuana den Magen verdorben und benutzte die Magenverstimmung jetzt als Vorwand, um sich auszuschließen. Er drängte Millie, ohne ihn zu fahren.
»Dich allein lassen?« protestierte sie. »Das kann ich unmöglich.«
»Wenn du mir versprichst, bis elf zurück zu sein, werde ich's überleben.«
La Jolla lockte Millie. Sie hatte gehört, es sei ein malerischer kleiner Badeort und nur zwanzig Minuten entfernt. Dem Vernehmen nach gab es dort pittoreske Gartenrestaurants und interessante Geschäfte. Angeblich mußte jeder einmal in La Jolla gewesen sein.
Sie zögerte. »Wenn es dir wirklich nichts ausmacht, fahre ich.«
Sobald sie weg war, rief er Ernie an. Sie sprachen zwanzig Minuten lang. Leon fragte, wiederholte, prägte sich jede Information ein. Er machte sich Notizen und bat Ernie, ihm die getippten Berichte ins Holiday Inn nach Los Angeles zu schicken.
Deke Andrews war also endlich aufgetaucht. In Pittsburgh und

Texas. Der Schweinehund war irgendwo dort draußen und hinterließ Spuren. Irgendwann würden sie ihn fassen. Und Leon wollte dabeisein.

45

Die Nachricht von Neil Grays Herzinfarkt verbreitete sich wie ein Lauffeuer in Beverly Hills. Herzinfarkte waren immer ein heißes Thema in der Stadt. Jeder hatte ein eigenes Rezept, um sich davor zu bewahren.

Man muß sich fit halten.

Man muß seine Cholesterinwerte niedrig halten.

Man muß Vitamine schlucken.

Man muß die Drogen aufgeben.

Man muß joggen, laufen, hüpfen, springen, stemmen ... Man muß trainieren!

O ja, und möglichst oft ficken, das meinte ein dreiundzwanzigjähriger Studioleiter, der nicht einmal wußte, was ein Herz ist.

Pikante Geheimnisse haben es schwer, Geheimnisse zu bleiben – besonders in Hollywood, dem Mekka des Klatsches.

»Angeblich war er bei Gina Germaine.«

»Weißt du, daß man sie zusammen ins Krankenhaus brachte, ineinander wie zwei sich paarende Hunde?«

»Hast du schon gehört, sie haben gekokst.«

»... Gras geraucht ...«

»... Amphetamine geschluckt ...«

»... Speed gespritzt ...«

»Er ist natürlich schwul.«

»Sie ist 'ne Lesbe.«

»Eine Orgie haben sie veranstaltet.«

O Klatsch! O Hollywood! Wieviel Spaß alle an den Gerüchten, den Anspielungen, dem Schmutz hatten.

Montana hastete ins Krankenhaus, wie sie war, in Jeans und T-

Shirt, das lange Haar eine wilde, wehende Mähne. Fotografen standen wartend Spalier, Vertreter von Presse, Funk und Fernsehen drängten sich am Eingang.
»Warum waren Sie nicht bei ihm?«
»Mit wem war er beisammen?«
»Wo waren Sie?«
»Wieso war er nicht auf George Lancasters Party?«
»Irgendein Kommentar?«
»Können Sie uns etwas für unsere Zuschauer sagen?«
Montana lief wortlos vorbei und einem von Oliver Easternes Laufjungen in die Arme, der sie nach oben brachte.
»Wo waren Sie?« rief Oliver ihr entgegen. Er war bisher rastlos im Krankenhausflur auf und ab gegangen, blieb jetzt stehen und sah sie vorwurfsvoll an. »Was für einen Eindruck macht das wohl auf die Presse? Ein Mann erleidet einen Herzinfarkt, und seine Frau ist unauffindbar.«
»Wie geht es ihm?«
»Himmel! Sie fragt, wie es ihm geht! Er liegt auf der Intensivstation, so geht es ihm. Er ringt um sein Leben, seit er eingeliefert wurde.«
Sie bemühte sich um Ruhe. »Was ist passiert?«
Er wußte nicht, ob er ihr die Wahrheit sagen oder lügen sollte. Montana war klug. Sie war nicht leicht hinters Licht zu führen, und er selbst hatte ihr auf der Party gesagt, daß Neil bei Gina war.
Er faßte sie am Arm. »Man hat mir hier ein Zimmer zur Verfügung gestellt. Dort können wir reden.«
»Ich möchte Neil sehen.«

»Und wer war noch da, Herzchen?« fragte Koko. »War es himmlisch? Haben Sie sich fabelhaft amüsiert? Strahlen Sie heute vor Freude?«
Angel lächelte matt.
»Hat Mrs. Liderman haufenweise Diamanten getragen?« fragte Koko aufgeregt weiter. »Hat sie mit ihren Glitzerchen Pamela

London übertroffen? Ist George Lancaster phantastisch? Was ist mit Richard Gere? Hat er himmlisch ausgesehen? Wer war alles da, meine Liebe? Erzählen Sie!«
Buddy war da, hätte sie am liebsten gesagt. Ich weiß, daß ich ihn vergessen muß, aber ich liebe ihn so sehr, daß es schmerzt. Und er macht sich nicht einmal mehr etwas aus mir, sonst wäre er zurückgekommen.
»Es war phantastisch, Koko«, sagte sie und heuchelte Begeisterung. Sie wußte, wie enttäuscht er gewesen wäre, hätte sie ihm den Abend nicht in glühendsten Farben geschildert. »Absolut einmalig!«

Nachdem er Montana vor dem Krankenhaus abgesetzt hatte, raste Buddy zu Randys Wohnung. Montana hatte ihm den Volkswagen geliehen, so daß er wenigstens wieder mobil war. Er machte sich Sorgen wegen des Films. Wenn Neil Gray im Krankenhaus lag, mußte es eine Verzögerung geben. Sein sprichwörtliches Pech wieder mal.
Er stürmte in die kleine Wohnung. Zu seiner größten Überraschung war Randy zu Hause. Er lag quer über dem Bett und schlief. Buddy wollte sich nur rasch umziehen und möglichst schnell wieder weg. Sadie La Salle durfte er auf keinen Fall warten lassen. Aber was anziehen? Bestes Jackett, beste Hose, bestes Hemd ruiniert. Er öffnete den vollen Schrank, sah nichts, zog die Fensterjalousie hoch.
»Zieh das verdammte Rollo herunter und hau ab«, knurrte Randy nervös. »Ich will schlafen.«
Eine schöne Begrüßung. Hastig schaute Buddy seine Sachen durch, die auf einer Seite des Schranks hingen. Er holte sein zweites Armani-Jackett hervor. Es war zerdrückt und hätte in die Reinigung gehört, aber es mußte eben gehen. Das Hemd und die Hose, die er dazu aussuchte, waren in keinem besseren Zustand. Er fluchte leise und begann sich umzuziehen.
Randy setzte sich auf und sah ihn böse an. »Verflucht, such dir

eine eigene Wohnung, Buddy. Ich bin kein Wohlfahrtsinstitut und hab' die Schnauze voll von dir, Mann.«
»Klappt es mit Maralee nicht?« fragte Buddy mitfühlend.
Randy ging nicht darauf ein. »Zieh Leine«, fauchte er, »und komm ja nicht wieder! Laß den Schlüssel da und schick mir das verdammte Geld, das du mir schuldest.«
Buddy packte hastig seine Sachen in einen Koffer. Man konnte Randy keinen Vorwurf machen, er war zu lange geblieben.

Montana hatte nicht damit gerechnet, Neils Exfrau gegenübertreten zu müssen, die früher im Krankenhaus gewesen war als sie. Doch sie verlor nicht die Fassung, stellte sich mit einem kurzen Händedruck vor und empfand es als tiefe Demütigung, fragen zu müssen: »Haben Sie ihn gesehen?«
Maralee, die sich vor der Intensivstation postiert hatte, schüttelte die blonden Locken. »Keine Besuche erlaubt«, sagte sie.
Ich bin seine Frau, dachte Montana. Ich gehe zu ihm, ob es denen paßt oder nicht.
Ein Arzt erschien. Er sah gut aus, war etwa vierzig und wirkte übertrieben gepflegt. Montana mißtraute ihm auf den ersten Blick. Gucci-Schuhe und dicke Goldketten unter einem gestärkten weißen Mantel flößten ihr Unbehagen ein.
»Mrs. Gray?« fragte er glatt und ging ohne Zögern auf Maralee zu.
»Ja«, piepste Maralee. Sie gehörte zu jenen Frauen, die in Streßsituationen eine atemlose Kleinmädchenstimme bekommen.
»Ich bin Mrs. Gray«, sagte Montana mit Nachdruck und trat zwischen die beiden.
Der Arzt musterte sie verwirrt. Sie bemerkte, daß er sich die Brauen zupfte und die dunklen Ringe unter den Augen mit hauchdünn aufgetupfter Covercreme abdeckte.
Seine Verwirrung wich einem Lächeln, als ihm einfiel, daß hier ja ›tiefstes‹ Hollywood war. »Ah!« Er seufzte verständnisvoll. »Sie sind beide Mrs. Gray.«

»Eins mit Stern, Doktor«, fauchte Montana. »Können wir irgendwo ungestört reden?«
»Sind Sie die derzeitige Mrs. Gray?«
Montana versagte sich eine sarkastische Antwort und nickte.
Er führte sie in sein Sprechzimmer. Maralee wollte mitkommen, doch ein Blick von Montana hielt sie auf.
»Mrs. Gray«, sagte der Arzt, preßte die Finger zusammen und sah sie offen an. »Ihr Mann ist schwer krank.«
»Das ist mir klar, Doktor. Ich möchte gern genau wissen, was passiert ist.«
Er nahm einige Papiere vom Schreibtisch und studierte sie aufmerksam. »Haben Sie schon mit Mr. Easterne gesprochen?«
»Ja, aber er hat mir nichts gesagt. Wurde mein Mann von Oliver Easterne hergebracht?«
Der Arzt zögerte einen Moment. »Mr. Easterne hat mich gerufen. Ein Glück, daß er zu dem Zeitpunkt bei Ihrem Mann war.«
Aber Oliver war auf der Party gewesen. Warum hätte er weggehen und Neil besuchen sollen? Sie runzelte die Stirn. Neils Maserati hatte vor Gina Germaines Haus gestanden, und während sie dem Tor gegenüber auf Buddy gewartet hatte, hatte ein Auto mit beträchtlicher Geschwindigkeit das Tor passiert. Das konnte durchaus Oliver gewesen sein.
Neil mußte den Herzinfarkt bei Gina bekommen haben. Gina hatte Oliver gerufen. Und Oliver hatte den Arzt kommen lassen, der nun zweifellos die ganze Sache vertuschen sollte.
»Wodurch wurde der Infarkt ausgelöst?« fragte sie kalt.
Er zuckte mit den Schultern. »Wer weiß das schon? Durch Überarbeitung, fettes Essen, Streß ...«
»Sex?«
Er war kein Schauspieler. Das schlechte Gewissen stand ihm in das gutgeschnittene Gesicht geschrieben. »Vielleicht Sex. Alles kann diese ...«
»Mit Gina Germaine?« unterbrach ihn Montana.
Nun runzelte der Arzt die Stirn. Der Teufel sollte Oliver Easterne

und seine Vertuschungsversuche holen. Die Frau wußte Bescheid. Wahrscheinlich auch das ganze Krankenhaus. Es kam nicht jeden Tag vor, daß in der Notaufnahme ein Paar eingeliefert wurde, das chirurgisch getrennt werden mußte und dessen eine Hälfte ein Filmstar war.

Er seufzte. »Sie kennen offenbar die näheren Umstände, Mrs. Gray. Leider sind wir alle menschlich, und ich bin überzeugt, es ist Ihr größter Wunsch, daß Mr. Gray wieder gesund wird und das Krankenhaus bald verlassen kann.« Er änderte den Tonfall, statt des verständnisvollen Freundes sprach nun der sachliche Arzt. »Er hat zwei Herzattacken erlitten. Die erste, bevor wir ihn hier einlieferten, und die zweite, nachdem Miss Germaine und er – äh – getrennt wurden.«

Montana glaubte nicht recht gehört zu haben.

»Wie bitte?« fragte sie, plötzlich schaudernd und frierend.

Behutsam erklärte er: »Vaginismus. Ein starker Krampf der Scheide, die sich so zusammenzog, daß Mr. Gray nicht – ah ...« Sie hörte nicht mehr zu. Ihr war übel. Schlimm genug, daß Neil die Herzattacken erlitten hatte. Aber die Umstände! Ein paar unzusammenhängende Worte des Arztes drangen in ihr Bewußtsein.

»... entkräftet und schwach – bewußtlos – Puls und Blutdruck gleich Null ... Wiederbelebung erbrachte gute Resultate ... Zustand jetzt stabil ... weiter auf der Intensivstation ... Was möglich ist, wird getan.«

Schwäche kroch in ihrem Körper hoch. Ein beengendes Gefühl. Und plötzlich brach sie ohnmächtig zusammen.

Diskrete Geräusche auf dem Flur vor seinem Zimmer – klappernde Tabletts, geflüstertes Spanisch – weckten Ross Conti. Er streckte und räusperte sich. Was für eine Wonne, allein zu schlafen, dachte er. Dann fiel ihm George Lancasters Rede ein, und er verzog finster das Gesicht. Auch eine Möglichkeit, einen Film kaputtzumachen! George Lancaster war ein miserabler Schauspieler. Das wußte jeder.

Ross' Miene wurde noch düsterer, als er zum Telefon griff und ein großes Frühstück bestellte.
Elaine wollte also aussteigen … Na gut, er hatte nichts dagegen. Elaine die Nörglerin. Elaine der Quälgeist. Elaine die Ladendiebin. Er hatte es satt, ständig gegängelt zu werden. »Tu dies, tu das, halte Diät, geh zur Gymnastik, du bist dick, du bist alt, du wirst kahl.«
Ihm ging das Haar nicht aus. Dafür aber ihr. Ganze Büschel blieben in ihrer Bürste zurück – das hatte er selbst gesehen. Schadenfroh nahm er sich vor, es ihr zu sagen.
Wann denn? Du gehst doch nicht zu ihr zurück, du Idiot.
Er stand auf und packte seinen Vuitton-Koffer aus, in dem das totale Chaos herrschte. Wenigstens hatte sie ihm anständige Sachen mitgegeben. Obwohl es ihm eigentlich scheißegal war. Ihn interessierten Etiketten herzlich wenig, er hatte sich nie was daraus gemacht. Elaine war diejenige, deren Leben im Zeichen berühmter Markenetiketten stand.
Er gähnte laut. »Das tut man nicht!« hätte Elaine gesagt. Er furzte – ein regelrechtes Trompetensignal. »Himmel, Ross, du bist absolut widerlich«, hätte Elaine ihn gerügt. Als ob sie nie Blähungen hätte! Wenn er es recht überlegte, furzte sie vielleicht wirklich nicht. Aber hätte jemand Modellfurze mit schönen Etiketten erfunden …
Ross lachte vergnügt. Er würde die Sache überleben. Wenn er zu Hause auszog, brauchte er nie mehr die mit der Morgenpost kommenden Rechnungen zu sehen.
Der Zimmerservice erschien mit einem Wagen voller Köstlichkeiten. Frisch ausgepreßtem Orangensaft, heißem Kaffee, Corned-beef-Haschee mit zwei Spiegeleiern, Buchweizentoast und Bratkartoffeln. Heißhungrig machte er sich darüber her.
Eigentlich hätte er Karen anrufen sollen, aber er hatte keine Lust. Ihr Benehmen auf der Party war ihm unangenehm gewesen. Sie hatte keinen Anspruch auf ihn. Außerdem wollte er seine neue Freiheit richtig genießen. Ihm fielen sofort mehrere Frauen ein,

die er gern näher kennengelernt hätte – zum Beispiel Gina Germaine.
Er lächelte vor sich hin und versuchte die Enttäuschung über den Verlust der Filmrolle und den Hinauswurf aus seinem Haus zu vergessen. Am Nachmittag würde er Sadie La Salle sehen, und wenn jemand die Talfahrt einer Karriere aufhalten konnte, dann sie.

Das Unvorstellbare war also geschehen. Montana hätte nie geglaubt, daß Neil in die klar erkennbare Falle eines nach Beachtung gierenden vollbusigen Filmstars tappen würde. Aber wie sich zeigte, war er eben auch nur ein Mann. Sein Verrat schmerzte sie, weil sie viel mehr von ihm erwartet hatte. Es tat weh, daß er schwach war. So schwach, daß er sich fast umgebracht hätte.
Sie haßte ihn nicht. Liebte ihn aber auch nicht. Sein Verhalten hatte sie empfindungslos gemacht. Er hatte alles zerstört, was sie gehabt hatten, es existierte nicht mehr.
Sie machte Pläne. Solange er im Krankenhaus lag, blieb sie bei ihm. Aber wenn er entlassen wurde – nun, für sie gab es kein Zurück.

Elf Uhr. Pünktlichkeit war eine Vorstufe des Starruhms. Trotz seiner zerdrückten Kleidung strahlte Buddy Selbstsicherheit aus.
»Miss La Salle«, sagte er zu der Empfangsdame, die damit beschäftigt war, ihre Nägel zu feilen.
»Wer?« fragte sie kurz.
»Miss La Salle.«
Das brachte sie auf die Palme. Sie redete nicht gern. »Sie sind – wer?«
»Buddy Hudson.«
Sie sah im Terminkalender nach, wies auf einen Sessel, sagte: »Warten Sie.« Dann gab sie seinen Namen durch eine Wechselsprechanlage weiter.

Aus fünf Minuten wurden zehn. Er blätterte mehrere Zeitschriften durch, darunter *Time* und *Dramalogue.*
Aus zehn Minuten wurden zwanzig. Er dachte kurz an Angel und durchlebte in Gedanken noch einmal die Nacht mit Montana. Eine phantastische Frau. Er hoffte, daß sie Freunde blieben. Sex mit ihr – genauso phantastisch wie sie selbst. Sie hatten ihn beide in diesem Moment gebraucht – aber es war nichts von Dauer. Er wußte, daß Montana genauso empfand.
Ein Summer erklang. »Gehen Sie«, sagte das Mädchen vom Empfang und zeigte auf einen langen Flur mit mehreren Türen. Eine Sekretärin in rotem Kleid kam ihm entgegen. »Willkommen, Buddy.« Sie lächelte. »Bitte hier entlang.«
Sie führte ihn zum Ende des Flurs und öffnete die Tür eines Vorzimmers, in dem ein tippender Mann saß. Er sah auf und schätzte mit einem Blick Buddys körperliche Vorzüge ab. »Guten Tag«, sagte er. »Sadie ist gleich für Sie frei. Setzen Sie sich.«
»Das ist Ferdie Cartright«, stellte die Sekretärin vor. »Miss La Salles persönlicher Assistent.« Sie lächelte kurz und ging.
Buddy setzte sich. Sein Hemd war unter den Armen völlig verschwitzt. Hoffentlich drang der Schweiß nicht durchs Jackett.
Ferdie beendete seine Tipparbeit mit einer schwungvollen Handbewegung und zog den Bogen aus der Maschine. »Geschafft!« rief er. »Ein persönliches Schreiben von Sadie an Barbra.«
Buddy schaute vor sich hin und probte stumm die Begrüßungsworte: »Miss La Salle, von diesem Tag habe ich geträumt, seit ich nach Hollywood kam.«
Schwachsinn.
»Sadie. Sie und ich – wir sind füreinander geschaffen.«
Noch schlimmer.
»Sadie La Salle«, voll Respekt gesagt, »eine Legende in dieser Stadt.«
O Scheiße!
»Miss La Salle empfängt Sie jetzt«, sagte Ferdie, nachdem der Summer dreimal kurz geknarrt hatte.

Buddy sprang auf. Seine Gelassenheit war in sämtliche Himmelsrichtungen zerstoben. Er folgte Ferdie, der ihn durch die Tür in das sagenumwobene Allerheiligste führte.
»Miss La Salle, darf ich Ihnen Buddy Hudson vorstellen«, sagte Ferdie förmlich.
Sie saß an einem großen antiken Schreibtisch, auf dem sich Drehbücher stapelten. Eine Frau mittleren Alters mit kurzgeschnittenem schwarzem Haar und einem nichtssagenden Gesicht, in dem allerdings die riesigen, klaren schwarzen Augen auffielen. Nicht attraktiv. Nicht unattraktiv. Irgend etwas an ihr kam ihm bekannt vor, aber er wußte nicht, was es war.
Sie rauchte ein dünnes Zigarillo, mit dem sie Buddy einen Wink gab. Er setzte sich.
Sadie sah sofort, was Montana gemeint hatte. Der Junge betrat nicht ihr Büro, er schlenderte mit einem ganz besonderen, aufreizenden Hüftschwung herein. Er hatte einen prächtigen Körper – das sah man sogar durch die Kleider. Und obwohl er dunkelhaarig war, mußte sie bei seinem Anblick an ihre erste Begegnung mit Ross denken. Derselbe Gang. Derselbe Hüftschwung. Dieselbe direkte Sinnlichkeit, die einem die Luft abschnüren konnte. Diese Sinnlichkeit hatte sie seinerzeit ausgenutzt, um Ross zum Star zu machen. Welche Herausforderung, es noch einmal zu tun! Oh, sie hatte viele Stars geschaffen, aber keinen mehr auf dieselbe Weise.
Wie würde sich Buddy auf Riesenplakaten von Küste zu Küste ausnehmen? Genau dieselbe Werbekampagne nach so vielen Jahren noch einmal. Abgeschnittene, verwaschene Jeans und der Aufdruck: WER IST BUDDY HUDSON?
Die Idee faszinierte sie.
Er saß nervös auf der Stuhlkante und hatte seine einstudierten Formulierungen längst vergessen. Sie musterte ihn, als sei er ein Preisbulle, und er fühlte sich sehr unbehaglich dabei.
Endlich sagte sie: »Freut mich, daß Sie kommen konnten, Buddy. Montana Gray hat Sie in höchsten Tönen gepriesen. Ich habe

heute früh Ihre Probeaufnahmen gesehen und muß ihr beipflichten.«
»Wirklich?« Er war wie elektrisiert. Endlich schien er Glück zu haben. Alles fügte sich zum Guten. »Da bin ich aber froh«, sagte er.
»Sie werden noch viel mehr als das sein, wenn ich mit Ihnen fertig bin. Sie wären gern ein Star, nicht wahr? Nun, ich bin diejenige, die Sie dazu machen kann.«
Er glaubte, nicht recht gehört zu haben. Doch andererseits hatte er immer erwartet, daß man genau das eines Tages zu ihm sagen würde.
Schwarze Augen begegneten schwarzen Augen.
»Ich bin bereit«, sagte er.
»Das weiß ich«, antwortete sie.

46

Deke wußte, daß ein Strom lebendiger Kraft durch seinen Körper floß. Er hatte ihn schon lange in sich anschwellen gefühlt. Und seit sein Kopf geschoren war, konnte sich diese Kraft frei entfalten. Er konnte jetzt alles tun, was er wollte, denn die Aura dieser Kraft schützte ihn. Er war unbesiegbar. Er allein ging durch eine Welt des Abschaums. Und nur er konnte die Menschen von sich selbst befreien, wenn er wollte.
Es war eine Rettungstat, eine Kehle aufzuschlitzen und zu beobachten, wie das Blut floß. Der Hüter der Ordnung mußte nicht mehr vorsichtig sein. Er war unantastbar.
Das hatte er sich selbst bewiesen.
Er hatte die Empfangsdame von ihrem elenden Dasein erlöst. Hatte sie mit dem Messer behandelt, bis das Blut geflossen und das Leben entwichen war. Dann hatte er sich in einer nahen Toilette gewaschen, das blutige, klebrige Hemd ausgezogen, unter dem Kaltwasserhahn ausgedrückt und ausgespült, das nasse

Hemd wieder übergestreift und sich auf die Suche nach dem Aktenschrank gemacht.
Dabei hatte er sich keineswegs beeilt, er war völlig ruhig gewesen und hatte sich absolut sicher gefühlt.
Schließlich hatte er gefunden, was er suchte, und die übrigen Akten aus dem Stahlschrank auf den Boden gekippt. Dann hatte er ein Streichholz an das Papier gehalten und die Flammen beobachtet. Gemächlich war er zu seinem Lieferwagen gegangen, den er einen Häuserblock entfernt geparkt hatte. Joey würde stolz auf ihn sein.

»Freut mich, Sie kennenzulernen«, sagte seine Mutter. Ihre schmalen Lippen drückten Mißbilligung aus.
Joey schloß die überraschte Frau ungeschickt in die Arme und gab ihr einen klebrigen Kuß auf die Wange. »Mama!« rief sie. »So werd ich Sie nennen – hab's gleich beschlossen, als Deke mir von Ihnen erzählt hat.«
Winifred Andrews schob das Mädchen energisch weg und versuchte sich zu fassen. Sie haßte es, berührt zu werden. »Nennen Sie mich nicht so«, sagte sie, das knochige Gesicht maskenhaft starr. »Es ist nicht korrekt.«
»Noch nich!« fügte Joey mit einem kessen Blinzeln hinzu.
Deke stand in der Tür des ordentlichen Wohnzimmers, in dem jedes Möbelstück und jeder Ziergegenstand glänzte und am richtigen Platz stand. Er wollte nicht eintreten. Die Sache konnte nicht gutgehen, und er würde den einzigen Menschen verlieren, der ihm je etwas bedeutet hatte.
»Wow!« rief Joey. »Was für eine schöne Wohnung Sie haben. Sie is so – so gemütlich is sie. Gefällt mir!«
Unter Winifred Andrews' linkem Auge zuckte ein Nerv. Sie war eine streng wirkende Frau mit grauem Haar und frömmelnder Miene. Ihr Mann Willis war so unscheinbar und eingeschüchtert, daß man sich mit ihm im gleichen Raum aufhalten konnte, ohne seine Anwesenheit zu bemerken.

Genau das war Joey passiert. Sie hatte ihre ganze Energie auf Mrs. Andrews konzentriert, fest entschlossen, ihre Zuneigung zu gewinnen. »Wo is Mr. Andrews?« fragte sie jetzt geziert. »Sieht er auch so gut aus wie mein Dekey?«

Winifred drehte sich um und sah den immer noch unter der Tür stehenden Deke böse an. »Stell Vater deine – Freundin vor.«

Zögernd und linkisch gehorchte er dem mütterlichen Befehl.

»Oh, Mr. Andrews, hab' Sie gar nich gesehn!« Joey schaltete auf Keckheit um. »Dabei schauen Sie auch super aus! Darf ich Ihnen einen Schmatz geben?«

Sie wartete die Antwort nicht ab, sondern drückte dem farblosen Mann einen Kuß auf jede Wange.

Willis warf seiner Frau einen nervösen Blick zu.

»Setzen Sie sich«, sagte Winifred mit eisiger Stimme. »Josephine heißen Sie, nicht wahr?«

»Ja«, antwortete Joey. »Aber meine Freunde nennen mich Joey. Is 'n Kosename, müssen Sie wissen.« Sie ließ sich auf ein schmales braunes Sofa fallen und winkte Deke, sich neben sie zu setzen.

Er tat es zögernd.

Schweigen.

»Ihr kommt sehr spät, Deke«, sagte Winifred schließlich. »Warum das?«

»Ich hab' ihm gesagt, daß es spät is«, antwortete Joey. »Ich hab's dem Dummrian immer wieder gesagt, aber er hat nich zugehört.«

Jetzt hörte er zu. Wie durfte sie es wagen, ihn vor seiner Mutter zu beschimpfen? Wie durfte sie es wagen?

»Es hat keinen Sinn, Deke etwas zu sagen«, erwiderte Winifred. »Er hört nie zu. Er geht immer seinen eigenen Weg, den falschen, ohne einen Gedanken oder ein Gefühl für andere.«

Joey nickte verständnisvoll.

Winifred stieß einen gequälten Seufzer aus. »Wir haben alles für

ihn getan. Uns selbstlos für ihn geopfert. Hat er Ihnen erzählt, daß ich bei seiner Geburt fast gestorben wäre?«
Joey schüttelte die strähnigen Locken.
»Warum sollte er das auch für wichtig halten?« fuhr Winifred fort. »Ich war es ja, die fast gestorben wäre, nicht er.«
»Na, das is ’n Hammer«, warf Joey ein, glücklich, weil Mrs. Andrews sich ihr anvertraute.
»Man sollte meinen, daß ich, nach allem, was ich durchgemacht habe, einen rücksichtsvollen Sohn verdient hätte, einen Jungen, der seine Mutter liebt. Aber nein. Nur Kummer und Sorgen hat Deke mir bereitet. Er hat ...«
Harte, anklagende Worte, die von den schmalen, verkniffenen Lippen seiner Mutter fielen. Deke hatte sie schon oft gehört – sein Leben lang.
Unbrauchbar, ein Taugenichts, schwach, lieblos.
Joey nahm alles begierig auf, die klebrigen Lippen leicht geöffnet. Ihr schielendes Auge huschte hierhin und dorthin. Immer wieder nickte sie zustimmend. Sie lief zu seiner Mutter über!
Er kam sich entsetzlich verraten vor. Die beiden machten ihn zu einem Nichts. Für Joey war er doch ein großer Mann gewesen. Ihr Cowboy. Ihr Liebhaber. Hatte die Hure ihn belogen?
Ganz langsam packte ihn die Wut. Er würde nicht dulden, daß seine Mutter zerstörte, was Joey und ihm gehörte.
Plötzlich sprang er auf. »Wir werden heiraten«, sagte er.
Willis Andrews schlurfte zum Fernseher und schaltete ihn ein, als könne er dadurch die drohende Auseinandersetzung verhindern.
Winifred sah Deke an, wie man bestenfalls eine verweste Leiche ansieht.
Joey klatschte in die Hände wie ein Kind, das sich über ein neues Spielzeug freut. Dann sagte sie genau das Falsche: »Wenn wir erst mal verheiratet sind, Mrs. Andrews, krieg ich Deke schon hin. Sie und ich – wir beide schaffen das.« Sie kicherte albern. »Wir lassen ihm die lange Mähne abschneiden und kaufen ihm

was Anständiges zum Anziehen.« Ihre Augen leuchteten. »Mrs. Andrews, ich verspreche, daß ich Ihnen 'ne großartige Tochter sein werde. Sie werden mich lieben.« Hoffnung drang ihr wie Schweiß aus jeder Pore. »Wirklich, das werden Sie.«
Winifred Andrews sah erst Joey, dann Deke an.
»Willst du das, Sohn?« fragte sie ungläubig. »Diese – diese Schlampe?«
Joeys Gesicht umwölkte sich.
Willis Andrews starrte auf den Bildschirm.
»Ja«, antwortete Deke.
Winifreds schmaler Mund verzog sich. »Hab' ich dich ja sagen gehört?«
»Sie liebt mich, und ich will sie.«
»Liebt dich? Wie könnte dich jemand lieben?«
In seinem Kopf begann es zu pochen. »Sie tut es.«
»Hast du sie dir je angeschaut? Sie ist Abschaum.«
»He –«, begann Joey, aber sie beachteten sie nicht.
»Sie ist gut zu mir. Nett.«
»Sie ist jämmerlicher Abschaum von der Straße. Und trotzdem zu gut für dich. Jede Frau ist zu gut für dich – das weißt du, nicht wahr?«
Joey schrumpfte auf dem alten braunen Sofa in sich zusammen. Irgendwann mußte sie die falsche Karte ausgespielt haben. Am besten, sie hielt den Mund, bis sie die Dinge wieder aufs richtige Gleis steuern konnte.
Winifred fuhr fort, ihren Sohn herabzusetzen. Mit strenger, unbarmherziger Stimme überhäufte sie ihn mit Schmähungen.
Sein Leben lang hatte er das stumm hingenommen. Kein einziges Mal hatte er widersprochen oder sich verteidigt. Nicht einmal, als sie ihn gezwungen hatte, sein Auto zu verkaufen – seinen Stolz und seine Freude. Aber jetzt saß Joey dabei und hörte zu …
»Ich hasse dich!« schrie er plötzlich. »Ich wünschte, du wärst gestorben damals, als du mich gekriegt hast. Verflucht, ich wünschte, du wärst gestorben! Du hast mein Leben ruiniert.«

Winifred verschlug es die Sprache, doch nur für einen Moment.
»Du undankbarer Schmarotzer!« zischte sie dann, vor Wut schäumend. »Gossensprache von einem aus der Gosse. Wir haben dich aus dem Nichts geholt. Dir ein Heim, Nahrung und Kleider gegeben. Obwohl du nicht unser Fleisch und Blut bist. Nicht mal deine Mutter wollte dich haben ...«
»Winifred!« rief Willis protestierend.
»Sei still!« tobte sie. »Höchste Zeit, daß er die Wahrheit erfährt.«
Deke schüttelte den Kopf. Was redete sie da? Er war völlig durcheinander.
»Wir haben dich gekauft«, sagte sie, und ihr stumpfer Blick belebte sich. »Wie man einen Hund kauft. Wir haben dich ausgesucht – dich aus dem Wurf gewählt. Ha! Eine schöne Wahl.«
»Wovon redest du?« wimmerte er.
»Hundertfünfzig Dollar haben wir bezahlt. Eine Menge Geld damals.« Ihr Gesicht glühte im Triumph einer ungeheuren Erleichterung. »Was sagst du dazu?«
Er zitterte. »Du lügst.«
»Tu ich nicht.«
Er schrie: »Lügnerin!«
»Bin ich nicht«, antwortete sie fest. Sie ging zum Schreibtisch, den sie immer verschlossen hielt, und sperrte ihn auf. Die einzigen Geräusche im Raum kamen aus dem Fernseher. Willis Andrews ließ den Kopf in die Hände sinken und begann zusammenhanglos vor sich hinzumurmeln.
Joey saß da wie erstarrt. Dieser Besuch war der reinste Horrortrip. Wirklich eine liebende Familie, die sie mit offenen Armen willkommen hieß.
Winifred nahm einen Zettel aus dem Schreibtisch und reichte ihn Deke.
»Hier«, sagte sie, »Name und Adresse der Frau in Barstow, Kalifornien, von der wir dich gekauft haben. Eine Babyhändlerin. Gott weiß, wo sie so was wie dich hergehabt hat.«
Deke glaubte zu sterben. Sein Leben rollte blitzartig vor ihm ab

wie ein Film. Die Schläge, die Demütigungen, die Tortur, ständig hören zu müssen, er tauge nichts …
Und die Schuldgefühle …
Ich wäre fast gestorben, als ich dich bekam. Du hättest mich töten können, als du geboren wurdest.
Sein ganzes Leben lang Schuldgefühle. Und ganz ohne Grund. Sie war nicht seine Mutter. O Gott, sie war es nicht!
Pochen in seinem Kopf, Nebel vor seinen Augen. Enttäuschung und Wut erstickten ihn fast.
Winifred Andrews. Eine Fremde. Sie begann freudlos zu lachen.
Nicht schlimm … Das ist nicht schlimm.
Joey stimmte ein. Eine nervöse Reaktion.
Doch. Es ist schlimm. Ja. Ich muß etwas tun.
Willis Andrews lachte auch. Oder weinte er? Egal.
Drei Schweine. Drei lachende Gesichter. Zähne und Augen und Haare. Drei Schweine.

Er fand die Information, die er brauchte. Sie lag in der Akte zwischen vergilbten Beschwerdebriefen. Über Trockenfäule, feuchte Wände, Mäuseplage. Mrs. Nita Carrolle hatte von 1956 bis 1973 in dem Haus gewohnt und war dann nach Las Vegas verzogen. Ihre Nachsendeadresse stand ordentlich getippt auf einer eingerissenen weißen Karte.
Mrs. Nita Carrolle.
Er hoffte, daß sie noch am Leben war. Er sehnte sich nach der Freude, sie zu töten, nachdem er von ihr erfahren hatte, was er wissen mußte, um weiterleben zu können.

47

Freitag mittag im Ma Maison. Auftritt Gina Germaine. Alle Augen wandten sich ihr zu. Stille trat ein. Nur für ein paar Sekunden. Dann ging wieder alles seinen üblichen Gang.

Gina setzte sich zu Oliver Easterne an den für ihn reservierten Tisch. Sie spie Gift und Galle. »Was starren die so, verflucht noch mal?«
»Man starrt natürlich Sie an«, antwortete Oliver und tupfte einen Fleck vom Tischtuch. »Allmählich müßten Sie doch daran gewöhnt sein. Wie viele Jahre sind Sie schon beim Film?«
»Lange genug, um zu wissen, daß einen in diesem Restaurant am Freitag zur Lunchzeit niemand anstarrt. Raquel Welsh könnte nackt hier hereinspazieren, und keiner würde auch nur blinzeln.« Ihre Augen quollen erschreckend. »Alle wissen Bescheid, Oliver, wie? Es ist durchgesickert.«
Er tätschelte ihr beruhigend die Hand. Wie konnte sie glauben, daß es sich geheimhalten ließ, wenn sie und Neil, sozusagen untrennbar verbunden, ins Krankenhaus eingeliefert wurden? Alle redeten darüber. Na, und? Wenn sie klug war, bot sie allen die Stirn und genoß ihre neue Berühmtheit.
Eine Woche war vergangen. Neil lag natürlich noch im Krankenhaus, und seine Chancen standen nicht gut. Oliver war inzwischen nicht untätig gewesen. Er dachte gar nicht daran, den Film aufzugeben. Das Mädchen vom Strand hatte er vergessen, denn er zog wieder Gina für die Rolle in Betracht. Ein paar Konferenzen hatten ihm gezeigt, welche Zugkraft ein Film mit George Lancaster und Gina Germaine haben würde. Die beiden zusammen bedeuteten Geld auf der Bank. Man hatte ihm ein alle Rekorde brechendes Kabelgeschäft angeboten, wenn er entsprechend investierte. Und genau das gedachte er zu tun.
Wenn es Neil und Montana nicht paßte, scheißegal. Sie waren kaum in der Lage, sich zu wehren.
Gina winkte einem Kellner und bestellte eine Bloody Mary. Sie trug ein schulterfreies weißes Kleid, das ihre prächtigen Brüste betonte. Oliver allerdings fand sie keineswegs prachtvoll, sondern abstoßend. Aber als Mann vom Fach wußte er, daß man dem Publikum geben mußte, was es haben wollte. Und die ungewaschenen Massen liebten Gina.

»Warum dieser Lunch, Oliver?« fragte sie spitz.
»Ich möchte Sie vielleicht doch als Nikki haben.«
»Oh! Ist das Ihr Ernst?«
»Mir hat die Idee immer zugesagt, aber Neil und Montana hielten Sie nicht für geeignet. Offen gesagt, ich traue Ihnen zu, die Rolle zu spielen.«
Sie schnurrte leise. »Ich habe Sie seit jeher für einen gerissenen Hund gehalten. Wenn jemand Sie heruntermachte, bin ich für Sie eingetreten.« Sie ließ die langen falschen Wimpern flattern und drückte ihm die Hand. »Ich mag Sie sehr gern, Oliver.«
Hastig entzog er ihr seine Hand. »Danke.«
»Es stimmt wirklich.«
»Natürlich stimmt es.«
Sie lockerte mit den Fingern das seidige blonde Haar und senkte die kornblumenblauen Augen. »Die Sache von neulich nacht ist mir äußerst peinlich. Sie war so – entwürdigend.«
»Machen Sie sich deswegen keine Sorgen«, tröstete er sie. »Denken Sie nur an Ihre Zukunft.«
»Ja. Das muß ich.« Mit entschlossener Miene sah sie ihn an. »Mein Problem ist, daß ich mich viel zu sehr um andere Menschen kümmere. Jetzt muß ich einmal an mich selbst denken.« Tiefe Aufrichtigkeit sprach aus ihrer Stimme. »Ich möchte schrecklich gern in *Menschen der Straße* spielen, aber wann soll denn Drehbeginn sein? Mit Neil im Krankenhaus und allem anderen …« Sie hielt kurz inne und fragte dann: »Was haben Sie für Pläne?«
Er räusperte sich und winkte einigen Bekannten zu. »Nun, Gina«, begann er, »Geschäft ist Geschäft. Und sosehr ich Neils – hm – unglückselige Krankheit bedaure, die Schau muß weitergehen, wie jemand mal gesagt hat. Ich habe ein paar Ideen. Ein anderer Regisseur vielleicht. Machen Sie sich keine Sorgen, denken Sie lieber daran, was für ein Knüller das wird.«
»Gina Germaine und George Lancaster.« Sie kicherte.
Stumm formulierte Oliver es auf seine Weise.

EIN FILM VON OLIVER EASTERNE
EINE OLIVER EASTERNE PRODUKTION
GEORGE LANCASTER UND GINA GERMAINE IN
MENSCHEN DER STRASSE

»Richtig«, sagte er. »Nach dem Essen rufe ich Sadie an.«
»Was haben Sie später vor? Möchten Sie nicht auf ein Gläschen zu mir kommen?«
Ihn schauderte. Der bloße Gedanke, mit Gina ins Bett zu gehen, jagte ihm kaltes Grausen ein. »Ich komme ein andermal auf diese Einladung zurück.«
»Versprochen?« fragte sie kokett.
»Aber gewiß doch.«

Elaines Versuche, Ross unter das eheliche Dach zurückzuholen, waren erfolglos. Zuerst brauchte sie zwei Tage, um ihn zu finden, und als sie ihn endlich im Beverly Hills Hotel aufgespürt hatte, lehnte er es strikt ab, mit ihr zu sprechen.
Sie begriff nicht, wie sie so dumm sein konnte, ihn hinauszuwerfen. Die große Frage war, wie sie ihn zurückholen sollte, ohne öffentliches Aufsehen zu erregen. Das Problem mit Beverly Hills war ja, daß einer alles vom anderen wußte.
Das Haus sah aus wie ein Blumenladen. Gelbe Rosen von Pamela und George – mittlerweile schon ein wenig welk. Orchideen von Bibi und Adam. Tulpen, Lilien, Palmen und Yuccapflanzen – ununterbrochen waren exotische Gewächse mit kurzen Begleitschreiben abgegeben worden, in denen sich Gäste bei den wunderbaren Contis für die wunderbare Party bedankten. Die Blumengeschäfte mußten einen großen Tag gehabt haben. Normalerweise wäre Elaine überglücklich gewesen. Aber ohne Ross fühlte sie sich wirr und leer. Sie hatte niemand, mit dem sie reden konnte. Nur Maralee, doch die war mehr daran interessiert, im Krankenhaus ihre lächerliche Wache zu halten.
»Du bist von Neil geschieden«, sagte Elaine energisch zu ihr.

»Das spielt jetzt keine Rolle«, antwortete Maralee weinerlich. »Ich liebe ihn noch und möchte, daß er das weiß.«
Randy hatte den Laufpaß bekommen, und Maralee weigerte sich, über ihn zu sprechen. Ab und zu fuhr Elaine ins Krankenhaus, um Maralee Gesellschaft zu leisten. Doch sie fühlte sich dort nicht wohl, vor allem nicht, wenn Montana auftauchte und umherging, als gehöre das Krankenhaus ihr.
Die Rechnungen häuften sich. Elaine stapelte sie auf dem Tischchen neben der Haustür, um sie dem Mann zu schicken, der sich um Ross' Finanzen kümmerte. Das Bargeld wurde allmählich knapp, und sie überlegte, was sie tun sollte. Viel brauchte sie nicht, alles ging über American Express oder Visa. Aber Lina verlangte Bargeld, und es wäre zu peinlich gewesen, dem Dienstmädchen gestehen zu müssen, daß sie keins hatte.
O Ross. Warum hast du das getan?
Nicht er hat es getan, sondern du.

Eine Woche lang lebte Ross enthaltsam. Die Sache mit Neil Gray und Gina Germaine war ihm gehörig in die Knochen gefahren. Klar, alle Machos prahlten damit, daß es ihnen nichts ausmachen würde, im Sattel zu sterben, die Wirklichkeit sah jedoch anders aus. Ross konnte sich nichts Schlimmeres vorstellen. Außerdem, was hatte diese Gina Germaine denn für eine Möse? Eine honigsüße Falle, der sich künftig kein vernünftig denkender Mann mehr nähern würde. Was für ein Glück, daß er Blondie nie kennengelernt hatte. Mit seinem Döddel hätte es größte Schwierigkeiten gegeben.
Sex kam im Augenblick nicht in Frage. Viel wichtiger war es jetzt für ihn, Sadie für sich zu gewinnen.
Er suchte sie in ihrem Büro auf. Sie gab sich streng geschäftlich, behielt die ganze Zeit über ihren schwulen Assistenten im Zimmer. Mit spitzer Zunge hechelte sie seine Karriere durch.
»Du hast viele Fehler gemacht«, sagte sie kalt.
»Und die wären?«

Die Besprechung dauerte eine Stunde, dann entließ ihn Sadie. »Ich werde mir überlegen, was wir für dich tun können«, sagte sie schroff. »Es hat keinen Sinn, dich zu übernehmen, wenn wir nicht das Gefühl haben, dir beste Dienste zu leisten.«

Er kam sich vor wie ein Starlet, das sich nach oben zu kämpfen versuchte. Nur kämpften Starlets nicht. Sie machten die Beine breit und hießen Amerika willkommen.

Das Hotelleben war okay. Fernsehen, Zimmerservice, kontrollierte Anrufe. Niemand konnte einen belästigen. Gelegentlich ein Spaziergang ums Schwimmbecken. Nach Lust und Laune ein Lunch im Café. Abends ein Aperitif in der Polo Lounge.

Er ignorierte Elaines Anrufe, denn er hatte beschlossen, sie ein bißchen leiden zu lassen. Elaine war nicht dumm. Sie wußte, wie die Dinge standen. Als seine Frau war sie jemand, mochte er auch noch so große Fehler haben. Ohne ihn war sie niemand. Beverly-Hills-Gesetz, ob es ihr paßte oder nicht. Hätte sie viel Geld gehabt – was nicht der Fall war – oder auch Macht – was ebenfalls nicht der Fall war –, hätte es für sie vielleicht anders ausgesehen. Sie jedoch hatte nur ihn, und das würde sie bald begreifen.

Als Sadie sich nicht meldete, rief er sie an. »Miss La Salle ruft so bald wie möglich zurück«, bekam er gesagt.

Miss La Salle ließ sich Zeit. Vier Tage später rief er wieder an, und Miss La Salle ließ sich endlich herab, mit ihm zu sprechen. »Tut mir leid, Ross«, sagte sie so kühl und sachlich, als habe es die Partynacht nie gegeben. »Ich habe eine schwere Woche hinter mir.«

»Ich habe Elaine verlassen«, verkündete er.

Sie verzichtete nicht darauf, ihm einen Hieb zu versetzen. »Hoffentlich hast du einen guten Anwalt. Sonst mußt du Unterhalt zahlen, bis du schwarz wirst.«

Ihr Mangel an Anteilnahme ärgerte ihn. »Ich dachte, du wolltest mich anrufen.«

»Die Woche war scheußlich, das habe ich dir eben gesagt.«

»Ja, ich weiß. Aber für mich ist es wichtig, daß du mir Bescheid gibst. Sind wir wieder ein Team oder nicht?«
Absichtlich schwieg sie übermäßig lange. Endlich sagte sie: »Ich fahre übers Wochenende nach Palm Springs. Vielleicht möchtest du dich dort mit mir treffen? Dann können wir alles besprechen.«
Ross war verblüfft. Er durchschaute ihr Spiel sofort – schließlich spielte er selbst genug. »Wie wäre es heute mit einem Abendessen?« entgegnete er.
»Liebend gern, aber ich habe einen Fernsehtermin.«
»Morgen abend?«
»Ich fürchte, es geht nur am Wochenende.« Sie hielt inne, genoß es, ihn unter Druck zu setzen. »Was ist los? Willst du das Wochenende nicht mit mir verbringen?«
Er hatte vorgehabt, Sadie zu verführen. Aber zu seinen Bedingungen. Und jetzt gab sie den Ton an.
»Nichts würde ich lieber tun«, antwortete er und versuchte noch einmal, die Oberhand zu behalten. »Ich hole dich ab und fahre dich hin.«
»Das würde mich freuen.« Sie seufzte betrübt. »Aber ich habe noch andere Termine. Ich gebe dir die Adresse. Komm doch einfach am Samstag gegen fünf.«
Er akzeptierte ihre Bedingungen. Wenn er Sadie erst mal im Bett hatte, sah alles anders aus.

Gewissensbisse plagten Montana, obwohl sie wußte, daß sie keinen Grund hatte, sich schuldig zu fühlen. Sie sah Neil an, der noch immer auf der Intensivstation lag, und hätte am liebsten geschrien: »Es ist deine Schuld!« Natürlich tat sie es nicht.
Seit einer Woche war sie wie betäubt. Sie hatte sich im Krankenhaus ein Zimmer geben lassen, um Neil möglichst nahe zu sein. Er lag da wie Stein, bleich und ausgelaugt, als sei das Leben bereits aus seinem Körper gewichen. Schläuche, Tröpfe und Monitore hielten ihn im Diesseits. Er konnte nicht sprechen, aber sie fühlte, daß er genau wußte, was vorging.

Der Arzt, den sie wegen seiner Etikettensucht ›Mr. Gucci‹ getauft hatte, war mit Neils Fortschritten zufrieden.
Mit welchen Fortschritten? Montana wollte einen zweiten Arzt hinzuziehen, doch als sie sich nach ›Mr. Gucci‹ erkundigte, erfuhr sie, daß er einen ausgezeichneten Ruf hatte.
Maralee war immer da, blond und weinerlich. Montana stellte fest, daß sie nicht so schlimm war, wie Neil behauptet hatte.
Oliver Easterne erschien gelegentlich, meist in Begleitung einiger seiner ›Botenjungen‹. In den Filmzeitschriften wurden Spekulationen über *Menschen der Straße* angestellt, doch Montana machte sich nicht die Mühe, auch nur eine Zeile zu lesen.
Eines Tages stellte Oliver sie und sagte: »Wir sollten über den Film reden.«
Sie konnte nicht glauben, daß er in einer solchen Zeit über Geschäftliches reden wollte, und das sagte sie ihm.
»Seien Sie nicht naiv!« fuhr er sie an. »Ich habe Verpflichtungen, die ich erfüllen muß. Die Verzögerung kostet Geld.«
»Was wollen Sie tun?« fragte Montana sarkastisch. »Den Film ohne Neil drehen?«
»Ja«, bellte er. »Und mein Anwalt versichert mir, daß ich das Recht dazu habe. Lesen Sie die Krankheitsklausel in Neils Vertrag.«
Montana war empört. »Das können Sie nicht tun.«
»Warten Sie nur ab. Wenn es um Geld geht, tue ich alles.«

Sadie La Salle gab Anweisungen: »Ich vereinbare mit einem der besten Fotografen der Ostküste einen Termin für Sie, Buddy, und ich möchte, daß Sie dann so gut wie möglich aussehen. Darum also, bis Sie von mir hören, früh schlafen gehen und viel in der Sonne liegen. Bringen Sie das fertig?«
Er hätte sogar fertiggebracht, splitternackt über den Sunset Boulevard zu laufen, wenn sie es wollte.
»Nehmen Sie Drogen?« fragte Sadie scharf. »Haben Sie je Porno gemacht? Aktfotos? Irgend etwas, das ich wissen sollte, bevor wir

anfangen? Ich möchte nicht, daß Ihre Vergangenheit Sie plötzlich einholt – darum seien Sie bitte ehrlich.«
Er war nicht ehrlich, denn er wollte sich nicht alles verderben, bevor es richtig begonnen hatte. Also wurde er Mister Saubermann und gab nur ein paar gelegentliche Joints zu.
»Wie steht es mit der Familie?« erkundigte sich Sadie. »Haben Sie irgendwelche Billy Carters im Schrank?«
Einen bitteren Moment lang dachte er an seine Mutter, dann schüttelte er den Kopf.
»Sind Sie verheiratet? Geschieden? Schwul? Bisexuell?«
Er erklärte, völlig normal zu sein und keine vergangenen oder gegenwärtigen ehelichen Bindungen zu haben. Angel würde eine Überraschung für Sadie sein. Eine angenehme.
Anschließend sprachen sie über *Menschen der Straße,* seine Probeaufnahmen und darüber, daß Montana Gray ihm versichert hatte, er bekomme die Rolle.
»In diesem Geschäft gibt es nichts Sicheres«, sagte Sadie. »Merken Sie sich das – egal, wie groß Sie werden.« Nach einer kurzen Pause fuhr sie fort. »Natürlich spreche ich sofort mit Oliver Easterne über Sie. Da Neil Gray noch im Krankenhaus liegt, erwarte ich allerdings, daß er andere Dinge im Kopf hat. Der Film wird vermutlich hinausgeschoben, wir sollten daher unseren Horizont nicht einengen.«
»Ich begebe mich ganz in Ihre Hände.« Buddy zuckte mit den Schultern. »Was immer Sie für das beste halten …«
»Eine kluge Einstellung. Versuchen Sie dabei zu bleiben.«
Buddy war nach dieser ersten Besprechung fest überzeugt, es diesmal wirklich schaffen zu können. Wenn Sadie La Salle einen zukünftigen Star in ihm sah, hätte er sich all die Jahre nicht nur etwas eingeredet.
Als erstes mußte er eine Wohnung finden. In seiner Tasche steckte Geld – genug, um zur Abwechslung mal anständig hausen zu können. Er kaufte sich den *Hollywood Reporter* und studierte die Mietangebote.

Nachdem er ein paar Wohnungen besichtigt hatte, entschied er sich für ein möbliertes Apartment am Wilshire Boulevard. Kein Loch. Nicht billig, aber es gab einen erstklassig ausgestatteten Gymnastikraum im Keller, einen großen, sauberen Swimmingpool auf dem Dach und einen Hausmädchendienst.

Buddy zog ein und gab dem Mädchen fünfundzwanzig Dollar, damit sie seine Garderobe durchsah, wusch, flickte und notfalls in die Reinigung brachte. Die zwölfhundert Dollar von Montana Gray hatten ihm das Leben gerettet, und er nahm sich fest vor, ihr den Betrag von seinem ersten Gagenscheck zurückzuzahlen. Ein Auto brauchte er nicht sofort, denn Montana hatte gesagt, er könne den Volkswagen behalten, bis sie ihn wieder brauche. Er versuchte sie im Krankenhaus anzurufen, um ihr zu sagen, wie leid ihm die Sache mit ihrem Mann tue, aber sie nahm keine Anrufe entgegen. Er hinterließ seine neue Nummer, damit sie ihren Wagen zurückverlangen konnte, wenn sie ihn haben wollte.

Er dachte natürlich ständig an Angel. Doch in seiner augenblicklichen Situation hätte sie für ihn vielleicht eher einen Nachteil als einen Vorteil bedeutet, also schob er sie einstweilen in den Hintergrund seines Bewußtseins. Sadie La Salle hatte gesagt, er solle viel schlafen und viel an die Sonne gehen. Das tat er auch. Er konzentrierte sich ganz auf den schönen Körper. Für den Fototermin wollte er noch viel, viel besser in Form sein denn je.

Sadie ließ ihn nicht hängen. Sie rief ihn sofort an, nachdem sie mit Oliver Easterne gesprochen hatte, und sagte, ihre Ahnung habe sie nicht getrogen, zur Zeit würden keine Entscheidungen gefällt. Leichte Bangigkeit beschlich ihn. Warum, zum Teufel, mußte Neil Gray ausgerechnet jetzt einen Herzinfarkt bekommen? Was war das für ein Timing?

»Ihr Fototermin ist morgen«, fuhr Sadie fort, anscheinend unberührt davon, daß der Drehbeginn von *Menschen der Straße* verschoben wurde. »Ein Wagen holt Sie um neun ab. Machen Sie sich auf harte Arbeit gefaßt.«

Sie meinte das nicht als Scherz, wie er merken sollte. Am näch-

sten Morgen um neun kam der Wagen, und im Fond saß Sadie selbst.
Buddy hatte sich auf seinen Körper und aufs Braunwerden konzentriert. Er war in ausgezeichneter Kondition – wie ein Läufer, der an den Start eines Rennens geht.
»Ich bin sehr zufrieden mit Ihnen«, sagte Sadie. »Sie wissen, wie man Anweisungen befolgt.«
Er grinste. Lob vertrug er in jeder Überdosis. Plötzlich jedoch drängte sich ihm die Frage auf, ob Sadie ihn wohl anmachen werde. Er hoffte verzweifelt, daß sie es nicht tat. Aber sie würde ihn nicht verschonen. So war es immer, wenn jemand einem irgendwie half.
Beim Fotografieren ging alles gut. Von einer kurzen Mittagspause abgesehen, wurde neun Stunden durchgearbeitet. Sieben Menschen widmeten sich ganz ihm. Ein Friseur, ein Visagist, ein Modeschöpfer. Der Fotograf mit seinen beiden Assistenten. Und Sadie.
Sie war in allem tonangebend. Sie erörterte mit den Leuten jede Aufnahme. Sie wußte genau, was sie wollte, und war erst zufrieden, wenn sie überzeugt war, daß der Fotograf genau das im Kasten hatte.
Am Abend war Buddy völlig ausgebrannt und schwebte gleichzeitig auf Wolken. Wenn seine künftige Arbeit so aussah, konnte er gar nicht genug davon bekommen. »Wann kann ich die Abzüge sehen?« fragte er eifrig, als Sadie ihn absetzte.
»Bald. Ich rufe Sie an«, versprach sie.
Am nächsten Tag wurde er in ihr Büro zitiert. Als er das Allerheiligste betrat, telefonierte sie und winkte ihm, sich zu setzen. Am anderen Ende der Leitung hörte er eine Männerstimme brüllen. Sadie blieb gelassen, sie hielt den Hörer vom Ohr ab und hörte geduldig zu.
Buddy sah sich im Büro um. Gerahmte Fotos von Superstars hingen an den Wänden. Wo würde sie sein Foto hinhängen? Jesus! Er konnte all das Gute kaum fassen, das ihm widerfuhr.

»Keine Sorge, George«, sagte Sadie beruhigend ins Telefon. »Ich treffe mich heute abend wieder mit Oliver. Und dann kann ich Ihnen bestimmt ganz genau sagen, wann er zu drehen beginnt.«
Erneut war Gebrüll zu vernehmen.
»Später, George«, sagte Sadie fest. »Vertrauen Sie mir.« Ruhig legte sie den Hörer auf, griff in ein Silberkästchen und zündete sich ein langes, dünnes Zigarillo an.
»Kann ich meine Fotos sehen?« fragte Buddy erwartungsvoll.
»Die sind noch nicht fertig.«
»Oh.« Ihm wurde mulmig. Warum hatte sie ihn kommen lassen? Hatte sie gute oder schlechte Neuigkeiten?
Sie musterte ihn forschend. »Nun, Buddy, die Rolle in *Menschen der Straße* gehört endgültig Ihnen. Fünfzehntausend pro Woche für eine Drehzeit von zehn Wochen, und das Beste von allem ist, daß Sie auf den Plakaten und Anzeigen eine eigene Zeile bekommen: ›Neu vorgestellt wird Buddy Hudson als Vinnie‹. Die Verträge werden gerade getippt.«
Er sagte kein Wort, saß einfach sprachlos da.
»Sind Sie mit allem einverstanden?«
»Fünfzehntausend Dollar pro Woche?« brachte er mühsam hervor.
»Wären Ihnen Rubel lieber?«
»Je-sus!«
»Ich bin froh, daß Sie sich freuen. Es ist nett, wenigstens einen zufriedenen Klienten zu haben.«
Er wußte nicht, was er sagen sollte.
»Jeder andere Agent hätte für Sie bestenfalls ein Viertel dieser Gage herausgeholt«, erklärte sie unverblümt. »Ich möchte, daß Sie sich später daran erinnern.«
»Ich werde es nie vergessen.« Er schluckte.
»Sie würden sich wundern, wie schnell so was geht«, sagte sie barsch. »In etwa einem Jahr werden wir für Sie das große Geld scheffeln, und Sie werden vermutlich nicht mehr daran denken, wer Sie auf den Weg gebracht hat.«

Das hatte eigentlich nicht sie getan – dafür schuldete er Montana Dank. Aber er bezweifelte nicht, daß die hohe Gage allein Sadies Verdienst war, und dafür würde er ihr ewig dankbar sein.
»Wann kriege ich ein Drehbuch?« sprudelte er plötzlich hervor. »Führt Neil Gray Regie? Wann beginnen wir zu drehen?«
»Das Datum steht noch nicht fest«, antwortete sie kurz. »Aber sicherlich bald. Ein Drehbuch wird mir auf schnellstem Weg zugestellt. Die Garderobe setzt sich später mit Ihnen in Verbindung. Die PR-Abteilung möchte eine Biographie und Fotos von Ihnen. Erwähnen Sie nichts von unseren Aufnahmen, das ist sehr wichtig – die haben mit dem Film nichts zu tun, und das soll so bleiben.« Sadie hatte ihn noch nicht über ihre Absicht informiert, ihn in ganz Amerika auf die Plakatwände zu bringen.
»Ich werde Dynamit sein«, sagte er, innerlich wachsend. »Ich werde niemanden enttäuschen.«
»Das hoffe ich.«
»Für die Ankündigung auf den Plakaten und in den Anzeigen bin ich Ihnen besonders dankbar.«
»Das sollten Sie auch.«
Er stand auf, wanderte im Büro umher und überlegte, ob jetzt der richtige Zeitpunkt sei, Angel zu erwähnen. Nein. Erst mußte er sie finden. Mit dem Film anfangen. Dann erst durfte er beichten, daß es eine Angel gab.
»Ich fahre dieses Wochenende nach Palm Springs«, sagte Sadie beiläufig. »Ich habe ein Haus dort unten.«
Er hatte gewußt, daß es kam. Hatte denn alles seinen Preis?
»Kennen Sie Palm Springs?« fragte sie.
»War noch nie dort«, antwortete er vorsichtig.
»Besuchen Sie mich am Sonntag. Es ist nur eine kurze Fahrt. Sie haben doch einen Wagen, oder?«
Er sah einen Ausweg. »Der hat seinen Geist aufgegeben.«
»Klingt, als ob Sie einen neuen brauchten. Es ist wohl das beste, ich besorge Ihnen einen Vorschuß. Ich habe einen sehr guten Manager für alles Geschäftliche, der wird sich Ihrer annehmen.«

Sie schrieb einen Namen und eine Telefonnummer auf einen Zettel und reichte ihn Buddy. »Rufen Sie ihn heute noch an. Ich sorge dafür, daß er weiß, wer Sie sind.«
»Wegen Palm Springs«, begann er.
»Es ist wichtig, daß Sie kommen, Buddy. Ich habe eine Überraschung für Sie. Seien Sie am Sonntag vormittag zwischen zehn und elf da.«
Er nickte zögernd und fragte sich, wie groß ein Star sein mußte, daß es ihm erspart blieb, mit seinem Körper zu bezahlen. O Scheiße! Wie verhaßt ihm das Ganze war!

48

Millie hatte in Los Angeles scharenweise Vettern und Kusinen. Sie freute sich darauf, alle wiederzusehen, und ihre Verwandten freuten sich, daß sie da war. Als Leon ihr eröffnete, daß er dienstlich für einen Tag nach Barstow müsse, protestierte sie daher nicht allzu heftig.
Er fuhr frühmorgens mit seinem Mietwagen los und gelangte auf die Autobahn, bevor der Berufsverkehr einsetzte.
Millie war begeistert von Hollywood. Ihr gefiel alles, angefangen vom schmutzigen Hollywood Boulevard – dem berühmten ›Walk of Fame‹ – mit den Messingsternen und den eingeprägten Starnamen auf den Gehsteigen bis zu den von Palmen gesäumten Straßen von Beverly Hills.
Leon fand die Stadt abscheulich. Sie war zu heiß und unruhig. Er hatte das Gefühl, es sei eine Stadt, in der alles passieren konnte und gewöhnlich auch passierte.
Eines Nachmittags hatten Millie und er auf dem Sunset Boulevard eine Teenagernutte beobachtet, die mit dem Fahrer eines silberglänzenden Mercedes den Preis aushandelte. Das Mädchen war, dem Aussehen nach, kaum vierzehn gewesen. Ein Kindergesicht und dazu ein reifer Körper in heißen Höschen aus

schwarzem Leder und einem schulterfreien Oberteil. Sie hatte Leon an Joey erinnert, und er hatte schnell weggeschaut.

»Hast du das gesehen?« hatte Millie gefragt. »Du meine Güte, kleine Mädchen gehen auf die Straße. Warum tut niemand etwas dagegen?«

Damals war ihm klargeworden, daß er ihr die Sache mit Joey nicht beichten konnte. »Warum hast du ihr nicht geholfen?« hätte Millie entrüstet gefragt. Und er hätte keine Antwort gehabt, sich nur noch mehr geschämt.

Barstow war eine heiße, staubige Stadt. Leon verbrachte den Tag damit, Informationen über Winifred und Willis Andrews zu sammeln. Die beiden waren in den heiligen Stand der Ehe getreten und dann in der Versenkung verschwunden. Die einzige Spur war ein Arzt, auf den Leon durch Zufall stieß.

Leon rief den Arzt an, der am Telefon mißlaunig und alt klang.

»Ich weiß nicht, ob ich Ihnen helfen kann. Ich bin seit zwanzig Jahren in Pension.«

»Könnte es sein, daß Sie noch eine Krankengeschichte von einem gewissen Willis Andrews haben?« fragte Leon hoffnungsvoll.

Der alte Arzt erwiderte brummend, sein ganzer Keller sei voller Krankengeschichten von mehreren hundert Patienten.

»Darf ich kommen und sie durchsehen?« bat Leon. Mit einem Knurren erklärte der alte Mann sich einverstanden.

Er wohnte eine Fahrstunde außerhalb der Stadt, und als Leon die öde Wüste durchquerte, fragte er sich: Was suche ich hier mitten im Niemandsland? Was hat dieses blödsinnige Detektivspielen mit Joey Kravetz zu tun?

Als er das Haus endlich fand, dunkelte es bereits. Er war verschwitzt und hungrig, aber erpicht auf jede Information, so unbedeutend sie auch scheinen mochte.

Eine verbraucht aussehende Frau öffnete ihm.

»Entschuldigen Sie die Unordnung«, sagte sie und führte ihn in ein bequemes Wohnzimmer. »Aber wir bekommen nicht oft Besuch. Pa«, rief sie und brachte Leon zur Kellertür, »der Polizist ist da!«

»Schick ihn runter!« schrie der alte Mann.

Leon stieg in den Keller, einen muffigen Raum, der bis zur Decke mit alten Möbeln, Kartons und anderem Zeug vollgestopft war. Mittendrin saß der Arzt, ein knorriger Sonderling mit einem wilden silbrigen Haarschopf und durchdringenden grauen Augen. Leon schätzte ihn als guterhaltenen Achtziger ein. Um ihn herum lagen alte Berichtbücher und lose Blätter. Der Inhalt mehrerer Dutzend Kartons war auf dem kalten Steinboden verstreut. Leon sah auf den ersten Blick, daß es mindestens eine Woche dauern würde, alles zu sortieren. Er reichte dem Arzt die Hand und stellte sich vor.

»Wie geht's denn so?« erkundigte er sich.

»Eine gute Frage«, erwiderte der alte Mann und wies auf das Durcheinander.

Leon seufzte. »Sie wissen vermutlich nichts mehr über Willis Andrews, oder?«

Der alte Mann lachte fröhlich. »Mein Gedächtnis reicht bestenfalls so weit in die Vergangenheit, daß ich Ihnen sagen kann, was es heute zum Frühstück gab.«

Drei Stunden später fuhr Leon auf der Autobahn nach Los Angeles zurück. Der Arzt hatte ihm versprochen, sofort anzurufen, wenn er die Unterlagen über Andrews fand. Sie würden wohl kaum etwas Wichtiges enthalten. Leon wußte, daß er sich an einen Strohhalm klammerte.

Es war vier Uhr früh, als er wieder im Hotel war. Millie schlief fest. Er legte sich neben sie ins Bett. Sie murmelte etwas, wachte jedoch nicht auf.

Leon fand erst nach einer Stunde Schlaf.

49

Palm Springs und achtunddreißig Grad im Schatten.

Sadie traf am Samstag um die Mittagszeit mit ihrem Assistenten Ferdie Cartright dort ein. Ferdie arbeitete seit siebeneinhalb Jahren für sie. Der vierzigjährige Mann kleidete sich stets adrett, war spitzzüngig und überaus tüchtig.

Sadies Haus stand an der Sand Dunes Road im exklusiven Rancho Mirage. Nichts Großartiges, sagte Sadie gern, einfach eine Zuflucht, um von Zeit zu Zeit ein bißchen Ruhe zu finden.

Ferdie war gern mitgekommen, wenn sie ihm auch angedeutet hatte, daß er nicht bleiben dürfe.

»Ihr Haus ist himmlisch!« rief er begeistert, schoß aus einem Zimmer ins andere und wünschte, als Gast geladen zu sein, statt Sadie helfen zu müssen, eine Überraschung für Buddy Hudson vorzubereiten. Offen gestanden, Ferdie war einigermaßen entsetzt über Sadies plötzliches Interesse an Mr. Hudson. Sie mochte doch Frauen, oder?

»Ferdie«, rief Sadie scharf, »ich weiß es zwar zu schätzen, daß Ihnen mein Haus gefällt, aber könnten Sie bitte den Wagen ausladen?«

Ferdie gehorchte. Sie machte sich zweifellos viel Mühe wegen Buddy Hudson. Er schnaubte mißbilligend und hoffte, daß der Typ es auch wert war. Allerdings waren nach seiner unmaßgeblichen Meinung die Hübschen im Bett immer eine riesige Enttäuschung.

Montana hatte die geschäftlichen Angelegenheiten stets Neil überlassen. Sie hatten in New York einen Anwalt, der ausgezeichnete Arbeit leistete, für Neil Spitzengagen herausholte und auch ihre Interessen zufriedenstellend vertrat. Montana kannte ihn nicht gut, nur von einigen Besprechungen und einem Abendessen. Nach ihrer Unterredung mit Oliver lief sie aber sofort ans Telefon und rief ihn an.

Er gab sich mitfühlend, sagte dann jedoch etwas, das Montana niederschmetterte: »Natürlich müssen Sie sich darüber im klaren sein, daß das Drehbuch von *Menschen der Straße* Oliver Easterne gehört. Wenn Neil nicht fähig ist, die Vertragsbedingungen zu erfüllen – dann ...«

Sie legte empört auf. Wütend lief sie in dem Zimmer hin und her, das sie im Krankenhaus bewohnte. Es mußte eine Lösung geben. Man durfte nicht zulassen, daß Oliver mit ihrem Drehbuch machte, was er wollte, auch wenn sie es diesem Schuft verkauft hatte. Wie stand es eigentlich mit der absoluten Kontrolle? Und den anderen Vereinbarungen, die ihnen völlig freie Hand zusagten?

Es gab eine Lösung, wie ihr ganz langsam dämmerte. Warum sollte nicht sie Regie führen? Einspringen, bis Neil wieder gesund war?

Montana war wie elektrisiert von ihrer Idee. Sie war viel besser als die, einen neuen Regisseur zu nehmen, und wenn Oliver den ursprünglichen Terminplan einhalten wollte – sie war bereit. Niemand kannte das Werk besser als sie.

Aber konnte sie Regie führen?

Klar konnte sie es. Im Grunde hatte sie die ganze Zeit darauf hingearbeitet. Und es war schließlich nicht ihre Schuld, daß Neil den Herzinfarkt erlitten hatte und sich ihr dadurch diese einmalige Chance bot. Außerdem fiel sie Neil nicht in den Rücken. Wenn er gesund war, brauchte er nur zu kommen und zu übernehmen.

Von Begeisterung beflügelt, rief sie Oliver an und sagte ihm, sie müßten sich unbedingt treffen. Er war einverstanden, am nächsten Tag mit ihr in der Polo Lounge zu lunchen.

An diesem Abend trat bei Neil eine Wendung zum Besseren ein, und Montana wußte sofort, daß sie die richtige Entscheidung getroffen hatte.

Inmitten ihrer vielen Blumen und Grünpflanzen empfand Elaine nichts als Einsamkeit und Leere. Ihr war bisher nicht bewußt gewesen, wie sehr sie in ihrem Alltagsleben von Ross abhing. Ja, klar, sie nörgelte an ihm herum und schrie ihn an, aber er war der Mittelpunkt ihres Lebens. Alles, was sie tat, war irgendwie mit ihm verknüpft. Ausgenommen Ron Gordino natürlich. Sie haßte diesen Typen mit der schleppenden Redeweise, den unverschämten Fingern und dem langen, dünnen Glied.

Während ihrer zehn Ehejahre war sie nur dreimal von Ross getrennt gewesen. Gezwungenermaßen, weil er auswärts gedreht hatte und sie während der ganzen Zeit zu Hause für ihn beschäftigt gewesen war. Alles, was sie tat, geschah für ihn – ob sie nun ein neues Kleid kaufte oder ihre Beine enthaaren ließ.

Die Erkenntnis, daß sie diesen faulen, betrügerischen, rücksichtslosen Dreckskerl wirklich liebte, traf sie schwer.

Sie ging zu ihrem Seelendoktor und sagte es ihm.

»Ich weiß, Elaine«, erwiderte er selbstgefällig. »Ich habe immer versucht, Ihnen das klarzumachen.«

Als die Gerüchteküche von Beverly Hills zu brodeln begann, hörte Elaines Telefon auf zu klingeln. Alleinstehende Frauen sah man bei Filmpremieren, bei Abendessen in größerem Kreis und auf Partys nicht gern, außer sie waren sehr reich oder selbst berühmt. Die alleinstehende Elaine bedeutete eine Gefahr. Vielleicht bekam ein Ehemann bestimmte Gelüste – und Elaine würde in ihrer Lage dann schwerlich nein sagen …

Elaine stellte fest, daß sie keine Freunde hatte. Nur entfernte Bekannte. Natürlich gab es Maralee. Die ›heilige Maralee‹, wie die Showbiz-Gemeinde sie boshaft nannte, seit sie an Neils Bett wachte.

Dann gab es noch Karen.

Der Teufel sollte Karen und ihre zu groß geratenen Brustwarzen holen. Elaine haßte sie leidenschaftlich. Sie hoffte nur, ja, sie betete darum, daß Ross sich nicht mehr mit diesem Miststück traf.

Im Laufe der Woche erschien Ron Gordino vor ihrer Haustür und brachte einen Laib Vollkornbrot und frische braune Bauerneier

mit. Elaine versteckte sich im Schlafzimmer und ließ Lina sagen, sie sei nicht da.
Ron musterte ihren in der Auffahrt stehenden blauen Mercedes, zog schließlich ab und stieg in seinen lächerlichen Jeep.
Elaine begann zu trinken. Nie vor mittags zwölf Uhr. Aber der Weißwein zum Lunch half ihr weiter. Ein Schluck Wodka trug sie durch den Nachmittag. Nach sechs, wenn Lina aus dem Haus war, trank sie wieder Wein, einen Wodka oder auch zwei und mehrere Liköre, bis der Schlaf sie endlich erlöste.
Manchmal vergaß sie zu essen. Bald war sie ein Wrack.

Am Sonnabend ließ Ross den Corniche waschen und polieren. Er machte es sich inzwischen auf einer Liege am Hotelpool bequem. Ein paar Bekannte winkten ihm zu, doch keiner sprach ihn an. Verständlich. Er war nicht interessant genug. Er war überhaupt nicht interessant.
Träge beobachtete er eine blonde Nutte, die vor einem Typen vom Land, der sich mit Goldketten behängt hatte und vor Schweiß triefte, ihre Nummer abzog.
Ross mußte in der heißen Sonne eingeschlafen sein, denn seine nächste Wahrnehmung war, daß ihm jemand kaltes Wasser auf den Rücken tropfte. »Du elender Halunke«, sagte die unverkennbare heisere Stimme von Karen Lancaster. »Läufst deiner Frau davon, und ich muß es aus der Zeitung erfahren. Wirklich reizend!«
Stöhnend richtete er sich auf. »Was machst du hier?«
»Ich esse mit Daddy und Pamela. Aber zur Sache, was machst du hier?«
»Ich wohne hier.«
»Nett, daß du mir das sagst.«
»Finde ich auch.«
»Pah!« Sie zog einen Schmollmund. »Du hättest mich wenigstens anrufen können. Ich dachte – korrigier mich bitte, wenn ich unrecht habe –, ich dachte, zwischen uns liefe was Besonderes.«

»Du hast Elaine über uns aufgeklärt.«

»Hab' ich nicht«, erwiderte sie heftig. »Wie kannst du das glauben?«

»Irgend jemand hat es ihr hinterbracht.«

»Ich bestimmt nicht. Sie rief am Tag eurer Party bei mir an und wollte dich sprechen. Ich hab' natürlich sehr verwundert getan.«

»Vielleicht warst du nicht überzeugend genug.«

»Warum regst du dich überhaupt so auf deswegen? Du warst doch ohnehin drauf und dran, sie zu verlassen, also brauchst du mir keine Vorwürfe zu machen, weil sie jetzt Bescheid weiß.« Sie nahm ihre Spiegelsonnenbrille ab und sah ihn finster an. »Warum hast du dich hier einquartiert, obwohl du zu mir kommen konntest?«

Er suchte nach einer passenden Antwort. Schließlich hatte Karen Lancaster keinen Anspruch auf ihn.

Das Erscheinen von George Lancaster und Pamela London mit Hofstaat rettete ihn. Das Ehepaar und seine Freunde befanden sich auf dem Weg zum Häuschen der Lancasters, vor dem Tische für das Mittagessen gedeckt waren.

»Ross!« dröhnte George.

»Ross!« rief Pamela.

Er hätte es wissen müssen: Der Pool des Beverly Hills Hotel war kaum der geeignete Ort, um sich in Ruhe zu sonnen.

»Essen Sie doch mit uns«, trillerte Pamela, die ihren eckigen Körper in ein weites orientalisches Gewand gehüllt hatte, auf dem sich aufgedruckte bunte Tiere tummelten.

»Aber sicher«, drängte George, in einem weißen Safarianzug prachtvoll anzusehen.

»Ach ja, komm doch mit«, bat Karen und setzte die Spiegelsonnenbrille wieder auf.

Es war genau halb eins, und er mußte erst um fünf in Palm Springs sein. Wenn er um zwei losfuhr, schaffte er die Strecke leicht bis fünf. »Warum nicht?« sagte er, stand auf und zog das Hemd an.

Pamela hängte sich bei ihm ein. »Das mit Ihnen und Elaine tut mir so leid«, sagte sie herzlich. »Aber solche Dinge passieren eben.« Sie lachte rauh. »Ich muß es wissen. Schließlich habe ich genug Ehemänner gehabt!«

Samstags hatten sie immer am meisten zu tun. Koko hastete umher wie ein Wahnsinniger und verteilte seine Ladys, wie er die seinen Salon frequentierenden weiblichen Wesen gern nannte. Angel nahm Anrufe entgegen, jonglierte mit Terminen, bestellte telefonisch Imbisse und organisierte den ganzen Betrieb.

»Ich weiß nicht, wie ich je ohne Sie zurechtgekommen bin«, seufzte Koko. »Darlene war eine solche Hexe.«

Angel lächelte matt. Seit der Party ging es ihr nicht gut. Sie schlief schlecht und fühlte sich am Morgen wie gerädert.

Koko sah sie prüfend an. »Alles in Ordnung, Herzchen?«

Tränen traten in ihre schönen Augen. »Ja.«

»Ja?« schalt er. »Und da machen Sie eine solche Weltuntergangsmiene?«

Sie begann zu weinen. »Ich bin so durcheinander.«

Das Telefon klingelte. Eine Frau, den Kopf voller Lockenwickel, stürzte zum Empfangstisch und rief: »Bestellen Sie mir ein Taxi, ich bin schon zehn Minuten zu spät dran!«

Raymondo schrie aus der Tiefe des Salons: »Das nächste Frauenzimmer biiiitte!«

Koko umarmte Angel tröstend. »Das ist weder die richtige Zeit noch der richtige Ort, meine Hübsche. Warum heben wir uns den Zusammenbruch nicht bis heute abend auf? Essen bei mir zu Hause und spielen dann das Wahrheitsspiel. Ja?«

»Ja«, sagte sie dankbar, denn ihr war klargeworden, daß sie dringend jemanden brauchte, dem sie sich anvertrauen konnte. »Das wäre mir sehr recht.«

Während Ross am Pool mit den Lancasters aß, saßen Oliver Easterne und Montana Gray in der Polo Lounge.

Oliver spielte mit einer Omelette, Montana stocherte in einem Spinatsalat herum. Beide waren mit ihren Gedanken beschäftigt, während sie versuchten, eine zivilisierte Unterhaltung zu führen. Sie verabscheuten sich gegenseitig, aber sie brauchten sich auch. Das hatte Montana am Vortag erkannt, Oliver fand sich erst jetzt allmählich damit ab – dank ihrer Überredungskünste. Unermüdlich sprach sie davon, daß nur sie bei diesem Film Regie führen könne, bis Neil wieder gesund war.

Zuerst hatte Oliver ihr ins Gesicht gelacht. Wofür hielt sie ihn denn – für einen Irren? Doch die Argumente, die sie vorbrachte, klangen vernünftig.

Sie kannte das Werk besser als jeder andere. Sie kannte Neils ›handverlesenes‹ Team besser als jeder andere. Sie hatte die Schauspieler ausgewählt, bis auf George und Gina. (Oliver hatte ihr noch nichts von Gina gesagt, diesen Leckerbissen hob er sich zum Nachtisch auf.) Sie hatte Buddy Hudson entdeckt, der laut Sadie einschlagen würde wie eine Bombe. Sie hatte schon einmal Regie geführt, allerdings nur bei einem Kurzfilm, aber sogar einen Preis bekommen.

Vor allem jedoch wollte sie den Film unbedingt machen, so daß sie wahrscheinlich umsonst arbeiten würde. Und die drei Regisseure, an die Oliver sich bisher gewandt hatte, versuchten ihn zu schröpfen bis auf den letzten Cent.

Es war gar keine schlechte Idee, die Regie Montana anzuvertrauen. Natürlich sagte er ihr das nicht. Er genoß es, daß sie ihn zur Abwechslung einmal mit etwas Respekt behandelte. Er hätte es gern gesehen, daß sie vor ihm kroch, aber das tat sie nicht – noch nicht.

»Ich weiß nicht«, sagte er ausweichend, um sie hinzuhalten. »Sie sind unerfahren. Ich bezweifle, daß George mit Ihnen arbeiten würde. Meine Investoren würden mich vermutlich hinauswerfen, wenn ich ihnen mit diesem Vorschlag käme.« Er spielte seine Trumpfkarte aus. »Wenn Sie mich schon ein Arschloch nennen, kann ich mir vorstellen, wie die mich nennen würden.«

Sie sah ihn durch ihre dunkel getönte Lesebrille kühl an. »Ich entschuldige mich, Oliver. Manchmal sage ich Dinge, die ich nur denken sollte.«

Sadie machte sich sorgfältig zurecht und schlüpfte in ein Negligé aus weißem Satin, das ihr für ihr Vorhaben ideal geeignet schien. Es war Viertel vor fünf, und sie hoffte, daß Ross rechtzeitig kam. Sehr unwahrscheinlich. Ross Conti war noch nie pünktlich gewesen.

Sie betrachtete sich im Spiegel und war, wie immer, von ihrem Anblick enttäuscht. Sie hatte ihr möglichstes getan, aber nichts konnte die Tatsache verbergen, daß sie eine reizlose Frau war, auch wenn sie schöne Augen und dichtes, glänzendes Haar hatte.

Sie schaltete die Stereoanlage ein und legte eine Platte auf, die Ross immer besonders geliebt hatte. Stan Getz. Bossa Nova. Wo war nur die Zeit, in der sie miteinander durchs Zimmer getanzt waren, gelacht, gescherzt und ihre gemeinsame Zukunft geplant hatten.

Ross. Nach sechsundzwanzig Jahren würde sie ihn wiederhaben. Sie fühlte prickelnde Wärme zwischen den Beinen und lehnte die Stirn an das kühle Spiegelglas.

Wie, wenn sie ihren Plan nicht durchführen konnte? Wie, wenn sie von seiner Leidenschaft überwältigt wurde? Ross war ungeheuer leidenschaftlich …

Sie drehte die Musik lauter, prüfte die Temperatur des Champagners, den sie in einem silbernen Kübel kalt gestellt hatte, und wartete auf Ross.

Koko hatte Angel noch nie in sein Haus eingeladen. Ab und zu hatte er sie nach der Arbeit heimgefahren, und manchmal war er eine Weile geblieben, und sie hatten miteinander geschwatzt. Aber im Grunde wußte sie wenig von ihm.

Sie stellte überrascht fest, daß er das elegante kleine Haus in den Hollywood Hills nicht allein bewohnte. Er machte sie mit seinem

Freund Adrian bekannt, einem gutaussehenden Mann von Anfang Dreißig, der nicht aufstand, um sie zu begrüßen. Im ersten Moment dachte Angel, er sei böse, weil Koko sie mitgebracht hatte. Aber er war sehr freundlich und unterhielt sich höflich mit ihr, während Koko in der Küche *Linguini al pesto* zubereitete. Erst als Koko das Abendessen fertig hatte und seinen Freund ohne viel Aufhebens in einen Rollstuhl setzte, wurde Angel klar, daß Adrian querschnittgelähmt war.
Adrian fühlte ihren Blick und sagte: »Vietnam.« Näher äußerte er sich nicht.
Das Essen schmeckte köstlich. Ebenso die Zitronenmousse, die es zum Nachtisch gab.
»Koko ist ein Genie in der Küche«, sagte Adrian und sah den Freund liebevoll an.
»Du kannst es dir gar nicht leisten, gegen meine Kochkünste etwas einzuwenden«, erwiderte Koko.
Die Blicke der beiden Männer begegneten sich kurz, und Angel spürte, wieviel Liebe zwischen ihnen war. Sofort mußte sie an Buddy denken, und ihre Augen füllten sich mit Tränen.
»Na, na, Herzchen«, sagte Koko beschwichtigend. »Werden Sie nicht rührselig. Ich räume das Geschirr weg, dann reden wir.«
Adrian verschwand nach dem Essen diskret ins Schlafzimmer.
»Er wird schnell müde«, erklärte Koko.
»Es ist so schrecklich«, flüsterte sie.
»Es ist überhaupt nicht schrecklich«, entgegnete er scharf. »Das Leben ist so. Und wenn Adrian es hinnehmen kann, sehe ich nicht ein, warum wir anderen es nicht können sollten. Eine Querschnittlähmung ist keine Krankheit, wissen Sie.« Er schüttelte ärgerlich den Kopf.
»Es tut mir leid.«
Er seufzte. »Kein Grund dazu. Nur – es ist natürlich schrecklich. Aber ich darf mir nicht erlauben, so zu denken.« Er atmete tief ein. »Reden wir lieber von Ihnen. Dazu sind Sie ja hier, nicht wahr?«
Angel wollte sich Koko sehr gern anvertrauen. Er war warmher-

zig und freundlich. Und irgendwie wußte sie, daß ihre Geheimnisse bei ihm gut aufgehoben wären. Dennoch zögerte sie einen Moment.

»Kommen Sie schon, mein liebes Mädchen, fangen Sie am Anfang an«, ermunterte er sie.

Angel begann unsicher, erzählte von Louisville, von ihren Pflegeeltern und der Art, wie die Familie sie behandelt hatte. Dann vom Sieg beim Wettbewerb der Zeitschrift, von der Reise nach Hollywood und all ihren Hoffnungen und Träumen.

Er hörte wortlos zu, während sie von Daphne, Hawaii und schließlich von Buddy berichtete. Ihr Gesicht wurde lebendig, und ihre Augen funkelten, als sie von ihm sprach. »Er ist so wunderbar, Koko.« Rasch verbesserte sie sich: »Ich meine, er war so wunderbar ... Und dann gingen wir zurück nach Hollywood.«

Sie schilderte ihm, wie sich ihr Leben seither verändert hatte, sprach von ihrer Schwangerschaft, ihrem Umzug ins Strandhaus. »Da dachte ich, jetzt müsse alles gut werden, aber von da an hat überhaupt nichts mehr gestimmt«, fuhr sie traurig fort. »Da waren Randy, Shelly und die Drogen. Buddy schien ein ganz anderer Mensch zu sein. Darum ging ich eines Morgens einfach weg. Das war an dem Tag, an dem ich zu Ihnen in den Salon kam.«

»Und Sie haben sich seither nicht mit ihm in Verbindung gesetzt?«

»Nur indirekt.« Sie erzählte ihm von ihrem Anruf bei Shelly. »Sie hat mir schreckliche Dinge gesagt. Daß Buddy jetzt mit ihr zusammen ist und ich endlich abtreiben lassen soll. Und dann habe ich ihn auf der Party der Contis wiedergesehen.« Hilflos zuckte sie mit den Schultern. »Ich weiß nicht, was ich tun soll. Muß ich Buddy vergessen? Ich meine, es ist so dumm, die ganze Zeit an ihn zu denken, wenn er sich nichts mehr aus mir macht.« Sie begann zu weinen.

Koko zog sie an sich und wiegte sie in den Armen. »Mein armes Kleines«, sagte er tröstend. »Ein echtes Aschenputtel unserer Tage – und fragen Sie jetzt bloß nicht, wer das ist!«

Die Wärme seiner Arme, allein das Gefühl, festgehalten zu werden, tat ihr unendlich gut. Er tupfte ihr die Augen mit einem Kleenex ab. »Hat Buddy von dem Baby gesprochen, als Sie ihn auf der Party sahen? Hat er Sie gefragt, wie es Ihnen geht oder so?«
Bekümmert schüttelte Angel den Kopf.
»Von Rechts wegen muß er Sie und das Kind ernähren. Dazu brauchen wir einen gewieften Anwalt.«
»Buddy hat kein Geld.«
»Dann wird er sich eben einen Job suchen und arbeiten müssen wie wir gewöhnlichen Sterblichen auch«, entgegnete Koko ungerührt. »Das wird ihn nicht umbringen, wissen Sie.«
Eigensinnig schüttelte sie den Kopf. »Ich will nichts von ihm.«
»Seien Sie doch nicht töricht.«
»Es ist mir Ernst damit.«
Er musterte sie verblüfft. »Sollen wir die Angelegenheit überschlafen? Morgen denken Sie vielleicht anders.«
»Ich würde nie Geld von ihm nehmen.«
»Hmmm ... Dann müssen wir eben einen reichen Mann für Sie finden, wie?«

Ross legte die Strecke in Rekordzeit zurück. Er jagte den goldfarbenen Corniche über die Autobahn. Eine Bemerkung, die Pamela London beim Lunch gemacht hatte, beflügelte ihn ganz besonders. »Wenn«, hatte sie gesagt, »die Dreharbeiten nicht bald anfangen, kann Easterne sich einen anderen Hauptdarsteller suchen. Dann steigt George aus dem Film aus.« Sadie war Georges Agentin. Wenn George die Rolle zurückgab, würde sie es als erste wissen, und Ross Conti würde da sein – topfit und bereit.
Er summte vor sich hin, während er auf der Suche nach ihrem Haus durch die ausgedörrten Straßen fuhr. In Palm Springs war es heiß, und als er an einer Tankstelle hielt, um nach dem Weg zu fragen, wälzte sich die Hitze zum offenen Wagenfenster herein wie klebriger Sirup.

»Sie sind Ross Conti«, sagte die alte Frau an der Tankstelle, als verkünde sie ihm damit etwas, was er noch nicht wußte.
»Ja«, entgegnete er, »der bin ich.«
»In einem Film haben Sie mir aber nicht gefallen.«
»In welchem?«
»Manche mögen's heiß.«
Sie drohte mit dem Finger. »Klar haben Sie ihn gemacht.« Ihr Kopf mit den fauligen Zähnen und den wissenden Augen neigte sich noch näher zum Fenster. »Wie war Marilyn Monroe wirklich?«
Er fuhr davon, ohne zu antworten. Es war neu für ihn, mit Jack Lemmon oder Tony Curtis verwechselt zu werden.
Als er Sadies Haus fand, war es schon halb sechs. Er bog in die gewundene Auffahrt ein, parkte vor der Haustür und hupte ein paarmal, um zu melden, daß der Star eingetroffen war. Dann stieg er aus, öffnete den Kofferraum und hob seinen Koffer heraus.
Inzwischen war Sadie an die Tür gekommen. »Willkommen«, sagte sie und reichte ihm ein Glas Champagner.
Ross mußte zweimal hinsehen, ehe er es glauben konnte. Sadie trug ein Nachthemd. Schien es ja sehr eilig zu haben.
Er ging auf sie zu, stellte den Koffer ab, nahm das angebotene Glas und bückte sich, um sie auf die Wange zu küssen.
Sie umschlang ihn so fest, daß er sich wie in einem Schraubstock vorkam, und stieß ihm ihre Zunge in den Hals, daß er zu ersticken glaubte. Erschrocken rang er nach Luft. Er wollte doch das Heft in der Hand behalten.
»Komm ins Bett«, sagte sie heiser. »Ich habe lange genug gewartet.« Sie faßte ihn bei der Hand, zog ihn ins Haus und warf die Tür mit dem Fuß zu.
Das war nicht Sadie, wie er sie in Erinnerung hatte – Sadie mit den riesigen Titten, die im Bett so zurückhaltend gewesen war. Nie während ihrer ganzen gemeinsamen Zeit war sie unaufgefordert zu ihm gekommen. Aber seither waren Jahre vergangen – und einmal mußte jeder erwachsen werden.

Sie zog ihn in das kühle Schlafzimmer. Die Vorhänge waren geschlossen, und Stan Getz in Stereo übertönte das Summen der Klimaanlage. Ross trank rasch einen Schluck Champagner – zum Glück, denn gleich darauf nahm sie ihm das Glas ab und stellte es auf den Nachttisch.

»Ich möchte dich jetzt gleich haben«, drängte sie und zerrte an seinen Kleidern.

»Warte doch!« protestierte er. »Halt! Laß mich wenigstens duschen!«

»Nein, jetzt gleich«, entgegnete sie eigensinnig, knöpfte sein Hemd auf, zog es ihm von den Schultern und griff an den Reißverschluß seiner Hose.

Er wußte, daß sein Glied nicht steif war. Vermutlich hatte es sich zusammengerollt wie ein verschrecktes Kaninchen. »Moment mal«, beschwerte er sich, »ich kann das nicht auf Befehl.«

Sie ließ sofort von ihm ab und sagte kalt: »Ich dachte, wir beide wollten es.«

»Stimmt, aber ich bin doch gerade erst angekommen. Es war eine lange Fahrt. Ich fühle mich dreckig und bin müde. Ich möchte nicht, daß es so ist.« Himmel, er redete wie eine Frau!

Sadie brachte es fertig, ein verächtliches und gleichzeitig beleidigtes Gesicht zu machen. »Tut mir leid«, sagte sie. »Vielleicht habe ich etwas mißverstanden.«

Ross war tief verwirrt. Auf der Party hatte sie eher kühl gewirkt, in ihrem Büro sachlich und tüchtig. Und jetzt das! Er war nicht darauf gefaßt gewesen, daß sie so auf ihn losgehen würde. Es warf ihn völlig um, und er kam sich wie ein Idiot vor.

»Schönes Haus«, sagte er lahm.

»Dort geht's ins Bad.« Sie zeigte auf eine Tür. »Du findest Seife und Handtücher, alles, was du brauchst. Bedien dich.«

Ross schlich ins Bad. Er spürte, daß er etwas falsch gemacht hatte, wußte aber nicht, was. Gut zehn Minuten blieb er unter der Dusche und hoffte, daß Sadie sich inzwischen beruhigt haben würde.

Er hatte jedoch kein Glück. Sie erwartete ihn im Bett, lehnte an dem gepolsterten Kopfbrett, rauchte ein dünnes schwarzes Zigarillo und trank Champagner.
Er hatte Hose und Hemd angezogen, doch das störte sie nicht.
»Komm.« Sie klopfte einladend auf den Platz neben sich. »Es ist so lange her. Ich kann nichts für meine Ungeduld.«
Vorsichtig ging Ross auf das Bett zu. Was wollte sie von ihm? Er war durchaus bereit, ihr seinen Körper zu geben – warum konnte sie nicht warten?
»Ziehst du dich nicht aus?« fragte sie wie ein amüsierter Mann, der mit einer scheuen Jungfrau spricht.
Erneut kam er sich wie ein Idiot vor. Er schlüpfte aus dem Hemd und stieg aus der Hose, ließ aber die Unterhose an und hielt die Conti-Juwelen sozusagen unter Verschluß.
»So ist's besser«, sagte sie und streckte die Arme nach ihm aus.
Er dachte an ihre phantastischen Titten, die würden ihn sicher in Fahrt bringen.
Mach die Augen zu und denk an Karen.
Warum an Karen? Zwischen ihr und mir ist die Luft raus.
Mach trotzdem die Augen zu, Blödmann!
Wieder attackierte sie ihn mit der Zunge, erkundete seine Zähne, sein Zahnfleisch, leckte seinen Gaumen mit heftigen kleinen Stößen.
»Erinnerst du dich, was du auf deiner Party gesagt hast?« flüsterte sie. »Wie großartig es mit uns war? Und daß es bei dir mit keiner anderen so war? Erinnerst du dich, Ross?«
Hatte er das wirklich gesagt?
Ihre Zunge schob sich in sein Ohr, und zum erstenmal fühlte er Erregung. Ihr Geruch beschwor Erinnerungen herauf. Ein moschusartiger, sehr weiblicher Geruch – Sadies Geruch. Er atmete ihn tief ein. Jede Frau sandte ihren besonderen Duft aus, und der machte ihn scharf.
Er griff nach ihren Brüsten und empfand riesige Enttäuschung. Es gab sie nicht mehr! Die besten Zwillingsmonde von

ganz Hollywood waren nur noch zwei harte, kleine Hügel, kaum eine Handvoll. »Was ist mit deinen Titten passiert?« stieß er hervor.
»Ich habe sie operieren lassen.«
»Sie waren völlig in Ordnung!«
»Nein, waren sie nicht.«
»Ich habe deine Titten geliebt.«
»Tut mir leid. Hätte ich gewußt, daß du nach sechsundzwanzig Jahren wiederkommst, hätte ich sie behalten.«
Er preßte ihre Brustwarzen zusammen. Sie fühlten sich wie Gummi an. »Du hast einen großen Fehler gemacht«, stöhnte er.
»Um Himmels willen!« fauchte sie ärgerlich. »Ficken wir jetzt, oder halten wir eine Gedenkstunde für meinen Busen ab?« Sie hielt kurz inne, fügte dann hinzu: »Du solltest sie übrigens nicht mehr ›Titten‹ nennen, wenn du nicht als rückständiger Chauvinist gelten willst.«
»Sadie, du hast dich verändert«, sagte er traurig.
»Verdammt noch mal, das hoff ich!«

Buddy traf sich mit dem Manager, den ihm Sadie empfohlen hatte. Der Mann behandelte ihn, als sei er jemand. Warum auch nicht? Wenn er fünfzehntausend in der Woche verdiente, war er kaum mehr ein Niemand. Buddy kam gar nicht auf den Gedanken, daß dieser Mann sich gewöhnlich mit Leuten befaßte, die Millionen verdienten.
»Wie ich von Sadie erfahren habe, brauchen Sie einen Wagen«, sagte er. »Ich kann Ihnen einen fabrikneuen Mustang GT anbieten, ein ausgezeichnetes Geschäft. Sind Sie interessiert?«
»Ich habe kein Geld – noch nicht.«
»Das geht in Ordnung. Wird erledigt. Wenn Ihre Schecks kommen, ziehen wir den Betrag ab. Wieviel Bares wollen Sie jetzt haben?«
Manchmal hatte Buddy das Gefühl, er werde aufwachen, wenn er sich kniff. Es erschien ihm einfach unmöglich, daß zur Abwechs-

lung einmal alles richtiglaufen sollte. Alles außer der Sache mit Angel ...

Am Samstag nachmittag holte er den Wagen ab. Sein neuer fahrbarer Untersatz war schwarz, hatte Lederpolster und, was das beste war, vier Lautsprecher sowie ein Kassettendeck. Buddy fuhr direkt zu Tower Records und kaufte für zweihundert Dollar Kassetten. Vor allem von den Rolling Stones. Eine Menge ihrer frühen Sachen. Dann fuhr er spazieren, hörte sich *›Satisfaction‹*, *›Jumpin' Jack Flash‹* und alle anderen *Golden Oldies* an.

Er überlegte, wie er es anstellen sollte, Angel zu finden. Nach Hause war sie nicht gefahren, wie er gehofft hatte.

Er runzelte die Stirn. Vielleicht sollte er in den Filmzeitschriften eine Anzeige aufgeben und darauf vertrauen, daß jemand sie ihr zeigte. Das Problem war nur, daß auch Sadie die Anzeige sehen würde.

Am Sonntag morgen brach er früher als nötig auf. Der kleine Wagen schoß dahin wie eine Rakete, so daß Buddy schon um neun Uhr in Palm Springs eintraf, eine Stunde vor der vereinbarten Zeit.

Er ging frühstücken, mußte jedoch feststellen, daß er keinen Appetit hatte. Verdrießlich starrte er zum Fenster hinaus. Er wünschte, er hätte die ganze Sache schon überstanden.

Am Sonntag erwachte Sadie früher als Ross. Sie ging ins Bad, um die Schäden der vergangenen Nacht zu reparieren. Sie sah furchtbar aus. Das schwarze Haar war wirr und verfilzt, das Make-up auf der Haut angetrocknet. Sie hatte Ringe unter den Augen und tiefe Falten, grausame Spuren des Alters.

Ihre Hand zitterte leicht, als sie frischen Lidschatten auftrug. Der Abend war wie geplant verlaufen – bis auf einen Punkt. Sie hatte Ross teuflisch verwirrt mit ihrer draufgängerischen Forderung, er solle sich ausziehen. Völlig fassungslos war er gewesen, und sie hatte jede Sekunde genossen.

Aber dann hatte er sie gehabt. In jeder Hinsicht. Und alles war anders gewesen. Eine Zeitlang. Sie verabscheute sich wegen ihrer Schwäche, verabscheute sich, weil sie ihm, wenn auch für kurze Zeit, wieder verfallen war.

Sollte sie ihren Plan überhaupt weiterverfolgen? Es wäre so einfach, ihn wieder in ihrem Leben aufzunehmen. Aber sie wußte genau, was passieren würde, wenn sie das tat. Er würde sie benutzen, solange er sie brauchte. Dann würde er sie wegen irgendeines leeren Nichts mit großem Busen und hübschem Gesicht verlassen.

Ross Conti durfte man nicht trauen. Man mußte ihm eine Lektion erteilen.

Sie zog sich an und kehrte ins Schlafzimmer zurück. Er schlief fest. Sie betrachtete die reglose Gestalt und erkannte mit wütendem Schmerz, daß sie ihn noch liebte – was immer Liebe sein mochte. Zweifellos hatte es in ihrem Leben niemanden gegeben, der in ihr solche Empfindungen hervorrief wie Ross. Der Teufel sollte die Macht holen, die der Sex über die Menschen hatte.

Ärgerlich ging sie in die Küche. Ross war ein selbstsüchtiger, egoistischer Schuft. Nichts hatte sich bei ihm geändert, nur älter war er geworden.

Buddy bezahlte sein Frühstück und brach auf.

Vielleicht würde er sich weigern, es zu tun. Vielleicht würde er Sadie die Wahrheit sagen. Vielleicht würde sie dann seinen Vertrag annullieren, ihm den Wagen wegnehmen und den Vorschuß zurückverlangen.

Was bedeutete denn schon ein bißchen Bumsen unter Freunden?

Sehr viel.

Scheiße!

Ross umfaßte sie von hinten. »Guten Morgen, Kleines«, schmeichelte er mit frühmorgendlichem Selbstvertrauen, drückte sich an sie und schob die Hand in ihr Seidenhemd.

Sadie fuhr herum und schüttelte ihn ab. »Um Himmels willen, zieh dich an! Nichts verleidet mir das Frühstück mehr als ein Mann ohne Hose. Du siehst lächerlich aus.«
Verdutzt schaute er sie an. Wo war die stöhnende, ächzende, flehende Frau der vergangenen Nacht geblieben?
»Erinnerst du dich an mich? Ich bin der liebe Ross.« Er griff nach ihrer Brust. Sadie stieß seine Hand weg.
»Darf ich vorschlagen, daß der liebe Ross sich anzieht?«
Er war halb steif und bereit, in Aktion zu treten, wenn nötig. »Ich habe gedacht, eine kleine Erinnerungsnummer ...«
»Du hast falsch gedacht.«
Ross wurde nicht recht schlau aus ihr. Sie spielte ihm zweifellos etwas vor. Aber er konnte auch spielen, und heute abend würde er sie wirklich betteln lassen. Er hob die Hände zum Zeichen, daß er sich geschlagen gebe: »Okay, okay. Ich hab' noch nie eine Frau gezwungen.« Dann versuchte er sie auf die Wange zu küssen, doch sie drehte sich so schnell weg, daß sein Kuß ins Leere ging. Verwirrt kehrte er ins Schlafzimmer zurück und zog seine Badehose an.
Den Tag heute wollte er nutzen, um zweierlei in Ordnung zu bringen, erstens die Sache mit *Menschen der Straße* und zweitens das Verhältnis zwischen ihnen.
Ein kleines Frühstück, ein paar Stunden Sonne. Vielleicht würde sich Sadies Laune später bessern. Jetzt plagten sie wahrscheinlich Schuldgefühle, weil sie den Sex so genossen hatte. Manche Frauen waren so, besonders ältere.

Punkt zehn Uhr klingelte Buddy an Sadie La Salles Haus in Palm Springs.
Sadie stand in der Küche. »Kannst du für mich an die Tür gehen?« rief sie Ross im Schlafzimmer zu.
Er erschien in gestreiften Madras-Shorts. »Erwartest du jemanden?«
»Gehst du jetzt oder nicht?« fauchte sie gereizt.

Er ging zur Haustür, öffnete sie und sah sich Buddy gegenüber. Die beiden Männer musterten sich gegenseitig. Buddy erkannte Ross Conti sofort und überlegte, ob er sich im Haus geirrt habe. Ross erkannte Buddy ebenfalls, wußte jedoch seinen Namen nicht. Er erinnerte sich nur, daß Karen mit ihm auf seiner und Elaines Party ihre betrunkene Tanzschau abgezogen hatte. »Ja?« fragte er kalt. Gutaussehende junge Männer behandelte er nie besonders freundlich – sie riefen ihm seine verlorengegangene Jugend allzu schmerzlich ins Gedächtnis.

»Äh – ist das Sadie La Salles Haus?«

»Ja.«

»Ist sie – äh – daheim?«

»Warum?«

Sadie tauchte hinter Ross auf und begrüßte Buddy mit einem freundlichen Lächeln. »Buddy! Ich freu mich, daß Sie kommen konnten.« Sie schaute an ihm vorbei nach draußen. »Wie ich sehe, haben Sie Ihren neuen Wagen schon. Gefällt er Ihnen?«

»Sie scherzen wohl – er ist großartig.«

»Kommen Sie rein. Kennen Sie Ross Conti?«

»Äh – Mr. Conti, Sir, freut mich.« Buddy streckte Ross die Hand hin, doch der ignorierte sie.

»Ross, das ist mein neuer Star«, sagte Sadie. Sie genoß die Szene. »Buddy Hudson. Merk dir den Namen – er wird einer der ganz Großen werden. Man hat ihn schon für eine Hauptrolle in *Menschen der Straße* verpflichtet.« Sie faßte Buddy am Arm und führte ihn ins Haus. »Ich habe eine Überraschung für Sie, die Ihnen sicher Freude machen wird. Ross, komm doch mit. Ich glaube, meine Überraschung interessiert auch dich.«

Ross fragte sich, warum sie ihm nicht gesagt hatte, daß sie Besuch erwartete. Und was sollte der Quatsch mit dem neuen Star? Und dann ihre Worte: »Buddy Hudson. Merk dir den Namen – er wird einer der ganz Großen werden.« Einst hatte sie ihn so vorgestellt: »Ross Conti. Merken Sie sich den Namen – er wird einer der ganz Großen werden.«

Mürrisch trottete er hinter den beiden durch das Haus, alles andere als erfreut über die jüngste Entwicklung.

Sadie hielt Buddy immer noch am Arm, auf eine besitzergreifende Art, die Ross wütend machte. Irgendwas stimmte hier nicht. An ihm hätte sie sich nach der letzten Nacht festhalten sollen. Ihn wunderte, daß sie nach dieser Nacht überhaupt noch gehen konnte.

An dem schimmernden blauen Swimmingpool vorbei gelangten sie zum Gästehaus. Mit großer Geste schloß Sadie die Tür auf und schaltete sämtliche Lichter ein. Alle drei betraten den großen weißen Raum, der leer war bis auf ein Riesenposter, das eine ganze Wand einnahm. Auf dem Poster Buddy in lebensechten Farben. Buddy mit lockigem schwarzem Haar, rauchigen schwarzen Augen und einem vollkommenen braungebrannten Körper, der nur mit knappen, verschossenen Levi's-Shorts bekleidet war.

Es war eine sensationelle Aufnahme. Dieselbe Aufnahme, für die einst Ross mit wirrem blondem Haar, tiefblauen Augen und vollkommenem braungebranntem Körper Modell gestanden hatte.

Mit kühner roter Handschrift standen quer über dem Plakat die magischen Worte: WER IST BUDDY HUDSON?

»Je-sus!« rief Buddy staunend. »Das ist ja eine Wucht! Aber wofür gehört es?«

»Das ist ein todsicherer Weg, um Sie zum Star zu machen«, erklärte Sadie. »Dieses Poster kommt von Küste zu Küste an alle Plakatwände.« Sie drehte sich um und sah Ross in die Augen. »Ich habe das schon mal gemacht, und es wird mir auch diesmal gelingen. Mit einem Klienten, der meine kleine Manipulation besser zu schätzen weiß.« Sie ließ Ross' Blick nicht los, bis sie sicher war, daß er sie verstanden hatte. Dann hängte sie sich bei Buddy ein und sagte: »Fahren wir nach Los Angeles zurück. Palm Springs hat sich an diesem Wochenende als riesige Enttäuschung erwiesen – eine, die sich nicht wiederholen wird.«

50

Las Vegas hieß Deke mit einer Lichterflut willkommen. Er fuhr seit Stunden durch die nachtdunkle Wüste, und plötzlich funkelten in der Ferne Tausende von Lichtern. Las Vegas. Er hatte noch nie so etwas gesehen.

Langsam fuhr er in die Stadt ein, starrte auf die Kasinos, die flimmernden Neonreklamen und die Menschen. Wie Ameisen wimmelten sie straßauf, straßab. Hinein und heraus, lachend und betrunken, einige mit Pappbechern in den Händen, aus denen Centmünzen und Silberdollars fielen.

Er erinnerte sich an Atlantic City und Joey. Sie hatte leidenschaftlich gern gespielt und die glänzenden Automaten vollgestopft, als füttere sie eine Armee hungriger Haie.

Er hätte sie davon abhalten sollen. Die Automaten waren böse. Sie fraßen Geld. Geld war böse. Menschen, die mit Geld spielten, waren Kannibalen. Blutsaugende, böse Kannibalen. Diese Menschen hatten Joey gepackt und verschlungen.

Gemächlich ließ er den Wagen durch die Straßen rollen, um einen Eindruck von der Stadt zu gewinnen. Mit kalten, ausdruckslosen schwarzen Augen beobachtete er unablässig die Ameisen, die in ihre Tempel ein und aus liefen. Kannibalenameisen. Ihr Gott war das Geld. Sie beteten diesen Gott in den Kasinos an. Und sie hatten ihm Joey zum Opfer gebracht.

Er war müde, sehnte sich nach Schlaf, Essen und kaltem Wasser, um den Schmutz des Lebens von seinem Körper zu spülen.

Hundert billige Motels lockten. Sie boten Swimmingpools, Wasserbetten, Pornofilme rund um die Uhr, Spielautomaten und im Preis inbegriffenes Frühstück an. Las Vegas hätte Joey gefallen. Die süße Joey. Wo war sie jetzt? Er vermißte sie.

Einen Moment lang runzelte er unsicher die Stirn. Dann erinnerte er sich. Sie war zu Hause bei Mutter. Sie war in Sicherheit.

Er stieg in einem Motel ab, doch trotz seiner Müdigkeit fand er keinen Schlaf. Vielleicht gab es für ihn etwas zu tun, bevor er sich den Luxus des Schlafs erlauben durfte. Schließlich war er kein gewöhnlicher Mensch. Er war der Hüter der Ordnung. Er hatte gewisse Pflichten.

Um drei Uhr morgens torkelte er zu Fuß durch die Straßen. Er brauchte Schlaf. Seine Augen schmerzten von dem Bemühen, sie offenzuhalten. Aber zweifellos gab es für ihn zu tun, und er mußte auf das Zeichen warten.

Die Nutte entdeckte ihn, lange bevor er sie sah. Offensichtlich ein Spinner, dieser Typ mit dem kahlgeschorenen Schädel und den starren Augen, aber das Geschäft ging schlecht, und sie mußte etwas verdienen. Außerdem, was hieß heutzutage schon Spinner? Wenn er sie nicht schlug und sie mit seinem Geld abziehen ließ, war ihr alles egal.

Sie folgte ihm eine Weile, dann tippte sie ihm auf die Schulter. »Hallo, Cowboy. Willst dich amüsieren?«

Er fuhr herum, einen wilden Blick in den rotunterlaufenen Augen. »Joey?« fragte er.

»Ich? Machst du Witze? Ich bin 'ne Frau. Aber total. Kannst ja mitkommen und nachschauen. Mit 'nem Zwanziger biste dabei.«

Deke wußte, daß er mit ihr gehen mußte, denn sie war Joey und brauchte seine Hilfe. Sie hatte ihn Cowboy genannt. Das war das Signal. Er fummelte in der Tasche seines Hemdes nach Geld und zählte sechzehn Eindollarscheine ab.

»Ist das alles, was du hast?« fragte sie angewidert. Dann faßte sie ihn am Arm, damit er es sich nicht anders überlege. »Es langt, denk ich«, sagte sie und zog ihn die Straße hinunter.

Er ging bereitwillig mit. Nach fünf Minuten kamen sie in verlassene, schwachbeleuchtete Straßen. Sie schob Deke in einen Hauseingang und nestelte am Gürtel ihres Rocks. Der Stoff glitt auseinander. Darunter war sie nackt. Lässig lehnte sie sich an die Wand und spreizte die Beine.

»Weil du nicht auf die Zwanzig kommst, muß es im Stehen sein.«

Sie griff nach seinem Reißverschluß.

Er griff nach seinem Messer.
Sie war schneller als er. Bevor er recht merkte, wie ihm geschah, hatte sie sein Glied herausgeholt und streichelte es.
Er erstarrte, das Messer in der reglosen Hand.
Nach ein paar Sekunden sagte sie vorwurfsvoll und ungeduldig: »Na, komm schon.«
Er rührte sich nicht. Irgendwo in der Nacht kreischte eine Frau betrunkene Schmähungen.
Sie bearbeitete ihn weiter. Dann wieder ihre Stimme: »Was 'n los mit dir? Haste Probleme?«
Er benutzte sein Messer, seine wirkliche Waffe, und die Erleichterung war süß.
Sie schrie wie ein Tier, und in der Ferne kreischte die betrunkene Frau.
Als sie in sich zusammensank, war er voller Blut. Er zog sein Hemd aus und warf es über sie.
»Jetzt kannst du ausruhen, Joey«, sagte er leise. »Wenn ich getan habe, was ich tun muß, komme ich zu dir.«

51

Das Tempo, mit dem es bei ihm aufwärtsging, verwirrte Buddy. Eben noch war er ein unbedeutender, verzweifelt auf den Durchbruch hoffender Schauspieler gewesen, jetzt war er plötzlich Sadie La Salles neue Entdeckung und Star in einem vielversprechenden neuen Film.
Gott sei Dank war er wirklich nur Sadies Entdeckung. Sie hatte überhaupt nichts von ihm gewollt – zu seiner ungeheuren Erleichterung. Er war überzeugt gewesen, daß Palm Springs eine Falle war. Aber nein, Sadie hatte ihm sein Poster gezeigt, dann waren sie nach L. A. zurückgefahren, er hatte sie vor ihrem Haus abgesetzt, und das war's gewesen.
Sadie La Salle und Ross Conti. Irgendwie eine widersinnige Kom-

bination. Doch als er ein bißchen herumfragte, fand er heraus, daß sie gar nicht so absurd war. Dem Hollywoodklatsch zufolge war Ross einst von Sadie entdeckt und zum Star gemacht worden, und dann hatte er sie prompt sitzenlassen.

»Ich hoffe, Ihr Poster hat Ihnen gefallen«, sagte Ferdie, als Buddy am Montag im Büro vorbeischaute. »Ich mußte es den ganzen Weg hinschleppen, und jetzt kann ich es den ganzen Weg zurückschleppen.«

»Ich wünschte, ich sähe so aus!« scherzte Buddy.

Ferdie lächelte ihn an. »Und wie war Ihr Wochenende?« Er konnte sich die Frage einfach nicht verkneifen.

»He – ein schönes Wochenende. Kaum war ich angekommen, wollte Sadie, daß ich sie nach L. A. zurückbringe. Nicht mal in die Sonne setzen konnte ich mich.«

»Sie sind also gar nicht über Nacht geblieben?« fragte Ferdie.

»Nein.«

Ferdie wunderte sich ziemlich. »Äh – Sadie ist gleich für Sie frei. Sie telefoniert mit Oliver Easterne.«

»In Ordnung.« Buddy schlenderte durch das Büro und betrachtete die signierten Starfotos an den Wänden. Sein Blick fiel auf ein Foto des Serienhelden, der während George Lancasters Party ständig um Angel herumgelungert war. »Kennen Sie den Typen da?« fragte er Ferdie.

»Ich hänge bestimmt keine Bilder von Fremden auf«, erwiderte Ferdie. »Er ist bei unserer Agentur. Sadie betreut ihn natürlich nicht persönlich. Wir haben eine Fernsehabteilung.«

»Könnten Sie mir einen Gefallen tun?«

»Kommt darauf an, was für einen. Ich tu eine Menge für Madams Lieblingsklienten. Aber ich beschaffe keine Drogen oder Angehörige des anderen Geschlechts.«

Buddy brach in Lachen aus. »Wenn es mir um einen solchen Gefallen ginge, wären Sie der letzte, den ich darum bitten würde.«

»Besten Dank«, erwiderte Ferdie beleidigt.

»Nichts für ungut. Ich versuche ein Mädchen zu finden. Sie war

auf der Lancaster-Party – vielleicht mit diesem Typen.« Er zeigte auf das Foto.
»Wie heißt sie?«
Er konnte nicht gut sagen, daß sie Angel Hudson hieß.
»Ich hab' ihren Namen nicht richtig mitgekriegt. Könnte Angel sein. Sie ist eine bildhübsche Blondine – eine richtige Schönheit.«
»Ich will sehen, was sich machen läßt. In Hollywood kann es nicht viele Engel geben, das jedenfalls dürfte feststehen.«

Auf die Ankündigung hin, daß Montana Gray die Regie von *Menschen der Straße* übernahm, stieg George Lancaster sofort aus. Sofort. Er protestierte nicht einmal. Pamela und er jetteten einfach mit ihrer Privatmaschine nach Palm Beach, ohne sich ein einziges Mal umzusehen.
Im *Hollywood Reporter* wurde Pamela von George Christy mit der Bemerkung zitiert: »Hollywood ist ein beschissenes Nest voller Irrer.« Aber schließlich war Pamela noch nie für ihren Takt berühmt gewesen.
Zuerst war Oliver wütend. Er sah sein Kabelgeschäft davonschwimmen. Dann begann er nachzudenken, rechnete aus, wieviel er einsparte, wenn George Lancaster nicht spielte, und kam zu der Erkenntnis, daß er ihn entbehren konnte. Ginas Name genügte, um den Erfolg des Films zu sichern. Und er hatte Gina für die Hälfte ihrer normalen Gage bekommen – sehr zu Sadies Ärger. Buddy Hudson erhielt ein beschissenes Almosen, und der Betrag, den er Montana zahlte, war ein Witz.
Er hatte beschlossen, Buddy Hudsons Rolle auszubauen – wegen des jugendlichen Publikums. So ungern er Montana lobte, sie hatte da wahrlich einen Siegertyp entdeckt – der Junge war entwicklungsfähig.
Jetzt brauchte er nur noch eine geniale Idee für die Neubesetzung der Rolle des Mac – die er ohnehin umschreiben lassen wollte. Sie sollte kürzer und unbedeutender werden. Einen zwei-

ten George Lancaster wollte Oliver nicht, sondern einen soliden Schauspieler mit einem halbwegs guten Namen, jemanden, der keine übertrieben hohe Gage forderte.

Ross Conti, der ihm von Zack Schaeffer telefonisch angepriesen wurde, schien ihm recht gut geeignet. Nicht, daß Ross der einzige gewesen wäre. Zahllose eifrige Agenten meldeten sich und boten ihre Klienten an, aber Oliver gefiel der Ruf, in dem Ross Conti stand. Eine ungewöhnliche Besetzung. Der hübsche Junge Conti würde einen verwitterten alten Bullen spielen, seine erste anständige, anspruchsvolle Rolle – der Presse würde das sehr zusagen. Oliver sah jetzt schon das Titelblatt von *People*. Außerdem ließ sich Ross wieder mal scheiden, was zusätzliche Publicity bedeutete. Und die Chemie zwischen Ross und Gina mußte eigentlich stimmen. Es war eine bekannte Tatsache, daß Ross auf einen großen Busen abfuhr.

Wenn man die beiden zusammengab, was erhielt man dann?

Eine Menge guter Schlagzeilen. Genau das.

Ja. Die Sache gefiel ihm.

Neil Gray wurde drei Wochen nach seiner Herzattacke aus dem Krankenhaus entlassen. Allerdings kehrte er nicht nach Hause zurück, sondern zog in ein gemietetes Haus am Strand, mit einer privaten Krankenschwester als Betreuerin.

Montana hatte das Ganze arrangiert. »Es ist am besten so«, sagte sie zu ihm.

»Und was ist mit dir?« wollte er wissen. Er kam sich vor wie ein Mensch, den man von der Schwelle des Todes zurückgerissen hatte – und das traf ja auch zu.

»Ich will versuchen, an den Wochenenden herzukommen«, antwortete sie ausweichend.

Neil und sie hatten nicht über die Ursache seiner Herzattacke gesprochen. Es hatte keine lauten Auseinandersetzungen und keine Vorwürfe gegeben. Aber Neil wußte, daß Montana über alles im Bilde war, und er wollte sie auf keinen Fall verlieren.

»Versprochen?« sagte er und verabscheute sich wegen des bittenden Untertons in seiner Stimme.

»Ich will es versuchen. Aber mit dem Film und allem ...«

»Montana ...« begann er.

»Ich möchte nicht darüber reden«, unterbrach sie ihn wild. »Nicht, bevor ich dazu bereit bin.«

Also wurde er mit der Anweisung an den Strand verbannt, sich auszuruhen und ganz gesund zu werden, während seine Frau seinen Film übernahm – und Gina Germaine die weibliche Hauptrolle spielte. Eine wirklich bizarre Situation.

Er hätte Montana gern gefragt, warum sie sich mit Gina einverstanden erklärt hatte, aber er brachte den Namen dieser Frau nicht über die Lippen. Auf eine entsprechende Frage hätte Montana geantwortet, daß ihr nichts anderes übriggeblieben sei. Wenn sie Regie führen wollte, mußte sie alles akzeptieren, was Oliver Easterne wünschte. Andernfalls hätte er sich einen neuen Regisseur gesucht.

»Entscheiden Sie sich, wie Sie wollen«, das waren Olivers genußvoll geäußerte Worte gewesen. »Aber wenn Sie annehmen, erwarte ich keinerlei Schwierigkeiten von Ihnen. Ich bin am Ruder – das Arschloch hat das Sagen. Okay?«

Das dämliche Arschloch. Doch wenn die Dreharbeiten erst einmal anfingen, würde der Wind sich bald drehen. Jedermann wußte, daß immer der Regisseur den Produzenten am Wickel hatte, nachdem der Startschuß gefallen war.

Es war schwer zu glauben, daß Oliver Gina doch unter Vertrag genommen hatte. Aber er hatte es getan, und gezwungenermaßen fand Montana sich damit ab. Sie bat Gina zu einer Besprechung ins Studio. Was auch geschehen war, sie hatte beschlossen, aus der Sexbombe eine anständige schauspielerische Leistung herauszuholen.

»Ich war so entsetzt, als ich das mit Neil hörte«, erklärte Gina heuchlerisch mit vorquellenden Augen.

Montana erdolchte sie zuerst mit einem Blick, der alles sagte,

und dann mit Worten: »Vor allem müssen Sie zwanzig Pfund abnehmen. Ihr Haar wirkt nicht natürlich genug, das muß geändert werden. Und keine Modellkleider mehr, sondern Sachen von der Stange. Was das Make-up angeht: keine falschen Wimpern, kein Lippenglanz, kein Lidschatten.«
Gina zog ein finsteres Gesicht.
»Ich möchte nicht den Filmstar Gina Germaine auf der Leinwand sehen. Sie müssen versuchen, die Einfachheit der Nikki anzunehmen.«
Gina sah sie gelangweilt an.
»Wir sollten einander nichts vormachen«, fuhr Montana fort, um von vornherein Klarheit zu schaffen. »Ich wollte Sie nicht für die Rolle, und Ihnen ist es vermutlich sehr zuwider, daß ich Regie führe. Aber im Grunde wollen wir beide das gleiche, einen guten Film machen. Lassen wir also allen Quatsch, und arbeiten wir gemeinsam für den Film. Können wir uns darauf einigen?«
Gina war sichtlich überrascht. »Warum nicht?« antwortete sie nach kurzem Zögern, und die beiden Frauen besiegelten das Abkommen mit einem Händedruck.

»Er möchte heute im Ma Maison mit Ihnen lunchen«, sagte Zack Schaeffer. »Ich glaube, wir könnten zu einem Abschluß kommen. Wenig Geld, aber Sie sollten trotzdem zugreifen.«
Der Esel sagte ihm, er solle zugreifen? Zum Teufel, wer hatte ihm denn seit Monaten wegen *Menschen der Straße* in den Ohren gelegen? Sobald er erfahren hatte, daß George Lancaster ausgestiegen war, hatte Ross sich sofort mit Zack in Verbindung gesetzt.
»Rufen Sie sofort Oliver Easterne an, Zack!«
»Ich habe ihn schon hundertmal angerufen«, hatte Zack jammernd erwidert. Dem Kerl lag mehr daran, Koks zu schnupfen und Mädchen zu jagen, als seinen Klienten Rollen zu verschaffen.
»Dann rufen Sie ihn eben zum hundertundersten Mal an.«
Der Zeitpunkt war genau richtig gewesen. Noch nicht einmal die

Presse hatte von Georges Rücktritt gewußt. Ross verdankte die Information Karen. Endlich ein Anruf von ihr, der ihn interessiert hatte. Normalerweise klagte sie nur: »Warum sehe ich dich nicht? Was ist los mit dir?«

Er wußte nicht, was mit ihm los war. Seit der Episode in Palm Springs war er in keiner guten Verfassung. Sadie hatte ihn wie eine Art Sexobjekt behandelt. Sie hatte ihn dazu benutzt, ihren neuen Typen eifersüchtig zu machen. Zum erstenmal war Ross sich abgeschoben und wie ein Narr vorgekommen. Kein schönes Gefühl. Der Teufel sollte Sadie holen.

Er hatte sich in sein Hotelzimmer verkrochen, Tag und Nacht ferngesehen, nur den Zimmerservice hereingelassen und sich nicht mal rasiert. Seine Depression hatte mehrere Tage gedauert und ihm gar nicht behagt. Er war sich alt und verletzlich vorgekommen, und zu allem Elend war der Bart, der ihm langsam wuchs, grau gewesen. Himmel! Grauer Bart und schwindende Sonnenbräune – und er sah aus wie Methusalem. Entschlossen hatte er sich zusammengerissen. Gerade noch rechtzeitig, denn kurz darauf hatte Karen angerufen und ihm gesagt, daß George abreiste.

Elaine ließ ihm von Tag zu Tag mehr Nachrichten übermitteln. Anfangs hatte sie nur darum gebeten, er solle sie anrufen. Dann waren die Zettel, die man ihm unter die Tür schob, immer persönlicher geworden – was ihm peinlich war. Wollte sie die ganze Welt wissen lassen, was zwischen ihnen vorging?

Er mußte etwas unternehmen. Seinen Anwalt aufsuchen und die Scheidung einleiten. Aber er wußte nicht recht, ob er das überhaupt wollte. Sie hätte ihn nicht vor die Tür setzen dürfen. Er beschloß, sie noch ein bißchen leiden zu lassen, dann würde er weitersehen.

Buddy war noch nie so beschäftigt gewesen, aber es gefiel ihm. Man probierte Frisuren und Make-up an ihm aus. Er mußte zu Kostümproben und zu Fototerminen. Er hatte Besprechungen mit den Werbeleuten, die für ihn eine brauchbare Biographie zu basteln versuchten. Jeden Abend fiel er todmüde ins Bett. Der Freitag war sein erster freier Tag, und er beschloß, bei Shelly und Randy vorbeizuschauen. Vielleicht hatten die beiden etwas von Angel gehört. Außerdem wollte er ihnen das geliehene Geld zurückzahlen.

Gegen Mittag stand er vor Randys Wohnung. Er klingelte Sturm, und endlich kam Shelly an die Tür, nur mit einem übergroßen T-Shirt bekleidet, die roten Locken wirr, die Augen schlaftrunken und verschleiert vom Drogenkonsum.

»Ja?« murmelte sie, ohne zu merken, daß er es war.

»He – es ist großartig, daß du dich so lebhaft an mich erinnerst.« Sie starrte ihn ausdruckslos an, erkannte ihn schließlich. »Bud«, lallte sie. »Nett, dich sssu sehn, Bud.«

Er folgte ihr in die kleine Wohnung. Randy lag nackt auf dem Bett und schlief. In dem Raum herrschte ein noch größeres Chaos als sonst – überall Kleider, Schallplatten, leere Weinflaschen, halb gegessene Pizzas ... Auf dem Tisch neben dem Bett lagen ein Röhrchen Quaaludes, eine Spritze mit Nadel und eine Blechdose mit einer kleinen Menge Kokain.

Buddy erfaßte die Szene auf den ersten Blick. »Wie ich sehe, habt ihr beiden euch gefunden«, sagte er grob.

»Warum auch nicht?« konterte Shelly, gähnte und fuhr sich mit den Fingern durch das wirre Haar. »Besser als allein schlafen.« Sie nahm ein Paar Jeans und schlug damit auf Randys reglose Gestalt ein. »Wach auf, wir haben Besuch. Bud is da.«

»Verpiß dich!« brummte Randy.

»Wir haben 'ne wilde Nacht hinter uns«, erklärte Shelly und deutete vage auf die Drogen und das Zubehör. »Tatsächlich war's 'ne wilde Woche. Die Zeit verfliegt, wenn man ein bißchen Spaß hat. Willst du 'ne Prise Koks?«

Buddy schüttelte den Kopf. Hatte er da wirklich mitgemacht? Kein Wunder, daß Angel weggelaufen war.

»Hör mal«, sagte er schnell, »ich bin bloß vorbeigekommen, um euch das Geld zurückzugeben, das ihr mir geborgt habt.« Er griff nach seiner Geldscheinrolle.

»Waaas willst du? Kies ausspucken? Randy! Wach auf. Bud ist da. Und er hat Geld.«

Randy setzte sich wütend auf. »Verdammt noch mal, brüll nicht so. Ich kann das nicht ausstehen.«

»Was ist los mit dir?« fragte Buddy und deutete auf die Spritze. »Seit wann bist du dabei gelandet?«

»Ach, hör bloß auf mit deiner beschissenen Heuchelei. Rück die Piepen raus und verschwinde.«

Einen Moment lang dachte Buddy, er müsse etwas tun, müsse wenigstens mit den beiden reden. Aber dann dachte er: Bin ich verrückt? Sollen sie doch sehen, wo sie bleiben.

»Hier.« Er zog ein paar Scheine aus der Rolle und gab sie ihnen. »Ich denke, damit ist alles abgegolten.«

»Hast du ’nen Job?« fragte Shelly lallend.

»Ja.« Er dachte gar nicht daran, diesen Zombies, die total high waren, Einzelheiten zu verraten. »Äh – hört zu, ich bin umgezogen. Wenn Angel anruft, gebt ihr bitte meine Nummer.« Er schrieb sie auf den Telefonblock. »Und bitte versucht von ihr zu erfahren, wo sie ist. Ich muß sie unbedingt erreichen. Also – bis dann, ihr zwei.« Buddy ging rückwärts zur Tür.

»Verkaufst du wieder dein Ding?« fragte Shelly.

Er antwortete nicht. Als er draußen war, rannte er die Treppe hinunter, sprang in seinen Wagen und brachte möglichst schnell möglichst viel Abstand zwischen sich und diesen Teil seiner Vergangenheit.

»Adrian und ich haben die Sache besprochen und sind der Meinung, daß Sie zu uns ziehen sollten«, sagte Koko.

Angel wollte protestieren.

»Keine Widerrede«, gebot er. »Außerdem kommt die Kleine zurück, von der Sie die Wohnung gemietet haben.«

Angel wollte sich wehren, ihre neugewonnene Freiheit verteidi-

gen. Doch der Gedanke, zu Koko und Adrian zu ziehen, war so verlockend, daß sie nicht widerstehen konnte. Die beiden würden ihre Familie sein. Vorübergehend. War es denn schlimm, daß sie sich danach sehnte, irgendwohin zu gehören?
Ein paar Tage später luden Koko und sie ihre Habe in seinen Wagen, und Angel übersiedelte in das kleine Haus in den Hügeln. Anfangs kam sie sich fremd und wie das fünfte Rad am Wagen vor, doch Adrian behandelte sie so liebenswürdig und Koko so nett, daß sie sich bald ganz daheim fühlte.
Jetzt ließ sich auch ihre Schwangerschaft nicht mehr verbergen. »A-ha!« sagte Raymondo eines Morgens höhnisch, »mit unsereinem woll 'n Sie nich spielen. Aber woanders, da spielen Sie.«
»Kümmern Sie sich um die Kundinnen«, sagte Koko kurz angebunden, der wie immer allgegenwärtig war.
»Gott schütze uns vor geilen Puertoricanern«, sagte Koko hinter ihm her und wandte sich dann Angel zu. »Ich habe einen Arzt für Sie gefunden. Er wird Sie betreuen, bis das Baby geboren ist – sogar entbinden wird er Sie von dem kleinen Ungeheuer.« Er seufzte spöttisch übertrieben. »Wie wir mit einem Baby im Haus fertig werden sollen, ist mir ein Rätsel. Aber keine Sorge, wir schaffen es schon. Wahrscheinlich wird mich das Geschrei sogar selig machen.«
Sie drückte ihm die Hand. »Ich liebe Sie, Koko. Ich werde Ihnen immer dankbar sein. Für alles.«
Er errötete unter seinem exotischen Lockenkranz. »Bitte, Herzchen, keine Sentimentalitäten. Ich ertrage keinen emotionalen Druck. Das schadet meinem Hormonhaushalt.«

Oliver ließ einen Schauspieler gern zappeln, der nach einer Rolle gierte. Besonders einen berühmten Schauspieler. Gewöhnlich hatten die Kerle ihn in der Zange und quetschten ihn unverschämt aus. Bei Ross Conti hielt er alle Trümpfe in der Hand, und das behagte ihm. Sogar in zweifacher Hinsicht, denn er hatte darauf bestanden, daß Montana zu dem Essen hinzukam. Allein die

Namen Gina Germaine und Ross Conti in Verbindung mit dem Film würden sie krank machen.
»Himmel, Oliver«, hatte sie zornig gesagt, als er mit seinem Plan herausgerückt war, »ich kann verstehen, daß Sie George Lancaster für wichtig hielten – aber warum Ross Conti? Hier wimmelt es doch von wirklich guten Schauspielern.«
Jetzt, am gewohnten Tisch im Ma Maison, war Oliver in seinem Element. Sogar seine Hämorrhoiden plagten ihn nicht – ein Beweis dafür, daß Ärger ihm nicht bekam.
Montana war gereizt, weniger gelassen und kühl als sonst.
Ross gab sich von seiner besten Seite, und Oliver spielte mit ihm wie eine boshafte Katze mit einer Maus.
»Ich halte es für eines der besten Drehbücher, die ich gelesen habe«, sagte Ross eifrig. »Die Handlung ist flott und realistisch, und die Rolle ist wie für mich geschrieben.«
Wenigstens gefällt es ihm, dachte Montana. Immerhin ein Fortschritt im Vergleich zu George, der es vermutlich gar nicht gelesen hatte.
»Sadie hat mich heute vormittag angerufen«, sagte Oliver und polierte seine Gabel eifrig mit einer Serviette. »Sie glaubt offenbar, daß Adam Sutton an der Rolle interessiert ist.«
Ross schluckte und schwieg. Er wußte genau, was Oliver mit ihm machte, aber er mußte stillhalten.
»Adams Gagenforderung ist natürlich lächerlich«, fuhr Oliver fort, wobei er Dani und Hal Needham zuwinkte. »Aber er ist sehr populär, besonders in Europa.« Seine Gabel glänzte jetzt, und er bewunderte sein Werk. »Wissen Sie, Ross, Zack ist sehr schwierig. Mir ist natürlich klar, daß Sie Ihren Preis haben.« Er zuckte mit den Schultern. »Aber ich glaube, ich sollte Ihnen nicht verhehlen, daß bei dem Film das Budget schon überzogen ist, bevor wir überhaupt zu drehen anfangen.«
Ross begann zu schwitzen. Er hatte vor dem Mittagessen mit Zack gesprochen. Olivers Angebot war eine Beleidigung. Rechnete der Kerl damit, ihn noch billiger zu bekommen?

»Offen gesagt«, fuhr Oliver mit großmütiger Geste fort, »wenn wir uns wegen der Gage einigen können, gehört die Rolle Ihnen. Wenn nicht ...« Wieder zuckte er mit den Schultern. »Ich muß bis vier Uhr heute nachmittag Ihre Entscheidung haben.«

Montana stand auf. »Die Herren entschuldigen mich sicher«, sagte sie. »Ich kann mir zur Zeit den Luxus einer ausgedehnten Lunchpause nicht leisten. Wir beginnen in einer Woche zu drehen, und ich habe tausend Dinge zu erledigen.«

»In einer Woche?« stieß Ross hervor.

»Genau«, antwortete sie. Er tat ihr leid. Sie mochte ihn und dachte, daß er vielleicht gar nicht schlecht für die Rolle wäre. Sie winkte Oliver kurz zu, sagte: »Bis dann« und ging.

»Ich glaube, sie wird einen verdammt guten Film machen«, räumte Oliver widerwillig ein, »obwohl sie eine Frau ist.«

»Sie hat ein großartiges Drehbuch geschrieben.«

»O ja«, gab Oliver zu. »Natürlich mußte ich ein paar Änderungen vornehmen.« Er hob sein Glas Perrier und zeigte zum Eingang des Restaurants. »Ist das nicht Ihre Frau?«

Ross blickte sich um und sah Elaine mit Maralee hereinkommen. Lieber Himmel, das hatte ihm gerade noch gefehlt! Rasch rückte er seinen Stuhl ein Stück herum und hoffte, daß sie ihn nicht entdeckte.

Doch sie sah ihn natürlich sofort, und sobald Maralee einen Tisch gefunden hatte, segelte sie heran.

»Hallo, Oliver«, sagte sie mit einem gewinnenden Lächeln. »Hallo, Ross.« Ein verletzter, anklagender Blick.

Die beiden Männer erwiderten ihren Gruß.

Verlegenes Schweigen.

»Trinkst du später mit mir Kaffee, Ross? Ich muß etwas mit dir besprechen.«

Wenigstens war sie so vernünftig, vor Oliver keine Szene zu machen.

»Warum nicht?« entgegnete er liebenswürdig, obwohl er durchaus nicht die Absicht hatte.

»Danke.« Sie nickte kurz. Recht bescheiden für Elaine. Ohne ein weiteres Wort kehrte sie zu Maralee zurück.
»Wie ich höre, leben Sie getrennt«, sagte Oliver, als sei das etwas Neues.
»Nur vorübergehend«, erwiderte Ross leichthin. »Eine Sache, die wir jederzeit bereinigen können.«
»Gut. Ich sähe Sie nicht gern als freien Mann in Ginas Nähe.« Oliver redete, als habe er Ross die Rolle schon zugesagt. Aber Oliver konnte man ungefähr so trauen wie einem hungrigen Piranha.
»Ich habe das Gefühl, daß wir uns einigen werden«, sagte Oliver. »Aber reden Sie mit Ihrem Agenten – ich kann kein Geld aus dem Ärmel zaubern. Seien Sie vernünftig, dann sind wir im Geschäft.«
Schweinehund, dachte Ross. Was ist aus dem ganzen Geld geworden, das du George Lancaster jetzt nicht mehr in den Rachen stecken mußt? Wäre Sadie seine Agentin gewesen …

»Er sieht schrecklich aus«, sagte Elaine bekümmert.
»Für mich sieht er aus wie immer«, entgegnete Maralee und hätte gern hinzugefügt: Du bist diejenige, die schrecklich aussieht.
»Sein Haar ist zu lang, er hat Tränensäcke unter den Augen, und er hat zugenommen«, erklärte Elaine. »Er vernachlässigt sich.«
Du dich auch, dachte Maralee. Sie hatte Elaine noch nie zuvor mit abgesplittertem Nagellack gesehen. Und da sie vom Gewicht sprach: Die Freundin wirkte regelrecht mollig. Und das Haar – hatte sie nicht vorn in der Mitte eine graue Strähne, für jedermann zu sehen?
Maralee strich über ihre untadeligen blonden Locken. Ich, dachte sie, fände auch in der schlimmsten persönlichen Krise bestimmt noch Zeit, mich zu pflegen. Elaine beging einen schweren Fehler, indem sie sich so gehenließ.
»Ich möchte wissen, was Ross bei Oliver sucht«, überlegte Elaine laut.

»Angeblich soll er die Rolle von George Lancaster übernehmen«, sagte Maralee.
»Besten Dank, daß du mir das erzählst«, erwiderte Elaine frostig.
»Ich habe es eben erst erfahren, und ich wußte ja, daß ich dich hier treffe.« Maralee hielt inne und wechselte dann entschlossen zu dem Thema über, das ihr am Herzen lag. »Neil hat es mir gesagt. Ich spreche jeden Tag mit ihm. Er macht gute Fortschritte, weißt du.«
»Korrigiere mich bitte, wenn ich unrecht habe«, entgegnete Elaine gereizt. »Aber Montana und er sind doch noch zusammen, oder?«
»Ich denke schon – in gewisser Weise. Aber ich glaube nicht, daß es noch lange geht.«
Elaine konnte ihre Überraschung nicht verbergen. »Und du willst ihn wiederhaben? Obwohl er dich sitzenließ?«
Maralee warf die blonden Locken zurück. »Du hast es nötig, von Sitzenlassen zu reden. Würdest du Ross zurücknehmen?«
Elaine würgte an ihrem Zorn. »Ross hat mich nicht sitzenlassen. Ich habe ihn hinausgeworfen. Wegen seiner Affäre mit unserer lieben Freundin Karen. Und weil wir gerade beim Thema sind, du mußt gewußt haben, was sich abspielte. Warum hast du es mir nicht gesagt?«
»Weil ich es eben nicht wußte.«
»Möglich. Du warst zu sehr damit beschäftigt, Randy zu bumsen. Was ist eigentlich aus ihm geworden? Hatte er im Bett mehr drauf als auf seinem Konto?«
Maralee setzte rasch eine große weiße Sonnenbrille auf. »Ich weiß nicht, was mit dir los ist. Du sagst Dinge zu mir, die eine Freundin nicht sagen sollte.«
»Wer sonst außer deiner Freundin sollte sie dir sagen?« antwortete Elaine nicht unlogisch. Ein Kellner kam vorbei, und Elaine faßte ihn am Ärmel. »Noch einen Wodkatini«, bestellte sie. »Oder lieber gleich zwei. Ich hasse die Pause zwischen den Drinks.«

Das Telefon störte Buddy bei seinen Liegestützen.
»Sie brauchen unbedingt einen Antwortdienst«, schalt Ferdie am anderen Ende der Leitung. »Soll ich das für Sie deichseln?«
»Nur zu«, antwortete Buddy. Er konnte sich ja allmählich darauf vorbereiten, daß er bald ein Star sein würde.
»Ich habe die Nummer des Mädchens, das Sie suchen«, erklärte Ferdie lässig. »Sie heißt tatsächlich Angel. Und sie arbeitet in einem Friseursalon am Sunset Boulevard.« Er gab Buddy die Nummer durch und hängte einen Ratschlag an: »Achten Sie darauf, mit wem Sie sich einlassen. Bald wird über alles, was Sie tun, in Bild und Wort berichtet werden. Normalerweise ist es am besten, mit Schauspielerinnen auszugehen, denn die kennen sich in dem Punkt aus.«
Buddy grinste. Manchmal redete Ferdie wie eine blasse Imitation von Sadie. Sie hatte ihm denselben Vortrag gehalten.
»Danke. Ich werde es mir merken. Jetzt muß ich aufhören, denn in meiner Badewanne wartet Linda Evans.«
»Angeber«, entgegnete Ferdie spöttisch.
»Von wegen!«
Buddy legte auf und holte tief Luft.
Angel. Heute kommst du zu mir zurück.
Er wählte die Nummer, die Ferdie ihm gegeben hatte, und wartete ungeduldig, während es am anderen Ende klingelte.
Eine Männerstimme meldete sich: »Koko's.«
»Ja – äh – ich möchte Angel sprechen.«
Eine Pause, dann: »Wer möchte sie sprechen?«
»Sagen Sie ihr, ein Freund.«
»Ich bin überzeugt, daß Sie kein Feind sind, aber Angel ist im Augenblick nicht hier. Vielleicht hätten Sie die Güte, mir Ihren Namen und Ihre Nummer zu sagen. Angel ruft dann zurück.«
Scheiße! Aufgeblasener blöder Kerl.
»Ich melde mich später wieder«, sagte Buddy verärgert.
»Vielen Dank«, sagte Koko.
Buddy legte auf und blickte ins Leere. Er hätte sich die Adresse

geben lassen, in seinen Wagen steigen und hinfahren sollen. Dann hätte er sich Angel schnappen und sie ohne langes Hin und Her zurückholen können.
Aber vielleicht wollte sie gar nicht zu ihm zurück. Ein erschreckender Gedanke. Buddy wagte gar nicht, ihn zu Ende zu denken.

»Für Sie hat jemand angerufen«, sagte Koko, als Angel vom Arzt zurückkam.
»Wer war es?«
»Er wollte seinen Namen nicht nennen.«
Buddy, dachte sie. Lieber Gott, laß es Buddy sein!
»Ruft er noch mal an?« fragte sie ängstlich.
»Wenn nicht, ist es sein eigener Schaden, Herzchen.«

Eben war er noch dagewesen, und jetzt war er weg. Elaine sah in hilfloser Wut zu dem leeren Tisch hinüber. Sie war nur eine Minute in der Damentoilette gewesen, und diese Minute hatte der Schuft ausgenutzt, um zu verschwinden.
»Hast du Ross gehen sehen?« fuhr sie Maralee an.
»Nein.«
Elaine ließ sich auf ihren Stuhl fallen. »Ich hasse dieses verdammte Lokal«, sagte sie. »Es ist voll von aufgeblasenen Nullen, die sich Sorgen wegen dieser und jener Party machen. Wer nicht eingeladen wird, bleibt daheim und schaltet sämtliche Lichter aus, damit alle meinen, er sei verreist.«
Maralee blinzelte. »Was?«
»Nichts«, antwortete Elaine mit brüchiger Stimme. »Ich rede schon wie Ross.« Sie seufzte. »Genehmigen wir uns noch einen Drink.«
»Lieber nicht«, entgegnete Maralee mißbilligend. »Ich habe heute nachmittag Ballettunterricht.«
»Scheiße!« rief Elaine aggressiv. »Dieses Lokal ist voll davon!«

Fünf Minuten vor vier gab Ross Conti seinem Agenten die Anweisung, Oliver Easterne anzurufen und unter jeder Bedingung abzuschließen.
»Wenn wir mit Ihrer Gage noch weiter heruntergehen, weiß es morgen die ganze Stadt. Und dann wird es teuflisch schwer sein, sie wieder hochzubringen.« Zack Schaeffer senkte die Stimme: »Wissen Sie, Ross, ein Schauspieler ist wie eine Hure. Die fickt entweder für einen Fünfer oder für einen Fünfziger. Sie verstehen, was ich meine?«
»Ich will diese Rolle haben, Zack. Und ich bin die Hure, die alles tut, um sie zu kriegen. Rufen Sie Oliver an. Auf der Stelle.«

52

Der Arzt rief sehr früh am Morgen an, als Leon noch schlief.
»Könnten Sie nicht bei mir vorbeikommen?« fragte der alte Mann, als wohne Leon um die Ecke. »Ich habe die Krankengeschichte von Andrews gefunden, und sie ist sehr interessant.«
»Geht leider nicht«, erwiderte Leon und rückte von Millies reglosem Körper weg. »Bleiben Sie bitte eine Minute dran.«
Er hastete mit dem Apparat ins Bad und schloß die Tür. Dann setzte er sich auf die Toilette und hörte zu. Was er erfuhr, war wirklich interessant. Nachdem der Arzt die Karteikarten gefunden hatte, schien er sich an alles zu erinnern.
»Willis Andrews war ein stiller kleiner Mann«, berichtete er. »Kam ursprünglich wegen Migräne zu mir. War aber keine Migräne – es war seine Frau. Sexuelle Probleme. Damit rückte er erst beim dritten oder vierten Besuch heraus. Wissen Sie, damals sprach man über Sex nicht so offen wie heute.«
»Richtig«, sagte Leon.
»Das Problem bei Mr. Andrews war, daß es bei ihm mit der Erektion nicht klappte«, fuhr der Arzt fort. »Und das führte daheim zu

Reibungen. Offenbar wollte Mrs. Andrews unbedingt schwanger werden.«

»Ach?«

»Ich versuchte den Mann zu beraten. Wir sprachen über Vitamine, eine bestimmte Kost, die Technik.«

»Konnten Sie Willis Andrews helfen?«

»Leider nein. Er hatte den besten Willen, aber ich erinnere mich, daß ich damals nach mehreren Konsultationen zu der Ansicht gelangte, das Problem liege nicht bei ihm, sondern eher bei seiner Frau ...«

»Kam sie zu Ihnen?«

»Bedauerlicherweise nicht. Ich schlug ihm vor, sie zu mir zu schicken, aber das regte ihn schrecklich auf. Wenn man bedenkt, was später passierte, wünschte ich, ich hätte darauf bestanden.«

»Was ist später passiert?« fragte Leon neugierig.

»Ich habe mir damals einen Bericht über die Sache aus der Zeitung ausgeschnitten und ihn zu Willis Andrews' Krankengeschichte gelegt.«

»Über welche Sache?« drängte Leon.

»Das Ehepaar Andrews adoptierte ein Kind. Ein Mädchen. Das Kind starb bei einem Unfall. Die Andrews erklärten übereinstimmend, es sei die Treppe heruntergefallen. Die Nachbarn behaupteten, es sei zu Tode geprügelt worden. Das Ehepaar wurde verhaftet, aber irgendwann wurde die Anklage fallengelassen. Wegen Mangels an Beweisen oder so ähnlich. Natürlich verließen sie die Stadt. Ich verstand die ganze Geschichte einfach nicht. Willis Andrews war kein gewalttätiger Mensch.«

Leons Gedanken rasten. Warum hatten die beiden überhaupt ein Kind adoptiert? Konnte es sein, daß sie wegen Willis' Problem keine eigenen Kinder kriegten? Bei seinen Nachforschungen hatte Leon keine einzige Information über Dekes Geburt gefunden. Konnte es sein, daß auch Deke adoptiert war? Er brauchte weitere Informationen, viele Informationen. Er mußte herausfinden, wer Deke Andrews wirklich war.

53

Die Besetzung stand.

Eine Oliver-Easterne-Produktion. *Menschen der Straße.* In den Hauptrollen Gina Germaine und Ross Conti, neu vorgestellt wird Buddy Hudson als Vinnie.

Produzent Oliver Easterne. Regie Montana Gray.

Zwei Wochen Innenaufnahmen im Studio. Dann acht Wochen Außenaufnahmen.

Drei Tage vor Drehbeginn fand im Westwood Marquis Hotel eine Party für die Presse statt, auf der die Stars den Medien vorgestellt wurden.

Montana hätte Gina Germaine am liebsten erwürgt. Hochtoupiertes wasserstoffblondes Haar. Ein weißes Kleid, das sich über ihren Kurven spannte und kaum die berühmten Hügel bedeckte.

»Der Grundgedanke war, der Presse zu zeigen, daß diese Rolle für Sie die große Wende ist«, sagte Montana ätzend zu ihr. »Wie sollen die Leute Sie ernst nehmen, wenn Sie aussehen, als wollten Sie in Vegas auftreten?«

»Seien Sie nicht sauer, Schätzchen«, entgegnete Gina schmeichelnd. »Ich fürchte, Sie werden bald feststellen, daß ich immer im Mittelpunkt der Aufmerksamkeit stehe – egal, was ich anhabe.«

Offensichtlich hatte das Frauenzimmer kein Wort von dem verstanden, was Montana ihr bei ihrer ersten Besprechung auseinandergesetzt hatte.

»Hören Sie«, sagte Montana, »ich glaube, wir müssen uns unterhalten.«

»Nicht jetzt, Herzchen«, gurrte Gina abweisend, zeigte auf die wartenden Presseleute und fuhr sich mit der Zungenspitze über die glänzenden Lippen.

»Dann morgen früh«, beharrte Montana.

»Wenn ich nicht arbeite, stehe ich nie vor zwölf auf.«

»Dann lunchen wir zusammen.«

Ein zögerndes Seufzen. »Na, schön.«
Montanas Blick fiel auf Ross Conti. Er sah hervorragend aus. Was war aus dem alternden Schauspieler geworden, mit dem sie im Ma Maison gegessen hatte?
Einige Zeit unter einer Höhensonne. Geschickt gebleichte Haare, um das Grau zu verbergen. Eine Gesichtsbehandlung. Eine Massage. Zwei Tage Fasten. Spezialtropfen gegen die Rötung der Augen.
»O nein!« murmelte Montana. Ihre Hauptdarsteller waren zwei eitle Hollywoodfilmstars, die so gut wie möglich aussehen wollten und den Film zur Sau machen würden. Aber die beiden sollten es mit ihr zu tun kriegen, das nahm sie nicht hin.
Nur Buddys Aussehen entsprach Montanas Vorstellungen. Nichts, was er tat, konnte seiner animalischen Sexualität etwas anhaben. Montana bezweifelte nicht, daß er mit diesem Film gemacht sein würde, ob sie eine gute schauspielerische Leistung aus ihm herausholte oder nicht.
Gina drehte sich zweimal nach ihm um, als er an ihr vorbeiging. Sie nahm ihn unter die Lupe wie ein Fachmann einen schönen Edelstein.
Während Gina sich Buddy sehr genau ansah, visierte Ross sie an. Sie hatte ein paar Dinger, wie er sie lange nicht gesehen hatte. Warum fand er keine Frau mit Ginas Titten, Karens Brustwarzen, Sadies Geschäftstüchtigkeit und Elaines Hang zu weiblicher Fürsorge?
Sadie ging er auf der Party aus dem Weg. Er konnte ihr nie verzeihen, wie tief sie ihn gedemütigt hatte.
Trotzdem, er lachte zuletzt, denn er hatte die Rolle in *Menschen der Straße.* Allerdings war er stinkwütend gewesen, als er das neue Drehbuch erhalten hatte. Seine Rolle war schändlich zusammengestrichen.
»Machen Sie sich nichts draus«, hatte Montana ihn beschwichtigt. »Ignorieren Sie die gekürzte Version. Wir drehen nach dem Original – aber verraten Sie Oliver nichts.«

Sadie beobachtete Ross mit einer Mischung aus Reue und Befriedigung. Sie wußte, daß sie ihn getroffen – zumindest seinen Stolz verletzt hatte. Aber ihre Rache war nichts im Vergleich zu dem, was er ihr angetan hatte. Sie hätte ihn noch viel mehr hernehmen sollen.
Zu spät – er wich ihr aus. Schade. Sie hätte für ihn das Doppelte der Gage herausgeholt, mit der er sich zufriedengab.
Buddy strahlte. Er war dazu geboren, im Rampenlicht zu stehen. Ein leuchtender Stern. Nun, vielleicht noch kein Stern am Filmhimmel, doch auf dem Weg dorthin, oder? Bereit für einen kometenhaften Aufstieg.
Ein hübsches schwarzes Mädchen mit Stupsnase sagte: »Hallo, ich bin Virgie von *Teen Topics.*« Sie fummelte an einem Tonbandgerät herum. »Darf ich Ihnen ein paar Fragen stellen?«
Buddy lächelte. »Aber gern.« Allmählich gewöhnte er sich daran, über sich zu sprechen. Dreiundzwanzig Interviews im Zusammenhang mit dem Film in fünf Tagen. Er hatte kaum Zeit, auf die Toilette zu gehen, und schon gar keine Zeit, Angel aufzuspüren. Es war bei dem einen Anruf geblieben. Um Angel zurückzugewinnen, brauchte er Muße und Ruhe.
Virgies Band begann zu laufen. »Wo sind Sie geboren?« fragte sie.
Atemlose Stimme, Schweiß auf ihrer Oberlippe. War sie nervös? Weil sie ihn interviewen sollte?
»New York«, log er. »In der Gegend, die ›Höllenküche‹ heißt. War hart, aber ich hab's geschafft.«
»Wann sind Sie nach Hollywood gekommen?«
»Voriges Jahr. Die ganze Strecke von New York per Anhalter. Als ich hier ankam, probierte ich mehrere Jobs aus. Rettungsschwimmer, Sportberater für Kinder, Taxifahrer. Solche Sachen eben.« Er unterbrach sich, um die Dramatik zu steigern. »Eines Tages steigt Sadie La Salle in mein Taxi, und – wumm! – da passiert es. ›Sind Sie Schauspieler?‹ fragt sie. ›Ja‹, antworte ich. ›Dann melden Sie sich sofort bei Oliver Easterne‹, sagt sie.«

Virgie bekam große Augen. »So was!«

»He – es war unglaublich. Eine Woche später hab' ich schon Probeaufnahmen gemacht. Können Sie sich das vorstellen?«

Sie nahm getreulich jedes Wort auf.

»Alles okay, Buddy?« fragte Pusskins Malone, der PR-Chef, der ihm beim Basteln seiner neuen Biographie geholfen hatte.

Buddy formte zur Bestätigung mit Daumen und Zeigefinger einen Kreis.

»Die Fotografen wollen Aufnahmen von Ihnen, zusammen mit Gina. Entschuldigen Sie uns, meine Liebe.«

Virgie nickte. »Vielen Dank«, sagte sie zu Buddy. »Ich bin sehr neugierig auf Ihren Film. Vielleicht können wir wieder ein Interview machen, wenn er in die Kinos kommt.«

»Klar. Warum nicht?« Huldvoller Star bis in die Fingerspitzen. Buddy war in seinem Element.

»Haben Sie eine Pressemappe bekommen, meine Liebe?« fragte Pusskins die Reporterin. »Fotos, Bios – sie liegen bei der Tür. Wenn Sie sonst etwas brauchen, rufen Sie mich ruhig an.«

»Werde ich.«

»Niedliches Ding«, sagte er und zog Buddy rasch zu Gina hinüber. Sie war von einer Schar begeisterter Fotografen umringt.

»Kennen Sie Supermöse schon?« fragte Pusskins.

»Hatte noch nicht das Vergnügen.«

Pusskins lachte zynisch. »Attila der Hunnenkönig mit Titten.«

»Nicht mein Typ.«

»Das spielt keine Rolle. Entscheidend ist, ob Sie ihr Typ sind. Wenn ja – sehen Sie sich vor!«

»Danke, ich habe von der Sache mit Neil Gray gehört.«

»Der hatte Glück. Ein paar Typen sind zwischen diese Schenkel getaucht und eine Woche nicht mehr gesehen worden.«

Gina begrüßte Buddy mit hungrigen Augen, einem einstudierten Lächeln und vorgerecktem Busen. »Ist er nicht sexy, meine Lieben?« gurrte sie die Fotografen an.

»Küssen Sie ihn, Gina.«

»Umarmen Sie ihn, Gina.«
»Ein bißchen mehr Busen zeigen, Gina.«
Sie mag sich aufspielen, dachte Buddy, aber unter dem Make-up, der Frisur und dem koketten Gehabe ist sie kalt wie ein Eisblock.
Die Fotografen knipsten nonstop, während Gina ihm ein paar Anweisungen zuflüsterte: »Lächeln Sie.« – »Schauen Sie sexy.« – »Um Himmels willen, bewegen Sie sich, Sie stehen in meinem Schatten.« Dann: »Was machen Sie später?«
Er reagierte nicht darauf.
Oliver schlenderte strahlend heran. »Was für ein Paar! Geniale Besetzung.«
Montana, die ein Interview mit Vernon Scott von UPI machte, beobachtete die Szene von weitem und stöhnte innerlich. Ein schöner Start für ihren Film.
Ross war von Virgie aufgespürt worden. Sie hielt ihm ihr Tonbandgerät unter die Nase.
Sadie beobachtete Gina und Buddy, während sie für die Fotografen posierten. Wäre Ross ihr Klient gewesen, hätte sie dafür gesorgt, daß er ebenfalls ins Bild kam. Wenn morgen im ganzen Land die Fotos mit Berichten über *Menschen der Straße* erschienen, würden Gina Germaine und Buddy Hudson im Mittelpunkt stehen und der arme alte Ross nur am Rand erwähnt werden.
Er tat ihr leid. Dann erinnerte sie sich, und ihre Miene wurde hart. Zum Teufel mit Ross Conti. Er bekam nur, was er verdiente.
Sie wandte sich ab und sah nicht mehr, daß Pusskins auf Ross zuging und ihn rasch zu der Fotografenrunde hinschob.

Little S. Schortz fuhr dreimal am Haus der Contis vorbei. Er wußte nicht recht, ob er hineingehen sollte. Er kannte Mrs. Conti nicht, und eine Ehefrau konnte sehr unangenehm werden, wenn man ihr Fotos von ihrem Mann präsentierte, die ihn mit einer anderen im Bett zeigten. Da Mr. Conti jedoch zu dem vereinbarten Treffen nicht erschienen war, hielt Schortz Mrs. Conti für die beste Lösung.

Ein Polizeifahrzeug glitt langsam vorbei, und der Polizist warf ihm einen prüfenden Blick zu. Little bog rasch in die Auffahrt der Contis ein und parkte. Er hatte in der Zeitung gelesen, daß sie sich getrennt hatten. Wenn Mrs. Conti Beweismaterial für die Scheidung brauchte, er konnte es liefern – reichlich. Und wenn sie bezahlte, gehörte es ihr.

Er stieg aus, ging zur Haustür und stellte nicht ohne Neid fest, daß manche Leute zweifellos zu leben verstanden.

Ein mürrisches spanisches Dienstmädchen öffnete und fauchte: »Sí?«

Er richtete sich zu seiner vollen Größe auf, die etwas mehr als einen Meter sechzig betrug, und reichte ihr eine schmuddelige Visitenkarte. »Geben Sie das Mrs. Conti«, sagte er mit der ganzen Autorität, die er aufzubieten vermochte. »Sagen Sie ihr, es handelt sich um ihren Mann.«

»Miiister Conti nicht da. Er weggehen – kommen Sie andermal wieder.« Lina wollte die Tür wieder schließen.

Schortz stellte rasch den Fuß dazwischen.

»Nehmen Sie Ihren verdammten Fuß weg«, schrie Lina.

»Ich möchte zu Mrs. Conti – Mrs. Conti«, wiederholte er hartnäckig. »Geben Sie ihr meine Karte.«

Lina sah ihn mißtrauisch an. »Warum nicht gleich sagen, Miisus?«

»Habe ich.«

»Sie warten.«

Die Tür flog mit solcher Wucht zu, daß sein Fuß herausgedrückt wurde. Er hüpfte vor Schmerz und Wut auf einem Bein. Um ein Haar hätte ihn dieses Weib auf Lebenszeit zum Krüppel gemacht. Egal wie Elaine Conti war, sie konnte nur besser sein als ihr Hausmädchen.

»Ah, Lina, da sind Sie ja«, sagte Elaine zuckersüß. Sie schuldete dem Mädchen den Lohn für zwei Wochen und mußte es daher behandeln wie ein rohes Ei.

Lina zog ein finsteres Gesicht und streckte die Karte hin.
»Was ist das?«
»Mann an Tür«, knurrte Lina und verschwand in die Küche.
Elaine besah sich mit zusammengekniffenen Augen die Karte. Sie hatte ihre Kontaktlinsen noch nicht eingesetzt, und der Druck auf der Karte war dreckverschmiert und undeutlich. Elaine folgte Lina in die Küche: »Was will der Mann?«
Lina zuckte gleichgültig mit den Schultern. »Weiß nicht.« Sie machte sich an der Spüle zu schaffen.
O Gott, ein Gläubiger! Ross hat aufgehört, die Rechnungen zu bezahlen.
»Lina«, schmeichelte sie, »würden Sie ihm bitte sagen, ich sei nicht zu Hause?«
Lina ignorierte sie und klapperte mit dem Geschirr.
»Lina, meine Liebe, bitte.«
Das Mädchen drehte sich um und sah sie finster an. »Mann sehr grob. Ich nicht mit ihm reden.«
Elaine stampfte mit dem Fuß auf. »Ich bezahle Sie schließlich dafür, daß Sie mir solche Leute vom Hals halten.«
»Sie mir bezahlen gar nichts«, schrie Lina triumphierend.
Elaine stürmte aus der Küche. Himmel! Sie wurde wohl noch selbst mit einem lausigen Gläubiger fertig und brauchte nicht das Dienstmädchen anzubetteln. Wie konnte Lina es wagen, sich so zu benehmen!
Entschlossen ging sie zur Haustür und riß sie auf. »Ja?« schrie sie. »Was gibt's?«
Little warf einen Blick auf die wild dreinschauende Elaine Conti in dem pfirsichfarbenen Negligé, wich zwei Schritte zurück, stolperte prompt und hätte sich fast das Genick gebrochen.
Elaine half ihm auf die Beine, eingedenk der Tatsache, daß er sich auf ihrem Grundstück befand und sie auf Schadenersatz verklagen konnte, wenn er sich verletzt hatte.
»Ich bin Little S. Schortz«, keuchte er. »Privatdetektiv. Und ich habe ein paar Fotos, die Sie interessieren dürften.«

»Was machen Sie später?« flüsterte Gina Buddy noch einmal ins Ohr.

Der Presseempfang ging zu Ende. Die Bar war eben geschlossen worden, und das bedeutete im allgemeinen einen Massenaufbruch.

»Ich weiß nicht, wie Sie es halten, aber ich arbeite an meiner Rolle«, antwortete er.

Sie leckte sich die vollen, glänzenden Lippen und lächelte einladend. »Sollen wir den Text zusammen durchgehen? Wollen Sie 'nen Filmstar bumsen?«

Er mimte Überraschung. »He – glauben Sie wirklich, Ross Conti würde mit mir ...«

Sie runzelte die Stirn. »Wenn Sie schwul sind, Schätzchen, bin ich die Mutter von Sadie La Salle.«

»Ganz wie Sie meinen.« Er verzog sich rasch, solange noch Leute in der Nähe waren. Wer hätte gedacht, daß er eines Tages einen waschechten berühmten Filmstar zurückweisen würde? He, he, he – mit zunehmendem Alter wurde er anscheinend klüger. Er hatte die Dame auf den ersten Blick durchschaut, und sie machte ihn nicht mal scharf. Wie hieß der berühmte Spruch von Paul Newman? »Warum Hamburger essen, wenn man zu Hause ein Steak hat?«

Er allerdings hatte nichts zu Hause. Und dabei sollte Angel ihn erwarten.

Er mußte etwas unternehmen. Je länger er wartete, um so schwieriger wurde es. Entschlossen suchte er eine Telefonzelle. Es war schon nach sechs, aber vielleicht war Angel noch im Laden.

Die gleiche Männerstimme meldete sich: »Koko's.«

»Ich möchte Angel sprechen«, sagte Buddy.

»Das möchte manch einer«, antwortete die Stimme.

Buddy begann zu kochen. »Ist sie da oder nicht?«

»Bedaure, nein. Kann ich etwas ausrichten?«

»Wo kann ich sie erreichen?«

»Nirgends.«
»Aber ich muß sie sprechen.«
»Tut mir leid. Irgendeine Nachricht?«
Zögernd hinterließ Buddy Namen und Nummer. »Sorgen Sie bitte dafür, daß sie die Nachricht bekommt. Es ist wirklich dringend.«
Koko notierte sich alles und überlegte, ob er Angel von dem Anruf erzählen sollte. Sie war jetzt so ruhig und glücklich. Brauchte sie diesen Ehemann wirklich wieder?
Vielleicht doch nicht. Koko faltete den Zettel zusammen und steckte ihn in die Hemdtasche. Er wollte die Sache später mit Adrian besprechen. Adrian traf immer die richtigen Entscheidungen.

Gina Germaine, durch Buddys mangelndes Interesse verletzt, wandte ihre Aufmerksamkeit Oliver Easterne zu – zu seiner größten Bestürzung.
»Ihr Star möchte gern mit Ihnen zu Chasen's zum Dinner gehen«, schnurrte sie. »Außer Sie hätten es lieber gemütlich, dann könnten wir zu mir fahren und uns was Chinesisches kommen lassen.«
»Chasen's«, entgegnete er rasch. »Ich habe Ross schon eingeladen« – das war eine Lüge, die er jedoch sofort zur Wahrheit zu machen gedachte – »und wollte eben auch Sie bitten.«
Ross hatte bereits eine Verabredung mit Pusskins Malone. Die beiden kannten sich schon lange und tauschten gern wilde Geschichten aus ihrer Vergangenheit aus.
»Bringen Sie Pusskins mit«, sagte Oliver, wenn auch höchst ungern, denn er dachte an die Rechnung.
Ross hätte gern abgelehnt. Doch die Spielregeln verlangten, daß man zum Produzenten nett war. Also sagte er: »Natürlich kommen wir.«
Er wußte nicht, daß Oliver auch Sadie La Salle einladen wollte. Sonst hätte er um keinen Preis zugesagt.

Oliver beschloß, auch Montana und Buddy zum Essen zu bitten. Er mußte vermeiden, daß sich jemand übergangen fühlte.

Irgendwo zwischen der Halle des Westwood Marquis Hotel und den wartenden Wagen kam man überein, statt ins Chasen's lieber ins Morton's zu gehen. Für Ross keine besonders glückliche Entscheidung, denn kaum hatte er das von kühler Ungezwungenheit geprägte Restaurant betreten, stand Karen vor ihm.

»Warum läßt du dich nicht sehen?« zischte sie, ihre aufregenden Brustwarzen unter einer dünnen weißen Seidenbluse zur Schau stellend. »Falls du dir Sorgen wegen Elaine machst, mir ist es egal, wenn ich im Scheidungsprozeß genannt werde.«

Gedankenlos streckte er die Hand aus und berührte eine der prallen Brustwarzen. Karen stieß ein animalisches Stöhnen aus. Mehrere Gäste drehten sich um und musterten die beiden interessiert. Ross merkte, was er tat, und ließ rasch die Hand fallen.

Pusskins erschien hinter ihm. »Karen, meine Hübsche, wie geht es Ihnen?«

»Danke, gut, Puss.« Ihre grünen Augen wandten sich der Tür zu, in der eben Gina Germaine erschien. »Himmel!« schnaubte sie und sah Ross finster an. »Bist du mit ihr hier?«

»Oliver gibt ein Essen für uns alle«, erklärte er. »Und mit wem bist du hier?«

»Mit einem todlangweiligen Kerl. Ich lasse ihn sitzen und treffe dich draußen auf dem Parkplatz, sobald du dich loseisen kannst. Gib mir ein Zeichen. Abgemacht?«

Er senkte den Blick auf ihre Brustwarzen. »Abgemacht.«

Sie ging davon, und man sah, daß sie unter ihrer hautengen weißen Seidenhose nichts trug.

»Und Geld hat sie auch noch«, stöhnte Pusskins. »Manche Typen haben einfach unverschämtes Glück.«

Der Tisch war rund. Man setzte sich:

Oliver mit Gina an der einen und Sadie an der anderen Seite. Neben Gina nahm übelgelaunt Ross Platz, dann kamen Pusskins

und Montana. Buddy wurde zwischen Montana und Sadie plaziert und von Gina über den Tisch hinweg mit hungrigen Blicken verschlungen.
Die Unterhaltung war, gelinde ausgedrückt, stockend und steif. Nur Pusskins redete unbefangen drauflos. Er unterhielt die verkrampfte Versammlung mit lustigen Anekdoten vom Filmfestival in Cannes.
Entschlossen, das Gespräch an sich zu ziehen, streckte Gina den furchteinflößenden Busen vor. »Als ich zur Truppenbetreuung in Vietnam war, hielten einige der Jungs zwölfjährige Nutten wie Schoßhunde. Könnt ihr euch das vorstellen?« Sie unterbrach sich und fügte dann hastig hinzu: »Natürlich war ich damals selbst noch ein Teenager.«
Ross warf Sadie einen raschen Blick zu. Ihre dunklen Augen begegneten den seinen und hielten sie fest. Er versuchte ihnen standzuhalten, schaffte es aber nicht. Biest.
Buddy sah sich unruhig im Restaurant um. Er genoß es zwar, sich in so illustrer Gesellschaft zu bewegen, wäre aber lieber zu Hause gewesen, um auf Angels Anruf zu warten. Er schob seinen Stuhl zurück und entschuldigte sich leise: »Muß nur schnell telefonieren.« Dann fragte er bei seinem neuen Antwortdienst an: »Sind Anrufe für mich gekommen?«
»Einen Moment bitte, Mr. Hudson.«
Angel hatte zurückgerufen. Und er war nicht daheim gewesen! Hoffentlich hatte sie ihre Nummer hinterlassen.
»Shelly bittet um Ihren sofortigen Rückruf«, sagte die Dame vom Antwortdienst. »Es sei äußerst dringend.« Buddy notierte sich die Nummer und legte tief enttäuscht auf. Am liebsten hätte er Shellys Bitte ignoriert aber vielleicht hing es mit Angel zusammen, also wählte er rasch von neuem.
Shelly hob beim zweiten Klingeln ab und meldete sich mit tonloser, verängstigter Stimme. »Du mußt sofort kommen, Bud«, lallte sie, offenbar wieder total ›zu‹. »Ich glaube, Randy is tot.«

54

»Mrs. Nita Carolle?« fragte Deke höflich.
»Wer will sie sprechen?« krähte die alte Frau mißtrauisch und musterte den auf ihrer Schwelle stehenden Deke, dessen kahlgeschorener Schädel in der Morgensonne glänzte.
»Ein Freund in Barstow hat mir geraten, vorbeizuschauen und sie zu besuchen.«
»Barstow!« Sie kicherte. »Ich hab' nie Freunde in Barstow gehabt, Söhnchen.«
»Sie sind also Mrs. Carrolle?«
»Ganz bestimmt bin ich nicht Ava Gardner.« Sie legte die fette Hand geziert auf die Hüfte. »Wer schickt Sie? Charlie Nation, drauf wette ich. Er war kein Freund in dem Sinn – eher der Sohn einer miesen Laus.« Sie brüllte vor Lachen.
»Ich bin Charlies Sohn«, log Deke.
»Charlies Sohn!« kreischte sie. »Im Ernst? Kommen Sie rein, Söhnchen, und erzählen Sie mir alles von dem alten Gauner. Was treibt er denn so? Verbringt er immer noch sein halbes Leben auf der Rennbahn?«
So leicht gelangte Deke in Nita Carrolles Haus, in dem sie mit zwei kläffenden Pudeln zwischen Rüschen und unzähligen Kinkerlitzchen wohnte.
Nita Carrolle war dick. Ihre Arme waren dick. Ihre Beine waren dick. Ihr Kinn wackelte gefährlich. Und unter ihrem voluminösen Kaftan verbarg sich ein regelrechter Fettberg.
Sie war auch alt. Siebzig oder achtzig, schwer zu sagen. Ein groteskes Make-up bedeckte ihre Lederhaut, scharlachroter Lippenstift, klumpige Wimperntusche, grüner Lidschatten, der wie Bleifarbe in den Falten ihrer Lider lag. Gelbgefärbtes Haar stand von ihrem Kopf ab. Sie trug Perlen um den Hals, Diamanten in den Ohren, Armbänder an den dicken Handgelenken und eine Sammlung prunkvoller Ringe an den Fingern.
Betulich schob sie ihn auf ein straff gepolstertes samtenes Zwei-

ersofa zu und erkundigte sich herzlich: »Wie geht's dem kleinen Wurm? Ich hab' Charlie seit Jahren nicht gesehen.«
»Er ist gestorben«, antwortete Deke tonlos.
Sie schrumpfte sichtlich ein. »Gestorben?« wiederholte sie leer. »Der alte Charlie? Söhnchen, es wird auf dieser Erde nie 'ne bessere Laus geben als ihn.« Sie zog ein Spitzentaschentuch aus den Falten ihres Kaftans und schneuzte sich. »Sein altes Hühnchen ist bestimmt noch auf den Beinen«, sagte sie, nachdem sie sich einigermaßen gefaßt hatte.
»Ja«, antwortete er.
»Charlie hat Ihnen das Leben schwergemacht, wie?« fragte sie mitfühlend und benutzte erneut ihr Taschentuch.
Er nickte.
Sie versuchte tapfer zu sein. »Also – was haben Sie für mich? Er hat mir immer den Diamanten für den kleinen Finger versprochen, wenn er mal stirbt. Haben Sie ihn mitgebracht? Sind Sie deshalb hier?«
»Wohnen Sie ganz allein?« fragte Deke höflich.
»Nur ich und die Hündchen. Warum?«
»Weil ich gern eine Weile bleiben möchte.«
»Sie können bleiben, solang Sie wollen.« Traurig schüttelte sie den Kopf. »Ihr Daddy hat früher ununterbrochen von Ihnen geredet. Und von Ihrer Schwester – wie hieß sie doch gleich?«
»Ich weiß es nicht.«
»Was?«
Er starrte sie an. Ausdruckslose Augen in einem blassen Gesicht. Sein geschorener Schädel verlieh ihm düstere Strenge.
Sie stieß einen kehligen Laut aus. Einen sehr leisen Laut für eine so dicke Frau. »Sie sind nicht Charlies Sohn, was?«
»Nein«, entgegnete er gelassen.
Sie raffte ihre ganze Kraft und ihren ganzen Mut zusammen. »Verdammt, wer sind Sie dann?«
Er zog mit einer einzigen lässigen Bewegung sein Messer und

prüfte die Schärfe der Klinge mit der Fingerspitze. Ein Tropfen Blut erschien.
»Das werden Sie mir sagen«, erwiderte er ruhig.

55

»Ich muß weg«, sagte Buddy flüsternd zu Sadie.
»Was reden Sie da?« entgegnete sie leise. »Das mag ein langweiliges Essen sein, aber es ist wichtig.«
»Weiß ich«, antwortete er in gedämpftem Ton, »aber ein Freund von mir ist in großen Schwierigkeiten. Ich muß ihm unbedingt helfen.«
»In diesem Geschäft sind Sie Ihr einziger Freund.«
Er zuckte mit den Schultern. »Man wird mir nicht gleich die Rolle wegnehmen, nur weil ich nicht bis zum Schluß bleibe.«
Er entschuldigte sich bei den anderen und verließ rasch das Restaurant.
Sadie runzelte die Stirn. Seine Karriere hatte noch nicht mal begonnen, und schon wurde er schwierig.

Elaine drückte auf die Fernsteuerung, und Merv Griffin erschien auf dem Bildschirm. Sie liebte Merv. Manchmal fühlte sie sich ihm näher als jedem anderen Menschen.
Heute abend jedoch konnte er ihre Aufmerksamkeit nicht fesseln. Sie hatte noch immer den Geruch von Little S. Schortz in der Nase. Billiges Aftershave, abgestandener Schweiß und schlechter Atem. Das schreckliche Bild des kleinen Mannes tanzte vor ihren Augen. Sie drehte sich auf dem Bett herum und ergriff ein großes Glas Wodka.
Ah! Dieser saubere, scharfe Geschmack. So bittersüß und erfrischend. Sie ließ ein Eisstück in den Mund gleiten, lutschte einen Moment daran und genoß den Kälteschock.
Little S. Schortz hatte ihr seine Ware vorgelegt. Aufnahmen des

lieben Ross, die bestimmt nie das Titelblatt von *Life* oder *Ladies' Home Journal* zieren würden. Sogar *Playgirl* würde sie mit der Begründung ablehnen: »Zuviel Penis.« Hmmm, dachte Elaine, und ein boshaftes, beschwipstes Lächeln huschte über ihr Gesicht, gab es das überhaupt?

Little S. Schortz wollte zehntausend Dollar.

Sie hatte nicht einmal genügend Bargeld, um das Mädchen zu bezahlen. »Bis zum Wochenende müssen Sie sich entscheiden«, hatte er erklärt. »Ich komme wieder.«

Elaine sagte sich, daß sie natürlich die Polizei rufen konnte. Erpressung war eine strafbare Handlung. Man würde den widerlichen kleinen Mann einsperren.

Aber Elaine wußte, daß die Sache nicht ganz so einfach war. Irgendein schmutziger Anwalt würde die Kaution stellen und den Mann herausholen. Die Fotos wären Beweise in einem aufsehenerregenden Prozeß, und alle Welt wäre über Ross Conti und Karen Lancaster buchstäblich im Bilde. Und sie selbst würde zum Gespött von ganz Beverly Hills, nicht zu reden vom Rest der Welt.

Mit einer entschlossenen Handbewegung griff sie nach dem Telefon und wählte.

»Maralee Gray hier«, sagte die angenehme Stimme ihrer Freundin.

Elaine holte tief Luft. »Maralee, meine Liebe«, fragte sie tonlos, »kannst du mir zehntausend Dollar leihen?«

Auf Buddys hartnäckiges Klingeln öffnete Shelly die Tür einen Spalt und schaute vorsichtig heraus.

Er schob sich an ihr vorbei in das stickige Apartment.

»Bin ich froh, daß du da bist«, sagte sie aufgeregt. »Ich hau ab.«

»He!« Er packte sie am Arm. »Das tust du nicht!« Er warf einen Blick zu dem leblos auf dem Bett liegenden Randy hinüber und drehte ihr den Arm um, bis sie ihn ansah. »Setz dich und halt den Mund!«

Sie widersprach nicht, sank auf den Boden und vergrub das Gesicht in den Händen. »Ich hab' ihm gesagt, es is zuviel«, nuschelte sie. »Ich hab' den verrückten Typen gewarnt, aber er wollt ja nich auf mich hören. Dabei kenn ich mich mit Drogen wirklich aus, Mann. Jesus, kenn ich mich aus! Meine Mutter war 'n Junkie.«

Buddy ignorierte sie und näherte sich dem unbekleideten Körper. Ein Arm hing schlaff vom Bett. Behutsam hob Buddy das Handgelenk und fühlte nach dem Puls. Nichts. Er drehte Randy auf den Rücken und blickte dem Tod ins Gesicht.

Auf einmal war alles wieder da. San Diego. Die Leichenhalle. Tony. Der Geruch nach Formaldehyd.

Übelkeit würgte ihn. Am liebsten wäre er davongelaufen.

Shelly begann zu schniefen. »War nich meine Schuld. Er wollte es. Und wenn er's wollte, hätt er doch wissen müssen, wie man damit umgeht. Stimmt's?«

»Was hast du ihm gegeben?«

Sie hob verzweifelt die Arme. »Wir haben ein bißchen was von allem genommen – rumgespielt – und uns amüsiert.«

»Sehr gut amüsiert, wahrhaftig«, antwortete er grimmig.

»Randy war deprimiert«, verteidigte sie sich. »Seit dieses reiche Miststück ihm den Laufpaß gegeben hat. Dann bist du mit dem Geld aufgekreuzt, und wir sind richtig übergeschnappt. Ich habe erstklassigen Koks besorgt, und Randy wollte dazu noch Speed ...« Sie machte eine Pause. »Muß zuviel gewesen sein.«

»Hast du einen Arzt gerufen?«

»Machst du Witze? Ich verzieh mich, Mann. Ich kann keine Scherereien mit den Bullen brauchen.«

Buddy wurde plötzlich klar, daß er sie noch weniger brauchen konnte. Er stellte sich Sadies Gesicht vor, wenn sie erfuhr, daß er mit einem Drogentoten zu tun hatte. Und Randy konnte er ohnehin nicht mehr helfen.

»Gehen wir«, beschloß er. »Wir rufen aus einer Telefonzelle die Ambulanz an.«

»Kann ich zu dir kommen?« fragte sie flehend.
»Schau – ich bin nicht …«
»Bitte, Buddy, bitte«, bettelte sie. »Ich kann jetzt nicht allein sein. Die Sache da macht mich wirklich wahnsinnig. Bloß für heute nacht, nicht länger.«
»Na, dann komm«, sagte er ergeben.
Sie klammerte sich an seinen Arm. »Du bist ein echter Freund«, sagte sie dankbar.
»Ja«, entgegnete er zynisch. »Ein richtiger Märchenprinz.«

»Gib ihr seine Nummer«, sagte Adrian.
»So einfach ist die Sache nicht«, wandte Koko ein. »Sie ist doch ein großes Kind, und dieser Buddy nutzt sie offenbar aus. Ich halte es nicht für klug, sie in ihrem Zustand wieder mit ihm zusammenzubringen.«
Adrian wendete seinen Rollstuhl in der Küche. »Sie wird schon mit ihm fertig. So naiv, wie du glaubst, ist sie nicht.«
»Sie ist verletzlich.«
Adrian lachte bitter. »Sind wir das nicht alle?«
»Lieber Himmel!« rief Koko. »Du magst sie doch, oder? Du bist nicht böse, weil ich sie zu uns geholt habe?«
Adrian schüttelte den Kopf. »Ich liebe sie. Das weißt du.«
»Gut«, Koko seufzte erleichtert.
»Aber gib ihr die Nummer«, fügte Adrian hinzu. »Sie muß ihr eigenes Leben leben.«
Nach dem Abendessen gab Koko ihr die Nummer. »Tut mir leid, Herzchen, ich hab's ganz vergessen«, sagte er.
Angel bemühte sich vergeblich zu verbergen, wie glücklich sie war. Nach ein paar Minuten fragte sie, ob sie telefonieren dürfe.
»Gehen Sie in unser Schlafzimmer, dort sind Sie ungestört«, sagte Adrian.
Sie strahlte. »Danke.«
Koko seufzte tief und besorgt.

»Hör auf damit«, schalt Adrian. »Du möchtest sie am liebsten bemuttern wie eine alte Glucke.«
»›Bemuttern‹ darfst du sagen«, erwiderte Koko gekränkt, »aber die ›alte Glucke‹ laß weg.«

Sie hielten an einer Telefonzelle und riefen die Ambulanz, dann nahm Buddy wider besseres Wissen Shelly in seine neue Wohnung mit. Sie war beeindruckt. »Himmel!« rief sie. »Was für eine große Mama bezahlt denn dir die Miete?«
Er antwortete nicht, war viel zu niedergeschlagen. Randy war sicher nicht der großartigste Kerl der Welt, aber ein guter Freund gewesen, und Buddy empfand tiefe Trauer – nicht nur über Randys Tod, sondern auch darüber, wie er gestorben war. Vielleicht wäre er, Buddy-Boy, denselben Weg gegangen, hätten nicht das Schicksal und Montana Gray seine Zukunft in die Hand genommen.
Er warf eine Decke und ein Kissen auf die Couch im Wohnzimmer. »Hier kannst du schlafen«, sagte er.
»Ich würde lieber mit dir schlafen.«
»Laß mich eins von vornherein klarstellen: Das will ich nicht. Ich will dich nicht.« Er bemerkte ihre geweiteten Pupillen und ihre fahrigen Bewegungen. Sie war noch immer high von dem Drogencocktail, an dem Randy gestorben war.
»Warum schläfst du dich nicht aus?« fragte er.
»Machst du Witze? Es is erst zehn – ich kann bestimmt noch stundenlang nich pennen. Außer du holst mir was.«
»Was?«
»Ein paar Pillen tun's.«
»Mach ich nicht, damit will ich nichts mehr zu tun haben.«
»Du bist wirklich der große Saubermann geworden, was?«
»Ich versuch's.«
Sie wühlte in ihrer Tasche. »Ich hab' ein Rezept – holst du mir's aus der Apotheke?«
»Ist es sauber?«

»Ein richtiges Arzneimittel, Mann.«
Er nahm das Rezept, denn er sagte sich, daß das wahrscheinlich die einzige Chance für sie beide war, ein bißchen Schlaf zu bekommen.
»Ich bin gleich wieder da«, sagte er. »Und geh ja nicht ans Telefon. Laß es den Antwortdienst machen.«
Kaum war er draußen, holte sie einen Joint aus ihrer Handtasche, zündete ihn an und füllte ihre Lungen mit dem starken Rauch. Ihr wurde sofort besser. Neugierig begann sie sich in der Wohnung umzusehen. Sie kam zu dem Schluß, Buddy müsse eine reiche Frau gefunden haben, die ihn zu ihrer Bequemlichkeit hier einquartiert hatte. Das Telefon klingelte, und sie hob ab, ohne sich um Buddys Anweisung zu kümmern.
Lässig sagte sie: »Ja?«
Angels Stimme. »Kann ich bitte Buddy Hudson sprechen?«
Shelly zog rasch noch einmal an ihrem Joint. »Wer möchte ihn sprechen?«
»Angel.«
»Hal-lo, Angel. Hier ist deine alte Freundin Shelly. Wie geht's dir so?«
Angels Stimme wurde unsicher. »Danke, gut.« Warum war Shelly dort?
»Bist immer noch nich im schönen Kentucky, wo sich die Füchse gute Nacht sagen?«
»Ist Buddy da?« fragte Angel ruhiger, als sie war.
»Buddy ist weg. W-e-g. Wenn er zurückkommt, sag ich ihm, daß du angerufen hast. Und wenn ich dir 'nen Rat geben darf, ruf nicht noch mal an.« Sie hielt inne, um ihre Worte einwirken zu lassen. »Was vorbei is, Engelsgesicht, is vorbei. Und ich mag nich teilen, da werd ich sauer, kapiert?«
Hilfloser Zorn packte Angel. Sie begriff nicht, warum Buddy so ein grausames Spiel mit ihr trieb. Auf der Party hatte er zu ihr gesagt, er sei gleich wieder da, aber er war nicht gekommen. Heute bat er um ihren Rückruf, und Shelly meldete sich. Wenn

er Shelly haben wollte, konnte er sie verdammt noch mal haben, denn sie hatte endgültig genug. Mit erstaunlicher Kraft knallte sie den Hörer auf.
Im Nebenzimmer sahen Koko und Adrian sich an.
»Vielleicht hattest du doch recht«, sagte Adrian. »Vielleicht hätte sie ihn nicht anrufen sollen.«
Koko nickte weise. »Ich glaube, es ist Zeit, einen Anwalt einzuschalten.«

Buddy gab Shelly das Röhrchen Quaaludes und fragte: »Was für ein Arzt verordnet dir das Zeug?«
»Das wird ganz normal verschrieben, Mann. Gegen Depressionen oder zur Entspannung, gegen Streß und solchen Scheiß.« Sie streckte sich, und ihr kurzes Sonnentop rutschte hoch, so daß man ein paar Zentimeter ihres harten gebräunten Bauches sah. »Ich hab' einen Doktor, der mich für depressiv hält. Und einen anderen, der mir glatt ›H‹ verschreiben würde, wenn ich ihn mal ranließe.« Sie zuckte lässig mit den Schultern. »Ein dritter will einfach Kies.« Sie nickte weise. »Man muß immer 'ne gute Auswahl an gefälligen Ärzten haben. Macht das Leben viel leichter.«
Er dachte an Randy. Hatten die Drogen ihm das Leben erleichtert? Umgebracht hatten sie ihn. Die Mischung aus Koks, Gras und Heroin hatte ihn direkt in den Himmel befördert – oder in die Hölle. Egal wohin.
Das Telefon klingelte. Er sprang mit einem Satz darauf zu und erwischte es beim zweiten Läuten. »Angel?« stieß er hervor, absolut sicher, daß sie es sei.
»Wer ist Angel?« erklang Sadies gereizte Stimme.
»Bloß ein Bekannter«, antwortete er ohne das geringste Zögern.
»Ich bin wütend«, sagte Sadie. »Und wenn ich wütend bin, kann ich nicht schlafen ... Um nicht ganz um meine Nachtruhe zu kommen, habe ich beschlossen, Ihnen zu sagen, was mir durch den Kopf geht.«
»He, Sadie, wenn es ...«

»Seien Sie still und hören Sie zu! Sie wollten, daß ich Ihre Vertretung übernehme. Sie kamen zu mir mit ihrem aufreizenden Gang und der vagen Aussicht auf eine Rolle in einem Film.«

»He ...«

»Ich habe mich Ihrer angenommen, habe Ihnen zu der Filmrolle verholfen, zu einer besonderen Ankündigung auf den Kinoplakaten und zu einer ausgezeichneten Gage. Ich finanziere Ihr Riesenposter. Ich habe mich für Sie entschieden, Buddy. Aber glauben Sie mir, es gibt eine Menge Schauspieler, für die ich genau das gleiche tun könnte.«

»Wollen Sie damit sagen, daß ich es nicht zu schätzen weiß?« fragte er hitzig.

»Ich will damit sagen, daß mir Ihr Verhalten heute abend nicht gepaßt hat. Wie können Sie es wagen, einfach aufzustehen und wegzugehen? So behandelt man niemanden. Besonders nicht mich, den Produzenten, für den man arbeitet, und seine Regisseurin. Wenn Sie erst mal Al Pacino sind, tun Sie es meinetwegen. Aber schreiben Sie sich eines hinter die Löffel: Sollten Sie Schwierigkeiten machen, lasse ich Sie fallen und streiche die Aktion mit dem Riesenposter. Wollen Sie das? Dann sagen Sie mir rechtzeitig Bescheid, bevor es zu spät ist.«

»Tut mir leid, Sadie«, antwortete er gemessen zerknirscht. »Aber es war wirklich ein Notfall. Kommt nicht wieder vor.«

»Jedenfalls wissen wir jetzt beide, wo wir stehen«, entgegnete sie scharf und legte auf.

»Erzähl mir von Sadie«, forderte Shelly ihn kichernd auf. »Is Sadie diejenige welche? Is sie die verheiratete Frau, die dich hier einquartiert hat?«

»Tu mir einen Gefallen, schluck ein paar Pillen, und leg dich hin.« Er ging zum Schlafzimmer.

Sie versuchte ihn aufzuhalten: »Hast du wirklich keine Lust, bei Maverick's reinzuschauen? Ich bin so down.«

»Schlaf jetzt, Shelly.«

Er machte die Tür zu, setzte sich auf die Bettkante und dachte

nach. Wenn Sadie schon so wütend wurde, weil er von einem dämlichen Essen weglief, wie würde sie erst reagieren, wenn er plötzlich mit einer Ehefrau auftauchte?
Etwas ganz anderes, noch weit Schlimmeres fiel ihm ein: Wie, wenn seine Mutter auf der Bildfläche erschien?
Er dachte eigentlich nie an sie. Nur in seinen Alpträumen kam sie ungebeten und unangemeldet zu ihm.
Inzest.
Ein schmutziges Wort.
Er bekam jedesmal Gänsehaut, wenn er durch irgend etwas daran erinnert wurde. Seine Vergangenheit war ein Chaos. Namen tanzten ihm vor den Augen: Maxie Sholto, Joy Byron, der Macker Jason Swankle. Und dazu hundert gesichtslose Frauen, die ihn im Kino sehen und sagen konnten: »Ist das nicht der Bursche, den ich für Liebesdienste bezahlt habe?«
Die ganze Sache konnte ihm ins Gesicht explodieren, wenn er nicht aufpaßte. Aber wie sollte er jetzt noch aufpassen? Was geschehen war, ließ sich nicht mehr ändern.
Die Verlogenheit seines Lebens war ihm verhaßt. Hatte er nicht das neue Spiel, zu dem er jetzt antrat, im Namen der Wahrheit spielen wollen? Wie wäre es, fragte er sich, wenn ich erst mal bei Angel reinen Tisch machte? Sollte es für sie und ihn wieder ein gemeinsames Leben geben, war er ihr das schuldig. Zumindest das. Je länger er darüber nachdachte, um so klarer wurde es ihm.
Ein neuer Anfang.
Vor allem aber mußte er mit seiner Mutter Frieden schließen. Es war unvermeidlich, denn sonst drängte sie sich wieder in sein Leben. Sobald sein Terminplan es erlaubte, wollte er einen Tag freinehmen und nach San Diego fahren.
Nachdem er sich zu diesem Entschluß durchgerungen hatte, fühlte er sich wohler. Er fragte noch einmal bei seinem Antwortdienst an, ob Angel sich gemeldet habe. Sie hatte es nicht getan. Das drückte sein Stimmungsbarometer wieder auf Null. Warum war ihm nur so jämmerlich zumute, obwohl sich endlich für ihn

alles zum Besten wandte? Er machte Liegestütze bis zur Erschöpfung.
Dann schlief er.

Noch nie hatte Gina Germaine an einem einzigen Abend zwei Körbe bekommen wie diesmal von Buddy Hudson und Oliver Easterne, der geradezu panische Angst vor ihr zu haben schien. Doch wer nun glaubte, ihr Selbstbewußtsein müsse bis in die Grundfesten erschüttert sein, der irrte sich. Sie wandte ihr Interesse einfach Ross Conti zu. Und bei ihm hatte sie Glück. Der goldene Corniche folgte Ginas Wagen fast wie von selbst zu ihrem pompösen Haus und wurde genau da geparkt, wo vor noch nicht allzulanger Zeit ein silberner Maserati gestanden hatte.
Es kommt nicht oft vor, daß sich zwei Menschen begegnen, die einander im Bett in jeder Beziehung ebenbürtig sind – oder es sich zumindest einbilden.
Gina Germaine und Ross Conti waren ein solches Paar. Sie – ganz weißblondes Haar, sinnlicher Mund und erregende Brüste. Er – ganz lederne Sonnenbräune, blaue Augen und riesiges Glied.
»Wo warst du bloß mein Leben lang?« keuchte er, kurz vor dem Orgasmus, den steifen Penis zwischen ihre Brüste gepreßt.
»Ich weiß es nicht«, keuchte sie, ebenfalls kurz vor dem Höhepunkt. »Aber wo immer ich war, Schatz, ich gehe nicht dorthin zurück.«
Beide explodierten unter Stöhnen, Ächzen, Seufzen und Schreien.
»O verdammt!« rief Ross.
»O Boy!« rief Gina.
Sie gehörten einander mit Haut und Haaren.

56

Emmy-Lou Josus war zweiundachtzig und seit sechzig Jahren Hausmädchen. Sie hatte im Leben schon einiges gesehen – in einem Freudenhaus von New Orleans, einem Puff in St. Louis und einem Bordell in San Francisco gearbeitet. Prügeleien und Messerstechereien, Abtreibungen und Selbstmorde hatte sie miterlebt, war Vertraute der Mädchen und Beraterin der Freier gewesen.

Als sie schließlich nach Las Vegas gekommen war, hatte sie geglaubt, so gut wie alles zu kennen.

Sie murmelte glücklich vor sich hin, während sie mit ihrem Schlüssel die Tür von Nita Carrolles Haus aufschloß, diesem Schmuckkästchen. Mrs. Carolle war ihr eine von den Liebsten. Sie vertraute Emmy-Lou und sperrte den Alkohol nicht weg, wenn Emmy-Lou kam.

Im Haus roch es schlecht. Emmy-Lou schnüffelte und sah sich nach den Hunden um, die gewöhnlich herbeisprangen, um sie zu begrüßen. »Hundi, Hundi«, rief sie lockend, »ihr Stinkerchen.«

Sie kratzte sich in der Achselhöhle und zog ihre verschossene Strickjacke aus, die ein regelrechtes Muster von Mottenlöchern aufwies. Mrs. Carrolle hatte ihr eine neue versprochen. Vielleicht zu Weihnachten. Oder vielleicht zum Geburtstag. Emmy-Lou runzelte die Stirn. Wann war denn ihr Geburtstag? Sie konnte sich nicht erinnern. Konnte sich in letzter Zeit an vieles nicht erinnern.

Wieder kratzte sie sich unterm Arm und ging dem komischen Geruch nach, der das kleine Haus verpestete. Die Hunde lagen auf dem Küchentisch, der frei im Raum stand. Mit durchgeschnittenen Kehlen. Einen Moment lang blieb Emmy-Lou reglos stehen und starrte die kleinen Leichen an. Die weiße Kunststoffplatte war voller Blut, und Emmy-Lou wußte, daß sie es aufwischen mußte. Sie mochte Blut nicht. Der Geruch hängte sich einem an die Kleider und an die Hände und ging nicht ab.

Stumm bekreuzigte sie sich. Mrs. Carrolle hätte das nicht tun sollen. Es war grausam. Emmy-Lou konnte Grausamkeit nicht ausstehen. Resolut machte sie sich daran, Blut und Leichen zu beseitigen. Grimmig brummend steckte sie die Hunde in schwarze Müllbeutel, schrubbte die verschmierte Tischplatte und wischte den Boden.
Als es geschafft war, bereitete sie sich eine Tasse süßen, heißen Tee zu, setzte sich an den Tisch und schlürfte ihn, in düstere Gedanken versunken.
Schließlich ging sie ins Wohnzimmer, bewaffnet mit Staubtuch, Mop und Staubsauger. Was Mrs. Carrolle getan hatte, war vielleicht gar nicht so schlimm. Gar nicht so übel. »Keine Hundescheiße mehr«, sagte sie kichernd.
Die Worte gefroren ihr auf den Lippen, und sie wußte, daß sie die Strickjacke, die Mrs. Carrolle ihr versprochen hatte, nie mehr bekommen würde.

57

Neil Gray marschierte rastlos durch das gemietete Strandhaus. Schwester Miller, eine magere Schottin mit schmalem Mund, saß an ihrem üblichen Platz und strickte. Neil hatte ihre fade Gesellschaft längst bis obenhin satt.
Der Arzt hatte ihm eine ganze Liste mit Anweisungen gegeben: kein Alkohol, keine übermäßigen körperlichen Anstrengungen, keine Zigaretten oder andere Tabakwaren, kein fettes Essen, kein Streß, kein Sex. Alles, was Spaß machte, war verboten. Er fühlte sich wohl, großartig sogar. Warum sollte er noch länger wie ein Invalide leben? Die Schrecken der Herzattacke lagen hinter ihm. Er nahm jeden Tag seine Pillen und war fest überzeugt, kräftiger und gesünder zu sein als seit Jahren.
»Wie wäre es mit einem schönen saftigen Steak heute abend und dazu einer Flasche Wein?« fragte er Schwester Miller, die ihr

Strickzeug weggelegt hatte und sich für die tägliche Fahrt zum Markt fertigmachte.
»Aber, aber, Mr. Gray!« entgegnete sie, als spreche sie mit einem widerspenstigen Kind. »Davon kann keine Rede sein.«
»Doch, davon wird die Rede sein, Schwester Miller. Ich bilde mir Steak und Wein ein. Vielleicht sogar eine Zigarre, wenn es in dem Laden was zu rauchen gibt.«
»Kommt nicht in Frage! Der Arzt würde das nie erlauben.«
»Der verdammte Arzt ist ja nicht hier, oder?«
Sie verzog den Mund. »Ich wurde angestellt, um Sie zu pflegen, und genau das werde ich tun. So gut ich kann.«
Sie fuhr mit ihrem Wagen weg, dem einzigen im Haus vorhandenen Transportmittel. Neil war von Montana und einem Fahrer hergebracht worden.
Seither hatte sich Montana nicht mehr blicken lassen. Er nahm es ihr nicht übel. Schließlich hatte man ihn in einer Situation ertappt, die es eigentlich nur in Alpträumen gab. Die Frage war, was er jetzt tun sollte. Er dachte gar nicht daran, ruhig im Strandhaus zu sitzen und inzwischen seine Frau, seinen Film und den Verstand zu verlieren.
Ungeduldig ging er im Zimmer auf und ab und blickte finster aufs Meer hinaus. Er haßte diese verdammte See. Allein schon der Lärm machte ihn verrückt.
Nach angemessener Zeit kehrte Schwester Miller vom Einkauf zurück. Sie hatte ihm Zeitungen und Fachblätter mitgebracht, die er gierig verschlang. Im *Herald Examiner* entdeckte er ein großes Foto von Gina Germaine und Buddy Hudson sowie einen kurzen Artikel über den Film. Das Foto zeigte zwar Gina und Buddy, aber der Artikel handelte ausschließlich von Montana. Er selbst wurde nur am Rande erwähnt. Allem Anschein nach war er vom berühmten Regisseur zum kranken Ehemann abgestiegen.
Er las den Artikel ein zweites Mal und wurde immer gereizter. Dann starrte er das Foto von Gina an, der eigentlichen Urheberin seiner Schwierigkeiten.

»Schwester Miller«, rief er abrupt, »geben Sie mir Ihre Wagenschlüssel. Ich fahre für ein oder zwei Stunden in die Stadt. Keine Sorge, ich werde nicht rauchen, nicht trinken und nicht der Fleischeslust frönen. Ich versichere Ihnen, daß ich mich tadellos benehmen werde.«
Schwester Miller preßte mißbilligend den schmalen Mund zusammen, dann sagte sie streng: »Ich darf das nicht erlauben, Mr. Gray.«
Er ging entschlossen in die Küche und nahm die Schlüssel einfach aus ihrer Handtasche. »Die Entscheidung liegt nicht bei Ihnen, meine Liebe, sondern bei mir.«
»Mr. Gray, wenn Sie sich weiter so benehmen, sehe ich mich gezwungen, den Arzt zu rufen«, sagte sie mit erhobener Stimme. Sie trat ihm in den Weg, blockierte die Tür mit ihrer mageren Gestalt.
Er stieß sie höchst unvornehm beiseite. »Offen gesagt, Schwester Miller, das ist mir scheißegal. Sie können mich mal.«

Shelly loszuwerden war nicht leicht. Obwohl Buddy sie wiederholt anstieß und schüttelte, bekam er sie nicht wach. Notgedrungen ließ er sie in seiner Wohnung, als er zu dem vereinbarten Arbeitsessen mit Pusskins Malone ging. An beiden Telefonen hatte er zuvor mit Klebestreifen große Zettel befestigt: GEH NICHT RAN!
In der Halle des Beverly Hills Hotel hielt ihm Pusskins zwei Zeitungen unter die Nase. Die Schlagzeile lautete: GINA GERMAINE UND DER NEUE STAR BUDDY HUDSON.
Man nannte ihn einen Star, obwohl er überhaupt noch nichts gemacht hatte.
»Kann ich von jeder sechs Exemplare haben?« fragte er schüchtern.
»Sie können sogar Krebs kriegen, wenn Sie es sich heftig genug wünschen«, lautete Pusskins' obskure Antwort.
Sie lunchten in der Polo Lounge. Eine bildhübsche mexikanische

Journalistin mit glänzendem schwarzem Haar und einer Figur wie Miss Universum wollte Buddy interviewen.
Er konnte alles wie am Schnürchen. Die gleichen Antworten auf die gleichen Fragen. Lächeln. Charme versprühen. Bisher war er noch nicht in die Fänge eines ›Reporters des Satans‹ geraten, aber Pusskins versicherte ihm, daß es sie gab.
Das Mädchen stenografierte mit, während er ihr dieselben schon abgedroschenen Dinge erzählte und dabei seine Gedanken schweifen ließ. Ob wohl über Randy etwas in der Zeitung stand? Eher nicht.
Eine Todsünde, in Hollywood als ein Niemand zu sterben.
Wie stand es mit den Vorbereitungen für die Beerdigung? Wer würde sich um alles kümmern?
Zweite Todsünde, ohne einen roten Cent zu sterben.
Pusskins schnippte mit den Fingern. »Junior, wo sind Sie mit Ihren Gedanken? Michelle hat Ihnen die gleiche Frage eben zum zweitenmal gestellt. Haben Sie eine Antwort für sie oder nicht?«
Buddy riß sich zusammen. Ja, er hatte eine Antwort für sie. Er hatte eine Antwort auf alles.

Ein Stück menschlichen Unrats, sehr treffend Ratten-Sorenson oder kurz Rats genannt, hatte seine unrühmliche Laufbahn mit dem Verkauf von Aktfotos seiner Schwester zu zwanzig Cents das Stück begonnen. Das war in den vierziger Jahren gewesen, als die Leute über Aufnahmen von nackten Frauen noch in Erregung gerieten. Rats hatte bald erkannt, daß er einige Talente auf dem Gebiet der Verkaufsförderung besaß, und daraufhin Fotos von sich und seiner Schwester angeboten. Zu Beginn der fünfziger Jahre verlegte, druckte und vertrieb er (letzteres natürlich unter dem Ladentisch) ein primitiv hergestelltes Sexmagazin mit dem künstlerischen Namen *»Was'n das?«*. Er machte ein Vermögen und produzierte rasch eine Serie Pornofilme, mit denen er ebenfalls gut verdiente. In den sechziger Jahren beschloß er, den Pfad des Lasters zu verlassen. Er gab eine farbige Gartenzeit-

schrift heraus, die nach drei Nummern wieder eingestellt wurde und sein ganzes Geld verschlang.
Er hatte inzwischen ein sechzehnjähriges Nymphchen geheiratet, das jetzt ebenso verschwand, wie sein Geld verschwunden war. Er erwischte die Süße in einem Motel mit einem siebzigjährigen verheirateten Mann und schoß dem alten Kerl eine Kugel genau zwischen die Augen. Dafür bekam er fünfundzwanzig Jahre. Wegen guter Führung (er wurde bald der Liebling des Aufsehers, aus Gründen, die nur er und sein Zellengenosse – ein Erpresser namens Little S. Schortz – kannten) entließ man ihn nach fünfzehn Jahren in eine ahnungs- und arglose Welt. Rats stieg wieder in das Geschäft ein, das er am besten beherrschte, und machte zum zweitenmal ein Vermögen. Sein Sexmagazin feierte fröhliche Urständ und wurde diesmal offen an den Zeitungsständen angeboten. Und von den Lesern begeistert aufgenommen.
Rats wollte natürlich mehr. Er heiratete eine siebzehnjährige Gogo-Tänzerin, die er bei den wöchentlichen Einkaufsfahrten in den Supermarkt begleitete, und dabei kam ihm eine Idee. Er stellte fest, daß Skandal- und Klatschblätter immer stärker in den Vordergrund rückten. Es begann mit dem *National Enquirer,* der bald auf die unterschiedlichste Weise kopiert wurde.
Rats beschloß, einzusteigen und ein Blatt herauszugeben, das auf derselben Linie lag, aber einen zusätzlichen Anreiz hatte: sensationelle, kompromittierende Bilder von Berühmtheiten – so scharf wie möglich. Natürlich würden die Supermärkte seine Zeitschrift nicht führen, aber das störte ihn nicht. Die Leute konnten sie an ihren Zeitungsständen kaufen.
Als er dann zufällig seinen alten Zellengenossen Little S. Schortz traf, erwies sich das als geradezu glückliche Fügung für beide.
Little S. Schortz war wie elektrisiert, als er erfuhr, daß Rats der Verleger des neuen scharfen Schmierblattes *Truth & Fact* war und auch als Redakteur und Herausgeber zeichnete.
»Da habe ich genau die richtigen Bilder für dich«, prahlte Little. »Nicht billig, aber jeden Dollar wert.«

Schon am nächsten Tag wurde das Geschäft abgeschlossen. Rats kaufte die gesamten Negative der Aufnahmen von Karen Lancaster und Ross Conti und wählte für das Titelblatt eine relativ geschmackvolle Fotografie von Ross aus, auf der er an einer bemerkenswerten Brustwarze knabberte. Die wirklich schmutzigen Fotos hob er sich für das Mittelfaltblatt auf.
»Ich ziehe die Sache schnell durch, bringe sie schon in der nächsten Ausgabe«, sagte Rats.

Maralee lehnte Elaines Bitte, ihr zehntausend Dollar zu leihen, rundweg ab. Tatsächlich war sie schockiert, daß Elaine die Courage aufgebracht hatte, sie zu fragen. Sie rief Karen an, um sich zu beschweren, doch Karen war sehr unfreundlich und sagte vorwurfsvoll, Maralee habe Elaines Partei ergriffen und ewig nichts hören lassen.
»Ich war in Sorge um Neil, daß ich mich bei niemandem gemeldet habe«, erklärte Maralee.
»Du haßt den Kerl doch«, erwiderte Karen überrascht.
»›Haß‹ ist ein Wort, das nicht mehr zu meinem Vokabular gehört«, entgegnete Maralee würdevoll. »Neil hat sich geändert. Ich glaube, er ist bereit, sich von dieser Sowieso zu trennen und zu mir zurückzukehren.«
»Das kann doch nicht dein Ernst sein.«
»Es ist mein voller Ernst.«
Schweigen herrschte. Maralees Verwandlung beschäftigte sie beide. Dann erinnerte sich Karen an eine kleine Notiz, die sie in der *L. A. Times* gelesen hatte.
»Wie hieß dein Freund Randy doch gleich mit Zunamen?«
»Felix. Ich habe es dir oft genug gesagt, du könntest dir wenigstens seinen Namen merken. Ich weiß, er ist nicht berühmt, aber ...«
»Er ist tot«, unterbrach Karen sie.
»Was?«
»Es steht in der Zeitung. Offenbar hat irgend jemand anonym die

Polizei verständigt. Die hat ihn dann in einem total verkommenen Apartment in Hollywood gefunden. Tot. Gestorben an einer Überdosis.«

Maralee war niedergeschmettert. Sie hatte mit Randy Schluß gemacht, aber trotzdem – wie konnte so etwas passieren? Und was suchte er in einem miesen Loch? Nach seinen Aussagen hatte er eine sehr hübsche Wohnung gehabt. »Zwar nur drei Schlafzimmer, aber ich finde sie sehr gemütlich«, hatte er gesagt. Natürlich war sie nie dort gewesen. Vielleicht besser so.

»Ich muß zu ihm«, beschloß sie.

»Bist du wahnsinnig? Er ist tot«, schnaubte Karen ungehalten. »Die Kriminalpolizei wurde eingeschaltet. Anscheinend glaubt man, daß eine Frau bei ihm war, als er starb, und die wird jetzt als Zeugin gesucht.« Ihr kam ein Gedanke: »Du hast doch nicht etwa mit ihm Drogenfeten veranstaltet, oder?«

»Lächerlich«, zischte Maralee. »Ich rauche nicht mal Marihuana.«

»Hmmm.« Karen seufzte. »Du weißt nicht, was dir entgeht.«

Maralee beendete das Gespräch, ging ins Bad und musterte sich im Spiegel. Blond und hübsch.

Warum suchte sie sich immer nur Verlierer aus?

Sie dachte an Neil. Nicht mehr jung. Engländer, angesehen, ein guter Regisseur. Er war ihr Mann gewesen, und sie hatte ihn gehen lassen. Jetzt wollte sie ihn zurückerobern.

Neil fuhr in Schwester Millers altem weißem Chevrolet über den Pacific Coast Highway. Seinem Gefängnis entkommen, hatte er seine ursprüngliche Absicht aufgegeben, in Olivers Büro zu stürmen und die Kontrolle über seinen Film wieder an sich zu reißen. Montana war ihm wichtiger als der verfluchte Film, und sie wäre bestimmt nicht glücklich, wenn er plötzlich auftauchte und ihr die Regie wieder abnahm. Er beschloß, irgendwo zu halten, etwas zu trinken, ins Strandhaus zurückzufahren und Montana anzurufen. Wenn er sie um ein Treffen bat, konnte sie schwerlich

ablehnen, und dann würden sie sich aussprechen. Die Aussprache zwischen ihnen war längst überfällig.
Er entdeckte eine Bar, die er kannte, und fuhr auf den Parkplatz. Ein paar anständige Brandys konnten nicht schaden, sondern würden ihm eher guttun. Brandy war bekanntlich fast eine Medizin.
Der erste schmeckte wie Nektar. Der zweite vervollständigte den Genuß nur noch. Neil wußte ja, daß er eine Menge vertrug. In Paris hatte er sich nichts dabei gedacht, pro Nacht eine Flasche zu leeren. Natürlich waren seither einige Jahre vergangen, aber man verlernte es nicht, mit Alkohol umzugehen. Oder mit Frauen.
Letzteres entlockte ihm ein hohles Lachen. Er bestellte sich noch einen Brandy.

»Zieh zu mir«, schlug Gina am Morgen nach der leidenschaftlichen Nacht vor. Sie machte sich für die Verabredung mit Montana fertig.
Ross lag im Bett und schaute ihr zu. Er lächelte träge. Eines stand fest, er würde sich nicht zweimal bitten lassen. Ihr Haus war sagenhaft und ihre Titten vollendet. Außerdem kostete ihn das Beverly Hills Hotel ein Heidengeld.

Montana traf pünktlich im El Padrino des Beverly Wilshire Hotel ein. Sie schaute sich um, nahm an einem Tisch Platz, bestellte sich einen Pernod mit Eis und lehnte sich zurück, auf eine längere Wartezeit gefaßt.
Wie es einem echten Filmstar zukam, hielt Gina fünfunddreißig Minuten später Einzug. Sie trug eine gelbe Seidenhose, eine durchsichtige Bluse, eine riesige weiße Sonnenbrille und eine flauschige Rotfuchsjacke – und das bei einer Temperatur von dreiundzwanzig Grad.
»O verdammt!« rief sie und ließ sich auf die Polsterbank fallen. »Habe ich eine Nacht hinter mir! Ross Conti ist alles, was von ihm

behauptet wird. Mehr sogar.« Sie kicherte. »Ein paar Zoll mehr. Der beste Liebhaber, den ich seit einem Jahr hatte.« Sie hielt einen vorbeieilenden Kellner auf. »Rum und Cola. Mit Eis. Viel Eis.« Dann hob sie ihre Sonnenbrille und sah Montana an. »Was ist also mit der Besprechung? Ich hätte gern noch zwei Stunden geschlafen.«

Montana schüttelte den Kopf und versuchte ihren Ärger zu unterdrücken. »Gina«, sagte sie langsam, als rede sie mit einem widerspenstigen Kind. »Ich hatte Sie gebeten, zwanzig Pfund abzunehmen, Ihre Frisur ändern zu lassen und sich nicht so sexy zu geben. Haben Sie mich denn nicht verstanden?«

Gina verschanzte sich wieder hinter ihrer Sonnenbrille und ließ die Blicke rastlos durch das schwachbeleuchtete Restaurant wandern.

»Montana, meine Liebe, Sie müssen begreifen, daß ich ein bestimmtes Image zu wahren habe. Mein Publikum erwartet von mir, daß ich hinreißend aussehe.«

»Es ist mir verdammt egal, was Ihr Publikum erwartet. Ich bin Ihre Regisseurin und erwarte viel mehr. Und wenn ich es nicht kriege, sind Sie draußen.«

»Ich bin draußen?« Gina lachte ungläubig. »Meine Liebe, wir wollen nicht vergessen, wer in diesem Film der Star ist.«

Der Ober brachte ihren Drink, und sie leerte fast das ganze Glas auf einen Zug.

Montana nahm einen Schluck von ihrem Pernod und überlegte, wie sie mit dieser Situation am besten fertig würde. Sie war erstaunlich ruhig, weil sie wußte, daß sie gewinnen und Gina klein beigeben würde.

Sie betrachtete die blonde Frau kühl. »Okay«, sagte sie, »in Ordnung. Machen Sie, was Sie wollen. Wahrscheinlich werde ich genug mit Buddy zu tun haben. Und ich weiß, daß Ross großartig sein wird. Ich glaube, er wird alle überraschen.«

Gina hatte nicht mit einem so schnellen Rückzug gerechnet und geriet aus dem Gleichgewicht. Sie schüttelte die Fuchsjacke von

den Schultern, und die Männer an den Nebentischen erstickten fast an ihren Drinks. »Ich werde auch eine Menge Leute überraschen«, sagte sie verdrießlich.
»Klar werden Sie das«, pflichtete Montana ihr bei. »Die sinnliche Gina Germaine schafft es wieder. Miss Busen-und-Hintern gewinnt den Preis für die darstellerische Nulleistung des Jahres.«
»Ich hasse solche Bemerkungen«, fauchte Gina. »Nur weil ich mit Ihrem Mann geschlafen habe, brauchen Sie nicht zu glauben, daß Sie so mit mir reden können.«
Montanas Augen blitzten gefährlich, aber sie beherrschte sich. O Neil! Warum die? Sie war deiner nicht würdig.
»Was Sie und Neil getan haben, ist seine und Ihre Angelegenheit. Ich habe nie etwas davon gehalten, jemand an die Kette zu legen.«
Gina nahm ihre Sonnenbrille ab und kniff die vorstehenden blauen Augen zusammen. »Sie sind wirklich komisch, wissen Sie das?«
Montana zuckte mit den Schultern. »Ich finde, daß jedem Freiheit zusteht. Neil wollte Sie haben. Er hat Sie gehabt. Na und? Sie sehen ja, wohin es ihn gebracht hat.«
»Guter Gott! Nicht sehr schön, so was zu sagen.«
»Warum? Es ist wahr.« Montana winkte dem Ober. »Die Rechnung bitte.«
»Wir haben doch noch gar nicht gegessen«, wandte Gina ein.
»Sinnlos«, entgegnete Montana fest. »Ich wollte mit Ihnen über die Rolle reden und versuchen, Ihnen zu helfen. Aber ich sehe, daß ich meine Zeit vergeude. Sie wollen lediglich Machtspielchen spielen, und das liegt mir nicht. Ich bin eine berufstätige Frau, Gina, keine Hollywood-Ehefrau.«
»Sie sind mir ein Stück.« Widerwillige Bewunderung stahl sich in Ginas Stimme.
»Nein. Ich bin nur ein Profi und möchte einen möglichst guten Film machen. Das habe ich Ihnen bei unserer ersten Bespre-

chung gesagt – ich dachte, wir hätten das gleiche Ziel, aber offensichtlich habe ich mich getäuscht.«
Der Ober brachte die Rechnung. Montana suchte in ihrer Handtasche nach einer Kreditkarte und sprach ruhig weiter: »Wenn Sie nicht von sich aus mitarbeiten, ich zwinge Sie bestimmt nicht. Ich konzentriere mich einfach auf Buddy und Ross. Die beiden werden so gut sein, daß niemand Miss Germaine beachtet. Jammerschade, denn Sie könnten überwältigend sein. Es ist alles da, Gina. Verborgen unter dem Haar, dem Busen und der Schminke.« Nach einer kurzen Pause fuhr sie fort: »Sie brauchten nur jemanden, der mit Ihnen arbeitet – jemanden, dem etwas daran liegt, was Sie leisten. Ich könnte es aus Ihnen herausholen, und das wissen Sie.«
»Ich kann mit Frauen nicht zusammenarbeiten.«
»Quatsch mit Soße! Wann haben Sie es je probiert? Sie würden wahrscheinlich feststellen, daß es Ihnen Spaß macht.«
Langsam erschien ein Lächeln auf Ginas Gesicht. »Wissen Sie was? Sie erinnern mich an mich.«
Gott bewahre! dachte Montana.
»Ja«, erklärte Gina mit wachsender Begeisterung. »Ein fixes Mundwerk – und dazu Mumm. Sie könnten es schaffen ... Ich wette, Sie schaffen's.«
»Soll das heißen, daß Sie auf mich hören wollen?«
»Warum nicht?« erwiderte Gina entschlossen. »Ja. Warum eigentlich nicht? Ich habe mein Leben lang auf Idioten gehört, die nur Kapital aus mir schlagen wollten ... Also, wer weiß? Mit Ihnen zu arbeiten, könnte mal was anderes sein.« Sie neigte sich vertraulich vor: »Ich sage Ihnen was, Montana. Neil und ich – das hatte überhaupt nichts zu bedeuten. War nur eine Art geschäftliches Abkommen.«
»Davon bin ich überzeugt.«
»Und Sie tun recht daran, denn ich kann Ihnen versichern, daß alle Männer untreue Halunken sind. Alle, Schätzchen. Man darf ihnen nicht mal so weit trauen, wie man spucken kann.« Sie nick-

te weise. »Ich weiß das! Seit ich fünfzehn war, stehe ich auf eigenen Beinen, und es war kein Honiglecken. Wie würde es Ihnen gefallen, ein paar von den Sachen zu hören, die ich tun mußte, um dorthin zu kommen, wo ich heute bin?«
Wenn Gina redete, dann redete sie. Zwei Stunden später redete sie immer noch. Und Montana hörte ruhig zu.
Schauspieler. Schauspielerinnen. Alle gleich. Man zeige ihnen ein bißchen Mitgefühl, ein bißchen Verständnis, und sie gehörten einem.
Gina würde Wachs in ihren Händen sein, wenn sie erst mal anfing zu drehen. Montana gedachte eine Leistung aus ihr herauszuholen, die ihr geiles Publikum ihr nie zugetraut hätte.
Was Neil sich zutraute, traute sie sich erst recht zu.

58

Leon ging sofort an die Arbeit. Er tischte Millie eine fadenscheinige Ausrede auf und fuhr erneut nach Barstow. Dort studierte er Polizeiakten, Zeitungsberichte und Unterlagen der Adoptionsbehörden.
Ein Tag genügte nicht, um alles zu erledigen. Also nahm er ein Zimmer im Desert Inn Hotel und rief Millie an. Sie war alles andere als erfreut. »Das ist unser Urlaub«, sagte sie verstimmt, »du solltest nicht arbeiten.«
»Ich weiß. Aber es ist wichtig. Und ich entschädige dich dafür – das verspreche ich dir.«
»Captain Lacoste hat angerufen. Du sollst dich mit ihm in Verbindung setzen.«
Er war zu sehr mit seinen eigenen Angelegenheiten beschäftigt, um den traurigen Ton in ihrer Stimme zu bemerken. »Danke. Wahrscheinlich komme ich morgen zurück.«
»Beeil dich nur ja nicht«, sagte sie bissig, doch er hatte bereits aufgelegt.

Der Captain berichtete Neuigkeiten, bei denen Leon Gänsehaut bekam. Deke Andrews hatte wieder zugeschlagen. Diesmal in Las Vegas. Das Opfer war eine ältere Dirne, die im Stadtzentrum die Bars und Kasinos abgegrast hatte. »Er hinterließ Spuren, aus denen einwandfrei hervorgeht, daß er es war. Fingerabdrücke, Speichel, Sperma. Die gleichen typischen Messerwunden. Und sein Hemd. Die Polizei in Las Vegas hat mehrere Zeugen, die ihn wahrscheinlich beim Verlassen des Tatorts gesehen haben. Wir schicken sein Foto per Kabel rüber. Sind Sie bereit hinzufahren?«
Leon zögerte nicht. »Selbstverständlich. Ich möchte meinen Urlaub abbrechen und den Fall offiziell übernehmen.«
»Ich habe gehofft, daß Sie das sagen würden. Ich setze mich mit Vegas in Verbindung und melde den Kollegen dort, daß Sie unterwegs sind. Man hat mir volle Unterstützung zugesichert.«
Leons Gedanken rasten. Warum Las Vegas? Irgendwie hatte er gemeint, Deke sei unterwegs nach Barstow. Nur so eine Ahnung ... Irgend etwas – irgend jemand in Barstow. Was aber, wenn Deke bereits hier in Barstow gewesen war?
Als er den Hörer auflegte, beschloß er, bei der Polizei am Ort alle Mordfälle der vergangenen vier Wochen zu überprüfen. Anschließend wollte er sehen, daß er auf schnellstem Weg nach Vegas kam.

59

»Wo ist er?« fragte Maralee, einen besorgten Ausdruck in den blauen Augen.
»Er hat meinen Wagen gestohlen«, erwiderte Schwester Miller zornig. »Er hat mich angegriffen und unanständige Worte gebraucht. Ich kündige hiermit. Fristlos.«
»Seien Sie nicht töricht«, entgegnete Maralee ausweichend. »Er darf doch gar nicht fahren.«

»Das weiß ich, Mrs. Gray. Aber ich konnte ihn nicht aufhalten. Er hat sich wie ein Wahnsinniger aufgeführt.«

Maralee hätte fast mit dem Fuß aufgestampft. »Ich wollte, daß er hier ist. Es ist wichtig. Wie konnten Sie ihn weglassen?«

»Ich erwarte zwei Wochen Gehaltsfortzahlung. Und Sie können von Glück sagen, daß ich ihn nicht wegen Körperverletzung belange. Wenn mein Wagen nicht binnen einer Stunde wieder da ist, melde ich ihn bei der Polizei als gestohlen.«

Aus den zwei oder drei Drinks wurden vier oder fünf, und sein Herz begann zu dröhnen, doch das störte ihn nicht. Gar nichts störte ihn.

Er wollte sich mit Montana aussprechen. Ihr die ganze Geschichte erzählen. Rückhaltlos offen sein. Beichten. Sich reinwaschen. Und um Verzeihung bitten.

Nur – Montana würde ihm die Geschichte nicht abkaufen. Die kühle Montana mit dem klaren Verstand. »Vergiß es, Neil«, würde sie sagen. »Ich will deine idiotischen Entschuldigungen nicht hören.« Und sie hätte ja so recht, denn etwas anderes als dumme Ausreden konnte er nicht vorbringen. Wie wollte er ihr etwas erklären, wofür es keine Entschuldigung gab?

Er hob die Hand, um noch einen Drink zu bestellen, überlegte es sich dann anders und verließ schwankend die Bar.

Shelly war noch da, als Buddy zurückkam. Gemütlich hockte sie auf seiner Couch und lackierte sich die Zehennägel.

»Hallo, Star.« Sie ergriff die *Los Angeles Times* und schwenkte sie vor ihm. »Warum hast 'n mir nix gesagt?«

Es ärgerte ihn, daß sie nicht während seiner Abwesenheit still und leise verschwunden war. Gereizt zuckte er mit den Schultern. »Wir hatten anderes im Kopf. Ich hätte es dir schon noch gesagt.«

»Du und Gina Germaine. Wow! Bist wohl toll im Rennen, Mann?«

»He – hör zu, ich habe eine Menge Arbeit. Wohl besser, ich fahr dich zu deiner Wohnung.« Bevor du ganz hier einziehst, wollte er hinzufügen, beherrschte sich aber.

»Ich muß nich weg«, entgegnete sie. »Ich hab' vorige Woche meinen Job aufgegeben, und jetz, wenn Randy nich mehr da is ...« Sie streckte ein Bein in die Luft und bewunderte ihre schön bemalten Zehennägel. »Außerdem kann ich dir helfen. Das Drehbuch mit dir durchgehen. Dann könnten wir mal bei Maverick's reinschauen, damit alle dort aus den Latschen kippen. Es juckt mich unbändig, die neidischen Gesichter zu sehen. Dich nich auch?«

»Es ist besser, ich fahre dich heim«, sagte er barsch.

»Für dich vielleicht«, entgegnete sie und schaute ihn kläglich an. »Warum kann ich nich bleiben?«

»Weil ich Angel erwarte.«

»Einen Dreck erwartest du sie.«

»Was bringt dich auf diese Idee?«

Sie sprang von der Couch auf: »Okay, fahr mich heim, Großkotz. Ich kann ohne dich leben.«

»Was bringt dich auf die Idee, daß ich Angel nicht erwarte?« fragte er hartnäckig.

»Vergiß es«, murmelte sie.

»Das will ich nicht!«

»Trotzdem solltest du's.« Sie nahm ihre Tasche und hängte sie mit einer fahrigen Bewegung über die Schulter. »Ich nehm ein Taxi – Star. Möchte dich nich bemühen.«

»Bist du an mein Telefon gegangen?« fuhr er sie wütend an. »Hat Angel angerufen?«

Sie war bereits an der Wohnungstür. Dort drehte sie sich um, eine Hand auf der Hüfte, den Mund höhnisch verzogen. »Ich weiß es, und du mußt es selber rausfinden.« Sie verließ die Wohnung und knallte die Tür zu.

Buddy griff sofort nach dem Telefon.

Daß Maralee es ablehnte, Elaine die zehntausend Dollar zu leihen, wurde bedeutungslos, denn der Übergabetermin verstrich, ohne daß Little S. Schortz erschien. Elaine war heilfroh, weil sie gar nicht daran dachte, die Scheidung einzureichen. Wenn Ross wegwollte, sollte er die nötigen Schritte einleiten.

Lina kündigte und blieb weg, doch es gelang Elaine, in Ron Gordinos Institut einen Scheck einzulösen (der nicht gedeckt war – na und?) und Lina mit einer kleinen Bestechungssumme zur Rückkehr zu bewegen.

Ein paar Tage danach wurde Elaine an der Kasse des Hughes Market in Beverly von einem Fernsehschauspieler in Shorts und einem UCLA-T-Shirt angesprochen und beging die Unbesonnenheit, ihn zu sich einzuladen. Als er sah, wie luxuriös sie lebte, fiel er sofort über sie her. Elaine wehrte ihn ab und warf ihn hinaus.

Lina kündigte abermals. Sie war Katholikin, und diese Sache ging ihr entschieden zu weit.

Elaine trank vier Wodkas pur, die bewirkten, daß sie vor ihrem geliebten Merv umkippte.

Sie hörte nicht mehr, wie der Nachrichtensprecher Los Angeles davon unterrichtete, daß Neil Gray erneut einen schweren Herzinfarkt erlitten hatte und auf dem Parkplatz einer Bar in Santa Monica tot zusammengebrochen war.

60

Las Vegas lag hinter ihm, die glitzernde Stadt in der Wüste verschwand am Horizont, als er mit seinem Lieferwagen nach Los Angeles raste. Am liebsten wäre er geflogen, hätte mit dem Lieferwagen, dem er so etwas durchaus zutraute, von der verlassenen Wüstenstraße abgehoben. Aber er tat es nicht. Er hielt sich an die Geschwindigkeitsbeschränkung, denn er mußte vorsichtig sein.

Sein Kopf war voller häßlicher Bilder. In seinen Adern brodelte

Haß. Doch er wußte, daß Joey über ihn wachte. Die liebe, süße Joey.

Wo ist die Hure?

Einen Moment lang konnte er sich nicht erinnern, und Wut packte ihn.

Die Schlampe ist bei einem anderen.

Der Lieferwagen hielt kreischend an. Deke sah nichts, denn um ihn tanzten rote Flammen. Rot – Blut ... Nita Carrolles Blut ... Joeys Blut.

Vor der Abfahrt aus Las Vegas hatte er bei einem großen Hotel gehalten und sich in der Geschäftspassage eine schwarze Panoramasonnenbrille gekauft – eine so dunkle, daß man seine Augen nicht sah.

Die Brille gefiel ihm. Waren die Gläser doch wie Fenster zur Außenwelt, und er konnte sich dahinter verbergen, anonym bleiben. Joey würde sagen, er sehe gut aus. Sie machte ihm oft Komplimente. Sie war die einzige, die den wahren Deke Andrews kannte.

Der Gedanke an seinen Namen versetzte ihn erneut in Wut.

»Ich bin nicht Deke Andrews«, schrie er.

Dann stieg er aus dem Lieferwagen und pißte über die verlassene Straße.

Er wußte, wer seine Mutter war.

Und er fuhr jetzt nach Los Angeles, um sie zu töten.

61

Neil Grays Tod war für Buddy ein Schock. Nachteilige Folgen für *Menschen der Straße* erwartete er jedoch nicht. Schließlich wußten alle, daß Montana die Regie übernommen hatte. Wie verlautete, sollte der Drehbeginn um eine Woche verschoben werden.

Buddy sagte sich, jetzt sei der geeignete Zeitpunkt für die Fahrt nach San Diego und die Versöhnung mit seiner Mutter. Zuerst allerdings wollte er Angel zurückholen. Er hatte lange genug gewartet. Aber er erreichte sie nicht. Er rief an. Sie war nicht da. Er rief wieder an. Sie war immer noch nicht da. Er bat um ihre Telefonnummer, und man verweigerte ihm die Auskunft. Schließlich stieg er in seinen Wagen, fuhr langsam an Kokos Salon vorbei und hoffte, sie zu erspähen. Ein Kerl mit einem Heiligenschein aus wilden Locken saß am Empfangstisch, wie Buddy durch die Glasscheibe sah.

Er parkte seinen Mustang und schlenderte hinein. »Ist Angel da?« fragte er lässig.

Koko wußte sofort, daß das Buddy sein mußte. Wirklich ein blendend aussehender Bursche. »Angel arbeitet nicht mehr hier«, antwortete er und spielte mit dem Reißverschluß seines orangefarbenen Overalls. Er hatte bestimmt, daß Angel zu Hause bleiben sollte, bis das Baby geboren war. Natürlich hatte sie protestiert, doch es war ihm gelungen, sie zu überzeugen, daß Adrian Gesellschaft brauchte.

»Wo kann ich sie finden?«

»Das weiß ich nicht.« Koko war kein guter Lügner, er knackte nervös mit den Fingerknöcheln.

Buddy schob die Hand über den Empfangstisch, einen gefalteten Zwanziger zwischen den Fingern. »Wo?«

Koko stieß die Hand mit dem Geld weg. »Wirklich!« schnaubte er. »Sie haben zu viele Filme gesehen.«

Genau in diesem Augenblick tauchte Raymondo auf. Seine flinken braunen Augen erfaßten die Szene sofort. »Koko! Sie schlechte Mama. Verkaufen es! Auch noch in Geschäft, Mann!«

»Verschwinden Sie«, befahl Koko eisig.

Das tat Raymondo auch, aber erst nach einer bissigen Erwiderung: »Warten Sie nur, bis ich hübsche Angel erzähle! Wird ihr nicht gefallen.«

»Hören Sie auf, mir Quatsch zu erzählen«, sagte Buddy ärgerlich und neigte sich über den Tisch. »Ich bin ihr Mann. Wo ist sie?«

»Sie will sich scheiden lassen.«
Buddy griff nach dem Reißverschluß an Kokos Overall und zog ihn so rasch hoch, daß das Metall sich in Kokos Hals bohrte. »Wo ist sie?«
Tapferkeit zählte nicht gerade zu Kokos Tugenden. Er stöhnte auf vor Schmerz. »Sie will Sie nicht sehen«, stieß er hervor. »Warum lassen Sie das arme Mädchen nicht in Ruhe?«
»Warum lassen Sie selber sie nicht in Ruhe?«
»Ich bin ein Freund von Angel. Und sie braucht weiß Gott Freunde nach allem, was Sie ihr angetan haben.« Er befreite sich. »Wenn Sie nicht sofort mein Geschäft verlassen, rufe ich die Polizei.«
Buddy ergriff das Telefon und knallte es auf den Tisch. »Nur zu! Ich habe jedes Recht, mich um meine Frau zu kümmern. Und noch etwas: Ich komme jeden Tag her, bis Sie mir sagen, wo Angel ist. Haben Sie mich verstanden?«
Koko hatte ihn verstanden. Doch er war nicht bereit, Angels Aufenthaltsort preiszugeben, bevor er mit ihr gesprochen hatte. »Gut«, erwiderte er gepreßt, »ich werde mich mit Angel in Verbindung setzen und hören, was sie sagt. Wenn Angel es ablehnt, sich mit Ihnen zu treffen, werden Sie dann wegbleiben?«
»Wenn sie es mir selbst sagt.«
»Morgen. Um die gleiche Zeit.«
»Sechs Uhr heute abend, mein Freund. Ich komme wieder.« Damit marschierte Buddy hinaus.
Koko rang ein paar Minuten mit sich, dann rief er Angel an und erzählte ihr die ganze Geschichte. »Was wollen Sie tun?« fragte er besorgt.
»Ich werde mit ihm reden und ihm sagen, daß ich ihn nicht mehr sehen will«, antwortete sie fest.
»Und daß Sie sich scheiden lassen wollen«, drängte Koko.
»Ja«, sagte sie, und sie hatte es auch vor. Doch als es sechs Uhr war und Buddy anrief, machte schon der Klang seiner Stimme sie schwach.

»Alles hat sich geändert«, berichtete er. »Bei mir läuft es jetzt glänzend, und ich möchte, daß wir wieder zusammenleben … Weißt du, eine Art neuer Anfang. Was meinst du?«
Sie zögerte. »Buddy, es könnte zwischen uns nie mehr so werden wie früher. Ich habe mich verändert. Ich will nicht zurück in das Leben, das wir geführt haben.«
»He – hörst du mir nicht zu? Die Vergangenheit liegt hinter uns. Wir haben beide Dinge getan, die wir nicht hätten tun sollen. Gib uns noch eine Chance, Kleines.« Er hatte sich über den Apparat gebeugt und sprach leise, in schmeichelndem Ton, während Koko mit verschränkten Armen auf der anderen Seite des Empfangstisches stand und vorgab, nicht zuzuhören.
»Warum bleibst du nicht bei Shelly?« fragte Angel verzweifelt. »Sie ist ein Mädchen deines Schlags. Ich bin nicht wie sie.«
Er lachte. »Wenn du wärst wie sie, würde ich mich erschießen!«
»Du lebst doch mit ihr zusammen, seit ich weg bin«, entgegnete sie vorwurfsvoll. »Zweimal hat sie mich aufgefordert, dich in Ruhe zu lassen. Ich verstehe das einfach nicht. Was willst du noch von mir?«
»Shelly hat dir gesagt, du sollst mich in Ruhe lassen?« fragte er ungläubig. »Das hat sie gesagt?«
»Ich lüge nicht.«
»Sie ist ein Dreckstück. Ich suche dich, seit du mich verlassen hast.«
»Du bist zu ihr gezogen.«
»Nein, bin ich nicht!«
Angel stieß einen kleinen Seufzer aus. Sie hätte ihm gern geglaubt, aber sie war nicht mehr so naiv wie bei ihrer Ankunft aus Louisville.
»Ich muß dich sehen«, drängte er. »Wir müssen über alle diese Dinge reden.« Er neigte sich noch weiter über das Telefon: »Ich liebe dich, Kleines. Nur dich. Das mußt du doch wissen.«
»Ich bin verwirrt, Buddy.«
»Ich entwirre dich.«

»Ich brauche Zeit, um alles zu durchdenken.«
»Was willst du denn durchdenken? Ich habe eine Wohnung und einen neuen Wagen. Ich spiele eine der Hauptrollen in einem Film.«
»Ich weiß. Ich habe dein Bild in der Zeitung gesehen. Es freut mich sehr für dich, Buddy.«
»Freue dich für uns. Soviel ist passiert, und ich brauche dich, damit du es mit mir teilst. Ohne dich bedeutet es mir nichts. Kannst du das nicht verstehen?«
Während er es sagte, erkannte er, daß es die Wahrheit war. Seine kühnsten Hoffnungen erfüllten sich jetzt, aber er brauchte Angel, damit sein Glück vollkommen war. Wenn sie zu ihm zurückkehrte, wollte er es nicht geheimhalten. Er wollte es allen sagen, und wenn Sadie nicht einverstanden war – schade. Angel war seine Frau, und er war stolz darauf. Gemeinsam würden sie einen neuen Anfang machen, und diesmal würde es gutgehen.
»Laß mir ein paar Tage Zeit«, bat sie schließlich.
»Wozu brauchst du ein paar Tage?«
»Ich möchte sichergehen, daß du es aufrichtig meinst und es dir nicht morgen wieder anders überlegst.«
»Machst du Witze?«
»Nein, es ist mir sehr ernst«, entgegnete sie. Dann fragte sie: »Nimmst du noch Drogen?«
»Ich bin so sauber, daß ich nicht mal Gras rauche.« Er machte eine kurze Pause. »Darf ich wenigstens wissen, wo du bist?«
»Ich wohne bei Freunden.«
»Wo?«
»Das ist unwichtig. Warum reden wir nicht morgen um die gleiche Zeit wieder miteinander?«
»Wie du willst. Ich bin mit allem einverstanden, Angel.«
»Aber bitte versprich mir, daß du nicht versuchst, mich zu sehen, bevor ich es erlaube.«
»Pfadfinder-Ehrenwort.«
Sie lachte leise. »Du warst doch nie Pfadfinder, Buddy.«

»Jetzt bin ich einer.«
Sie nannte ihm ihre Telefonnummer, und er lernte sie auswendig, bevor sie sich auf Wiedersehen sagten.
Koko sah ihn finster an. Buddy verließ wortlos den Salon.
Es war nur eine Frage der Zeit, bis er Angel wiederhatte.

»*Menschen der Straße* ist gestorben«, sagte Oliver grob. »Aus, Ende, kaputt.«
Montana starrte ihn an, ohne recht zu begreifen, was er sagte. Sie stand in seinem glänzenden, polierten, peinlich sauberen Büro. Vor einer Stunde war Neil beerdigt worden. Ein glanzvolles Begräbnis mit unzähligen Trauergästen. Montana hatte Würde bewahrt. Maralee hatte sich auf den Sarg geworfen und hysterisch geschrien.
»Wie bitte?« fragte Montana schließlich ungläubig.
»Die Party ist vorbei.« Oliver genoß die Szene, obwohl Montana erst vor so kurzer Zeit Witwe geworden war. »Dieser Film hat mich wegen der Verzögerungen und allem ein Vermögen gekostet. Jetzt, nach Neils – hm – Tod, kann ich mich an die Versicherung wenden und meine Verluste ausgleichen.«
»Was können Sie?«
»Keine Sorge, Sie kriegen Ihr Geld.«
Montanas Stimme klang ruhig, aber innerlich bebte sie: »Verstehe ich das richtig? Sie streichen den Film, damit Sie die Versicherungssumme kassieren können?«
»Geschäftssinn. Man muß ihn haben, wenn man in dieser Stadt überleben will.«
Alle Gefühle, die sie unterdrückt hatte, machten sich in einem wütenden Aufschrei Luft. »Sie talentloser, arschkriechender, speichelleckender, mieser kleiner Dreckhaufen! Wie können Sie das tun?«
»Sie brauchen Ihre Gedanken nicht zurückzuhalten, Montana. Nur heraus damit! Tun Sie sich keinen Zwang an.« Oliver kicherte genüßlich. Er hatte die absolute Macht und schwelgte darin.

Montana faßte sich rasch wieder, denn er sollte nicht die Genugtuung haben, sie zusammenbrechen zu sehen. »Oliver«, sagte sie ruhig, »Sie wissen doch, was dieser Film für mich bedeutet, oder? Es ist ein wichtiger, ein guter Film. Er wird Geld einspielen. Weit mehr, als Sie aus Ihrer Versicherung herausholen.«
»Jeder Film ist ein Risiko«, entgegnete er geduldig. »Auch wenn in einem Film Robert Redford und Jane Fonda mitspielen, weiß man nie, ob er bei den Leuten ankommt. So aber mache ich einen guten Schnitt – und gehe kein Risiko ein.«
»Sie meinen das wirklich ernst?«
»Der Film ist gestorben.«
Montana war zu erschöpft, um weiterzukämpfen. »Ist Geld alles, was Sie interessiert?« fragte sie müde.
»Formulieren wir es lieber so: Ich bin nicht in dem Geschäft, um mich aussaugen zu lassen.«
»Sie sind wirklich reizend.«
»Ich liebe Sie auch.«
Montana verließ den Raum mit hocherhobenem Kopf, aber tief bekümmert. Es gab Augenblicke, in denen sie Neil verzweifelt brauchte, und dies war einer davon. Sie ging in ihr Büro und warf die Tür hinter sich zu. Dann holte sie tief Luft und versuchte die aufsteigenden Tränen zurückzudrängen.
Sie brauchte Neil nicht. Sie hatte gelernt, ohne ihn auszukommen. Sinnlos, in einer Streßsituation zu heulen. Sie mußte stark sein und selbst mit allem fertig werden.
Neil ist tot, dachte sie, und es ist seine eigene verdammte Schuld. Ohnmächtiger Zorn schüttelte sie. Einst hatte Neil und sie eine tiefe, verzehrende Liebe verbunden – doch mit der Zeit hatte ihre Beziehung sich verändert.
Neil hatte sie im Stich gelassen. Aber sie würde es überleben. Und dann konnte sie endlich weinen. Es tat ihr gut.

Sadie nahm die Nachricht gelassen auf. Es war nicht das erste Mal, und es würde auch nicht das letzte Mal sein, daß so etwas passierte. Das Filmgeschäft war, gelinde ausgedrückt, unberechenbar.

Oliver unterrichtete sie bei einem Drink im Beverly Wilshire Hotel. Und er teilte ihr mit, daß er einen Regisseur für Neils anderes Projekt gefunden habe, den Film mit Gina Germaine.

»Wir können sofort mit den Produktionsvorbereitungen beginnen«, sagte er. »Gina wird glücklich sein, es ist eine viel bessere Rolle für sie.«

»Ich wußte gar nicht, daß ein fertiges Drehbuch vorliegt«, sagte Sadie überrascht.

»Das war vor ein paar Wochen auch noch nicht der Fall. Aber seit wir den Vertrag unterzeichneten, war ich dahinter her. Jetzt habe ich ein großartiges Drehbuch – natürlich muß noch ein bißchen daran gefeilt werden ...«

»Ich muß es lesen«, sagte Sadie kurz angebunden. »Der Vertrag, den wir geschlossen haben, sieht vor, daß Neil Regie führt. Jetzt handelt es sich also um eine völlig andere Angelegenheit.«

»Aber wir werden uns einigen, nicht wahr, Sadie?«

Sie wollte sich nicht festlegen. »Wir werden sehen«, sagte sie nachdenklich und trank von ihrem Perrier-Wasser. »Ist in dem Drehbuch eine Rolle für Buddy Hudson? Der wird ganz groß, Sie sollten sich ihn gleich am Anfang sichern.«

»Ich glaube schon, daß wir etwas für ihn finden.«

»Etwas genügt nicht. Es muß das Richtige sein.«

»Lesen Sie das Drehbuch, und suchen Sie eine Rolle für ihn aus.«

»Mache ich.«

»Bitte bald.«

»Was sind Sie doch für ein Arbeitstier, Oliver.«

»Genau wie Sie, Sadie.«

Koko stürmte ins Haus. Er kam später als gewöhnlich. Angel war in der Küche und bereitete Brathähnchen nach Südstaatenart zu, Adrian saß vor dem Fernseher und sah sich Go-go-Tänzer an.

»Ah – welch traute Häuslichkeit«, fauchte Koko, »während ich mich zu Tode arbeite.«
Adrian schaltete mit der Fernbedienung den Fernseher aus. »Welche Laus ist denn dir über die Leber gelaufen?«
»Keine. Ich wurde bloß vom Machomann der lieben Angel körperlich mißhandelt. Wo ist Madam?«
»In der Küche.«
»Ha! Sie ist also nicht gleich in seine wartenden Arme gelaufen?«
»Was ist passiert?« fragte Adrian behutsam.
»Das müßtest eigentlich du wissen. Du sitzt hier bei ihr.«
»Wir können sie nicht ewig festhalten.«
»Um Gottes willen, halt mir bloß keine Vorträge. Das weiß ich. Sie ist alt genug, um selbst für sich zu sorgen. Aber, Adrian« – seine Augen umwölkten sich – »wie soll ich es dir erklären? Sie ist so ein liebes Wesen. Ich möchte, daß sie bei uns bleibt, damit wir sie beschützen können.«
Er hatte Angel nicht kommen hören. Sie stand ganz still in der Tür. »Ich danke Ihnen, Koko«, sagte sie weich. »Aber keine Sorge, was auch passiert, wir werden einander weiterhin sehen und immer Freunde bleiben. Ich werde bestimmt nicht vergessen, wie Sie mir geholfen haben.«
»Sie kehren also zu ihm zurück?«
Angel legte die Hände auf ihren Leib. »Ich muß ihm noch eine Chance geben.«
»Ha!« stieß er hervor. »Sie werden es bereuen.«

Ross aalte sich an Ginas Pool, der mit schönen italienischen Fliesen ausgelegt war, und sah zwei japanischen Gärtnern bei der Pflege der exotischen Bäume und Pflanzen zu. Ein Hausmädchen servierte ihm Eistee. Er fand, dies sei das wahre Leben für ihn. Herrlichster Luxus und fleißiges Personal, ohne daß es ihn einen roten Cent kostete. Warum war er nicht längst auf die Idee gekommen? Such dir eine arbeitende Frau, mach es dir bequem und genieß die Vorteile. Schließlich hatten Frauen im Lauf der

Jahre genug von ihm genommen – er verdiente es, ein bißchen zurückzubekommen.
Heute hatte er Geburtstag. Das halbe Jahrhundert lastete nun auf ihm, nicht zu leugnen, aber es war bei weitem nicht so schlimm, wie er befürchtet hatte. Beim Aufwachen hatte er es Gina verraten – eigentlich gegen seinen Willen, aber, zum Teufel, man erreichte nicht jeden Tag einen solchen Meilenstein. Und verheimlichen konnte er sein Alter ohnehin nicht, es stand in jedem Filmlexikon. Außerdem war man mit fünfzig ja nicht senil. Newman und Bronson zum Beispiel hatten die Fünfzigerhürde spielend genommen.
»Warum hast du mir das nicht eher gesagt?« hatte Gina gerufen. »Das wäre doch ein Grund für eine riesige Party gewesen.«
Er wollte keine ›riesige Party‹, er hatte erst vor kurzem eine durchlitten. Allerdings, dachte er, so schlecht wäre es vielleicht gar nicht. Wenn jemand anders die Rechnungen bezahlt …
Gina hatte ihm diverse Geburtstagsgeschenke körperlicher Art gemacht, nach denen er sich erschöpft, aber zufrieden fühlte. Dann hatte sie sich angezogen und war zu einem Lunch mit Sadie weggegangen.
Er setzte sich auf, nahm einen Schluck Eistee und griff nach dem Drehbuch. Sein Text war dick rot unterstrichen. Er beherrschte ihn bis aufs letzte Wort. Zum erstenmal. Gewöhnlich schlenderte er einfach in die Dekoration und spielte halb aus dem Stegreif. Das hatte sich jetzt geändert. Hier bot sich ihm eine große Chance, und die wollte er auf keinen Fall schmeißen.

Rührseligkeit hatte nie zu Gina Germaines Eigenschaften gezählt. Sie rauschte durchs Leben und kümmerte sich nur um Dinge, die für ihr Image gut waren. Nach Neil Grays Tod dachte sie nicht: Armer Neil – wie schrecklich für ihn. Sie dachte: Dem Himmel sei Dank, daß es nicht passierte, als wir zusammen im Bett waren – das hätte ich nicht überlebt.
Sie war zu seiner Beerdigung gegangen, ein Traumbild in

schwarzer Spitze, und hatte glücklich für die Fotografen posiert, Ross Conti an ihrer Seite. Die Verbindung zwischen Ross und ihr schien in der Öffentlichkeit großes Interesse zu erregen. Ah, in der Abgeschiedenheit ihres Schlafzimmers war diese Verbindung wahrlich großartig. Für einen Mann seines Alters bot Ross zweifellos eine phantastische Leistung.

Als Sadie ihr beim Mittagessen im Bistro Gardens eröffnete, daß *Menschen der Straße* nicht gedreht wurde, öffnete sie den Mund, um zu schreien.

Sadie beruhigte sie jedoch sofort mit der Neuigkeit, daß der andere Film, den Neil und sie geplant hatten, gleich in Angriff genommen werden konnte, weil ein fertiges Drehbuch vorlag und ein neuer Regisseur gefunden war. Die Gesamtleitung hatte Oliver Easterne.

»Ich habe das Drehbuch gestern abend gelesen«, sagte Sadie lebhaft. »Die Rolle ist viel besser für Sie. Verlassen Sie sich auf mich, meine Liebe.«

Gina verließ sich seit jeher auf Sadie, denn Sadie besaß das beste Urteilsvermögen. Sie kaute an einem Salatblatt und sagte dann etwas, das ganz und gar nicht zu ihr paßte: »Ich spiele, wenn Ross eine Rolle bekommt.«

»Was?« stieß Sadie hervor. Sie hätte fast ihr Glas Perrier umgeworfen.

»Wir sind gut zusammen«, erklärte Gina lässig. »Die Presse liebt uns. Wir werden auf der Leinwand überwältigend sein. Richten Sie es ein – Sie haben die Macht dazu.«

»Das Drehbuch enthält nichts für Ross«, entgegnete Sadie gepreßt.

»Dann lassen Sie was reinschreiben.«

Sadie musterte ihre kauende Klientin. Warum war Ross bloß zu diesem berechnenden blonden Sexstar gezogen? Sie hatte ihn für sich haben wollen, und jetzt hatte ihn Gina. Schlimmer noch, Gina, die keinem Krüppel ein Holzbein geschenkt hätte, wollte ihm helfen. »Wissen Sie auch, was Sie da vorschlagen?« fragte Sadie.

»Natürlich.«
»Überlegen Sie es sich lieber noch einmal. Es würde Wochen oder sogar Monate dauern, eine Rolle für Ross einzufügen, und der Drehbeginn müßte hinausgeschoben werden. Eigentlich aber sollten Sie sofort anfangen. Ich bin überzeugt, daß Ihnen das klar ist.«
Nachdenklich betrachtete Gina ihre Agentin. Eines mußte man Sadie lassen, sie redete immer vernünftig. Vielleicht war die Idee doch nicht so gut. »Sie haben recht. Ich glaube, ich sollte nicht abwarten. Schicken Sie mir das Drehbuch.«
Sadie klopfte auf ihre große Vuitton-Tasche. »Ich habe es dabei.«
»Übrigens«, sagte Gina, »Ross hat Geburtstag, und ich möchte heute abend im Bistro für ihn eine Überraschungsparty organisieren. Sie kommen doch, oder? – Oh, und sagen Sie bitte Buddy Bescheid.«
Sadie wollte nichts weniger als Ross' Geburtstag feiern. Doch Geschäft war Geschäft, und Gina war eine wertvolle Klientin.

Gina kam um vier Uhr nach Hause, beladen mit Geschenken. Der Fotograf einer italienischen Zeitschrift begleitete sie, und während sie Ross mit Gucci-Sachen überhäufte, fing er die rührende Szene mit seiner Kamera ein.
Ross wußte nicht, daß die Zeitschrift für die Exklusivrechte an den Fotos die teuren Geschenke samt und sonders bezahlt hatte. Ihm gefiel alles – nur nicht der Fotograf. Ein Gigolo in enger weißer Hose, der high war und Gina ständig an den Hintern faßte.
»Heute abend essen wir im Bistro«, verkündete Gina. »Mit ein paar Freunden.«
»Was für Freunden?«
Sie kicherte geheimnisvoll. »Wart's nur ab. Ich liebe Überraschungen. Du nicht auch?«

»Wie bitte?« Buddys Gesicht verriet Unglauben und tiefe Betroffenheit.
»Im Filmgeschäft gibt es keine sicheren Sachen«, sagte Sadie.
»Aber ich habe einen Vertrag«, erwiderte er tonlos.
»Natürlich.«
»Das können die mir doch nicht antun!« schrie er.
»Die Produzenten spielen den lieben Gott. Sie können tun, was sie wollen.«
»Hol sie der Henker!« brüllte er.
Ferdie steckte den Kopf zur Tür herein. »Alles in Ordnung hier drin?«
»In bester Ordnung, danke«, antwortete Sadie.
Buddy bemerkte die Unterbrechung gar nicht. Er war in einem Stuhl zusammengesunken und murmelte vor sich hin.
Sadie ergriff einen goldenen Kugelschreiber und klopfte damit ungeduldig auf ihren Schreibtisch. »Nehmen Sie sich zusammen. Das ist nur ein kleiner Rückschlag. Sie werden voll bezahlt, und die Publicity im Zusammenhang mit dem Film ist ein ganz schöner Vorteil für Sie. Es wird sich was Besseres ergeben.« Sie wollte noch nicht verraten, daß sich bereits etwas ergeben hatte. Timing war alles, wenn man mit einem Klienten verhandelte.
»Jesus!« stöhnte er. »Weiß Montana es schon?«
»Ja. Morgen steht es in den Fachzeitschriften. Und, Buddy, ich habe eine Überraschung für Sie. Am Montag kommt Ihr Poster in ganz Amerika auf die Plakatwände, also reißen Sie sich gefälligst am Riemen, und seien Sie wieder guter Dinge. Heute abend gibt Gina eine Geburtstagsparty als Überraschung für Ross. Ich möchte, daß Sie hinkommen. Man weiß nie, vielleicht habe ich bis dahin schon erfreuliche Neuigkeiten für Sie. Ich bin nicht umsonst als schnellste Agentin im Westen Amerikas bekannt.«
Er nickte, bemühte sich, Begeisterung zu zeigen – und überlegte, warum ihn jedesmal, wenn für ihn das Signal auf Grün stand, irgendein Klugscheißer mit einem Bleifuß in den Hintern trat.

Elaine und Maralee nahmen ihre Freundschaft wieder auf. Es war besser, sich zu zweit zu langweilen als allein.
Sie sahen beide nicht großartig aus, darum mieden sie das Ma Maison, das Bistro Gardens, Jimmy's und die anderen eleganten Restaurants. Statt dessen saßen sie entweder am Swimmingpool von Maralee oder am Swimmingpool von Elaine, nahmen Sonnenbäder, die schädlich für die Haut waren, und leerten große Gläser mit verschiedenen exotischen alkoholischen Getränken. Die zehntausend Dollar, die sich Elaine von ihrer Freundin leihen wollte, vergaßen beide taktvoll.
Elaine sprach von nichts anderem als von Ross.
Maralee sprach von nichts anderem als von Neil.
Ron Gordino und Randy Felix wurden nie erwähnt. Das war freilich zu erwarten in einer Stadt, die sich nur dafür interessierte, wer man war und wieviel Geld man hatte.

Montana tobte. Sie stürmte durch ihr am Hang gelegenes Haus mit der wunderbaren Aussicht und bedachte Oliver Easterne mit sämtlichen Schimpfnamen, die ihr einfielen. Die Hilflosigkeit, die sie erfüllte, war ein neues Gefühl für sie, eines, das ihr gar nicht behagte.
Das Filmgeschäft ...
Ein beschissenes Geschäft.
Sie hatte ihren Anwalt in New York angerufen und verlangt, er solle ihr die Rechte an *Menschen der Straße* wiederbeschaffen. Eine Stunde später hatte er zurückgerufen, um ihr mitzuteilen, daß das unmöglich war.
»Nichts ist unmöglich!« hatte sie gefaucht.
»Ich bemühe mich weiter darum. Aber weshalb regen Sie sich überhaupt so auf? Sie haben doch Ihr Geld bekommen.«
Sie hatte schon immer gespürt, daß sich bei dem feinen Herrn unter den Anzügen aus der Savile Row ein gefühlloser Idiot verbarg. Als ob es auf das Geld angekommen wäre!
Knoten ins Taschentuch: den Anwalt wechseln.

Sie versuchte sich damit zu beruhigen, daß sie den Inhalt von Neils Schreibtisch sortierte. In einer Schublade fand sie den ersten Entwurf von *Menschen der Straße,* und auf der Titelseite stand in ihrer Handschrift: *Für meinen liebsten Mann von seiner lieben Frau. Zusammen werden wir über die Scheiße hinauswachsen.*
O ja. Und wo war Neil jetzt, da sie ihn brauchte?
Mist! Ihr kam eine Idee, und zum erstenmal seit langem stahl sich ein Lächeln auf ihr Gesicht. Sie wollte Oliver Easterne einen Denkzettel verpassen, den er nicht so schnell vergaß. Einen Denkzettel, den diese ganz mistige Stadt nicht so schnell vergaß.
O ja.
Das Lächeln vertiefte sich, als ihr ein Spruch einfiel, den Neil ihr beigebracht hatte: *Nicht explodieren – revanchieren.*
Sie hatte einen Plan. Er war verrückt, aber – oh, was für eine Befriedigung! Neil wäre begeistert gewesen!

62

Wenn eine Sache erst einmal ins Rollen kam, ging es meist Schlag auf Schlag. Diese Erfahrung hatte Leon im Lauf der Jahre oft gemacht. War der Durchbruch geschafft, lag der Kurs fest. Eine Ahnung hatte ihm gesagt, daß Deke Andrews, wenn er erst einmal aufgetaucht war, schwerlich wieder verschwinden konnte. Pittsburgh, Texas und jetzt Las Vegas. Eine Todesspur. Zwei Dirnen, ein Zuhälter, eine entwurzelte Anhalterin. Allmählich zeichnete sich ein Schema ab. Deke Andrews hatte es auf Frauen abgesehen, die ihren Körper verkauften. Frauen waren der Feind.
Diese Gedanken gingen Leon durch den Kopf, als er in seinem Mietwagen über die Wüstenstraße nach Las Vegas raste. Eine neue Überlegung drängte sich ihm auf: Hatte Deke Andrews etwas mit dem Mord und der Brandstiftung vor zwei Tagen in Barstow zu tun? Es gab keine einwandfreien Spuren, die auf seine

Anwesenheit schließen ließen. Das Gebäude war in Flammen aufgegangen wie eine Streichholzschachtel, und das Feuer hatte alle Beweise zerstört. Doch die Obduktion der verkohlten Leiche der Sekretärin hatte erbracht, daß auf sie mehrmals eingestochen worden war. Zwischen Deke Andrews und diesem Fall schien keine Verbindung zu bestehen, dennoch hatte Leon ein seltsames Gefühl im Leib – und im Lauf der Jahre hatte sich dieses Gefühl oft als richtig erwiesen.

Während er über die Autobahn brauste, achtete er nicht auf den westwärts fahrenden Gegenverkehr. Und selbst wenn er es getan hätte, hätte er wohl kaum den schäbigen braunen Lieferwagen bemerkt, der zielbewußt auf Los Angeles zustrebte. Am Steuer saß Deke Andrews, das Gesicht eine leere Maske, die tödlichen Augen hinter einer schwarzen Sonnenbrille verborgen.

Leon fröstelte aus keinem ersichtlichen Grund. Er griff nach vorn und drosselte die Klimaanlage.

Vor ihm tauchten die Lichter von Las Vegas auf und blinkten ihm aus der Ferne ein trügerisches Willkommen zu.

63

Normalerweise wurden Einladungen, die jemand in letzter Minute aussprach, samt und sonders ignoriert, doch Ginas Sekretärin war eine kluge Engländerin mit verführerischer Stimme und eine wahre Überredungskünstlerin. Hilfreich wirkte sich zudem aus, daß am Abend von Ross' Geburtstag sonst nichts los war. Es fanden keine Premieren, privaten Filmvorführungen, Partys oder besonderen Festivitäten statt. Darum versammelte sich in den oberen Räumen des Bistro am Canon Drive eine respektable Gästeschar.

Gina und Ross hielten natürlich erst spät Einzug. Auf der Straße vor dem Lokal lungerten mehrere Reporter herum, und Gina posierte bereitwillig für sie, wobei sie Ross keine Sekunde losließ.

Behutsam versuchte er ihren Griff zu lockern. Sie zerknitterte sein Jackett.
Zusammen betraten sie das Restaurant und gingen nach oben, wo die Gäste sie erwarteten. Ross staunte nicht schlecht über die Menge. Er hatte bestenfalls ein Dutzend erwartet, aber mindestens sechzig saßen da.
Gina lächelte ihn strahlend an, ihre Zähne blitzten. »Nicht schlecht, was? Und alles in letzter Minute organisiert.«
Er ließ die Augen durch den Raum schweifen und sagte prahlend: »Ich bin wieder ein Star und kann sie herauslocken, wann immer ich will.«
»Klar kannst du das. Aber ein kleiner Anruf von mir ist dabei sehr hilfreich, weißt du.«
Hoffentlich hatte sein Agent ihn inzwischen über *Menschen der Straße* aufgeklärt. Ein dunkles Gefühl sagte ihr, daß der Idiot es nicht getan hatte. Wäre Ross informiert gewesen, hätte er sicher geschimpft und gemeckert, daß man es von hier bis zum Strand hörte.
Hm – nicht ihr Problem. Sie lehnte es ab, die Überbringerin schlechter Nachrichten zu sein. Sollte Oliver oder sonst jemand es ihm sagen. Wenn Ross dann mit der unvermeidlichen Frage zu ihr kam, warum sie es ihm nicht gesagt habe, würde sie mit den Schultern zucken und lässig erwidern: »Ich habe dir doch dringend geraten, mit deinem Agenten zu sprechen.« Und um ihm zu zeigen, wie besorgt und rücksichtsvoll sie war, würde sie hinzufügen: »Außerdem wollte ich dir deinen Geburtstag nicht verderben.«

Buddy stand in der Tür und betrachtete die Versammlung. Hier mischten sich zwanglos Ruhm, Macht und Geld, und einen Augenblick hatte er das Gefühl dazuzugehören.
Noch nicht, Buddy-Boy, noch nicht. Schnapp nicht über. Behalt einen kühlen Kopf.
Er hatte Sadie angeboten, sie abzuholen und mit ihr herzukom-

men, doch sie hatte abgelehnt. Nun suchte er nach einem bekannten Gesicht.

Karen Lancaster saß mit dem englischen Rockstar Josh Speed, einem Fernsehkomödianten und drei Groupies an einem Tisch.

Josh, der Komödiant und Karen unterhielten sich angeregt, und die Groupies – alle drei hatten struppiges Haar, magere Körper und hungrige Augen – hörten andächtig zu.

Buddy schlenderte auf den Tisch zu.

»He, Karen, wie geht's?«

Sie blickte auf, erkannte ihn aber nicht.

»Buddy«, erinnerte er sie leicht gekränkt. »Buddy Hudson.«

Josh Speed und der Komödiant sahen sich an, klatschten dreimal in die Hände und riefen im Chor: »Buddy – Buddy Hudson.« Dann begannen sie zu lachen.

Karen, genauso high wie die beiden, stimmte in ihr Lachen ein, und die Groupies schlossen sich ihr an.

Die Miene des Komödianten, eben noch amüsiert, wurde finster. »Verdammt, worüber lachst du?« fragte er das jüngste Mädchen.

Sie erstarrte. »Über nichts«, flüsterte sie.

Buddy ging weiter. Er wußte nicht recht, was er hier sollte. Sadie hatte gesagt, sie würde vielleicht eine gute Nachricht für ihn haben, und er vertraute darauf, daß sie ihn davor bewahren würde, wieder ins Dunkel zurückzufallen.

Er schlenderte zur Bar und nahm sich einen Orangensaft. Am frühen Abend hatte er mit Angel gesprochen. »Mein Film wird nicht gedreht«, hatte er bedauernd gesagt. »Aber ich habe jetzt eine Agentin, Sadie La Salle, die ist die erste. Und sie hat mir versichert, daß sie was anderes findet. Ich bekomme trotzdem die volle Gage. Wir sind reich, Kleines.«

Während sie sich mit dem Produzenten einer Talk-Show und seiner puppenhaften Frau unterhielt, beobachtete Sadie von der anderen Seite des Raumes her Buddys Auftritt. Er benahm sich gut,

und als er zur Bar ging, merkte sie, daß ihm die Blicke mehrerer Frauen folgten.
»Was halten Sie von meinem neuen Klienten?« fragte sie die Frau des Produzenten und deutete auf Buddy.
Die Frau, wenigstens dreißig Jahre jünger als ihr jovialer Gatte, betrachtete Buddy sehnsüchtig. »Hübsch«, sagte sie schließlich und befingerte ein mit Rubinen und Diamanten besetztes Collier an ihrem blassen Schwanenhals.
»Ja«, pflichtete Sadie ihr bei. »Das wird ein echter Star.«
»Sollten wir ihn in der Show haben?« erkundigte sich der Produzent.
»Tut mir leid«, antwortete Sadie. »Ich habe ihn schon Johnny Carson versprochen. Aber Sie sind gleich danach an der Reihe.«
»Kommen Sie, Sadie, seien Sie nicht so. Wir wollen ihn haben. Als erste. Bestimmen Sie einen Tag.«
»Sprechen wir doch morgen darüber«, sagte sie, entschuldigte sich und ging zu Buddy hinüber.
Wie leicht es war, das Spiel zu spielen und zu gewinnen – vorausgesetzt, man kannte alle Regeln.
Sie klopfte Buddy auf die Schulter. »Pünktlich. Gut aussehend. Und Orangensaft trinkend. Ich habe Ihnen doch gesagt, daß die Welt wegen eines Rückschlags nicht untergeht.«
Er lächelte kläglich. »Ich denke, ich hab' gelernt, Schläge wegzustecken.«
»Dann stecken Sie mal das weg: Es besteht die große Chance, daß Sie die Hauptrolle in Ginas neuem Film bekommen.«
Ein Ruck ging durch ihn. »Machen Sie Witze?«
»Sadie La Salle macht keine Witze.«
Himmel! Warum war er nicht netter zu Gina gewesen? Vielleicht würde sie schlecht über ihn reden.
»Wann kriege ich Bescheid? Was für eine Rolle ist es? Kann ich das Drehbuch sehen?«
»Das Drehbuch wird umgeschrieben. Wenn es fertig ist, machen Sie mit Gina Probeaufnahmen, und falls die Funken fliegen ...«

Er hatte gleich gewußt, daß es zu schön war, um wahr zu sein.
»Ich muß wieder Probeaufnahmen machen?« fragte er.
»Ja. Aber ich bin überzeugt, daß Sie großartig sein werden. Sie nicht auch?«
Er nickte düster.
»Lächeln Sie, mein Lieber. Seien Sie charmant. Und seien Sie ausnehmend höflich zu Oliver Easterne. Ich brauche Ihnen wohl nicht zu sagen, daß er der Produzent des neuen Films ist. Und noch netter werden Sie zu meiner Klientin Gina Germaine sein.«
»Ich werde mein möglichstes tun.«
»Ich möchte, daß Sie mehr tun.«
»Gina mag mich nicht, glaube ich.«
»Dann strengen Sie sich an, daß sich das ändert. Es dürfte Ihnen nicht allzu schwerfallen.«
»Soll ich sie vielleicht bumsen?« fauchte er zornig. »Ich bumse aber nicht, um Arbeit zu kriegen.«
»Ich habe nicht gesagt, daß Sie das sollen. Und reden Sie gefälligst nicht so mit mir.«
Er schaute finster vor sich hin. »Entschuldigung.«
»Kommen Sie. Fangen wir mit Oliver an.«

»Schätzchen. Tut mir so leid, daß nischts ist mit deinem Film. Man ’at ihn Adam angeboten, aber er ablehnen. Rolle nischts für ihn. Aber perfekt für disch. Liebling, tut mir soo leid.«
Ross sah Bibi Sutton ausdruckslos an. Er verstand nie ein Wort von dem, was sie sagte.
»Schätzchen. Elaine? Geht ihr gut jetzt? Isch ’abe gehört, sie trinkt zuviel. Aber jetzt alles gut, ja?«
»Bibi, du siehst prächtig aus wie immer.« Er neigte sich vor und flüsterte ihr ins Ohr: »Demnächst kriege ich dich ins Bett und bumse dich zu Tode.«
Sie lächelte kokett. »Ungezogene Junge.«
Adam Sutton erschien neben ihr, nickte Ross kurz zu und sagte:

»Die Lazars und die Wilders wollen, daß wir uns zu ihnen setzen.«
»So?« Sie schaute rasch durch den Raum und prüfte, ob sich nicht etwas Besseres bot. »Ein paar Minuten. Komme bald.«
Adam ging. Ross neigte sich wieder vor: »Wenn ich dich unter mir hätte, würdest du wirklich bald kommen.«
»Ross! Du schlimme Junge!«
»Wer ist ein schlimmer Junge?« Karen Lancaster, ganz in beigen Satin gehüllt, schob sich zwischen die beiden. Hinter ihr stand der Rockstar. »Das ist Josh Speed«, stellte sie vor. »Er ist auf Amerikatournee. Das ist seine erste Hollywoodparty, und er langweilt sich zu Tode, nicht wahr, Kleiner?«
Josh entgegnete in schönstem Cockney: »Ähm, laß doch, Mä'chen. Ich genieß jede verdammte Minute.«
»Er klingt wie Mick Jagger«, erklärte Karen. »Allerdings ist Mick nur Talmi, aber Josh ist echt.«
»Wie geht es George, Schätzchen?« fragte Bibi.
Karen antwortete nicht. Sie sah Ross böse an. »Freut mich, daß aus deinem Film nichts wird«, sagte sie gehässig.
»Hätt nix dagegen, es mal mit 'nem Streifen zu probieren«, sagte Josh.
Karen faßte ihn am Arm. »Wie alt bist du?«
»Zweiundzwanzig.«
Bibi fand die Unterhaltung langweilig und ging.
»Wirklich? Ross ist fünfzig, weißt du. Heute geworden.« Sie lachte. »Praktisch alt genug, um dein Großvater zu sein.«
Beide kicherten albern.
Ross fand Karens Gerede nicht amüsant. Großvater, wahrhaftig! Lächerlich, was sie da quatschte. Und was meinte sie damit, daß aus seinem Film nichts würde? Er machte sich auf die Suche nach Gina und stand plötzlich vor Sadie, die auf dem Weg zur Toilette war. Sie grüßten steif und gingen rasch weiter.
Gina war in ein Gespräch mit Oliver vertieft. Ross schlenderte zu ihnen hinüber.

»Amüsierst du dich?« fragte sie strahlend.
Sein Blick tauchte in ihren Ausschnitt. Gina stach Dolly Parton zweifellos aus. »Ich glaube, daß ich mich später besser amüsieren werde«, antwortete er und kniff sie in die Kehrseite.
»Ross, Sie wissen gar nicht, wie leid mir die Sache tut«, sagte Oliver heuchlerisch. »Aber solche Dinge passieren eben. Das brauche ich Ihnen nicht zu erzählen.«
»Entschuldigt mich, ich muß Wolfie begrüßen.« Gina verzog sich schleunigst.
»Was tut Ihnen leid, Oliver?«
»Sie sind lange genug in dem Geschäft, um das zu verstehen«, fuhr Oliver redselig fort. »Solange man das Geld einstecken kann, geht's noch. Habe ich recht?«
Ross fielen schlagartig drei Bemerkungen ein:
Ruf deinen Agenten an.
Schätzchen. Tut mir so leid, daß nischts ist mit deinem Film.
Freut mich, daß aus deinem Film nichts wird.
Himmel, man brauchte kein Genie zu sein, um sich einen Reim darauf zu machen.
»Oliver«, fragte er scharf, »was ist los, verflucht noch mal?«

Buddy lernte schnell. Nett zu den Leuten sein bedeutete vor allem, ihnen zuzuhören und sie nicht zu unterbrechen. Er nahm begierig jedes Wort auf, machte ein interessiertes Gesicht und beobachtete, wie sie sich ständig suchend umsahen. Zweimal wurde er mitten im Satz stehengelassen, weil ein aussichtsreicheres Opfer auftauchte.
Adam Sutton schenkte ihm ein paar Augenblicke seiner kostbaren Zeit.
»Ich glaube, Sie haben eine große Zukunft vor sich«, sagte er. »Mit Sadie als Agentin und …« Er vollendete den Satz nicht. Bibi winkte, und er mußte laufen.
Buddy entdeckte Gina, holte tief Luft und ging zu ihr. Sie begrüßte ihn kühl, doch er spielte seinen ganzen Charme aus.

Langsam taute sie auf. »Haben Sie es sich anders überlegt, wollen Sie jetzt doch mit einem Filmstar schlafen?« schnurrte sie aufreizend.
Ginas persönlicher PR-Mann rettete ihn. Der Mann kam rasch heran, warf ihm einen abweisenden Blick zu, faßte Gina besitzergreifend am Arm und sagte: »Army Archerd möchte Sie sprechen.«
Buddy schlenderte weiter. Er roch das Geld und hatte das sehnsüchtige Verlangen, dazuzugehören, anerkannt zu werden. Dann sah er Wolfie Schweicker und erstarrte. Der dicke Mann unterhielt eine kleine Gruppe mit einer offenbar urkomischen Anekdote, denn alle bogen sich vor Lachen.
Fettwanst. So hatte ihn Buddy damals bei sich genannt. Fettwanst.
Als er ihn jetzt zum zweiten Mal sah, war er sicher, den Mann vor sich zu haben, der Tony auf der schicksalhaften Party verleitet hatte, Kokain zu schnupfen. Unverwandt starrte Buddy ihn an. Seine schwarzen Augen waren kalt wie Eis.
Wolfie spürte Buddys Blick und sah zu ihm herüber. Sein Magen zog sich vor Begierde zusammen. »Wer ist das?« fragte er Bibi.
Sie musterte Buddy flüchtig und antwortete: »Sadies neue Entdeckung. Niemand Wischtiges, Liebling. Warum?«
»Er ist mir schon auf Georges Party aufgefallen. Wollte es nur wissen.«
»Schätzchen. Ginas Kleid, glaubst du, sie 'at es selbst entworfen?«
Wolfi wandte die Augen von Buddy ab und widmete sich wieder der Aufgabe, Bibi glücklich zu machen. Er inspizierte Ginas rotes Kleid mit dem Ausschnitt bis zur Taille. »Hmmm …«, erwiderte er schelmisch. »Zody mit einer Spur Frederick's of Hollywood. Findest du nicht?«

Aus dem Riesenkuchen sprang ein rothaariges Nymphchen in einem flauschigen weißen Bikini. Sie hüpfte Ross auf den Schoß, während alle brüllten, klatschten und pfiffen. Berufliche Gespräche wurden unterbrochen, und die Herren musterten das spärlich bekleidete Mädchen, das *Happy Birthday* zu singen begann und sich auf Ross' Knien wand. Sie war sexy, aber nicht sexy genug, um eine geschäftliche Unterredung für längere Zeit zu unterbrechen.

Ross spielte das Spiel mit. Er verstand es meisterhaft, immer das richtige Gesicht zu machen. Er grinste, sagte, was man von ihm erwartete, blies fünfzig Kerzen aus und versuchte dabei, das von Drogen beduselte Ding von seinem Schoß zu befördern.

Innerlich jedoch kochte er die ganze Zeit über. Verfluchte Gina Germaine! Wie konnte sie es wagen, ihn einer solchen Farce auszusetzen? Wie konnte sie ihm das antun, obwohl sie wußte – wissen mußte –, daß der Film nicht gedreht wurde?

Warum hatte das blöde Frauenzimmer ihm nichts gesagt? Er konnte es nicht erwarten, sie allein zu erwischen. Oh, wie er kochte. Aber das lockere Lächeln blieb auf seinem Gesicht. Die blauen Augen – von ein paar Krähenfüßen umgeben, aber immer noch umwerfend – flirteten sich durch den Raum.

Was für eine Demütigung! Sadie hätte nie zugelassen, daß man ihm so etwas antat.

»Ich kann Ihnen erstklassigen Koks liefern«, wisperte das Mädchen auf seinem Schoß.

»Verzieh dich.« Er beförderte sie von seinen Knien, indem er aufstand.

»Eine Rede«, forderte jemand, und die Worte setzten sich von Tisch zu Tisch wie ein Echo fort.

Eine Rede? Am Arsch könnt ihr mich lecken. Alle.

Daß Fettwanst da war, verdarb Buddy den Abend.

Er wollte weg. Er wollte zu Angel.

»Darf ich verschwinden?« fragte er Sadie.

»Ja«, antwortete sie. »Wir sprechen uns Montag. Ich fahre morgen nach Palm Springs, bin aber rechtzeitig zurück, um aus Oliver Anfang der Woche etwas Definitives herauszuholen. Machen Sie sich keine Sorgen, es kommt alles ins Lot.«

»Hoffentlich.«

Er fuhr rasch nach Hause und wählte Angels Nummer.

Eine Männerstimme meldete sich: »Ja?«

Angel hatte ihm gesagt, daß sie bei zwei Schwulen wohnte. »Geben Sie mir bitte Angel«, sagte er.

»Sie schläft.«

Er versuchte seine Gereiztheit zu unterdrücken. »Tun Sie mir einen Gefallen und wecken Sie sie. Es ist wichtig.«

»Darf ich fragen, wer sie sprechen will?«

»Buddy.«

»Einen Moment«, brummte der Mann unfreundlich.

Es dauerte ewig, dann war sie endlich da.

»Ich kann so nicht weitermachen«, sprudelte er hervor. »Ich brauche dich bei mir.«

»Bist du high?«

»Stocknüchtern, Kleines.«

»Wir haben doch ein Abkommen getroffen. Warum rufst du mich mitten in der Nacht an?«

»Weil wir beschlossen haben, aufrichtig zueinander zu sein. Und wenn ich aufrichtig bin, muß ich dir sagen, daß ich es keinen Tag länger ohne dich aushalte.«

»Buddy …«

»Ich liebe dich. Wir gehören zusammen!«

»Ich weiß nicht –«, begann sie zögernd.

»Doch, du weißt es. Und ich will dir was gestehen.« Er holte tief Luft. »Ich habe eine Mutter, sie lebt in …«

»Du hast mir gesagt, deine Eltern seien bei einem Autounfall umgekommen«, unterbrach sie ihn vorwurfsvoll.

»Ich weiß, was ich dir gesagt habe. Aber von jetzt an gilt nur noch die Wahrheit, richtig?«

»Ja.«

»Meine Mutter lebt in San Diego. Ich habe sie seit zehn Jahren nicht gesehen oder gesprochen.« Er schwieg einen Moment. »Ich möchte alles in Ordnung bringen, darum fahre ich morgen früh zu ihr. Und wenn ich zurückkomme, mußt du mich unbedingt in meiner – unserer Wohnung erwarten. Wirst du das für mich tun, Kleines? Du bedeutest mir mehr als alles andere. Zwischen uns darf es keine Lügen mehr geben.« Er hielt inne und versuchte ihr durch Willenskraft ein Ja zu entlocken. »Komm schon, Angel, du weißt, daß es der richtige Zeitpunkt ist.«

Irgend jemand dort oben war ihm gnädig gesinnt. Zur Abwechslung einmal.

»Ich komme«, flüsterte sie.

Seine Liebe zu ihr loderte heiß auf. Von nun an kam sie für ihn immer an erster Stelle. Ohne sie war alles nichts. Auch nicht die Karriere, die er noch immer wollte. Aber auch sie würde er nicht mit einer Lüge erkaufen.

»Ich lasse dich morgen nachmittag um fünf von einem Wagen abholen. Das Hausmädchen wird dir die Wohnung aufschließen. Ich bin gegen sechs oder sieben zurück. Wenn es später wird, rufe ich an.«

Sie gab ihm ihre Adresse.

»Bis morgen«, sagte er. »Du wirst es nie bereuen.«

»Verreckte Scheiße!« brüllte Ross.

»Am Tor stehen Fotoreporter«, erwiderte Gina unbeeindruckt. »Du mußt lächeln.«

»Wer gibt denn einen Scheißdreck auf die beschissenen Reporter?« schrie er. Die Adern an seinem Hals waren dick wie Telefonkabel.

»Ich.«

»Leck mich am Arsch.«

»Vielleicht später. Wenn du aufhörst, dich wie ein Irrer zu benehmen.«

»Selber irr.«

Seit sie das Restaurant verlassen hatten, schrien sie einander an.

»Hast du das mit dem Film gewußt?« hatte Ross gefragt, sobald sie allein gewesen waren.
»Ja. Aber es war nicht meine Aufgabe, dich zu informieren. Ich habe dir doch gesagt, du sollst deinen Agenten anrufen.«
»Zuviel verlangt von dir, es so ganz nebenher zu erwähnen?«
»Was kann ich dafür, daß du einen unfähigen Agenten hast?«
Damit hatte die Auseinandersetzung begonnen. Zunächst hatten sie sich gegenseitig Schimpfnamen an den Kopf geworfen, dann war ein offener Krieg ausgebrochen. Ross konnte sich nicht erinnern, jemals so wütend gewesen zu sein.
Der Wagen näherte sich langsam dem Tor von Ginas Grundstück. In die Reporter kam Bewegung. Gina hatte vergessen, Ross zu sagen, daß ihr persönlicher PR-Mann eine halbe Stunde vor ihrem Aufbruch aus dem Bistro den Presseagenturen angedeutet hatte, Miss Germaine werde wahrscheinlich noch vor Ablauf des Abends ihre Verlobung mit Ross Conti bekanntgeben. Das hatte die Reporter munter gemacht.
Gina erkannte, daß für diesen tollen Reklametrick jetzt sicher nicht der richtige Augenblick war.
»O Himmel!« rief sie und drückte auf den Knopf, der den Mechanismus der Trennscheibe zum Fahrer auslöste. Sie öffnete sich lautlos. »Halten Sie nicht an«, befahl Gina.
»Ich fürchte, wir müssen halten, Miss Germaine. Ich habe keine Fernsteuerung für Ihr Tor im Wagen.«
»Warum nicht?«
Mit einem Schulterzucken gab er ihr zu verstehen, daß er das nicht wisse, weil er mit dem Wagen nur für diesen einen Abend gemietet worden war. Mit einem Ruck brachte er den langen weißen Cadillac zum Stehen. Die Reporter umringten das Fahrzeug.
Ross machte ein finsteres Gesicht. Gina setzte ein Lächeln auf und öffnete das Fenster. »Hallo, Jungs«, sagte sie freundlich und vertraute darauf, daß ihre Persönlichkeit und Ross' Lebenserhaltungstrieb sie ungeschoren davonkommen lassen würden. »Was verschafft mir das Vergnügen?«

Alle redeten gleichzeitig. Alle stellten dieselbe Frage: Hatten sie und Ross Conti wirklich die Absicht, demnächst zu heiraten?
»Heiraten!« schrie Ross, außer sich vor Wut. »Erstens bin ich verheiratet. Und zweitens – notieren Sie, meine Damen und Herren von der Presse. Zweitens würde ich Gina Germaine nicht heiraten, auch wenn sie die einzige verdammte Möse in ganz Hollywood wäre!«

64

Nachts auf dem Hollywood Boulevard. Prostituierte und Zuhälter, Pusher und Junkies, Diebe und Räuber frei zu besichtigen. Deke fuhr langsam die Straße entlang, seinen kalten Augen entging nichts.
An einem Rotlicht kamen zwei Nutten zu seinem Lieferwagen geschlendert. »Interessiert an einer Nummer zu dritt?« fragten sie gleichzeitig. »Mit Extraservice und allem Drum und Dran.«
Er schüttelte abweisend den Kopf und strich sich über die dunkle Brille. Huren. Die Welt war voll davon.
»Komm schon«, redete ihm eine der beiden zu und legte ihre knochige Hand mit den endlos langen, falschen Nägeln auf den Arm.
»Die Sünden des Fleisches werden dich töten«, sagte er warnend und schüttelte ihre Hand so heftig ab, daß sich drei ihrer falschen Fingernägel lösten und auf den Wagenboden fielen.
»Mutterficker!« kreischte sie erbost und versuchte die Tür zu öffnen, um ihre kostbaren Nägel zu retten.
Er fuhr an, und sie blieb Obszönitäten kreischend zurück.
Der Hollywood Boulevard. Tor zur Stadt der Engel. Wimmelnd von Gewürm. Überschwemmt vom Abschaum der Erde. Als Hüter der Ordnung hatte er die Aufgabe, diese brodelnde Masse zu beseitigen. Er war dazu ausersehen, solche Dinge zu tun. Aber vorher – vorher mußte er eine Frau suchen. Eine Hurenmutter.

Joey wollte, daß er sich zuerst mit ihr befaßte. Sie hatte es ihm gesagt. Joey wich nicht von seiner Seite. Sie war ein gutes Mädchen – ein süßes Mädchen.
Los Angeles. Stadt der Engel.
Hurenstadt, USA.
»Mutter«, sagte er laut, »ich weiß, wer du bist. Ich werde dich bald finden. Das gelobe ich.«
»Gut, Cowboy«, sagte Joey. Sie saß neben ihm, strahlend und hübsch, den Rock schicklich über die Knie gezogen.
Lichter blinkten, und das vertraute Wort MOTEL leuchtete auf.
»Bist du müde, Joey?« fragte er besorgt. »Sollen wir halten?«
Sie war weg. Die Hure war verschwunden.
Er tastete nach dem Messer in seinem Stiefel. Wenn er sie das nächste Mal sah, würde er das Miststück zerfleischen.

65

Buddy konnte nicht schlafen. Nach dem Gespräch mit Angel marschierte er erregt in seiner Wohnung auf und ab. Er hatte sich zu etwas verpflichtet und mußte jetzt dazu stehen. Der Gedanke, seiner Mutter gegenüberzutreten, war für ihn schrecklich, doch je eher er es hinter sich brachte, um so besser …
Keine Lügen mehr.
Wie stand es mit Sadie? Er mußte ihr vor Montag Bescheid sagen, bevor sein Poster in ganz Amerika verbreitet wurde.
Er legte sich aufs Bett, grübelte darüber nach, was er tun sollte, schlief ein und erwachte am Morgen mit einer Lösung.
Er brachte nicht den Mut auf, Sadie um sieben Uhr morgens zu wecken, nur weil er beschlossen hatte, ehrlich zu sein. Aber er hatte keine allzu großen Bedenken, vor der Fahrt nach San Diego bei Ferdie zu halten.
Ferdie war bereits aufgestanden und angezogen. Er trug ein schickes rotes T-Shirt und passende Shorts, war braun gebrannt

und muskulös. Er wirkte ganz anders als im Büro, wo er immer nur nüchterne Anzüge trug. Es schien ihm peinlich, in so lässiger Aufmachung ertappt zu werden. Noch peinlicher war es ihm, als ein vierzehn- oder fünfzehnjähriger Junge mit zerzaustem Haar hinter ihm an der Wohnungstür erschien und fragte: »Wer ist denn da?«

Der Junge hatte ein Handtuch um die Hüften geschlungen und sonst nichts an.

»Geh in die Küche«, befahl Ferdie in einem Ton, der von vornherein jede Widerrede unterband.

»Bin ich froh, daß Sie schon wach sind«, sagte Buddy.

»Hätte es etwas geändert, wenn ich nicht wach gewesen wäre?«

»Ich stand vor der Wahl, Sie oder Sadie zu wecken, und ich fand, daß ich es lieber bei Ihnen probieren solle.«

»Woher wissen Sie überhaupt, wo ich wohne?«

»Ich habe Sie im Telefonbuch gesucht.«

»Es handelt sich um etwas Dringendes, nehme ich an.«

»Stimmt genau.«

Ferdie seufzte ergeben. »Kommen Sie lieber rein.«

»He – ich habe das Gefühl, unwillkommen zu sein.«

»Was erwarten Sie um sieben Uhr morgens? Blumen und eine Jazzband zur Begrüßung?«

Buddy folgte Ferdie in die geräumige, helle Wohnung. Ein Andy-Warhol-Siebdruck, der Marilyn Monroe zeigte, nahm den Ehrenplatz über dem altmodischen Kaminsims ein, zwei niedergebrannte Kerzen standen darunter.

Buddy setzte sich ungebeten und sagte: »Ich kann nicht lange bleiben.«

»Wie schade.«

Der Junge, der sich in der Küche herumdrückte, schaltete laute Punkmusik ein, um darauf aufmerksam zu machen, daß er auch noch da sei.

»Guter Gott!« rief Ferdie, dann lauter: »Nimm gefälligst den Kopfhörer, Rocky!« Er wandte sich Buddy zu. »Nun? Reden Sie. Ich

kann es gar nicht erwarten zu erfahren, was nicht bis Montag früh Zeit hat.«
»Ich fahre nach San Diego.«
»Nur für kurze Zeit, oder wollen Sie sich dort für die nächste Zeit ansiedeln?«
»Ich muß aufrichtig zu Sadie sein.«
»Aaah – verstehe.« Ferdie feixte. »Sie sind Transvestit und konnten es keine Minute länger ertragen, das geheimzuhalten. Ist das Ihre aufregende Neuigkeit?«
»Lassen Sie Ihre Klugscheißereien. Die Sache ist ernst.« Buddy stand auf und trat ans Fenster. Der Blick ging auf einen Swimmingpool, in dem zwei Mädchen kraulten, während ein drittes daneben seilhüpfte. »Äh – es gibt da ein paar Dinge, die ich Sadie nicht gesagt habe.«
»Zum Beispiel?« fragte Ferdie endlich interessiert.
»Daß ich verheiratet bin. Ich habe eine bildschöne Frau – und das möchte ich nicht mehr verschweigen.«
»Du meine Güte.«
»Wird sie es übelnehmen?«
»Sie wird bestimmt nicht vor Begeisterung auf dem Tisch tanzen.«
Buddy zuckte mit den Schultern. »Aber es ist nun mal so.« Er betrachtete die Aussicht sehr gründlich. »Ich – äh – ich möchte, daß Sie es ihr sagen.«
»Besten Dank. Sie sind zu gütig zu mir. Aber ich muß Ihr großzügiges Angebot ablehnen. Sagen Sie es ihr am Montag doch selbst.«
»Das geht nicht.«
»Warum nicht?«
»Weil sie es noch heute erfahren muß. Die Poster kommen am Montag auf die Plakatwände. Deshalb kann ich es nicht länger aufschieben.«
Ferdie schwieg und sah ihn gereizt an.
»Hören Sie«, sagte Buddy eindringlich und wandte sich vom Fen-

ster ab. »Wenn Sie das für mich tun, schulde ich Ihnen einen großen Gefallen. In Ordnung?«
»Vielleicht.«
»Wir wissen beide, daß es in dieser Stadt nichts Besseres gibt, als den einen oder anderen Gefallen gutzuhaben. Richtig?«
Ferdie nickte zögernd.
»He – wer weiß, was aus mir wird?« fuhr Buddy schwungvoll fort. »Ich könnte ein großer Star werden, und ich könnte als Niemand enden. Es ist ein Glücksspiel, wie?« Er klopfte Ferdie auf die Schulter. »Aber wenn ich's schaffe, wäre es doch einiges wert, wenn einer bei mir was guthat. Habe ich recht?«
Ferdie seufzte. Er hatte der gefährlichen Kombination von Druck und Charme noch nie standhalten können. Außerdem wollte er Buddy aus seiner Wohnung haben. »Schön, schön, ich sage es ihr. Es macht mir gar nichts aus, daß mir der ganze Tag verdorben wird. Und was genau soll ich Madam mitteilen?«
»Sagen Sie ihr, daß ich eine Frau habe. Sie heißt Angel. Und sie ist sehr schön.«
»Oh, wunderbar! Ist das etwa jene, die ich für Sie gesucht habe?«
»Keine Sorge, da waren wir schon verheiratet.«
Ferdie antwortete nicht, denn der Junge schlenderte ins Zimmer, den Kopfhörer auf den Ohren und mit den Fingern den Takt schnippend. »Ferdie«, quengelte er, »wann fahren wir zu dem Picknick?«
»Wenn du angezogen bist.«
Mit einem unverschämten Grinsen löste der Junge den Knoten des Handtuchs.
»Um Gottes willen –«, begann Ferdie und brach ab, als sich zeigte, daß der Junge unter dem Handtuch eine knappe weiße Badehose trug.
Buddy war bereits an der Tür. »Sagen Sie Sadie, daß ich Montag früh gleich ins Büro komme.«
Ferdie begleitete ihn hinaus. »Keine Sorge, sie erwartet Sie dann wohl schon.« Er senkte die Stimme. »Seien Sie so gut und spre-

chen Sie mit niemandem über mein Privatleben. Vor allem nicht mit Sadie.«

Buddy zwinkerte. »Ist doch klar. He – wissen Sie was, Ferd? Die Wahrheit zu sagen ist das Beste, was mir seit Jahren eingefallen ist!«

»Ja«, erwiderte Ferdie trocken. »Besonders wenn's ein anderer für Sie tut. Wie ich zum Beispiel.«

66

Ein Brief. Per Eilboten geschickt. An Leon Rosemont in Las Vegas.

> *Liebster Leon,*
> *wir haben zusammen eine schöne Zeit erlebt.*
> *Manchmal sind schöne Zeiten nicht von Dauer.*
> *Das ist traurig …*
> *Aber es ist so …*
> *Unser Urlaub ist vorbei, und ich fahre nach Hause – allein.*
> *Ich werde mich immer an die schöne Zeit erinnern.*
> *Millie*

Er hatte den Brief am Morgen erhalten, rasch überflogen und in die Tasche gesteckt. Keine Zeit, sich damit zu befassen – die Ereignisse überstürzten sich nun fast.

Kaum war er in Las Vegas angekommen, um die Ermordung einer Dirne zu untersuchen, wurde er in ein Haus gerufen, in dem Deke Andrews zweifellos einige Zeit verbracht hatte.

Mordzeit.

Leon drehte sich der Magen um, als die Beamten von der Spurensicherung die Leiche der alten Frau fotografierten, deren Gesicht eine schauerliche Grimasse der Angst und des Todes war.

Gemetzel – Blut – Verstümmelung.

Überall Deke Andrews' Fingerabdrücke. Er hatte gar nicht versucht, seine Spuren zu verwischen.
Auf den Spiegel im Bad hatte er mit Lippenstift die Worte geschmiert: ICH BIN DER HÜTER DER ORDNUNG, HURENMUTTER – ICH WERDE DICH FINDEN. Offenbar glaubte er, nicht vorsichtig sein zu müssen.
Leon sprach mit der Putzfrau, die den Leichnam gefunden hatte. Sie war völlig außer sich, hatte niemanden und nichts gesehen, murmelte nur unzusammenhängend etwas von einer Strickjacke vor sich hin.
Wer war Nita Carrolle? Warum war Deke, von seinem Schema abweichend, in ihr Haus gegangen und hatte sie ermordet? Welche Verbindung bestand zwischen ihm und der Toten?
Leon machte sich an die Arbeit, sichtete die Überreste eines Lebens. Er suchte die ganze Nacht hindurch, und am Samstag morgen um halb acht wurde er fündig. Im Keller, verborgen unter einem Kleiderstapel, entdeckte er einen alten Ordner. Er sah die vergilbten, zerrissenen Seiten, von denen einige fehlten, sorgfältig durch. Seine Ahnung hatte ihn nicht getrogen. Deke Andrews war adoptiert, freilich nicht auf legalem Weg. Nita Carrolle und ihre Schwester Noreen hatten einen Babyhandel betrieben.
Endlich begannen sich die Rätsel zu lösen. Leon hatte Dekes Witterung aufgenommen. Es gab eine Menge zu tun.

67

Elaine erwachte vom blendenden Sonnenlicht. Sie hatte wieder vergessen, die Vorhänge zuzuziehen, und die Morgensonne fiel grell in ihr Schlafzimmer. Ein paar Sekunden blieb sie reglos liegen, denn sie wußte genau, daß ihr Kopf zu hämmern begann, sobald sie sich bewegte. In letzter Zeit war das jeden Morgen so. Sie bewegte sich. Ihr Kopf hämmerte. Sie schwor dem Alkohol für immer ab, war sich jedoch darüber klar, daß sie nur durch

den Tag kommen würde, wenn sie beim Frühstück einen ordentlichen Schuß Wodka in ihren Orangensaft mischte.
Elaine Conti, du bist eine Säuferin.
Nein, nein, Etta. Ich kann jederzeit aufhören, wenn ich will.
Wen willst du zum Narren halten? Du brauchst den Fusel. Er tötet den Schmerz ab.
Ich höre morgen auf. Der Teufel hol dich, Etta! Laß mich in Ruhe.
Schwankend ging sie ins Bad und versuchte sich zu erinnern, was sie am Abend vorher getan hatte. Es fiel ihr nicht ein, obwohl sie angestrengt überlegte.
Maralee? Waren sie beisammen gewesen?
Nein. Maralee war mit ihrem Vater vor zwei Tagen nach Europa gereist. Oder schon länger? Sie wußte es ehrlich nicht.
Sie wanderte in die Küche, ohne auch nur einen flüchtigen Blick in den Spiegel zu werfen.
Elaine Conti. Zerzaustes Haar, blonde Strähnchen von der Sonne statt aus der Flasche. Die vollkommene weiße Haut zum erstenmal seit zehn Jahren gebräunt. Die Figur ein bißchen üppig – Elaine hatte mindestens zehn Pfund zugenommen. Statt eines Spitzennachthemds, das für die Damen von Beverly Hills ein Muß war, trug sie eine alte Schlafanzugjacke von Ross mit hochgekrempelten Ärmeln. Eigentlich hätte sie entsetzlich aussehen müssen, doch das Gegenteil war der Fall. Sie war um die Augen ein wenig verquollen, aber viel attraktiver als die gewöhnlich fast übertrieben gepflegte Elaine Conti.
Das wußte sie natürlich nicht. Sie war überzeugt, schauerlich auszusehen. Da sie aber niemanden zu Gesicht bekam und niemand sie – was tat es schon? Sogar Lina hatte sie im Stich gelassen.
Der Orangensaft im Kühlschrank schien nicht mehr besonders frisch zu sein, trotzdem schenkte sich Elaine ein halbes Glas ein und fügte, um ihre trübselige Stimmung zu vertreiben, ein gehöriges Quantum Wodka hinzu. Dann setzte sie sich hin und über-

legte, wie sie ein weiteres langes, einsames Wochenende herumbringen solle.

Ross erwachte ein wenig später als Elaine. Allerdings hatte er nicht den Luxus eines weichen Lagers genossen, sondern sich mit dem Rücksitz seines Corniche als Liegestatt begnügt – nicht unbedingt der bequemste Platz der Welt, aber besser als Gina Germaines Bett. Alles war besser als das.

Er stieß die hintere Tür des Wagens auf, lockerte die verkrampften Bein- und Rückenmuskeln, stieg mühsam aus und streckte sich gründlich.

Eine Ratte huschte über den Garagenboden. Beverly Hills war voller Ratten. Vierbeinigen and zweibeinigen.

Ross Conti. Filmstar. Schlief im Auto wie ein Tramp.

War eigentlich nicht seine Absicht gewesen. Aber seit er Elaine verlassen hatte, war nichts mehr nach Wunsch gegangen – einer der Gründe, warum er zum häuslichen Herd zurückgekehrt war. Leider zu spät in der Nacht, um Einlaß zu finden. Er hatte zehn Minuten lang an der Haustür geläutet, aber niemand hatte ihm aufgemacht. Sein Schlüssel lag irgendwo bei seinen Sachen in Ginas Haus. Pech, doch dorthin kehrte er bestimmt nicht zurück. Den Versuch, ins Haus zu kommen, hatte er aufgegeben, als sämtliche Hunde in der Nachbarschaft zu bellen begannen. Er war mit dem Corniche in den schmalen Weg hinterm Haus gefahren, hatte mit der Fernsteuerung die Garage geöffnet, den Wagen drinnen abgestellt und sich auf den Rücksitz gelegt.

Himmel, sein Kreuz schmerzte höllisch, und er hatte im Moment kein dringenderes Bedürfnis, als zu pinkeln.

Er hoffte, daß Lina da war, um ihn einzulassen, denn er wollte Elaine nicht in ihrem Schönheitsschlaf stören. Sie sollte für die Rückkehr ihres Helden in guter Stimmung sein.

68

Deke besaß mehr Informationen, als er brauchte. Sie krochen in seinem Gehirn umher wie Maden im Kadaver einer toten Kuh. Fraßen seinen Verstand auf. Machten ihn wahnsinnig.

Nita Carrolle.

Zuerst stumm.

Bis er den Fleischberg angestochen hatte. Dann waren die Worte hervorgesprudelt wie frisches rotes Blut.

Sie wußte eine Menge. Sie war alt, aber ihr Gedächtnis war scharf wie ein Eispickel. Als er die Namen Winifred und Willis Andrews erwähnt hatte, war sie nur einen Augenblick unsicher gewesen – dann hatte sie sich erinnert. Und Papiere gefunden, die alles bewiesen.

Er wußte, wer seine Mutter war.

Er wußte, wo sie war.

Sofort dachte er an Joey. Endlich würden die beiden sich kennenlernen.

Joey – so liebreizend. Hätte ein Filmstar sein können. War viel hübscher als der Abschaum, der über die Boulevards stolzierte. Wenn er sie das nächstemal sah, mußte er es ihr sagen. Sie würde ihn dafür lieben. Sie würde ihn küssen und umarmen und wieder Cowboy nennen …

Er vermißte sie sehr.

Ob sie wohl zu ihm zurückkehrte?

Er beschloß, sie zu fragen. Natürlich würde der Hüter der Ordnung nicht bitten. Oder bezahlen. Hatte er sie bezahlt? Er runzelte unsicher die Stirn.

Vielleicht einmal.

Sie war nichts als eine dreckige Hure.

Wut schüttelte ihn, und sein Kopf platzte fast, so oft schon hatte er im stillen den Namen der Frau wiederholt, die ihn in diese ekelhafte Welt gesetzt hatte.

Nita Carrolles überstürzte Rede zersprang in zahllose Bruch-

stücke: »... wußte immer, wer die Mutter war – sind was Besonderes, meine Babys – verfolgte ihren Lebensweg, wenn ich konnte – verkaufte sie nie billig – nette Mädchen, die in Schwierigkeiten gerieten – Ihrer Mutter ist es sehr gut ergangen – Ihre Mutter – Ihre Mutter ...«
VERDAMMT SEI SEINE MUTTER.
Sie hatte ihn verraten. Weggegeben. Los sein wollen wie Müll. Die Schlampe hatte ihn gar nicht haben wollen. Sie würde für jedes Jahr seines Lebens bezahlen.
Mit Blut.
Langsam.

69

»Ich gehe heute weg«, sagte Angel leise.
»Habe ich mir gedacht«, erwiderte Koko mürrisch, löffelte Müsli mit Rosinen und bemühte sich gleichzeitig, eine Tasse Kaffee zuzubereiten.
Sanft nahm sie ihm die Tasse aus der Hand.
Er entriß sie ihr wieder. »Ich bin durchaus imstande, mir Kaffee zu machen, vielen Dank.«
Sie seufzte. »Warum sind Sie böse auf mich?«
»Wer ist böse? Ich bestimmt nicht.«
»Bitte seien Sie nicht böse.« Zögernd berührte sie seinen Arm. »Sie selbst haben mir beigebracht, für mich selbst einzustehen. Ohne Sie hätte ich nie die Kraft, Buddy noch eine Chance zu geben.«
»Ha!« schnaubte er. »Ich hoffe nur, daß Sie wissen, was Sie tun.«
»Ich kehre zu meinem Mann zurück, weil ich hoffe, daß es mit uns beiden klappt und mein Kind einen Vater haben wird.«
»Adrian und ich wären absolut wunderbare Väter«, entgegnete er hochmütig.
»Wären Sie damit zufrieden, Paten zu sein?«

»So einer wie bei Mario Puzo?«
»Wer ist das?«
»Guter Gott! Sie wissen immer noch nicht viel, was?«
»Ich weiß genug. Dank Ihnen. Ich bin nicht mehr das dumme Ding, das heulend in Ihren Salon kam und um einen Job bat.«
»Sie waren nie dumm. Nur unerträglich lieb und naiv.«
Beide kicherten, dann umarmten sie sich.
»Ich hasse Abschiede«, sagte er schroff.
»Ich werde erst um fünf Uhr abgeholt.«
»Sie wissen, samstags haben wir immer am meisten zu tun. Bis dahin bin ich bestimmt noch nicht zurück.«
»Darf ich Buddy nächste Woche herbringen?«
»Guter Gott! Muß das sein?«
»Bitte.«
»Wir werden sehen.«
Sie umarmten sich noch einmal, Koko streichelte ihr seidiges blondes Haar und drückte sie fest an sich. »Werden Sie glücklich, Herzchen«, flüsterte er.
»Bestimmt«, flüsterte sie zurück. »Ich weiß es.«

Montana lehnte es ab, um Neil zu trauern. Während ihrer Ehe hatte er zwei gute Freunde verloren, und beide Male hatte er selbst gesagt: »Schau nie zurück. Geh, was auf dich zukommt, geradewegs an, und laß die Schweinehunde wissen, daß du dich auskennst.« Dann hatte er sich sinnlos betrunken.
Neil hätte nicht gewollt, daß sie herumsaß und Trübsal blies. Also tat sie es nicht. Statt dessen setzte sie ihren Plan, sich an Oliver zu rächen, in die Tat um. Es bedurfte einiger geschickter Vorbereitungen, aber jetzt war alles in die Wege geleitet. Am Montagmorgen war Oliver Easterne dran. Sie konnte es kaum erwarten.
Heute war Samstag. Sie rief Stephan Shapiro an, einen ihr bekannten Immobilienmakler, und er kam gleich herauf, um das Haus zu besichtigen.

»Bieten Sie es sofort zum Verkauf an«, trug Montana ihm auf. »Ich lege alles in Ihre Hände, denn ich fliege am Montag nach New York.«

Der Makler hielt einen Preis von zwei Millionen nicht für unrealistisch. »Wenn wir den richtigen Käufer finden«, schränkte er ein.

Montana überlegte, ob sie irgend jemanden anrufen und sich verabschieden sollte, doch ihre wirklichen Freunde lebten alle in New York. In Los Angeles hatte sie nur Bekannte. Interessierte es hier jemanden, ob sie blieb oder ging? Eher nicht.

Leb wohl, Kalifornien. Sie würde es auf ihre Weise vermissen. Den Pazifik und den Strand. Die Berge und die Parks. Den Genuß, in der Sonne zu leben. Und natürlich die Aussicht von ihrem Hügel. Dieses prächtige Lichtermeer, das an ein Märchenland denken ließ.

Ja. Sie würde L. A. vermissen, aber wie Neil zu sagen pflegte: »Schau nie zurück ...«

Buddy war schon dreimal an seinem früheren Heim vorbeigefahren. Die Straße und das Haus hatten sich nicht verändert. Was hatte er eigentlich erwartet? Daß das alte Viertel von Wolkenkratzern und Autobahnen verdrängt worden war und er dadurch keine Möglichkeit hatte, seine Mutter wiederzufinden?

Nichts dergleichen war geschehen. Es gab kein Ausweichen.

Vielleicht wohnte sie nicht mehr hier.

Vielleicht war sie tot.

Er hoffte es. Und verabscheute sich, weil er es hoffte.

Warum konnte er nicht einfach zur Tür gehen, läuten und es hinter sich bringen?

Entschlossen langte er nach dem Türgriff, um auszusteigen. Doch genau in diesem Moment öffnete sich die Haustür, und ein etwa siebenjähriger Junge erschien. Buddy verharrte reglos, während der Junge zu einem rostbraunen Kombi lief, die hintere Tür aufriß und hineinkletterte. Die Haustür stand offen, und Buddy wartete. Er wußte, daß sie jeden Moment auftauchen würde.

Und sie kam.
Er duckte sich mit dem gleichen Schuldgefühl wie an dem Tag, an dem er ausgerissen war. Er meinte fast, wieder sechzehn zu sein. Sie sah genauso aus wie damals.
Das warf ihn fast um. Irgendwie hatte er erwartet – gehofft, daß die zehn Jahre nicht spurlos an ihr vorübergegangen seien. Aber sogar aus der Ferne sah er, daß sie sich kaum verändert hatte. Sie trug eine andere Frisur, und das war es auch schon. Sie trug die früher bis zur Hüfte reichenden, dichten kastanienbraunen Locken jetzt schulterlang, was sie nur noch jünger machte.
Wie alt war sie überhaupt? Er hatte sie einmal gefragt, als er ungefähr acht gewesen war. Und sie hatte affektiert geantwortet: »Eine Dame verrät ihr Alter nicht. Merk dir das bitte ein für allemal.«
Nicht einmal ihrem achtjährigen Sohn hatte sie sagen wollen, wie alt sie war.
Sie stieg in den Kombi und fuhr davon, und er blieb in einem Zustand tiefer Frustration zurück. Aber vor ihrem Haus zu warten, bis sie und der Kleine wiederkamen, war Unsinn. Er hatte in San Diego noch etwas anderes zu erledigen, und je eher er das tat, um so eher konnte er wieder nach L. A. fahren, zu Angel.
Wolfie Schweicker.
Höchste Zeit, daß er die Polizei informierte.

Sie belauerten sich gegenseitig.
Elaine dachte: Mein Gott – wie sehe ich aus?
Ross dachte: Mein Gott – wie sieht sie aus?
Zwischen ihnen hatte immer in vielen Dingen Übereinstimmung geherrscht.
»Wo ist Lina?« fragte er.
»Sie hat gekündigt«, antwortete Elaine, der nach einer Ewigkeit zum erstenmal bewußt wurde, daß sie abgesplitterte Nägel hatte, ihre Frisur eine Katastrophe war und sie in einem unmöglichen Aufzug umherlief.

»Das ist meine Schlafanzugjacke«, sagte er vorwurfsvoll.
»Ich weiß«, entgegnete sie. Aus einem unerklärlichen Grund war ihr schwindelig.
»Darf ich reinkommen?«
»Willst du's denn?«
»Ich bin hier zu Hause, oder?«
Sie nickte. Er war ein treuloser, verlogener, betrügerischer Mistkerl, und sie hätte ihn zum Teufel schicken sollen.
Aber er war ihr treuloser, verlogener, betrügerischer Ehemann. Und er war wieder da.
»Komm rein«, sagte sie.
Die berühmten blauen Augen blitzten. »Dachte schon, du würdest mich nie auffordern.«

»He, Mann, hören Sie, ich hätte nicht herkommen müssen«, sagte Buddy nervös. »Ich dachte – äh – daß ich Ihnen einen Gefallen tue, wissen Sie.«
»Den hätten Sie uns vor zehn Jahren tun sollen«, erwiderte der große Detective mürrisch. Zwei Beamte saßen mit ihm in dem Vernehmungsraum, der große Detective und ein schweigsamer Schwarzer, der stoisch Kaugummi kaute und mit einem Zahnstocher seine Nägel säuberte.
»Was werden Sie also in dieser Sache unternehmen?« fragte Buddy ungeduldig. Er hatte den beiden die Information gegeben. Von sich aus. Niemand hatte ihn gewaltsam hergeschleppt.
»Was erwarten Sie denn?« fragte der große Beamte. »Sollen wir einen Haftbefehl für diesen Wolfie Soundso ausstellen, nur weil Sie hier reinkommen und uns erzählen, daß er vor zehn Jahren Ihren Freund umgebracht hat?«
»Warum lesen Sie den Fall nicht nach?« fragte Buddy hartnäckig.
»Holen Sie doch die Akte hervor, dann verstehen Sie, wovon ich rede.«
»Sie wollen, daß der Fall wiederaufgerollt wird?« fragte der schwarze Polizist müde. Es waren seine ersten Worte.

»Also, ich bin bestimmt nicht hier, um mir die Nägel maniküren zu lassen«, fauchte Buddy, empört über die Gleichgültigkeit der beiden.
»Das bedeutet eine Menge Papierkram«, sagte der Schwarze nachdenklich.
»Wie schlimm!« murmelte Buddy sarkastisch.
Der Detective seufzte. »Lassen Sie uns Ihren Namen und Ihre Adresse hier. Wir werden die Sache dem Captain vortragen. Wir brauchen das Okay eines Vorgesetzten.«
Buddy schüttelte ungläubig den Kopf. Es war nicht leicht, ein guter Staatsbürger zu sein. Dann dachte er, was es für ihn bedeuten konnte, wenn der Fall wiederaufgerollt würde. Publicity dieser Art konnte er im Augenblick wahrlich nicht brauchen. In seiner Naivität hatte er gemeint, er könne einfach ins Polizeirevier gehen, den Beamten über Wolfie Schweicker Bescheid sagen und dann verschwinden. Wie blöde man manchmal sein konnte!
Idiotisch, Buddy-Boy, verdammt idiotisch.
»Ich habe es mir anders überlegt«, sagte er abrupt. »Ich komme morgen wieder.«
Die Beamten wechselten gelangweilte Blicke. Wieder so ein Verrückter, der nichts Besseres zu tun hatte, als ihnen die Zeit zu stehlen.
»Ja, tun Sie das«, entgegnete der große Detective gähnend. »Und vergessen Sie nicht, den Autobahnwürger und den Joggermörder haben wir schon festgenommen, Sie müssen sich was Neues einfallen lassen, um unsere Zeit zu verschwenden.«
Angewidert verließ Buddy das Revier, stieg in seinen Wagen und fuhr zum Haus seiner Mutter zurück.

Sadie hatte das Wochenende in Palm Springs verbringen wollen, aber sie erwachte erst spät am Vormittag und konnte sich nicht aufraffen loszufahren. Es hatte sie deprimiert, Ross mit Gina zu sehen. Hatte Ross denn gar keinen Geschmack? Gina Germaine war ein Filmstar, aber auch ein Flittchen – sie schlief mit jedem, der ihr bei ihrer Karriere oder im Leben nützlich sein konnte. Was sie von Ross wollte, war schwer zu erraten.

Sadie erriet es trotzdem. Und sie wußte sofort, daß sie recht hatte. Den legendären Conti-Schwanz. Welche Frau wäre nicht gern neben ihm aufgewacht?

Niedergeschlagen klingelte sie ihrem Mädchen, doch dann fiel ihr ein, daß sie den Hausangestellten das Wochenende freigegeben hatte, weil ja Palm Springs auf ihrem Programm gestanden hatte. Egal. Sie würde es genießen, zur Abwechslung mal allein zu sein. Keine Partys, Filmvorführungen oder geschäftliche Besprechungen. Nur ungestörte Ruhe – etwas, das sie sehr selten genießen konnte.

Ross.

Sie mußte ständig an ihn denken.

Ross.

Sie liebte ihn immer noch.

Trotz allem ...

Sie griff nach dem Telefon und wählte Ginas Privatnummer.

Die amerikanische Sexgöttin meldete sich mit verärgerter Stimme. »Verfluchter Mist, Sadie«, sagte sie nörgelnd, »haben Sie die heutigen Zeitungen schon gesehen?«

Sadie hatte sie zufällig noch nicht gesehen. »Was ist los, meine Liebe?« fragte sie in besänftigendem Ton, denn sie wußte, daß Gina immer etwas an dem auszusetzen hatte, was über sie geschrieben wurde.

»Sie können diesen Ross Conti nehmen und sich an den Hut oder sonstwohin stecken!« erklärte Gina wütend.

»Was hat er getan?«

»Ha!« schnaubte Gina erbost, obwohl sie inzwischen eine ganze Nacht lang Zeit gehabt hatte, sich zu beruhigen. »Lesen Sie selber. Ich hab' den Schnorrer rausgeschmissen.«

»Was haben Sie?«

»Rausgeschmissen hab' ich ihn.«

»Wo ist er hin?«

»Das interessiert mich einen Dreck.«
»Ich fahre jetzt nach Palm Springs«, sagte Sadie rasch. »Ich rufe Sie am Montag an.« Sie hatte es eilig, das Gespräch zu beenden.
»Schade«, entgegnete Gina enttäuscht. »Ich dachte, Sie könnten herkommen. Es gibt einiges, was ich mit Ihnen besprechen möchte.«
»Sie wollen doch nicht, daß ich auf mein erstes ruhiges, erholsames Wochenende seit langem verzichte, oder?«
»Warum nicht? Sie können jederzeit nach Palm Springs fahren.«
Egoistisch wie immer. »Tut mir leid, ich muß fahren. Wie gesagt, wir unterhalten uns am Montag.« Sie legte auf, bevor Gina etwas erwidern konnte.
Ross und Gina hatten sich also getrennt – keine Sekunde zu früh. Sadie überlegte eine Minute, dann rief sie im Beverly Hills an, im Beverly Wilshire Hotel und im Bel-Air. Ross war nirgends gemeldet. Sollte er vielleicht nach Hause und in die Arme seiner wartenden Frau zurückgekehrt sein? Für Sadie bestand nicht der geringste Zweifel, daß Elaine wartete. In Hollywood wurden Stars zu Hause immer willkommen geheißen, was sie auch angestellt hatten. Hollywood-Ehefrauen waren eine Rasse für sich. Vollkommene, hübsche Frauen mit einer Eintrittskarte für alles. Und diese Eintrittskarte war der berühmte Ehemann.
Sadie zögerte nur ein paar Sekunden, bevor sie seine Privatnummer zu Hause wählte.

Das Telefon unterbrach ihre Wiedervereinigung. Und was für eine Wiedervereinigung das war! Elaine lag mit gespreizten Beinen auf dem dicken Webteppich, und Ross und der berühmte Conti-Schwanz waren ganz auf Action eingestellt.
Er hatte sie überrumpelt, war wie ein von der Schlacht heimkehrender siegreicher Held ins Haus geschlendert. »Du siehst ja schlimm aus«, hatte er gesagt. »Und das Haus ist die reinste Rumpelkammer.« Dann hatte er schallend zu lachen begonnen. »Was war hier bloß los?«

Wie peinlich, so ertappt zu werden! Wenn er sie wenigstens darauf vorbereitet hätte, daß er zurückkommen wollte. Sie hätte einen Tag bei Elizabeth Arden verbringen, das Haus von einem Putztrupp saubermachen lassen und frische Blumen kaufen können.

Aber warum sich Sorgen machen? Er mußte sie eben nehmen, wie er sie vorfand. Außerdem schaute er selbst nicht gerade sensationell aus, und er roch wie ein schwitzendes Pferd.

Lauernd hatten sie einander umkreist. Mit einemmal war Ross herausgeplatzt: »Ich sag dir was – ich finde dich verdammt sexy.«

Zu ihrer beider Überraschung hatte er sich auf sie gestürzt. Und nun vollzogen sie auf dem Wohnzimmerboden stumm ihre Wiedervereinigung.

Plötzlich klingelte das Telefon. Elaine griff automatisch nach dem Hörer, obwohl Ross brummte: »Laß sein.«

Zu spät. Schon war der Anrufer bei ihnen im Zimmer. Eine körperlose Stimme rief: »Hallo, hallo ...«

»Ja?« sagte Elaine ungeduldig.

»Ross Conti, bitte.«

»Wer spricht?«

»Sadie La Salle.«

»Sadie! Wie geht es Ihnen? Hier Elaine.«

Ross wurde sofort schlaff. Er nahm Elaine den Hörer ab, sprach kurz, legte auf und wandte sich seiner Frau mit einem befriedigten Lächeln zu.

»Ich glaube, wir sind wieder im Geschäft«, sagte er. »Miss La Salle bittet um die Ehre meines Besuchs in ihrem Haus.«

»Wann?«

»Jetzt gleich.«

»Dann zieh dich lieber an.«

Er ließ sich wieder fallen. »Erst wenn wir hier fertig sind. Einmal Angefangenes soll man zu Ende führen.«

»Ross!«

»Sie kann warten.«

70

Wie lange sollte er warten? Notfalls den ganzen Tag. Buddy dachte gar nicht daran, nach L. A. zurückzukehren, ohne die Angelegenheit in Ordnung gebracht zu haben. Geister bannen, nannte man das wohl. Ein schöner Geist. Seine eigene Mutter. Eine halbe Stunde lang rauchte er Kette, dann tauchte der braune Kombi endlich auf.

Buddy hatte nicht die Absicht, länger herumzusitzen und den richtigen Moment abzuwarten. Er drückte seine Zigarette aus und stieg aus dem Wagen.

Als er die Einfahrt hinaufging, war der Kombi bereits abgestellt, die Hecktür war hochgeklappt, und der kleine Junge lud braune Supermarkttüten aus.

»Ich möchte zur Dame des Hauses«, sagte Buddy.

»Weswegen?« fragte der Junge, der einen frühreifen Eindruck machte.

»Das geht dich nichts an.«

»Mami«, rief der Junge, »hier draußen ist ein unhöflicher Mann!«

Buddy sah sich den Kleinen sehr genau an, und dann kam seine Mutter aus dem Haus gestürzt. War das sein Bruder?

Sie sah von einem zum anderen, erkannte Buddy zunächst nicht. Doch beim zweiten Blick begriff sie, und ein leises Stöhnen entrang sich ihr. »Buddy«, flüsterte sie. »Mein Gott!« Sie kam nicht auf ihn zu, sondern stand da, als sehe sie ein Gespenst.

»Wer ist Buddy?« fragte der Junge.

»Geh ins Haus, Brian«, befahl sie.

»Ich mag nicht«, maulte er.

»Geh!« Ihre Haut war noch immer glatt. Ihr Haar schimmerte kupfern. Sie hatte ein paar Pfund zugenommen, sich sonst aber nicht verändert. Brian zockelte widerwillig ins Haus.

Buddy breitete die Arme aus, eine großmütige Geste, auf die seine Mutter jedoch nicht reagierte. »He –«, sagte er, »ich finde, es ist Zeit, daß wir Frieden schließen.«

Der Tag war klar und heiß. Um halb elf Uhr vormittags herrschte in Los Angeles bereits glühende Hitze, und die Autos fuhren in langen Kolonnen zum Strand.

Die hohe Temperatur machte Deke zu schaffen. Er schnitt von dem schwarzen Arbeitshemd, das er trug, die Ärmel weg und säbelte seine Jeans in Kniehöhe ab. Mit dem kahlen Schädel, der Panoramasonnenbrille, den Stiefeln und der abgerissenen Kleidung sah er wirklich bizarr aus. Doch in Kalifornien ist alles möglich, und als er, leise vor sich hinmurmelnd, über den Hollywood Boulevard schlenderte, drehte sich kein Mensch nach ihm um.

Sein Kopf war voller Schlangen. Sie krochen heraus und wickelten sich ihm um den Hals, die Arme, die Beine, um seinen ganzen Körper. Sogar in seinen Mund schlüpften sie. Er spuckte auf den Gehsteig und schaute zu, wie sich die Reptilien davonschlängelten.

An einer schäbigen Tür hing ein Schild, auf dem stand, daß hier ein Tätowierer seinen hochkünstlerischen Beruf ausübte. Deke ging hinein. Es dauerte nur eine knappe halbe Stunde, dann war MUTTER für immer ein Teil von ihm.

Er war bereit.

Er kehrte zu seinem alten braunen Lieferwagen zurück und fuhr los, die Tat zu vollbringen, zu der er aufgerufen war.

Als es klingelte, lief Sadie zur Tür. Sie machte sich gar nicht die Mühe nachzusehen, wer es war. Es konnte nur Ross sein. Und diesmal wollte sie ihn für immer.

Voll Vorfreude öffnete sie die massive Eichentür.

»Guten Tag, Mutter«, sagte die düstere Gestalt in Schwarz. »Ich bin nach Hause gekommen.«

ZWEITES BUCH

71

Sadie La Salle war zwanzig, als sie in den fünfziger Jahren aus Chicago nach Hollywood kam. Daß sie ausgerechnet diesen Ort wählte, schien für ein Mädchen, das aussah wie sie, höchst ungewöhnlich. Normalerweise strömten Schönheiten in die Flitterstadt, bildhübsche, langhaarige Mädchen mit schimmernder Haut und biegsamen Körpern. Sadie war klein, dick und viel zu dunkel. Ihr Haar, zu dicht, zu kraus und nicht zu bändigen, wuchs nicht nur auf ihrem Kopf, sondern auch sonst überall. Zum Glück wollte sie nicht Schauspielerin werden. Sie wollte nur von ihrer erdrückenden Mutter weg und ein eigenes Leben führen. Hollywood schien ihr dafür am besten geeignet.

Sie traf an einem Montagmorgen mit dem Greyhoundbus ein und hatte am Dienstagnachmittag bereits eine Wohnung und einen Job. In Chicago war sie zwei Jahre Sekretärin gewesen und hatte ausgezeichnete Zeugnisse. Die Anwaltskanzlei Goldman, Forrest and Mead in Beverly Hills nahm sie sofort. Sie begann im Schreibsaal, wurde jedoch sehr bald Jeremy Meads persönliche Sekretärin. Mr. Mead war ein großer, linkischer Mann, verheiratet, braun vom Golf, fit vom Tennis, hatte kleine braune Augen, eine Adlernase und schütteres braunes Haar. Sadie machte sich ihm sehr schnell unentbehrlich.

Mit ihrer Arbeit war sie zufrieden, nicht dagegen mit ihrem Privatleben. Männer sahen sich nach ihr nur um, wenn sie einen Blick auf ihren ungewöhnlich großen Busen erhaschten. Hatte sie einmal das Glück, eingeladen zu werden, war es immer die gleiche Geschichte. Ein hastiges Abendessen in einem abgelegenen Restaurant und danach der große Überfall. Als ihr das zum drittenmal passierte, sagte sie sich, das Abendessen sei den Kampf nicht wert. Sie ließ sich nicht mehr einladen, ging statt

dessen ins Kino oder las Bücher. Beides fand sie weitaus aufregender.
Sie entwickelte eine große Leidenschaft für Bücher über Hollywood und die Filmindustrie, sammelte alle erhältlichen Informationen zur späteren Verwendung. Irgendwann wollte sie etwas machen, das mit dem Film zusammenhing, sie wußte nur noch nicht, was. Während sie sich schlüssig zu werden versuchte, arbeitete sie hart und erwarb soviel Wissen wie möglich. Jeremy Mead hatte interessante Klienten, zu denen unter anderem Produzenten, Regisseure und mehrere berühmte Schauspieler zählten. Sadie studierte die Verträge dieser Leute, unterrichtete sich über die finanziellen Bedingungen, die Spanne zwischen Brutto- und Nettogewinnen sowie das kniffelige Geschäft der Placierung von Schauspielernamen auf Filmplakaten und in Kinoanzeigen. Außerdem gewöhnte sie sich an, auch das Kleingedruckte mit Adleraugen durchzugehen, und mehrmals machte sie Mr. Mead auf Dinge aufmerksam, die er übersehen hatte.
Zum Dank lud er sie eines Tages zum Lunch ein. Weil es sich um eine geschäftliche Einladung handelte, nahm sie an. Drei Glas Wein waren zuviel für sie. Und das Motel in Brentwood war bestimmt nicht das Büro des Kollegen, wo sie angeblich erwartet wurden. Er fiel über sie her. Natürlich. Ihre riesigen Brüste bewirkten das immer.
Sadie gestattete ihm gewisse Freiheiten. Schließlich konnte ein Mädchen nicht ewig Jungfrau bleiben.
Zehn Minuten lang huldigte er getreulich ihren Brüsten, dann versuchte er ohne weitere Präliminarien, in sie einzudringen. Sie betrachtete kritisch seine kleinen Augen, die Hakennase, das schüttere braune Haar – und sagte sich, ihre Jungfräulichkeit sei viel zu kostbar, um einem Mann wie Jeremy Mead geopfert zu werden. Außerdem war er verheiratet.
Sie wehrte ihn ab. Kein leichtes Unterfangen, denn inzwischen hatte ihn die Leidenschaft gepackt.
Er beklagte sich bitter, aber irgendwie gelangte sein steifes Glied

zwischen ihre Mammutbrüste, und ein plötzlicher Orgasmus befriedigte ihn so sehr, daß er knallrot wurde. Mit einem glücklichen Seufzer sackte er auf dem Bett zusammen und blieb liegen, während sie sich im Bad einschloß und weinte.

Schweigend fuhren sie ins Büro zurück. Die Leidenschaft war verflogen, und an ihre Stelle trat nun eine unerfreuliche berufliche Beziehung.

Zwei Tage später saß Sadie in Schwab's Drugstore und sah Ross Conti. Für sie stand sofort fest, daß dieser braungebrannte blonde Adonis mit den saphirblauen Augen und dem Lächeln, das Mädchenherzen schmelzen ließ, der richtige Mann sei, ihr die Unschuld zu nehmen.

Sie wußte nicht, wie sie es schaffte, aber sie zwang ihn durch Willenskraft an ihre Seite, und wenig später unterhielten sie sich bei einer Tasse Kaffee. Zu seinem unglaublich guten Aussehen kam noch ein unbekümmerter Charme, der ihn unwiderstehlich machte. Er lud sie zum Abendessen ein (sie mußte bezahlen, doch das war ihr egal), und als dann das Unvermeidliche folgte, nahm sie ihre ganze Willenskraft zusammen und wies ihn ab. Sie wollte Ross Conti, aber nicht nur für eine kurze Nacht.

Ross und sie wurden Freunde.

Sie kochte für ihn, hörte sich seine Probleme an, wusch seine Sachen. Er gewann Vertrauen zu ihr, bat sie um Rat, redete mit ihr über seine diversen Liebschaften.

Sadie ließ sich Zeit, sie wollte den rechten Augenblick abwarten. Unterdessen arbeitete sie weiter für Jeremy Mead, der sie noch zweimal zum Lunch einlud. Sie lehnte beide Male ab.

Eines Tages lernte sie einen Buchhalter namens Bernard Leftcovitz kennen, einen Mann mit traurigen Augen. Und während Ross jedes weibliche Wesen zwischen dem Valley und dem Pazifik aufs Kreuz legte, begann sie sich mit dem Buchhalter zu treffen.

Da Ross die Angewohnheit hatte, ihr alles zu erzählen, war sie im Bilde über seine neueste Flamme, eine verheiratete Frau mit einer Vorliebe für das Parfüm Arpège (und vermutlich für Unterwäsche von Frederick's of Hollywood). Der Mann dieser Dame war Musiker und reiste viel. Eines Abends, als er in San Diego war und Ross die Nacht mit seiner Frau zu verbringen gedachte, beschloß Sadie zu handeln. Es war einfach herauszufinden, wo der Mann in San Diego spielte, und ihm per Telefon anonym ein paar aufklärende Worte ins Ohr zu flüstern.

Die Steine waren gesetzt. Nun brauchte sie nur noch abzuwarten.

Bernard Leftcovitz aß in ihrer Wohnung bei Kerzenlicht zu Abend, als ein empörter Ross hereinplatzte. Er benahm sich schlecht, erzählte jammernd, daß er fast erwischt worden sei, redete ununterbrochen über sich selbst und schaute Bernard finster an, genau wie Sadie gehofft hatte. Stur hockte er auf seinem Stuhl, bis dem unglücklichen Mr. Leftcovitz nichts anderes übrigblieb, als zu gehen. Dann forderte Ross in einem Anfall von Besitzgier seinen Preis.

O ja, auf Ross Conti zu warten hatte sich gelohnt. Das Liebesspiel mit ihm übertraf ihre kühnsten Träume. Sie gab ihre Unschuld dankbar hin.

Damit begannen die herrlichsten Monate ihres Lebens. Sie liebte Ross. Sie hätte alles für ihn getan – und tat es auch.

Die Gefühle zwischen ihnen waren ziemlich einseitig, doch das paßte beiden.

»Ich mach dich zum Star«, sagte Sadie, als Ross zu verzweifeln drohte, weil es mit seiner Karriere nicht aufwärtsging. »In Zukunft werde ich deine Interessen vertreten.«

Er lachte, doch sie meinte es ernst. Mehr noch, sie war überzeugt, es zu schaffen. Plötzlich bekam alles, was sie bisher getan hatte, einen Sinn. Sie gab ihre Stellung auf, lieh sich Geld und machte Ross mit ihrem großartigen Plakatfeldzug bekannt. Der Rest war einfach.

Ross und sie verlebten einmalig schöne Tage. New York. Die Carson *Tonight Show*. Eine triumphale Rückkehr nach Los Angeles. Hereinströmende Angebote.

Verhandlungen. Sie war dazu geboren, Vereinbarungen zu treffen. Zum ersten Mal im Leben war Sadie völlig zufrieden.
Ross verließ sie an jenem Tag, an dem sie ihm sagen wollte, daß sie schwanger war. Der Arzt bestätigte ihren Verdacht um sechzehn Uhr, und sie eilte aus seiner Praxis ins nächste Geschäft, um Champagner zu kaufen.
Auf dem ganzen Heimweg probte sie die Worte, die sie sich zurechtgelegt hatte: »Ich bekomme ein Kind. Aber das ändert nichts. Ich arbeite bis zur Geburt. Du bist die Nummer eins, Ross, immer. Ist es nicht phantastisch?«
Er würde nicht erfreut sein. Zumindest anfangs nicht. Schließlich hieß das Heirat.
Sie parkte ihren Wagen und lief in ihre Wohnung hinauf.
Seine Sinatra-Platten fehlten. Sein Schrank war leer. Von der Konsole im Bad waren seine Flaschen mit Man-Tan und Old Spice verschwunden, ebenso seine Zahnbürste.
Das Gefühl der Leere in ihrer Magengrube war wie ein dumpfer, pochender Schmerz. Ross war fort.
Sie setzte sich in einen Sessel am Fenster und wartete darauf, daß er sich melde. Die ganze Nacht und den halben folgenden Tag saß sie da, ohne sich zu rühren.
Schließlich klingelte das Telefon, und eine sehr sachlich klingende Frauenstimme sagte, Mr. Conti lasse bitten, seine sämtlichen Verträge und geschäftlichen Papiere an die Agentur Lamont Lisle weiterzuleiten, die ihn künftig vertrete.
Benommen fuhr Sadie in ihr Büro und sammelte seine Fotos, Verträge, Zeitungsausschnitte und Geschäftsbriefe zusammen. Sie kam gar nicht auf die Idee, zu kämpfen, einen gewieften Anwalt zu nehmen und sich die Rechte zu sichern, die ihr im Zusammenhang mit seiner Karriere zweifellos zustanden.
Ross Conti ging. Und sie ließ ihn ziehen.
Wochenlang tat sie nichts, als auf den Fernseher zu starren wie eine Irre und zu essen. Dann häuften sich die Rechnungen, und eines Tages ging sie zur Bank. Dort mußte sie feststellen, daß

Ross das gemeinsame Konto bis auf tausend Dollar geplündert hatte. Sie nahm auch das hin. Und weil es für sie nichts mehr gab, wofür sich das Leben lohnte, dachte sie an Selbstmord.
Jeremy Mead bewahrte sie davor. Er hatte ihr (wenn auch zögernd) Geld für den Plakatfeldzug geliehen, das sie ihm freilich längst zurückgezahlt hatte. Aber ihn wurmte immer noch, daß Sadie nie richtig mit ihm geschlafen hatte. Darum fuhr er, als die Nachricht von Ross' Heirat mit Wendy Warren in den Zeitungen stand, sofort zu Sadie.
Bei seinem Eintreffen wollte sie eben eine Überdosis Schlaftabletten schlucken. Er hielt sie davon ab, und eine Stunde später lagen sie im Bett.
Sadie spürte nichts außer dem Druck seiner knochigen Ellbogen. Als er gegangen war, brach sie in Schluchzen aus und weinte bis tief in die Nacht. Dadurch löste sich endlich die Benommenheit, die auf ihr lastete, seit Ross weggegangen war.
Am nächsten Morgen holte sie tief Luft und beschloß weiterzuleben. Kein Mann sollte Sadie La Salle unterkriegen. Sie würde es Ross zeigen, indem sie ohne ihn reich und mächtig wurde. Wie sie das anstellen wollte, wußte sie nicht, aber irgendwie mußte sie es schaffen. Als erstes mußte sie abtreiben lassen. Sie war bereits im vierten Monat, aber wegen ihrer rundlichen Figur sah man ihr kaum etwas an. Sie wartete weitere fünf Wochen, dann rief sie Jeremy Mead an und ersuchte ihn um ein Treffen. Er kam in ihre Wohnung, fest davon überzeugt, daß sie seinem Charme nicht länger widerstehen könne.
»Ich bin schwanger«, sagte sie unverblümt. »Es ist dein Kind.«
»Mein Kind?« stieß er hervor. »Woher weißt du das?«
»Weil es nach dir keinen anderen gegeben hat.«
Er starrte die dicke, dunkle, feurige Sadie an und verfluchte sich, weil er nicht bei seinen ruhigen, sachkundigen, präparierten Blondinen geblieben war.
»Dummes Ding«, brummte er ärgerlich. »Warum hast du nicht aufgepaßt?«

»Warum hast du es nicht getan?« entgegnete sie und haßte ihn fast so sehr wie Ross.
»Du mußt abtreiben«, sagte er roh.
»Ich habe kein Geld.«
»Ich bezahle es.«
»Herzlichen Dank!«
Zwei Tage später schickte er ihr in einem Umschlag einen Zettel mit dem Namen und der Telefonnummer eines Arztes und einen großzügig bemessenen Geldbetrag, der alle Kosten deckte. Der Arzt praktizierte in Tijuana, Mexiko.
Sadie fuhr tags darauf mit einem Touristenbus hin, quartierte sich in einem billigen Hotel ein und rief den Arzt an. Er bestellte sie für halb sechs in seine Praxis.
Die Praxis erwies sich als ein kleines Zimmer auf der Rückseite eines Souvenirladens. Als einzige Möbelstücke gab es einen alten Rohrschreibtisch und eine abgewetzte Lederbank. Der Arzt war etwa fünfzig, hatte rotgeränderte Augen und stotterte. Wenigstens war er Amerikaner.
»Ich bin schwanger«, erklärte Sadie ruhig. »Man hat mir gesagt, daß Sie mir helfen können.«
»W-w-wie lange sind Sie schon sch-schwanger?«
»Drei Monate«, log sie.
Er nickte, nannte ihr den Preis und forderte sie auf, sich auszuziehen und auf die Bank zu legen.
Sie meinte, er werde sie untersuchen und ihr dann sagen, sie müsse dann in sein Krankenhaus kommen, wo er den Eingriff vornehmen werde. Also zog sie sich aus und legte sich hin. Den BH hatte sie vorsichtshalber anbehalten.
»N-nehmen Sie d-das ab«, befahl er.
Der kleine Raum war staubig und heiß. Eine Fliege surrte herum. Sadie biß die Zähne zusammen und streifte den BH ab.
Dem Arzt fielen fast die rotgeränderten Augen heraus. Er leckte sich die Lippen und trat zu ihr. »Öffnen Sie die Beine.«
Sie schloß die Augen und tat, was er verlangte.

Seine Finger waren sofort in ihr, tasteten grob. Als sie aufschrie, sagte er scharf: »S-seien Sie ruhig. Ich tue Ihnen nicht w-weh.«

Sadie hatte das dringende Verlangen, aufzustehen, in ihre Kleider zu schlüpfen und wegzurennen. Aber was hätte sie damit erreicht? In ihr wuchs Ross' Kind, und sie mußte es loswerden.

Er beendete seine Untersuchung und sagte: »Ich k-kann es machen.«

»Wann?« fragte sie und setzte sich auf.

»Jetzt gleich«, antwortete er. »W-w-wenn Sie d-das Geld dabeihaben.«

Sie war entsetzt. »Hier?«

Er schnaubte verächtlich: »Ihr M-mädchen seid alle gleich. Ihr w-w-werdet schwanger, w-wollt es los sein und erwartet erstklassigen Service. Darf ich Sie d-daran erinnern, d-daß eine Abtreibung illegal ist?«

»Ich weiß. Aber – hier?« Sie sah sich verzweifelt in dem staubigen Raum um.

»Ich habe hier f-fünfhundert Mädchen behandelt«, sagte er entschieden. »W-w-wollen Sie oder nicht?«

Sie versuchte ihre Angst zu überwinden und legte sich hin. »Machen Sie schon«, sagte sie matt.

»Erst das Geld.«

Sie stand auf und ging nackt zu ihrer Tasche, um das Geld zu holen. Seine rotgeränderten Augen folgten ihr.

»Sie sollten ein b-b-bißchen abnehmen«, sagte er, als sie sich wieder hinlegte. Seine Hände strichen über ihre Brüste: »Die m-m-müssen schwer zu tragen sein.«

»Fangen Sie schon an«, sagte sie wütend.

Eine Stunde später wankte sie auf die Straße, kaum fähig zu gehen. Er hatte sondiert und gebohrt und gestochen, aber nichts war passiert. Nur ihr Leib hatte sich immer wieder schmerzhaft zusammengezogen, und Blut war geflossen.

Nach einiger Zeit war ihm der Schweiß auf die Stirn getreten, und seine Hände hatten zu zittern begonnen. Plötzlich hatte er sein

Stahlinstrument weggelegt und gestottert: »Gehen Sie h-heim. B-bei Ihnen d-d-dauert es l-länger. Ich h-habe es eingeleitet. Es w-w-wird spontan erfolgen. Ich k-k-kann sonst n-nichts für Sie tun.«

»Ich verstehe nicht«, hatte sie schwach erwidert. »Ich habe Sie bezahlt.«

Er hatte ihr eine dicke Lage Watte zwischen die Beine geschoben, rasch ihre Kleider geholt und ihr beim Anziehen geholfen. »Es w-w-wird abgehen«, hatte er ihr versichert und sie auf die Straße geschoben. »G-gehen Sie h-h-heim. Es w-wird b-bald passieren.«

Da stand sie nun. Mühsam taumelte sie ins Hotel zurück, geschüttelt von krampfartigen Schmerzen. Sie legte sich aufs Bett und schaute zu, wie zwischen ihren Beinen das Blut durch die Watte sickerte.

Die Schmerzen waren mörderisch. Als das Blut ins Bett zu laufen begann, wurde ihr undeutlich bewußt, daß sie Hilfe brauchte. Der Arzt hatte keine Abtreibung vorgenommen, er hatte sie abgeschlachtet.

Sie versuchte aufzustehen, und einen Moment tauchte das Gesicht von Ross vor ihren Augen auf. Dann brach sie ohnmächtig zusammen.

Erst Tage später fand sie wieder in die Wirklichkeit zurück, ohne sich an etwas zu erinnern. Ihre Lider hoben sich flatternd, und sie musterte ihre Umgebung. Sie lag in einem Bett, an ihrem Arm war ein Gummischlauch befestigt. Ihr Mund war wie ausgedörrt, und sie hatte gräßlichen Durst. Das Bett stand hinter einem weißen Schirm, dessen Helle sie blendete. Sie versuchte zu überlegen. Wo war sie? Was war passiert?

Sie mußte wieder weggesunken sein, denn als sie das nächstemal die Augen öffnete, blickte ein Gesicht auf sie herunter. Das Gesicht einer Frau mittleren Alters, die leise fragte: »Geht es besser?«

»Kann ich was zu trinken haben?« flüsterte Sadie.

»Natürlich, meine Liebe.«
Benommen überlegte sie, warum die Frau keine Schwesterntracht trug, denn sie glaubte, in einem Krankenhaus zu liegen. Dann fiel ihr alles ein, und als die Frau mit einem Pappbecher voll Wasser wiederkam, stieß sie leise hervor: »Das Kind? Bin ich noch schwanger?«
Die Frau musterte sie eine Weile stumm und nickte schließlich.
»O nein!« stöhnte Sadie.
»Das ist Gottes Art, Ihnen zu sagen, daß es andere Wege gibt«, sagte die Frau geheimnisvoll. »Ruhen Sie sich aus, meine Liebe. Wir reden später.«
Und das taten sie. Sadie erfuhr, daß die Frau Noreen Carrolle hieß und eine ehemalige Krankenschwester war. Eines Tages hatte sie eine Freundin, die abtreiben wollte, nach Tijuana begleitet. »Ich war weder für noch gegen die Abtreibung«, sagte Noreen. »Der Entschluß schien mir vernünftig. Aber meine Freundin wurde wie ein Tier behandelt und starb noch in der gleichen Nacht.«
Sadie hörte aufmerksam zu, während Noreen erzählte, daß ebenfalls in dieser Nacht eine Art ›Ruf‹ an sie ergangen sei. »Ich wußte, daß ich andere Mädchen vor dem gleichen Schicksal bewahren mußte«, sagte sie einfach. »Und das habe ich seither getan.«
»Wie haben Sie mich gefunden?« fragte Sadie neugierig.
»Die Hotels kennen mich. Wenn ein Mädchen allein absteigt, benachrichtigen sie mich. Aber Sie haben so rasch gehandelt, daß ich Sie nicht abfangen konnte. Zum Glück fand ich Sie noch rechtzeitig, und gottlob ist das Kind unversehrt.«
Sadie schloß die Augen und dachte an Ross' Kind in ihrem Leib. Am liebsten hätte sie vor Wut und Enttäuschung geschrien.
»Machen Sie sich keine Sorgen«, sagte Noreen ruhig. »Ich habe einen ausgezeichneten Plan. Eine glückliche Lösung für alle Beteiligten.« Nach einer kurzen Pause fuhr sie fort: »Natürlich hätte ich Sie in ein Krankenhaus bringen oder die Polizei rufen kön-

nen. Aber dann wären bestimmt Ihre Angehörigen und der werdende Vater hineingezogen worden. Wahrscheinlich hätte es sogar ein Verfahren gegeben.« Sie hielt inne und beobachtete Sadies Reaktion. »Normalerweise möchten Mädchen in Ihrer Lage die Sache geheimhalten, und ich kann sie deswegen nicht tadeln.« Sie nickte verständnisvoll: »Sehen Sie, ich weiß, wie so was passiert. Eine Nacht der Leidenschaft – die Dinge geraten außer Kontrolle – keine Zeit, an die Folgen zu denken ...«

Noreen hatte Sadies uneingeschränkte Aufmerksamkeit. Behutsam erläuterte sie ihren Plan: »Meine Liebe, Sie werden Ihr Kind bekommen. Ihre Schwangerschaft ist für eine Abtreibung ohnehin zu weit fortgeschritten. Ich schicke Sie zu meiner Schwester nach Barstow, dort können Sie sich erholen und wieder zu Kräften kommen. Bei der Geburt werden Sie in Form sein wie nie zuvor. Das Kind nehmen wir Ihnen ab. Es gibt Ehepaare, die sich verzweifelt ein Kind wünschen. Wir arrangieren alles ohne viel Aufhebens und ohne Adoptionsformalitäten. Dieser ganze Papierkram – das ist unmenschlich. Sie brauchen nur ein einziges Papier zu unterschreiben.« Noreen lächelte beruhigend. »Um alles andere kümmern wir uns, meine Schwester Nita und ich.«

72

»Ich verstehe nicht«, sagte Sadie.

Deke starrte sie an. Seine Augen glühten wie Kohlen.

Seine Augen. Ihre Augen. Beunruhigend vertraut.

Ein Schauer lief ihr über den Rücken. Automatisch begann sie die Tür zuzuschieben.

»Tu das nicht.« Er stellte den Fuß dazwischen. »Ich bin nach Hause gekommen – Mutter. Nita Carrolle schickt mich. Es war ein langer Weg, aber jetzt bin ich hier.«

Der Name Nita Carrolle ließ Sadie zögern. »Ich – ich verstehe nicht«, wiederholte sie unsicher.

Aber sie verstand sehr wohl. Vor sechsundzwanzig Jahren hatte sie ein Kind geboren, und nun stand dieser Teil ihrer Vergangenheit vor ihr.

»Pressen, meine Liebe, pressen.«
»Ich presse ja. Und wie. Und wie.«
Tränen liefen ihr über das Gesicht. Eine Pause zwischen den Wehen. Dann erneut der Schmerz und ihre gequälten Schreie. Lange, tierische Schreie, während ihre Hände an ihrem Haar rissen.
»Helft mir doch! Bitte helft mir!«
»Seien Sie still, um Gottes willen!«
Die Maske senkte sich auf ihr Gesicht. Die Narkose. Tiefe Atemzüge. Erleichterung. Driften. Weg von ihrem Körper. Weg von den Schmerzen.

Wie betäubt starrte sie den vertrauten Fremden an. »Kommen Sie herein.«
Sie überlegte fieberhaft. Warum war er hier? Was wollte er? Wenn er erwartete, daß sie vor Freude weinen und ihn gerührt in die Arme schließen würde, täuschte er sich. Sie hatte keine mütterlichen Gefühle. Nicht die geringsten. O Gott! Wenn das herauskam …
Vielleicht wollte er Geld. Er sah aus wie ein Freak.
Gib nichts zu. Finde erst heraus, was er weiß.
Wie soll er etwas wissen? Sie versprachen mir – diese beiden Frauen versprachen mir, daß niemand etwas erfahren würde.
Er folgte ihr ins Haus. Sie führte ihn in die Küche und war froh, daß sie ihrem Dienerpaar das Wochenende freigegeben hatte. Wenigstens konnte sie sich allein mit ihm befassen.
»Nehmen Sie Platz«, sagte sie mit wiedergewonnener Fassung. Sie bemühte sich um einen legeren Ton. »Wissen Sie, ich glaube, Ihnen ist da ein Irrtum unterlaufen. Würden Sie mir verraten, wer Sie auf die Idee gebracht hat, daß ich Ihre Mutter bin?«
»Ich hatte eine Hure, Joey heißt sie«, sagte er und versteckte sei-

ne Augen hinter seiner dunklen Panoramasonnenbrille. »Sie ist jetzt nicht da, aber ich liebe sie. Du wirst sie auch lieben.«
Schauer der Angst. »Wie bitte?«
»Huren gehören zusammen.«
Ihr riß die Geduld. »Wer sind Sie? Und was wollen Sie?«
»Ich bin dein Sohn«, antwortete er ruhig. »Das weißt du.«
»Lassen Sie das. Was bringt Sie auf diese lächerliche Idee?«
»Nita Carrolle hat es mir gesagt.«
»Ich kenne keine Nita Carrolle.«
Er holte blitzschnell aus und schlug ihr mit voller Kraft ins Gesicht. »Du lügst, verhurte Schlampe!« schrie er. »Ich kenne die Wahrheit, und du wirst mir die Einzelheiten sagen!«
Die Wucht seines Schlags schleuderte Sadie zu Boden, sie blieb verblüfft liegen, erkannte blitzartig, in welcher Gefahr sie sich befand. Das war kein heimkehrender verlorener Sohn. Das war ein Irrer.

Elaine bürstete sich das Haar. Sie spürte ein Kribbeln bis hinunter in die Zehen. Es gab keinen wie Ross – keinen. Er war der großartigste Liebhaber der Welt, wenn er wollte.
Sie stellte ihr Programm für die kommende Woche auf. Friseur, Nagelklinik, Gymnastik – aber nicht mehr bei Ron Gordino. Wer brauchte schon Ron Gordino? Vielleicht würde sie Jane Fondas Trainingsstudio oder Richard Simmons' Körperasyl ausprobieren. Sie summte leise vor sich hin. Vor allem mußte sie Bibi anrufen und ihr einen gemeinsamen Lunch vorschlagen. Bibi würde die Neuigkeit, daß Ross wieder zu Hause war, schneller unter die Leute bringen als der *Hollywood Reporter.*
Und was war mit Ross' Karriere? Ein vielversprechendes Zeichen, dieser Anruf von Sadie La Salle, auch wenn er den besten Sex seit Jahren unterbrochen hatte. Der Anruf hatte Ross nicht aus dem Konzept gebracht. Er konnte bumsen und gleichzeitig reden, eine Leistung, die nicht jeder Schauspieler bot.
Elaine fühlte sich prächtig. Ross hatte sie zu einem grandiosen

Höhepunkt gebracht, anschließend geduscht und sich grinsend auf den Weg zu Sadie gemacht. Er war glücklich, wieder zu Hause zu sein. Und sie war glücklich, ihn wiederzuhaben. Zusammen würden sie es schaffen, wieder zur Spitze aufzusteigen.

Ferdie wußte, daß Sadie übers Wochenende nach Palm Springs fahren wollte. Und er wußte auch, daß sie nie vor halb elf oder elf aufbrach. Er setzte seinen ganzen Stolz darein, über jeden ihrer Schritte Bescheid zu wissen. Buddys Nachricht hätte er ihr telefonisch übermitteln können, aber Buddy wünschte, daß er sie persönlich überbrachte.

Er schwankte einen Moment, denn das bedeutete, daß er die Strandkleidung ausziehen und in einen Anzug schlüpfen mußte. Es bedeutete auch, Rocky zu erklären, daß das Picknick verschoben werden müsse, was Rocky sicher übelnahm.

In einem Anfall unbeherrschter Gereiztheit stampfte Ferdie mit dem Fuß auf. War es so wichtig, daß er Sadie sofort informierte? Ja, denn wenn sie herausfand, daß er eine Nachricht für sie bis Montag zurückgehalten hatte, dann gnade ihm Gott! Und die Nachricht war angesichts der Posteraktion und allem übrigen wirklich wichtig.

Madame La Salle würde nicht erfreut sein.

Er streifte sein rotes T-Shirt und die Shorts ab und lief ins Schlafzimmer, um sich ordentlich anzuziehen.

Ross war überraschend guter Stimmung. Irgendwie wendete sich bei ihm stets alles zum Besten. Die Trennung hatte ihnen beiden gutgetan. Er empfand jetzt eine Verbundenheit mit Elaine, die er für immer verloren geglaubt hatte. Elaine war eine Kämpfernatur, keine dieser Beverly-Hills-Nullen. Sie gab zwar gern Geld aus und lebte gern gut, aber eines wußte er sicher: Wenn er sie brauchte, würde sie immer da sein.

Sadies Anruf hatte sie beide gefreut, obwohl dadurch ihre ›Versöhnungsnummer‹ kurz unterbrochen worden war.

»Sie muß es sich anders überlegt haben«, hatte Elaine begeistert gesagt. »Bestimmt will sie dich wieder vertreten.«
Ross war derselben Meinung. Warum sonst sollte Sadie ihn am Samstag vormittag in ihr Haus rufen?
Glücklich fuhr er den Sunset entlang, ein sonnengebräunter jugendlicher Fünfziger. Jede Karriere hatte Höhen und Tiefen. Nun ging es wieder aufwärts; Ross spürte die positiven Schwingungen.

»Mutterhure!« stieß Deke böse hervor. »Dirne, Unrat.«
Er hatte Sadie an einen Stuhl gefesselt und dabei ständig mit seinem Messer vor ihr herumgefuchtelt.
Aus Angst vor dem Messer hatte sie sich nicht gewehrt. Seit Tijuana und der gescheiterten Abtreibung konnte sie kein Blut sehen. Gewissermaßen seine Schuld – falls er ihr Sohn war, wie er behauptete.

Die Maske wurde ihr jäh vom Gesicht gezogen, und die Schmerzen kamen wieder. Der Tod wäre vielleicht besser gewesen als diese Qual, dieses Reißen. Einzig das Schreien verschaffte ihr Erleichterung. Stimmen rund um sie.
»Bring sie zum Schweigen.«
»Willst du, daß die ganze Nachbarschaft sie hört?«
»Warum dauert es so lang?«
»Es ist eine Steißgeburt, verdammt noch mal.«
Wieder senkte sich die Maske auf ihr Gesicht. Süßes Rauschen in ihren Ohren, ihrer Nase, ihrer Kehle – als forderte der Tod sie zum Mitkommen auf.
Driften – driften …
Dann Wirklichkeit – wie ein scharfer Schnitt.
»Es ist ein Junge.«
»Er atmet nicht.«
»Guter Gott!«
»Tu was, bevor es zu spät ist!«
Ein klatschender Schlag. Nichts.

»Er wird's nicht schaffen.«
»Er muß, zum Teufel. Wir brauchen das Geld.«
Klatsch. »Komm schon, du kleiner Gauner!«
Schreien.
Kurzes Atemholen.
Überraschenderweise eine neue Wehe. Sadie wußte, daß es die Nachgeburt war und daß bald alles vorüber sein würde. Sie atmete tief ein und stieß einen langen, durchdringenden Schrei aus, der ewig zu dauern schien.
Grobe Hände drückten ihr die Maske wieder auf das Gesicht, und sie versank erneut in erlösende Bewußtlosigkeit.
Als sie erwachte, war alles vorbei. Sie lag im Bett, gewaschen und sauber, nur der dumpfe Schmerz zwischen den Beinen erinnerte an die Qualen, die sie durchgestanden hatte. Noreen Carrolle stand neben ihrer Schwester Nita. Beide lächelten. Zwei Gesichter – eines unschön und gütig, das andere derb und übermäßig geschminkt.
»Ihre Sorgen sind zu Ende, meine Liebe«, sagte Noreen.
»Ja, bumsen Sie nicht mehr rum, dann bleiben Sie in Form«, fügte Nita lachend hinzu.

Sadie bemühte sich um einen ruhigen Ton. Irgendwo hatte sie gelesen, beim Umgang mit Geisteskranken sei es wichtig, daß man beherrscht bleibe. Außerdem war sie kein zartes, verschüchtertes Veilchen. Sie war Sadie La Salle. Nicht selten zitterten erwachsene Männer in ihrer Gegenwart.
Sie dachte an ihr Alarmsystem. Unglücklicherweise war es ausgeschaltet. Doch wenn sie den Signalknopf an der Küchentür erreichte, würde ein Notruf direkt an die Polizei gegeben.
Deke wanderte steifbeinig in der Küche umher und murmelte vor sich hin.
Sie überlegte, ob sie versuchen sollte, ihn zum Reden zu bringen. Persönlicher Kontakt. Eine Möglichkeit davonzukommen. Wenn sie wirklich seine Mutter war, bestand zwischen ihr und ihm der

persönlichste Kontakt, den es gab. Und Ross war sein Vater. Ross, der sich auf dem Weg zu ihr befand.

Deke blieb stehen, lehnte sich mit dem Rücken an den Kühlschrank, rutschte zu Boden und blieb sitzen.

»Das ist ein großes Haus«, sagte er.

Auf seltsame Weise erinnerte er sie an jemanden. Sie kam nicht darauf, an wen. Er hatte ihre Augen. O Gott! Dieser bizarre, abstoßende Fremdling hatte Ähnlichkeit mit ihr.

»Ich sagte, du hast ein großes Haus«, knurrte er.

»Ja«, pflichtete sie ihm rasch bei.

»Joey würde es hier gefallen.«

»Wer ist Joey?«

»Meine Verlobte.«

Sadie zwang sich, möglichst normal und freundlich zu reden, obwohl ihre Kehle so trocken war, daß sie kaum sprechen konnte. »Wo ist sie? Sollen wir sie anrufen und herbitten?«

Er stand auf. »Sie fickt Männer. Genau das tut die Hure. Sie ist wie du, macht für jeden die Beine breit.« Er sagte es gleichgültig, als sei es völlig bedeutungslos.

Sadie versuchte das Thema zu wechseln. »Wie heißt du?« Sie hielt es für klüger, ihn zu duzen.

Er ging wieder auf und ab. »Ist nicht wichtig.«

»Doch, das ist es. Wie nennt dich Joey?«

»Joey?« Er blieb überrascht stehen. »Woher kennst du Joey?«

»Warum bindest du mich nicht los? Dann können wir über sie sprechen.«

»Über wen?«

»Über Joey.«

»Dieses Miststück von Hure ist tot.«

»Das tut mir leid.«

Er sagte nichts, schien tief in Gedanken versunken.

Sie schielte nach dem Signalknopf an der Küchentür und überlegte, ob es eine Möglichkeit gab, nahe genug heranzukommen, um ihn drücken zu können.

»Das ist ein großes Haus«, wiederholte Deke. »Ich glaube, ich sehe mich mal um.«
»Ja, tu das«, forderte sie ihn auf.
Er hörte sie nicht, verließ wortlos die Küche.
Sie bemühte sich angestrengt, den Stuhl zur Küchentür zu rücken. Kein leichtes Unterfangen. Er hatte sie mit einem Kabel gefesselt, das ihr in die Handgelenke und die Knöchel schnitt. Trotzdem rückte sie Zentimeter um Zentimeter vor.

73

Leon Rosemont flog am frühen Samstagmorgen aus Las Vegas ab. Es drängte ihn vorwärts, denn er hatte das Gefühl, Deke Andrews unmittelbar auf den Fersen zu sein. Vielleicht …

Ferdie überschritt mit seinem schnittigen weißen Jaguar das Tempolimit erheblich. Nächstes Jahr einen Mercedes. Das stand fest. Und übernächstes Jahr – hm, eher erst in zwei Jahren – einen Rolls.
Ferdie hatte Ziele, und er gedachte sie auch zu erreichen. Einstweilen freute er sich an seinem flotten englischen Sportwagen. Ein Luxus, den er nach seiner Meinung verdiente. Außerdem waren seine jungen Freunde ganz vernarrt in das Fahrzeug.
Er schob eine von Rockys Rod-Stewart-Kassetten in den Recorder und dachte über das idiotische Verhalten des Jungen nach. Wie lästig! Die ganze Zeit machte er ein mürrisches Gesicht und beschwerte sich über irgend etwas. Das war das Problem mit den sehr jungen Burschen – sie benahmen sich wie Kinder.
»Ich will mitkommen«, hatte Rocky gebettelt. »Ich möchte die berühmte Sadie La Salle kennenlernen.«
»Ein andermal«, hatte Ferdie fest erwidert, aber gedacht hatte er: Von wegen. Kein andermal. Man sollte nie Vergnügen und Beruf mischen. Eine Binsenwahrheit, aber beherzigenswert.

Rocky war daraufhin mit der Masche gekommen, Ferdie liebe ihn nicht mehr. »Ich gehe«, hatte er gedroht.
Ferdie hatte alles aufschieben und den Jungen beschwichtigen müssen. Natürlich waren sie im Bett gelandet. Ein erregendes Zwischenspiel, das freilich viel zu lange gedauert hatte. Besorgt schaute er auf seine schwarze Porsche-Uhr. Ein Weihnachtsgeschenk von Madam.
Fast elf. Hoffentlich erreichte er sie noch.

Der Motor des Rolls setzte an der Ecke Canon Drive und Sunset Boulevard aus und sprang nicht mehr an. Ross war wütend. Als die Batterie von seinen vergeblichen Startversuchen ziemlich leer war, stieg er aus und versetzte dem Wagen einen heftigen Tritt. Dafür bekam er lautstarken Beifall von einer Gruppe mexikanischer Hausmädchen und Kinder, die an der Bushaltestelle gegenüber dem Beverly Hills Hotel standen. Ross verbeugte sich spöttisch vor ihnen, dann lief er über die Straße und die Hoteleinfahrt hinauf.
»Ich habe Probleme mit dem Wagen«, erklärte er dem Portier und reichte ihm die Schlüssel. »Bei einem Rolls erwartet man so was nun wirklich nicht, verdammt. Er steht an der Ecke des Canon Drive.«
»Ich kümmere mich darum, Mr. Conti. Gehen Sie in die Polo Lounge?«
Eine Tasse Kaffee und eine Zigarette vor dem Treffen mit Sadie waren sehr verlockend. »Ins Café«, entschied er. »Viel kann nicht fehlen, wahrscheinlich ist der Motor nur abgesoffen.«
»Machen Sie sich keine Sorgen, Mr. Conti. Wenn der Wagen fertig ist, lasse ich Sie ausrufen.«

Der Luxus, mit dem das Haus eingerichtet war, beeindruckte Deke nicht. Leer blickte er auf die teuren Gemälde und die wertvollen Kunstgegenstände. Sie bedeuteten ihm nichts.
Im Schlafzimmer blieb er vor dem Himmelbett stehen und zog

bedächtig den Reißverschluß seiner Jeans auf. Er schloß die Augen, dachte an Joey und tat, was er tun mußte.
In der Ecke stand ein großer Panasonic-Fernseher. Deke stach mit seinem Messer auf den Bildschirm ein und schlug ihn methodisch in Stücke. Das Haus würde Joey bestimmt gefallen. Er nahm sich vor, sobald wie möglich nach ihr zu schicken.

In der Küche plagte Sadie sich weiter. Das Kabel um ihre Knöchel schnitt tief ins Fleisch, und jedesmal, wenn sie ein Stück vorrückte, konnte sie nur mit Mühe einen Schrei unterdrücken.
Wo blieb Ross? Was für eine seltsame Laune des Schicksals, daß der Eindringling wahrscheinlich ihrer beider Sohn war. Das Kind ihrer Liebe. Bitterkeit erfaßte sie. Das Kind ihrer Liebe, wahrhaftig! Die verhaßte Erinnerung an Ross' Gleichgültigkeit und Verrat.
Warum war der Fötus nicht abgestorben?
Sie machte einen zu heftigen Ruck, der Stuhl stieß an den Küchentisch, kippte und fiel mit ihr um.
Sadie schrie auf und biß sich in der nächsten Sekunde auf die Unterlippe. Sie hoffte verzweifelt, daß er nichts gehört hatte. Nun war sie völlig hilflos, keiner Bewegung mehr fähig. Galle stieg ihr in die Kehle. Noch nie hatte sie sich so verlassen gefühlt und so entsetzliche Angst gehabt.

Deke setzte seinen Gang durch das Haus fort. Im Bad leerte er alle Flaschen mit Kosmetika, Parfüms und Badeölen ins Waschbecken. Joey brauchte dieses künstliche Zeug nicht.
Er nahm seine Sonnenbrille ab und betrachtete sich in dem dreiteiligen Spiegel über dem Kosmetikbord. Sein Anblick überraschte ihn. Er neigte sich näher zum Spiegel und rieb sich den kahlen Schädel, erst langsam, dann schneller – schneller – schneller …
Er fühlte in der Hose eine neue Erektion, ignorierte sie jedoch, faßte sich nicht an, durfte es nicht. Mußte warten auf …

»Joey«, sagte er. Dann begann er wild zu schreien: »Joey! Wo bist du denn, du Hure? Komm raus aus deinem Versteck, du Luder! Ich bring dich um, du Schlampe!«
Er ergriff eine Bronzefigur und schleuderte sie in den Spiegel. Das Glas zerbarst zu tausend Scherben.

Ferdie bog in die Einfahrt zu Sadies Haus ein. Wann ließ diese Frau zu ihrer Sicherheit endlich ein Tor anbringen? Ihr Haus war praktisch das einzige in der Straße, das kein Tor hatte.
Verständnislos schüttelte er den Kopf. Wenn er einmal genug Geld hatte, würde er sich sofort in einen goldenen Käfig sperren. Los Angeles war voll von Gaunern, Perversen und anderem Abschaum. Man konnte gar nicht vorsichtig genug sein.
Rasch stieg er aus, eilte zur Haustür und klingelte. Er hoffte inbrünstig, Sadie nicht verpaßt zu haben.

Sadie, an den umgestürzten Stuhl gefesselt, hörte das Klingeln. Erleichterung durchströmte sie. Ross war da. Nun war sie wenigstens nicht mehr allein.

Auch Deke hörte das Klingeln, und die Wirklichkeit drängte sich in seine Gedanken.
Ihm fiel wieder ein, wo er war.
Seine Mutter fiel ihm wieder ein, seine richtige Mutter.
Er wollte sie nicht verlieren. Nicht nach all der Mühe, die es ihn gekostet hatte, sie zu finden.
Rasch legte er den dicken schwarzen Kajalstift weg, mit dem er gespielt hatte, lief die Treppe hinunter und in die Küche. Einen Moment lang war er fassungslos, weil er meinte, sie sei weg. Dann sah er sie auf dem Boden liegen, gefesselt und hilflos.
»Wer hat das getan?« fragte er.
Sie schaute ihn entsetzt an. Er hatte sich die Augen schwarz umrandet, und auf seiner Stirn stand in verschmierten Buchstaben: HUREN STERBEN.

»Binde mich los«, sagte sie schnell. »Ich sehe nach, wer an der Tür ist, und schicke ihn weg. Mach rasch.«
Er bückte sich, um zu tun, was sie verlangte. Sie hielt den Atem an, Schwäche überkam sie, so verzweifelt hoffte sie auf Befreiung. Ross würde sie retten. Gott sei Dank, daß er da war! Vielleicht konnten sie zu seinem Wagen laufen, die Türen verriegeln und wegfahren ...
Deke hatte einen Knöchel losgebunden, als es wieder klingelte. Er hielt inne und legte den Kopf schief.
»Beeil dich!« drängte sie.
Angeekelt sah er sie an. »Du hältst mich für dumm, was?«
»Nein – nein ... Ich ...«
»Wenn du über mich lachst, töte ich dich.«
»Ich lache nicht über dich.«
Er schlug sie so heftig ins Gesicht, daß ihr Kopf nach hinten knallte. »Lach nie über mich, Hure!«
Sie schmeckte Blut im Mund. »Nein«, flüsterte sie, »das werde ich nie tun.«
»Bleib hier und sei still«, befahl er.
Sie nickte stumm.

Ferdie erstarrte, als er Deke erblickte. »Wer sind denn Sie?« fragte er erschrocken.
Bevor Deke antworten konnte, begann Sadie zu schreien.
Ferdie hatte leider ein sehr schlechtes Reaktionsvermögen. Er tat nichts.
Mit einer geschmeidigen Bewegung trat Deke vor, zog sein Messer und stieß es dem verblüfften Mann direkt ins Herz. Ferdies Augen quollen heraus, Überraschung und Trauer standen darin, während Deke ihn zur Tür hineinzog und im Flur fallen ließ. Ferdie war tot, bevor er auf den Fliesen aufschlug.
Deke schloß die Tür mit dem Fuß und kehrte in die Küche zurück. Sadies Schreie wurden zu einem Wimmern, als sie ihn sah. Hose und Hemd waren mit Blut beschmiert.

»Bitte«, stöhnte sie, »tu mir nichts.«
»Du hast sehr viel Lärm gemacht«, sagte er mild. »Das hättest du nicht tun sollen.«
»Was hast du mit Ross getan?« kreischte sie wild. »Was hast du ihm getan?«
»Der Herr gibt, und der Herr nimmt, Mutter. Du mußt wissen, daß ich der Hüter der Ordnung bin. Ein ehrenwerter Mann.«
Ihre Stimme wurde noch hysterischer. »Du hast ihn umgebracht, nicht wahr? Du dreckiger Bastard!«
»Bin ich ein Bastard – Mutter?«
»Wenn ich wirklich deine Mutter bin«, schrie sie, »hast du gerade deinen Vater umgebracht.« Wildes Gelächter schüttelte sie. »Was meinst du dazu – du – du hirnverbrannter Idiot?«
In seinen Augen lauerte der Zorn des Wahnsinns, als er auf sie zuging.

»Tag, Ross.« Montana schob sich an der Cafétheke auf den Hocker neben ihm.
Er blickte von der Morgenzeitung auf, in der er gerade eine Meldung über sich und Gina gelesen hatte. »Montana! Wie geht es Ihnen?«
Sie zuckte mit den Schultern. »Okay, denke ich.«
Er legte die Zeitung weg. »Neils Tod hat mich wirklich erschüttert. Bei der Beerdigung war es mir nicht möglich, zu Ihnen vorzudringen.«
»Danke.« Sie berührte leicht seinen Arm. »Das mit dem Film tut mir leid.«
»Ja, mir noch mehr als Ihnen. Sie haben da ein großartiges Drehbuch geschrieben. In der Rolle hätte ich toll einschlagen können.«
»Davon bin ich überzeugt.«
»Aber wer weiß, was mit einem wie Oliver daraus geworden wäre«, fügte Ross resigniert hinzu.
Sie pflichtete ihm durch ein Nicken bei.

»Was werden Sie jetzt machen?« fragte er.
»Ich fliege am Montag nach New York zurück.« Sie seufzte. »Bestimmt werde ich die Sonne vermissen, aber im Grunde bin ich ein Großstadtmensch. Ich dachte mir, ein letztes Frühstück im Café des Beverly Hills Hotel sei ein passender Abschied.« Sie blickte die geschwungene Theke entlang und begann zu lachen: »Einige meiner besten Dialoge stammen aus diesem Raum.«
Er stimmte in ihr Lachen ein.
»Und wie steht es mit Ihnen?« erkundigte sie sich. »Was kommt als nächstes?«
Er verzog den Mund und strahlte sie mit den berühmten Blauen an. »Irgendwas zwischen *Love Boat* und Tod.«
»Wie bitte?«
»Ein Schauspielerscherz.«
»Aha.« Sie bestellte sich einen doppelten Schokomilchshake und ein Stück Blätterteigapfelkuchen.
»Das nenne ich ein Frühstück«, sagte er staunend.
»Ich war schon immer exzentrisch, was das Essen angeht.«
Sie leckt bestimmt großartig, dachte er und schalt sich wegen dieses Gedankens. Konnte er nicht neben einer Frau sitzen, ohne an Sex zu denken?
Nein.
Elaine ließ sich nur ungern herbei, ihn zu lecken. Vielleicht müßte er die Aufmerksamkeit erwidern. Er fand, daß es kein Fehler wäre, ein bißchen zu experimentieren. Miteinander. Es war nie zu spät.
»Ich bin zu meiner Frau zurückgekehrt«, sagte er.
»Sehr gut«, erwiderte Montana, die sich aufrichtig darüber freute. »Ich konnte mir Sie als einen der unzähligen ständigen Begleiter von Gina ohnehin nicht vorstellen.«
Ein Page erschien, um Ross zu melden, daß sein Wagen repariert sei. Ross gab ihm ein paar Dollar Trinkgeld und beschloß, auf einen weiteren Kaffee zu bleiben. Mit Montana konnte man sich gut unterhalten. Außerdem – Sadie sollte ruhig warten. Er mußte

nicht gleich springen, wenn sie anrief, oder? Er war immer noch ein Star, oder?

Die Stimmen in seinem Kopf sagten ihm, daß er richtig gehandelt hatte. Doch ganz sicher war er nicht. Zweifel senkten sich auf ihn wie eine schwarze Kapuze, während er in dem großen Haus von einem Zimmer ins nächste ging. Ruhelos wanderte er umher und murmelte vor sich hin. Alle Gesetze der Logik, Zeit und Vernunft schienen plötzlich aufgehoben. Er hatte ein Ziel angesteuert und es erreicht. Was nun?

Sein Kopf schmerzte. In seinen Schläfen pochte es. Todeshauch umwehte ihn.

Wo war Joey?

Beim Huren natürlich. Hure – Hure – Hure.

Sie hielt ihn für häßlich. Sie fand, er sei ein Niemand.

Sie wollte ihn nicht mehr.

Er kreischte vor Wut und trat mit dem Fuß die Tür zu Sadies Arbeitszimmer auf. Das Kreischen erstarb in seiner Kehle, und er blieb stehen wie gebannt.

Oh, hätte Joey nur sehen können, was er sah – o ja – o ja.

Vorsichtig betrat er das Zimmer und näherte sich dem riesigen auf Pappdeckel aufgezogenen Poster, das an der Wand lehnte.

Er streckte die Hand aus und berührte es staunend.

Das war er. Das war ein Bild von ihm.

74

Seine Mutter sah ihn ausdruckslos an. »Ich dachte, du bist tot«, sagte sie. »Wie dein Freund Tony.«

Buddy lachte hohl. Zum ersten Mal betrachtete er die Dinge mit ihren Augen und begriff plötzlich, daß er sie – gleichgültig, was sie ihm angetan hatte – schrecklich verletzt haben mußte. »Wie

du siehst, schnaufe ich noch«, entgegnete er mit einem Versuch zu scherzen.
Sie nickte.
Er trat unbehaglich von einem Fuß auf den anderen, kam sich wie ein junger Wichser vor. »Darf ich reinkommen?«
»Nein«, entgegnete sie brüsk.
»Schau«, sagte er, »ich bin hier, um Frieden zu schließen. Wir haben beide Dinge getan, die wir nicht hätten tun sollen. Aber wie man so schön sagt: Blut ist dicker als Wasser. Stimmt's?«
Sie blickte sich ängstlich um, bemerkte eine Nachbarin, die ihren Garten goß, und eine zweite, die mit dem Briefträger klatschte. »Komm doch lieber rein«, meinte sie zögernd. »Aber sag vor Brian nichts. Verstehst du?«
Er folgte ihr ins Haus und atmete tief die Luft ein. Der gleiche Geruch wie damals – eine schwache Mischung aus Knoblauch, Moschusparfüm und sauberer Wäsche. Nostalgische Gefühle erfaßten ihn. Er war bereit, zu verzeihen und zu vergessen, wenn auch sie dazu bereit war. Eines Tages würde er vielleicht auch Angel herbringen.
Sie führte ihn ins Wohnzimmer. »Setz dich«, sagte sie.
Ihre Sammlung alter Silberrahmen mit Fotos stand auf dem schwarzen Klavier. Großmama und Großpapa, vor sepiabraunem italienischem Hintergrund, und ihre schöne Tochter, weiß gekleidet, das Haar zu hüftlangen Zöpfen geflochten. Ein Hochzeitsbild, doch der Mann darauf war nicht sein Vater. Brian als kleines Kind. Keine Fotos von ihm, kein Buddy-Boy, der einmal das Licht ihres Lebens gewesen war.
Sie folgte der Richtung seines Blicks und sagte: »Ich habe wieder geheiratet.«
Er war betroffen. Aber mit welchem Recht? Sie hatte Anspruch auf ein eigenes Leben. »He – das ist großartig.« Seine Begeisterung klang unecht. »Ich habe also vermutlich einen Bruder gekriegt – hm, einen Halbbruder, meine ich. Das ist – äh – phantastisch.«

»Nein«, entgegnete sie kalt. »Brian hat nichts mit dir zu tun.«
Ihm lag jetzt wieder daran, Familie und Herkunft zu haben. »Ich weiß, daß du mir böse bist. Ich hätte mich bei dir melden sollen, aber ich mußte mit dem Ganzen auf meine Weise fertig werden. Du mußt zugeben, daß das, was zwischen uns passierte, nicht normal war.« Er hielt inne und fuhr dann eindringlich fort: »He – einen Teil der Schuld mußt du schon auf dich nehmen.«
Ihre Augen waren kalt. »Welcher Schuld?«
»Tu mir das nicht an!« sagte er laut. »Du weißt es genau.«
»An deiner Stelle würde ich mir deswegen keine Sorgen machen.«
»Hör mal, ich mache mir aber seit zehn Jahren Sorgen. Jetzt möchte ich die Sache endlich vergessen können.«
»Inzest. Hast du gedacht, das sei es gewesen?«
Die Gleichgültigkeit, mit der sie das verbotene Wort aussprach, empörte ihn. Er hatte die Schnauze voll und wollte weg. Unerklärlicherweise war ihm nach Weinen zumute – zum ersten Mal seit Jahren. »War es das nicht?« brachte er schließlich hervor.
»Nein. Weil du nicht mein Sohn bist, Buddy. Wir haben dich adoptiert, als du vier Tage alt warst.«
Er glaubte nicht recht zu hören.
»Es war keine legale Adoption«, fuhr sie ruhig fort. »Wir haben dich für eine bestimmte Summe gekauft, weil wir uns verzweifelt einen Sohn wünschten. Man hatte mir gesagt, ich könne keine Kinder kriegen.« Sie hielt kurz inne. »Aber ich habe Brian zur Welt gebracht. Wie du siehst, hatten sich die Ärzte geirrt.«
Er wußte nicht, was er tun oder sagen sollte. Unzählige Gedanken und Gefühle brachen über ihn herein. Und trotz des ungeheuren Schocks empfand er fast Erleichterung. »Wer bin ich?« fragte er schließlich.
»Das hat man mir nicht gesagt«, antwortete sie und fügte kalt hinzu: »Ich fühle mich nicht verantwortlich für dich, Buddy. Du hieltest es vor zehn Jahren für richtig, mich zu verlassen. Tun wir einfach so, als seist du nicht wiedergekommen.«

Elaine duschte, danach meldete sie sich beim Friseur an. Sie hatte versucht, das Haus sauberzumachen, aber Putzen war noch nie ihre Stärke gewesen. Also rief sie Lina an und bat sie freundlich wiederzukommen.

»Ich habe eine andere Stellung, Señora«, erwiderte Lina ungerührt.

»Aber ich brauche Sie«, drängte Elaine, als bestehe zwischen Lina und ihr eine besondere Verbindung. »Mr. Conti ist wieder da, und Sie wissen, wie ärgerlich er wird, wenn Sie nicht hier sind.«

»Vielleicht ich finden jemand anders für Sie.«

»Das genügt nicht, Lina. Er möchte, daß Sie hier sind. Am Montag. Bitte enttäuschen Sie ihn nicht.«

Entschlossen legte sie auf und machte sich eine Tasse Kaffee. Sie geriet kurz in Versuchung, einen Schuß Alkohol hineinzutun, stellte die Flasche aber sofort wieder weg, als sie an ihre neue Situation dachte. Ross war nach Hause gekommen, und sie mußte sich dementsprechend benehmen.

Sie rief Bibi an. »Rat mal, was passiert ist!« sagte sie dramatisch, einfach darüber hinweggehend, daß Bibi und sie sich seit Wochen nicht mehr gesprochen hatten.

»Was, Herzchen?« fragte Bibi mit spürbarer Verärgerung, weil sie dabei ertappt wurde, daß sie etwas nicht wußte.

»Ross und ich sind wieder zusammen. Ich wollte, daß du es als erste erfährst.«

»Wie zusammen?« Bibis Stimme klang überrascht. »Gestern abend war er noch zusammen mit Gina. Tut mir leid, Liebste, du müssen disch irren.«

»Bibi«, erwiderte Elaine mit Nachdruck, »ich irre mich nicht. Gestern abend mag er noch mit Gina beisammen gewesen sein, aber heute früh ist er zu mir zurückgekehrt.«

»Bist du sischer, Herzchen?«

»Natürlich, absolut sicher.«

Bei exklusivem Klatsch blühte Bibi auf, ihre Stimme wurde wärmer. »Und was ist passiert mit Gina?«

»Lunchen wir doch am Montag, dann kann ich dir alles erzählen.«
»Isch 'abe schon was vor am Montag, aber isch glaube, geht zu ändern. Ja, Herzchen, werde es ändern für disch.«
»Wunderbar. Jimmy's, um ein Uhr?«
»Jimmy's so langweilig, Liebste. Kenne neues Lokal. Chinesisch. Meine Sekretärin ruft disch Montag früh mit Adresse an.«
»Bestens.« Elaine legte lächelnd auf. Lunch mit Bibi. Eine passende Rückkehr ins gesellschaftliche Leben.

Angel hielt es nicht aus, bis fünf auf den Wagen zu warten, den Buddy ihr schicken wollte. Sie bestellte gleich nach dem Frühstück ein Taxi. Nachdem das Hausmädchen sie – nicht ohne einen bezeichnenden Blick auf ihren dicken Bauch – in die Wohnung gelassen hatte, nahm sich Angel nicht einmal die Zeit auszupacken. Sie band sich das lange blonde Haar nach hinten und begann sauberzumachen, wie es sich gehörte. Gründlich. Nicht nur mal kurz gespuckt und drübergewischt. Wenn Buddy kam, wollte sie alles perfekt haben.

Leon Rosemont traf vor dem Haus in San Diego ein, als Buddy eben ging. Manchmal kommt es zu einer perfekten zeitlichen Abstimmung. Ohne es zu wissen, war Leon genau zur richtigen Zeit am richtigen Ort. Fünf Minuten später, und er hätte Buddy verpaßt.
Die beiden Männer begegneten sich auf der Eingangstreppe.
»Entschuldigen Sie«, sagte Leon scharf, »sind Sie Buddy Hudson?«
Buddy war nicht nach einem Gespräch zumute. Dem Kerl sah man den Bullen doch von weitem an. Scheiße! Die hatten also die Akte hervorgeholt, und jetzt wollten sie den Fall wiederaufrollen.
»Ja. Aber hören Sie – das heute früh war Unsinn. Ich wollte nur Dampf ablassen, wissen Sie.«
Leon sah ihn seltsam an. »Was?«

»Ich habe gestern abend ein bißchen zu tief ins Glas geschaut«, erklärte Buddy. »Sie können die Akte wegschließen, ich weiß gar nicht mehr, was ich dahergeredet habe.«
Leon runzelte die Stirn. »Worüber haben Sie dahergeredet?«
»He – Sie sind doch Polizist, oder?«
Bedächtig zog Leon seinen Ausweis heraus. Buddy warf einen kurzen Blick darauf. Er wollte nur noch zu Angel, er sehnte sich verzweifelt nach ihrer Liebe.
»Können wir drin miteinander reden?« fragte Leon.
Buddy wies auf das Haus. »Dort drin? Sie machen wohl Witze. Ich bin dort etwa so willkommen wie eine ansteckende Krankheit.«
»Es ist wichtig, daß wir reden. Und ich möchte, daß Ihre Mutter hört, was ich zu sagen habe.«
»Sie ist nicht meine Mutter, Mann.«
»Das ist eines der Dinge, über die ich reden möchte.«

Deke zog die blutbesudelten Kleider aus, stopfte sie in die Waschmaschine, schaltete sie ein.
Er wischte sich die Schrift von der Stirn und rieb die schwarzen Ringe um seine Augen weg.
Er kniete sich nackt vor sein Poster und faßte sich an. Und er kam, kam und kam. Ekstase schüttelte ihn.
Und er fragte sich, warum die Worte WER IST BUDDY HUDSON? sein Poster entstellten.
Plötzlich sah er klar. Ein Betrüger hatte ihm Gesicht, Gestalt und Aussehen gestohlen und behauptete, er zu sein.
Wut packte ihn.
WER IST BUDDY HUDSON?
Er ging zu ihrem Schreibtisch und griff nach dem in Leder gebundenen Adreßbuch.
WER IST BUDDY HUDSON?
Unter verschiedenen Ortsbezeichnungen standen Namen über Namen.

Er fuhr mit dem Finger die Seite herunter, über der »Los Angeles« stand.
WER IST BUDDY HUDSON?
Er klappte das Buch zu.
Er wußte, wo Buddy Hudson zu finden war.

»Hat nicht viel gefehlt, Mr. Conti. Der Motor hatte sich verschluckt, wie Sie vermuteten.«
Ross stieg in den Rolls und drückte dem Portier einen Zwanziger in die Hand. Eine Touristin in mittleren Jahren erkannte ihn und stieß ihren Mann an. Die beiden musterten ihn neugierig.
Gemächlich ließ Ross den Wagen an und fuhr aus der Hoteleinfahrt. Nach so vielen Jahren freute es ihn immer noch, erkannt zu werden. Im Rückspiegel sah er, daß Karen Lancasters roter Ferrari vor dem Hotel hielt. Was für ein Glück, Karen entronnen zu sein. Und Gina Germaine. Bei Frauen war er nie besonders wählerisch gewesen. Trotzdem, er hatte sich ganz gut amüsiert. Wenigstens eine Zeitlang.
Was Sadie wohl wollte? Würde sie sich entschuldigen, weil sie ihn so behandelt hatte? Oder würde sie versuchen, ihn wieder ins Bett zu locken und noch einmal zu demütigen?
Er hatte keine Lust, darüber nachzugrübeln. Außer ihren Diensten als Agentin wollte und brauchte er nichts von ihr. Falls sie etwas anderes im Sinn hatte, mußte sie es eben vergessen.

Seine Kleider waren noch feucht, aber das störte ihn nicht.
Draußen stand ein weißer Jaguar, und die Schlüssel steckten.
Er setzte die schwarze Sonnenbrille auf und stieg in den Wagen.
O Mutter.
O Joey.
Wenn ihr mich jetzt sehen könntet.
Deke startete und brachte den Motor auf Touren, bis er brüllte wie ein Tiger vor dem Sprung. Musik dröhnte aus den vier Lautsprechern. Rod Stewart. Sehr passend.

Er lenkte den Wagen die lange gewundene Zufahrt hinunter und hielt, als er zur Straße kam. Sein Lieferwagen stand neben einem Graben, halb versteckt hinter Bäumen. Rasch holte er seine Reisetasche heraus und stieg wieder in den Jaguar. Er zog einen Stadtplan von Los Angeles hervor und studierte ihn, bis er überzeugt war, genau zu wissen, wie er fahren mußte.
Der Jaguar hatte die Kraft, nach der ihn verlangte. Er startete und raste den Angelo Drive hinunter, verschmolz in einem Geschwindigkeitsrausch mit dem Wagen.

»Wolfie, bist du schon wach?«
»Für dich immer, Bibi. Auch wenn es für einen Samstagmorgen noch ein bißchen früh ist.«
»Liebling, fast schon zwölf. Was tust du?«
»Ich liege im Bett. Wo ist Adam?«
»Ach, Adam. Er ist so langweilig. Eines Tages verlasse isch ihn.«
»Das sagst du immer.«
»Na und? Isch meine es ernst.«
Beide wußten, daß das nicht stimmte. Wer außer Adam hielte es bei Bibi und ihrer köstlich scharfen Zunge aus?
»Herzchen, rat mal, was passiert ist.«
»Sag es mir. Spann mich nicht auf die Folter.«
»Ross Conti, der ist weg von Gina und zurück bei liebe Elaine.«
»Woher weißt du das?«
»Isch weiß immer alles zuerst, Liebling.«

Ross war kein schlechter Fahrer, doch heute war er unaufmerksam, zerstreut. Er hielt sich in der Straßenmitte und fuhr zu schnell. Vor allem fuhr er mit seinem Rolls zu schnell für den kurvigen Angelo Drive, der sich in die Hügel hinaufwand und mit zunehmender Höhe schmäler wurde.
Sadies Haus lag fast ganz oben. Wer diese Straße häufig benutzte, kannte ihre Gefährlichkeit, reduzierte das Tempo und stellte sich darauf ein, möglicherweise plötzlich bremsen zu müssen.

Ross, der die Straße hinaufjagte, tat das nicht.
Deke, der hinunterraste, tat es auch nicht.
Als sie einander sahen, war es zu spät.

75

Buddy war auf dem Rückweg nach Los Angeles – wie in Trance. In unglaublich kurzer Zeit war unglaublich viel geschehen. Er war nach San Diego gefahren, um seine Mutter zu finden und mit ihr Frieden zu schließen.

Er hatte sie gefunden und mit ihr die Wahrheit. Das allein genügte, um einem die Seele abzutöten. Aber was er dann erfahren hatte, war so bizarr und so irrsinnig, daß sein Schock noch nicht abgeklungen war.

Leon Rosemont. Ein Polizist. Aber er war nicht wegen der Identifizierung von Wolfie Schweicker gekommen, wie Buddy angenommen hatte.

Nebeneinander waren sie die Eingangstreppe hinaufgegangen. Seine Mutter (nein, nicht seine Mutter, künftig war sie Estelle für ihn) hatte sie erst eingelassen, nachdem Leon ihr seinen Ausweis gezeigt und den Namen Nita Carrolle erwähnt hatte.

Buddy dachte an die Worte, die sein Leben noch einmal verändert hatten. »... Bruder – Zwillingsbruder – ein Mörder ... wird wieder zuschlagen ... sucht die Mutter ... nennt sich Hüter der Ordnung.«

Was für ein seltsamer Streich des Schicksals: sucht die Mutter. Teufel, das konnte zu einer Art Volkssport werden.

Buddy hatte Fragen gestellt: »Wer ist meine richtige Mutter? Wo ist sie? Lebt sie noch?«

Detective Rosemont gab durch ein ausdrucksloses Kopfschütteln zu verstehen, daß er die Antworten nicht kenne, und gab ihm ein vergilbtes Blatt Papier. Das in zwei Spalten geteilte Blatt trug am oberen Rand ein Datum. Auf einer Seite waren Mr. und Mrs. Willis Andrews und eine Adresse in Barstow aufgeführt, auf der anderen Seite Estelle und Richard Hudson mit Adresse in San Diego. Darunter hatte jemand mit dickem rotem Stift über beide Spalten geschrieben: ›ZWILLINGSBRÜDER – getrennt an verschiedene Familien.‹ In jeder Spalte stand auch der jeweils bezahlte Preis. Allem Anschein nach war das Ehepaar Andrews seinerzeit billig weggekommen. Die Hudsons hatten zweitausend Dollar bezahlt – über fünfzehnhundert mehr als die Andrews.

Unten auf dem Blatt war der gekritzelte Hinweis zu lesen: ›Siehe Seite 60.‹

»Seite sechzig war herausgerissen«, erklärte Leon. »Die einzige Verbindung waren also Sie, Mrs. Hudson. Ich habe versucht, Sie anzurufen … Als ich Sie nicht erreichen konnte, sagte ich mir, die Sache sei wichtig genug, um ein Flugzeug zu nehmen und herzukommen.« Nach einer kurzen Pause hatte er gefragt: »Wer ist die richtige Mutter?«

»Ich weiß es nicht«, hatte sie kalt geantwortet. »Es hat mich nie interessiert. Für alles war gesorgt worden – sogar für eine Geburtsurkunde mit unserem Namen.«

Buddy trat das Gaspedal durch und jagte den Wagen über die Autobahn. Wie sollte er nur Angel erklären, was er erfahren hatte? He, Kleines, du wirst es nie erraten. Ich hab' einen verrückten Bruder. Er ist – äh – mein Zwillingsbruder. Und weißt du, was? Er ist ein Mörder – hat schon ein paar Leute umgebracht.

Angel würde die schönen großen Augen aufreißen und glauben, er sei wieder high. Scheiße! Zur falschen Zeit am falschen Ort sein, nannte man das. Wäre er in San Diego gewesen, als Leon Rosemont zu – Estelle kam, hätte die Polizei ihn nie und nimmer gefunden, und er hätte sich nicht diesen ganzen Quatsch über den geisteskranken Zwillingsbruder anhören müssen, der irgendwo sein Unwesen trieb.

Irrtum. Für die Polizei wäre es leicht gewesen, ihn zu finden. Schließlich hatte er sich nie die Mühe gemacht, seinen Namen zu ändern, und plötzlich wußte er, warum. Er hatte sich gewünscht, gefunden zu werden.

Gewünscht, daß seine Mutter ihn genügend liebe, um ihn zu suchen. Sie hatte es nicht getan.

Jetzt kannte er den Grund.

Detective Rosemont hatte veranlassen wollen, daß man ihn in Los Angeles unter Polizeischutz stellte, doch Buddy hatte abgelehnt und rasch seine Situation erklärt: »Ich stehe mit dieser Geschichte in keiner Verbindung. Und so wird es auch bleiben. Wie sollte dieser Deke mich aufspüren?«

»Sehen Sie sich das an«, hatte Detective Rosemont gesagt und ihm ein Foto gereicht.

Ein langhaariger Typ mit stechendem Blick.

Ein langhaariger Typ mit seinen Gesichtszügen.

In gewisser Beziehung anders – aber trotzdem erschreckend ähnlich. Deshalb hatte Leon Rosemont ihn auch sofort erkannt.

Unbehagen war in ihm hochgestiegen. Er hatte das Foto fast heftig weggeschoben und rauh gesagt: »Sieht mir nicht gleich. Ich muß jetzt zurück nach Los Angeles.«

Wenig später war er aufgebrochen. Nachdem er dem Kriminalbeamten zögernd seine Adresse gegeben und von ihm einen Zettel mit einer Telefonnummer entgegengenommen hatte, unter der Rosemont notfalls zu erreichen war.

Leb wohl, San Diego. Er fuhr einem neuen Anfang entgegen: Angel. Irgendwo hatte er eine Mutter.

Unwichtig. Jetzt war er frei.

Deprimiert fuhr Leon mit einem Taxi zum Flugplatz. Er hatte gehofft, bei der Familie Hudson die Lösung zu finden. Doch Richard Hudson war tot, und Estelle Hudson wußte nichts, wollte nichts wissen. Was mußte das für eine Frau sein, die ein Kind adoptierte und sich nicht einmal dafür interessierte, wer die leibliche Mutter war? Vor allem aber, was mußte das für eine Frau sein, die ein Kind kaufte? Angewidert schüttelte er den Kopf.

Fragen über Fragen.
Und wo waren die Antworten?
Er mußte unbedingt die Identität von Dekes leiblicher Mutter ermitteln. Zu ihr war Deke unterwegs. Falls sie noch lebte … Eine Ahnung sagte Leon, daß sie noch lebte.
Auf dem Flugplatz ging er zur nächsten Telefonzelle und rief Captain Lacoste in Philadelphia an. »Ich fliege nach Vegas zurück«, sagte er. »Hier hilft uns nichts weiter.«
»Warten Sie!« entgegnete der Captain. »Eben ist eine Meldung aus Los Angeles eingegangen. Die Kollegen dort glauben, daß sie Andrews haben. Nehmen Sie die nächste Maschine.«

76

Der Zusammenstoß kam völlig unerwartet. Ein weißer Wagen blitzte plötzlich auf, und durch die Windschutzscheibe starrte entsetzt ein Gesicht. Zu spät, um etwas anderes zu tun, als die Bremse durchzutreten und das Lenkrad des Rolls nach rechts zu reißen.
Die beiden Wagen prallten zusammen. Krachen und Knirschen von zusammengedrückten Karosserieteilen, Splittern von Glas, unheimliche Geräusche.
Dann Stille, bis auf den rauhen Gesang von Rod Stewart aus dem Kassettenrecorder, der im Jaguar noch funktionierte:

In the bars and the cafes – Passion
In the streets and the alleys – Passion
Lots of pretending – Passion
Everybody searching – Passion

Angel war gegen ein Uhr mit dem Putzen fertig. Sie ging von Raum zu Raum und bewunderte ihr Werk. Alles funkelte und

glänzte. Das Baby stieß ein paarmal sehr energisch zu, sie blieb einen Moment stehen und legte beide Hände auf den Leib. Ein wunderbares Gefühl. Angel wünschte sich einen Jungen, einen kleinen Buddy. Bei dem Gedanken stieg Erregung in ihr auf. Sie wollte ihn Buddy Junior nennen, und er sollte so werden wie sein Vater. Nun ja, vielleicht nicht ganz so.
Lächelnd ging sie ins Bad, zog sich aus und stellte sich unter die Dusche.

Deke Andrews kroch aus dem Wrack, unverletzt bis auf einen Schnitt an der Stirn und Schmerzen im rechten Bein. Er hätte den weißen Wagen nicht nehmen sollen. Stehlen war eine Sünde. Jetzt wurde er bestraft. Aber der Hüter der Ordnung war bestimmt über Strafe erhaben, oder?
Er konnte Joeys Lachen hören.
O Hure der Huren, mach deinen angemalten Mund zu, bevor ich ihn zum Schweigen bringe.
»Ich dachte, du kannst fahren, Cowboy!« spottete sie.
Er haßte sie leidenschaftlich, abgrundtief, sie war ihm widerwärtig.

Passion
Even the President needs passion
Everybody I know needs some passion
Some people die and kill for passion

Ihm wurde klar, daß er weiter mußte. Weg von den beiden zertrümmerten Fahrzeugen. Das rechte Bein nachziehend, ging er bergauf davon.
In den anderen Wagen warf er keinen einzigen Blick.

Angel zog ein schlichtes weißes Kleid und Sandalen an und lockerte dann ihr Haar auf, um es an der Luft trocknen zu lassen. Koko hatte es abschneiden oder wenigstens ein bißchen Form

hineinbringen wollen. Aber sie hatte es ihm nicht erlaubt, weil sie wußte, daß Buddy es so liebte, wie es war.
Sie tupfte sich Parfüm hinter die Ohren, auf die Arme und zwischen die Brüste. *Youth Dew* von Estée Lauder. Koko hatte es ihr geschenkt. »Dieser Jugendtau paßt besser zu Ihnen, Herzchen, als zu einer von den alten Schachteln, die in den Salon kommen.«
Sie wollte, daß Buddy und Koko einander kennenlernten. Richtig kennenlernten, damit sie aufhörten, sich zu befehden. Natürlich auch Buddy und Adrian. Vielleicht würde sie eine kleine Dinnerparty veranstalten. Es gab in der Wohnung eine nette Eßecke, die gerade so viel Platz bot, daß man alle bequem unterbringen konnte. Und natürlich würde sie Buddys Lieblingsspeisen kochen.
Sie schmiedete so eifrig Pläne, daß sie die Türklingel nicht hörte. Erst als es zum zweitenmal läutete, reagierte sie. Buddy? Kam er früher heim, als er gedacht hatte? Aufgeregt lief sie zur Tür. Sie konnte es nicht erwarten, ihn zu sehen …
Sie öffnete, schien mitten in der Bewegung zu erstarren und sah ihn aus riesigen Augen an. »Buddy?« fragte sie unsicher. Dann wich sie langsam in die Wohnung zurück, Entsetzen auf dem Gesicht. »Dein Haar – und du bist so blaß … Mein Gott, Buddy, was ist passiert?«

WER IST BUDDY HUDSON? Sie wußte es. Die Madonna mit dem kornfarbenen Seidenhaar und dem Gesicht eines Engels.
Deke trat ein und schloß die Tür.
Sie war natürlich Joey. Er hatte die ganze Zeit gewußt, daß er sie finden würde. Und sie war schwanger. Trug sein Kind.

77

Auf der Autobahn hatte Buddy Zeit nachzudenken, und je länger er nachdachte, um so verwirrter wurde er. Schließlich schaltete er das Radio ein und ließ sich durch Wetterberichte, Rockmusik, Werbesendungen und Nachrichten ablenken.

»Wir erwarten heute eine Höchsttemperatur von neunundzwanzig Grad. Holen Sie also Ihre Surfbretter heraus, und fahren Sie an den Strand.«

Ja, das hätte er gern getan.

Stevie Wonder: *»Ribbon in the Sky«.* Hot Chocolate: *»Chances«.* Randy Crawford: *»Rio de Janeiro«.* Musik beruhigte ihn. Vielleicht mußte er zu einem Gehirnklempner, um seinen Kopf kurieren zu lassen.

Du bist noch kein Filmstar, Kleiner. Werde nicht größenwahnsinnig.

Wenn ihn das Zusammensein mit Angel nicht ins Lot brachte, schaffte das niemand. Aber er kam bestimmt wieder in Ordnung. Er war ein Stehaufmännchen.

Bloß – er fühlte sich so einsam.

Auf der Autobahn bedeutete die Zeit nichts. Wie auf einem endlosen Förderband bewegten sich die Wagen zu unbekannten Zielen. Ein schwarzer Porsche brauste an ihm vorbei, hatte mindestens das Doppelte der erlaubten Höchstgeschwindigkeit drauf.

Er fragte sich, was der Montag bringen würde. Ob Sadie wohl gute Nachrichten für ihn hatte?

Natürlich! Denk positiv, Kleiner. Der Starruhm war ihm sicher. Wenn sein Riesenposter erst ganz Amerika überschwemmte, konnte er gar nicht ausbleiben. Lange genug hatte er ja gewartet.

Er hoffte, daß Ferdie sein Versprechen gehalten und Sadie von Angel erzählt hatte. Keine Lügen oder schiefen Geschichten mehr. Er wollte es mit der Wahrheit schaffen. Bis hinauf an die Spitze.

Als Ferdie nicht wiedergekommen war, hatte Rocky seine Tasche gepackt und war abgehauen. Jetzt stand er auf dem Santa Monica Boulevard herum und wußte nicht, was anfangen. Hier herrschte große Konkurrenz. Rocky wartete eine Stunde, doch nichts tat sich, und er mochte keine Schau abziehen, um beachtet zu werden. Das lag ihm nicht. Mit siebzehn sah er aus wie ein engelhafter Vierzehnjähriger und dachte wie ein gerissener Fünfunddreißiger. Nach kurzen sechs Wochen in Los Angeles glaubte er, mit allen Wassern gewaschen zu sein. Der Santa Monica Boulevard war nicht die einzige brauchbare Straße in der Stadt. Er zog sein T-Shirt an, nahm seine Tasche und bummelte den Doheny Drive hinauf zum Sunset Boulevard.

Gina Germaine rauschte in die Polo Lounge. Sie kam eine halbe Stunde zu spät zu dem vereinbarten Lunch mit der Journalistin einer Wochenzeitschrift. Die Reporterin konnte von Glück sagen, daß sie überhaupt kam. Wie viele Stars opferten schon die Sonntage, um etwas für ihre Publicity zu tun? Nicht viele. Deshalb stand sie aber auch ganz oben, während andere auf halber Höhe der Erfolgsleiter steckenblieben.

Gina war nicht sonderlich gut gelaunt. Sie fühlte sich zurückgestoßen. Zuerst von Ross Conti, diesem abgewirtschafteten, miesen Taugenichts. Dann von Sadie La Salle. Ihrer Freundin. Ihrer Agentin, die zu egoistisch war, um auf Palm Springs zu verzichten und den Tag mit ihr zu verbringen.

»Treulos.« Das Wort ging Gina durch den Kopf, als sie die Journalistin strahlend begrüßte und schnurstracks zur Sache kam. »Ich bin im Grunde ein einfacher Mensch«, sagte sie. »Und wünsche mir nichts als ein kleines Häuschen, eine Schar Kinder und den richtigen Mann.«

»Könnte das Ross Conti sein?«

Gina eiskalt: »Wer?«

Josh Speed schlüpfte in seine winzige Badehose, die nichts der Phantasie überließ.
»Hmmm –«, machte Karen und reichte ihm ihren Joint, »du hältst es offenbar für richtig, alles raushängen zu lassen.«
»Wenn du's hast, dann zeig's auch. Ich kann ein Groupie aus zwanzig Meter Entfernung zum Orgasmus bringen!« Er brüllte vor Lachen.
Karen lächelte. Josh würde bei Pamela, George und ihren Dinosaurierfreunden einen Aufruhr verursachen.
Hand in Hand verließen sie das Badehäuschen. Josh schrie: »Wer zuerst drin ist, ist ein Feigling!« Wild mit Armen und Beinen rudernd, sprang er in den Pool.
Karen lächelte nachsichtig. Was für eine angenehme Abwechslung, mit jemandem beisammen zu sein, der sich zu amüsieren verstand. Sie ging gelassen zur tiefen Seite des Beckens und tauchte mit einem anmutigen Sprung hinein.

Elaine traf pünktlich um vierzehn Uhr im Schönheitssalon des Beverly Hills Hotel ein. Sie trug eine hellblaue Seidenbluse, eine weiße Leinenhose und eine Sonnenbrille.
»Mrs. Conti«, rief ihre Friseuse, »Sie sehen phantastisch aus! Waren Sie in Urlaub?«
Elaine machte eine unbestimmte Kopfbewegung. »Gewissermaßen.«
»Hawaii?«
»Nicht genau.«
»Wo Sie auch waren, es ist Ihnen glänzend bekommen. Die Sonnenbräune steht Ihnen hervorragend.«
»Sie wird mir noch besser stehen, wenn Sie etwas mit meinem Haar tun.«

Wolfie Schweicker las normalerweise keine Jungen auf. Das hatte er nicht nötig. Sein sexueller Appetit war nicht übermäßig groß, und die Partys, die er einmal im Monat mit einer ausgewählten Gruppe von Freunden veranstaltete, befriedigten seine Bedürfnisse vollauf. Als er Rocky auf dem Sunset Boulevard an einer Bushaltestelle lehnen sah, dachte er daher nicht im Traum daran, ihn einsteigen zu lassen.

Sein silberfarbener Mercedes nahm ihm die Entscheidung ab. Der Wagen wurde automatisch langsamer, das blonde Jüngelchen hüpfte heran und saß neben Wolfie, bevor man »Disneyland« sagen konnte.

Wolfie sah sich besorgt um. Offenbar hatte niemand etwas gemerkt. Er fuhr rasch weiter.

Ich kann den Jungen doch nicht mit heimnehmen, dachte er. Was wird das Personal sagen? Wolfie hatte unter seinem eigenen Dach noch nie eine Indiskretion begangen. Ein Motel? Eine Badeanstalt? An solchen Orten verkehrte Wolfie nicht.

»Wohin fahren wir?« fragte der Junge, als der Mercedes vom Sunset Boulevard in Richtung zu den Hügeln abbog.

»Zu mir«, antwortete Wolfie kurz.

Der Teufel sollte das Personal holen.

Neuigkeiten verbreiteten sich mit Windeseile, schlechte noch schneller als gute. Und das Beverly Hills Hotel war eine ideale Gerüchteküche.

Ein Unfall auf dem Angelo Drive erregte kein sonderliches Interesse. Ein Unfall aber, an dem Ross Conti mit seinem Rolls beteiligt war, interessierte alle glühend.

»Er ist schwer verletzt.«

»Er bleibt zeitlebens ein Krüppel.«

»Er ist tot.«

Während die Geschichte von Mund zu Mund ging, wurde sie immer wieder neu abgewandelt. Wie leicht ließ sie sich ausschmücken, verdrehen, verzerren.

Gina Germaine hörte sie von einem rotgesichtigen Publizisten. Er erzählte die Version, nach der Ross Contis Zustand ernst war.

»Wie schrecklich!« sagte sie erregt, senkte die Augen und ließ ihre Unterlippe zittern.

»Sollen wir das Interview abbrechen?« fragte die Journalistin mitfühlend.

Gina erholte sich sofort. Sie blickte auf, und über ihre Lippen huschte ein trauriges Lächeln. »Nein«, entgegnete sie tapfer. »Ross würde es mir übelnehmen, wenn ich mich gehenließe. Das weiß ich. Er ist ein wunderbarer Mann.« Kurze Pause, dann: »Was hatte ich eben gesagt?«

Karen wurde von einem Produzenten und Freund ihres Vaters informiert. Er nahm sie beiseite, als sie aus dem Pool stieg, und flüsterte ihr diskret ins Ohr, Ross Conti sei bei einem Autounfall ums Leben gekommen. »Ich glaube, Sie sollten George verständigen«, sagte sie ernst. »Die beiden standen sich sehr nahe.«

Ja, aber Ross und ich standen einander noch näher, hätte Karen gern gesagt. Sie begann am ganzen Leib zu zittern.

Oliver hörte in der Polo Lounge, daß Ross Conti auf der Intensivstation lag. Die Ärzte gaben ihm kaum eine Überlebenschance. Ein Glück, dachte Oliver, daß ich den Film gestrichen habe. Dann überlegte er. Vielleicht doch kein so geschickter Schachzug, wenn er bedachte, was für eine Gratiswerbung er jetzt gehabt hätte.

Montana saß noch im Café, als die Neuigkeit sie erreichte. Sie hatte einen Journalisten aus New York getroffen, den sie gut kannte, und unterhielt sich mit ihm über alte Zeiten. Schwer verletzt, das war die Version, die sie hörte. »Armer Ross«, murmelte sie. »Ich kann es einfach nicht glauben.«

Elaine erfuhr nichts. Zunächst wenigstens. Ein paar Leute standen an der Tür des Schönheitssalons und versuchten zu entscheiden, wer ihr die schlechte Nachricht überbringen sollte. Ihre Friseuse meldete sich schließlich freiwillig. Sie ging zu Elaine, die unter der Trockenhaube saß, das Haar auf hundert Folienwickel gerollt, und in der *Vogue* blätterte.

»Mrs. Conti«, sagte die Friseuse, »anscheinend hat es oben am Angelo Drive einen schweren Autounfall gegeben.«
»Warum erzählen Sie mir das?« fragte Elaine ungnädig.
Aber sie wußte, warum die Friseuse es ihr erzählte. Sie schob die Haube hoch, stand zitternd auf, totenblaß unter ihrer Sonnenbräune. »Es ist Ross, nicht wahr?« stieß sie hervor. »O nein! Es ist Ross.«

78

Als er sie berührte, seine kalte, feuchte Hand auf ihre Wange legte, begriff sie. Sie wich vor ihm zurück, die Augen groß vor Angst.
Dieser Mann war nicht Buddy.
Auf eine schreckliche Weise wirkte er wie ein blasser, dünner, häßlicher Buddy – doch er war es nicht. Wie hatte sie ihn überhaupt für Buddy halten können?
»Wer sind Sie?« flüsterte sie.
»Wer ist Buddy Hudson?« entgegnete er ruhig.
»Mein Mann«, antwortete sie rasch. »Er – er kommt gleich nach Hause – in ein paar Minuten. Bestimmt. Das kann ich Ihnen versichern.«
Dekes schwarze Augen wurden böse. »Joey, ich will nicht, daß du wieder deine albernen Spielchen mit mir treibst. Das ärgert mich.«
»Ich – ich bin nicht Joey. Ich bin Angel.«
»Das weiß ich. Ich habe immer gewußt, daß du ein Engel bist.«
Er streckte die Hand aus, um erneut ihr Gesicht zu berühren.
»Nicht!« rief sie scharf und stieß seine Hand weg.
Er packte sie am Handgelenk. »Ich habe getötet, um hierher zu kommen. Ich habe es einmal getan und kann es wieder tun.«
Sie hob die andere Hand zum Mund. »Bitte! Was wollen Sie?«

»Dich natürlich. Ich habe dich immer gewollt, Joey.«
»Ich bin nicht Joey«, schrie sie. Aber er hörte nicht zu.

Auf halbem Weg nach Los Angeles sah Buddy den schwarzen Porsche, der an ihm vorbeigebraust war, am Straßenrand stehen, daneben ein Polizeifahrzeug mit eingeschalteten Blinklichtern. Instinktiv reduzierte er die Geschwindigkeit. Das fehlte ihm gerade noch, eine Auseinandersetzung mit der Polizei.
Er schaute auf die Uhr. Halb drei. Gut eineinhalb Stunden, dann war er zu Hause. Um fünf würde der Wagen Angel abholen und zu ihm bringen. Er konnte es nicht erwarten. Sie würden reden – und sich lieben – und wieder reden – und sich wieder lieben ...
Er gab Gas. Zum Henker mit den Bullen.

Die Stewardeß blieb mit einem freundlichen Lächeln bei Leon stehen und fragte: »Darf ich Ihnen etwas zu trinken bringen, Sir?«
Leon wußte, daß er aussah, als brauche er einen Drink. Trübe Augen, Bartstoppeln, zerdrückte Kleider und leichter Schweißgeruch. Hätte Millie ihn gesehen, hätte sie einen Anfall bekommen. Bei dem Gedanken an Millie stahl sich ein mattes Lächeln auf sein Gesicht. Wenn Millie böse wurde, kannte sie keine Grenzen.
»Etwas zu trinken, Sir?« fragte die Stewardeß noch einmal, leichte Ungeduld in der Stimme.
»Ein kaltes Mineralwasser«, sagte er.
Auf Millies Brief hatte er nicht geantwortet, und er wollte es auch nicht mehr tun. Was nützte jeder Versuch einer Erklärung? Millie würde ihn nicht verstehen. Wenn alles vorbei war, würde er nach Hause fahren, und sie würde ihn wieder aufnehmen. So einfach war das.
Vielleicht war bald alles vorbei.
Er schlief ein, bevor sein Mineralwasser kam, und wachte erst auf, als die Maschine in Los Angeles landete.

Sie sah anders aus, aber so mußte es auch sein. Er hatte die alte Joey beseitigt, das schielende Auge, den klebrigen Mund und den schamlosen Körper. Jetzt war sie vollkommen. Ein goldener Engel der Hoffnung. Die passende Gefährtin für den Hüter der Ordnung. Doch sie machte Schwierigkeiten, und das durfte er nicht dulden.

Weinend wehrte sie sich gegen ihn, als er sie unter sich festhielt. Darum beschloß er, sie zu fesseln wie seine Mutter. Er tat es rasch und staunte, wie ruhig sie wurden, wenn der Strick sie bändigte. Wie ruhig und schön.

Er ließ sie auf dem Boden liegen und durchsuchte die Wohnung. Im Schlafzimmer erwartete ihn sein Bild, es nahm hier eine ganze Wand ein. Ihn überraschte das nicht.

WER IST BUDDY HUDSON?

Wer war Buddy Hudson? Oder war Buddy Hudson etwa Deke Andrews?

Verwirrung und Ärger mischten sich in die Wut, die in ihm aufstieg. Er zog sein Messer aus dem Stiefelschaft und zerschnitt das beleidigende Poster. Joey hatte es gemacht.

Einmal eine Hure, immer eine Hure.

Er ging zu der auf dem Boden liegenden Angel zurück. »Hurst du immer noch herum?« fragte er. »Tust du es noch, Joey? Tust du es noch?« Seine Augen glühten schwarz, als er sich über sie neigte. Er spürte die Schwellung ihres Leibes an seiner Brust und überlegte, ob er das Baby aus ihr herausschneiden sollte. Bald würde er es tun müssen. Aber nicht jetzt. Später.

»Ich war nie – eine Hure«, flüsterte sie.

»Du warst meine Hure«, erwiderte er listig. »Du hast Dinge mit mir getan, die nur eine Hure tun würde.«

Er berührte ihre Brüste, und sie begann zu weinen.

Warum weinte sie? Freute sie sich nicht, ihn zu sehen? Er hatte ihretwegen soviel durchgemacht.

Heirat.

Der Gedanke kam ihm blitzartig.

Joey wollte heiraten.
Sie hatte oft mit ihm darüber gesprochen.
Ich möcht deine Mutter kennenlernen. Was ’n los, Cowboy, bin ich nich gut genug, um deine Mutter kennenzulernen?
Er ließ von ihr ab und stand auf. »Gut«, sagte er. »Einverstanden. Wir sind lange genug beisammen. Du sollst meine Mutter kennenlernen, Joey.«
»Ich bin nicht Joey«, wimmerte sie.
Er ignorierte ihre Worte, ließ sie weinen und marschierte zurück ins Schlafzimmer. Dort ergriff er einen dicken roten Leuchtstift und schrieb eine Botschaft auf das zerfetzte Poster. Als er fertig war, trat er zurück und betrachtete sein Werk. Zufrieden ging er wieder zu seiner Gefangenen.
Er beugte sich über sie und drückte ihr die Spitze seines Messers leicht an den Leib. »Ich binde dich jetzt los«, sagte er ruhig. »Mach mir keine Schwierigkeiten. Wenn du mich ärgerst, lernst du meine Mutter nicht kennen. Hast du mich verstanden, Joey?«
Er steckte das Messer weg und begann ihre Fesseln zu lösen.
Sie schluchzte hemmungslos. »Bitte, lieber Gott, bitte hilf mir doch!«
»Gott wird nur dem Hüter der Ordnung helfen«, sagte Deke fromm. »Und der bin ich.«

79

Irgendwie gelangte Elaine vom Schönheitssalon zum Hoteleingang. Sie bot einen lächerlichen Anblick, denn sie hatte noch immer die Wickel aus Silberfolie auf dem Kopf.
Ihre Friseuse lief ihr nach. »Mrs. Conti«, flehte sie, »Sie können jetzt nicht fahren. Sie dürfen nicht fahren.«
Elaine ignorierte das besorgte Mädchen und schrie gebieterisch nach ihrem Wagen. Es war ihr egal, ob sie auffiel oder nicht. Ihr ging es nur darum, schnellstens zu Ross zu kommen.

»Sie wissen ja gar nicht, wohin man ihn gebracht hat«, sagte die Friseuse. »Bitte warten Sie. Wir rufen die Polizei an. Mrs. Conti, Sie können so nicht fahren. Sie sind zu erregt!«
Mrs. Conti konnte tun, was sie wollte. Und sie tat es auch.

Enttäuschung. Frust. Jedes nur denkbare negative Gefühl.
Leon stand in der Mittagshitze und sah zu,wie die Leute vom Abschleppdienst die Trümmer des Rolls und des Jaguar aufluden. Er seufzte angewidert und spuckte auf den Gehsteig. Da hatte er gehofft, daß endlich alles vorüber sei, aber keine Rede davon.
Die Jagd nach Deke Andrews schaffte ihn allmählich. Wirklich zermürbend, daß die Meldung, die Kollegen hätten ihn, nicht stimmte. Sie hatten lediglich auf dem Boden des Jaguar Dekes Reisetasche und darin seinen Führerschein gefunden. Die Tasche war besser als nichts, auch wenn sie keinerlei Hinweise enthielt. Leon hatte sie sehr gründlich durchsucht. Interessant waren einzig die sorgfältig in einer Autozeitschrift aufbewahrten Zeitungsausschnitte mit Berichten über die Morde in Philadelphia.
Leon war müde, er hatte es satt, von Stadt zu Stadt zu hetzen, ohne zu essen oder zu schlafen. Aber er war nicht zu müde, um weiterzumachen. Jetzt begann die eigentliche Jagd erst richtig.

Elaine bog auf dem Hartford Way links ab. Ihr war erst jetzt bewußt geworden, daß sie keine Ahnung hatte, in welcher Klinik Ross lag. Also fuhr sie heim, um herumzutelefonieren.
In der Einfahrt stand unheilverkündend ein Polizeifahrzeug. Das Blut wich aus ihrem Gesicht, und der Tag schien ihr plötzlich eiskalt. Wenn Ross tot war – das würde sie nicht ertragen. Sie liebte ihn viel zu sehr. Sie durfte ihn nicht verlieren, nachdem sie ihn eben erst zurückbekommen hatte.
Und wenn er verkrüppelt ist, Elaine?
Lieber das als tot.
Und wenn er nie mehr arbeiten kann? Wenn es keine laufenden

Konten mehr gibt, keine schicken Restaurants oder tollen Partys? Kein Beverly Hills mehr?
Verzieh dich, Etta. Ich liebe Ross. Nichts sonst zählt.
Elaine lief ins Haus.
Ross lehnte an der Bar, ein großes Glas Brandy in der Hand. Um die Stirn hatte er einen schmalen Verband, und den linken Arm trug er in einer Schlinge. Neben ihm stand ein Polizist, der sich Notizen auf einen Block machte.
»Ross!« rief sie selig.
»Liebling!« Seine berühmten Augen funkelten vor Freude, dann begann er zu lachen. »Was hast denn du vor? Willst du zu Probeaufnahmen für *Krieg der Sterne*?«
Ihre Hände fuhren an den mit Folienwickeln bedeckten Kopf. Bestürzung malte sich auf ihrem Gesicht.
»Was bist du nur für eine Hollywood-Ehefrau?« neckte er sie. »Wenn Bibi dich so rumlaufen sähe, würde sie dich aus dem Club ausbooten!«
Langsam verzog sich ihr Gesicht zu einem Lächeln. »Offen gesagt – um meinen wunderbaren Mann zu zitieren –, das kümmert mich einen Furz.«

80

Hitze. Smog. Schweiß. Muskelkrämpfe. Ein schlimmer Tag. Ein Tag, den Buddy möglichst schnell vergessen wollte. Müde fuhr er den Wagen auf den Tiefgaragenplatz, der zu seiner Wohnung gehörte, stieg aus, streckte sich und gähnte. Er hatte genug. Körperlich und seelisch. In jeder Hinsicht.
Genau sechzehn Uhr fünfzehn. In zehn Stunden hatte er es geschafft, sein Leben total zu verpfuschen – oder in Ordnung zu bringen. Was traf nun zu? Er wußte es nicht, mußte darüber nachdenken. Wenigstens war er den Inzestalptraum los.
Er blieb ein paar Sekunden in der kühlen Garage stehen und sag-

te sich, daß er vielleicht doch gut dran sei. Keine Vergangenheit. Kein Scheiß. Kein Gar-nichts. War das so schlecht, verglichen mit dem, was er heute erlebt hatte?
Nachdem er eine Weile gewartet hatte und der Lift nicht kam, nahm er den Lastenaufzug nach oben. Verführerischer Parfümduft hing in der Luft, sehr angenehm nach dem Müllgestank im Untergeschoß. Das Haus war nicht ungepflegt, es hatte sogar einen Hausmeister, der sozusagen rund um die Uhr Dienst machte. Einige Mieterinnen hielten das jedoch nicht für ausreichend und verlangten einen eigenen Wächter für die Tiefgarage. Buddy war ebenfalls aufgefordert worden, das Gesuch zu unterschreiben. Er seufzte. Teufel noch mal, er hätte Angel wirklich dort unten nicht gern allein gesehen.
Angel. Er sehnte sich schmerzhaft nach ihr. Vielleicht bestellte er den Wagen ab, da er schon so früh zurück war, und fuhr selbst hinaus, um sie zu holen.
Der Parfümduft begleitete ihn bis zu seiner Wohnung. Und als er die Tür öffnete, roch er ihn immer noch. Sein erster Gedanke war, es sei das Parfüm des Hausmädchens. Dann spürte er instinktiv, daß Angel hier war, und sein Herz begann zu hämmern wie das eines Dreizehnjährigen.
»Angel«, rief er, »he – Kleines, wo bist du?«
Er riß die Tür zum Schlafzimmer auf und wußte sofort, daß etwas Furchtbares geschehen sein mußte.

Angel konnte kaum atmen. Der Laderaum des Lieferwagens war verdreckt und stickig, unerträgliche Hitze herrschte, und die abgedunkelten Fenster ließen kein Licht herein.
Verzweifelt klammerte sie sich an die Seitenwände, während das Fahrzeug holpernd und rüttelnd dahinraste. Sie hatte Angst um ihr Baby, denn immer wieder schossen stechende Schmerzen durch ihren Leib.
Sie schloß die Augen und dachte an Buddy, sagte immer wieder seinen Namen vor sich hin wie ein Mantra.

Sein Poster hing in Fetzen von der Wand. Nur die Augen waren unversehrt – und über sie hatte jemand mit rotem Leuchtstift geschrieben:

DAS GESICHT IST MEIN
DER ENGEL IST MEIN
WER IST BUDDY HUDSON?
ER HÖRT AUF ZU EXISTIEREN
DER HÜTER DER ORDNUNG

Brocken aus dem Gespräch mit Detective Rosemont fielen ihm ein, und eisige Kälte breitete sich in ihm aus. Zwillingsbruder – ein Mörder – nennt sich Hüter der Ordnung …

Und er hatte gedacht: Was für ein Scheiß – wen interessiert das schon? Was hat das mit mir zu tun?

Beklommen sah er sich in der Wohnung um. Kein Zweifel, Angel war hiergewesen. Auf einem Tischchen neben dem Bett standen ihr Wecker und mehrere gerahmte Fotos von ihnen beiden. Er öffnete den Schrank, und natürlich hingen ihre Kleider ordentlich neben den seinen. Im Bad fand er ihre Zahnbürste, ihren Kamm und einige Kosmetiksachen. Sie war hiergewesen. Aber – wo war sie jetzt?

»O Jesus!« stöhnte er. »O nein!«

Leon machte sich wieder an die Arbeit, unterstützt von den Kollegen aus Beverly Hills, der Verkehrspolizei und einem umfassenden Computersystem. Der Jaguar war auf einen gewissen Ferdie Cartright zugelassen. In seiner Wohnung meldete sich niemand. Eine Nachbarin sagte aus, sie habe ihn vormittags in seinem Wagen wegfahren sehen, allein, ungefähr gegen elf Uhr. Leon sprach selbst mit der Frau. Er konnte gut mit Zeugen umgehen. Die Menschen hatten Vertrauen zu ihm.

»Haben Sie Mr. Cartright in Gesellschaft dieses Mannes gesehen?«

Er zog zwei Bilder von Deke hervor. Ein Foto aus der High-School-Zeit und ein Phantombild, das Deke zeigte, wie er heute aussehen mußte. Mehrere Zeugenaussagen waren bei der Zeichnung berücksichtigt worden: Kahler Schädel, starrer Blick, zerlumpte Kleidung.
Die Frau musterte die Bilder und kniff die Augen leicht zusammen: »Mr. Cartright hat viele männliche Besucher. Er ist schwul, wissen Sie. Aber bitte sagen Sie nicht, daß Sie es von mir erfahren haben.«
Leon schüttelte ernst den Kopf. »Natürlich nicht!«
»Was hat Mr. Cartright denn getan?«
»Sein Wagen war in einen Unfall verwickelt, und wir versuchen ihn zu finden.«
»Ihm ist doch nichts passiert, oder?«
Leon schluckte seine Ungeduld hinunter. »Genau das wollen wir feststellen. Bitte sehen Sie sich die Bilder an.«
Die Frau betrachtete sie erneut und verzog das Gesicht. »Das Aussehen von dem da gefällt mir nicht«, sagte sie und wies auf das Phantombild.
»War er hier?« fragte Leon drängend.
»Der? Nein, an den würde ich mich erinnern ...« Zögernd fuhr sie fort: »Irgendwas ist an dem anderen.«
»Ja?«
»Ich bin nicht sicher – eigentlich sieht er ihm überhaupt nicht ähnlich ...«
»Wem?«
»Dem Mann, der heute früh hier war. Ein schöner Mensch.« Sie lachte. »Es klingt verrückt, aber er sah aus wie eine ältere, hübschere Ausgabe von dem hier.«
Sie hielt das Schulfoto von Deke hoch.
Ein Schauer überlief Leon.
Buddy.
»Sie erinnern sich nicht zufällig, was er anhatte?«
»Eine schwarze Hose, ein weißes Hemd und ein hübsches Sport-

jackett – ebenfalls schwarz.« Sie lachte erneut. »Vermutlich halten Sie mich für eine neugierige, lüsterne Alte, die ständig am Fenster klebt. Aber das ist besser, als den ganzen Tag fernzusehen.«

»Sicher«, pflichtete Leon ihr bei, stand auf und verabschiedete sich.

Die Frau sagte: »Ich weiß noch, daß ich dachte, ein Jammer, wenn der auch schwul wäre.«

Der Detective in San Diego hatte ihm eine Telefonnummer aufgeschrieben, aber Buddy hatte den Zettel gleichgültig weggesteckt, felsenfest überzeugt, daß er die Nummer nicht brauchen würde.

Fieberhaft drehte er seine Taschen um. Nichts. Undeutlich erinnerte er sich, daß er den Zettel zusammengeknüllt und im Wagen auf den Boden geworfen hatte.

Er stürmte aus der Wohnung und in den Lift, fuhr in die Garage und suchte den Boden seines Wagens ab.

Der verdammte Zettel war nicht zu finden.

Er räumte das Handschuhfach aus, griff zwischen die Polster und fluchte vor Enttäuschung. Dann hastete er wieder nach oben.

Die Tür zu seiner Wohnung stand offen, wie er sie beim Hinauslaufen zurückgelassen hatte. Er stürmte hinein und blieb wie angewurzelt stehen. Es war jemand da.

Deke brachte sie zu seiner Mutter. Ein gutes Gefühl. Ganz anders als beim letztenmal.

Diesmal würden die beiden miteinander auskommen. Sie würden sich anlächeln und miteinander sprechen. Sie würden ihn loben, statt ihn zu kritisieren und auszulachen.

»Und der Herr wird das Lob der Toten singen«, sagte er laut. »Denn nur im Tode wird die Seele vom Bösen gereinigt und von den Teufeln befreit.«

Er dachte gründlich nach.

TÖTEN.
DIE MUTTER TÖTEN.
JOEY TÖTEN.
SICH SELBST TÖTEN.
WER IST BUDDY HUDSON?
Es interessierte ihn nicht mehr. Er hatte die Lösung gefunden.
Wie angenehm, genau zu wissen, was man tun mußte.
Nie wieder würde jemand über ihn lachen.

81

»Was haben Sie mit Ferdie Cartright zu tun?« fragte Leon barsch, bevor Buddy ein Wort sagen konnte.
»He!« Buddy faßte ihn am Arm. Er war so erleichtert über die Anwesenheit des Detectives, daß er den Grund dafür gar nicht wissen wollte. »Hat dieser Deke Angel? Hat dieser verrückte Dreckskerl meine Frau entführt?«
»Was reden Sie da?!«
»Er war hier.«
»Woher wissen Sie das?«
Buddy zog ihn ins Schlafzimmer, zeigte ihm das zerfetzte Poster und die darauf gekritzelten Worte.
»Was soll der Scheiß heißen?« fragte Buddy. »Bedeutet das etwa, daß er Angel mitgenommen hat?«
»Wer ist Angel?«
»Meine Frau, verdammt noch mal! Was werden Sie tun?«
»Sagen Sie mir sofort alles, was Sie wissen.«
»Angel und ich wollten uns um fünf Uhr hier treffen. Aus irgendeinem Grund kam sie früher, und jetzt ist sie weg. Ich verstehe das nicht. Wie konnte der Kerl mich finden? Sie sind doch der einzige, der die Verbindung zwischen ihm und mir kennt.«
»Wer außer Ihnen hat das Poster?«

»Halb Amerika. Es kommt am Montag landesweit auf die Plakattafeln.«
»Vielleicht ist das der Schlüssel.«
»Was für ein beschissener Schlüssel? Wo ist Angel?« schrie Buddy.
»Wir werden Ihre Frau finden«, entgegnete Leon mit mehr Zuversicht, als er empfand. »Aber ich brauche Informationen. Wer ist Ferdie Cartright?«
»Was hat denn der mit dem Ganzen zu tun?«
»Hören Sie«, sagte Leon scharf, »Sie waren heute früh bei ihm. Später war sein Wagen in einen Unfall verwickelt. Als die Polizei am Unfallort eintraf, war das Fahrzeug leer, aber Dekes Tasche wurde drin gefunden.« Er hielt inne. »Reden Sie, Buddy. Heraus mit allem, was Sie wissen.«
»Ferdie arbeitet bei meiner Agentin, Sadie La Salle. Ich war heute früh bei ihm, weil ich wollte, daß er zu Sadie fährt und ihr eine Nachricht von mir überbringt.«
»Hat er eingewilligt?«
»Ja.«
»War jemand bei ihm?«
»Ein musikverrückter Junge.«
»Wie hieß er?«
»Verflucht, woher soll ich das wissen?« explodierte Buddy. »Hören Sie, hilft uns irgendwas von dem Zeug, meine Frau zu finden?«
»Das hoffe ich, denn es ist alles, was wir haben.«

Er war vorsichtig. Man wußte nie, welche Kräfte einen in Fallen zu locken versuchten. Sogar die Luft war gefährlich. Die Hitze. Überall lauerten Feinde.
Diesmal fuhr Deke seinen Lieferwagen direkt vor Sadies Haustür. Er stieg aus, umrundete das Haus und schaute zu den Fenstern hinein.
Die Nachmittagssonne verschwand hinter tiefstehenden Wolken.

Er hoffte, daß es regnen würde. Er vermißte den Regen. Wasser war eine positive Kraft. Hitze kam aus der Hölle.
Im Haus hörte er das Telefon klingeln, aber niemand ging an den Apparat.
Er strich sich mit der Hand über den glatten Schädel. Aus der Hemdtasche nahm er die Schlüssel, die er vor ein paar Stunden gestohlen hatte, und sperrte die Haustür auf.
Alles war still.
So sollte es sein.

Wie schön sie war – sein goldener Engel der Hoffnung. Wie anders als Joey, die er zuerst kennengelernt hatte.
Sie schluchzte, als er ihr aus dem Lieferwagen half. Das war in Ordnung. Wasser – Tränen – alles dasselbe.
Halb zog er sie, halb trug er sie ins Haus. Und er wußte, daß er sie begehrte wie noch keine andere Frau.
Das war so, weil sie wirklich ihm gehörte. Er hatte ihr Leben gelenkt, das Böse aus ihrem Körper ausgemerzt, sie gereinigt, daß sie jetzt vollkommen war.
»Joey, süße Joey«, murmelte er, als er ihr die Treppe hinaufhalf.
»Ich – bin – nicht Joey!« rief sie verzweifelt.
Er wurde sofort zornig. Warum wollte sie ihn zornig machen?
Schlampe.
Hure.
Prostituierte.
Grob zerrte er sie in Sadies Schlafzimmer und stieß sie aufs Bett.
»Sag das nicht!« schrie er. »Leugne nie ab, wer du bist.«
Er neigte sich über sie und fühlte, daß er steif wurde. Es war keine Sünde, seinen Steifen Joey zu geben. Schließlich waren sie Mann und Frau.
Einen Moment lang wußte er nicht, wo er war. Plötzlich begann das Telefon wieder zu klingeln. Er erschrak wahnsinnig, sprang vom Bett weg, packte das Kabel und riß es aus der Wand.
Wo ist Mutter?

Sie würde Joey lieben, die so blaß und blond und schön war. Eine solche Dame. Aber auch eine Hure. Das durfte er nicht vergessen. Alle Frauen sind Huren.
Er hörte auf zu denken.
Töten.
Die Mutter töten.
Joey töten.
Sich selbst töten.
Aber zuerst – zuerst mußten sich die beiden Frauen kennenlernen. Das war er ihnen schuldig.
Plötzlich zerrte er ein Laken aus dem Bett und riß es in Streifen. Dann fesselte er Angel wieder, band sie wie gekreuzigt und mit gespreizten Beinen ans Bett.

Er war wahnsinnig. Angel wußte es. Seine schwarzen Augen hatten einen irren Ausdruck.
Wer war er? Und warum bestand zwischen ihm und Buddy eine so entsetzliche, Übelkeit erregende Ähnlichkeit?
Buddy war hübsch.
Dieser Mann war häßlich. Ein Ungeheuer.
Das Baby hatte aufgehört, sich zu bewegen. Dumpfer Schmerz pochte in ihrem Leib. Er hat mein Baby umgebracht, dachte sie. Und er wird auch mich umbringen. Es überlief sie kalt. Sie würde Buddy nie wiedersehen.

»Mutter! Wach auf, Mutter! Es ist wichtig.«
Dekes Gesicht verschwamm vor ihr. Seine Augen, den ihren so ähnlich – nichts von Ross.
Armer Ross.
Sadie versuchte, trotz der Schmerzen zu sprechen. Ihr Kinn hing schlaff herab. Sie fühlte die Zacken abgebrochener Zähne, und ihre Augen waren nur noch Schlitze. Wenigstens hatte er sein Messer nicht benutzt – noch nicht. Wie lange war sie ohnmächtig gewesen? Sehr lange, wie ihr schien. Warum war er noch im-

mer da? Vielleicht hatte sie das Bewußtsein doch nur für ein paar Minuten verloren. Sie fühlte, daß sie wieder wegzusinken begann, und bemühte sich, wach zu bleiben. Aber die Schmerzen waren zu stark.

Er band sie vom Stuhl los. Vielleicht ließ er sie frei. Vielleicht ...

Sie fiel wieder in Ohnmacht.

»Mutter«, sagte er, »du bist sehr dumm.« Dann schrie er: »Mutter! Wach auf!«

Als sie es nicht tat, trat er nach ihr. Joey wartete. Es war nicht recht, Joey warten zu lassen.

Plötzlich paßte alles zusammen.

Ferdie Cartright arbeitete für Sadie La Salle.

Sadie La Salle war Buddys Agentin.

Ferdie fährt zu Sadie.

Sie wohnt am Angelo Drive.

Sie hat das Poster.

Ferdie verschwindet.

Sadie ist nicht in Palm Springs, wo sie sein sollte.

In ihrem Haus geht niemand ans Telefon.

Dann ist die Nummer gestört.

»Los, fahren wir«, drängte Leon.

Eine mühsame Sache, Mutter nach oben zu schleppen.

Sie war schwer, aber er gab nicht auf. Versprochen war versprochen. Er durfte Joey nicht enttäuschen.

Angel hörte ihn kommen. »Sie müssen mich gehen lassen«, rief sie flehend. »Ich verliere mein Baby. Bitte! Bitte, lassen Sie mich frei!«

Als er ins Zimmer kam, verstummte sie entsetzt. Er schleifte eine leblose Frau herein.

Angel begann, hysterisch zu schreien.

»Mutter, das ist Joey. Joey, sag Mutter guten Tag.«
Eine Schande, daß Joey sich nicht benahm. Er mußte sie knebeln, und es war nicht recht, daß sie ihn dazu zwang.
Sein Kopf schmerzte. Er erinnerte sich an Philadelphia, das weit in der Ferne und in der Vergangenheit lag.
Er betrachtete die Mutter, die schlaff auf einem Stuhl neben dem Bett hing. Dann betrachtete er die gefesselte, geknebelte Joey auf dem Bett.
Die beiden Frauen in seinem Leben. Die beiden besonderen Frauen. Es hatte so lange gedauert, diese Begegnung zu arrangieren. Und wußten sie es zu schätzen?
Wütend warf er seine Kleider ab. Die Stiefel zuletzt. Er befingerte sein Messer und prüfte die Spitze, das Gesicht eine lächelnde Grimasse, die an eine Totenmaske erinnerte.
Begierde durchströmte ihn, pulsierte durch seine Adern, erfüllte ihn ganz. Sein Kopf schmerzte, seine Augen brannten.
Joey wartete, die Beine gespreizt.
Hure.
Joey wartete auf ihn, und sie würde nie mehr über ihn lachen.
Engel.
Er hob ihren Rock und schnitt ihr mit seinem Messer das Höschen weg.
Hure.
Ihr Gesicht war verzerrt, und sie hatte riesige Augen. Sie wollte ihn. Der goldene Engel der Hoffnung wollte mit dem Hüter der Ordnung eins werden.
Er kauerte rittlings über ihr, bereit, in sie einzudringen, und hob den Arm mit dem Messer, um gleichzeitig zuzustoßen.
Und sie werden vereint sein.

Buddy sprang ihn von hinten an. Mit einem verzweifelten Satz, der sie beide zu Boden beförderte. Sie kämpften ein paar Sekunden, dann stieß Deke tief aus der Kehle einen unmenschlichen

Laut aus und hieb mit dem Messer nach Buddys Gesicht. Die Klinge drang Buddy in den Handteller, und Blut spritzte heraus. Buddy fühlte keinen Schmerz. Eine fast unmenschliche Wut kochte in ihm und verlieh ihm Kraft. Mit der Rechten packte er Dekes Messerhand am Gelenk und bog sie zurück – langsam – langsam …

Einen Herzschlag lang verschmolzen ihre Blicke. Zwei schwarze Augenpaare. Verschieden und doch gleich. »WER IST BUDDY HUDSON?« schrie Deke. Sein Handgelenk wurde plötzlich schlaff, das Messer fuhr nach unten und schlitzte ihm die Kehle auf.

Als Leon schwerfällig ins Zimmer polterte, war alles vorbei.

EPILOG

Der Einbruch bei Sadie La Salle, der Mord an Ferdie Cartright und die nachfolgenden Ereignisse versetzten Hollywood einen Schock, der seinen Höhepunkt erreichte, als am Sonntag morgen Wolfie Schweicker in seinem Schlafzimmer erschossen aufgefunden wurde. Die Menschen gerieten in Panik. Alle verstärkten schleunigst die Sicherheitsvorkehrungen. Die Nachfrage nach scharfen Wachhunden und Leibwächtern stieg sprunghaft an. Bibi Sutton war wieder einmal richtungweisend, sie verwandelte ihr Schlafzimmer in eine Festung mit elektronisch gesteuerten Stahlgittern vor den Fenstern und einer tresorähnlichen Tür.

Sadie La Salle und Angel Hudson waren sofort ins Krankenhaus gebracht worden. Tüchtigen Ärzten gelang es, bei Angel eine Frühgeburt zu verhindern. Nach ein paar Tagen durfte sie heim, mußte aber noch viel ruhen und durfte sich nicht anstrengen.
Sadie kam nicht so glimpflich davon. Sie hatte zwei Rippen, einen Wangenknochen und das Nasenbein gebrochen, außerdem zahlreiche Quetschungen. Der schwere Schock hatte bei ihr eine retrograde Amnesie zur Folge, und ihr fehlte jede Erinnerung an die schrecklichen Geschehnisse.
Leon Rosemont befragte sie, bekam aber nichts aus ihr heraus. Auch Angel sagte nichts. Die beiden Frauen gaben ihm keinerlei Hinweise, sie schienen sich verschworen zu haben zu schweigen. Leon hatte gewisse Vermutungen, aber selbst wenn sie stimmten – war das jetzt noch wichtig?
Deke Andrews war tot. Das Geheimnis überlebte ihn.

Oliver Easterne verfolgte die Ereignisse des Wochenendes auf den verschiedenen Fernsehgeräten, die in seinem Haus standen.

Am Montag brach er sehr früh ins Büro auf und überlegte unterwegs, ob er gleich einen Drehbuchschreiber an den Stoff setzen sollte. Was für ein Film das gäbe! Und wenn er Buddy Hudson dafür gewinnen könnte, sich selbst zu spielen …

Punkt sieben Uhr. Vor dem Bürogebäude wartete ein diensteifriger Parkwächter, um seinen Wagen in Empfang zu nehmen. Parken in einer Tiefgarage kam für Oliver Easterne nicht in Frage. Der glänzende Bentley wurde weggefahren, und Oliver eilte in das Gebäude. Er blieb am Zeitungskiosk stehen, um die Morgenzeitungen und drei Päckchen Atemfrisch-Pfefferminz mitzunehmen. Ein morgendliches Ritual.

Athletisch joggte er die Treppen hinauf. Ebenfalls ein morgendliches Ritual. Er hatte keine Zeit für Gymnastik oder anderes Training. Das Treppenlaufen war die beste Herz-Kreislauf-Übung. Auf alle Fälle besser als Liegestütze oder Seilhüpfen. Wenn er seine Penthausetage erreichte, schlug sein Herz genau in dem für ein Training wünschenswerten Rhythmus.

Er stürmte in sein Vorzimmer und rieb sich vergnügt die Hände, weil er es immer wieder schaffte, die Leute auf ganzer Linie hereinzulegen. Das große Geldverdienen. Darauf kam es doch im Leben an, nicht wahr?

Seine Sekretärin erschien erst um neun. Das paßte ihm ausgezeichnet, denn so hatte er Zeit, zu duschen und ungestört mit New York zu telefonieren. Er öffnete die Tür zu seinem Büro, einer stillen Zuflucht, wo er gern hinter dem mit gepunztem Leder überzogenen Schreibtisch saß und die glänzende Vollkommenheit seiner Ledersofas, geschmackvollen Antiquitäten und wertvollen Teppiche bewunderte.

Mitten auf dem Schreibtisch stand ein großes, in Geschenkpapier gewickeltes Paket. Oliver bekam gern Geschenke. Er riß das Papier ab, öffnete die Schachtel, schnüffelte argwöhnisch – und stieß einen durchdringenden Schrei aus.

Er taumelte zurück, ein gebrochener Mann.

Genau diesen Moment wählte Montana, um in sein Büro zu

schlendern. »Guten Morgen, Oliver. Ich möchte mir nur ein paar Sachen holen.« Sie hielt inne. »Mein Gott! Was riecht hier so?« Rasch ging sie auf ihn zu. Er stand da wie ein Ölgötze. Sie schaute in die Schachtel, dann drehte sie sich zu ihm um. »Oliver!« rief sie. »Jemand hat Ihnen eine Ladung Bullenscheiße geschickt. Ach, du meine Güte!« Sie lachte hemmungslos. »O Oliver! Wer kann Ihnen das angetan haben?«

Oliver war körperlich nicht besonders gewandt. Wollte er jemandem eine Abreibung verpassen, heuerte er einfach einen Schläger an, der es für ihn besorgte. Doch nun packte ihn so heftiger Zorn, daß er sich nicht beherrschen konnte. Er holte aus und schlug zu.

Ein Fehler.

Montana wich lässig aus, Oliver strauchelte und landete unsanft am Boden.

Er schrie wie am Spieß.

Montana verließ anmutig das Büro. Oh, was für ein nachhaltiges Vergnügen, Olivers empörtes Gesicht zu sehen. Und die Sache war so leicht zu organisieren gewesen. Ein einziger Anruf bei einem erstaunlichen Dienstleistungsunternehmen, das mit dem Slogan warb: SIE WÜNSCHEN, WIR FÜHREN ES AUS. Zunächst hatte man natürlich überrascht reagiert, dann die Herausforderung angenommen. Pünktlich hatten sie von einem Bullen frisch produzierte Scheiße als schön verpacktes Geschenk geliefert. Montana lachte schadenfroh. Oliver Easterne hatte endlich bekommen, was er verdiente.

Schon gegen Mittag machte die Geschichte in ganz Hollywood die Runde.

Eine Woche nach den Schlagzeilen, die Sadie La Salle gemacht hatte, überschwemmte Rats Sorenson die Zeitungsstände mit druckfrischen Exemplaren seiner Zeitschrift *Truth & Fact.*

Ross Conti erlangte Berühmtheit. Das heißt, nicht gerade Berühmtheit. Eher den Ruf, der berüchtigtste Frauenheld seit Errol

Flynn zu sein. Er prangte in seiner ganzen natürlichen Pracht auf der farbigen Titelseite. Zusammen mit einer sehr kooperativen, sehr nackten Karen Lancaster.

Für Ross bewirkte das, was vor Jahren das Mittelfaltblatt des *Cosmopolitan* für Burt Reynolds bewirkt hatte.

Er war sofort ein Superstar. Mit einem Schlag stand er wieder im Rampenlicht. Es war wie in alten Zeiten.

Das Lächeln auf seinem Gesicht und die Pracht seiner Erektion erboste verschiedene Interessenverbände dermaßen, daß sie auf Grund des Obszönitätsgesetzes eine Einziehungsverfügung gegen *Truth & Fact* durchsetzten. Als die Auslieferungswagen jedoch kehrtmachten, um die vom Bannstrahl getroffenen Exemplare einzusammeln, fanden sie keine mehr vor.

Ross Conti war ausverkauft.

Elaine war mit einemmal tonangebend. Sie wurde die Ehefrau des Jahres. Es gehörte Format dazu, Indiskretionen zu ertragen, wie Ross Conti sie in aller Öffentlichkeit begangen hatte, und lächelnd darüberzustehen.

Die Journalisten rissen sich um Zitate von ihr. Die Zeitschrift *People* widmete ihr zwei Seiten, nannte sie warmherzig, witzig und weise. Der liebe Merv stellte sie in seiner Show vor und diskutierte mit ihr über Untreue und verständnisvolle Ehefrauen. Sie war jetzt selbst eine Berühmtheit, durch eigene Leistung. Bibi Sutton rief sie an. Die Contis wurden zum gefragtesten Paar in der Stadt, sie erhielten Einladungen zu allen Premieren, Partys und gesellschaftlichen Ereignissen.

Elaine und Ross genossen alles zusammen. Nach zehn Jahren hatten sie sich gefunden, und nur das zählte wirklich.

Leon Rosemont kehrte nach Philadelphia zurück. Millie war bei seiner Ankunft nicht zu Hause. Er wartete Wochen, bevor er sich mit ihr in Verbindung setzte. Sie wohnte bei ihrem Bruder.

»Komm nach Hause«, sagte er dumpf. »Es ist vorbei.«

»Es wird nie vorbei sein, Leon«, antwortete sie, und aus ihrer Stimme klang Bedauern. »Es wird immer einen neuen Fall geben – und das ist schlimmer als eine andere Frau.«
Vielleicht hatte sie recht. Er war zu müde, um mit ihr zu argumentieren. Vielleicht war er zum Einzelgänger geboren. Oft dachte er an Joey. An ihr fröhliches Wesen und ihr verschmitztes Lächeln.

Buddy Hudson erreichte alles, was er sich erträumt hatte. Mehr sogar. Die heldenhafte Rettung der beiden Frauen und seine seltsame Verbindung mit Deke Andrews machten weltweit Schlagzeilen.
Er hatte Angel wieder.
Sein Poster war eine Sensation.
Alle rissen sich um ihn. Die größten Agenten, die bedeutendsten Produzenten und Fernsehmanager, dazu alle Talk-Shows, Zeitungen und Zeitschriften im Land. Natürlich schmeichelte ihm dieses ungeheure Interesse, und er fand es aufregend, zugleich aber auch erschreckend.
Er wandte sich an Angel um Rat. Seine schöne schwangere Frau war wunderbar und warmherzig wie immer, besaß jedoch eine neue, sanfte Kraft, die er sehr begrüßte.
»Tu nichts«, sagte sie einfach. »Warte auf Sadie. Schließlich ist sie deine – Agentin.«
Ihr Rat war vernünftig. Als Sadie aus dem Krankenhaus kam, stürzte sie sich in die Arbeit. Und Buddy hatte Vorrang vor allen anderen. Mit keinem Wort erwähnte sie Deke Andrews, Ferdie Cartright oder den schicksalhaften Samstag in ihrem Haus. Und sie erlaubte niemandem, darüber zu sprechen.

Gina Germaine bekam plötzlich eine katastrophal schlechte Presse. Den Anfang machte die Journalistin, mit der Gina am Tag von Ross Contis Autounfall beim Lunch gewesen war. Sie schrieb einen vernichtenden Artikel. Gina war eine Woche schlechter Lau-

ne. Dann brachte der *Enquirer* einen aufklärenden Rückblick auf ihre Vergangenheit. Der *TV Guide* stellte sie in einer Titelgeschichte bloß. Mehrere Supermarktblätter zogen nach.
Gina floh nach Paris. Dort ließ sie in dem verzweifelten Versuch, ernst genommen zu werden, ihre Brust verkleinern. Und sie verliebte sich in einen französischen Regisseur des *Cinéma vérité*, der ihr seriöse Rollen versprach und sie in einer billigen schwarzen Komödie über einen dummen blonden amerikanischen Filmstar groß herausbrachte. Endlich! Sie wurde als Schauspielerin ernst genommen. Sie telegraphierte Oliver Easterne, daß es ihr nicht möglich sei, ihren Vertrag zu erfüllen und in seinem Film zu spielen.
Er strengte einen Prozeß gegen sie an.
Sie telegraphierte ein einziges Wort zurück: »Bullenscheiße«.

Karen Lancaster verließ mit ihrem Rockstar das Land. Daddy war gar nicht erbaut über die indiskreten Bilder von ihr. Josh Speed fand die ganze Sache urkomisch.
Als Groupie Nummer eins folgte sie Josh auf seiner erfolgreichen Europatournee. Eine Zeitlang genoß sie ihre neue Berühmtheit, dann wurden die Flugzeuge, Hotels, Konzerthallen und endlosen Partys zur öden Routine.
Sie vermißte Beverly Hills. Sie vermißte die Einkäufe bei Giorgio's und Linda Lee. Sie vermißte die Lunchs im Ma Maison und im Bistro, die Dinner im Dominick's und Morton's. Sie vermißte Bibis einmaligen Partys anläßlich der Oscarverleihung. Und Sadie La Salles legere abendliche Küchenimbisse mit Starbesetzung. Sie vermißte die bereitstehenden Parkwächter, die heiße Sonne, das Tennis, die Polo Lounge. Himmel – sie vermißte alles.
Es fiel ihr nicht schwer, Josh einzureden, er müsse zum Film und sie habe genau die richtigen Beziehungen, um das zu arrangieren.
Die Idee gefiel ihm. Und er wußte durchaus, welche Vorteile es hatte, mit einer Frau wie Karen beisammen zu sein. Als Karen ein

paar Wochen später feststellte, daß sie schwanger war, beschlossen sie zu heiraten.
Karens Augen glänzten. »Das wird die Hochzeit des Jahrzehnts!« verkündete sie. »Wir werden Beverly Hills eine Schau bieten, über die man ewig reden wird!«
Beverly Hills geriet aus dem Häuschen. Die Hochzeit von Karen Lancaster und Josh Speed war ein so großes Ereignis, daß man besser die Stadt verließ, wenn man nicht eingeladen war.
Ort der Handlung: Disneyland.
Kleidung: nach Belieben.

Sadie La Salle entschied sich für ein beiges Spitzenkostüm. Sie hatte viel Gewicht verloren und konnte mit ihrer nunmehr fast überschlanken Figur alles tragen. Sie trat dicht vor den Spiegel und betrachtete ihr Gesicht. Keine Spur von den Verletzungen, die Deke ihr zugefügt hatte. Äußerlich keine Spur, aber innerlich …
Sie dachte an Buddy. So gut aussehend und lebenssprühend. Dann dachte sie an Angel. Das Mädchen war ein Juwel. Freundlich, lieb, wirklich reizend. Sadie liebte sie innig, und das beruhte auf Gegenseitigkeit.
Angels Baby würde jetzt nicht mehr lange auf sich warten lassen. Sadie lächelte verstohlen. Ich werde Großmama, dachte sie, und niemand weiß es außer mir. Ross bekäme einen Anfall, wenn er es wüßte.
Ross Conti. Großvater.
Doch er würde es nie erfahren. Endlich hatte sie ihre Rache. Jetzt konnte sie ihn vergessen. Tatsächlich hatte sie ihn bereits vergessen. Sie besaß statt seiner etwas anderes …
Buddy hatte Angel seine Geschichte erzählt, und Angel hatte sie Sadie anvertraut. Die beiden Frauen standen sich sehr nahe. Ein Geheimnis verband sie – etwas, das sie nie erwähnten, das zwischen ihnen jedoch eine ganz besondere Vertrautheit schuf.
Eines Tages, beschloß Sadie, wollte sie auch Buddy einweihen. Irgendwann – wenn die richtige Zeit gekommen war.

Montana erfuhr aus Liz Smiths Kolumne von der bevorstehenden Hochzeit. Wenn sie etwas über Los Angeles las, mußte sie an Oliver Easterne denken, und wenn sie an ihn dachte, mußte sie lachen. Dieser klassische Montagmorgen in seinem Büro stellte einen der Glanzpunkte ihres Lebens dar. Neil wäre stolz auf sie gewesen.
Auf eine seltsame Art vermißte sie L. A. Sie hatte dort viele schöne Tage verlebt, und jetzt kehrte sie zurück, um *Menschen der Straße* zu drehen. Oliver hatte ihr die Rechte im Tausch für Neils zweites Projekt überlassen müssen, den Film, in dem ursprünglich Gina Germaine die Hauptrolle spielen sollte. Er hatte kein Glück damit, vor allem nicht, weil Gina ausgestiegen war. Nun stand er mit leeren Händen da, ohne Regisseur und ohne Star. Montana vergoß seinetwegen keine Träne.

Pamela London und George Lancaster flogen aus Palm Beach herüber.
»Ich hasse dieses armselige kleine Dorf«, erklärte Pamela den wartenden Presseleuten mit heiserer Stimme.
»Komm schon, du großmäulige Kuh«, sagte George liebevoll und schob sie zu dem wartenden Wagen. »Beweg deinen fetten Hintern.«
Das eheliche Glück dauerte an – mit Hilfe gelegentlicher Beleidigungen.

Bibi Sutton trug ein mit Nerz besetztes weißes Kleid, das Adam um viertausend Dollar ärmer gemacht hatte und in dem sie aussah wie ein Christbaumengel.
Sie war ohne Wolfie verloren. Den armen, lieben Wolfie, der ihren endlosen Klatschereien geduldig gelauscht und sie überallhin begleitet hatte, wohin Adam nicht mochte. Außerdem hatte er immer, wirklich immer, ihre Kleider ausgesucht.
Maralee erschien auf der Hochzeit mit der neuen Liebe ihres Lebens, einem alternden Jesusjünger, der fließende weiße Gewän-

der und Sandalen trug und behängt war wie ein siegreicher Hengst. Sie war überglücklich. Was konnte man vom Leben mehr verlangen als Religion und Sex?
Natürlich wäre es nett gewesen, hätte er ein bißchen Geld gehabt. Aber was sollte es! Allmählich gewöhnte sie sich daran, daß sie die Rechnungen bezahlen mußte.
Elaine trug Rosa.
Ross trug Weiß.
Was für ein Paar!

Buddy trug Armani. Selbstverständlich. Angel als werdende Mutter war so schön, daß sie weder Nerz noch kostbaren Schmuck brauchte.
Koko machte ein großes Getue um sie, jedes Haar mußte an der richtigen Stelle liegen und ihr Make-up vollkommen sein.
Buddy grinste. »He, Koko, Sie können sie nicht schöner machen, als sie schon ist.«
Koko schüttelte seine Locken. »Ich schmücke nur die Rose«, sagte er und küßte sie. »Amüsieren Sie sich, Herzchen. Und vergessen Sie nicht – ich will alles hören. Rufen Sie mich an, wenn Sie zurück sind.«
Angel nickte lächelnd. »Danke für Ihre Hilfe, Koko. Geben Sie Adrian einen Kuß von mir.«
Unten wartete Sadie in einem schnittigen silberfarbenen Wagen. Sie umarmte Angel und küßte Buddy auf die Wange. Und wieder einmal staunte er, wie gut sich alles gefügt hatte. Sadie hatte Angel anstandslos akzeptiert. Keine Auseinandersetzung. Nichts. Die beiden kamen glänzend miteinander aus.
Er lehnte sich auf dem Sitz zurück und schloß für eine Weile die Augen. Alles war gut – die bösen Erinnerungen lagen endgültig hinter ihm. Sogar Wolfie hatte bekommen, was ihm gebührte. Buddy hatte keine Alpträume mehr.
Erfolg. Angel. Er war so glücklich.
Auf halbem Weg nach Anaheim zur Hochzeit umklammerte An-

gel plötzlich seinen Arm. »Buddy«, flüsterte sie, »ich glaube, es ist soweit ...«
Er geriet nicht in Panik. Blieb ruhig. Beugte sich gelassen vor und klopfte an die Trennscheibe. Schließlich war er jetzt ein Star. Er mußte seiner Rolle gerecht werden. Immer Haltung bewahren.
»Sehen Sie zu, daß Sie uns mit dieser lahmen Ente wie der Blitz in die Klinik karren!« schrie er aufgeregt den Fahrer an.
Sadie setzte sich kerzengerade hin, drückte Angel an sich und hielt ihre Hand. »Es geht bestimmt alles gut, Liebling. Hab keine Angst. Wir sind gleich da.«

Um vier Uhr nachmittags wurde Angel aus ihrem Zimmer in den Kreißsaal gebracht. Es war keine leichte Entbindung. Das erste Kind, eine Steißlage, schien nicht lebensfähig zu sein.
Buddy, der im Kreißsaal war, spürte die Bangigkeit, die um sich griff, als die Geburtshelfer versuchten, das Kind zum Atmen zu bringen. Angst packte ihn. Angel stöhnte, und das zweite Kind kam zur Welt.
Zwillinge. Zwei Jungen.
Gerade noch rechtzeitig stieß der ältere einen gesunden Schrei aus.